Für Judith
von Tante [illegible]

READER'S DIGEST
AUSWAHLBÜCHER

Die Kurzfassungen in diesem Buch erscheinen
mit Genehmigung der Autoren und Verleger

300 (230)
Printed in France
ISBN 3 87070 860 3

READER'S DIGEST AUSWAHLBÜCHER

Reader's Digest

DEUTSCHLAND · SCHWEIZ · ÖSTERREICH

INHALT

Dr. Susan Chandler ist Psychologin und moderiert eine Ratgebersendung im Radio. Als sie darin über das ungeklärte Verschwinden einer Frau berichtet, die sich auf einer Kreuzfahrt befand, löst sie eine Kettenreaktion aus. Offenbar ist sie einem Serienmörder auf der Spur, der nun allen Anlaß hat, auch sie selbst ins Visier zu nehmen.

Als Nick Elliot bei der überaus erfolgreichen Börsenmaklerfirma Dekker Ward in London anheuert, weiß er, daß ihm ab sofort das große Geld winkt. Doch angesichts der rüden Geschäftsmethoden von Dekker Ward fragt sich Nick schon bald, ob er wirklich die richtige Wahl getroffen hat. Und dann spitzt sich Nicks Lage dramatisch zu, als seine hübsche Kollegin Isabel in Rio de Janeiro gekidnappt wird.

Evita Wolff
Lebe ewig

Die junge Journalistin Elisabeth Liovano braucht große Willenskraft, um den Anforderungen ihres Berufes nachzukommen. Eine schwere Krankheit und die Folgen ihrer gescheiterten Ehe haben sie scheu und verletzlich gemacht.
Als sie den gefeierten Tenor Mattèo Novell kennenlernt, nimmt ihr Leben eine unerwartete Wende. Doch die Liebe der beiden ist bedroht …

Robert J. Mrazek
Das Gold des Generals

Virginia, Dezember 1864.
Das Land ist zerrüttet von den Schrecken des Bürgerkrieges. Auch in dem kleinen Dorf Port Republic kämpfen die Menschen ums bloße Überleben, als eines Tages ein Fremder auftaucht und sich nächtens an den Soldatengräbern des nahen Schlachtfeldes zu schaffen macht. Der junge Jamie Lockhart kommt ihm auf die Spur und entdeckt ein Geheimnis, das ihn nicht mehr losläßt.

Nimm dich in acht

Mary Higgins Clark

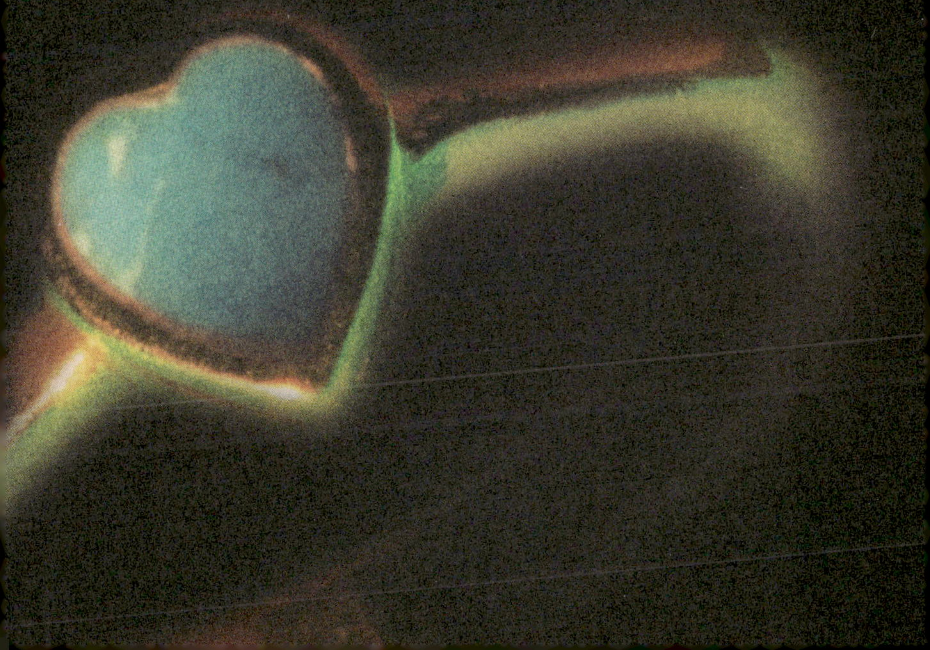

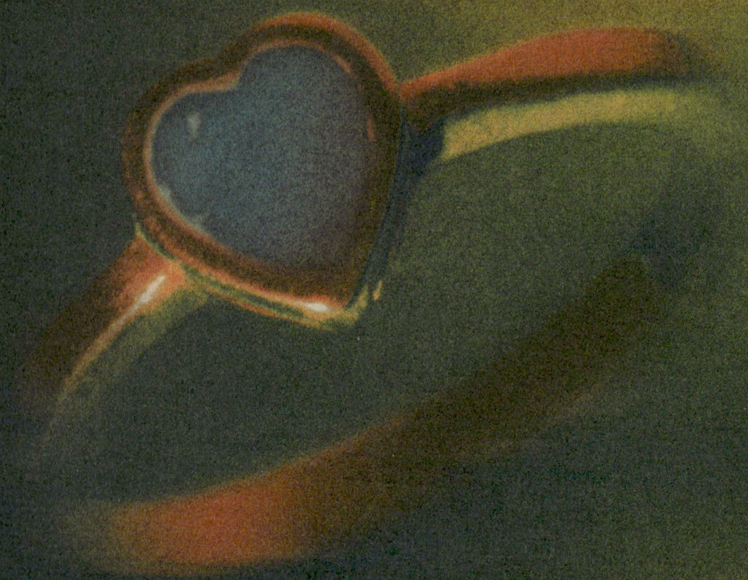

Er ist attraktiv, aufmerksam, charmant – der Traum einsamer Frauen. Mit ihm verspricht das Leben zu einem einzigen Fest zu werden – wenn es da nicht eine Seite an ihm gäbe, die die Auserwählten übersehen ...

PROLOG

Er hatte dasselbe Spiel schon einmal gespielt und rechnete dieses Mal mit einer Enttäuschung. Deshalb war er angenehm überrascht, als er feststellte, daß es ihn sogar noch mehr erregte.

Erst gestern hatte er das Schiff im australischen Perth mit der Absicht bestiegen, bis nach Kobe in Japan zu fahren. Doch da er sie auf Anhieb gefunden hatte, erübrigte es sich, die anderen Häfen anzulaufen. Sie saß an einem Tisch am Fenster des holzgetäfelten Speisesaals der *Gabrielle,* der wie alle Räumlichkeiten des Kreuzfahrtschiffs diskrete Eleganz ausstrahlte. Der Luxusliner hatte genau die richtige Größe für sein Vorhaben. Er reiste immer auf kleineren Schiffen und buchte nur eine Teilstrecke einer De-Luxe-Weltumrundung.

Wenn es auch unwahrscheinlich war, daß ihn ein ehemaliger Reisegefährte wiedererkennen würde, so war er doch von Natur aus vorsichtig. Überdies war er ein Meister der Verkleidung, ein Talent, das er in seiner Zeit als Amateurschauspieler im Theaterklub des Colleges an sich entdeckt hatte.

Er studierte Regina Clausen eingehend. Sie gehörte zu den Frauen um die Vierzig, die durchaus attraktiv waren, jedoch nicht wußten, wie man sich anzog und sich ins rechte Licht rückte. In ihrem eisblauen Kostüm wirkte sie wie ausgewaschen, farblos. Ihr hellbraunes Haar war zu einem steifen Helm frisiert, der sie selbst aus der Entfernung vom anderen Ende des großen Saals älter erscheinen ließ.

Natürlich wußte er, wer sie war. Erst vor ein paar Monaten hatte er die Clausen auf einer Aktionärsversammlung in Aktion erlebt. Außerdem hatte er sie als Börsenanalystin im Fernsehsender CNBC gesehen. Bei derlei Anlässen strahlte sie Selbstsicherheit und Durchsetzungsvermögen aus. Aus diesem Grund wußte er auch, welch leichtes Spiel er haben würde, als er sie so allein und traurig am Tisch sitzen sah.

Er hob sein Glas und brachte mit einer kaum merklichen, an sie gewandten Geste einen stummen Trinkspruch aus. *Deine Gebete sind erhört worden, Regina. Von nun an gehörst du mir.*

DREI JAHRE SPÄTER

– 1 –

Wenn nicht gerade ein Schneesturm oder ein Hurrikan tobte, ging Dr. Susan Chandler zu Fuß von ihrer Wohnung in Greenwich Village zur Arbeit in ihre gutgehende Privatpraxis in Soho. Die dreiunddreißigjährige klinische Psychologin arbeitete nebenher als Moderatorin der beliebten Radiosendung „Fragen Sie Frau Dr. Chandler“, die jeden Werktag ausgestrahlt wurde, und hatte es damit zu einer gewissen Berühmtheit gebracht.

Es war frisch und windig an diesem frühen Morgen im Oktober, und sie war froh, daß sie sich entschieden hatte, unter ihre Kostümjacke einen langärmeligen Rollkragenpullover anzuziehen. Ihr schulterlanges, vom Duschen noch feuchtes dunkelblondes Haar war windzerzaust, und sie bereute, daß sie keinen Schal mitgenommen hatte.

An der Ampel Ecke Mercer und Houston Street blieb sie stehen. Es war erst halb acht, und auf den Straßen herrschte noch nicht viel Betrieb. In einer Stunde würde es hier nur so wimmeln von New Yorkern, die am Montag morgen wieder zur Arbeit antreten mußten.

Gott sei Dank habe ich das Wochenende überstanden, sagte sich Susan erleichtert. Sie hatte den Samstag und fast den ganzen Sonntag in Rye bei ihrer zutiefst niedergeschlagenen Mutter verbracht – kein Wunder, überlegte Susan, am Sonntag wäre ihr vierzigster Hochzeitstag gewesen. Zu allem Überfluß hatte Susan sich auch noch mit ihrer älteren Schwester Dee angelegt, die aus Kalifornien eingeflogen war.

Am Sonntag nachmittag, bevor sie nach New York zurückfuhr, hatte sie einen Höflichkeitsbesuch bei ihrem Vater im nahe gelegenen Bedford Hills absolviert, wo er und Binky, seine zweite Frau, in seinem palastähnlichen Haus eine Cocktailparty gegeben hatten. Susan hatte den Verdacht, daß die Wahl des Zeitpunkts der Party Binkys Werk war.

Ich liebe meine Eltern beide, dachte Susan, als sie das Bürogebäude betrat, in dem sich ihre Praxis befand, aber es gibt Momente, da möchte ich ihnen sagen, daß sie doch bitte schön endlich mal erwachsen werden sollen.

Gewöhnlich traf Susan morgens als erste auf der obersten Etage ein, doch heute sah sie zu ihrer Überraschung im Empfangsbereich und im

Korridor Licht brennen. Ihre alte Freundin und Mentorin Nedda Harding mußte die Frühaufsteherin sein.

Susan schüttelte den Kopf, als sie die Flurtür offen fand, die eigentlich abgeschlossen sein sollte, und ging an den noch leeren Büros vorbei. In der offenen Tür zu Neddas Büro blieb sie lächelnd stehen.

Nedda war eine der renommiertesten Anwältinnen von New York, doch ihre eher mütterliche Erscheinung ließ auf den ersten Blick kaum vermuten, mit wieviel Geschick und aggressiver Energie sie ihrer Arbeit nachging. Die beiden Frauen hatten sich vor zehn Jahren an der Universität New York kennengelernt und Freundschaft geschlossen. Susan hatte damals Jura studiert, und Nedda war Gastdozentin gewesen.

Mit Ausnahme von Nedda war es für Susans Freunde ein ziemlicher Schock gewesen, als sie nach zwei Jahren ihren Job als Assistentin des Staatsanwalts von Westchester County an den Nagel hängte und wieder zur Uni ging, um ihren Doktor in Psychologie zu machen.

Als Nedda bemerkte, daß Susan in der Tür stand, schaute sie auf. „Sieh mal an, wer da ist. Wie war dein Wochenende, Susan?"

Nedda war sowohl über Binkys Party als auch über den Hochzeitstag im Bilde.

„Meinen Erwartungen entsprechend", erwiderte Susan trocken. „Am Samstag ist Dee bei Mom eingetrudelt, und die beiden haben sich zusammen die Augen ausgeheult. Ich habe Dee gesagt, ihre Depressionen würden es Mutter nur noch schwerer machen, mit ihrer Situation zurechtzukommen, und daraufhin ist sie über mich hergefallen. Sie sagte, wenn ich vor zwei Jahren hätte mit ansehen müssen, wie mein Ehemann von einer Lawine in den Tod gerissen wird, so wie sie Jacks Tod mit ansehen mußte, dann würde ich begreifen, was sie durchmache. Und dann die Party bei Dad und Binky", fuhr sie fort. „Übrigens will Dad jetzt, daß ich ihn Charles nenne, und das sagt ja wohl alles zu diesem Thema." Sie seufzte. „Das war mein Wochenende. Noch eins von dieser Sorte, und ich brauche selbst professionelle Hilfe."

Nedda betrachtete sie mitfühlend. Sie kannte als einzige von Susans Freunden die ganze Geschichte von Jack und Dee und von Susans Eltern und deren schmutziger Scheidung. „Klingt so, als ob du ein Überlebenstraining brauchen könntest", meinte sie.

Susan lachte. „Vielleicht fällt dir ja was für mich ein. Dann schulde ich dir noch mehr als die Vermittlung des Jobs beim Radio. Aber jetzt verziehe ich mich mal lieber. Ich muß noch was für die Sendung vorbereiten."

Vor einem Jahr hatte Marge Mackin, eine beliebte Radiomoderatorin und enge Freundin von Nedda, Susan zu ihrer Sendung ins Studio eingeladen. Sie sollte als Rechtsexpertin und Psychologin einen aufsehenerregenden Prozeß kommentieren. Der Erfolg ihrer ersten Stippvisite beim Radio hatte dazu geführt, daß sie regelmäßig an der Sendung teilnahm, und als Marge zum Fernsehen wechselte, bot man Susan an, selbst Moderatorin der Sendung zu werden.

„Wer ist heute dein Gast?" fragte Nedda.

„In dieser Woche konzentriere ich mich auf die Frage, wie Frauen in ihrer jeweiligen sozialen Umgebung auf ihre Sicherheit achten sollten. Donald Richards, ein auf Kriminologie spezialisierter Psychiater, hat ein Buch mit dem Titel ‚Verschwundene Frauen' geschrieben. Es handelt von Vermißtenfällen, mit denen er befaßt war. Viele hat er gelöst, aber eine Reihe interessanter Fälle sind noch ungeklärt. Wir sprechen über die möglichen Gründe dafür, warum intelligente Frauen sich mit einem Killer einlassen, und anschließend überlegen wir, wie unsere Hörerinnen potentiell gefährliche Situationen vermeiden können."

„Starkes Thema."

„Finde ich auch. Ich habe beschlossen, das Verschwinden von Regina Clausen zur Sprache zu bringen. Dieser Fall hat mich immer fasziniert. Erinnerst du dich an sie? Ich habe sie oft auf CNBC gesehen und fand sie großartig."

Nedda schaute auf. „Regina Clausen verschwand vor etwa drei Jahren, als sie während einer Schiffsreise in Hongkong an Land ging. Ich erinnere mich sehr gut. Der Fall erregte damals großes Aufsehen."

„Zu der Zeit war ich schon aus der Staatsanwaltschaft ausgeschieden", sagte Susan. „Aber ich besuchte dort gerade eine Freundin, als Jane Clausen – Reginas Mutter, die damals in Scarsdale lebte – vorbeikam, um den Staatsanwalt um Hilfe zu bitten. Es gab keinen Hinweis darauf, daß Regina Hongkong wieder verlassen hatte, daher war der Staatsanwalt von Westchester County natürlich nicht zuständig. Die arme Frau zeigte Fotos von Regina und sagte immer wieder, wie sehr ihre Tochter sich auf die Kreuzfahrt gefreut habe. Jedenfalls konnte ich den Fall nie vergessen."

Neddas Gesicht wurde weicher. „Ich kenne Jane Clausen flüchtig. Wir haben im selben Jahr unseren Abschluß am Smith College gemacht. Sie wohnt am Beekman Place. Früher war sie sehr still, deshalb vermute ich, daß Regina privat auch eher scheu war."

Susan zog die Augenbrauen hoch. „Schade, daß ich nichts von deiner

Bekanntschaft mit Mrs. Clausen wußte. Du hättest womöglich ein Gespräch arrangieren können."

Nedda zog die Stirn in Falten. „Vielleicht ist es noch nicht zu spät. Der Anwalt der Clausens heißt Douglas Layton, ist Mitte Dreißig und wohnt in der Park Avenue. Ich bin ihm ein paarmal begegnet. Um neun rufe ich ihn an. Mal sehen, ob er für uns einen Kontakt herstellen kann."

UM ZEHN nach neun summte die Gegensprechanlage auf Susans Schreibtisch. Janet, ihre Sekretärin, meldete sich: „Douglas Layton ist auf Leitung eins."

Es war nicht zu überhören, daß der Anwalt der Clausens alles andere als erbaut war. „Dr. Chandler, wir müssen uns gegen jede Zurschaustellung von Mrs. Clausens Trauer strengstens verwahren", begann er schroff. „Regina war ihr einziges Kind. Es wäre schon schlimm genug, hätte man ihre Leiche gefunden. Da dies aber nicht geschehen ist, lebt Mrs. Clausen bis heute in quälender Ungewißheit. Sie fragt sich unaufhörlich, wie es ihrer Tochter ergehen mag, sollte sie noch am Leben sein. Ich hätte gedacht, eine Freundin von Nedda Harding würde eine Sensationsberichterstattung entschieden ablehnen."

Susan antwortete kühl, aber gelassen: „Mr. Layton, Sie haben selbst den Grund genannt, warum der Fall unbedingt im Radio erörtert werden sollte. Zweifellos ist es unendlich viel schlimmer für Mrs. Clausen, sich Tag für Tag fragen zu müssen, ob ihre Tochter noch am Leben ist, als definitiv zu wissen, was aus ihr geworden ist. Wie man hört, konnten weder die Polizei von Hongkong noch die Privatdetektive, die Mrs. Clausen engagiert hat, einen Hinweis auf Reginas Verbleib finden, nachdem sie von Bord gegangen war. Man kann meine Sendung in fünf Bundesstaaten empfangen. Die Chance ist sehr gering, das weiß ich wohl, aber vielleicht hört ja doch jemand zu, der damals auf der *Gabrielle* mitfuhr oder sich zur gleichen Zeit in Hongkong aufhielt. Und vielleicht ruft diese Person an, um uns einen Tip zu geben. Schließlich war Regina regelmäßig auf CNBC zu sehen, und manche Menschen haben ein ausgezeichnetes Personengedächtnis."

Ohne ihm Gelegenheit zu einer Erwiderung zu geben, legte Susan auf. Sie beugte sich vor und schaltete das Radio ein. Für die heutige Sendung hatte sie eine Ankündigung zu ihrem Gast und dem Fall Clausen vorbereitet, die bereits am Freitag gesendet worden war. Jed Geany, ihr Produzent, hatte versprochen, daß der Sender sie heute morgen noch einmal ausstrahlen werde.

Zwanzig Minuten später lief die erste Ankündigung. Dann drücken wir mal die Daumen, daß jemand zuhört, der etwas über den Fall weiß, dachte Susan.

Es war reiner Zufall, daß er am Freitag sein Autoradio auf den Sender der Talkshow eingestellt hatte, sonst hätte er die Ankündigung verpaßt. Er hörte nur mit halbem Ohr hin. Doch als der Name Regina Clausen fiel, drehte er die Lautstärke auf und war voll konzentriert.

Nicht, daß es einen Grund zur Besorgnis gab. Wie immer hatte er jede erdenkliche Vorsichtsmaßnahme getroffen. Oder etwa doch nicht?

Am Montag morgen, als er die Ankündigung erneut im Radio hörte, kamen ihm Zweifel. Beim nächsten Mal würde er ganz besonders vorsichtig sein. Aber das nächste Mal würde ja auch das letzte Mal sein. Bis jetzt waren es vier. Eine fehlte noch. Er würde sie nächste Woche auswählen, und wenn sie erst ihm gehörte, wäre seine Mission erfüllt und er würde endlich Frieden finden.

Aufgebracht lauschte er der herzlichen, aufmunternden Stimme von Dr. Susan Chandler: „Regina Clausen war eine namhafte Anlageberaterin und eine sehr großzügige Sponsorin zahlreicher karitativer Stiftungen. In meiner heutigen Sendung wollen wir über ihr Verschwinden sprechen. Wir möchten das Geheimnis lüften. Vielleicht können Sie uns dabei helfen. Schalten Sie also ein!“

Er schaltete das Radio schnell aus. „Liebe Frau Dr. Chandler“, sagte er laut, „lassen Sie die Finger von dieser Sache, und zwar umgehend! Es ist nicht Ihre Angelegenheit. Und ich warne Sie – wenn Sie mich zwingen, Sie zu meiner Angelegenheit zu machen, sind Ihre Tage gezählt!“

Dr. Donald Richards, der Autor von „Verschwundene Frauen“, wartete bereits im Studio, als Susan dort ankam. Er war etwa Ende Dreißig, groß und dünn und hatte blaue Augen und dunkelbraunes Haar. Als er aufstand, um sie zu begrüßen, nahm er seine Lesebrille ab. Freundlich lächelnd schüttelte er ihre Hand. „Dr. Chandler, ich muß Sie warnen. Es ist mein erstes Buch. Ich bin ein Neuling im Werbezirkus und deshalb ziemlich nervös. Versprechen Sie, mich zu retten, wenn ich keinen Ton mehr herausbringe?“

Susan lachte. „Dr. Richards, ich heiße Susan, und vergessen Sie das Mikrofon einfach. Tun Sie so, als wären wir Nachbarn, die am Gartenzaun miteinander plaudern.“

Wollte er mich auf den Arm nehmen, oder was? dachte sie eine Viertelstunde später, als Richards ruhig und mit unaufdringlichem Sachverstand die authentischen Fälle in seinem Buch erörterte. Sie nickte zustimmend, als er sagte: „Wenn ein Mensch verschwindet – ich spreche selbstverständlich von Erwachsenen, nicht von Kindern –, stellen sich die Behörden zunächst die Frage, ob er aus eigenem Antrieb verschwunden ist. Wie Sie wissen, Dr. Chandler, beschließen erstaunlich viele Menschen aus heiterem Himmel, nicht mehr nach Hause zurückzukehren und ein völlig neues Leben anzufangen. Der erste Schritt, um einen Vermißten aufzuspüren, ist die Überprüfung seiner Kreditkarten."

„Ob sie entweder von ihm oder von einer Person, die sie gestohlen hat, belastet werden", warf Susan ein.

„Richtig", erwiderte Richards. „In einigen Fällen ist das Verschwinden natürlich nicht freiwillig; manchmal steckt ein Verbrechen dahinter. Aber das ist nicht immer leicht zu entscheiden. Es ist zum Beispiel sehr schwierig, jemanden des Mordes zu überführen, wenn keine Leiche gefunden wurde."

Sie diskutierten über ungeklärte Fälle, die er in seinem Buch behandelt hatte und in denen die vermißten Frauen nie gefunden worden waren. Dann sagte Susan: „Und nun, Dr. Richards, würde ich gern Ihre Meinung zu einem Fall hören, den Sie nicht in Ihrem Buch behandeln – den Fall Regina Clausen. Lassen Sie mich unseren Zuhörern zunächst die Umstände des Verschwindens dieser Frau schildern."

Susan brauchte nicht auf ihre Notizen zurückzugreifen. „Regina Clausen war eine hochangesehene Anlageberaterin bei Lang Taylor Securities. Zum Zeitpunkt ihres Verschwindens war sie dreiundvierzig Jahre alt. Ihren Bekannten zufolge gab sie sich privat stets sehr zurückhaltend. Sie lebte allein und verbrachte ihren Urlaub gewöhnlich zusammen mit ihrer Mutter. Vor drei Jahren erholte sich ihre Mutter gerade von einem Knöchelbruch, daher buchte Regina Clausen auf eigene Faust eine Teilstrecke der Weltumrundung des Luxusliners *Gabrielle.* Sie ging in Perth an Bord und hatte vor, nach Bali, Hongkong, Taiwan und Japan mitzufahren und in Honolulu das Schiff zu verlassen. Statt dessen ging sie dann aber in Hongkong von Bord; sie erklärte, sie wolle sich dort ein wenig länger aufhalten und in Japan wieder auf die *Gabrielle* zurückkehren. Regina ging mit nur einem Koffer und einer Tragetasche von Bord und soll guter Stimmung gewesen sein, sogar einen glücklichen Eindruck gemacht haben. Sie nahm ein Taxi zum Peninsula Hotel, meldete sich dort an, deponierte ihr Gepäck in ihrem Zimmer und verließ das Hotel gleich darauf wieder. Von da an wurde sie nicht mehr gesehen.

Dr. Richards, was würden Sie als erstes unternehmen, wenn Sie in diesem Fall ermitteln sollten?“

„Ich würde mir die Passagierliste geben lassen, um nachzusehen, ob noch eine andere Person Vorkehrungen traf, in Hongkong zu bleiben“, antwortete Richards sofort. „Außerdem würde ich mich erkundigen, ob sie auf dem Schiff Anrufe oder Faxe erhielt. Dann würde ich die übrigen Passagiere befragen, ob ihnen vielleicht aufgefallen ist, daß sie sich an Bord mit jemandem, vor allem mit einem alleinreisenden Mann, angefreundet hat.“ Richards hielt inne. „Das wäre erst der Anfang.“

„All das hat man getan“, erklärte Susan. „Die Schiffahrtsgesellschaft, Privatdetektive sowie die Behörden von Hongkong haben gründliche Nachforschungen angestellt. Mit Gewißheit ließ sich nur eines feststellen: Regina Clausen verschwand in dem Augenblick, als sie das Hotel verließ.“

Über den Kopfhörer empfing Susan das Signal des Produzenten, daß Anrufer warteten. „Nach den nun folgenden Durchsagen sind unsere Anrufer an der Reihe“, sagte sie über den Sender.

Dann nahm sie den Kopfhörer ab und erklärte Richards: „Durchsagen alias Werbung. Damit wir unsere Rechnungen bezahlen können.“

Richards nickte. „Alles klar. Übrigens war ich außer Landes, als der Fall Clausen die Medien beschäftigte, aber interessant ist er allemal. Nach den wenigen Informationen, die ich habe, würde ich sagen, daß auf jeden Fall ein Mann dahintersteckt. Eine scheue, einsame Frau ist besonders anfällig, wenn sie ihre vertraute Umgebung verläßt, in der ihr Arbeit und Familie Selbstvertrauen und Sicherheit geben.“

Er muß meine Mutter und meine Schwester kennen, dachte Susan. „Aufgepaßt, wir sind gleich wieder auf Sendung“, warnte sie.

Sie setzten ihre Kopfhörer wieder auf, und nach einem 10-Sekunden-Countdown begann Susan zu sprechen. „Hier ist wieder Dr. Susan Chandler. Mein heutiger Gast ist Dr. Donald Richards, Kriminologe, Psychiater und Autor des Buchs ‚Verschwundene Frauen‘. Vor der Pause haben wir über den Fall der gefragten Anlageberaterin Regina Clausen geredet, die vor drei Jahren in Hongkong verschwand. Sie nahm an einer Weltumrundung des Luxusliners *Gabrielle* teil.“ Susan blickte auf den Monitor. „Die erste Anruferin ist Louise aus Fort Lee.“

Die Anrufe waren nach dem üblichen Muster gestrickt: „Wie können so intelligente Frauen auf einen Killer hereinfallen?“ – „Was empfiehlt Dr. Richards, wie man sich verhalten soll?“

Danach blieb nur Zeit für einen letzten Werbespot und einen Anruf.

Während der Pause meldete sich der Produzent aus dem Kontrollraum bei Susan. „Ich möchte noch einen letzten Anruf durchstellen. Aber ich warne dich, die Frau ist nicht bereit, ihren wirklichen Namen zu nennen. Zuerst wollten wir ihren Anruf nicht entgegennehmen, aber sie sagt, daß sie eventuell etwas über das Verschwinden von Regina Clausen weiß. Sie bittet darum, daß wir sie einfach Karen nennen."

„Stellt sie durch." Als das Lämpchen blinkte, sprach Susan ins Mikrofon. „Unsere letzte Anruferin heißt Karen, und sie hat uns vielleicht etwas Wichtiges mitzuteilen. Hallo, Karen!"

Die Anruferin sprach heiser und sehr leise, so daß man sie kaum verstehen konnte. „Dr. Chandler, vor zwei Jahren habe ich an einer Kreuzfahrt teilgenommen. Es ging mir damals ziemlich mies, weil ich mich scheiden lassen wollte; die Eifersucht meines Mannes war unerträglich geworden. Auf dem Schiff gab es einen Mann, der sich außerordentlich um mich bemühte, aber heimlich und diskret. Wenn wir irgendwo anlegten, mußte ich mich dort an einem vorher festgelegten Ort mit ihm treffen, möglichst weit vom Schiff entfernt, und wir sahen uns zusammen die Stadt an. Danach trennten wir uns wieder und gingen jeder allein zum Schiff zurück. Er sagte, der Grund für die Heimlichtuerei sei, daß er uns den Klatsch ersparen wolle. Er war charmant und aufmerksam, was ich damals dringend brauchte. Dann schlug er vor, ich solle in Athen das Schiff verlassen, um dort mit ihm zusammenzusein. Anschließend würden wir nach Algier fliegen, und in Tanger könnte ich wieder an Bord gehen."

Susan erinnerte sich an das Gefühl, das sie bei der Staatsanwaltschaft empfunden hatte, wenn eine wichtige Enthüllung eines Zeugen bevorstand. „Taten Sie, was dieser Mann Ihnen vorschlug?" fragte sie.

„Ich hatte es vor, aber genau zu diesem Zeitpunkt rief mein Mann an und bat mich, unserer Ehe noch eine Chance zu geben. Der Mann, mit dem ich mich treffen wollte, war bereits von Bord gegangen. Ich wollte ihn anrufen, aber in dem Hotel, in dem er angeblich absteigen wollte, war er nicht angemeldet. Ich sah ihn nie wieder. Allerdings habe ich ein Foto, auf dem er im Hintergrund zu sehen ist, und er hat mir einen Ring geschenkt, in den ‚Du gehörst mir' eingraviert ist und den ich ihm nie zurückgeben konnte."

Susan wählte ihre Worte vorsichtig. „Karen, was Sie uns da erzählen, könnte sehr wichtig sein. Würden Sie sich mit mir treffen und mir den Ring und das Foto zeigen?"

„Ich ..., ich kann mich nicht in diese Sache verwickeln lassen. Mein

Mann würde einen Wutanfall kriegen, wenn er wüßte, daß ich damals einen anderen kennengelernt habe."

„Karen, bitte kommen Sie zu mir in die Praxis", sagte Susan schnell. „Ich nenne Ihnen die Adresse." Sie rasselte sie herunter, dann fügte sie rasch hinzu: „Regina Clausens Mutter muß wissen, was aus ihrer Tochter geworden ist. Ich verspreche Ihnen, daß ich Ihre Intimsphäre schützen werde."

„Um drei Uhr bin ich da." Dann wurde die Verbindung unterbrochen.

– 2 –

Carolyn Wells schaltete das Radio aus und trat nervös ans Fenster. Im Metropolitan Museum of Art auf der Straßenseite gegenüber rührte sich nichts. Am Montag war dort Ruhetag.

Seit sie bei „Fragen Sie Frau Dr. Chandler" angerufen hatte, quälten sie böse Vorahnungen, die sie nicht abschütteln konnte.

Hätten wir Pamela doch bloß nicht bestürmt, eine Wahrsagung für uns zu machen, dachte sie und erinnerte sich an die beunruhigenden Vorfälle am Abend des vergangenen Freitags. Zum vierzigsten Geburtstag ihrer früheren Mitbewohnerin Pamela Hastings hatte sie ein Essen gegeben und auch die beiden anderen Frauen dazu eingeladen, mit denen sie vor langer Zeit ein Apartment geteilt hatte.

Sie hatten den Abend zum „Frauenabend" erklärt und sich gemütlich unterhalten. Pamela, inzwischen Professorin am College, verfügte über die Gabe des Zweiten Gesichts, so daß sich sogar manchmal die Polizei, wenn auch sehr diskret, in Entführungs- und Vermißtenfällen an sie wandte.

Seit Jahren hatten sie Pamela nicht um eine Wahrsagung gebeten. Als sie noch jünger gewesen waren, hatten sie fast ein Ritual daraus gemacht, sie halb im Scherz um eine Prognose hinsichtlich ihrer Zukunft mit dem neuen Freund oder dem neuen Jobangebot zu bitten.

Am Freitag nach dem Essen, als sie sich alle bei einem Glas Portwein entspannten, hatte Pamela nachgegeben und sich bereit erklärt, für jede von ihnen eine Wahrsagung zu machen. Wie immer hatte sie ihre Freundinnen gebeten, einen persönlichen Gegenstand auszuwählen, den sie während der jeweiligen Wahrsagung in der Hand halten konnte.

Ich war als letzte an der Reihe, erinnerte sich Carolyn. Warum mußte ich ausgerechnet diesen blöden Ring auswählen? Ich weiß nicht mal, warum ich ihn behalten habe.

In Wahrheit hatte sie den Ring an jenem Abend aus ihrer Schatulle mit Modeschmuck geholt, weil ihr tagsüber Owen Adams nicht aus dem Kopf gegangen war, der Mann, der ihn ihr geschenkt hatte. Sie war ihm vor genau zwei Jahren begegnet.

Als Pamela den Ring in der Hand gehalten hatte, war ihr die fast unleserliche Gravur an der Innenseite aufgefallen. „‚Du gehörst mir'", hatte sie, halb belustigt, halb entsetzt, gelesen.

„Ziemlich kraß für die heutige Zeit, findest du nicht auch, Carolyn? Justin hat das hoffentlich nicht ernst gemeint", hatte Pamela gesagt.

„Justin hat keine Ahnung davon. Als wir uns damals für einige Zeit voneinander trennten, hat mir ein Mann den Ring auf dem Kreuzfahrtschiff verehrt. Ich habe mich oft gefragt, was wohl aus ihm geworden ist."

Pamela hatte die Hand um den Ring geschlossen, und augenblicklich war eine merkliche Veränderung mit ihr vorgegangen. Ihr Körper hatte sich versteift, und ihr Gesicht war plötzlich ernst geworden. „Carolyn, dieser Ring hätte deinen Tod bedeuten können", hatte sie erklärt. „Und er kann es immer noch. Wer auch immer ihn dir geschenkt hat, er wollte dir schaden." Dann, als habe sie sich die Hand verbrannt, hatte sie den Ring auf den Couchtisch fallen lassen.

Genau in diesem Augenblick hatte sich der Schlüssel im Schloß gedreht, und sie waren alle schuldbewußt zusammengezuckt wie Schulmädchen, die man bei einem Streich ertappt hat. In stiller Übereinkunft hatten sie das Thema gewechselt. Alle wußten, daß die Trennung für Justin eine Tabuangelegenheit war. Carolyn erinnerte sich, wie sie den Ring schnell aufgehoben und in ihre Tasche gesteckt hatte. Dort war er immer noch.

Der Grund für die Trennung vor zwei Jahren war Justins maßlose Eifersucht gewesen. Als er sie auf dem Schiff anrief, hatte er versprochen, sich zu ändern. Und er hat's weiß Gott versucht, dachte Carolyn. Aber wenn ich mich in diese Sache mit Dr. Chandler verwickeln lasse, wird er denken, daß ich etwas mit Owen Adams hatte, und wir stehen wieder ganz am Anfang.

Sie würde die Verabredung mit Susan Chandler nicht einhalten. Statt dessen würde sie ihr das Foto zukommen lassen, das an Bord des Schiffes während der Cocktailparty des Kapitäns aufgenommen worden war, das Foto, auf dem man im Hintergrund Owen Adams sehen konnte. Ihr eigenes Konterfei würde sie von dem Bild abschneiden und die andere Hälfte des Fotos dann zusammen mit dem Ring und Owens Namen an Susan Chandler schicken.

Falls es einen Zusammenhang zwischen Owen Adams und Regina Clausen geben sollte, dann war es Susan Chandlers Aufgabe, ihn herzustellen.

JANE CLAUSEN, vierundsiebzig Jahre alt, schaltete das Radio aus, dann saß sie lange Zeit da und starrte aus dem Fenster auf die rasche Strömung des East River. Seit drei Jahren, seit ihre Tochter Regina verschwunden war, kam sie sich innerlich wie erstarrt vor.

Sie wußte, daß Regina tot war. Im Grunde ihres Herzens war sie davon überzeugt. Sie hatte es von dem Augenblick an gewußt, als man sie vom Schiff aus anrief, um ihr mitzuteilen, daß Regina nicht wie geplant wieder an Bord gekommen war.

Heute morgen hatte ihr Rechtsanwalt Douglas Layton angerufen, um sie davon zu unterrichten, daß Dr. Susan Chandler im Radio Reginas Verschwinden thematisieren wollte. „Ich habe versucht, sie davon abzubringen, aber sie blieb dabei, daß es Ihnen nur nützen würde, endlich die Wahrheit zu erfahren", stieß er angespannt hervor.

Nur Douglas Layton, der Anwalt der Investmentfirma, die das Familienvermögen verwaltete, wußte, wie verzweifelt sie nach einer Erklärung für das Verschwinden ihrer Tochter gesucht hatte. Er wußte, daß von den besten Privatdetektiven alle Hebel in Bewegung gesetzt worden waren, um Reginas Verschwinden aufzuklären, nachdem die Polizei aufgegeben hatte.

Aber ich hatte auch unrecht, dachte Jane Clausen. Ich habe mir eingeredet, Regina sei durch einen Unfall ums Leben gekommen, um den Verlust erträglicher zu machen. Aber wie war dann dieser Anruf zu erklären, der Anruf von Karen, die von einem Mann berichtete, der sie gedrängt hatte, ihre Kreuzfahrt zu unterbrechen? Sie hatte von einem Ring gesprochen – einem Ring, in den die Wörter „Du gehörst mir" eingraviert waren.

Jane Clausen hatte den Spruch sofort wiedererkannt, und es hatte sie zutiefst erschüttert, die ihr vertrauten Wörter zu hören. Wäre alles nach Plan verlaufen, dann hätte Regina erst in Honolulu ihre Reise beenden müssen. Als sie in Hongkong nicht zum Schiff zurückkehrte und auch in Honolulu nicht auftauchte, wurden die Kleider und Wertsachen, die sich noch in ihrer Kabine befanden, nach Amerika geschickt. Jane hatte die Sachen sorgfältig durchgesehen. Der Ring war ihr aufgefallen, weil er so ganz und gar wertlos war – ein hübscher kleiner Türkisring von der Sorte, die Touristen als Souvenir kaufen. Sie hatte gedacht, daß Regina den eingravierten Spruch an seiner Innenseite entweder nicht bemerkt oder bewußt ignoriert hatte. Der Türkis war ihr Geburtsstein.

Aber wenn diese Frau, Karen, erst vor zwei Jahren einen ähnlichen Ring auf einer Kreuzfahrt zum Geschenk erhalten hatte – hieß das dann nicht, daß ein Mann, der höchstwahrscheinlich für Reginas Tod verantwortlich war, es noch auf andere Frauen abgesehen hatte?

Jane Clausen stand auf und wartete, bis die Schmerzen in ihrem Rücken nachließen, dann ging sie langsam vom Arbeitszimmer in den Raum, den sie und ihre Haushälterin vorsichtig als das „Gästezimmer" bezeichneten.

Ein Jahr nach Reginas Verschwinden hatte sie die Wohnung ihrer Tochter aufgegeben und ihr eigenes, viel zu großes Haus in Scarsdale verkauft. Sie hatte diese Fünfzimmerwohnung am Beekman Place erworben und das zweite Schlafzimmer mit Reginas Möbeln eingerichtet.

Jetzt ging sie zur Kommode hinüber, zog die oberste Schublade auf und entnahm ihr das Lederkästchen, in dem Regina ihren Schmuck aufbewahrt hatte.

Der Türkisring lag in einem mit Samt gefütterten Fach. Sie steckte ihn an ihren Finger.

Kurz entschlossen ging sie zum Telefon und rief Douglas Layton an.

„Mr. Layton", sagte sie leise, „heute um Viertel vor drei werden Sie und ich in der Praxis von Dr. Susan Chandler vorsprechen. Sie haben doch sicher die Sendung verfolgt?"

„Ja, Mrs. Clausen."

„Ich muß mit dieser Anruferin reden."

Jane Clausen legte den Hörer auf. Seit sie wußte, wie wenig Zeit ihr noch blieb, hatte sie sich mit dem Gedanken zufriedengegeben, daß ihr tiefer Kummer über ihren Verlust bald ein Ende haben würde. Doch jetzt stieg ein neues Verlangen in ihr auf – sie mußte dafür sorgen, daß keine andere Mutter den Schmerz ertragen mußte, den sie selbst in den vergangenen drei Jahren erlebt hatte.

AUF DER Heimfahrt im Taxi ging Susan in Gedanken noch einmal die Termine durch, die sie für den heutigen Tag vereinbart hatte. In knapp einer Stunde, um ein Uhr, sollte sie einen psychologischen Test mit einem Siebtkläßler machen, der Symptome einer leichten Depression zeigte. Eine Stunde später würde eine fünfundsechzigjährige Frau kommen, die kurz vor der Pensionierung stand und vor lauter Panik schlaflose Nächte verbrachte.

Und um drei Uhr hoffte sie der Frau zu begegnen, die sich Karen nannte. Am Telefon hatte sie allerdings so verängstigt geklungen, daß Susan befürchtete, sie könnte ihre Meinung noch ändern. Wovor hat sie solche Angst, fragte sie sich.

Als Susan die Tür zu ihrer Praxis öffnete, empfing Janet sie mit einem anerkennenden Lächeln. „Tolle Sendung, Doktor!"

„Danke", erwiderte Susan. „Irgendwelche wichtigen Nachrichten?"

„Ja. Ihre Schwester Dee hat vom Flughafen aus angerufen. Sie wollte sich entschuldigen, weil sie sich am Samstag mit Ihnen gestritten hat. Außerdem wollte sie wissen, was Sie von Alexander Wright halten. Sie hat ihn auf der Party kennengelernt, nachdem Sie schon gegangen waren. Sie findet ihn unwahrscheinlich attraktiv." Janet reichte ihr einen Zettel. „Ich habe alles notiert."

Susan dachte an den Mann, der mit angehört hatte, wie ihr Vater sie bat, ihn in Zukunft Charles zu nennen. Um die Vierzig, etwa einsachtzig groß, dunkelblondes Haar, einnehmendes Lächeln, erinnerte sie sich. Er war zu ihr gekommen, als ihr Vater sich entfernte, um einen neuen Gast zu begrüßen. „Nehmen Sie es sich nicht zu Herzen. Vermutlich war das Binkys Idee", hatte er sie aufgemuntert. „Holen wir uns Champagner, und gehen wir nach draußen."

Es war einer jener herrlichen Abende im Frühherbst gewesen, und sie hatten auf der Terrasse gestanden und träge an ihren Champagnerflöten genippt.

Susan hatte Alex Wright gefragt, woher er ihren Vater kenne.

„Bis heute kannte ich ihn nicht", hatte er erklärt. „Aber mit Binky stehe ich seit Jahren in Verbindung." Er hatte sie gefragt, was sie beruflich mache, und die Augenbrauen gehoben, als sie antwortete, sie sei klinische Psychologin.

„Ich lebe nicht völlig hinter dem Mond", hatte er schnell gesagt. „Aber wenn ich den Titel ‚klinischer Psychologe' höre, muß ich spontan an einen sehr ernsthaften älteren Menschen denken, nicht an eine junge, außergewöhnlich attraktive Frau wie Sie. Diese beiden Dinge vertragen sich nicht."

Sie hatte ein dunkelgrünes Etuikleid aus Wollkrepp getragen und als Accessoire einen apfelgrünen Schal.

„Meistens laufe ich Sonntag nachmittags in einem uralten Pullover und Jeans herum“, hatte sie zu ihm gesagt. „Können Sie mit diesem Bild besser leben?“

Da Susan sich den Anblick hatte ersparen wollen, wie ihr Vater um Binky herumscharwenzelte, und auch keinen Wert darauf legte, ihrer Schwester zu begegnen, war sie bald darauf gegangen – allerdings nicht bevor eine ihrer Freundinnen ihr zugeraunt hatte, Alex Wright sei der Sohn des verstorbenen Alexander Wright, des legendären Philanthropen. „Die Wright-Bibliothek, das Wright-Kunstmuseum, das Wright-Center für darstellende Künste. Richtig dickes Geld!“

Susan las die Nachricht, die ihre Schwester ihr hinterlassen hatte. Er ist wirklich sehr attraktiv, dachte sie. Hm.

ALS SUSANS Patientin um Viertel vor drei ging, erschien Janet mit einer Tasse Hühnerbrühe und einer Schachtel Cracker. Kurz darauf teilte Janet ihr mit, daß Regina Clausens Mutter und ihr Anwalt Douglas Layton im Empfangsbereich warteten.

„Sie sollen in den Konferenzraum gehen“, wies Susan sie an. „Ich spreche dort mit ihnen.“

Jane Clausen war tadellos gekleidet, ihr graues Haar war perfekt frisiert, und sie strahlte eine Zurückhaltung aus, die wie ihr ganzes Benehmen auf eine gute Kinderstube schließen ließ.

Der Anwalt, der heute morgen am Telefon noch so grob mit ihr umgesprungen war, gab sich nun bedauernd. „Dr. Chandler, ich hoffe, Sie halten uns nicht für aufdringlich. Mrs. Clausen muß Ihnen etwas Wichtiges zeigen, und sie würde sehr gern mit der Frau sprechen, die heute morgen bei Ihnen im Sender angerufen hat.“

Susan unterdrückte ein Lächeln, als sie trotz der kräftigen Sonnenbräune eine verräterische Röte in seinem Gesicht bemerkte. Sie schaute auf ihre Uhr. Es war zehn Minuten vor drei. „Mrs. Clausen, ich bin keineswegs sicher, daß die Frau, die beim Sender angerufen hat, kommt. Und leider muß ich Sie bitten, vorerst in diesem Raum zu bleiben. Ich empfange die Frau in meinem Sprechzimmer, und sobald ich herausgefunden habe, was sie weiß, frage ich sie, ob sie bereit ist, mit Ihnen zu reden.“

Jane Clausen öffnete ihre Handtasche und holte einen Türkisring heraus. „Dieser Ring befand sich in der Kabine meiner Tochter auf der *Gabrielle.* Er war bei den Sachen, die man mir geschickt hat. Bitte zeigen Sie ihn Karen. Wenn er ihrem Ring ähnelt, muß sie einfach mit mir sprechen!“ Sie reichte Susan den Ring.

„Schauen Sie sich die Gravierung an", bat Layton.

Susan blickte angestrengt auf die winzigen Buchstaben und drehte den Ring, bis sie die Wörter entziffern konnte. Erstaunt schaute sie ihre Besucherin an, die dastand und wartete. „Bitte nehmen Sie doch Platz, Mrs. Clausen. Meine Sekretärin kann Ihnen Tee oder Kaffee bringen. Und drücken Sie die Daumen, daß Karen auftaucht."

„Ich fürchte, ich kann nicht bleiben", erklärte Layton hastig. „Es tut mir außerordentlich leid, Mrs. Clausen, aber ich konnte meinen nächsten Termin nicht absagen."

„Ich verstehe." In Jane Clausens Stimme lag ein scharfer Unterton. „Der Wagen wartet unten auf mich. Ich komme schon zurecht."

SUSANS Unmut wuchs, als die Zeiger der Uhr erst fünf nach drei und dann zehn nach drei zeigten. Aus Viertel nach drei wurde halb vier, dann Viertel vor vier. Sie ging in den Konferenzraum zurück. Jane Clausens Gesicht war aschfahl. Sie hat körperliche Schmerzen, dachte Susan.

„Ich könnte jetzt den Tee gebrauchen, falls das Angebot noch besteht, Dr. Chandler", sagte Jane Clausen. Nur das leichte Zittern ihrer Stimme verriet ihre tiefe Enttäuschung.

UM VIER Uhr ging Carolyn Wells die 81. Straße hinunter zur Post, unter dem Arm einen an Susan Chandler adressierten braunen Umschlag. Den Gedanken daran, die Verabredung mit Susan Chandler einzuhalten, hatte sie endgültig aufgegeben, als um halb zwei ihr Mann angerufen hatte.

„Liebling, etwas völlig Verrücktes ist passiert", hatte Justin in scherzhaftem Ton erklärt. „Barbara, die Empfangsdame, hatte heute morgen das Radio an, um sich irgend so eine Ratgebersendung anzuhören, bei der man anrufen kann. Auf jeden Fall hat sie behauptet, unter anderem habe eine Frau namens Karen angerufen, deren Stimme sich so anhörte wie deine und die erzählte, vor zwei Jahren habe sie auf einer Kreuzfahrt einen Mann kennengelernt. Hast du irgendwelche Geheimnisse vor mir?"

Carolyn hatte seine Frage mit einem Lachen abgetan und ihm versichert, daß sie nun wirklich nicht die Zeit habe, tagsüber Radio zu hören. Aber angesichts von Justins nahezu zwanghafter Eifersucht befürchtete sie, daß sie nicht zum letztenmal von dieser Sache gehört haben würde. Jetzt wollte sie diesen Ring und dieses Foto endlich loswerden.

Der Verkehr war ungewöhnlich dicht, selbst für diese Tageszeit. Auf der Park Avenue mußte sie neben vielen ungeduldigen Menschen an der

Fußgängerampel warten, während Personenwagen und Lieferwagen um die Ecke brausten.

Als ein Transporter mit quietschenden Reifen heranraste, wollte sie instinktiv einen Schritt zurücktreten. Aber jemand stand unmittelbar hinter ihr und versperrte ihr den Weg. Und plötzlich spürte sie, wie ihr der Umschlag entrissen wurde und ihr gleichzeitig jemand einen Stoß in den Rücken versetzte.

Carolyn stolperte. Sie konnte sich noch halb umdrehen und einen Blick in ein ihr bekanntes Gesicht erhaschen. „Nein!“ flüsterte sie noch, als sie schon das Gleichgewicht verlor und fiel – direkt vor den Transporter.

ER HATTE draußen vor dem Gebäude gewartet, in dem sich Susan Chandlers Praxis befand. Als die Minuten vergingen und sie nicht auftauchte, hatte er die ganze Skala der Gefühle von Erleichterung bis hin zu Zorn durchlaufen – Erleichterung darüber, daß sie nicht kommen würde, und Zorn darüber, daß er sie jetzt ausfindig machen mußte.

Zum Glück hatte er ihren Namen behalten und wußte, wo sie wohnte. Als sie nicht vor der Praxis erschien, hatte er bei Carolyn Wells angerufen und aufgelegt, als sie sich meldete. Danach war er zum Metropolitan Museum of Art gefahren und hatte sich dort zu der kleinen Gruppe von Studenten und Touristen gesetzt, die dort saßen, obwohl das Museum heute geschlossen war. Von der Treppe aus hatte er das Apartmenthaus gut im Blick gehabt.

Um vier Uhr war seine Geduld dann belohnt worden. Sie war mit einem braunen Umschlag unter dem Arm aus dem Haus gekommen.

Da das Wetter so schön war, hatte es auf den Straßen von Passanten gewimmelt. So hatte er unbemerkt dicht hinter ihr gehen und sogar einen Teil der Blockbuchstaben auf dem Umschlag erkennen können: DR. SU…

Natürlich hatte er schon vermutet, daß der Umschlag den Ring und das Foto enthielt, von denen sie in der Sendung gesprochen hatte. Ihm war klargewesen, daß er sie stoppen mußte, bevor sie die Post erreichte. Seine Chance war an der Ecke Park Avenue und 81. Straße gekommen.

Carolyn hatte sich halb umgedreht, als er ihr den Stoß versetzte, und ihre Blicke waren einander begegnet. Sie hatte ihn als Owen Adams kennengelernt, einen britischen Geschäftsmann. Für jene Reise hatte er sich einen Schnauzer und eine rotbraune Perücke zugelegt gehabt. Dennoch war er sicher, daß unmittelbar vor ihrem Sturz ein Schimmer des Wiedererkennens in ihren Augen aufgeflackert war.

Mit Befriedigung erinnerte er sich an den Aufschrei der Umstehenden, als ihr Körper unter dem Transporter verschwand. Es war ihm nicht schwergefallen, in der Menge unterzutauchen, den Umschlag unter seiner Jacke.

Mit dem Öffnen des Umschlags wartete er, bis er in seinem Büro war, das er sicherheitshalber abschloß. Der Ring und das Foto steckten in einer Plastikhülle. Sie hatte keinen Brief, keine Notiz beigelegt. Eingehend betrachtete er das Foto und erinnerte sich daran, wo es aufgenommen worden war – an Bord des Schiffes, im Grand Salon, auf der Cocktailparty des Kapitäns für die Neuankömmlinge, die sich der Kreuzfahrt in Haifa angeschlossen hatten. Selbstverständlich hatte er sich dem Ritual, sich gemeinsam mit dem Kapitän fotografieren zu lassen, entzogen, war aber offensichtlich nicht vorsichtig genug gewesen. Beim Einkreisen seiner Beute hatte er sich zu dicht an Carolyn herangewagt und war im Aufnahmebereich der Kamera gelandet. Er erinnerte sich noch, daß er sofort die Traurigkeit gespürt hatte, die von ihr ausgegangen war – ein unbedingtes Muß für seine Pläne.

Er studierte das Foto. Obgleich er im Profil abgelichtet war, noch dazu mit dem auffälligen Schnauzer, konnte ein geschultes Auge ihn durchaus wiedererkennen.

Er warf das Bild in den Reißwolf und sah mit Befriedigung zu, wie es zu unkenntlichen Schnipseln zerkleinert wurde. Den Ring steckte er an seinen kleinen Finger. Er bewunderte ihn, sah ihn sich aus der Nähe an, dann runzelte er die Stirn und griff nach einem Taschentuch, um ihn zu polieren.

Sehr bald wird eine andere Frau die Ehre haben, diesen Ring zu tragen, sagte er sich.

Er lächelte flüchtig, als er an sein nächstes, sein letztes Opfer dachte.

Es WAR zehn vor fünf, als Justin Wells in sein Büro der Architekten Benner, Pierce und Wells zurückkehrte, um sich wieder an die Arbeit zu machen. Er fuhr sich mit der Hand durch sein dunkelbraunes Haar, dann ließ er den Stift fallen, schob seinen Stuhl zurück und stand auf. Wenngleich von kräftiger Statur, bewegte er sich mit einer gewissen Eleganz, als er den Tisch mit den Entwürfen verließ.

Sie wird wütend sein, wenn sie jemals herausbekommt, was ich vorhabe, dachte er, während er nervös nach dem Telefon auf seinem Schreibtisch griff.

Vielleicht hatte Barbara sich ja auch geirrt. Vielleicht war Carolyn nicht die Anruferin gewesen. Andererseits war Carolyns Stimme unverwechselbar – angenehm moduliert, mit der Andeutung eines britischen Akzents, da sie als Kind häufig die Sommerferien in England verbracht hatte.

Er schüttelte den Kopf. „Ich muß Gewißheit haben“, flüsterte er. Er wählte die Nummer des Radiosenders und wurde zum Büro von Jed Geany, dem Produzenten von „Fragen Sie Frau Dr. Chandler“, durchgestellt.

Er benutzte den dürftigen Vorwand, seine Mutter habe die Sendung verpaßt und er wolle einen Mitschnitt für sie bestellen. Als man ihn fragte, ob er einen Mitschnitt der vollen Sendung wünsche, verriet er sich beinahe, indem er herausplatzte: „Oh, nur die Höreranrufe“, und um den Schaden wiedergutzumachen, fügte er schnell hinzu: „Ich meine, das ist Mutters Lieblingsteil, aber bitte schicken Sie mir ein Band der kompletten Sendung.“

Zu allem Übel kam auch noch Jed Geany höchstpersönlich ans Telefon, um ihm zu sagen, daß man seiner Bitte nur zu gern nachkomme. Es sei schön, von einer so engagierten Hörerin zu erfahren. Dann fragte er nach Namen und Adresse.

Schuldbewußt gab Justin Wells seinen Namen und seine Büroadresse an.

Er hatte kaum aufgelegt, als jemand aus dem Lenox Hill Hospital bei ihm anrief, um ihm mitzuteilen, daß seine Frau bei einem Verkehrsunfall schwer verletzt worden sei.

– 3 –

Als Susan um sechs Uhr in Neddas Büro vorbeischaute, wollte ihre Freundin gerade Feierabend machen. „Wie wär’s mit einem Glas Wein?“ fragte Nedda.

„Tolle Idee. Ich hole ihn.“ Susan ging durch den Korridor zu der winzigen Küche und öffnete den Kühlschrank. Eine Flasche Pinot Grigio war kalt gestellt. Sie öffnete die Flasche, goß Wein in zwei Gläser und kehrte zu Nedda zurück. *„Happy Hour“*, verkündete sie.

Nedda sah sie unverwandt an. „Du bist zwar die Psychologin, aber wenn du die Meinung eines Laien hören willst – du siehst ziemlich erledigt aus.“

Susan nickte. „Das bin ich wohl auch." Sie setzte Nedda nicht nur über den erbosten Anruf von Douglas Layton ins Bild, sondern auch über die Anruferin, die sich Karen genannt hatte. Dann erzählte sie ihr noch von Jane Clausens Überraschungsbesuch.

„Ich staune, daß Douglas Layton dich heute morgen angerufen hat. Als ich mit ihm gesprochen habe, schien die Sendung ihn völlig kaltzulassen."

„Tja, dann hat er seine Meinung wohl geändert", sagte Susan. „Er hat Mrs. Clausen zur Praxis begleitet, blieb aber nicht lange. Er behauptete, er habe einen Termin, den er nicht absagen könne."

„Ich an seiner Stelle hätte den Termin sausenlassen", meinte Nedda trocken. „Zufällig weiß ich, daß Jane ihn im letzten Jahr zu einem der Treuhänder der Clausen-Stiftung ernannt hat. Was mag so wichtig gewesen sein, daß er sie allein ließ? Zumal er wußte, daß Jane vielleicht eine Frau treffen würde, die ihr womöglich den Mann beschreiben könnte, der für das Verschwinden ihrer Tochter verantwortlich ist, der vielleicht sogar ihr Mörder sein könnte."

IN DONALD RICHARDS' großem Apartment am Central Park West war auch seine Praxis untergebracht. Die Räume, in denen er seine Patienten empfing, betrat man durch einen separaten Eingang im Korridor. In den fünf Zimmern, die er für sich reserviert hatte, herrschte eine maskuline Atmosphäre; man merkte einfach, daß hier schon lange keine Frau mehr gewirkt hatte. Vor vier Jahren war seine Frau Kathy, ein Topmodel, während eines Fototermins in den Catskill Mountains ums Leben gekommen.

Er war nicht dort gewesen, als es geschah, und er hätte es sicherlich auch nicht verhindern können, und trotzdem hatte er nie aufgehört, sich die Schuld zu geben. Auf jeden Fall war er bis heute nicht darüber hinweggekommen.

Das Kanu, in dem Kathy posiert hatte, war sechs Meter von dem Boot des Fotografen und dessen Assistenten entfernt gewesen. Die schwere Robe aus der Zeit um die Jahrhundertwende hatte sie in die Tiefe gezogen, ehe ihr jemand hatte zu Hilfe kommen können.

Die Taucher hatten ihre Leiche nie gefunden. „Der See ist so tief, daß der Grund sogar im Sommer eiskalt ist", hatte man ihm erklärt.

Er träumte oft von ihr. Manchmal sah er sie in dem kalten Wasser liegen, unter einem Felsvorsprung eingeklemmt – Dornröschen in ewigem Schlaf. Manchmal veränderte sich der Traum. Ihr Gesicht zerfloß, und andere Gesichter schoben sich davor. Und sie alle flüsterten: „Es war deine Schuld!“

Nach der heutigen Sendung von „Fragen Sie Frau Dr. Chandler“ fuhr er direkt nach Hause. Rena, seine Haushälterin, wartete schon mit dem Mittagessen auf ihn. Während des Essens dachte Richards an Karen, die angerufen hatte. Die ganze Sache faszinierte ihn.

Regina Clausen war vor drei Jahren verschwunden. Die Frau, die sich Karen nannte, hatte erzählt, daß sie sich erst vor zwei Jahren auf eine Romanze auf See eingelassen hatte. Bestimmt würde Susan Chandler zu dem zwangsläufigen Schluß kommen, daß der Mann – wenn es denn ein und derselbe war –, der sich den beiden Frauen genähert hatte, weitere Opfer ins Visier nehmen könnte.

Susan sticht da in ein Wespennest, überlegte Donald Richards. Er fragte sich, was wohl am besten zu tun wäre.

IM FLUGZEUG auf dem Rückweg nach Kalifornien trank Dee Chandler-Harriman ein Perrier, zog ihre Sandalen aus und lehnte sich in ihren Sitz zurück. Ihr honigblondes Haar floß über ihre Schultern. Da sie seit langem an bewundernde Blicke gewöhnt war, vermied sie es bewußt, zu dem Mann hinzusehen, der jenseits des Gangs saß und der schon zweimal versucht hatte, ein Gespräch mit ihr anzufangen. Neben ihr in der zweiten Reihe saß niemand, und darüber war sie froh.

Am Freitag nachmittag war sie in New York angekommen. Sie war in dem Apartment abgestiegen, das ihre Modelagentur Belle Aire im Essex House unterhielt, und hatte sich in aller Ruhe mit zwei jungen Models getroffen, die sie unter Vertrag zu nehmen hoffte. Die Gespräche waren vielversprechend verlaufen, der Tag war rundum ein Erfolg gewesen.

Nur schade, daß sie über den Besuch bei ihrer Mutter am Samstag nicht das gleiche sagen konnte. Ich hätte nicht so gemein zu Susan sein dürfen, überlegte sie. Sie ist die ganze Zeit für Mutter da, sie hat die Hauptlast der Trennung und der Scheidung getragen. Aber dafür hat sie ja auch eine akademische Ausbildung, dachte Dee. Ich dagegen muß mit meinen siebenunddreißig Jahren froh sein, daß ich ein High-School-Diplom habe. Schon mit siebzehn gab es für mich nur die Arbeit als Model. Sie hätten darauf bestehen müssen, daß ich aufs College gehe. In meinem Leben habe ich nur zwei weise Entscheidungen getroffen, die Heirat mit Jack und daß ich meine Ersparnisse in die Agentur investiert habe.

Peinlich berührt erinnerte sie sich, wie sie Susan angeschnauzt hatte, sie könne es eben nicht verstehen, wie es sei, den Mann zu verlieren.

Schade, daß ich ihr gestern auf Dads Party nicht mehr begegnet bin, dachte Dee, aber ich bin froh, daß ich heute morgen bei ihr angerufen habe. Es war mein Ernst, als ich sagte, daß ich Alex Wright toll finde.

Um Dees Lippen spielte ein Lächeln, als sie an den gutaussehenden Mann mit den warmen, gescheiten Augen und dem Sinn für Humor dachte. Er hatte sich erkundigt, ob es einen Mann in Susans Leben gebe.

Es fehlte Dee, verheiratet zu sein. Das Gefühl der Leere, das sie seit dem Besuch bei ihrer Mutter spürte, drohte sie zu überwältigen. Sie wollte wieder in New York leben. Dort hatte Susan sie vor Jahren mit Jack, einem Werbefotografen, bekannt gemacht. Kurz nach ihrer Hochzeit waren sie nach Los Angeles gezogen.

Fünf gemeinsame Jahre waren ihnen vergönnt gewesen; dann, an einem Wochenende vor zwei Jahren, hatte er unbedingt Ski laufen wollen. In Dees Augen brannten Tränen. Ich bin es leid, einsam zu sein, dachte sie ärgerlich. Schnell griff sie nach ihrer großen Schultertasche, kramte darin und fand, was sie suchte: eine Broschüre über eine zweiwöchige Kreuzfahrt durch den Panamakanal.

Warum nicht? dachte sie. Seit zwei Jahren habe ich keinen richtigen Urlaub gemacht. Die Angestellte im Reisebüro hatte ihr gesagt, daß auf dem nächsten Kreuzfahrtschiff noch eine schöne Kabine frei sei. Gestern hatte ihr Vater sie gedrängt, die Gelegenheit beim Schopf zu packen. „Erste Klasse. Ich übernehme die Kosten, Schatz“, hatte er ihr versprochen.

Das Schiff würde in einer Woche von Costa Rica aus in See stechen. Ich bin mit von der Partie, entschied Dee.

DIE PRÄSENZ einer bösen Kraft, die Pamela Hastings gespürt hatte, als sie den Türkisring in der Hand hielt, machte ihr immer noch angst. Seit Freitag abend hatte sie nicht mit Carolyn gesprochen, und als Pamela ihre Wohnungstür aufschloß, nahm sie sich vor, ihre Freundin anzurufen und ihr zu raten, sie solle den Ring loswerden.

Sie schaute auf ihre Uhr. Es war zehn vor fünf. Sie ging gleich ins Schlafzimmer, tauschte ihr dunkelblaues Kostüm gegen eine bequeme Hose und einen Pulli, goß sich einen Scotch ein und setzte sich vor den Fernseher, um die Nachrichten anzusehen. Es würde ein geruhsamer Abend werden.

Um fünf nach fünf starrte sie auf dem Bildschirm auf den abgesperrten Abschnitt der Park Avenue, wo sich der Verkehr staute und eine Schar Schaulustiger einen blutbespritzten Transporter begaffte.

Fassungslos und ungläubig hörte sie den Kommentator aus dem Off sagen: „So sah es bis vor kurzem an der Ecke Park Avenue und 81. Straße aus, wo heute die vierzigjährige Carolyn Wells unter einen mit überhöhter Geschwindigkeit fahrenden Transporter geriet. Sie wurde mit mehreren Kopf- und inneren Verletzungen umgehend ins Lenox Hill Hospital gebracht. Unser Reporter vor Ort sprach mit mehreren Augenzeugen des Unfalls."

Als Pamela aufsprang, hörte sie noch die bruchstückhaften Kommentare: „die arme Frau ..." – „furchtbar, daß man ungestraft so fahren darf." Dann rief eine ältere Frau: „Ihr seid ja alle blind! Sie wurde auf die Fahrbahn gestoßen!"

Pamela blickte wieder auf den Bildschirm, als der Reporter mit einem Mikrofon zu der Frau stürzte: „Würden Sie uns bitte Ihren Namen sagen, Ma'am?"

„Hilda Johnson. Ich stand in ihrer Nähe. Sie trug einen Briefumschlag unter dem Arm. Ein Mann hat ihn sich geschnappt. Dann hat er ihr einen Stoß gegeben."

„Ach, Unsinn, sie ist gestürzt!" rief ein anderer Passant.

Der Sprecher ließ sich wieder vernehmen. „Sie haben gerade die Aussage einer Augenzeugin, Hilda Johnson, gehört, die behauptet, sie habe gesehen, wie ein Mann Carolyn Wells vor den Transporter gestoßen und ihr gleichzeitig einen Briefumschlag entrissen habe, den sie unter dem Arm trug. Obgleich Mrs. Johnsons Schilderung des Hergangs von den Beobachtungen aller anderen Zeugen abweicht, die sich am Unfallort befanden, hat die Polizei bereits verlauten lassen, daß sie ihre Aussage prüfen wird. Falls ihre Version standhält, würde das bedeuten, daß es sich nicht um einen tragischen Unfall, sondern möglicherweise um einen Mordversuch handelt."

Pamela stürzte aus dem Zimmer und holte ihren Mantel. Eine Viertelstunde später saß sie neben Justin Wells im Warteraum vor der Intensivstation des Lenox Hill Hospitals und hielt seine Hand.

„Sie wird operiert." Justins Stimme klang matt und ausdruckslos.

Erst drei Stunden später kam ein Arzt zu ihnen. „Ihre Frau liegt im Koma", sagte er zu Justin. „Es ist noch zu früh, um sagen zu können, ob sie es schaffen wird. Aber als sie in der Notaufnahme war, hat sie anscheinend nach jemandem gerufen. Es hörte sich an wie Win. Wer kann das sein?"

Pamela spürte, wie Justin heftig ihre Hand drückte, als er stockend flüsterte: „Ich weiß nicht, ich weiß es nicht."

BEIM Anblick der zusammengesunkenen, blutenden Frau auf dem Gehsteig, deren elegantes Kostüm von dem Unfall schmutzig war, hatte sich Hilda Johnson einer Ohnmacht nahe gefühlt. Sie hatte sich jedoch wieder so weit erholt, daß sie mit dem Reporter hatte sprechen können. Dann war sie nach Hause gegangen. In ihrer Wohnung in der 80. Straße brühte sie nun mit zitternden Händen Tee auf und trank ihn dann langsam.

„Die arme Frau", murmelte sie, als sie den Vorfall in Gedanken noch einmal durchlebte. Wenigstens hatte sie deutlich das Gesicht des Mannes gesehen, der sie geschubst hatte, bevor er in der Menge verschwand.

Schließlich hatte sie wieder genügend Kraft geschöpft, um beim Polizeirevier anzurufen. Mit dem diensthabenden Beamten, der sich meldete, hatte sie in der Vergangenheit schon mehrmals gesprochen, gewöhnlich wenn sie Schnorrer anzeigte, die sich auf der Third Avenue an Fußgänger heranmachten. Er hörte sich ihre Geschichte geduldig an.

„Mrs. Johnson, wir wissen, was Sie denken, aber Sie irren sich", sagte er beschwichtigend. „Wir haben mit vielen Leuten gesprochen, die dabei waren, als sich der Unfall ereignete. Das Gedränge, das hinter ihr herrschte, als die Ampel auf Grün umsprang, hat dazu geführt, daß Mrs. Wells das Gleichgewicht verlor und stürzte, das ist alles."

„Ein absichtlicher Stoß in den Rücken hat dazu geführt, daß sie das Gleichgewicht verlor und stürzte", fuhr Hilda Johnson auf. „Richten Sie Captain Shea aus, ich will mit ihm sprechen, sobald er morgen früh ins Revier kommt. Punkt acht Uhr."

Empört legte sie auf. Es war erst siebzehn Uhr, aber sie mußte sich hinlegen. Sie hatte ein Engegefühl in der Brust, das nur eine Beruhigungstablette und Bettruhe lindern konnten.

Wenig später hatte sie ihr warmes Nachthemd angezogen, und ihr Kopf ruhte auf einem dicken Kissen, das es ihr erleichterte zu atmen. Die stechenden Kopfschmerzen und auch die Schmerzen in der Brust wurden schwächer.

Hilda Johnson seufzte erleichtert. Jetzt erst mal richtig ausschlafen, und morgen würde sie dann zum Polizeirevier gehen, um Captain Shea den Marsch zu blasen und sich über diesen dummen Beamten zu beschweren. Dann würde sie verlangen, daß man den Polizeizeichner zu ihr schickte, damit sie ihm den Mann beschreiben konnte, der die Frau auf die Fahrbahn gestoßen hatte. Ein widerlicher Kerl, dachte sie, als sie sich an sein Gesicht erinnerte. Von der allerübelsten Sorte – gut angezogen, kultiviert, der Typ Mensch, dem man vertrauen zu können glaubte.

Dieser Schwachkopf von einem Polizeibeamten hatte sie ja wie ein Kind behandelt. Ihr letzter Gedanke, bevor sie eindöste, war, daß sie morgen früh alle auf Trab bringen wollte. Der Schlaf überwältigte sie, als sie gerade ein Ave-Maria für die schwerverletzte Carolyn Wells zu sprechen begann.

NACHDEM Susan sich von Nedda verabschiedet hatte, ging sie in der Abenddämmerung nach Hause zu ihrer Wohnung in der Downing Street. Die durchdringende Kälte des frühen Morgens war zurückgekehrt. Sie ging schneller.

Sie betrat das dreistöckige Haus, in dem sie wohnte, und stieg die Treppe zur obersten Etage hinauf. Die Wohnung bestand aus einem großen Wohnzimmer, einer großzügig angelegten Küche, einem überdimensionalen Schlafzimmer und einem kleinen Arbeitszimmer. Sie war hübsch und gemütlich mit den Möbeln eingerichtet, die ihre Mutter ihr überlassen hatte, als sie aus ihrem Haus ausgezogen war. Susan kam es immer so vor, als heiße die Wohnung sie willkommen – es war fast wie eine Umarmung.

Heute abend ist es hier sogar besonders kuschelig, dachte Susan, während sie den Schalter betätigte, der das Gasfeuer im Kamin entfachte. Ich gehe nicht mehr raus, entschied sie und zog einen alten Hausanzug an. Sie würde sich Pasta und einen Salat machen und ein Glas Chianti dazu trinken.

Kurze Zeit später, als sie gerade die Brunnenkresse wusch, läutete das Telefon.

„Susan! Wie geht's meinem Mädchen?" Es war ihr Vater.

„Mir geht's gut, Dad", sagte Susan, dann verzog sie das Gesicht. „Ich meine, mir geht's gut, Charles."

„Binky und ich fanden es schade, daß du gestern so früh gehen mußtest. Susan, du hast großen Eindruck auf Alex Wright gemacht. Er hat immer wieder von dir gesprochen."

„Ich fand ihn auch ganz nett."

„Er ist viel mehr als das. Die Wrights gehören zu den besten Familien des Landes. Ich gebe dir jetzt mal Binky. Sie will dir etwas sagen."

Muß das sein, dachte Susan, während er den Hörer weiterreichte. Das geträllerte „Hallo" ihrer Stiefmutter ging ihr auf die Nerven.

Ehe sie etwas sagen konnte, stimmte Binky ein Loblied auf Alexander Wright an. „Ich kenne ihn seit Jahren, Darling", zirpte sie. „Genau der Typ Mann, den Charles und ich uns für dich oder für Dee vorstellen. Er ist Ende Dreißig, war nie verheiratet und ist überall gern gesehen. Er sitzt im Vorstand der Wright-Stiftung. Die verteilt jedes Jahr einen Haufen Geld. Der großzügigste, wohlmeinendste Mensch, den man sich vorstellen kann. Keiner von diesen Egoisten, die nur an sich selbst denken."

Das sagst ausgerechnet du? dachte Susan.

„Darling, ich hab was getan, was du mir hoffentlich nicht übelnimmst. Alex hat gerade angerufen und mich praktisch gezwungen, ihm deine Privatnummer zu geben."

„Es wäre mir lieber, du würdest meine Privatnummer nicht weitergeben, Binky", entgegnete Susan steif, lenkte dann jedoch ein. „Aber in diesem Fall ist es wohl in Ordnung."

Es gelang ihr, Binkys überschwengliche Beteuerungen abzukürzen, aber als sie auflegte, merkte sie, daß ihr der Abend plötzlich verdorben war.

Keine zehn Minuten später rief Alexander Wright an. „Ich habe Binky Ihre Privatnummer abgeluchst. Hoffentlich haben Sie nichts dagegen."

„Ich weiß", sagte Susan reserviert. „Charles und Binky haben mich gerade angerufen."

„Warum sagen Sie nicht ‚Dad' zu Ihrem Vater, wenn wir miteinander reden? Mich stört es nicht."

Susan lachte. „Sie sind sehr einfühlsam. Ja, das werde ich tun."

„Ich habe mir heute Ihre Sendung angehört, und sie hat mir sehr gut gefallen."

Überrascht stellte Susan fest, daß sie sich freute.

„Bei einem Essen von Futures Industry vor sechs oder sieben Jahren saß ich am selben Tisch wie Regina Clausen. Ich fand, daß sie ein liebenswürdiger Mensch war." Wright zögerte, dann fuhr er entschuldigend fort: „Ich weiß, es ist sehr kurzfristig, aber ich komme gerade von einer Vorstandssitzung im St. Clare's Hospital und habe Hunger. Falls Sie noch nicht gegessen und keine anderen Pläne haben – könnte ich Sie dann eventuell dazu überreden, mit mir auszugehen?"

Susan war selbst überrascht, daß sie sein Angebot annahm, sie in etwa zwanzig Minuten abzuholen.

Im Schlafzimmer, wo sie eine Hose und einen Kaschmirpullover anzog, redete sie sich ein, daß der wahre Grund, warum sie dieser spontanen Verabredung zugestimmt hatte, Neugier war. Sie wollte nur wissen, was Alex Wright sonst noch über Regina Clausen zu sagen hatte.

– 4 –

Alexander Wright entdeckte seinen in zweiter Reihe vor dem St. Clare's Hospital geparkten Wagen und saß bereits auf dem Rücksitz, bevor sein Chauffeur aussteigen und ihm die Tür aufhalten konnte.

„Eine lange Konferenz, Sir", sagte Jim Curley, als er den Motor anließ. „Wohin fahren wir?" Er sprach mit der Vertraulichkeit eines langjährigen Angestellten, denn er arbeitete bereits seit dreißig Jahren für die Wrights.

„Jim, zu meiner Freude darf ich sagen, daß wir schon vor fünf Minuten eine sehr attraktive Dame in der Downing Street hätten abholen sollen. Wir haben vor, im ‚Il Mulino' zu essen", erwiderte Wright.

Während der Wagen sich durch den zähen Verkehr auf der Ninth Avenue schlängelte, schaute Curley mehrmals kurz in den Rückspiegel und stellte besorgt fest, daß sein Boß die Augen geschlossen und sich an die Kopfstütze aus weichem Leder gelehnt hatte.

Wer behauptet hat, daß es genauso anstrengend sein kann, Geld zu verteilen, wie es zu verdienen, hat recht, dachte Curley mitfühlend. Er wußte, daß Mr. Wright als Hauptvorstand der Alexander-und-Virginia-Wright-Stiftung unablässig von Einzelpersonen und Organisationen bestürmt wurde, die ein Stück vom Kuchen abbekommen wollten. Und er war so freundlich zu jedermann. Vermutlich auch viel zu großzügig. Überhaupt nicht so wie sein Vater, überlegte Curley. Hoffentlich ist diese Lady von der Downing Street nett, dachte er. Alex Wright hatte es verdient, daß man nett zu ihm war. Er arbeitete wirklich hart.

DAS IL MULINO war wie gewohnt überfüllt. Der Duft guten Essens und das fröhliche Geplauder der Gäste sorgten für eine stimmungsvolle Atmosphäre. Der von Obst und Gemüse überquellende Erntedankkorb am Eingang zum Speisesaal verlieh der schlichten Einrichtung des Restaurants einen gemütlichen ländlichen Akzent.

Der Geschäftsführer geleitete sie sofort zu einem Tisch. Ohne die Weinkarte zu konsultieren, bestellte Alexander Wright eine Flasche Chianti und eine Flasche Chardonnay. Er lachte über Susans konsternierten Blick. „Sie brauchen nicht mehr als ein, zwei Gläser zu trinken, aber ich verspreche Ihnen, Sie werden beide Weine köstlich finden. Ich habe das

Mittagessen ausfallen lassen und sterbe fast vor Hunger. Stört es Sie, wenn wir gleich einen Blick auf die Speisekarte werfen?"

Susan entschied sich für Lachs und einen Salat. Er wählte Austern, Pasta und Kalbfleisch. „Die Pasta wäre mein Mittagessen gewesen", erklärte er.

Als der Oberkellner Wein einschenkte, hob Susan die Augenbrauen und schüttelte den Kopf. „Ich kann es gar nicht glauben, daß ich noch vor einer Stunde in meinem uralten Lieblingshausanzug gesteckt habe und einen geruhsamen Abend zu Hause verbringen wollte", sagte sie.

„Sie hätten den Hausanzug anlassen können."

„Nur, wenn ich Eindruck bei Ihnen hätte schinden wollen", erwiderte sie, was Wright zum Lachen brachte.

Sie musterte ihn, als er einem Bekannten zuwinkte. Er trug einen konservativen dunkelgrauen Anzug mit feinen Nadelstreifen, ein weißes Hemd und eine kleingemusterte grau-rote Krawatte. Ohne Zweifel – er war attraktiv.

Doch etwas an ihm verwirrte sie. Einerseits strahlte Alex Wright die Autorität und die Selbstsicherheit aus, die solch noblen Familien eigen sind – aber das allein war es nicht, was sie an ihm faszinierte. Ich glaube, er ist ein bißchen schüchtern, dachte sie. Ja, das mußte es sein. Und genau das gefiel ihr.

„Ich bin froh, daß ich gestern zu der Cocktailparty gegangen bin", sagte er leise zu ihr. „Eigentlich wollte ich zu Hause bleiben und das Rätsel in der *Times* lösen, aber ich hatte die Einladung schon angenommen und wollte nicht unhöflich erscheinen." Er lächelte flüchtig. „Ich möchte, daß Sie wissen, wie dankbar ich Ihnen bin, daß Sie eine so kurzfristige Einladung angenommen haben."

„Sie sagten, Sie kennen Binky schon sehr lange?"

„Ja, aber nur oberflächlich, wie man eben Leute kennt, die zu den gleichen Partys gehen. Kleinere Partys. Die Riesenfeten kann ich nicht ausstehen. Ich hoffe, ich trete Ihnen nicht zu nahe, wenn ich sage, daß Binky ein ziemliches Dummchen ist."

„Leider ein sehr überzeugendes Dummchen", entgegnete Susan bedauernd. „Was halten Sie von dem Disney-Schloß, das mein Vater für sie erbaut hat?"

Sie lachten.

„Die Situation ist immer noch ziemlich kränkend und unangenehm für Sie, nicht wahr?" fragte er.

Wenn du nicht antworten willst, stelle eine Gegenfrage, dachte Susan. „Sie haben meinen Vater und meine Schwester kennengelernt", konterte sie. „Was ist mit Ihnen? Haben Sie Geschwister?"

Er berichtete, daß er ein Einzelkind sei, das Produkt einer späten Ehe. „Mein Vater war viel zu sehr davon in Anspruch genommen, Geld zu verdienen, um einer Frau den Hof zu machen, bis er die Vierzig überschritten hatte", erklärte er. „Anschließend war er zu beschäftigt damit, seinen Reichtum zu vergrößern, um mir oder meiner Mutter viel Beachtung zu schenken. Ich muß allerdings sagen, im Vergleich zu dem menschlichen Elend, von dem ich täglich im Rahmen meiner Tätigkeit für die Stiftung höre, kann ich mich sehr glücklich schätzen."

„Wenn man die Dinge im größeren Rahmen betrachtet, haben Sie sicherlich recht", bestätigte Susan. „Für mich gilt das gleiche."

Der Name Regina Clausen fiel erst, als sie ihren Espresso tranken. Alex Wright konnte ihr nicht viel mehr sagen als das, was er schon am Telefon erzählt hatte. Bei einem Essen von Futures Industry hatte er am selben Tisch wie Regina gesessen. Er hielt sie für eine stille, gescheite Frau. Die Vorstellung, daß ein Mensch in ihrer Position einfach so verschwinden konnte, wollte ihm nicht in den Kopf.

„Messen Sie dem Anruf, den Sie während der Sendung erhalten haben, irgendwelche Bedeutung bei?" fragte er. „Ich meine diese Frau, die so nervös wirkte."

Susan hatte bereits beschlossen, mit niemandem über den Ring zu sprechen, den Regina Clausens Mutter ihr gegeben hatte. Dieser Ring mit der Inschrift „Du gehörst mir", die auch diese Karen erwähnt hatte, war das einzige handfeste Indiz für einen Zusammenhang zwischen Reginas Verschwinden und Karens kurzlebiger Romanze auf See.

„Ich weiß es nicht", antwortete sie. „Es ist noch zu früh, um das sagen zu können."

„Wie sind Sie eigentlich beim Radio gelandet?" fragte er.

Sie erzählte ihm, wie Nedda sie der früheren Moderatorin vorgestellt hatte und wie sie ihren Job in der Staatsanwaltschaft von Westchester County leid geworden und wieder an die Uni zurückgekehrt war.

Schließlich, beim Brandy, sagte Susan: „Normalerweise bin ich diejenige, die zuhört. Jetzt haben Sie wirklich genug über mich erfahren. Sogar mehr als genug."

Wright bat um die Rechnung. „Noch lange nicht genug", entgegnete er entschlossen.

HILDA JOHNSON schlief fünf Stunden. Als sie um halb elf aufwachte, fühlte sie sich erfrischt und hatte Hunger. Eine Tasse Tee und eine Scheibe Toast würden ihr jetzt guttun, entschied sie, setzte sich auf und griff nach ihrem Morgenmantel.

Während sie den Gürtel ihres Chenille-Morgenmantels zuknotete, vergegenwärtigte sich Hilda Johnson noch einmal das Gesicht des Mannes, der Carolyn Wells vor den Transporter gestoßen hatte. Jetzt, da der erste Schock vorüber war, konnte sie sich sogar noch deutlicher an ihn erinnern. Sie würde dem Polizeizeichner morgen eine lückenlose Beschreibung des Mannes geben. Seine weit auseinanderstehenden Augen hatten sich verengt, als er Carolyn Wells angesehen hatte. Und er hatte lange Wimpern und ein energisches Kinn.

Gerade hatte sie die Gasflamme angezündet, als es an der Tür läutete. Wer um Gottes willen konnte das so spät noch sein? fragte sie sich, als sie in die winzige Diele trat und den Hörer der Gegensprechanlage abnahm.

„Wer ist da?" Sie machte keinen Versuch, ihre Gereiztheit zu verbergen.

„Mrs. Johnson, es tut mir sehr leid, Sie so spät noch zu stören." Die Stimme des Mannes klang gedämpft und angenehm. „Mein Name ist Detective Anders. Wir haben einen Verdächtigen verhaftet. Möglicherweise handelt es sich um den Mann, der laut Ihren Angaben Mrs. Wells auf die Fahrbahn gestoßen hat."

„Ich dachte, niemand hätte mir geglaubt!" fuhr Mrs. Johnson ihn an.

„Wir wollten nicht durchsickern lassen, daß wir einem Verdächtigen auf der Spur waren. Kann ich kurz raufkommen?"

„Wenn's sein muß." Mrs. Johnson drückte auf den Summer, der die Tür zum Foyer entriegelte. Sie wartete, bis Detective Anders an ihrer Wohnungstür läutete, bevor sie öffnete. Muß kalt geworden sein, dachte sie – sein Mantelkragen war hochgeschlagen, und er trug einen Schlapphut, den er tief in die Stirn gezogen hatte. Außerdem hatte er Handschuhe an.

„Es dauert nur eine Minute, Mrs. Johnson", erklärte er.

„Kommen Sie rein", sagte sie. Als sie zum Wohnzimmer voranging, hörte sie nicht, daß die Tür leise ins Schloß fiel.

„Ich möchte Ihnen etwas zeigen, Mrs. Johnson", erklärte ihr Besucher und legte einen Führerschein auf den Tisch.

Mrs. Johnson holte tief Luft. „Das ist der Mann, der die Frau auf die Fahrbahn gestoßen und der sich den Umschlag geschnappt hat!"

Zum ersten Mal blickte sie Detective Anders direkt an. Er hatte den Hut abgenommen, und sein Mantelkragen war auch nicht mehr hochgeschlagen.

Hilda Johnsons Augen weiteten sich vor Entsetzen. Sie öffnete den Mund, brachte jedoch nur ein leises „O nein!“ heraus. Ihr Gesicht wurde aschfahl – sie saß in der Falle.

Flehend hob sie die Hände. Vergeblich versuchte sie sich vor dem Messer zu schützen, das ihr Besucher ihr in die Brust stieß.

Er sprang zurück, um dem Blutstrahl auszuweichen, dann schaute er zu, wie ihr Körper erschlaffte und auf den verschossenen Teppich sank. Mrs. Johnsons Augen wurden starr, doch sie konnte noch sagen: „Gott ... wird ... Sie nicht ... ungestraft ... davonkommen lassen ...“

Als er sich über sie beugte, um seinen Führerschein an sich zu nehmen, zuckte ihr Körper heftig, und ihre Hand fiel auf seinen Schuh.

Er schüttelte ihre Hand ab, ging ruhig zur Wohnungstür, öffnete sie und warf einen prüfenden Blick in den Hausflur. Mit wenigen Schritten war er an der Feuertreppe. Unten angekommen, öffnete er die Tür zum Foyer einen Spaltbreit, sah niemanden und stand einen Augenblick später draußen auf der Straße.

Hatte sie ihn mit ihren letzten Worten verflucht? fragte er sich. Sie hatten ihn an den Fehler erinnert, der ihm heute unterlaufen war – einen Fehler, den Susan Chandler mit dem geschulten Verstand einer Staatsanwältin unter Umständen entdecken würde.

Er wußte, daß er es nicht so weit kommen lassen durfte.

SUSAN schlief unruhig, wirre Träume plagten sie. Als sie aufwachte, erinnerte sie sich an bruchstückhafte Szenen, in denen Jane Clausen, Dee, Jack und sie selbst aufgetaucht waren. Einmal hatte Jane Clausen sie angefleht: „Susan, ich will Regina wiederhaben“, während Dee die Hand ausstreckte und sagte: „Susan, ich sehne mich nach Jack.“

Wenigstens hattest du ihn einmal, dachte Susan. Sie stieg aus dem Bett und reckte sich, um den vertrauten Druck auf der Brust loszuwerden.

Es ärgerte sie zutiefst, daß ein Traum wie dieser nach all den Jahren eine Flut von Erinnerungen auslösen konnte. Erinnerungen an die Zeit, als sie dreiundzwanzig gewesen war, im zweiten Jahr Jura studiert und stundenweise für Nedda gearbeitet hatte. Jack war achtundzwanzig gewesen, ein Werbefotograf, der sich gerade erst einen Namen machte. Und sie waren verliebt gewesen.

Dann war der Auftritt von Dee gekommen. Die große Schwester – Liebling der Modefotografen. Elegant. Amüsant. Charmant. Drei Männer standen Schlange, um sie zu heiraten, aber sie hatte nur Jack gewollt.

Susan ging ins Bad und griff nach der Zahnpastatube. Sie putzte sich energisch die Zähne, als könne sie so den bitteren Nachgeschmack auslöschen. Und das Verrückte war, daß sie tatsächlich wie füreinander geschaffen waren. Sie liebten sich wirklich. Vielleicht sogar zu sehr.

Hätte ich Jack geheiratet, dachte Susan, während sie das warme Wasser aufdrehte, wäre ich jetzt vielleicht auch tot. Dee haßte die Kälte, aber ich wäre ihm auf jeden Fall auf die Skipiste gefolgt.

Um halb acht nahm Susan ihr Frühstück zu sich. Sie schaltete die Sendung „Good Day, New York" ein, um die Nachrichten zu sehen.

Ein Reporter sprach über eine ältere Dame, die in ihrer Wohnung an der Upper East Side erstochen worden war. Susan wollte den Fernseher gerade ausschalten, als der Sender noch einmal den Teil der gestrigen Abendnachrichten einspielte, in dem Hilda Johnson, das Mordopfer, behauptete, die Frau, die man auf der Park Avenue überfahren hatte, sei überfallen und absichtlich auf die Fahrbahn gestoßen worden.

Susan starrte auf den Bildschirm. Die Staatsanwältin in ihr weigerte sich zu glauben, daß zwischen den Vorfällen kein Zusammenhang bestand, während sich die Psychologin in ihr fragte, welches kranke Hirn zwei derart brutale Verbrechen ausführen konnte.

Er schlief unruhig und wachte im Laufe der Nacht mehrmals auf. Jedesmal schaltete er den Fernseher ein, den er auf den lokalen Nachrichtensender eingestellt hatte, und jedesmal hörte er das gleiche: Carolyn Wells, die Frau, die an der Ecke Park Avenue und 81. Straße überfahren worden war, lag im Koma; ihr Zustand war kritisch.

Wenn sie sich durch irgendeinen unglücklichen Zufall wieder erholte, würde sie erklären, daß Owen Adams, ein Mann, der ihr auf einer Kreuzfahrt begegnet war, versucht hatte, sie zu töten.

Sie konnten Owen Adams nicht zu ihm zurückverfolgen; da war er ganz sicher. Der britische Paß war wie all die anderen Pässe, die er auf seinen Reisen benutzt hatte, gefälscht gewesen. Nein, die wahre Gefahr lag in dem Umstand, daß Carolyn Wells ihn gestern erkannt hatte. Sollte sie sich wieder erholen, war nicht ausgeschlossen, daß sie sich eines Tages zufällig hier in New York begegnen würden. Und wenn sie ihm von Angesicht zu Angesicht gegenüberstand, würde sie ihn erneut erkennen.

Das durfte nicht passieren. Also durfte sie sich eben nicht erholen.

In den Nachrichten um neun hieß es, eine ältere Frau sei erstochen in ihrer Wohnung an der Upper East Side aufgefunden worden. Er wartete gespannt auf die nächsten Worte des Moderators.

„Wie wir gestern berichtet haben, hatte das Mordopfer, Hilda Johnson, erklärt, sie habe gesehen, daß die Frau, die gestern nachmittag an der Ecke Park Avenue und 81. Straße von einem Transporter überfahren wurde, absichtlich von einem Mann auf die Fahrbahn gestoßen worden sei."

Stirnrunzelnd nahm er die Fernbedienung und schaltete den Fernseher aus. Wenn die Polizei Hilda Johnsons Tod mit Carolyn Wells' angeblichem Unfall in Zusammenhang brachte, konnte es sein, daß die Medien verrückt spielten. Vielleicht würde sogar herauskommen, daß Carolyn Wells die Frau war, die bei Susan Chandler angerufen und von einem Ring mit der Inschrift „Du gehörst mir" erzählt hatte.

Es war sogar möglich, daß sich der Zwerg, dem der schäbige kleine Souvenirladen in Greenwich Village gehörte, an einen Mann erinnerte, der mehrere Türkisringe mit einer solchen Inschrift bei ihm gekauft hatte.

In seiner Jugend hatte er die Geschichte von der Frau gehört, die überall Lügenmärchen verbreitete und der als Buße auferlegt worden war, an einem windigen Tag ein Federkissen aufzuschneiden und alle Federn, die der Wind forttrug, wieder einzusammeln. Als sie klagte, das sei unmöglich, sagte man ihr, ebenso unmöglich sei es, die Menschen wiederzufinden, die sie mit ihren Lügen getäuscht habe.

Damals hatte ihn das amüsiert. Doch jetzt sah er die Geschichte mit dem Federkissen in einem anderen Licht. Das Szenarium, das er so sorgfältig geplant hatte, wurde allmählich rissig.

Carolyn Wells. Hilda Johnson. Susan Chandler. Der Zwerg.

Vor Hilda Johnson war er sicher. Aber die anderen drei glichen immer noch den Federn im Wind.

– 5 –

Es war der Morgen eines jener goldenen Oktobertage, die manchmal auf einen besonders kalten Tag folgen. Die Luft war frisch, und alles schien zu leuchten. Donald Richards beschloß, das schöne Wetter zu nutzen und die Strecke zwischen dem Central Park West und dem Radiostudio Ecke 41. Straße und Broadway zu Fuß zurückzulegen.

Er war zwanzig Minuten zu früh da, und die Empfangsdame sagte ihm, Dr. Chandler sei auf dem Weg ins Studio, er könne im grünen Zimmer warten. Im Korridor begegnete er Jed Geany, dem Produzenten.

Geany grüßte ihn flüchtig und wollte weiterhasten, doch Richards hielt ihn zurück. „Ich habe vergessen, um einen Mitschnitt der gestrigen Sendung für mein Archiv zu bitten“, erklärte er. „Ich bezahle auch gerne dafür. Oh, und könnten Sie mir auch von der heutigen Sendung eine Kopie ziehen?“

Geany zuckte die Schultern. „Sicher. Ich wollte ohnehin gerade einen Mitschnitt der gestrigen Sendung für einen Mann vorbereiten, der bei uns angerufen hat. Behauptete, er brauche sie für seine Mutter. Kommen Sie mit, dann kopiere ich Ihr Band auch gleich.“

Geany hielt den bereits adressierten Umschlag in die Höhe. „Justin Wells. Wieso kommt mir der Name nur so bekannt vor? Ich habe mir schon das Hirn zermartert über die Frage, wo ich ihn schon mal gehört habe.“

Donald Richards entschied, nicht darauf zu antworten, mußte sich jedoch zusammenreißen, um seine Verblüffung nicht zu zeigen. Er dachte an den Besuch, den Justin Wells ihm einmal abgestattet hatte. Das übliche Vorgespräch, nach dem Wells allerdings nicht wiedergekommen war.

Richards erinnerte sich, daß er Wells angerufen und ihn gedrängt hatte, sich dann wenigstens von einem Kollegen behandeln zu lassen, weil er Hilfe brauche, und zwar dringend.

IM ERSTEN Teil der heutigen Sendung sprachen Susan und Dr. Richards darüber, wie Frauen sich schützen und potentiell gefährliche Situationen meiden konnten.

„Die meisten Frauen sind sich im klaren darüber, wieviel sie riskieren, wenn sie ihren Wagen auf einem dunklen, unbewachten Parkplatz abstellen“, erklärte Richards. „Aber dieselben Frauen können zu Hause sehr unvorsichtig sein. Wenn man heutzutage die Tür nicht auch tagsüber abschließt, einerlei, wie sicher das Viertel angeblich ist, erhöht sich die Gefahr, zum Opfer eines Einbruchs oder noch schlimmerer Verbrechen zu werden.“

Er hat eine nette Art, dachte Susan. Er predigt nicht.

Während der nächsten Werbeunterbrechung sagte sie: „Ich muß aufpassen, wenn ich meinen Job behalten will. Sie machen sich wirklich gut im Radio.“

„Ich habe festgestellt, daß es mir Spaß macht“, gestand er. „Obgleich ich zugeben muß, daß ich nur zu gern wieder in meine eigene profane Welt zurückkehre, wenn die Werbetour für dieses Buch beendet ist.“

„So profan ist sie bestimmt auch wieder nicht. Reisen Sie nicht häufig?“

„Ziemlich häufig. Ich bin international als Gerichtsgutachter tätig.“

„Noch zehn Sekunden, Susan“, warnte der Produzent vom Kontrollraum aus. Es war Zeit für die Höreranrufe.

Die erste Frage bezog sich auf die gestrige Sendung: „War Karen bei Ihnen in der Praxis, Dr. Chandler?“

„Nein, leider nicht“, antwortete Susan, „aber falls sie zuhört, möchte ich sie bitten, Kontakt mit mir aufzunehmen, von mir aus auch nur telefonisch.“

Mehrere Anrufe galten Donald Richards. Dann erklärte Susan: „Die nächste Anruferin ist Tiffany aus Yonkers. Sie sind auf Sendung, Tiffany.“

„Dr. Chandler, Ihre Show gefällt mir sehr gut. Ich hab gestern Ihre Sendung gehört. Die Anruferin gestern hat doch erzählt, sie habe auf einer Reise einen Türkisring von einem Mann geschenkt bekommen. Sie sagte, in die Innenseite sei ‚Du gehörst mir‘ eingraviert.“

„Wissen Sie etwas über diesen Mann?“ fragte Susan schnell.

Tiffany kicherte. „Nur, daß er ganz schön knauserig sein muß. Mein Freund hat mir letztes Jahr spaßeshalber einen ähnlichen Ring gekauft, als wir mal in Greenwich Village waren. Er sah hübsch aus, hat aber nur ganze zehn Dollar gekostet.“

„Wo genau im Village haben Sie ihn gekauft?“ fragte Susan.

„Oh, so genau weiß ich das nicht mehr. In einem dieser kleinen Souvenirläden, wo man von der Freiheitsstatue aus Plastik bis zum Messingelefanten alles kriegt.“

„Tiffany, wenn Ihnen wieder einfällt, wo es war, oder wenn ein anderer unserer Hörer diesen Laden kennt, rufen Sie mich bitte an“, bat Susan eindringlich.

„Der Mann, dem der Laden gehörte, hat uns erzählt, daß er die Ringe selbst herstellt“, erklärte Tiffany. „Wissen Sie was, ich hab mit meinem Freund Schluß gemacht, also können Sie den Ring haben. Ich schicke ihn Ihnen mit der Post.“

„Werbeblock!“ warnte Geany per Kopfhörer.

„Herzlichen Dank, Tiffany“, sagte Susan hastig, „und jetzt sind wieder unsere Sponsoren dran.“

Als die Sendung beendet war, stand Donald Richards unvermittelt auf. „Nochmals vielen Dank, und verzeihen Sie, wenn ich so schnell verschwinde. Ein Patient wartet auf mich." Er zögerte kurz. „Ich würde gern mal mit Ihnen essen gehen", erklärte er leise. „Ich rufe Sie in der Praxis an."

Dann verschwand er. Susan blieb noch einen Moment sitzen und dachte über den letzten Anruf nach. War es möglich, daß der Ring, den Jane Clausen unter Reginas Sachen gefunden hatte, in New York gekauft worden war? Wenn ja, war es möglich, daß der Mann, der für ihr Verschwinden verantwortlich war, aus New York stammte?

Immer noch in ihre Gedanken vertieft, stand sie auf und ging in den Kontrollraum. Geany steckte gerade eine Kassette in einen Umschlag. „Richards hat aber schnell das Weite gesucht", bemerkte er. „Dabei hat er mich gebeten, ihm Kopien zu ziehen." Er zuckte die Schultern. „Dann gebe ich sie eben zusammen mit diesem Päckchen in die Post." Er zeigte auf den an Justin Wells adressierten Umschlag. „Dieser Typ hat gestern angerufen, um sich einen Mitschnitt der Sendung schicken zu lassen. Er sagte, seine Mutter habe sie verpaßt."

„Wie schmeichelhaft", meinte Susan. „Bis morgen dann."

Im Taxi auf dem Weg zur Praxis schlug sie die Zeitung auf. Auf Seite drei der *Post* war ein Foto von Carolyn Wells abgedruckt, einer Innenarchitektin, die gestern bei dem Unfall auf der Park Avenue schwer verletzt worden war. Susan las den Artikel mit großem Interesse. Weiter unten in der Spalte las sie: „... ihr Mann, der bekannte Architekt Justin Wells ..."

Sofort rief sie mit ihrem Handy im Sender an. Jed Geany wollte gerade essen gehen. Susan veranlaßte, daß er das für Justin Wells bestimmte Päckchen per Kurier an sie schickte.

Susan stimmte sich innerlich auf den vor ihr liegenden Tag ein. Am Nachmittag reihte sich ein Termin an den anderen. Aber danach würde sie mit dem Band zum Lenox Hill Hospital fahren, wo Justin Wells der Zeitung zufolge am Bett seiner Frau wachte.

Vielleicht wird er nicht reden wollen, dachte Susan, aber eines steht fest – welchen Grund er auch haben mag, einen Mitschnitt der gestrigen Sendung anzufordern, für seine Mutter ist er bestimmt nicht.

JANE CLAUSEN war nicht sicher gewesen, ob sie sich kräftig genug fühlen würde, um an der Sitzung der Clausen-Stiftung teilzunehmen. Sie hatte in der Nacht starke Schmerzen gehabt und sehnte sich danach, den Tag in aller Ruhe zu Hause zu verbringen. Nur das quälende Wissen darum, daß ihre Zeit allmählich ablief, gab ihr die nötige Energie, aufzustehen, zu baden und sich anzuziehen.

Als sie ihren Kaffee trank, dachte sie an den gestrigen Nachmittag zurück. Ihre Enttäuschung darüber, daß diese Karen den Termin in Dr. Chandlers Praxis nicht eingehalten hatte, war groß. Jane hatte so viele Fragen an diese Frau, zum Beispiel: Wie hat der Mann, den Sie damals kennenlernten, ausgesehen? Haben Sie die Gefahr gespürt?

Regina hatte ausgeprägte intuitive Fähigkeiten gehabt. Wenn sie sich mit einem Mann angefreundet und für ihn ihre Reiseroute geändert hatte, dann mußte er einen korrekten Eindruck gemacht haben.

„Korrekt." Das Wort ließ ihr keine Ruhe, weil es Fragen über Douglas Layton aufwarf. Er trug einen vornehmen Namen, der für seine gute Herkunft bürgte. Jane Clausen hatte die Laytons aus Philadelphia in ihrer Jugend kennengelernt, im Laufe der Jahre jedoch den Kontakt verloren. Trotzdem konnte sie sich noch gut an sie erinnern, und in letzter Zeit hatte Layton mehrmals die Namen seiner Familienmitglieder durcheinandergebracht. Sie fragte sich zwangsläufig, wie nahe er ihnen wirklich stand.

Laytons Ausbildung war erstklassig. Kein Zweifel, er war sehr intelligent. Was macht mir also so zu schaffen? fragte sich Jane Clausen.

Es lag an seinem Verhalten gestern nachmittag, entschied sie. Es lag daran, daß Douglas Layton zu sehr von anderen Dingen in Anspruch genommen war, um mit ihr in Dr. Chandlers Praxis auszuharren. Sie war überzeugt davon, daß er den angeblichen Termin nur vorgeschützt hatte. Aber warum?

Heute morgen auf der Vorstandssitzung sollte über die Vergabe beträchtlicher Spendenmittel entschieden werden. Es ist sehr schwer, den Empfehlungen eines Mannes zu vertrauen, an dem man zu zweifeln beginnt, dachte Jane Clausen. Wenn Regina hier wäre, würden wir darüber reden. „Vier Augen sehen mehr als zwei, Mutter", hatte sie immer gesagt.

Susan Chandler – sie ist nicht nur klug, sondern auch ein guter Mensch, dachte Jane und erinnerte sich an Susans Mitgefühl. Sie hat gemerkt, wie enttäuscht ich gestern war. Ich hatte nie viel Verständnis dafür, daß alle Welt zu Therapeuten rennt, aber sie ist mir auf Anhieb wie eine Freundin vorgekommen.

Jane Clausen stand auf. Es war Zeit, zu der Sitzung zu fahren. Heute nachmittag rufe ich Dr. Chandler an und mache einen Termin mit ihr aus, entschied sie.

Ich weiß, daß Regina es gutheißen würde. Ohne es zu merken, lächelte sie.

Ich muss wieder zur See fahren ...

Der Rhythmus dieser Wörter hämmerte wie Trommelschlag in seinem Kopf. Er sah sich schon auf dem Pier, wie er einem höflichen Mitglied der Mannschaft seine Papiere zeigte, hörte dessen Begrüßung – „Willkommen an Bord, Sir!" –, überquerte die Gangway und ließ sich seine Kabine zeigen.

Natürlich gab er sich nur mit der allerbesten Unterbringung zufrieden: erster Klasse, eine Kabine mit abgeteiltem Privatdeck.

Nachdem er die ersten Versuche der anderen Passagiere, mit ihm ins Gespräch zu kommen, freundlich zurückgewiesen hatte, würden sie ihn in Ruhe lassen, und er konnte ungehindert seine Beute auswählen und jagen.

Die erste Seereise dieser Art hatte er vor vier Jahren unternommen. Jetzt war die Pilgerfahrt beinahe vorüber. Nur noch eine Frau. Es war höchste Zeit, sich auf die Suche nach ihr zu begeben. Es gab eine Reihe geeigneter Schiffe, um zu dem Ort zu fahren, an dem diese letzte einsame Lady sterben sollte. Er hatte sich bereits die Identität zurechtgelegt, in die er schlüpfen würde, ein Investor, in Belgien aufgewachsen, der Sohn einer amerikanischen Mutter und eines britischen Vaters, eines Diplomaten.

Kaum konnte er es erwarten, die neue Rolle zu leben, die gewisse Frau zu finden und ihr das gleiche Schicksal angedeihen zu lassen wie Regina, deren Leiche, von Steinen beschwert, in der verkehrsreichen Fahrrinne der Kowloon Bay ruhte; ihre Geschichte mit der Veronicas zu verschmelzen, deren Knochen im Tal der Könige verrotteten; mit Constance, die Carolyn in Algier ersetzt hatte; mit Monica in London; mit all diesen Schwestern im Tode.

Ich muß wieder zur See fahren. Aber zunächst wartete noch eine andere Aufgabe auf ihn. Heute morgen, als er sich erneut die Sendung von Dr. Chandler angehört hatte, war er zu dem Schluß gelangt, daß eine der Federn im Wind auf der Stelle beseitigt werden mußte.

Es war fünfzig Jahre her, seit Abdul Parki nach Amerika gekommen war – als scheuer, magerer sechzehnjähriger Junge aus Neu-Delhi. Er hatte sofort im Geschäft seines Onkels angefangen, in der MacDougal Street in Greenwich Village. Inzwischen war Parki Eigentümer des Souvenirladens, aber sonst hatte sich nicht viel verändert. In dem Geschäft schien die Zeit stillzustehen. Sogar das Schild mit der Aufschrift Khyem-Souvenirladen stammte noch von seinem Onkel.

Parki war immer noch mager, und obgleich er seine Scheu zwangsläufig hatte überwinden müssen, hielt ihn seine Zurückhaltung auf Distanz zu seiner Kundschaft. Die einzigen Kunden, mit denen er sich unterhielt, waren jene, die sein Geschick und die Mühe zu schätzen wußten und die etwas aus der kleinen Kollektion von ihm selbst hergestellter preiswerter Ringe und Armbänder kauften. Und obwohl er selbst nicht genau wußte, wieso, dachte Parki oft an den Mann, der viermal im Laden erschienen war, um immer wieder einen der Türkisringe mit der Gravur „Du gehörst mir" zu kaufen.

Der Gedanke, daß dieser Kunde anscheinend regelmäßig die Freundin wechselte, amüsierte Parki, der selbst fünfundvierzig Jahre lang mit seiner mittlerweile verstorbenen Frau verheiratet gewesen war. Bei seinem letzten Besuch war dem Mann eine Visitenkarte aus der Brieftasche gefallen. Parki hatte sie aufgehoben und einen kurzen Blick darauf geworfen. Angesichts der verstimmten Miene seines Kunden hatte er sich entschuldigt und ihn dabei mit Namen angeredet. Sofort war ihm klargewesen, daß ihm damit ein zweiter Fehler unterlaufen war.

Er will nicht, daß ich weiß, wer er ist, und jetzt wird er nicht wiederkommen – so hatte Parki damals bedauernd gedacht. Und angesichts der Tatsache, daß mittlerweile ein Jahr verstrichen war, ohne daß der Mann wiederaufgetaucht war, hatte er wohl richtig vermutet.

Parki schloß den Laden jeden Tag pünktlich um ein Uhr, um zu Mittag zu essen. An diesem Tag hatte er das Schild schon in der Hand – Geschlossen – Bin um zwei Uhr zurück – und wollte es gerade in die Tür hängen, als plötzlich sein geheimnisvoller Kunde hereinkam und ihn freundlich begrüßte.

Parki lächelte. „Schön, Sie wiederzusehen, Sir!"

„Schön, Sie zu sehen, Mr. Parki. Ich dachte, Sie hätten mich inzwischen längst vergessen."

„O nein, Sir." Er sprach den Mann bewußt nicht mit Namen an.

„An meinen Namen erinnern Sie sich wohl nicht mehr?" fragte der Kunde freundlich.

„O doch, Sir“, antwortete Parki und lieferte ihm lächelnd den Beweis.

„Ah, bestens“, sagte der Kunde herzlich. „Mr. Parki, stellen Sie sich vor, ich brauche wieder einen Ring. Sie wissen schon, welchen ich meine. Hoffentlich haben Sie einen vorrätig.“

„Ich glaube, ich habe sogar drei Stück da, Sir.“

„Vielleicht nehme ich gleich alle drei. Aber ich halte Sie vom Mittagessen ab. Warum hängen wir nicht schon mal das Schild auf und schließen die Tür ab, bevor noch ein anderer Kunde hereinspaziert? Sonst kommen Sie ja nie mehr hier raus.“

Parki lächelte wieder, erfreut über die Aufmerksamkeit dieses freundlichen Stammkunden. Bereitwillig reichte er ihm das Schild und sah zu, wie er den Riegel vorschob. Erst jetzt stellte er überrascht fest, daß sein Kunde trotz des milden, sonnigen Wetters Handschuhe trug.

Die handgearbeiteten Artikel bewahrte Parki in dem Glastresen in der Nähe der Kasse auf. Er holte ein kleines Kästchen heraus. „Zwei sind hier, Sir. Der dritte liegt noch hinten auf meiner Werkbank. Ich hole ihn eben.“

Rasch durchquerte er den durch einen Vorhang abgetrennten Bereich, der in ein kleines Lager führte. Drei Freundinnen auf einmal, dachte er lächelnd.

Parki drehte sich mit dem Ring in der Hand um und holte erstaunt Luft. Sein Kunde war ihm in den Lagerraum gefolgt.

„Haben Sie noch so einen Ring gefunden?“

„Ja, hier ist einer, Sir.“ Parki streckte die Hand aus. Er wunderte sich, daß er sich auf einmal so nervös und in die Enge getrieben fühlte.

Doch dann, als plötzlich das Messer aufblitzte, begriff er. Ich hatte zu Recht Angst, dachte er noch, bevor er einen scharfen Schmerz spürte und leblos zusammensank.

UM ZEHN vor drei, als sich gerade ihr Zweiuhrpatient verabschiedet hatte, erhielt Susan Chandler einen Anruf von Jane Clausen. Sie spürte sofort die Anspannung in Janes ruhiger Stimme, als diese sie um einen Termin bat.

„Ich brauche Ihren professionellen Rat“, erklärte Jane Clausen. „Ich muß mit einigen Dingen, die mir zu schaffen machen, ins reine kommen und habe das Gefühl, daß es sehr wohltuend für mich wäre, mit Ihnen darüber zu sprechen, noch heute, wenn es sich einrichten läßt.“

Susan erwartete noch zwei Patienten. Danach hatte sie gleich zum Lenox Hill Hospital fahren wollen. Offenbar mußte sie damit noch warten.

„Ab fünf Uhr bin ich frei, Mrs. Clausen."

Sobald sie aufgelegt hatte, wählte Susan die Nummer des Krankenhauses, die sie vorher nachgeschlagen hatte. Als sie schließlich zur Zentrale durchkam, erklärte sie, daß sie den Ehemann einer Frau zu erreichen versuche, die auf der Intensivstation liege.

„Ich stelle Sie zum Wartezimmer der Intensivstation durch", sagte die Telefonistin.

Daraufhin meldete sich eine Frau. Susan fragte, ob Justin Wells da sei.

„Wer spricht da?"

Die Medien haben sich bestimmt schon an seine Fersen geheftet, dachte Susan. „Dr. Susan Chandler", antwortete sie. „Mr. Wells hat einen Mitschnitt meiner gestrigen Radiosendung angefordert, und ich wollte ihm das Band selbst vorbeibringen, falls er um halb sieben noch im Krankenhaus ist."

Da sich die Stimmen gedämpft anhörten, schloß sie, daß die Frau die Hand über die Sprechmuschel hielt. Trotzdem konnte sie verstehen, was sie sagte: „Justin, hast du einen Mitschnitt der gestrigen Sendung von Dr. Susan Chandler bestellt?"

Die Antwort konnte sie deutlich hören. „Das ist doch lächerlich, Pamela. Da hat sich jemand einen üblen Scherz erlaubt."

„Dr. Chandler, ich fürchte, da liegt ein Irrtum vor", erklärte daraufhin die Frau.

„Dann muß ich mich entschuldigen. Da hat sich wohl mein Produzent geirrt. Es tut mir sehr leid, daß ich Mr. Wells in einem Augenblick wie diesem gestört habe. Darf ich fragen, wie es Mrs. Wells geht?"

Eine kurze Pause trat ein. „Beten Sie für sie, Dr. Chandler."

Die Verbindung wurde unterbrochen.

Susan saß lange Zeit da und starrte auf das Telefon. Hatte wirklich irgendein Scherzbold den Mitschnitt bestellt, und wenn ja, zu welchem Zweck? Oder hatte Justin Wells doch angerufen und wollte es nur vor der Frau, die er Pamela nannte, nicht zugeben? Aber – aus welchem Grund?

All diese Fragen mußte Susan erst einmal zurückstellen, denn Janet kündigte bereits ihren Dreiuhrpatienten an.

DOUGLAS LAYTON stand vor der einen Spaltbreit geöffneten Tür zu dem kleinen Büro, das Jane Clausen in der Suite der Clausen-Stiftung im Chrysler Building ihr eigen nannte. Er brauchte sich nicht einmal anzustrengen, um zu verstehen, was sie am Telefon zu Dr. Susan Chandler sagte.

Plötzlich brach ihm der Schweiß aus. Er war ziemlich sicher, daß er das Problem war, das sie mit dieser Dr. Chandler besprechen wollte.

Ihm war klar, daß er heute morgen bei der Sitzung Mist gebaut hatte. Mrs. Clausen war früh gekommen, und er hatte ihr Kaffee gebracht, um die Wogen zu glätten. Kühl und abweisend hatte sie zu ihm aufgeblickt. „Ich will keinen Kaffee", hatte sie erklärt. „Wir sehen uns später im Konferenzraum."

Eine bestimmte Akte hatte es ihr besonders angetan gehabt. Sie hatte in der Sitzung damit angefangen und viele knallharte Fragen gestellt. Die Akte enthielt Informationen über Gelder, die für ein Zentrum für Waisenkinder in Guatemala vorgesehen waren.

Ich hatte alles unter Kontrolle, dachte Layton wütend, da mußte ich diesen Fehler machen. Um die Diskussion abzukürzen, hatte er sich wie ein Vollidiot benommen. „Dieses Waisenhaus war Regina besonders wichtig, Mrs. Clausen", hatte er gesagt. „Sie hat es mir einmal selbst erzählt."

Layton fröstelte, als er sich an den eiskalten Blick erinnerte, den Jane Clausen ihm zugeworfen hatte. Um seinen Schnitzer zu überspielen, hatte er hastig hinzugefügt: „Ich meine, Sie haben sie selbst während einer unserer ersten Sitzungen zitiert, Mrs. Clausen."

Hubert March, der Vorsitzende, hatte wie gewöhnlich halb geschlafen, aber Layton hatte die Gesichter der anderen Treuhänder gesehen, die ihn prüfend anstarrten, als Jane Clausen in kaltem Ton entgegnet hatte: „O nein, ich habe nichts dergleichen gesagt."

Und jetzt vereinbarte sie einen Termin mit Dr. Chandler.

Layton ging zur Herrentoilette. Dort spritzte er sich kaltes Wasser ins Gesicht, kämmte sich die Haare, richtete seine Krawatte und blickte in den Spiegel. Er war immer froh über seine äußere Erscheinung gewesen – dunkelblonde Haare, stahlgraue Augen, aristokratische Nase. Sie entsprach vollauf dem Bild des verläßlichen Beraters, der die Angelegenheiten der verstorbenen Jane Clausen ganz in ihrem Sinne regeln würde. Nach ihrem Tod wäre Hubert March bereit, ihm die Leitung der Stiftung zu übertragen.

Bis jetzt war alles so gut gelaufen. Er durfte nicht zulassen, daß Jane Clausen in den letzten Tagen, die ihr noch beschieden waren, seine schönen Pläne vereitelte.

– 6 –

Die fünfundzwanzig Jahre alte Tiffany Smith aus Yonkers konnte immer noch nicht fassen, daß sie zu Dr. Susan Chandler durchgekommen war und live in der Sendung mit ihr gesprochen hatte. Sie war Kellnerin der Abendschicht im „Grotto“, einer nahe gelegenen Trattoria, und dafür bekannt, daß sie niemals das Gesicht eines Gasts oder was er bei früheren Besuchen bestellt hatte, vergaß.

Seit der Heirat ihrer Mitbewohnerin lebte Tiffany allein in einem kleinen Apartment im zweiten Stock eines Zweifamilienhauses. Gewöhnlich schlief sie bis zehn Uhr morgens und schaltete dann „Fragen Sie Frau Dr. Chandler“ ein, während sie im Bett ihre erste Tasse Kaffee trank.

Als sie gestern gehört hatte, wie Karen mit Dr. Chandler über den Türkisring sprach, der ihr von irgendeinem Kerl auf einer Kreuzfahrt verehrt worden war, hatte sie sofort an Matt Bauer denken müssen, der ihr einen ähnlichen Ring geschenkt hatte.

Sie hatte heute morgen aus einem Impuls heraus in der Sendung angerufen und fast sofort ihre Andeutung bereut, Matt sei knauserig gewesen, nur weil der Ring nicht mehr als zehn Dollar gekostet hatte. Eigentlich war er ganz hübsch, und sie gestand sich ein, daß sie sich nur deshalb über ihn lustig gemacht hatte, weil Matt nichts mehr von ihr wissen wollte.

Im Laufe des Tages mußte Tiffany immer öfter an den Nachmittag im letzten Jahr denken, den sie mit Matt in Greenwich Village verbracht hatte.

Um vier Uhr machte sie sich für die Arbeit zurecht, toupierte ihr Haar und schminkte sich. Der Name des Ladens, in dem sie den Ring gekauft hatten, wollte ihr partout nicht mehr einfallen.

Wir haben zuerst in einer Sushi-Bar gegessen, und anschließend sind wir spazierengegangen und kamen an dem Souvenirladen vorbei, überlegte sie. Und ich fragte: „Warum gehen wir nicht kurz rein?“ Dann wollte Matt mir ein Souvenir kaufen. Wir konnten uns nicht zwischen einem Messingaffen und einem Tadsch Mahal in Miniaturformat entscheiden, als dieser Klassetyp hereinkam.

Er war ihr sofort aufgefallen, da sie sich gerade von Matt abgewandt hatte, der irgendeinen Gegenstand in der Hand hielt und auf dem Etikett las, warum der Artikel angeblich etwas ganz Besonderes war. Der Mann hatte sie zunächst nicht entdeckt, denn sie standen hinter einem Schirm mit aufgemalten Kamelen und Pyramiden.

Der Kunde hatte einfach umwerfend ausgesehen, fand Tiffany. Sie erinnerte sich an sein überraschtes Gesicht, als er sich umdrehte und sie dort stehen sah. Als der Mann gegangen war, hatte der Händler gesagt: „Dieser Gentleman hat schon mehrere solcher Ringe für seine Damenbekanntschaften gekauft. Vielleicht möchten Sie sich so einen Ring auch mal anschauen?"

Tiffany hatte ihn hübsch gefunden, und nun blickte sie versonnen auf den Türkisring, den sie in einem kleinen Elfenbeinkästchen aufbewahrte. Ich werde ihn Dr. Chandler doch nicht schicken, dachte sie. Wer weiß? Vielleicht ruft Matt mich irgendwann noch mal an. Vielleicht hat er noch keine feste Freundin.

Am meisten hat Dr. Chandler doch interessiert, wo sich der Laden befindet. Statt ihr den Ring zu schicken, kann ich ihr vielleicht helfen, indem ich ihr ungefähr beschreibe, wo er lag, dachte Tiffany. Ich weiß noch, daß auf der Straßenseite gegenüber ein Sexshop war – und ich bin mir ziemlich sicher, nur zwei Blocks entfernt gab's eine U-Bahn-Station. Die Frau ist clever, mit diesen Infos müßte sie ihn doch finden können.

Erleichtert, weil sie eine Entscheidung getroffen hatte, legte Tiffany ihre langen blauen Ohrringe an.

Sie würde Dr. Chandler morgen anrufen. Falls man sie durchstellte, würde sie sich für die abfällige Bemerkung über den Ring entschuldigen und erklären, daß sie das nur gesagt habe, weil ihr Matt so sehr fehle, und sie würde Dr. Chandler fragen, ob sie nicht einen Tip habe, wie sie ihn zurückgewinnen könne.

Was habe ich schon zu verlieren? fragte sie sich. Auf diese Weise kriege ich eine kostenlose Beratung, oder vielleicht hört Matts Mutter oder eine ihrer Freundinnen zu und erzählt es ihm, und er wird sich geschmeichelt fühlen und mich anrufen.

ALEX WRIGHT wohnte in dem vierstöckigen Haus aus der Jahrhundertwende in der 78. Straße, das seit seiner Kindheit sein Zuhause war. Es war noch genauso eingerichtet wie früher – das Werk seiner Mutter –, mit dunklen, massiven viktorianischen Tischen, Anrichten und Bücherregalen; tiefen, mit prächtigen Brokatstoffen überzogenen Sofas und Sesseln, antiken Perserteppichen und reizvollen Kunstgegenständen.

Selbst der vierte Stock, der Alex zum größten Teil als persönliche Spielwiese gedient hatte, war noch genauso erhalten geblieben.

Alex' Lebensstil war relativ einfach. Er beschäftigte nur Jim, den Chauffeur, und Marguerite, eine sehr tüchtige und erfreulich ruhige Haushälterin. Sie traf jeden Morgen pünktlich um halb neun ein, rechtzeitig, um das Frühstück für Alex vorzubereiten, und an den Tagen, an denen er zu Hause blieb, kochte sie ihm zu Abend, was allerdings nicht mehr als zweimal pro Woche vorkam.

Den Dienstag verbrachte er wie immer zum größten Teil an seinem Schreibtisch in der Zentrale der Stiftung, dann, am späten Nachmittag, spielte er eine Partie Squash im Klub. Was er abends machen wollte, wußte er noch nicht, deshalb hatte er Marguerite angewiesen, ein, wie er es nannte, „Essen für alle Fälle" zuzubereiten.

Als er um halb sieben nach Hause kam, sah er daher als erstes im Kühlschrank nach. Dort wartete eine Terrine mit Marguerites exzellenter Hühnersuppe, die er nur noch in die Mikrowelle zu stellen brauchte. Außerdem standen Salat und geschnittene Hähnchenbrust für ein Sandwich bereit.

Alex nickte beifällig, dann ging er zu dem Tisch mit den Alkoholika in der Bibliothek, wählte eine Flasche Bordeaux aus und schenkte sich ein Glas ein. Er hatte gerade den ersten Schluck getrunken, als das Telefon läutete.

Da der Anrufbeantworter eingeschaltet war, beschloß er, erst einmal abzuwarten. Er hob die Augenbrauen, als sich Dee Chandler-Harriman meldete. Ihre leise, angenehme Stimme klang ein wenig unsicher.

„Alex, ich hoffe, ich störe Sie nicht. Ich habe mir von Dad Ihre Privatnummer geben lassen und wollte Ihnen nur danken, weil Sie neulich auf Dads Cocktailparty so nett zu mir waren. In letzter Zeit war ich oft sehr niedergeschlagen, und Sie haben mir sehr geholfen, einfach indem Sie nett zu mir waren. Nächste Woche gehe ich auf eine Kreuzfahrt, um meinen Depressionen den Garaus zu machen. Danke jedenfalls. Das wollte ich Ihnen nur sagen. Oh, übrigens – meine Telefonnummer lautet ..."

Sie hat anscheinend keine Ahnung, daß ich mit ihrer Schwester aus war, dachte Alex. Dee ist wunderschön, aber Susan ist viel interessanter. Er trank noch einen Schluck Wein und schloß die Augen.

Ja, Susan Chandler ging ihm schon den ganzen Tag nicht aus dem Kopf.

Um achtzehn Uhr kam Jane Clausen in Susans Praxis. Janes aschfahles Gesicht bestärkte Susan in ihrem Verdacht, daß sie ernsthaft krank war.

„Dr. Chandler ...", begann Mrs. Clausen ein wenig zögernd.

„Bitte nennen Sie mich doch Susan. Dr. Chandler klingt so förmlich", sagte Susan lächelnd.

Jane Clausen nickte, dann schaute sie Susan an. „Sie haben gestern meinen Anwalt kennengelernt, Douglas Layton. Waren Sie überrascht, weil er nicht mit mir hier warten wollte?"

„Ja."

„Warum hat es Sie überrascht?"

Susan brauchte nicht lange zu überlegen. „Weil durchaus die Möglichkeit bestand, daß Sie einer Frau begegnen würden, die Licht in das Verschwinden Ihrer Tochter bringen könnte. Ich hätte erwartet, daß er bei Ihnen bleibt, um Ihnen beizustehen."

Jane Clausen nickte. „Genau, Susan. Douglas Layton hat mir gegenüber immer behauptet, daß er meine Tochter nicht persönlich gekannt habe. Eine Bemerkung, die er heute morgen machte, läßt mich allerdings vermuten, daß er ihr doch mal begegnet ist."

„Aus welchem Grund könnte er Sie angelogen haben?" fragte Susan.

„Ich weiß es nicht." Jane Clausen sprach langsam und zog die Stirn in Falten. „Und heute, als ich mit Ihnen telefonierte, hat er gelauscht. Die Tür war angelehnt, und ich konnte ihn im Glas einer Vitrine sehen. Warum tut er so etwas? Aus welchem Grund könnte er mir hinterherspionieren?"

„Haben Sie ihn gefragt?"

„Nein. Ich hatte einen Schwächeanfall, und mir fehlte die Kraft, ihn zur Rede zu stellen. Aber ich werde einen speziellen Finanzierungsantrag überprüfen lassen. Es geht um ein Projekt, über das wir in der heutigen Sitzung gesprochen haben, ein Waisenhaus in Guatemala. Layton soll nächste Woche hinfliegen und auf der kommenden Vorstandssitzung einen Bericht vorlegen. Ich habe Zweifel an den Beträgen angemeldet, die uns genannt wurden, und Layton platzte heraus, Regina habe ihm gesagt, es sei eines ihrer Lieblingsprojekte."

„Dabei hat er abgestritten, sie gekannt zu haben."

„Ja. Susan, ich mußte Ihnen all das erzählen, weil mir plötzlich ein möglicher Grund eingefallen ist, warum Douglas Layton gestern fluchtartig die Praxis verlassen haben könnte."

Susan wußte, was Jane Clausen sagen wollte – daß Douglas Layton sich davor gefürchtet hatte, „Karen“ von Angesicht zu Angesicht gegenüberzustehen.

Kurz darauf verabschiedete sich Jane Clausen. „Ich denke, mein Arzt wird mir morgen früh empfehlen, zur weiteren Behandlung ins Krankenhaus zu gehen“, sagte sie, bevor sie die Praxis verließ. „Ich wollte vorher mit Ihnen reden. Ich weiß, daß Sie früher mal bei der Staatsanwaltschaft waren. Im Grunde kann ich nicht sagen, ob ich Ihnen von meinem Verdacht erzählt habe, um Ihren Rat als Psychologin einzuholen, oder um eine ehemalige Staatsanwältin zu fragen, wie man es anstellt, ein Ermittlungsverfahren einzuleiten.“

DR. DONALD RICHARDS hatte das Studio unmittelbar nach der Sendung verlassen. Zu spät fiel ihm ein, daß Rena bestimmt schon das Mittagessen zubereitet hatte.

Er suchte sich eine Telefonzelle und wählte seine Privatnummer. „Ich habe noch etwas Dringendes zu erledigen“, entschuldigte er sich bei Rena. „Ich bin in etwa einer Stunde zu Hause.“

Als er eineinhalb Stunden später seine Praxis betrat, wartete Rena mit dem Mittagessen auf ihn. „Ich stelle das Tablett auf Ihren Schreibtisch, Doktor“, sagte sie.

Um zwei Uhr kam eine dreißig Jahre alte Geschäftsfrau, die an Eßstörungen litt. Es war ihre vierte Sitzung, und Richards hörte zu und machte sich Notizen.

Um zehn vor drei, nachdem er die Patientin hinausbegleitet hatte, rief er bei Susan Chandler an. Er ging davon aus, daß sie ihre Termine nach dem gleichen Prinzip wie er ansetzte – eine Sitzung von fünfzig Minuten, dann eine Pause von zehn Minuten vor dem nächsten Termin.

Ihre Sekretärin sagte ihm, Susan telefoniere gerade.

„Ich warte“, erwiderte er.

Dann hörte er Susans ein wenig atemlose Stimme. „Dr. Richards?“

„Sie können mich ruhig Don nennen, auch wenn Sie in der Praxis sind.“

Susan lachte. „Tut mir leid. Ich freue mich, daß Sie angerufen haben. Bei mir geht es gerade sehr hektisch zu, aber ich wollte Ihnen noch dafür danken, daß Sie ein so toller Gast waren.“

„Und ich wollte Ihnen für die großartige Gelegenheit zur Selbstdarstellung danken.“ Er schaute auf seine Uhr. „Mein nächster Patient steht schon auf der Matte und Ihrer vermutlich auch. Also fasse ich mich kurz. Hätten Sie Lust, heute abend mit mir essen zu gehen?“

„Heute abend geht's leider nicht. Ich muß Überstunden machen."

„Und morgen abend?"

„Ja, das wäre schön."

„Sagen wir gegen sieben? Und ich rufe Sie morgen in der Praxis an, um Ihnen zu sagen, wo." Eine feste Verabredung, dachte er. Zu spät für einen Rückzieher.

Richards notierte sich die Zeit, verabschiedete sich rasch und legte den Hörer auf. Er fragte sich, wieviel er Susan Chandler offenbaren wollte.

DEE CHANDLER-HARRIMAN hatte um Viertel vor vier vom Büro der Modelagentur in Beverly Hills aus telefoniert. In New York war es dann Viertel vor sieben, eine Zeit, zu der sie Alex Wright daheim vermutete. Als er sich nicht meldete, nahm sie an, daß er vielleicht zum Essen ausgegangen sei, und hoffte, daß er im Laufe des Abends versuchen würde, sie zu erreichen.

Von dieser Hoffnung beschwingt, fuhr Dee von der Arbeit direkt zu ihrer Eigentumswohnung in Palos Verdes; dort bereitete sie sich um sieben Uhr lustlos eine Mahlzeit aus Rühreiern, Toast und Kaffee zu. Sie war gelangweilt und rastlos.

Ich bin die Arbeit leid, gestand Dee sich ein. Eigentlich habe ich Lust, wieder nach New York zu ziehen. Aber nicht, um mir dort einen anderen Job zu suchen. „Ich kann nicht mal ein anständiges Rührei zubereiten", beschwerte sie sich laut, als sie sah, daß das Ei braun wurde.

Aber die Frau, die Alex Wright heiratete, würde sich über Rezepte und Einkaufslisten nicht den Kopf zerbrechen müssen, sagte sie sich.

Sie beschloß, im Wohnzimmer zu essen, und stellte gerade ihr Tablett auf den Couchtisch, als das Telefon läutete. Es war Alex Wright.

Zehn Minuten später, als Dee den Hörer auflegte, lächelte sie. Er hatte gesagt, ihre Stimme habe so niedergeschlagen geklungen, da habe er gedacht, sie wolle vielleicht reden. Dann hatte er hinzugefügt, daß er den gemeinsamen Abend mit Susan genossen habe und sie am Samstag abend zu einem offiziellen Essen anläßlich der jüngsten Spende der Wright-Stiftung an die Stadtbibliothek von New York einladen wolle.

Dee gratulierte sich zu ihrer Geistesgegenwart: Sie hatte ihm gesagt, daß sie auf dem Weg nach Costa Rica, wo sie an Bord des Kreuzfahrtschiffs gehen wollte, Zwischenstation in New York machen und das Wochenende dort verbringen werde. Alex hatte den Wink verstanden und sie ebenfalls zu dem Essen eingeladen.

Schließlich, sagte sich Dee, während sie das Tablett mit dem inzwischen kalt gewordenen Essen auf den Schoß nahm, ist es ja nicht so, als wäre Susan schon seine feste Freundin.

NACHDEM Jane Clausen am Dienstag abend die Praxis verlassen hatte, erledigte Susan bis gegen sieben Papierkram, dann rief sie Jed Geany zu Hause an. „Es gibt Probleme", verkündete sie. „Ich habe Justin Wells angerufen, weil ich ihm das Band der gestrigen Sendung bringen wollte, und er streitet entschieden ab, es bestellt zu haben."

„Susan, eins kann ich dir sagen. Wer immer der Typ gewesen sein mag, der angerufen hat, er war nervös. Vielleicht will Wells nicht, daß jemand von seinem Interesse an dem Band weiß. Eigentlich hat er zuerst nur nach dem Teil mit den Höreranrufen gefragt. Ich glaube sogar, daß er nur daran interessiert war."

„Die Frau, die gestern auf der Park Avenue von einem Transporter überfahren wurde, ist seine Frau", sagte Susan.

„Siehst du? Er hat jetzt andere Dinge im Kopf, der arme Kerl."

„Vermutlich hast du recht. Bis morgen dann." Sie legte auf, saß da und dachte nach.

Alle Anrufe gestern waren das Übliche gewesen, bis auf die Frau, die sich Karen nannte und von dem Türkisring erzählt hatte.

Das muß der Anruf sein, an dem Justin Wells – oder wer auch immer – interessiert ist, dachte sie. Aber heute war ein anstrengender Tag, und ich komme jetzt nicht mehr dahinter, warum. Sie nahm ihren Mantel, schaltete das Licht aus, schloß die Praxis ab und ging durch den Flur zum Aufzug.

Auf dem Nachhauseweg dachte sie über Jane Clausens Besuch und ihre Befürchtungen hinsichtlich Douglas Layton nach. Es war ja durchaus möglich, daß Layton gestern einen Termin hatte, den er nicht mehr absagen konnte, aber was war mit Mrs. Clausens Verdacht, daß er Regina gekannt und sie in diesem Punkt belogen hatte?

Susan fiel plötzlich Chris Ryan ein. Chris, ein pensionierter FBI-Agent, mit dem sie während ihrer Zeit bei der Staatsanwaltschaft zusammengearbeitet hatte, besaß eine eigene Sicherheitsfirma. Er konnte sich diskret zu Layton umhören.

Die schmalen Straßen von Greenwich Village faszinierten Susan wie eh und je. Sie merkte, daß sie sich automatisch nach dem Souvenirladen umsah, den die Anruferin Tiffany heute beschrieben hatte und behauptet hatte, sie besitze auch so einen Ring wie Karen. Hoffentlich schickt sie ihn mir, dachte Susan. Dann könnte ich ihn mit dem Ring vergleichen, den Mrs. Clausen mir gegeben hat. Stellt sich heraus, daß die Ringe identisch und hier irgendwo in der Nähe hergestellt worden sind, wäre dies vielleicht ein erster Schritt zur Aufklärung von Reginas Verschwinden.

ERSTAUNLICH, wie hilfreich ein Spaziergang in der Kälte ist, um wieder einen klaren Kopf zu bekommen, dachte Susan, als sie schließlich vor ihrer Haustür stand. Es war acht Uhr. Sie zog ihren Hausanzug an, ging zum Kühlschrank und holte die Zutaten für den Salat heraus. Während das Wasser für die Pasta aufkochte, schaltete sie ihren Computer ein und rief ihre E-Mail auf.

Es war das übliche Zeug, bis auf ein paar Hörerzuschriften, in denen Dr. Richards gelobt und Susan aufgefordert wurde, ihn bald wieder einzuladen. Spontan sah sie nach, ob Richards auch eine Website hatte.

Ja, er hatte eine. Mit wachsendem Interesse rief Susan die persönlichen Angaben ab: Dr. Donald J. Richards, geboren in Darien, Connecticut; aufgewachsen in Manhattan; Schüler am Collegiate-Privatgymnasium, Studium in Yale; Magister in Kriminologie an der Universität New York. Verheiratet mit Kathryn Carver (ums Leben gekommen).

Es folgte eine lange Liste von Zeitschriftenartikeln, die aus seiner Feder stammten, und von Rezensionen zu seinem Buch „Verschwundene Frauen". Dann stieß Susan auf eine Information, die sie überraschte. Einer Kurzbiographie war zu entnehmen, daß Dr. Richards sich ein Jahr vor dem College-Abschluß zwölf Monate freigenommen und als Reiseleiter auf einem Kreuzfahrtschiff gearbeitet hatte; unter der Überschrift HOBBYS stand, daß er häufig kurze Kreuzfahrten buchte. Als sein Lieblingsschiff hatte er die *Gabrielle* angegeben, das Schiff, auf dem er seine Frau kennengelernt hatte.

Susan starrte auf den Bildschirm. „Aber das ist ja das Schiff, auf dem Regina Clausen an Bord war, bevor sie verschwand", sagte sie laut.

MANCHMAL machte er nachts lange Spaziergänge. Das brauchte er, wenn sich alles derart zuspitzte, daß es nötig wurde, Spannungen abzubauen. An diesem Nachmittag hatte er leichtes Spiel gehabt. Der Mann in dem Souvenirladen war geräuschlos gestorben. In den Spätnachrichten war nichts von seinem Tod erwähnt worden, also hatte es möglicherweise niemanden interessiert, als der Laden nicht wieder öffnete. Niemand hatte nachgesehen, was los war.

Eigentlich hatte er heute abend nur ziellos durch die Straßen der

Innenstadt schlendern wollen, deshalb war er sehr überrascht, als er sich in der Nähe der Downing Street wiederfand. Susan Chandler wohnte in der Downing Street. Ob sie zu Hause war? fragte er sich. Er erkannte, daß sein Hiersein, vor allem daß er unbewußt den Weg hierher eingeschlagen hatte, ein Zeichen war, ein Zeichen, daß er ihr nicht erlauben durfte, noch mehr Ärger zu machen. Seit gestern morgen war er gezwungen gewesen, zwei Menschen auszuschalten – Hilda Johnson und Abdul Parki –, die er eigentlich nie hatte töten wollen. Eine dritte Person, Carolyn Wells, würde entweder sterben oder aber eliminiert werden müssen, falls sie sich doch erholte.

Solange sie im Koma lag, stellte sie natürlich keine unmittelbare Bedrohung dar. Die Gefahr ging eher von Tiffany aus, dem Mädchen, das heute bei Dr. Susan Chandler in der Sendung angerufen hatte. Als er die Downing Street hinunterging, verwünschte er sich im stillen. Er erinnerte sich daran, wie er letztes Jahr Parkis Laden betreten hatte – in der Annahme, Parki sei allein. Vom Gehsteig aus hatte er das junge Paar hinter dem Schirm nicht sehen können.

Nachdem er die beiden dann entdeckt hatte, wußte er, daß er einen Fehler gemacht hatte. Die junge Frau hatte ihn gemustert, und er war sich sicher, daß sie ihn wiedererkennen würde. Wenn Tiffany, die heute in Susans Sendung angerufen hatte, und die junge Frau im Laden ein und dieselbe Person waren, mußte sie zum Schweigen gebracht werden. Morgen würde er einen Weg finden, um von Susan Chandler zu erfahren, ob diese Tiffany den Ring geschickt und wenn ja, was sie ihr geschrieben hatte.

Eine weitere Feder im Wind, dachte er. Wann würde es zu Ende sein? Eines stand jedenfalls fest: Noch vor nächster Woche mußte Susan Chandler Einhalt geboten werden.

– 7 –

Am Mittwoch morgen setzte Douglas Layton seine Strategie in die Tat um. Er wußte, daß es schwierig sein würde, Jane Clausen noch vor seiner Abreise zu besänftigen, doch in den schlaflos verbrachten frühen Morgenstunden hatte er einen Plan entworfen.

Im Taxi auf dem Weg zum Beekman Place ging er noch einmal sorgfältig die Geschichte durch, die er ihr auftischen wollte.

Der Pförtner bestand darauf, ihn anzumelden, obwohl Layton ihm sagte, er solle sich nicht bemühen, da er erwartet werde. Als er aus dem Aufzug trat, stand die Haushälterin in der nur einen Spaltbreit geöffneten Wohnungstür. Sie teilte ihm mit, Mrs. Clausen fühle sich nicht wohl, und fragte, ob er ihr eine Nachricht hinterlassen wolle.

„Vera, ich muß Mrs. Clausen unbedingt sprechen, nur eine Minute“, sagte Layton in leisem, aber bestimmtem Tonfall. Als er Veras Unsicherheit bemerkte, flüsterte er: „Wir mögen sie doch beide und wollen nur ihr Bestes.“ Dann legte er die Hände auf ihre Arme und zwang sie, zur Seite zu treten. Mit wenigen Schritten durchquerte er die Diele und trat durch die offenen Glastüren ins Eßzimmer.

Jane Clausen las in der *Times.* Als sie seine Schritte hörte, blickte sie auf und sah ihn mit einem Ausdruck der Furcht an.

Es steht schlimmer, als ich dachte, schoß es ihm durch den Kopf. Er ließ ihr keine Zeit, etwas zu sagen. „Mrs. Clausen, ich habe mir große Sorgen gemacht, daß Sie mich gestern mißverstanden haben“, begann er. „Es war natürlich Unsinn, daß ich sagte, Regina habe mir selbst erzählt, das Waisenhaus in Guatemala sei eines ihrer Lieblingsprojekte. Mr. March hat mir von dem Waisenhaus erzählt, als er mich für den Vorstand vorschlagen wollte. Er hat mir berichtet, daß Regina es einmal besucht hat und von der Not der Kinder zutiefst bewegt war.“

Die Geschichte war wasserdicht. March würde sich zwar nicht daran erinnern, es ihm erzählt zu haben, aber er hätte auch Angst, es abzustreiten, weil ihm seine zunehmende Vergeßlichkeit bewußt war.

„Hubert hat es Ihnen erzählt?“ fragte Jane Clausen leise. „Er war wie ein Onkel für Regina. Solche Dinge hat sie ihm oft anvertraut.“

Layton wußte, daß er auf dem richtigen Weg war. „Wie Sie ja wissen, fliege ich nächste Woche rüber, damit der Vorstand einen Bericht aus erster Hand über die dort erzielten Fortschritte erhält. Ich weiß, wie angeschlagen Ihre Gesundheit ist, aber hätten Sie nicht Interesse, mich zu begleiten, um mit eigenen Augen zu sehen, welch wunderbare Arbeit dort zum Nutzen dieser armen Kinder geleistet wird? Ich verspreche Ihnen, daß ich nicht von Ihrer Seite weichen werde.“

Layton wußte natürlich, daß nicht der Hauch einer Chance bestand, daß Jane Clausen so weit reisen würde.

Sie schüttelte den Kopf. „Ich wünschte, ich könnte mitfahren.“

Sie will mir glauben, dachte Layton und beglückwünschte sich im stillen. Jetzt mußte er nur noch einen Punkt klären. „Ich muß mich noch entschuldigen, weil ich Sie am Montag in Dr. Chandlers Praxis allein gelassen habe“, sagte er. „Ich hatte einen seit langem vereinbarten Termin, aber ich hätte ihn absagen müssen. Das Problem war, ich konnte die Klientin nicht erreichen, und sie kam eigens aus Connecticut, um mich zu treffen.“

„Ich habe Ihnen sehr kurzfristig Bescheid gesagt“, erwiderte Jane Clausen. „Ich fürchte, allmählich wird mir das zur Gewohnheit. Gestern habe ich von einer anderen Person verlangt, daß sie mich praktisch auf der Stelle empfängt.“

Susan Chandler. Wieviel hatte sie dieser Frau erzählt? fragte sich Layton.

Als er wenig später aufbrach, bestand Jane Clausen darauf, ihn hinauszubegleiten.

Layton lächelte in sich hinein, als er im Aufzug nach unten fuhr. Jane Clausen hatte ihn in Gnaden wiederaufgenommen, und er war erneut auf dem Weg dazu, Präsident der Clausen-Stiftung zu werden.

Als er das Gebäude verließ, achtete er darauf, ein paar Worte mit dem Pförtner zu wechseln, und dem Türsteher, der ein Taxi für ihn heranwinkte, gab er ein großzügiges Trinkgeld. Derlei kleine Aufmerksamkeiten zahlten sich aus. Es bestand immerhin die Möglichkeit, daß einer oder beide irgendwann Jane Clausen gegenüber bemerken würden, welch netter Mensch Mr. Layton doch sei.

Sobald er im Taxi saß, fiel jedoch alle Leutseligkeit von ihm ab. Worüber hatte die Clausen mit Dr. Chandler geredet? Diese Chandler war nicht nur Psychologin, sie verfügte auch über einen juristisch geschulten Verstand. Sie wäre die erste, der es auffallen würde, wenn sich etwas schräg anhörte.

Er schaute auf seine Uhr. Es war zwanzig nach acht. Er würde wahrscheinlich noch vor neun im Büro sein. Damit blieb ihm noch eine Stunde, um einen Teil des Papierkrams zu erledigen, bevor er sich die heutige Sendung von „Fragen Sie Frau Dr. Chandler“ anhörte.

AM MITTWOCH morgen wachte Susan um sechs auf, duschte, wusch sich das Haar und fönte es rasch. Sie betrachtete eine Zeitlang ihr Spiegelbild, um sich objektiv einzuschätzen. Zu dicke Augenbrauen, doch sie hatte keine Lust, sie sich zu zupfen. Makellose Haut, darauf zumindest konnte sie stolz sein. Ihr Mund war etwas zu groß. Eine gerade Nase – die war in Ordnung –, haselnußbraune Augen wie Mutter. Ein trotziges Kinn.

Sie dachte daran, was Schwester Beatrice in ihrem vorletzten Jahr an der Sacred Heart Academy zu ihrer Mutter gesagt hatte: „Susan ist dickköpfig, aber bei ihr ist es eine Stärke. Wenn sie ihr Kinn so energisch vorreckt, weiß ich, daß irgend etwas passiert ist, das sie in Ordnung bringen will."

Im Augenblick gibt es eine ganze Menge von Dingen, die in Ordnung gebracht werden müssen, dachte Susan.

Um Zeit zu sparen, entschied sie sich gegen ihren üblichen Spaziergang und nahm ein Taxi zur Praxis, wo sie um Viertel nach sieben ankam.

Als sie das Bürohaus betrat, stellte sie überrascht fest, daß die Tür zum Foyer unverschlossen und die Loge des Wachmanns unbesetzt war. Die Sicherheitsvorkehrungen in diesem Gebäude sind gleich Null, dachte sie, während sie im Aufzug nach oben fuhr. Als sie ausstieg, fand sie die oberste Etage völlig dunkel vor.

„Das ist doch seltsam", murmelte sie, als sie im Korridor nach dem Lichtschalter tastete. Doch selbst daraufhin wurde es nicht besonders hell. Kein Wunder, dachte Susan, als sie bemerkte, daß zwei Glühbirnen fehlten. Sie nahm sich vor, später mit dem Hausmeister zu sprechen, doch sobald sie ihre Praxis betreten hatte, vergaß sie ihren Ärger.

Sie machte sich sogleich an die Arbeit, erledigte in der ersten Stunde ihre Korrespondenz und bereitete sich anschließend darauf vor, den Plan umzusetzen, den sie gestern abend entwickelt hatte.

Sie hatte beschlossen, Justin Wells an seinem Arbeitsplatz aufzusuchen und ihn mit dem Band und mit ihrer Überzeugung zu konfrontieren, daß seine Frau die geheimnisvolle Anruferin war. Und wenn er nicht da war, würde sie seiner Sekretärin oder Empfangsdame den besagten Teil der Sendung vom Montag vorspielen. Die Frau, die sich Karen nannte, könnte seinen Angestellten bekannt sein. Und konnte es reiner Zufall sein, daß Justin Wells' Frau so kurz nach dem Anruf in einen Unfall verwickelt worden war?

Susan überflog ihre restlichen Notizen und markierte die Punkte, die ihr noch Rätsel aufgaben. „Ältere Dame Zeugin des Unfalls von Carolyn Wells." Hatte Hilda Johnson recht gehabt, als sie äußerte, jemand habe Carolyn einen Stoß versetzt? Und, was ebenso wichtig war, konnte der Mord an Johnson wenige Stunden später nur ein weiterer Zufall sein?

Der nächste Punkt auf ihrer Liste galt Douglas Layton. Er hatte sich tatsächlich verdächtig verhalten, dachte Susan, so, wie er, wenige Minuten bevor Karen hätte in der Praxis erscheinen sollen, Hals über Kopf davongestürzt war. Fürchtete er eine Begegnung mit ihr? Und wenn ja, warum?

Der letzte Punkt betraf Donald Richards. War es reiner Zufall, daß sein liebstes Kreuzfahrtschiff die *Gabrielle* war und daß sein Buch von verschwundenen Frauen handelte? Steckte mehr hinter diesem scheinbar so sympathischen Mann, als man auf den ersten Blick vermutete?

Susan stand von ihrem Schreibtisch auf. Bestimmt war Nedda inzwischen in ihrer Kanzlei und hatte Kaffee aufgesetzt. Susan schloß die äußere Tür der Praxis ab, steckte den Schlüssel in ihre Tasche und ging den Korridor hinunter.

ALS SUSAN in ihre Praxis zurückkam, war Janet da und telefonierte. „Oh, warten Sie einen Moment, da ist sie", sagte Janet. Sie deckte die Sprechmuschel mit der Hand zu. „Alex Wright."

Susan nahm den Hörer in die Hand, während Janet den Raum verließ. „Hallo, Alex!"

„Ich habe Sie vor einer halben Stunde zu Hause zu erreichen versucht, da ich davon ausging, daß Sie gegen neun in der Praxis sind."

„Heute war ich schon um halb acht hier. Ich fange gern früh an."

„Da sind wir uns einig. Ich bin auch Frühaufsteher. Das Training meines Vaters – er dachte, wer später als sechs Uhr aufsteht, verpaßt die Gelegenheit, einen Haufen Geld zu verdienen. Manchmal allerdings, wenn ich keinen Termin habe, bleibe ich bewußt länger liegen oder lese die Zeitung im Bett, nur weil ich weiß, wie sehr ihn das geärgert hätte."

Susan lachte. „Seien Sie vorsichtig, Sie sprechen mit einer Psychologin."

„Ach herrje, das hatte ich ganz vergessen. Aber ich habe nicht angerufen, um über meinen Vater zu sprechen oder um Ihnen meine Schlafgewohnheiten zu schildern. Ich wollte Ihnen nur sagen, daß ich es am Montag abend mit Ihnen sehr schön fand und daß ich hoffe, daß Sie am Samstag abend noch nichts vorhaben. Unsere Stiftung hat der Stadtbibliothek eine Spende zugesagt, und in der McGraw-Rotunde in der Zentrale an der Fifth Avenue findet ein offizielles Essen statt. Es ist keine Großveranstaltung – nur etwa vierzig Leute. Ursprünglich wollte ich mich entschuldigen lassen, aber das sollte ich lieber nicht tun, und wenn Sie mich begleiten, würde es mir vielleicht sogar Spaß machen."

Susan hörte zu und fühlte sich geschmeichelt, als Alex Wrights Stimme einen werbenden Klang annahm.

„Ja, ich habe Zeit, und ich komme gern mit", sagte sie aufrichtig.

„Großartig. Ich hole Sie gegen halb sieben ab, wenn es Ihnen paßt."

„In Ordnung."

Seine Stimme veränderte sich, wurde plötzlich unsicher. „Ach, übrigens habe ich mit Ihrer Schwester geredet, Susan."

„Mit Dee?" Susan war überrascht.

„Ja. Ich habe sie auf Binkys Party kennengelernt, nachdem Sie gegangen waren. Sie hat mich gestern abend zu Hause angerufen und eine Nachricht für mich hinterlassen, und ich habe den Anruf erwidert. Sie wird am Wochenende in New York sein. Ich habe ihr erzählt, daß ich Sie zu dem Essen einladen wollte, und sie gebeten, sich uns anzuschließen."

„Das war sehr aufmerksam von Ihnen", erwiderte Susan. Als sie wenig später auflegte, erinnerte sie sich, wie Dee vor sieben Jahren Jack angerufen und ihm erzählt hatte, wie unglücklich sie mit ihren neuen Publicityfotos sei. Dann hatte sie ihn gebeten, sich die Aufnahmen einmal anzusehen und sie zu beraten.

Und das, dachte Susan mit einem Anflug von Bitterkeit, war der Anfang vom Ende für Jack und mich gewesen. Ob die Vergangenheit sich wiederholen konnte?

DIE SPANNUNG im Architekturbüro Benner, Pierce und Wells war mit Händen zu greifen, als Susan im holzgetäfelten Eingangsbereich wartete. Eine nervöse junge Empfangsdame, auf deren Namensschild BARBARA GINGRAS stand, unterrichtete Justin Wells zögernd von ihrer Anwesenheit.

Sie war keineswegs überrascht, als die junge Frau zu ihr sagte: „Frau Dr. Chandler, da Sie keinen Termin bei Mr. Wells haben, kann er Sie leider nicht empfangen."

Susan beschloß, das Risiko einzugehen: „Mr. Wells hat meinen Produzenten angerufen und einen Mitschnitt meiner Sendung vom Montag bestellt. Ich wollte ihm das Band eigentlich nur persönlich überbringen, Mrs. Gingras."

„Also hat er mir doch geglaubt?" Barbara Gingras strahlte. „Ich hab ihm gesagt, daß ich glaube, daß Carolyn – das ist seine Frau – Sie am Montag angerufen hat. Ich hörte gerade zu, als sie anrief. Ich kenne doch ihre Stimme, Himmel noch mal. Aber Mr. Wells schien sehr verärgert, als ich ihm davon erzählte, also hab ich kein Wort mehr gesagt. Und dann hatte seine Frau diesen furchtbaren Unfall, deshalb war der Ärmste viel zu mitgenommen, um mit mir zu reden."

„Das kann ich gut verstehen", erwiderte Susan. Sie hatte das Band so gespult, daß sie den Anruf von „Karen" abspielen konnte. Sie schaltete den Kassettenrecorder ein, den sie vorsichtshalber mitgebracht hatte, und stellte ihn auf den Empfangstresen. „Mrs. Gingras, könnten Sie sich das bitte noch mal anhören?“

Sie drehte leiser, als die bedrückte Stimme von „Karen“ ertönte.

Die Empfangsdame nickte begeistert mit dem Kopf. „Ich bin mir sicher, daß das Carolyn Wells ist“, bestätigte sie. „Und das, was sie sagt, stimmt. Ich habe hier etwa zu der Zeit angefangen, als sie und Mr. Wells sich getrennt hatten. Ich weiß es noch genau, weil er völlig durcheinander war. Nachdem er sich wieder mit ihr versöhnt hatte, war er wie umgewandelt, ein Unterschied wie Tag und Nacht. Er ist verrückt nach ihr. Und jetzt, seit dem Unfall, ist er wieder völlig fertig. Ich habe gehört, wie er zu einem seiner Partner sagte, laut ihrem Arzt werde ihr Zustand wohl eine Zeitlang unverändert bleiben.“

Die Tür zum Foyer ging auf, und zwei Männer kamen herein. Sie blickten Susan neugierig an, als sie den Empfangsbereich durchquerten. Barbara Gingras wirkte plötzlich nervös. „Frau Dr. Chandler, wir hören jetzt besser auf. Wenn Mr. Wells rauskommt und uns erwischt, ist er vielleicht sauer auf mich.“

„In Ordnung.“ Susan steckte den Kassettenrecorder ein. „Nur noch eins, Mrs. Gingras. Die Wells haben eine Freundin namens Pamela. Sind Sie ihr mal begegnet?“

Mrs. Gingras zog die Stirn in Falten, dann hellte sich ihr Gesicht auf. „Oh, Sie meinen sicher Dr. Pamela Hastings. Sie lehrt an der Columbia-Universität. Sie und Mrs. Wells sind dicke Freundinnen. Ich weiß, daß sie oft mit Mr. Wells im Krankenhaus ist.“

Damit hatte Susan alles erfahren, was sie wissen wollte. „Danke, Mrs. Gingras.“

„Ihre Sendung gefällt mir wirklich gut, Frau Dr. Chandler.“

Susan lächelte. „Das freut mich.“ Sie winkte und öffnete die Tür zum Korridor. Dort holte sie sofort ihr Handy heraus und rief die Auskunft an. „Columbia-Universität, die Zentrale, bitte“, sagte sie.

PUNKT neun Uhr am Mittwoch morgen hatte Dr. Donald Richards am Empfangsschalter in der fünfzehnten Etage des Gebäudes am Broadway Nummer 1440 vorgesprochen. „Ich war gestern und am Montag Gast in der Sendung ‚Fragen Sie Frau Dr. Chandler‘“, sagte er zu der Frau am Schalter. „Ich habe um Mitschnitte der Sendungen gebeten, bin dann jedoch gegangen, ohne sie mitzunehmen. Ist Mr. Geany vielleicht schon da?“

„Ich glaube, ich hab ihn schon gesehen", erwiderte die Empfangsdame. Sie griff zum Telefon und wählte eine Nummer. „Jed, Susans Gast von gestern ist hier, er hat die zwei Bänder vergessen, um die er gebeten hatte." Nach kurzem Zuhören legte sie auf. „Er kommt gleich. Nehmen Sie doch bitte Platz!"

Richards wählte einen Stuhl neben einem Couchtisch, auf dem die aktuellen Ausgaben der Morgenzeitungen lagen.

Wenig später erschien Geany mit einem Päckchen in der Hand. „Tut mir leid, daß ich Sie gestern nicht noch mal daran erinnert habe. Ich wollte die Bänder gerade in die Post tun. Wenigstens sind Sie noch daran interessiert und haben es sich nicht anders überlegt, so wie dieser andere Typ."

„Justin Wells?" fragte Richards.

„Genau. Aber er wird eine Überraschung erleben. Susan bringt den Mitschnitt der Sendung vom Montag nämlich zu ihm ins Büro."

Interessant, dachte Richards, sehr interessant. Es kommt bestimmt nicht oft vor, daß die Moderatorin einer beliebten Radiosendung den Postboten spielt.

Nachdem er sich bei Jed Geany bedankt hatte, steckte er das kleine Päckchen in seinen Aktenkoffer, und eine Viertelstunde später stieg er an einem Parkhaus in der Nähe seines Wohnhauses aus einem Taxi.

DONALD RICHARDS fuhr in nördlicher Richtung über den Palisades Parkway nach Bear Mountain. Er schaltete das Radio ein und suchte „Fragen Sie Frau Dr. Chandler". Um keinen Preis wollte er die Sendung verpassen.

Als er an seinem Ziel angekommen war, blieb er im Wagen sitzen, bis die Sendung vorbei war. Dann saß er noch mehrere Minuten still da, bevor er ausstieg und den Kofferraum öffnete. Er holte eine schmale Schachtel heraus und ging zum Seeufer.

Die Bergluft war kalt und still. Die Wasseroberfläche schimmerte in der Herbstsonne, und doch gab es dunkle Stellen, ein Hinweis auf die Tiefe des Sees.

Lange Zeit saß er am Seeufer, die Hände vor den Knien verschränkt. Tränen stiegen ihm in die Augen, doch er achtete nicht darauf. Schließlich öffnete er die Schachtel und holte zwei Dutzend taufrische langstielige Rosen heraus. Nacheinander warf er sie aufs Wasser. „Auf Wiedersehen, Kathryn!" Er sprach laut, in ernstem Tonfall; dann machte er kehrt und ging zu seinem Wagen zurück.

Eine Stunde später erreichte er das Pförtnerhaus von Tuxedo Park, der luxuriösen kleinen Siedlung in den Bergen, die früher einmal die Sommerfrische der Reichen und Schönen von New York gewesen war. Jetzt lebten viele, darunter seine Mutter Elizabeth Richards, das ganze Jahr über hier. Der Wachmann winkte ihn durch. „Schön, Sie zu sehen, Dr. Richards!“ rief er.

Er fand seine Mutter in ihrem Atelier vor. Mit sechzig Jahren hatte sie begonnen zu malen, und in zwölf Jahren ernsthafter Beschäftigung mit der Kunst war ihr angeborenes Talent zu echter Begabung gereift. Sie saß mit dem Rücken zu ihm vor der Leinwand und war völlig in ihre Arbeit vertieft.

„Mutter ...“

„Donald, ich hatte dich allmählich schon aufgegeben.“ Sie erhob sich und kam mit ausgebreiteten Armen auf ihn zu, doch anstatt ihn zu umarmen, hauchte sie nur einen Kuß auf seine Wange. „Ich will dich nicht mit Farbe beschmieren“, sagte sie.

Arm in Arm gingen sie die breite Treppe hinunter und durch die Eingangshalle in den Speiseraum, von dem man auf den Innenhof und den Garten blickte.

„Wo warst du heute morgen?“ fragte sie.

„Ich war bei einem Radiosender.“ Richards spielte auf Zeit.

„Du bist wieder zum See rausgefahren, nicht wahr?“ fragte sie.

„Ja.“

Das Gesicht seiner Mutter wurde weich. Sie griff nach seiner Hand. „Don, ich habe nicht vergessen, daß heute Kathys Todestag ist... Trotzdem – es ist vier Jahre her. In vier Wochen wirst du vierzig. Du mußt endlich ein neues Leben anfangen. Ich will noch erleben, daß du eine Frau kennenlernst, deren Augen aufleuchten, wenn du abends zur Tür hereinkommst.“

„Vielleicht hat sie auch einen Job“, sagte Richards. „Heutzutage gibt es nicht mehr viele Frauen, die nur Hausfrau sind.“

„Ach, hör auf. Du weißt genau, was ich meine. Ich will, daß du wieder glücklich bist. Don, auch Psychiater brauchen manchmal Hilfe, um eine Tragödie zu bewältigen. Hast du mal darüber nachgedacht?“

Er antwortete nicht, senkte jedoch den Kopf.

„Und wann bist du das letztemal in Urlaub gefahren?“

„Volltreffer!“ Richards' Gesicht hellte sich auf. „Nächste Woche, nach der Lesung in Miami, nehme ich mir eine Woche frei.“

„Don, früher hast du so gern Kreuzfahrten gemacht.“ Seine Mutter zögerte. „Weißt du noch, wie du mit Kathy diese Spontanreisen unternahmst? Ich fände es gut, wenn du so etwas wieder machen würdest. Du hast doch seit Kathys Tod kein Kreuzfahrtschiff mehr bestiegen."

Dr. Donald Richards blickte über den Tisch hinweg in ihre blaugrauen Augen, in denen sich so aufrichtige Sorge spiegelte. O doch, Mutter, dachte er. O doch.

SUSAN wurde zu Pamela Hastings' Büro an der Columbia-Universität durchgestellt, erfuhr dort jedoch, daß Dr. Hastings erst kurz vor elf erwartet wurde. Ihr erstes Seminar begann um Viertel nach elf.

Möglich, daß sie noch im Lenox Hill ist, um Carolyn Wells zu besuchen, dachte Susan. Sie hinterließ eine Nachricht, in der sie Dr. Hastings bat, sie nach zwei Uhr in ihrer Praxis anzurufen, sie müsse sie in einer dringenden Angelegenheit sprechen.

Wieder einmal fing sie Jed Geanys mißbilligenden Blick auf, als sie erst zehn Minuten vor Sendebeginn im Studio eintraf.

„Weißt du, Susan, irgendwann ...", begann er.

„Ich weiß. Irgendwann wirst du einmal ohne mich anfangen. Es ist ein Charakterfehler, Jed. Ich plane meine Termine zu eng."

Er lächelte ihr zögernd zu. „Dr. Richards ist vorhin vorbeigekommen. Er wollte die Bänder der Sendungen abholen, an denen er mitgewirkt hat."

Ich sehe ihn doch heute abend, dachte Susan. Ich hätte sie ihm mitbringen können. Wozu die Eile? Dann ging sie ins Studio und setzte ihren Kopfhörer auf.

Als der Toningenieur mit dem 30-Sekunden-Countdown begann, fragte sie schnell: „Jed, erinnerst du dich an Tiffany, die gestern angerufen hat? Ich rechne eigentlich nicht damit, daß sie sich noch mal meldet, aber falls doch, notiere bitte ihre Telefonnummer."

„In Ordnung."

„Noch zehn Sekunden!" warnte der Toningenieur.

Per Kopfhörer hörte Susan: „Und nun bleiben Sie dran zu ‚Fragen Sie Frau Dr. Chandler'", gefolgt von einem kurzen Musikjingle. Sie holte tief Luft und begann: „Guten Morgen und herzlich willkommen. Hier ist Dr. Susan Chandler. Heute fangen wir gleich mit den Höreranrufen an, um all Ihre Fragen zu beantworten, also melden Sie sich. Lassen Sie uns darüber sprechen, was Sie auf dem Herzen haben."

Wie gewohnt verging die Zeit wie im Flug. Einige Anrufe galten recht banalen Themen: „Dr. Susan, eine Frau bei mir im Büro treibt mich zum

Wahnsinn. Wenn ich neue Klamotten trage, fragt sie mich, wo ich sie gekauft habe, und dann taucht sie ein paar Tage später in haargenau demselben Aufzug auf."

Andere Anrufe waren komplexer. „Ich mußte meine neunzig Jahre alte Mutter in ein Pflegeheim geben", sagte eine Frau, deren Stimme erschöpft klang. „Es hat mich fast umgebracht, ihr das anzutun, aber körperlich ist sie völlig hilflos. Und jetzt will sie nicht mehr mit mir sprechen. Ich fühle mich so schuldig, ich kann nicht mehr klar denken."

Die Sendezeit war fast um, als Geany verkündete: „Unsere nächste Anruferin ist Tiffany aus Yonkers, Susan."

Susan blickte zum Kontrollraum hinüber. Geany nickte – er würde Tiffanys Telefonnummer notieren.

„Tiffany, ich freue mich, daß Sie sich melden...", begann Susan, wurde jedoch unterbrochen.

„Frau Dr. Chandler", sagte Tiffany hastig, „ich hatte fast nicht den Mut anzurufen, weil ich Sie vielleicht enttäusche. Sehen Sie ..." Bestürzt lauschte Susan der offenbar einstudierten Ansprache, warum Tiffany ihr den Türkisring nicht schicken konnte. „Also, wie ich schon sagte, hoffentlich sind Sie nicht enttäuscht, aber Matt, mein früherer Freund, hat ihn mir geschenkt, und der Ring erinnert mich an all die schönen Augenblicke, die wir zusammen hatten."

„Tiffany, könnten Sie mich in meiner Praxis anrufen?" warf Susan eilig ein, dann hatte sie plötzlich das Gefühl, das alles schon einmal erlebt zu haben. Hatte sie nicht vor erst achtundvierzig Stunden genau das gleiche zu Carolyn Wells gesagt?

„Dr. Susan, ich werde es mir mit dem Ring nicht anders überlegen", erwiderte Tiffany. „Aber ich möchte Ihnen noch sagen, wo ich arbeite – im ..."

„Bitte nennen Sie nicht den Namen Ihres Arbeitgebers", schnitt Susan ihr das Wort ab.

„... ‚Grotto', dem besten Italiener von Yonkers!" rief Tiffany schnell.

„Werbepause, Susan!" brüllte Geany in den Kopfhörer.

Wenigstens weiß ich jetzt, wo ich sie finden kann, dachte Susan.

Als die Sendung vorüber war, ging sie in den Kontrollraum. Geany hatte Tiffanys Telefonnummer auf einen Umschlag gekritzelt. „Sie klingt dumm, war aber clever genug, um Gratiswerbung für ihren Boß zu machen", bemerkte er säuerlich. Eigenwerbung war für die Anrufer in der Sendung verboten.

Susan faltete den Umschlag und steckte ihn in ihre Jackentasche.

„Mich beunruhigt, daß Tiffany sich offenbar einsam fühlt. Sie klingt sehr verletzlich. Angenommen, irgendein Verrückter hat die Sendung gehört und kommt auf dumme Ideen?“

„Wirst du wegen des Rings Kontakt mit ihr aufnehmen?“

„Ja, ich glaube schon. Ich muß ihn unbedingt mit dem Ring von Regina Clausen vergleichen. Ich weiß, die Chance ist gering, daß sie aus der gleichen Quelle stammen, aber zur Sicherheit muß ich es überprüfen.“

„Susan, solche Ringe gibt es an jeder Ecke zu kaufen. Die Typen, denen die Läden gehören, behaupten alle, sie seien handgearbeitet. Aber für zehn Dollar? Unmöglich.“

„Vermutlich hast du recht“, stimmte Susan ihm zu. „Außerdem …“, begann sie, dann brach sie ab. Fast hätte sie Geany von ihrer Vermutung erzählt, daß Justin Wells’ schwerverletzte Frau die geheimnisvolle Karen war. Nein, dachte sie, ich warte lieber ab, was mir diese Information bringt, bevor ich es herumerzähle.

ALS NAT SMALL am Mittwoch mittag feststellte, daß Abdul Parkis Souvenirladen noch immer nicht geöffnet war, machte er sich Sorgen. Smalls Geschäft, der Sexshop „Dark Delights“, lag dem Khyem-Souvenirladen direkt gegenüber, und die beiden Männer waren seit Jahren befreundet.

Small, ein drahtiger Mann von fünfzig Jahren mit zwielichtiger Vergangenheit, hatte ein unumstößliches Prinzip, das ihm schon oft dienlich gewesen war: Halte dich von den Bullen fern! Das war auch der Grund, warum er zunächst jedes andere Mittel ausprobierte, das ihm einfiel, als er sich Sorgen machte, weil sein Freund an diesem Morgen seinen Laden nicht geöffnet hatte. Er spähte durch die Tür von Parkis Laden; als er nichts sehen konnte, rief er bei Abdul zu Hause an; als der sich nicht meldete, rief er bei Parkis Vermieter an, doch er bekam dort nur den Anrufbeantworter zu hören.

Schließlich entschied Small sich dann doch zu dem Schritt, der die Tiefe seiner Freundschaft bewies: Er rief bei der Polizei an und äußerte die Befürchtung, daß Parki etwas zugestoßen sein könne.

Die Polizei überprüfte Abdul Parkis auffallend ordentliche Wohnung in der Jane Street. Neben dem Foto seiner verstorbenen Frau stand ein Strauß inzwischen welker Blumen. Sonst gab es keinen Hinweis darauf, daß er dort gewesen war. Daraufhin beschloß die Polizei, im Laden nachzusehen.

Dort endlich fand man die blutüberströmte Leiche.

Nat Small war kein Verdächtiger. Die Polizisten kannten Small, und er hatte kein Motiv. Das Fehlen eines offensichtlichen Motivs war das Beunruhigendste an diesem Fall. In der Kasse lagen nahezu hundert Dollar, und es sah nicht so aus, als hätte der Mörder auch nur versucht, sie aufzubrechen.

Die Beamten erfuhren von Small, daß Parki am Dienstag morgen den Laden wie gewohnt um neun geöffnet und gegen elf den Gehsteig gefegt hatte.

„Mr. Small", sagte der Detective. „Ihr Laden liegt Parkis Laden direkt gegenüber. Haben Sie irgendwann nach elf Uhr jemanden in Parkis Laden gehen und herauskommen sehen?"

Bis zu seiner Vernehmung um drei Uhr hatte Small viel Zeit gehabt, um nachzudenken. Gestern gegen eins hatte er die Schaufenster mit frisch eingetroffenen Pornofilmen dekoriert. Obgleich er ihn nicht direkt angesehen hatte, war ihm draußen vor seinem Laden ein gutangezogener Typ aufgefallen. Er schien sich das Zeug anzuschauen, das bereits ausgestellt war. Doch dann war er nicht etwa ins Geschäft gekommen, sondern hatte die Straße überquert und war geradewegs in Parkis Laden gegangen.

Small wußte noch recht gut, wie er ausgesehen hatte. Aber der gutangezogene Typ hatte den armen Kerl mit Sicherheit nicht getötet, sagte sich Small. Nein, es hatte keinen Sinn, ihn den Bullen gegenüber zu erwähnen. Wenn er das täte, würde er den ganzen Nachmittag auf dem Revier verschwenden müssen. Kam nicht in Frage.

„Ich hab keinen Menschen gesehen", behauptete Small. „Aber eins will ich euch sagen, Leute", fügte er tugendhaft hinzu. „Ihr solltet endlich mal was gegen die Drogensüchtigen in dieser Gegend unternehmen. Für einen Schuß würden die ihre eigene Großmutter umbringen. Das könnt ihr dem Bürgermeister von mir bestellen!"

– 8 –

Jim Curley ahnte, daß etwas im Busch war, als er am Mittag seinen Boß bei der Wright-Stiftung abholte und die Anweisung erhielt, bei dem eleganten Blumenladen im Rockefeller Center anzuhalten. Als sie dort ankamen, schickte Wright ihn nicht etwa hinein, sondern er ging selbst mit einem Karton unter dem Arm in den Laden. Nach einer Viertelstunde kam er wieder, gefolgt von einem Floristen, der einen üppigen Strauß in einer großen Vase brachte. Wright bat den Floristen, die Vase vor dem Rücksitz auf den Boden zu stellen, wo sie nicht umkippen konnte. Der Florist bedankte sich lächelnd bei Wright, dann schlug er die Wagentür zu.

Wright hatte mit lebhafter Stimme gesagt: „Nächster Halt Soho", dann hatte er Jim eine ihm unbekannte Adresse genannt und hinzugefügt: „Wir fahren zu Dr. Susan Chandlers Praxis. Das heißt, Sie werden diese Blumen abgeben, und ich warte im Wagen."

Im Laufe der Jahre hatte Jim für seinen Boß Blumen bei vielen attraktiven Frauen abgegeben, aber noch nie hatte Alex Wright sie persönlich ausgewählt.

„Mr. Wright, ist das nicht die Waterford-Vase, die Ihre Mutter damals aus Irland mitgebracht hat?" fragte Jim ungezwungen.

„Allerdings, Jim. Neulich abends, als ich Dr. Chandler bis zur Tür begleitet habe, fiel mir auf, daß sie eine ganz ähnliche Vase hat. Ich dachte, ihr gutes Stück könnte ein wenig Gesellschaft brauchen. Aber jetzt geben Sie mal besser Gas. Ich bin schon spät dran zu dem Mittagessen im Plaza."

UM HALB drei saß Alex wieder an seinem Schreibtisch in den Räumlichkeiten der Wright-Stiftung. Um Viertel vor drei teilte seine Sekretärin ihm mit, Dee Chandler-Harriman sei am Telefon.

„Stellen Sie durch, Alice", bat er ein wenig verwundert.

Dees Stimme klang herzlich und entschuldigend. „Sie haben vermutlich alle Hände voll damit zu tun, fünf oder sechs Millionen Dollar zu verschenken. Ich verspreche, ich werde Sie nicht länger als eine Minute aufhalten."

„Seit gestern nachmittag hatte ich es nicht mit so viel Geld zu tun", versicherte er ihr. „Kann ich Ihnen irgendwie behilflich sein?"

„Nur wenn ich Ihnen damit nicht lästig falle. Heute früh im Morgengrauen habe ich eine wichtige Entscheidung getroffen. Es wird Zeit für mich, nach New York zurückzuziehen. Meine Partner in der Modelagentur sind bereit, mich auszuzahlen. Ein Nachbar, der seit langem ein Auge auf meine Eigentumswohnung geworfen hat, will sie mir von heute auf morgen abkaufen. Und jetzt kommt der Grund, warum ich angerufen habe: Könnten Sie mir einen guten Immobilienmakler empfehlen? Ich suche eine Wohnung mit vier oder fünf Zimmern auf der East Side."

„Ich werde Ihnen da keine große Hilfe sein, Dee. Ich lebe seit meiner

Geburt im selben Haus“, erwiderte Alex. „Aber ich könnte mich für Sie nach einem Makler erkundigen.“

„Oh, vielen Dank, das wäre sehr nett. Ich treffe morgen nachmittag in New York ein. Also kann ich am Freitag beginnen, mir Wohnungen anzusehen.“

„Bis dahin werde ich Ihnen jemand nennen können.“

„Dann tun Sie das doch bitte bei einem Glas Wein morgen abend. Ich lade Sie ein!“

Sie legte auf, bevor er antworten konnte. Alex Wright lehnte sich in seinem Stuhl zurück. Dies war eine unerwartete Komplikation. Ihm war die Veränderung in Susans Stimme nicht entgangen, nachdem er ihr gesagt hatte, er habe auch ihre Schwester zu dem Essen in der Bibliothek eingeladen. Das war auch der Grund, warum er ihr heute Blumen geschickt hatte.

„Muß das sein?“ fragte er sich laut. Dann erinnerte er sich daran, daß sein Vater oft gesagt hatte, jede negative Entwicklung ließe sich ins Positive umwandeln. Der Trick war nur, dachte Alex seufzend, zu wissen, wie sich diese Regel auf seinen konkreten Fall anwenden ließ.

ERSCHÖPFT und resigniert betrat Jane Clausen das Zimmer im Krankenhaus. Wie erwartet, hatte ihr Arzt darauf bestanden, daß sie morgen mit der Chemotherapie beginne. Der Krebs, der zwangsläufig die Schlacht gegen ihren Körper gewann, schien fest entschlossen, ihr nicht die Kraft oder die Zeit zu lassen, sich um alles zu kümmern, was noch erledigt werden mußte. Jane wünschte, sie könnte einfach jede weitere Behandlung ablehnen, aber sie war nicht bereit zu sterben – noch nicht, zumal jetzt, da sie einen Funken Hoffnung hatte, die Wahrheit über Reginas Schicksal zu erfahren. Wenn nur die Frau, die in Dr. Chandlers Sendung angerufen hatte, kommen und ihnen das Bild des Mannes zeigen würde, der ihr den Türkisring geschenkt hatte, dann gäbe es endlich einen Anhaltspunkt.

Als das Abendessen gebracht wurde, nahm sie nur eine Tasse Tee und eine Scheibe Toast zu sich, dann stieg sie ins Bett, schluckte das Schmerzmittel, das die Schwester ihr brachte, und war gerade dabei einzudösen, als jemand „Mrs. Clausen“ sagte. Sie öffnete die Augen und sah die beflissene Miene von Douglas Layton.

„Ich habe zu Hause bei Ihnen angerufen, weil wir Ihre Unterschrift auf einem Steuerformular brauchen. Als Vera mir sagte, daß Sie hier sind, bin ich gleich hergefahren.“

„Ich dachte, ich hätte während der Sitzung schon alles unterschrieben“, murmelte sie.

„Ich fürchte, ein Blatt haben wir übersehen. Aber es kann warten.“

„Unsinn! Geben Sie schon her!“ Sie griff nach ihrer Brille und blickte auf das Formular, das Layton ihr reichte. „Ach ja, das.“ Sie nahm den Füllfederhalter, den er ihr hinhielt, und unterschrieb langsam, bemüht, nicht zu zitterig zu schreiben.

Wie schnell war sie gestern bereit gewesen, ihm zu mißtrauen. Das war das Problem, dachte sie. Ihre Krankheit und all die Medikamente trübten ihr Urteilsvermögen. Morgen würde sie Dr. Chandler anrufen und ihr sagen, daß sie sich mit ihrem Verdacht gegen Layton geirrt habe – furchtbar unfair war sie ihm gegenüber gewesen.

„Mrs. Clausen, kann ich Ihnen irgend etwas bringen?“

„Nein, nichts – danke.“

Noch bevor er auf Zehenspitzen den Raum verließ, war Jane Clausen eingeschlafen, doch selbst wenn sie noch wach gewesen wäre, wäre ihr in dem halbdunklen Zimmer sein selbstgefälliges Lächeln wohl entgangen.

NACH ihrem zweiten Anruf bei „Fragen Sie Frau Dr. Chandler“ war Tiffany ungemein zufrieden mit sich. Sie hatte genau die Botschaft übermittelt, die ihr vorgeschwebt hatte, und hoffte jetzt, daß irgend jemand Matt von ihrem Anruf erzählen würde. Und Tony Sepeddi, ihr Boß, würde entzückt sein, wenn er von der Schleichwerbung für das Grotto erfuhr.

Tiffany hatte gerade die Tür geöffnet, um die Wohnung zu verlassen, als das Telefon läutete. Sie lief schnell durch das kleine Wohnzimmer in ihr noch kleineres Schlafzimmer und schaffte es, beim dritten Läuten den Hörer abzunehmen.

Es war Matts Mutter. Sie hielt sich nicht mit Grußformeln auf, sondern kam direkt zur Sache: „Tiffany, ich muß darauf bestehen, daß Sie im Radio nicht mehr über meinen Sohn sprechen. Matthew hat sich gerade mit einer sehr netten jungen Frau verlobt. Also streichen Sie ihn bitte aus Ihrem Gedächtnis, und sprechen Sie nicht über Ihre Verabredungen mit ihm, vor allem wenn seine Freunde oder seine Verlobte es hören könnten.“ Ein entschiedenes Klicken ertönte.

Völlig schockiert stand Tiffany eine volle Minute reglos da, bis sie den Hörer auf die Gabel knallte. Sie mußte zur Arbeit. Tränen kullerten ihr über die Wangen, als sie die Stufen hinunterlief. Im Auto überkamen sie Kummer und Enttäuschung dann endgültig. Am liebsten hätte sie irgendwo angehalten und sich richtig ausgeweint, aber dazu fehlte die Zeit.

Als sie am Grotto ankam, suchte sie sich eine abgelegene Stelle auf dem Parkplatz und blieb einen Augenblick im Wagen sitzen. Dann holte sie ihre Puderdose heraus. „Wer weint schon so einem Blödmann hinterher?“ fragte sie laut.

Eine neue Schicht Make-up half, den Schaden zu beheben.

Auf dem Weg zur Küchentür kam sie an der Mülltonne vorbei. Sie blieb kurz stehen und sah sie an. Mit einer schwungvollen Bewegung zog sie sich den Türkisring vom Finger und warf ihn hinein. „Der blöde Ring hat mir nichts als Pech gebracht“, murmelte Tiffany, dann lief sie zur Küchentür, schob sie auf und rief: „Hallo, Leute, hat Tony die Superschleichwerbung gehört, die ich diesem miesen Laden heute verschafft hab?“

GLEICH nachdem Susans Zweiuhrpatient gegangen war, kam Janet herein. „Eine Dr. Pamela Hastings hat angerufen. Sie sagte, daß sie unbedingt mit Ihnen sprechen möchte.“

„Ich rufe sie sofort zurück.“

„Sind die Blumen nicht wunderschön?“ fragte Janet.

Susan hatte der Blumenvase, die auf der Anrichte stand, kaum Beachtung geschenkt. Erst jetzt ging sie hinüber und machte plötzlich große Augen. „Das muß ein Irrtum sein“, sagte sie. „Das ist eine Waterford-Vase.“

„O nein, kein Irrtum“, versicherte Janet. „Der Mann, der die Blumen gebracht hat, richtete aus, der Strauß sei von Alex Wright.“

Natürlich. Alex hat es meiner Stimme angemerkt, daß ich nicht gerade glücklich war, als er sagte, er habe Dee auch zu dem Essen am Samstag abend eingeladen, dachte Susan. Das erklärte eine so große Geste wie diese. Wie einfühlsam von ihm! Und wie dumm von mir, so unvorsichtig zu sein und meine Gefühle zu zeigen.

Sie überlegte kurz, ob sie Alex jetzt gleich anrufen sollte, um ihm zu sagen, sie könne die Vase auf keinen Fall annehmen. Dann schüttelte sie den Kopf – damit konnte sie sich später noch befassen. Im Moment standen wichtigere Dinge an. Sie griff nach dem Telefonhörer.

Das Gespräch war kurz und endete damit, daß Pamela Hastings versprach, am nächsten Morgen um neun in Susans Praxis zu kommen.

Kurz darauf rief Donald Richards an. „Ich wollte nur noch kurz unsere Verabredung bestätigen, Susan. Um sieben Uhr im ‚Palio‘ in der 51. Straße – einverstanden?“

Da Susan bis zu ihrem nächsten Patienten noch ein paar Minuten Zeit hatte, schlug sie Jane Clausens Telefonnummer nach und tippte sie rasch ein. Es meldete sich niemand; sie hinterließ eine Nachricht auf dem Anrufbeantworter.

UM FÜNF nach sechs begleitete sie ihren letzten Patienten hinaus. Susan hatte kaum Zeit, sich in der Praxis frisch zu machen, bevor sie ein Taxi zum Restaurant nehmen mußte.

Vorhin hatte sie Tiffany zu Hause zu erreichen versucht, aber jetzt war sie bestimmt an ihrem Arbeitsplatz, und im Restaurant herrschte um diese Zeit vermutlich Hochbetrieb. Ich rufe sie später dort an, wenn ich nach Hause komme, dachte Susan. Sie macht wahrscheinlich erst ziemlich spät Schluß.

Susan schüttelte sich. Warum fühlte sie sich bei dem Gedanken an Tiffany nur so beklommen?

ER KANNTE Tiffanys Nachnamen nicht, und selbst wenn sie im Telefonbuch von Yonkers stehen sollte, wäre es unklug, sie zu Hause zu überraschen. Außerdem war es nicht nötig. Er wußte ja bereits, wo er sie finden konnte.

Am Nachmittag rief er im Grotto an und bat darum, sie sprechen zu dürfen. Wie erwartet, sagte man ihm, sie sei nicht da – sie komme erst um fünf.

Schon vor langer Zeit hatte er gelernt, daß man am schnellsten an Informationen herankam, wenn man selbstsicher falsche Annahmen äußerte. „Sie macht um elf Schluß, nicht wahr?“ fragte er.

„Nein, um zwölf, wenn die Küche schließt. Soll ich ihr was ausrichten?“

„Nein, danke. Ich probiere es noch mal bei ihr zu Hause.“

Diesem Rendezvous sah er mit großer Spannung entgegen. Tiffany hatte ihn eingehend betrachtet. Und vermutlich hatte sie, wie so viele in der Gastronomie Beschäftigte, ein gutes Personengedächtnis.

Und Tiffanys Freund – Matt?

Konzentriert ging er die Szene in Parkis Laden noch einmal durch. Erst als er wieder gehen wollte, hatte er das Pärchen entdeckt. Ja, die junge Frau hatte ihn angestarrt. Aber der Kerl, mit dem sie da war, hatte den Ramsch in den Regalen betrachtet und ihm den Rücken zugewandt. Er stellte also kein Problem dar.

Parki war aus dem Weg geräumt. Und Tiffany würde ihm bald auch keine Scherereien mehr machen können.

Donald Richards wartete schon an der Bar des Palio, als Susan um zehn nach sieben dort eintraf.

Er wehrte ihre Entschuldigung ab. „Der Verkehr war gräßlich, und ich bin gerade selbst erst zur Tür hereingekommen. Stellen Sie sich vor, meine Mutter hat sich Ihre Sendung angehört, als ich Gast bei Ihnen war; sie war sehr beeindruckt von Ihnen, das hat sie mir heute beim Mittagessen erzählt. Allerdings hat sie mit mir geschimpft, weil ich mich hier mit Ihnen verabredet habe. Zu ihrer Zeit holte der Gentleman die Dame zu Hause ab und eskortierte sie zum Restaurant."

Susan lachte. „Angesichts des Verkehrs in Manhattan wären die Restaurants geschlossen gewesen, bis Sie mich im Village abgeholt hätten und wir in Midtown angekommen wären."

Sie schaute sich um. An der hufeisenförmigen Bar herrschte viel Betrieb; zu beiden Seiten standen kleine Tische, die alle besetzt waren. An den vier Wänden des zweistöckigen Raums schwang sich ein prächtiges Wandgemälde zur Decke empor, eine Darstellung des berühmten Palio-Pferderennens. Die Beleuchtung war gedämpft, die Atmosphäre gemütlich und vornehm. „Hier war ich noch nie. Es sieht sehr nett aus", stellte Susan fest.

„Ich war auch noch nicht hier, aber das Lokal ist mir wärmstens empfohlen worden. Das Restaurant ist im ersten Stock."

Als sie auf den Aufzug warteten, gab Susan sich große Mühe, sich nicht anmerken zu lassen, wie eingehend sie Richards musterte. Sein Haar war dunkelbraun, mit einem leichten Stich ins Rötliche – laubbraun, dachte sie. Er trug eine große Brille mit stahlgrauem Rahmen. Die Gläser betonten seine graublauen Augen – oder waren seine Augen blau und wirkten durch die Gläser anders?

Der Aufzug kam. Sie stiegen im ersten Stock aus, wo der Geschäftsführer sie begrüßte und zu ihrem Tisch führte. Er fragte, was sie trinken wollten, und Susan bestellte Chardonnay, Donald Richards einen Martini pur.

„Normalerweise brauche ich keinen ‚Seelentröster'", erklärte er, „aber es war heute ein harter Tag."

Ob er das Mittagessen mit seiner Mutter meint? fragte sich Susan. Sie ermahnte sich, ihre Neugier nicht zu offen zu zeigen. Sie durfte nicht vergessen, daß er Psychiater war und jeden Versuch, ihn auszuhorchen, durchschauen würde. Das beste Mittel, um ein Gespräch dorthin zu lenken, wo du es haben willst, sagte sie sich, ist, dein Gegenüber in Sicherheit zu wiegen.

Susan schenkte ihm ein warmes Lächeln. „Heute hat sich eine Anruferin gemeldet, die sagte, nachdem sie Sie gehört hätte, sei sie in eine Buchhandlung gegangen und habe Ihr Buch gekauft, und sie fände es ausgesprochen interessant."

Richards erwiderte ihr Lächeln. „Ich hab mir die Sendung angehört. Anscheinend eine Frau mit Geschmack."

Er hat die Sendung angehört? dachte Susan. Vielbeschäftigte Psychiater hören sich gewöhnlich keine zweistündigen Ratgebersendungen an.

Ihre Getränke kamen. Richards hob sein Glas, um ihr zuzuprosten. „Ich freue mich, den heutigen Abend mit Ihnen zu verbringen."

Ihr war klar, daß es nur eine der typischen Floskeln war, die man beim Aperitif macht. Dennoch hatte Susan das Gefühl, daß mehr hinter dem scheinbar beiläufigen Kompliment steckte - wegen der Intensität, mit der er es sagte.

„Ich muß Ihnen etwas gestehen", erklärte Richards, „ich habe im Internet unter Ihrem Namen nachgesehen."

Ich auch, dachte Susan.

„Sie sind in Westchester aufgewachsen?" fragte er.

„Ja, erst in Larchmont, dann in Rye. Aber meine Großmutter hat immer in Greenwich Village gelebt, und ich war als Kind oft am Wochenende bei ihr. Es hat mir dort immer sehr gefallen."

„Und Ihre Eltern?"

„Die haben sich vor drei Jahren scheiden lassen. Und es war leider keine Trennung im Guten. Mein Vater hat sich Hals über Kopf in eine andere Frau verliebt. Meine Mutter war am Boden zerstört."

„Und wie ist es Ihnen dabei ergangen?"

„Ich war traurig. Wir waren eine glückliche Familie, so dachte ich jedenfalls. Aber nach der Scheidung war einfach alles anders. Manchmal denke ich, es war wie bei einem Schiff, das mit einem Riff kollidiert und sinkt. Alle, die an Bord waren, haben zwar überlebt, aber jeder ist in ein anderes Rettungsboot gestiegen."

„Ich bin neugierig. Wie kam es, daß Sie die Karriere als Staatsanwältin aufgaben und wieder zur Uni gingen, um Ihren Doktor in klinischer Psychologie zu machen?"

Diese Frage konnte Susan leicht beantworten. „Es gibt viele echte Kriminelle, und ich empfand es als Genugtuung, sie aus dem Verkehr zu ziehen. Aber dann vertrat ich einen Fall, in dem eine Frau ihren Ehemann getötet hatte, weil er sie verlassen wollte. Sie bekam fünfzehn Jahre. Ich werde nie ihr fassungsloses, ungläubiges Gesicht vergessen, als sie das Urteil hörte. Ich dachte, wenn man sie rechtzeitig aufgefangen hätte, wenn sie Hilfe bekommen, ihren Zorn verarbeitet hätte, bevor er sie zerstörte ..."

„Großer Kummer kann oft ein Auslöser für großen Zorn sein", warf er leise ein.

Susan nickte. „Und Sie? Wie sind Sie zur Psychiatrie gekommen?"

„Ich wollte immer Arzt werden. Während des Medizinstudiums wurde mir klar, in welchem Maße seelische Vorgänge sich auf die physische Gesundheit auswirken, und deshalb habe ich diese Richtung eingeschlagen."

Der Geschäftsführer erschien mit der Speisekarte, und nachdem sie kurz über das Für und Wider verschiedener Gerichte diskutiert hatten, bestellten sie ihr Essen.

Susan hatte gehofft, das Gespräch jetzt mehr auf ihn lenken zu können, aber er kam auf ihre Radiosendung zurück.

„Haben Sie noch mal von Karen gehört, der Frau, die am Montag angerufen hat?" fragte er beiläufig.

„Nein", antwortete Susan.

Donald Richards brach ein Stück von seinem Brötchen ab. „Hat Ihr Produzent den Mitschnitt der Sendung Justin Wells geschickt?"

Mit dieser Frage hatte Susan nicht gerechnet. „Kennen Sie Justin Wells etwa?" fragte sie und konnte ihre Überraschung nicht verbergen.

„Ich bin ihm einmal begegnet – beruflich."

„Haben Sie ihn wegen seiner exzessiven Eifersucht behandelt?"

„Warum fragen Sie?"

„Sollte die Antwort ja lauten, finde ich, daß Sie die moralische Verpflichtung haben, der Polizei zu erzählen, was Sie über ihn wissen. Wie sich herausgestellt hat, ist die Frau, die sich Karen nannte, Justin Wells' Ehefrau; ihr richtiger Name lautet Carolyn. Wenige Stunden nach dem Anruf in meiner Sendung wurde sie von einem Transporter überfahren, möglicherweise weil ihr jemand einen Stoß versetzt hat."

Donald Richards zog die Stirn in Falten. „Ich fürchte, Sie haben recht, ich sollte mich wirklich bei der Polizei melden", sagte er.

Ich hatte recht, dachte Susan. Das Bindeglied zwischen Carolyn Wells' „Unfall" und ihrem Anruf bei mir ist die Eifersucht ihres Mannes.

„Wie schmeckt Ihr Salat?" erkundigte sich Richards.

Offensichtlich wollte er das Thema wechseln. Und zu Recht, dachte Susan erleichtert. Berufsethos. „Sehr gut. Von mir habe ich jetzt einiges erzählt. Was ist mit Ihnen? Haben Sie Geschwister?"

„Nein, ich bin ein Einzelkind. In Manhattan aufgewachsen. Mein Vater ist vor zehn Jahren gestorben. Damals entschied sich meine Mutter, das ganze Jahr über in Tuxedo Park zu leben. Sie ist eine ziemlich gute Malerin. Mein Vater war der geborene Segler und nahm mich immer mit."

Susan hielt sich im Geiste die Daumen. „Mit großem Interesse habe ich gelesen, daß Sie sich am College ein Jahr beurlauben ließen, um als Reiseleiter eines Kreuzfahrtschiffs zu arbeiten. Lag das am Einfluß Ihres Vaters?"

Er wirkte belustigt. „Wir beziehen beide unsere Informationen aus dem Internet, wie? Ja, das Jahr habe ich genossen. Ich habe eine Weltumrundung mitgemacht und fast alle großen Hafenstädte kennengelernt. Schließlich hatte ich so ziemlich den ganzen Globus umfahren."

„Was macht ein Reiseleiter auf einem Kreuzfahrtschiff eigentlich genau?"

„Er hilft bei der Organisation der Aktivitäten an Bord. Man glättet die Wogen. Macht die Einsamen oder Unglücklichen ausfindig und lockt sie aus ihrem Schneckenhaus. Alles, was man sich so vorstellen kann."

„Ihrer Biographie zufolge haben Sie Ihre Frau auf der *Gabrielle* kennengelernt. Das war doch das Schiff, auf dem Regina Clausen reiste, als sie verschwand."

„Ja. Ich bin ihr zwar nicht begegnet, aber ich kann gut nachvollziehen, warum man ihr die *Gabrielle* empfohlen hat. Es ist ein wunderbares Schiff."

Während des Essens riß ihr Gespräch nicht ab, Small talk – Bemerkungen über das Essen („ganz köstlich"), Vergleiche mit anderen Restaurants („New York ist ein Hochgenuß für Gourmets") –, durchzogen von forschenden Fragen.

Sie beschlossen beide, auf das Dessert zu verzichten, und bestellten Espresso. Als er gebracht wurde, kam Richards auf Tiffany zu sprechen. „Es war irgendwie traurig, ihr heute zuzuhören. Sie ist sehr verletzlich, meinen Sie nicht auch?"

„Ich glaube, sie will sich unbedingt verlieben und geliebt werden", stimmte Susan ihm zu. „Und sie hat diesen Wünschen einen Namen gegeben: Matt."

Richards nickte. „Und ich behaupte, sollte Matt sich daraufhin bei ihr melden, dann bestimmt nicht, weil er sich freut, daß sie seinem spontanen Impuls, einen Ring als Andenken für sie zu kaufen, so viel Wert beimißt. Das würde die meisten Männer nur abschrecken."

Will er die Bedeutung des Rings herunterspielen? fragte sich Susan.

Als sie das Restaurant verließen, winkte Richards einem Taxi. Sie stiegen ein, und er nannte dem Fahrer ihre Adresse. Dann blickte er sie verlegen an. „Ich kann keine Gedanken lesen. Ich hab gesehen, daß Sie im Telefonbuch stehen."

Vor ihrem Wohnhaus angekommen, ließ er das Taxi warten, während er sie nach oben begleitete.

„Ihre Mutter wäre stolz auf Sie", sagte Susan zu ihm. „Der vollendete Gentleman!" Sie dachte an Alex Wright, der vor zwei Tagen das gleiche getan hatte. Zwei wohlerzogene Männer in drei Tagen, überlegte sie – nicht schlecht!

Richards ergriff ihre Hand. „Ich glaube, ich habe mich schon zu Beginn des Abends für Ihre Gesellschaft bedankt. Ich möchte es noch einmal tun, noch nachdrücklicher." Er sah sie ernst an. „Sie brauchen keine Angst vor einem Kompliment zu haben, Susan. Das haben Sie nämlich, wissen Sie das? Gute Nacht." Nach diesen Worten ging er.

Susan schloß die Tür zweimal ab, lehnte sich einen Augenblick dagegen und versuchte, ihre Gefühle zu sortieren. Schließlich ging sie zu ihrem Anrufbeantworter. Es waren zwei Nachrichten darauf. Die erste stammte von ihrer Mutter: „Ruf mich an, ich bin bis Mitternacht wach."

Es war Viertel vor elf. Ohne sich erst die zweite Nachricht anzuhören, begann Susan zu wählen.

Sie hörte es der Stimme ihrer Mutter an, wie nervös sie war, als sie stockend auf den Grund ihres Anrufs zu sprechen kam. „Susan, es ist zum Verrücktwerden, ich komme mir vor, als sollte ich zwischen meinen Töchtern wählen ..."

Susan hörte sich ihren ein wenig wirren Bericht an; wie sehr es Alex Wright offenbar gefreut habe, Susan am Sonntag auf der Party kennengelernt zu haben, und daß Binky offensichtlich versucht habe, ihn mit Dee zu verkuppeln. „Wir wissen beide, wie einsam und ruhelos Dee ist, aber ich möchte nicht, daß sie sich in eine Freundschaft einmischt, die dir vielleicht etwas bedeutet."

„Du möchtest nicht, daß Dee sich wieder einen Mann angelt, der Interesse an mir bekundet haben könnte. Das meinst du doch, nicht wahr, Mom? Schau mal, ich war mit Alex Wright zum Essen aus, und es war ein sehr angenehmer Abend, aber das ist auch schon alles. Wie ich höre, hat Dee ihn angerufen. Ja, er hat sie sogar eingeladen, mit uns zusammen am Samstag abend zu einer Dinnerparty zu gehen. Ich konkurriere nicht mit meiner Schwester. Wenn ich dem Richtigen begegne, werden wir es beide wissen, und ich werde mir keine Sorgen machen müssen, daß er abspringt, sobald meine Schwester mit dem kleinen Finger winkt."

„Du mußt nur verstehen, wie unglücklich Dee ist", bat ihre Mutter. „Sie hat heute nachmittag angerufen, um mir zu sagen, daß sie wieder nach New York zieht. Wir fehlen ihr, und sie hat die Modelagentur satt. Dein Vater spendiert ihr in der nächsten Woche eine Kreuzfahrt. Hoffentlich weckt das neue Lebensgeister in ihr."

„Das hoffe ich auch. Na schön, Mom, dann erst mal bis bald."

Endlich spielte sie die zweite Nachricht ab; sie war von Alex Wright: „Ein Geschäftsessen ist ausgefallen, und ich habe all meinen Mut zusammengenommen, um es wieder mal kurzfristig bei Ihnen zu versuchen. Keine sehr guten Manieren, ich weiß, aber ich wollte Sie wirklich gern sehen. Ich rufe Sie morgen wieder an."

Lächelnd hörte Susan sich die Nachricht noch einmal an. Na, das ist mal ein Kompliment, gegen das ich mich nicht wehre, lieber Dr. Richards, dachte sie. Und ich bin ganz schön froh, daß Dee nächste Woche die Kreuzfahrt gebucht hat.

ALS SUSAN schon im Bett lag und dabei war einzuschlafen, fiel ihr wieder ein, daß sie Tiffany im Grotto hatte anrufen wollen. Entschlossen schaltete sie das Licht an und sah auf die Uhr. Es war Viertel vor zwölf.

Sie bekam die Nummer des Grotto von der Auskunft und wählte. Das Telefon läutete lange Zeit, bevor jemand den Hörer abnahm und „Grotto!" brüllte.

Susan fragte nach Tiffany, dann mußte sie recht lange warten, bis die junge Frau sich meldete. Kaum hatte sie ihren Namen genannt, als Tiffany auch schon explodierte. „Frau Dr. Chandler, ich will nichts mehr von diesem blöden Ring hören. Matts Mutter hat angerufen, um mir zu sagen, ich solle nicht mehr über ihn sprechen. Sie sagt, er werde bald heiraten. Also hab ich den albernen Ring weggeschmissen! Ich wollte, Matt und ich wären nie in diesen blöden Souvenirladen gegangen. Und vor allem wollte ich, wir hätten nicht darauf geachtet, als der Mann, dem dieser Laden gehörte, sagte, der Typ, der gerade rausgegangen war, habe für mehrere Freundinnen solche Ringe gekauft."

Susan setzte sich kerzengerade im Bett auf. „Tiffany, das ist wichtig. Haben Sie den Mann gesehen?"

„Na klar. Ein Supertyp. Nicht so einer wie Matt."

„Tiffany, ich muß mit Ihnen sprechen. Kommen Sie morgen nach

New York. Wir essen zusammen zu Mittag. Ist es möglich, Ihren Ring wiederzufinden?"

„Dr. Susan, inzwischen ist er unter Bergen von Hähnchenknochen und Pizza begraben, und da wird er auch bleiben. Ich komme mir so ungeheuer dumm vor."

Susan gab nicht auf. „Tiffany, ist Ihnen wieder eingefallen, wo Sie den Ring gekauft haben?"

„Ich sagte doch bereits, im Village. Im West Village. Ich weiß noch, daß es nicht allzu weit von einer U-Bahn-Station entfernt war. Und gegenüber war ein Sexshop, das weiß ich noch genau. Jetzt muß ich aber wirklich weiterarbeiten. Tschüs, Frau Dr. Chandler."

Susan, die jetzt hellwach war, legte langsam den Hörer auf. Es war sehr schade, daß Tiffany ihren Türkisring weggeworfen hatte, aber dafür erinnerte sie sich an einen Mann, der offenbar mehrere Ringe dieser Art gekauft hatte. Ich wollte ja Chris Ryan anrufen, um Douglas Layton von ihm überprüfen zu lassen, dachte sie. Dann gebe ich ihm auch gleich Tiffanys Privatnummer. Er wird ihre Adresse für mich herausfinden können. Und wenn nicht, sitze ich morgen abend im Grotto und esse beim besten Italiener von Yonkers.

TIFFANY hatte den Abend ganz gut überstanden. Im Grotto war so viel Betrieb gewesen, daß ihr nicht viel Zeit zum Nachdenken geblieben war. Nur ein paar Mal waren die Gefühle der Demütigung und Wut wieder über sie hereingebrochen.

Gegen elf Uhr war ein Kerl ins Lokal gekommen und hatte sich an der Bar niedergelassen. Sie spürte, wie er sie, jedesmal wenn sie auf dem Weg zu den Tischen an ihm vorbeikam, mit den Blicken auszog.

Elender Mistkerl, dachte sie.

Um zwanzig vor zwölf hatte er ihre Hand gepackt und ihr vorgeschlagen, auf einen Drink mit zu ihm nach Hause zu kommen, wenn sie frei hatte.

„Verzieh dich, du Widerling!" hatte sie ihn angezischt.

Daraufhin hatte er ihre Hand so fest gedrückt, daß sie vor Schmerz aufgeschrien hatte.

„Das reicht, Mister!" Joey, der Barkeeper, hatte sich vor ihm aufgebaut. „Bezahl deine Rechnung, und verschwinde von hier!"

Der Typ war aufgestanden. Er war groß, aber Joey war größer. Schließlich hatte er Geld auf den Tresen geworfen und war gegangen.

Kurz darauf hatte Dr. Chandler angerufen, und Tiffany war wieder zu

Bewußtsein gekommen, wie mies sie sich fühlte. Ich will nur noch nach Hause und mir die Decke über den Kopf ziehen, hatte sie nach dem Gespräch gedacht.

Um fünf vor zwölf hatte Joey sie zu sich gerufen. „Hör mal, wenn du gehen willst, bringe ich dich zu deinem Auto. Der Typ könnte sich noch draußen rumtreiben."

Doch als Tiffany schon ihren Mantel zuknöpfte und aufbrechen wollte, war ein Kegelverein ins Lokal gekommen und hatte die Bar belagert. Tiffany war klargewesen, daß Joey mindestens die nächsten zehn Minuten alle Hände voll zu tun haben würde.

„Bis morgen dann, Joey!" hatte sie ihm zugerufen und war nach draußen gegangen.

Erst als sie vor der Tür stand, war ihr eingefallen, daß sie ihren Wagen in der entlegensten Ecke des Parkplatzes abgestellt hatte. Wie dumm, hatte sie gedacht. Wenn der Typ tatsächlich noch da ist, könnte er Scherereien machen. Sie hatte sich auf dem Parkplatz umgesehen und nur einen Mann entdeckt, der aussah, als sei er gerade aus seinem Wagen gestiegen und wolle ins Lokal gehen. Im Halbdunkel konnte sie erkennen, daß er nicht der Typ war, der sie angemacht hatte. Dieser Mann war größer und schlanker.

Trotzdem hatte sie ein komisches Gefühl gehabt und sich so schnell wie möglich verdrücken wollen. Während sie eilig zu ihrem Auto ging, kramte sie in ihrer Tasche nach dem Schlüssel. Gleich hatte sie es geschafft.

Doch dann stand der Mann, den sie vorn auf dem Parkplatz gesehen hatte, plötzlich vor ihr. In der Hand hielt er einen glänzenden Gegenstand.

Ein Messer! Die Erkenntnis ließ sie wie erstarrt stehenbleiben. *Nein!* dachte sie ungläubig, als er näher kam.

„Bitte nicht", flehte sie. „Bitte *nicht*!"

Tiffany lebte noch lange genug, um das Gesicht des Angreifers zu sehen, lange genug, um in ihrem Mörder den eleganten Mann wiederzuerkennen, der ihr kurz in dem Souvenirladen im Village begegnet war. Den Mann, der die Ringe mit der Inschrift „Du gehörst mir" gekauft hatte.

AUF DER Rückfahrt nach New York, als er über den Cross Bronx Expressway fuhr, brach ihm überall der Schweiß aus. Das war knapp gewesen. Gerade war er über die niedrige Mauer gestiegen, die das Grundstück des Grotto von der geschlossenen Tankstelle trennte, bei der er seinen Wagen geparkt hatte, als er einen Mann „Tiffany!" hatte rufen hören.

Zum Glück war das Gelände abschüssig, und er hatte den Motor erst anlassen müssen, als er die Straße erreichte. Dort war er sofort nach rechts abgebogen und im Verkehr verschwunden, also war es gut möglich, daß ihn niemand gesehen hatte.

Nächste Woche wird alles vorbei sein, sagte er sich. Er würde eine Frau auswählen, die *den Dschungel sehen* sollte, *wenn er von Regen glänzt,* und dann wäre seine Mission erfüllt.

Veronica, so vertrauensvoll – sie war die erste gewesen –, jetzt in Ägypten begraben: *Am Saum des Nils die Pyramiden.*

Regina. Er hatte ihr Vertrauen auf Bali gewonnen: *Und in den Tropen geht die Sonne auf.*

Constance, die Carolyn in Algier ersetzt hatte: *Der bunte Markt im alten Algier.*

Ein Flugzeug, silbern überm blauen Meer. Er dachte an Monica, die schüchterne Erbin, die er auf dem Flug nach London kennengelernt hatte.

Mit den Ringen hatte er allerdings einen Fehler gemacht. Das wußte er jetzt. Es sollte ein heimlicher Scherz sein, so wie der Zusammenhang zwischen den Namen, die er auf seinen speziellen Reisen benutzte. Er hätte seine Scherze lieber für sich behalten sollen.

Doch Parki, der die Ringe hergestellt hatte, war beseitigt. Und jetzt war Tiffany, die ihn beim Kauf eines der Ringe gesehen hatte, ebenfalls tot. Er war überzeugt, daß sie ihn genau wie Carolyn wiedererkannt hatte.

Ach, sie alle waren Federn im Wind, und er konnte sie jetzt nie mehr zurückholen; aber bestimmt würden sie unbemerkt davonfliegen.

Carolyn Wells hatte ein Foto, auf dem er zu sehen war, an Susan Chandler schicken wollen. Der Gedanke daran, wie knapp er entkommen war, machte ihm immer noch zu schaffen. Er stellte sich vor, wie Susan das Päckchen öffnete und wie sich ihre Augen vor Überraschung und Entsetzen in dem Moment weiteten, in dem sie ihn erkannte.

Heute in einer Woche wird alles vorbei sein, beruhigte er sich. Bis dahin werde ich die letzte Etappe meiner Reise angetreten haben. Susan Chandler wird ausgeschaltet sein, und ich werde auf meine letzte Kreuzfahrt gehen.

Er wußte, sobald dies geschehen war, würde das schreckliche, brennende Gefühl in seinem Innern verschwinden, und er würde endlich frei sein – frei, um der Mensch zu werden, den seine Mutter immer in ihm gesehen hatte.

– 9 –

Chris Ryan war dreißig Jahre lang FBI-Agent gewesen, bevor er sich pensionieren ließ und eine eigene kleine Sicherheitsfirma gründete.

Er und Susan hatten sich miteinander angefreundet, als er von den Angehörigen eines Mordopfers engagiert worden war, um das Verbrechen unabhängig von der Polizei aufzuklären. Susan hatte die Anklage in diesem Fall vertreten, und die Informationen, die Chris ihr zukommen ließ, hatten ihr dabei geholfen, ein Geständnis des Täters zu erwirken.

Sie gingen immer noch hin und wieder zusammen essen, deshalb freute sich Chris, als Susan ihn am Donnerstag morgen anrief: „Wie wär's mit einem kostenlosen Essen?“ fragte er aufgeräumt. „Hier an der Ecke hat ein neues Steakhaus aufgemacht. Ecke 49. und Third Avenue. Wann hast du Zeit?“

„Ein neues Steakhaus Ecke 49. und Third Avenue? Ist da nicht das ‚Smith & Wollensky‘?“ fragte Susan. „Zufällig weiß ich, daß es seit siebzig Jahren existiert und daß manche denken, es gehöre dir.“ Sie lachte. „Klar komme ich mit, aber zuerst muß ich dich um einen Gefallen bitten, Chris. Ich möchte jemanden überprüfen lassen, und zwar möglichst schnell.“

„Wen denn?“

„Einen Anwalt, Douglas Layton. Er arbeitet bei Hubert March und Co., einer Anwaltskanzlei und Investmentfirma. Layton ist außerdem Vorstand der Clausen-Stiftung.“

„Scheint erfolgreich zu sein. Hast du vor, ihn zu heiraten?“

„Um Gottes willen, nein.“ Susan lieferte ihm die nötigen Hintergrundinformationen und fügte hinzu, Jane Clausen sei Laytons wegen beunruhigt. Als Susan ihm von den Ereignissen seit der Radiosendung vom Montag berichtete, in der sie Regina Clausens Verschwinden angesprochen hatte, spitzte er die Ohren.

„Und du sagst, der Kerl ist verduftet, als du diese Karen in der Praxis erwartet hast?“

„Ja. Und eine Bemerkung, die Layton am Dienstag Mrs. Clausen gegenüber gemacht hat, läßt darauf schließen, daß er ihre Tochter kannte – was er vorher immer abgestritten hatte."

„Ich lege gleich los", versprach Ryan. Er griff nach Block und Stift. „Von jetzt an läuft die Uhr. Wohin soll ich Mrs. Clausen die Rechnung schicken?"

Er hörte das Zögern in Susans Stimme. „So einfach ist es leider nicht. Heute morgen habe ich eine Nachricht von Mrs. Clausen auf meinem Anrufbeantworter gehabt. Sie sagte, im nachhinein komme es ihr unfair vor, daß sie mit mir über ihren Verdacht gegen Layton gesprochen habe. Offenbar wollte sie damit andeuten, ich solle die ganze Sache vergessen, aber das kann ich nicht. Ich glaube nicht, daß sie unfair war, und ich mache mir Sorgen um sie. Also schreib die Rechnung auf meinen Namen."

Chris Ryan stöhnte auf. „Dem Himmel sei Dank für meine Pension. Na schön. Betrachte die Sache als erledigt. Ich melde mich bei dir, Susan."

DOUGLAS LAYTONS Sekretärin Leah, eine praktisch veranlagte Frau Anfang Fünfzig, musterte ihren Chef mißbilligend. Er sieht aus, als ob er sich die ganze Nacht um die Ohren geschlagen hätte, dachte sie, als Layton an ihr vorbeiging und nur ein flüchtiges „Guten Morgen" murmelte.

Ohne zu fragen, ging sie zur Kaffeemaschine, schenkte ihm eine Tasse ein, klopfte an seine Tür und öffnete sie, ehe er „Herein!" rufen konnte. „Ich will Sie ja nicht verwöhnen, Mr. Layton", erklärte sie, „aber Sie sehen aus, als könnten Sie eine Stärkung gebrauchen."

„Leah, Mrs. Clausen ist wieder im Krankenhaus", sagte Layton leise. „Ich glaube nicht, daß ihr noch viel Zeit bleibt."

„Oh, das tut mir so leid." Leah wußte, daß Jane Clausen für Layton viel mehr war als nur eine Klientin. „Fliegen Sie nächste Woche trotzdem nach Guatemala?"

„Ja. Sie weiß gar nicht, wie schnell dort gearbeitet wurde, um das alte Waisenhaus zu renovieren und den neuen Flügel anzubauen. Die Einweihung findet zwar erst nächste Woche statt, aber ich finde, wir sollten dennoch nicht länger damit warten, ihr die Bilder zu zeigen. Bringen Sie mir bitte die Unterlagen."

Gemeinsam betrachteten sie die Fotos, die den Verlauf der Bauarbeiten an dem neuen Teil des Waisenhauses dokumentierten. Das neueste Foto zeigte das fast fertiggestellte Gebäude, ein hübsches L-förmiges, weißgetünchtes Haus mit grünem Ziegeldach. „Platz für weitere zweihundert Kinder", sagte Layton. „Mit einer hochmodernen Klinik ausgestattet. Sie haben keine Ahnung, wie viele unterernährte Säuglinge dort eingeliefert werden." Er zog die Schublade an seinem Schreibtisch auf. „Und nun kommt die größte Überraschung: Das ist die Tafel, die wir bei der Einweihung enthüllen werden."

Leah betrachtete die Zeichnung, auf der eine hübsche, in Form einer Wiege gestaltete Tafel zu sehen war. Die eingravierte vergoldete Inschrift lautete REGINA-CLAUSEN-HEIM.

„Oh, Mr. Layton, Mrs. Clausen wird sich so freuen!" Leahs Augen wurden feucht. „Das bedeutet, daß wenigstens etwas Gutes aus dem Unglück entstanden ist."

„Genau", stimmte Douglas Layton voll Inbrunst zu.

ES WAR zehn nach neun, als Susans Sekretärin sich über die Gegensprechanlage meldete. „Dr. Pamela Hastings ist hier."

Susan bat Janet, sie hereinzuführen.

Man sah Pamela deutlich an, daß sie beunruhigt war. Als sie sprach, war sie Susan auf Anhieb sympathisch. Pamela war nicht nur klug, sondern auch sehr warmherzig.

„Dr. Chandler, ich muß Ihnen sehr unhöflich vorgekommen sein, als Sie neulich abends im Krankenhaus angerufen haben. Aber ich war so überrascht, als Sie sich vorstellten."

„Und das zweifellos um so mehr, als Sie hörten, warum ich anrief, Dr. Hastings." Susan streckte die Hand aus. „Sagen wir doch Susan und Pamela, wenn es Ihnen recht ist."

„Gern." Pamela Hastings schüttelte ihr die Hand, dann setzte sie sich. „Ich kann nicht lange bleiben. Ich habe so viel Zeit im Krankenhaus verbracht, daß ich mich kaum auf meine Seminare vorbereiten konnte."

„Und ich gehe in knapp einer Stunde auf Sendung", sagte Susan, „also packen wir den Stier bei den Hörnern. Haben Sie sich den Anruf angehört, den Carolyn Wells am Montag während der Sendung gemacht hat?"

„Geht es um das Band, das Justin angeblich nicht bestellt haben wollte? Nein."

„Es wäre nett, wenn Sie sich nachher kurz das Band anhören würden, um mir zu sagen, ob es sich um Carolyns Stimme handelt. Lassen Sie mich vorerst zusammenfassen, was sie gesagt hat."

Susan schilderte, wie sie über Regina Clausens Verschwinden während der Kreuzfahrt gesprochen hatte, und gab den Inhalt des Anrufs wieder, den sie von „Karen“ erhalten hatte.

„Ich brauche mir das Band nicht anzuhören“, sagte Pamela, als Susan fertig war. „Am vergangenen Freitag habe ich einen Türkisring mit dieser Gravur gesehen.“ Sie berichtete Susan kurz von der Party zu ihrem vierzigsten Geburtstag.

Susan öffnete eine Schublade an ihrem Schreibtisch und nahm ihre Handtasche heraus. „Regina Clausens Mutter hat sich die Sendung angehört und Carolyns Anruf mitbekommen. Danach rief sie mich an und kam mit einem Ring zu mir, den sie unter den Sachen ihrer Tochter gefunden hatte. Würden Sie ihn sich bitte mal anschauen?“ Sie öffnete die Handtasche und holte den Türkisring heraus.

Pamela Hastings wurde blaß. Sie nahm den Ring nicht, sondern starrte ihn nur an. Schließlich sagte sie: „Er sieht genauso aus wie der Ring, den Carolyn mir gezeigt hat. Ist innen der Spruch ‚Du gehörst mir‘ eingraviert?“

„Ja. Hier, sehen Sie ihn sich an.“

Pamela Hastings schüttelte den Kopf. „Nein, ich will ihn nicht anfassen. Als Psychologin halten Sie mich bestimmt für verrückt, aber ich habe eine Gabe – oder es ist ein Fluch, je nach Sichtweise –, eine sehr ausgeprägte Intuition, das Zweite Gesicht. Als ich den Ring berührte, den Carolyn mir neulich gab, warnte ich sie, daß er ihr den Tod bringen könnte.“

Nach einer beklommenen Pause sagte Susan: „Aus Carolyn Wells’ Stimme sprach echte Angst, als sie mich am Montag anrief. Es klang, als habe sie Angst vor ihrem Mann.“

„Justin ist sehr besitzergreifend“, erwiderte Pamela leise.

Susan merkte, daß sie sich bewußt vorsichtig ausdrückte. „Besitzergreifend oder vielleicht auch eifersüchtig genug, um ihr zu schaden?“

„Ich weiß es nicht.“ Das kam gequält heraus, als hätte sie es sich abgerungen. „Carolyn ist nicht bei Bewußtsein, aber ich sollte Ihnen wohl sagen, daß sie nach jemandem ruft.“

„Sie meinen, nach jemandem, den Sie nicht kennen?“

„Ja, mehrmals hat sie sehr klar ‚Win‘ gesagt, und heute früh hat sie ‚Oh …, Win‘ geflüstert.“

„Und Sie glauben, es ist ein Name?“

„Ich habe sie gestern danach gefragt, als ich neben ihr stand und ihre Hand hielt, und sie hat meine Hand gedrückt.“

„Pamela, glauben Sie, Justin Wells wäre fähig, seiner Frau in einem Anfall von Eifersucht etwas anzutun?"

Pamela dachte kurz nach. „Ich glaube, er wäre früher dazu fähig gewesen. Vielleicht ist er es auch immer noch, ich weiß es nicht. Seit Montag abend ist er völlig verzweifelt, und inzwischen hat die Polizei mit ihm geredet."

Susan dachte an Hilda Johnson, die ältere Frau, die behauptet hatte, es habe sich nicht um einen Unfall, sondern um ein Verbrechen gehandelt – und die wenige Stunden später ermordet worden war. „Waren Sie am Montag abend zusammen mit Justin Wells im Krankenhaus?"

Pamela Hastings nickte. „Ich war von Montag abend halb sechs bis Dienstag um sechs Uhr früh dort."

„War er die ganze Zeit bei Ihnen?"

„Natürlich", sagte sie, dann stutzte sie. „Nein, doch nicht die ganze Zeit. Mir fällt ein, daß Justin nach Carolyns Operation – das war gegen halb elf an jenem Abend – einen Spaziergang gemacht hat. Er befürchtete, einen seiner Migräneanfälle zu bekommen, und wollte an die frische Luft. Aber er war höchstens eine halbe Stunde fort."

Hilda Johnsons Wohnung liegt nur wenige Blocks vom Lenox Hill Hospital entfernt, dachte Susan. „Welchen Eindruck machte Justin, als er ins Krankenhaus zurückkam?" fragte sie.

„Er war viel ruhiger", antwortete Pamela und hielt inne. „Fast zu ruhig, wenn Sie verstehen, was ich meine. Ich würde sagen, er hatte eine Art Schock."

ALS SUSAN im Studio eintraf und wie gewohnt den Kopf in Jed Geanys Büro steckte, war sie auf seinen Spruch vorbereitet, daß sie bald einmal den Sendebeginn verpassen würde. Doch als er heute zu ihr aufblickte, war sein Gesicht ernst.

„Ich habe allmählich den Verdacht, daß wir unsere Anrufer verhexen, Susan. Tiffany, die Kellnerin aus diesem Restaurant in Yonkers, wurde gestern nacht erstochen, als sie ihren Arbeitsplatz verließ."

„Wie bitte?" Susan war zumute, als ob man ihr einen Fausthieb versetzt hätte. Sie hielt sich an Geanys Schreibtisch fest.

„Schön ruhig bleiben", sagte Geany und stand auf. „In ein paar Minuten gehst du auf Sendung."

Tiffany, dachte Susan und erinnerte sich an ihr Telefongespräch gestern abend. Tiffany – die so darauf brannte, sich mit ihrem Freund zu versöhnen, so verletzt war, als seine Mutter anrief, um ihr zu sagen, sie solle nicht mehr über ihn sprechen. Donald Richards und ich haben darüber geredet, wie einsam sie wirkte. O Gott, dachte Susan, die arme Frau.

„Weißt du noch, daß du sie daran hindern wolltest zu sagen, wo sie arbeitet?" fragte Geany. „Anscheinend hat sie so ein Kerl dort aufgesucht, hat sie angemacht und wurde sauer, als sie ihm eine Abfuhr erteilte. Eine ganz üble Nummer, hat ein ellenlanges Vorstrafenregister."

„Ist die Polizei sicher, daß er es getan hat?" fragte Susan wie betäubt.

„Angeblich haben die Bullen ihn festgenagelt. Obgleich er noch kein Geständnis abgelegt hat", erwiderte Geany. „Komm mit, wir müssen ins Studio. Ich hole dir einen Kaffee."

Irgendwie gelang es Susan, die Sendung durchzustehen. Sie wurde mit Anrufen zu Tiffany bestürmt. Auf Susans Vorschlag hin rief Geany während einer Werbepause im Grotto an, und sie sprach mit dem Eigentümer, Tony Sepeddi.

„Joey, unser Barkeeper, hat Tiffany vorgeschlagen, sie solle warten, er werde sie zu ihrem Wagen bringen", erklärte Sepeddi mit vor Rührung heiserer Stimme. „Aber er hatte zu tun, und sie ist ohne ihn gegangen. Als er merkte, daß sie weg war, lief er nach draußen, um nachzusehen, ob ihr auch nichts passiert sei. Da entdeckte er einen Kerl, der in Richtung der Tankstelle nebenan davonrannte. Als man Tiffanys Leiche fand, war der Kerl verschwunden, aber Joey ist ziemlich sicher, daß es sich um den Typ handelte, der sie vorher an der Bar belästigt hatte."

Haben sie den richtigen Mann erwischt? Das kann doch gar nicht sein, dachte Susan. Carolyn Wells hat mich angerufen, und wenige Stunden später wird sie überfahren. Hilda Johnson hat geschworen, sie habe gesehen, wie ein Mann Carolyn auf die Fahrbahn stieß, und wenige Stunden später wurde sie ermordet. Tiffany beobachtete einen Mann, der einen dieser Türkisringe kaufte, und erzählte davon am Telefon. Und sie wurde erstochen. Zufall? Wohl kaum. Hat der Mann, den die Polizei festgenommen hat, Tiffany wirklich getötet? Und auch Hilda Johnson? Und hat er Carolyn Wells den Stoß versetzt?

Als die Sendung sich dem Ende näherte, sagte Susan zu ihren Hörern: „Ich danke Ihnen allen für Ihre Anrufe. Ich glaube, nach den Gesprächen, die Tiffany mit mir führte, hatten wir alle das Gefühl, sie zu kennen. Ich weiß, daß viele von Ihnen das gleiche tiefe Bedauern angesichts ihres Todes empfinden wie ich. Wir wissen nicht, ob Tiffanys Mörder in das Lokal ging, weil sie uns gestern in der Sendung gesagt hat, wo sie arbeitet, aber wenn es so war, beweist das, daß wir niemals leichtfertig unsere Privatadresse oder unseren Arbeitsplatz preisgeben sollten." Susan versagte die Stimme, als sie schloß: „Bitte schließen Sie alle Tiffany und ihre Angehörigen in Ihre Gebete ein. Unsere Sendezeit ist um. Ich bin morgen wieder für Sie da."

Gleich danach verließ sie das Studio und fuhr in ihre Praxis.

Janet berichtete ihr zerknirscht von Alex Wrights Anrufen. „Sie hatten gesagt, ich soll Nachrichten entgegennehmen, während Sie mit Dr. Hastings sprechen, und dann sind Sie so schnell verschwunden, daß ich vergessen habe, Ihnen zu sagen, Sie sollen ihn anrufen. Dann hat er eine zweite Nachricht hinterlassen."

„Ist schon in Ordnung." Die erste Nachricht lautete, sie solle Alex bitte noch vor der Sendung anrufen. Die zweite mußte Susan mehrmals lesen. Schwesterherz, dachte sie, ich hab dich lieb, aber es gibt Grenzen. Du bist also nicht nur am Samstag abend zu dem Essen eingeladen, du hast es auch geschafft, dich heute abend mit ihm zu verabreden.

Vor Janets Augen zerriß Susan beide Zettel und warf sie in den Papierkorb. Auf keinen Fall würde sie – wie Alex vorgeschlagen hatte – sich ihm und Dee anschließen.

Es war halb eins. Also blieb ihr noch eine halbe Stunde bis zu ihrem Termin. Das heißt, ich kann zehn Minuten für Anrufe nutzen, sagte sie sich.

Der erste Anruf galt der Polizei von Yonkers. Aus ihrer Zeit bei der Staatsanwaltschaft von Westchester County kannte sie dort mehrere Beamte. Sie erreichte einen von ihnen, Pete Sanchez, und äußerte ihr Interesse am Mordfall Tiffany Smith.

Von Sanchez erfuhr sie, daß die Polizei überzeugt war, ihren Mörder zu haben, und daß sie es nur für eine Frage von Stunden hielt, bis der Verdächtige, ein gewisser Sharkey Dion, gestand. „Ein Bursche, der ins Grotto kam, als dieser Typ hinauskomplimentiert wurde, hat ihn sagen hören, er werde wiederkommen und sie sich vorknöpfen", erklärte Sanchez.

„Das heißt noch lange nicht, daß er sie umgebracht hat", wandte Susan ein. „Habt ihr die Tatwaffe?"

Pete Sanchez seufzte. „Noch nicht."

Susan erzählte ihm von den Türkisringen, aber er zeigte wenig Interesse. „Hm. Gib mir deine Nummer; ich lasse es dich wissen, wenn Dion das Geständnis unterschreibt."

Nachdem Susan den Hörer aufgelegt hatte, saß sie eine Zeitlang tief in Gedanken versunken da. Das Bindeglied zwischen all diesen Fällen ist der Türkisring, dachte sie. Regina Clausen bekam einen und ist tot. Carolyn Wells hatte einen und wird vielleicht sterben. Tiffany hatte einen und ist tot.

Tiffany hat mir gestern abend gesagt, ihr Ring sei unter Bergen von Hähnchenknochen und Pizza begraben, dachte Susan. Ob sie eine Mülltonne meinte?

Susan rief noch einmal Pete Sanchez an und bat ihn, die Mülltonne nicht nur nach der Mordwaffe, sondern auch nach einem Türkisring mit der Inschrift „Du gehörst mir" an der Innenseite durchsuchen zu lassen.

DER DONNERSTAG war immer ein hektischer Tag für Dr. Donald Richards, und wie gewohnt hatte er früh angefangen. Sein erster Patient kam jeden Donnerstag um acht, und die Termine um neun, um zehn und um elf waren auch von den immer gleichen Patienten belegt. Ein paar von ihnen waren bestürzt, als sie erfuhren, daß Richards am Donnerstag der kommenden Woche nicht dasein würde, weil er auf Werbetour für sein Buch ging.

Als Donald Richards sich um zwölf Uhr zum Mittagessen hinsetzte, war er bereits müde, doch hatte er noch einen anstrengenden Nachmittag vor sich. Um ein Uhr war er mit Captain Shea im 19. Revier verabredet, um mit ihm über Justin Wells zu sprechen.

Während Rena ihm eine Tasse mit Suppe hinstellte, schaltete er den Fernseher ein, um die Lokalnachrichten anzuschauen. Der Aufmacher war der Mord an einer jungen Kellnerin in Yonkers, und es wurden Aufnahmen vom Tatort gezeigt.

„Dies ist der Parkplatz der Trattoria Grotto in Yonkers, wo die fünfundzwanzig Jahre alte Tiffany Smith kurz nach Mitternacht erstochen wurde", sagte der Nachrichtensprecher. „Sharkey Dion, ein auf Bewährung entlassener Mörder, den man aus dem Lokal gewiesen hatte, als er am Abend laut Augenzeugen Miß Smith belästigte, ist in Haft und wird vermutlich des Mordes angeklagt werden."

„Doktor, ist das nicht die Frau, die neulich anrief, als Sie in der Sendung ‚Fragen Sie Frau Dr. Chandler' zu Gast waren?" fragte Rena schockiert.

„Ja, stimmt", erwiderte Richards leise. Er schob seinen Stuhl zurück. „Rena, die Suppe sieht köstlich aus, aber ich fürchte, ich habe im Moment keinen großen Appetit." Sein Blick hing am Bildschirm, als die Kamera einen Schwenk zu einem knallroten hochhackigen Pumps machte, der auf dem Boden lag.

Diese bemitleidenswerte junge Frau, dachte er, als er den Apparat ausschaltete. Susan wird außer sich sein. Zuerst Carolyn Wells und jetzt Tiffany. Ich wette, sie gibt sich indirekt die Schuld am Unglück der beiden Frauen.

ES WAR schon fünf Minuten vor vier, als Donald Richards mit Susan sprach. „Es tut mir so leid", sagte er.

„Ich bin am Boden zerstört", erwiderte Susan. „Und ich bete zu Gott, daß Sharkey Dion, falls er wirklich der Mörder ist, nicht in das Lokal gegangen ist, um Tiffany dort zu treffen, weil er sie in meiner Sendung gehört hat."

„Nach dem, was vorhin in den Nachrichten gebracht wurde, hat die Polizei anscheinend wenig Zweifel, daß er der Täter ist", meinte Richards. „Susan, ich glaube nicht, daß ein Mann wie Sharkey Dion sich eine Ratgebersendung anhören würde."

„Falls er wirklich der Mörder ist", wiederholte Susan matt. „Don, ich habe eine Frage, die Sie mir beantworten müssen. Glauben Sie, daß Justin Wells seine Frau vor den Transporter gestoßen hat?"

„Nein, das glaube ich nicht", entgegnete Richards. „Ich halte es für viel wahrscheinlicher, daß es ein Unfall war. Captain Shea, bei dem ich heute war, habe ich das gleiche gesagt. Zugegeben, er ist manisch eifersüchtig, aber zumindest teilweise ist seine Eifersucht auf die extreme Angst zurückzuführen, seine Frau zu verlieren. Meiner Ansicht nach würde er ihr niemals absichtlich schaden wollen."

Im weiteren Verlauf des Gesprächs merkte Richards, wie verstört Susan durch die jüngsten Ereignisse war. „Hören Sie", sagte er, „das alles ist sehr schlimm für Sie. Warum gehen wir nicht heute abend irgendwo einen Happen essen? Wir suchen uns ein Restaurant in der Nähe Ihrer Wohnung. Ich hole Sie diesmal ab."

„Ich kann leider nicht", erwiderte Susan. „Ich muß einiges erledigen, und ich weiß nicht, wie lange das dauern wird."

Es war vier Uhr. Richards wußte, daß sein letzter Patient inzwischen im Empfangsbereich warten würde. „Ich bin ein guter Organisator", meinte er hastig. „Sagen Sie mir Bescheid, wenn ich Ihnen helfen kann."

Er runzelte die Stirn, als er den Hörer auflegte. Susan hatte sein Hilfsangebot höflich, aber entschieden zurückgewiesen.

Was hatte sie vor? Auf diese Frage mußte er unbedingt eine Antwort finden.

Als Pamela Hastings am Donnerstag abend im Krankenhaus eintraf, saß Justin im Wartezimmer der Intensivstation mit dem Rücken zu ihr. Sie tippte ihn auf die Schulter, und er schaute zu ihr auf. „Ah, die beste Freundin", sagte er, „hat die Polizei sich schon bei dir gemeldet?"

Pamela ließ sich auf den Stuhl neben ihm fallen. „Wieso sollte sich die Polizei bei mir melden?"

„Sie denken, daß ich Carolyn töten wollte. Hast du nicht noch irgendwas beizusteuern, um die Schlinge fester um meinen Hals zu ziehen, meine Liebe?"

Sie beschloß, nicht auf die Provokation einzugehen. „Justin, das führt doch zu nichts. Wie geht es Carolyn heute?"

„Ich habe kurz zu ihr reingeschaut, aber nur in Anwesenheit der Schwester. Demnächst beschuldigen sie mich noch, ich hätte versucht, den Stecker zu ziehen." Er schlug die Hände vors Gesicht und schüttelte den Kopf. „Ich fass' es einfach nicht."

Eine Schwester erschien in der Tür. „Dr. Susan Chandler ist am Telefon", sagte sie. „Sie möchte gern mit Ihnen reden, Mr. Wells."

„Ich will aber nicht mit ihr sprechen!" fuhr er auf. „Alles hat damit angefangen, daß Carolyn bei ihr angerufen hat."

„Justin, bitte!" Pamela stand auf und ging zum Telefon hinüber. „Sie will doch nur helfen." Sie nahm den Hörer und hielt ihn ihm hin.

Er starrte sie an, dann nahm er ihn. „Dr. Chandler", rief er, „warum verfolgen Sie mich? Soviel ich weiß, wäre meine Frau nie ins Krankenhaus gekommen, hätte sie nicht zur Post gehen wollen, um etwas an Sie zu schicken. Haben Sie nicht schon genug Schaden angerichtet? Bitte mischen Sie sich nicht mehr in unser Leben ein!" Er wollte auflegen, hielt jedoch mitten in der Bewegung inne.

„Ich glaube nicht, daß Sie Ihre Frau vor den Transporter gestoßen haben!" Susan sprach so laut, daß Pamela sie von ihrem Platz aus hören konnte.

Justin Wells hielt den Hörer wieder an sein Ohr. „Und warum sagen Sie das?" fragte er.

„Weil ich mir sicher bin, daß ein anderer sie töten wollte, und ich glaube auch, daß diese Person Hilda Johnson umgebracht hat, eine Zeugin des Unfalls Ihrer Frau, und Tiffany Smith, eine junge Frau, die ebenfalls in meiner Sendung angerufen hat", erklärte Susan. „Wir müssen uns treffen. Bitte, Sie besitzen vielleicht etwas, was ich brauche."

Als Justin Wells auflegte, sah er Pamela an. Jetzt spiegelte sich nur noch Erschöpfung in seinem Gesicht. „Es kann eine Falle sein, um ohne

Durchsuchungsbefehl in der Wohnung herumzuschnüffeln, aber ich werde mich dort um acht mit ihr treffen. Pam, sie hat mir gesagt, daß sie glaubt, Carolyn sei noch immer in Gefahr – aber durch den Typ, den sie auf dem Schiff kennengelernt hat, nicht durch mich."

SUSAN wußte nicht, was sie erwartet hatte, wie Wells aussehen würde. Pamela Hastings, Captain Shea und Donald Richards hatten ihn alle als extrem eifersüchtig charakterisiert. Vermutlich dachte ich, er sähe irgendwie bedrohlich aus, ging es ihr durch den Kopf, als er die Tür zu seiner Wohnung öffnete und sie in die traurigen Augen eines attraktiven Mannes Anfang Vierzig blickte. Dunkelbraunes Haar, breite Schultern, athletische Figur – er sieht ausgesprochen gut aus, entschied sie. Wenn Aussehen ein Kriterium wäre, dann wäre er der letzte, in dem man einen Mann mit unkontrollierbaren Eifersuchtsanfällen vermuten würde.

„Treten Sie ein, Dr. Chandler. Pam ist auch hier. Aber bevor wir weiterreden, möchte ich mich dafür entschuldigen, wie ich am Telefon mit Ihnen gesprochen habe."

„Bitte Susan, nicht Dr. Chandler. Und Entschuldigungen sind jetzt überflüssig."

Dem Wohnzimmer war deutlich anzumerken, daß hier ein Architekt und eine Innenarchitektin wohnten. Schmale, kannelierte Säulen trennten es von der Diele. Es hatte Deckenfriese und einen kunstvoll gestalteten Marmorkamin, einen glänzenden Parkettboden, auf dem ein erlesener Perserteppich lag, und es war mit einladenden Sofas und Sesseln, antiken Tischen und Lampen möbliert.

Pamela Hastings begrüßte Susan herzlich. „Das ist sehr freundlich von Ihnen, Susan", meinte sie. „Ich kann Ihnen gar nicht sagen, was Ihr Kommen für mich bedeutet."

Sie hat das Gefühl, Justin Wells verraten zu haben, dachte Susan. Sie lächelte sie aufmunternd an und sagte: „Ich weiß, wie müde Sie beide sein müssen, deshalb komme ich gleich zur Sache. Als Carolyn mich am Montag angerufen hat, versprach sie, zu mir in die Praxis zu kommen und einen Türkisring sowie ein Foto des Mannes mitzubringen, der ihn ihr geschenkt hatte. Wir wissen inzwischen, daß sie es sich anders überlegt hat und mir diese Gegenstände mit der Post schicken wollte. Meine Hoffnung ist, daß vielleicht noch andere Dinge da sind – Andenken oder was auch immer –, die sie von der Kreuzfahrt aufbewahrt hat und die uns einen Hinweis auf den geheimnisvollen Mann geben könnten, den sie erwähnte, den Mann, der sie überreden wollte, in Algier von Bord zu gehen. Sie erinnern sich doch noch, daß sie sagte, sie habe in dem Hotel angerufen, wo er eigentlich absteigen wollte, und dort sei sein Name unbekannt gewesen."

Wells' Gesicht rötete sich. „Sie verstehen sicher", meinte er, „daß Carolyn und ich uns kaum über die Reise unterhalten haben, aber wie ich Ihnen bereits am Telefon gesagt habe, können Sie sich gern alles ansehen, wenn es uns hilft, die Person zu finden, die Carolyn das angetan hat."

Susan entging der drohende Unterton in seiner Stimme nicht.

CAROLYN WELLS hatte ein Arbeitszimmer in der Wohnung eingerichtet, einen großen Raum mit einem geräumigen Schreibtisch, einem Sofa, Zeichenbrett und Aktenschränken. „Sie hat auch ein Büro im Design-Haus", erläuterte Wells, an Susan gewandt. „Aber eigentlich erledigt sie den größten Teil der kreativen Arbeit hier und ihre Privatpost sowieso."

Susan hörte die Anspannung in seiner Stimme. „Ist der Schreibtisch verschlossen?" fragte sie.

„Keine Ahnung. Der ist für mich tabu." Justin Wells wandte sich ab, als werde er beim Anblick des Schreibtischs, an dem seine Frau gewöhnlich saß, von seinen Gefühlen überwältigt.

Pamela Hastings legte die Hand auf seinen Arm. „Justin, warum wartest du nicht im Wohnzimmer auf uns?" schlug sie vor. „Das brauchst du dir doch nicht anzutun."

„Du hast recht." Er ging zur Tür, doch dort drehte er sich noch einmal um. „Aber ich will Bescheid wissen, wenn ihr etwas findet, Gutes oder Schlechtes, das nützlich sein kann. Habe ich euer Wort darauf?"

Beide Frauen nickten. Als er verschwand, wandte Susan sich an Pamela Hastings. „Fangen wir an!"

Susan sah den Schreibtisch durch, während Pamela in den Aktenschränken kramte. In der untersten Schublade des Schreibtisches lagen Ordner, auf denen Namen standen: MOM; JUSTIN; PAM.

Susan warf nur einen kurzen Blick hinein und sah, daß sie Dinge wie Geburtstagskarten, Briefe und Schnappschüsse enthielten.

Hier ist nichts Nützliches zu finden, dachte Susan. Sie blickte auf und stellte fest, daß Pamela mit der Durchsicht der drei Fächer des Aktenschranks fast fertig war. „Wie steht's?" fragte sie.

Pamela zuckte die Schultern. „Nichts. Soweit ich sehe, hat Carolyn hier nur Unterlagen zu ihren letzten Aufträgen abgelegt." Dann hielt sie inne. „Moment mal", sagte sie. „Das könnte es sein." Sie hielt einen

Ordner mit der Aufschrift SEAGODIVA in der Hand. „Das war das Kreuzfahrtschiff, auf dem Carolyn mitfuhr."

Sie kam mit dem Ordner zum Schreibtisch und zog einen Stuhl heran. „Hoffen wir das Beste", murmelte Susan, als sie sich den Ordner gemeinsam vornahmen.

Doch die Unterlagen gaben nichts her. Sie bestanden aus den Dingen, die man gewöhnlich als Andenken an eine Reise aufbewahrt - eine Übersicht der Reiseroute, die täglichen Bordmitteilungen der *Seagodiva,* in denen die Tagesaktivitäten aufgelistet waren, und Informationen über die nächsten Zielhäfen.

„In Mumbai ist Carolyn an Bord gegangen", sagte Pamela. „Und in Algier wäre sie beinahe mit dem geheimnisvollen Mann auf Tour gegangen. Sehen Sie sich das Datum an: fünfzehnter Oktober. Das ist nächste Woche genau zwei Jahre her."

Susan sah die Bordmitteilungen durch. In der letzten Mitteilung waren mögliche Ausflüge beschrieben. Die Überschrift lautete: DER BUNTE MARKT IM ALTEN ALGIER. Das ist eine Zeile aus einem Song - wie heißt er noch? dachte sie. Dann bemerkte sie, daß eine Notiz mit Bleistift auf die letzte Seite gekritzelt war: *Palace Hotel, 555-0634.*

Sie zeigte Pamela das Blatt. „Ich glaube, wir können davon ausgehen, daß sie sich dort mit dem geheimnisvollen Fremden treffen wollte", sagte sie leise.

„Großer Gott, heißt das vielleicht, daß Win dieser Mann ist und sie jetzt nach ihm ruft?" fragte Pamela.

„Ich weiß es nicht. Wenn nur das Foto, das sie mir versprochen hatte, noch hier wäre", meinte Susan. „Ich wette, sie hat es in diesem Ordner aufbewahrt." Ihr Blick wanderte über den Schreibtisch, als werde das Foto dort plötzlich auftauchen. Dann entdeckte sie neben einer kleinen Schere einen Schnipsel hellblauer Pappe.

„Hat Carolyn eine Putzfrau?" fragte sie.

„Ja, sie kommt montags und freitags morgens. Warum?"

„Weil Carolyn mich kurz vor zwölf angerufen hat. Beten Sie, daß ..." Susan beendete den Satz nicht, sondern holte den Papierkorb unter dem Schreibtisch hervor. Sie schüttete den Inhalt auf den Teppich. Schnipsel von blauer Pappe fielen heraus - und ein Foto mit schiefem Rand.

Susan hob es auf und betrachtete es. „Das ist Carolyn mit dem Kapitän des Schiffes, nicht wahr?"

„Ja", entgegnete Pamela, „aber warum hat sie es zerschnitten?"

„Vermutlich wollte Carolyn nur den Teil des Fotos schicken, auf dem der Mann zu sehen war, der ihr den Türkisring schenkte."

„Und jetzt ist der Teil verschwunden", sagte Pamela.

„Er mag verschwunden sein." Susan setzte die Schnipsel aus Pappe zusammen. „Aber schauen Sie her. Der Name der Londoner Firma, die für die Fotos zuständig war, ist hier aufgedruckt, und da steht eine Adresse, unter der man Abzüge nachbestellen kann."

Sie schob den Stuhl zurück und stand auf. „Ich werde bei der Firma anrufen, und wenn sie das Negativ dieses Fotos noch hat, werde ich es bekommen. Pamela" – ihre Stimme hob sich vor Aufregung –, „wissen Sie eigentlich, daß wir möglicherweise dicht davorstehen, die Identität eines Serienmörders aufzudecken?"

NAT SMALL war ein wenig überrascht, wie sehr ihm sein Freund Abdul Parki fehlte. Seit seiner Ermordung waren zwei Tage vergangen, und der Khyem-Souvenirladen wirkte ganz und gar verlassen. Man könnte meinen, er sei seit Jahren geschlossen, dachte Small.

Er grinste, als er an das seltsame Geschenk dachte, das Parki ihm im letzten Jahr gebracht hatte – einen fetten kleinen Kerl mit dem Kopf eines Elefanten, der auf einem Thron saß.

„Dies ist Ganescha", hatte Parki in seinem eigentümlichen Singsang gesagt. „Der Gott der Weisheit, des Wohlstands und des Glücks."

Nat Small gab selten sentimentalen Anwandlungen nach, doch zu Ehren seines ermordeten Freundes ging er in sein Lager, holte den Elefantengott und stellte ihn ins Schaufenster, und zwar so, daß der Rüssel zu Parkis Laden zeigte. Dort lasse ich ihn stehen, bis der Laden vermietet ist, beschloß er, als eine Art Denkmal für den netten Kerl.

DONALD RICHARDS hatte seiner Haushälterin gesagt, daß er auswärts essen gehen wolle, dann, da es ihm allein zu langweilig war, hatte er spontan Mark Greenberg, einen guten Freund und Berufskollegen angerufen, bei dem er nach dem Tod seiner Frau eine Zeitlang professionellen Rat gesucht hatte. Zum Glück hatte Greenberg Zeit.

Sie trafen sich im „Kennedy's" an der 57. Straße. Greenberg, vom Aussehen her der typische Akademiker, Ende Vierzig, wartete, bis die Getränke kamen, dann sagte er: „Don, wir haben schon lange nicht mehr als Arzt und Patient miteinander geredet. Wie geht es dir?"

Richards lächelte. „Ich bin rastlos. Ich schätze, das ist ein gutes Zeichen."

„Gibst du dir immer noch die Schuld an Kathys Tod?“ fragte Greenberg.

„Ich möchte gern glauben, daß ich allmählich darüber hinwegkomme, aber manchmal macht es mir immer noch schwer zu schaffen. Mark, du hast es oft genug aus meinem Mund gehört: Kathy wollte nicht zu dem Fototermin, sie fühlte sich nicht wohl. Dann sagte sie zu mir: ‚Ich weiß, was du sagen willst, Don. Es ist den anderen gegenüber nicht fair, im letzten Moment einen Rückzieher zu machen.‘ Ich saß ihr immer im Nacken wegen ihrer Angewohnheit, Vorhaben in letzter Minute abzusagen, vor allem wenn es um berufliche Termine ging. Und daß sie auf mich hörte, hat sie das Leben gekostet.“

Donald Richards trank einen kräftigen Schluck.

„Aber Kathy hat dir nicht erzählt, daß sie vermutete, schwanger zu sein“, rief Greenberg ihm in Erinnerung. „Sonst hättest du ihr auf jeden Fall zugeredet, zu Hause zu bleiben.“

„Nein, sie hat es mir nicht erzählt.“ Donald Richards zuckte die Schultern. „Es gibt immer noch schlimme Momente, aber es wird besser. Vielleicht bringt mich ja die Aussicht, bald vierzig zu werden, dazu, die Vergangenheit endlich loszulassen.“

„Hast du mal daran gedacht, wieder eine Kreuzfahrt zu machen, wenn auch nur eine kurze?“

„Das habe ich vor, und zwar schon sehr bald. Nächste Woche beende ich in Miami die Werbetour für das Buch, und dann werde ich mal sehen, ob sich eine Kreuzfahrt findet, die in meinen Zeitplan paßt.“

„Das ist eine gute Neuigkeit“, meinte Greenberg. „Letzte Frage: Triffst du dich wieder mit Frauen?“

„Ich hatte gestern eine Verabredung mit Susan Chandler, einer Psychologin. Sie hat eine Privatpraxis und moderiert täglich eine Sendung im Radio. Eine sehr attraktive und interessante Frau.“

„Dann hast du wohl vor, sie wiederzusehen?“

Donald Richards lächelte. „Ich würde sagen, ich habe tatsächlich Pläne im Hinblick auf sie, Mark.“

ALS DONALD RICHARDS um zehn Uhr abends nach Hause kam, überlegte er, ob er Susan anrufen sollte, und entschied, daß es noch nicht zu spät war.

Sie war beim ersten Läuten am Apparat.

„Susan, heute nachmittag klangen Sie ziemlich niedergeschlagen. Wie geht es Ihnen jetzt?“

„Oh, etwas besser. Ich bin froh, daß Sie anrufen. Ich wollte Sie etwas fragen."

„Schießen Sie los."

„Haben Sie zufällig irgendwelche Fotos, die auf der *Gabrielle* aufgenommen wurden? Ich möchte den Namen der Firma herausfinden, die auf der *Gabrielle* den Fotodienst betreibt oder früher betrieb."

„Ich bin sicher, daß ich noch Bilder habe."

„Könnten Sie für mich nachsehen? Dafür wäre ich Ihnen sehr dankbar."

„Bleiben Sie dran."

Donald Richards legte den Hörer hin und ging zu dem Schrank hinüber, in dem er Fotos und andere Erinnerungen an seine Ehe aufbewahrte. Er holte einen Karton, auf dem URLAUB stand, aus dem obersten Regalfach und kehrte damit zum Telefon zurück.

„Haben Sie einen Moment Geduld", sagte er zu Susan. „Wenn ich noch welche habe, dann müssen sie in dem Karton liegen, den ich gerade durchsehe."

Er blickte auf ein Foto, auf dem Kathy und er an ihrem Tisch auf der *Gabrielle* saßen. Er löste das Foto von der Pappe und drehte es um. Auf der Rückseite standen Informationen zu Nachbestellungen. Mit fester Stimme las er sie Susan vor.

„Das ist ein echter Durchbruch", freute sich Susan. „Für die Fotos auf der *Gabrielle* und auf dem Schiff, mit dem Carolyn fuhr, war die gleiche Firma zuständig. Vielleicht kann ich einen Abzug des Fotos bekommen, das Carolyn Wells mir mit der Post schicken wollte."

„Sie meinen, das Foto des Mannes, der ihr den Türkisring schenkte?"

Susan gab keine direkte Antwort. „Ich sollte wohl nicht allzu optimistisch sein. Wahrscheinlich haben die das Negativ gar nicht mehr."

„Hören Sie, ab Montag bin ich unterwegs, auf der letzten Etappe der Werbetour für mein Buch", sagte Donald Richards, „aber vorher würde ich Sie wirklich gern sehen. Wie wär's mit einem Brunch, Mittagessen oder Abendessen am Sonntag?"

Susan lachte. „Sagen wir Abendessen."

Nachdem Donald Richards aufgelegt hatte, saß er noch lange Zeit da und sah sich die Fotos von den Reisen an, die er mit Kathy unternommen hatte. Plötzlich schien dieser Teil seines Lebens weit, weit weg. Eine Veränderung war überfällig. Er hoffte, daß er in einer Woche vielleicht allen Qualen der vergangenen vier Jahre ein Ende bereiten konnte.

SUSAN sah auf ihre Uhr. Es war nach zehn. Ein langer Tag lag hinter ihr – und leider würde es keine lange Nacht werden. In weniger als sechs Stunden mußte sie aufstehen und sich an die Strippe hängen.

Vier Uhr in New York war neun Uhr in London. Dann wollte sie bei Ocean Cruise Pictures Ltd. anrufen und sich nach der Bestellung von Fotos erkundigen, die während der Kreuzfahrten, an denen Regina Clausen und Carolyn Wells teilgenommen hatten, auf der *Gabrielle* und der *Seagodiva* gemacht worden waren.

Sie schlüpfte in ein Nachthemd und stellte den Wecker auf vier Uhr.

ALS DER Wecker klingelte, dauerte es eine Weile, bis Susan einigermaßen wach war. Sie setzte sich auf, wickelte sich fest in die Bettdecke ein und griff nach dem Telefon. Mit wachsender Spannung gab sie die lange Folge von Zahlen ein, die sie mit dem Studio in London verbinden würden.

„Ocean Cruise Pictures Ltd. Guten Morgen. Was kann ich für Sie tun?"

Kurz darauf sprach sie mit der Abteilung für Nachbestellungen. „Wir könnten die gewünschten Negative tatsächlich noch auf Lager haben, Madam. Die Fotos von den Weltumrundungen bewahren wir ein wenig länger auf als die übrigen."

Doch als Susan erfuhr, wie viele Bilder man zwischen Mumbai und Athen auf der *Seagodiva* und zwischen Perth und Hongkong auf der *Gabrielle* gemacht hatte, war sie schockiert.

„Schauen Sie, beide Schiffe waren offenbar voll ausgebucht", erklärte die Angestellte. „Von siebenhundert Menschen an Bord waren möglicherweise fünfhundert mit dem Partner unterwegs, womit immer noch viele alleinreisende Passagiere übrigbleiben, und wir versuchen, von jeder Person mehrere Fotos aufzunehmen. Unsere Fotografen sind vor Ort, wenn die Passagiere sich einschiffen. Viele wollen auch Schnappschüsse in den Zielhäfen und mit dem Kapitän auf Empfängen, an ihrem Tisch und bei allen größeren gesellschaftlichen Ereignissen. Es gibt bei diesen Reisen Unmengen von Gelegenheiten, Erinnerungsfotos zu machen."

Hunderte von Bildern zu 7,80 Pfund das Stück, dachte Susan; das würde sie ein Vermögen kosten.

„Warten Sie einen Moment", sagte sie. „Auf dem Foto an Bord der *Seagodiva*, an dem ich interessiert bin, ist eine bestimmte Frau mit dem Kapitän abgelichtet. Könnten Sie nicht die Negative durchsehen und die Abzüge aller Fotos einer einzelnen Frau mit dem Kapitän erstellen?"

„Auf dem Abschnitt Mumbai–Athen im Oktober vor zwei Jahren?"
„Genau."
„Sie müßten allerdings im voraus bezahlen."
„Selbstverständlich. Wenn das Geld heute telegrafisch angewiesen wird, könnten Sie mir die Fotos dann mit Kurier bis heute abend schicken?"
„Auf jeden Fall bis morgen. Ihnen ist doch klar, daß wir hier von bis zu vierhundert Fotos sprechen?"
„Ja. Jetzt brauche ich nur noch Ihre Bankverbindung. Das Geld wird spätestens um drei Uhr Ihrer Zeit eintreffen."
„Oh, dann können wir den Auftrag leider nicht vor morgen erledigen. Aber Sie bekommen die Fotos am Montag."

– 10 –

Am Freitag morgen lehnte Chris Ryan sich auf seinem alten Drehstuhl zurück und ging die ersten Rückmeldungen durch, die er von seinen Informanten zu Douglas Layton erhalten hatte.

Ein wichtiger Punkt sprang besonders ins Auge: Für einen Mann, der dafür bezahlt wurde, bedeutende Summen zu verwalten und auszugeben, hatte Layton anscheinend sehr wenig eigenes Kapital. „Was ist da los?" murmelte Ryan. Ein Typ Mitte Dreißig, Single, ohne größere finanzielle Verpflichtungen. Er hat bei angesehenen Firmen für gutes Geld gearbeitet, und doch hat es den Anschein, als besitze er nichts. Sein Auto ist geleast; seine Wohnung ist gemietet. Die Summe auf dem Girokonto deckt nur die monatlichen Ausgaben. Angaben zu Sparkonten gibt es keine.

Also – was fängt Layton mit seinem Geld an? fragte sich Ryan. Er hatte definitiv genug in der Hand, um eingehendere Ermittlungen zu rechtfertigen. Ich rufe sofort Susan an, entschied er. Sie wird vermutlich eine gewisse Genugtuung empfinden, weil sie recht hatte – was Douglas Layton betrifft, ist etwas faul im Staate Dänemark.

ALS SUSAN in ihrem Büro eintraf, wartete auf dem Anrufbeantworter eine Nachricht von Pete Sanchez. Mit Genugtuung hörte sie, daß man den Ring gefunden hatte. Das könnte sehr wichtig sein, dachte sie und griff zum Telefon.

„Die Staatsanwaltschaft nimmt den Verdächtigen gerade in die Zange", sagte Sanchez fröhlich. „Sie werden ihn weichkriegen. Aber was willst du mit dem komischen Ring?"

Susan wählte ihre Worte sorgfältig. „Ich kann mich irren, aber ich glaube, daß die Türkisringe ein wichtiges Element in diesem Fall sind ..."

Sanchez unterbrach sie. „Susan, der Kerl, der Tiffany umgebracht hat, ist in Haft. Ich verstehe nicht, was ein Türkisring mit diesem Fall zu tun haben soll. Wir haben ihren Exfreund Matt Bauer überprüft. Er hat mit der Sache nichts zu tun."

„Pete, glaub mir. Dieser Ring könnte wichtig sein. Hast du ihn gerade da?"

„Er liegt vor mir."

„Befindet sich an der Innenseite eine Gravur?"

„Ja. Da steht ‚Du gehörst mir'."

„Pete", bat Susan, „bitte behandle den Ring als Beweismittel, und laß von eurem Labor aus jeder Perspektive Vergrößerungen davon anfertigen, und fax die mir dann bitte. Und noch eins – ich möchte mit Matt Bauer reden. Gibst du mir seine Telefonnummer?"

„Susan, der Typ ist sauber." Sanchez' Stimme klang nachsichtig.

„Davon bin ich überzeugt. Komm schon, Pete. Ich hab dir schließlich auch manchmal geholfen, als ich bei der Staatsanwaltschaft war."

Kurze Zeit blieb es still, dann gab er ihr die Nummer. „Susan, ich bin überzeugt, daß wir den Mörder von Tiffany Smith haben, aber wenn du etwas Neues herausfindest, will ich es wissen."

„Abgemacht!" versprach Susan.

Sie hatte kaum aufgelegt, als Janet ihr einen Anruf von Chris Ryan meldete. Er teilte ihr mit, was er bisher über Douglas Layton erfahren hatte, und schloß seinen Bericht mit den Worten: „Susie, wir sind auf einer heißen Spur."

O ja und ob, dachte Susan, und zwar in mehr Richtungen, als du denkst. Sie bat Chris, sie auf dem laufenden zu halten, dann sagte sie Janet, daß sie auf ein Fax aus Yonkers warte.

ES WÄRE zu umständlich gewesen und hätte zuviel Anlaß zu Kommentaren gegeben, den Termin am Montag abzusagen, zumal er in ein paar Tagen wegfuhr, daher konnte er nur einen kleinen Teil von Susans Radiosendung hören. Wie erwartet, wollten die Hörer immer noch über Tiffanys Tod reden:

„Dr. Chandler, ich wohne in Yonkers, und der Typ, den sie wegen des

Mordes an Tiffany verhören, hat wegen Totschlags gesessen. Hier glauben alle, daß er sie getötet hat ..."

„Dr. Chandler, trug Tiffany den Türkisring, als sie ermordet wurde?"

Diese letzte Frage war interessant und beunruhigte ihn. Hatte sie den Ring getragen? Er glaubte es nicht, wünschte jetzt jedoch, er hätte darauf geachtet.

Susan hatte auf die Fragen genau so reagiert, wie er gedacht hatte: daß sie in den Medien nichts von dem Ring gehört oder gesehen hatte; daß man stets von einer Unschuldsvermutung ausgehen müsse, selbst in Fällen, in denen ein Verdächtiger schon früher wegen eines Verbrechens verurteilt worden war.

Er wußte, was das zu bedeuten hatte. Susan glaubte nicht an die Theorie der Polizei über Tiffanys Mörder. Sie war zu clever, um Tiffanys Tod nicht in einen Zusammenhang mit den anderen zu bringen.

Er machte sich jedoch keine Sorgen. Der Zeitrahmen für die Eliminierung Susans war bereits ausgearbeitet. Jetzt brauchte er sich nur noch um die Einzelheiten zu kümmern.

Im Geheimfach seines Aktenkoffers steckten die Türkisringe, die er aus Parkis Laden mitgenommen hatte – drei Stück, plus den Ring, den Carolyn Wells an Susan hatte schicken wollen. Er brauchte natürlich nur einen. Die anderen würde er ins Meer werfen, wenn er mit der letzten einsamen Lady fertig war.

Nur zu gern würde er einen an Susan Chandlers Finger stecken, nachdem er sie getötet hatte, aber das würde zu viele Fragen aufwerfen. Nein, das konnte er nicht riskieren, aber vielleicht würde er ihn ihr nur einen Augenblick lang anstecken, um sich die Genugtuung zu verschaffen, daß auch sie ihm gehörte.

„Am Mikrofon war Dr. Susan Chandler – ich verabschiede mich von Ihnen bis Montag."

Das rote Sendelämpchen über der Tür des Studios erlosch, als Susan in den Kontrollraum blickte, wo Geany seinen Kopfhörer abnahm. „Wie ist es gelaufen?" fragte sie gespannt.

„Gut." Geanys Stimme wurde weicher. „Die letzten Tage waren hart, ich weiß. Aber jetzt geht es wieder aufwärts. Hey, du bist heute zwanzig Minuten vor Sendebeginn ins Studio gekommen, und außerdem hast du ein Wochenende vor dir!"

Susan verzog das Gesicht. „Du bist nett", meinte sie, während sie ihren Stuhl zurückschob und aufstand. „Bis Montag dann."

JANET reichte Susan die Faxe aus Yonkers, als sie zur Tür hereinkam.

„Danke, Janet“, sagte Susan. Sie setzte sich an ihren Schreibtisch, breitete die Faxe der vergrößerten Fotos aus und verglich sie mit dem Ring, den Jane Clausen ihr gegeben hatte. Dem Fotografen waren einige ausgezeichnete Aufnahmen von der Gravur des Rings gelungen. Wie Susan erwartet hatte, bestand große Ähnlichkeit zwischen dem Ring auf den Fotos und dem Ring, der Regina gehört hatte.

Ich habe recht, dachte sie. Die Ringe sind der Dreh- und Angelpunkt. Der Ring, den Mrs. Clausen mir gegeben hat, muß einfach von demselben Mann hergestellt worden sein wie Tiffanys Ring. Und das bedeutet, daß er mit ziemlicher Sicherheit in dem Souvenirladen im Village gekauft wurde, von dem Tiffany mir erzählt hat. Ich würde mein Leben darauf verwetten, daß Tiffany ermordet wurde, weil sie in der Sendung davon gesprochen hat und weil der Mann, den sie gesehen hat, fürchtete, sie könne ihn identifizieren.

Janet kam ins Sprechzimmer, in der Hand eine Tüte vom Imbißstand. Sie stellte sie auf Susans Schreibtisch. Dann, als Susan den Türkisring hinlegte, nahm Janet ihn auf und musterte ihn. „Hübscher Spruch“, sagte sie, als sie blinzelnd die Inschrift las. „Meine Mutter liebt alte Schlager, und ‚Du gehörst mir‘ ist einer ihrer Lieblingssongs.“

Mit leiser Stimme sang sie ganz leicht falsch: *„Am Saum des Nils die Pyramiden, und in den Tropen geht die Sonne auf …“* Sie hielt inne und summte ein paar Takte. „Dann kommt noch was über *den bunten Markt im alten Algier* und dann *Fotos und ein Souvenir.* Ich weiß nicht mehr, wie's weitergeht, aber es ist wirklich ein hübscher Song.“

„Ja“, bestätigte Susan geistesabwesend. Der Text des Songs ging ihr durch den Kopf, fast wie ein Wecksignal, das sie nicht abschalten konnte. Was hat das zu bedeuten? fragte sie sich. Sie nahm den Ring wieder an sich und steckte ihn in ihre Brieftasche.

Es war zehn Minuten vor eins. Eigentlich sollte sie sich auf ihre nächste Sitzung vorbereiten, andererseits wollte sie nicht bis zwei Uhr warten müssen, um Matt Bauer zu erreichen. Er war der einzige, der ihr eventuell sagen konnte, wo der Souvenirladen war.

Susan rief in Bauers Büro an, erfuhr jedoch, daß er unterwegs sei. Sie hinterließ eine Nachricht, daß er sie dringend anrufen solle.

MATT BAUER mochte seinen Job bei der Metropolitan Life Insurance Company. Er hatte vor, eines Tages eines der Büros der leitenden Angestellten zu beziehen. Es war ihm sichtlich unangenehm, als er sich um halb sechs in einem Coffeeshop an der Grand Central Station mit Susan traf.

Susan fand den ernsten jungen Mann mit den klaren Gesichtszügen auf Anhieb sympathisch und zeigte Verständnis, als er ihr erläuterte, warum er nicht in Mordermittlungen hineingezogen werden wollte.

„Dr. Chandler", sagte er, „ich bin nur ein paarmal mit Tiffany ausgegangen. Tiffany war nett, aber ich merkte gleich, daß es nicht richtig zwischen uns funkte, und ich merkte auch, daß sie eine feste Beziehung wollte, nicht nur hin und wieder eine Verabredung."

Die Kellnerin goß ihnen Kaffee ein, und Matt Bauer trank einen Schluck, bevor er fortfuhr. „An jenem Tag waren wir im Village Sushi essen. Danach gingen wir ein bißchen spazieren und sahen uns Schaufenster an. Ich kannte mich im Village nicht aus und sie auch nicht."

„Und dann sind Sie in den Souvenirladen gegangen?" fragte Susan. Hoffentlich weiß er noch, wo er ist, betete sie.

„Ja. Tiffany blieb stehen, als ihr Blick auf etwas im Schaufenster fiel."

„Was wissen Sie noch über den Laden?"

Er dachte kurz nach. „Er war mit billigen Souvenirs vollgestopft, aber trotzdem irgendwie gemütlich. Der Eigentümer – oder Angestellte, was auch immer – stammte aus Indien, und witzigerweise hatte er neben den üblichen Freiheitsstatuen und T-Shirts ein ganzes Sortiment aus Tadsch Mahals und Hindu-Gottheiten da."

Susan öffnete ihre Handtasche und holte den Türkisring heraus, den sie von Regina Clausen bekommen hatte. Sie hielt ihn Matt Bauer hin. „Erkennen Sie den wieder?"

Er betrachtete den Ring eingehend. „Steht an der Innenseite ‚Du gehörst mir'?"

„Ja."

„Dann würde ich sagen, es ist der Ring, den ich Tiffany geschenkt habe, oder zumindest der gleiche."

„Tiffany hat mir erzählt, Sie hätten den Ring gekauft, weil ein Mann kurz vorher einen erstanden hatte und der Verkäufer Ihnen erzählte, er habe bereits mehrere gekauft. Erinnern Sie sich noch daran?"

„Ich erinnere mich, aber ich habe den Typ nicht gesehen", sagte Matt Bauer. „Soweit ich noch weiß, war der Laden sehr klein, und ein bemalter Wandschirm aus Holz versperrte mir die Sicht auf den Tresen. Außerdem las ich gerade etwas über eine kleine Figur – sie hatte den Kopf eines Elefanten und den Körper eines Mannes und sollte laut Anhänger den Gott der Weisheit, des Wohlstands und des Glücks darstellen. Ich fand, die Figur wäre ein hübsches Andenken, aber Tiffany war nicht interessiert – sie wollte den Ring." Bauer lächelte. „Er kostete nur zehn Dollar, aber man hätte meinen können, ich hätte ihr einen Verlobungsring geschenkt."

„Wie oft haben Sie sie danach noch getroffen?"

„Nur noch einmal." Er schaute auf seine Uhr. „Dr. Chandler, es tut mir leid, aber ich muß wirklich gehen." Er winkte der Kellnerin.

„Das geht auf meine Rechnung", erklärte Susan. Sie hatte bisher bewußt nicht nach der Adresse des Ladens gefragt, weil sie immer noch hoffte, ihm würde im Laufe ihres Gesprächs über die Ereignisse im Laden auch dessen Lage wieder einfallen.

Als sie ihn schließlich doch danach fragte, konnte er nur folgendes sagen: Sie waren in der Nähe der U-Bahn-Station West Fourth und Sixth Avenue gewesen, als sie den Souvenirladen entdeckten.

Susan hatte eine letzte Frage. „Mr. Bauer, Tiffany hat etwas von einem Sexshop erwähnt, der dem Souvenirladen gegenüberlag. Erinnern Sie sich daran?"

Er schüttelte den Kopf und stand auf. „Nein, leider nicht." Er hielt inne. „Trotz ihrer abgebrühten Fassade war Tiffany ein nettes Mädchen. Hoffentlich finden sie den Kerl, der ihr das angetan hat. Auf Wiedersehen."

Susan bezahlte, nahm ihre Schultertasche und fuhr mit dem Taxi nach Downtown zur Ecke West Fourth Street und Sixth Avenue. Sie hatte vor, von der U-Bahn-Station aus die verwinkelten Straßen des Villages abzugehen, bis sie einen Souvenirladen fand, in dem es indische Götter gab und der einem Sexshop gegenüberlag. Es klang ziemlich einfach; wie viele solcher Läden konnte es schon geben?

Sie war noch nicht am Ziel, aber sie kam dem Killer immer näher. Das konnte sie ganz deutlich spüren.

DIE NAMEN der Straßen, die sie abgeklappert hatte, gingen ihr durch den Kopf wie eine Litanei: Christopher, Grove, Barrow, Commerce, Morton. Anders als der streng geometrische Plan, nach dem die Straßen in Manhattan angelegt waren, folgten die Straßen des Village ihrem eigenen unregelmäßigen Muster. Schließlich gab Susan auf, kaufte die *Post* und ging ins „Tutta Pasta" in der Carmine Street, um ein spätes Abendessen zu sich zu nehmen.

Sie aß warmes, mit Olivenöl beträufeltes Brot und trank einen Chianti, während sie die Zeitung las. Auf Seite drei entdeckte sie ein Foto von Tiffany, das dem Jahrbuch ihrer College-Abschlußklasse entnommen war, und einen Artikel über die Ermittlungen in dem Mordfall.

Dann, auf Seite sechs, stieß sie zu ihrem Erstaunen auf das Foto von Justin Wells und den Bericht, daß er zu den Umständen des Unfalls seiner Frau vernommen wurde.

Ich werde niemanden davon überzeugen können, daß ein Zusammenhang zwischen den beiden Fällen besteht, wenn ich nicht diesen Souvenirladen finde, mit dem Verkäufer spreche und ihm das Foto von der Kreuzfahrt zeige, das am Montag eintreffen soll, dachte sie. Morgen früh ziehe ich noch einmal los.

Um zehn kam sie nach Hause. An ihrem Anrufbeantworter blinkte das Lämpchen. Um neun hatte Alex Wright angerufen: „Ich wollte nur kurz hallo sagen. Ich freue mich auf morgen abend. Falls wir im Laufe des Tages nichts voneinander hören, hole ich Sie um halb sieben ab."

Er läßt mich wissen, daß er heute abend zu Hause ist, dachte Susan. Das ist gut.

Heute reicht duschen nicht, heute brauche ich ein langes, heißes Bad, entschied sie. Jeder Zentimeter von mir ist sowohl körperlich als auch seelisch unruhig, traurig, gereizt und tut weh.

Vierzig Minuten später öffnete sie das Fenster, die letzte Tätigkeit vor dem Zubettgehen. Als sie auf die Straße hinunterschaute, war dort bis auf einen einsamen Spaziergänger, dessen Umrisse sie kaum erkennen konnte, niemand zu sehen.

TROTZ – oder vielleicht auch wegen – ihrer Erschöpfung schlief Susan nicht gut. Dreimal wachte sie in der Nacht auf und horchte auf jedes Geräusch. Sie glaubte, daß jemand in ihrer Wohnung war.

Beim ersten Mal dachte sie, sie hätte die Wohnungstür aufgehen hören. Der Eindruck war so stark, daß sie aufstand und zur Tür lief, jedoch feststellte, daß sie abgeschlossen war. Anschließend überprüfte sie die Schlösser an den Fenstern in Wohnzimmer, Arbeitszimmer und Küche, obgleich sie sich töricht dabei vorkam.

Sie kehrte ins Schlafzimmer zurück, doch das Gefühl, daß etwas nicht stimmte, ließ sie nicht los. Trotzdem war sie entschlossen, das Fenster im Schlafzimmer offenstehen zu lassen. Ich bin schließlich im dritten Stock, sagte sie sich streng.

Die Temperatur war deutlich gefallen, seit sie ins Bett gegangen war, und es war eiskalt im Zimmer. Sie zog die Decke bis zum Hals herauf und erinnerte sich an den unheimlichen Traum, der sie schließlich aufgeweckt hatte. Tiffany war durch eine Tür auf einen kaum beleuchteten Platz gelaufen. Sie hatte den Türkisring bei sich und warf ihn in die Luft. Dann erschien eine Hand aus dem Schatten und packte den Ring, während Tiffany rief: „Nein! Nicht wegnehmen! Ich will ihn behalten!" Dann weiteten sich ihre Augen vor Entsetzen, und sie schrie.

Susan fröstelte. Jetzt ist Tiffany tot, weil sie mich angerufen hat, dachte sie. O Gott, es tut mir so leid.

Plötzlich rappelte das Rollo durch einen heftigen Windstoß. Ach, das hat mich erschreckt, dachte sie und spielte kurz mit dem Gedanken, aufzustehen und das Fenster doch zu schließen. Statt dessen wickelte sie die Decke fester um sich und war in wenigen Minuten eingeschlafen.

Als Susan das zweite Mal aufwachte, fuhr sie im Bett hoch, überzeugt davon, daß jemand am Fenster gewesen war. Reiß dich zusammen, dachte sie, während sie sich wieder hinlegte und sich die Decke fast bis über den Kopf zog.

Zum dritten Mal wachte sie um sechs Uhr auf. Ihr wurde klar, daß sich ihr Unterbewußtsein mit der Passagierliste der *Seagodiva* befaßt hatte. Sie war ihr bei der Durchsicht von Carolyn Wells' Unterlagen aufgefallen, und Justin Wells hatte ihr erlaubt, sie mitzunehmen.

Da sie nun hellwach war und keine Hoffnung hatte, wieder einschlafen zu können, entschied sie, daß ein Kaffee ihr helfen würde, einen klaren Kopf zu bekommen. Nachdem sie eine Kanne aufgebrüht hatte, nahm sie eine Tasse mit ins Bett, stopfte sich die Kissen in den Rücken und nahm sich die Liste vor.

Sie bemerkte, daß die Namen von Ehepaaren in alphabetischer Reihenfolge aufgeführt waren, das hieß, daß Mrs. Alice Jones vor Mr. Robert Jones kam und so weiter. Susan strich alle Ehepaare aus und kreuzte die Namen von Männern an, denen nicht der Name einer Frau voranging oder folgte. Der erste Name eines alleinreisenden Mannes war Mr. Owen Adams.

Interessant, dachte sie, als sie die Liste durchgesehen hatte; von sechshundert Menschen an Bord waren hundertfünfundzwanzig alleinreisende Frauen, aber nur sechzehn alleinreisende Männer. Das verringerte die Auswahl enorm.

Dann kam ihr ein Gedanke: Ob die Passagierliste der *Gabrielle* noch unter Regina Clausens Sachen war? Und wenn ja, war es möglich, daß einer der sechzehn Männer von der *Seagodiva* auch dort zu den Passagieren gehört hatte?

Susan schlug die Bettdecke zurück und stieg unter die Dusche. Auch falls Mrs. Clausen keine Lust hat, mich zu sehen, werde ich sie nach der Passagierliste der *Gabrielle* fragen, beschloß sie. Und wenn eine solche Liste mit Reginas Sachen zurückgeschickt wurde, werde ich sie bitten, sie mir durch ihre Haushälterin aushändigen zu lassen.

FEDERN im Wind, Federn im Wind. Er fühlte, wie sie sich verteilten, tanzten, ihn neckten. Jetzt wußte er sicher, daß er sie niemals alle würde zurückholen können. Er wünschte, es gäbe eine Möglichkeit, seinen Plan zu beschleunigen, aber es war zu spät. Die einzelnen Schritte waren festgelegt, und jetzt war nichts mehr zu ändern. Er mußte planmäßig abreisen, aber dann würde er zurückkommen und sie ausschalten.

Gestern abend, als er an Susans Haus vorbeiging, war sie zufällig ans Fenster getreten. Er wußte, daß sie ihn nicht deutlich genug gesehen haben konnte, aber ihm war auch klar, daß er nicht noch einmal ein solches Risiko eingehen durfte.

Bei seiner Rückkehr nach New York würde er einen Weg finden, sich um sie zu kümmern. Er würde ihr nicht folgen und sie auf die Fahrbahn stoßen, so wie Carolyn Wells. Nein, er würde Susan allein auflauern, so wie Tiffany – so wäre es am besten.

Heute nachmittag würde er, als Bote verkleidet, das Gebäude ausspionieren, in dem ihr Büro lag. Die Vorstellung, Susan zu töten, war ungemein befriedigend. Er hatte beschlossen, sie mit der gleichen Todesart zu beehren wie Veronica, Regina, Constance und Monica – mit der gleichen Todesart, die auf sein letztes Opfer wartete, eine Frau auf einer Reise, um *den Dschungel zu sehen, wenn er von Regen glänzt.*

Er würde sie überwältigen, fesseln und knebeln, und dann, während sie, von Angst gepeinigt, zusah, langsam die Baufolie entrollen und sie qualvoll Zentimeter für Zentimeter damit bedecken. War sie erst von Kopf bis Fuß eingewickelt, würde er die Folie verschnüren. Natürlich würde noch ein Rest Sauerstoff vorhanden sein – gerade genug, um sie ein paar Minuten kämpfen zu sehen. Dann, wenn er sich davon überzeugt hatte, daß die Folie an ihrem Gesicht klebte und ihr Mund und Nase verschloß, konnte er gehen.

Allerdings würde er Susans Leiche nicht loswerden können, so wie die der anderen. Die anderen waren entweder im Sand vergraben oder lagen mit Steinen beschwert in schlammigem Wasser versenkt. Aber er konnte sich damit trösten, daß das nächste und letzte Opfer das Begräbnisritual ihrer Schwestern im Tod teilen würde.

– 11 –

Um neun Uhr verließ Susan ihre Wohnung und ging direkt zur Seventh Avenue. Von dort erkundete sie die Blocks, die sich westlich zum Hudson River hinzogen. Die meisten dieser Straßen waren Wohnstraßen, obgleich sie dort mehrere Souvenirläden fand. In keinem sah sie allerdings Gegenstände im indischen Stil.

Um zwölf rief sie über ihr Handy Jane Clausen im Memorial Sloan-Kettering Hospital an. Zu ihrer Überraschung stimmte Mrs. Clausen sofort zu, als sie bat, sie besuchen zu dürfen. „Um vier bin ich da", versprach Susan.

Zu Beginn des Tages war es bedeckt und kühl gewesen, doch am frühen Nachmittag kam die Sonne heraus. Susan kaufte sich eine Brezel und eine Cola bei einem Straßenhändler. Sie beschloß, ihre Suche unmittelbar östlich von der Sixth Avenue fortzusetzen, und bog in die MacDougal Street ein. Als sie vom Washington Square in Richtung Downtown ging, blieb sie so plötzlich stehen, daß ein Junge von hinten gegen sie stieß. „Pardon", murmelte er.

Susan antwortete nicht. Sie starrte in das Schaufenster des Ladens, vor dem sie stand. Schnell warf sie einen Blick auf den Eingang, über dem ein ovales Schild mit der Aufschrift DARK DELIGHTS hing.

Wieder betrachtete sie die Auslage. Ein roter Straps war über einen Stapel Videokassetten mit derben Titeln drapiert, aber Susans Blick hing an einem Gegenstand in der Mitte des Schaufensters: ein mit Türkisen eingelegter Elefantengott, dessen Rüssel erhoben war.

Sie fuhr herum. Auf der Straßenseite gegenüber hing ein ZU-VERMIETEN-Schild im Schaufenster des Khyem-Souvenirladens.

O nein! dachte sie. Sie überquerte die schmale Straße, blieb an der Tür des Ladens stehen und spähte hinein. Dem Eingang gegenüber waren ein Tresen und die Kasse zu sehen. Links erkannte sie einen großen, bemalten Wandschirm, der als Raumteiler diente. Das muß der Wandschirm sein, den Matt Bauer beschrieben hat, dachte sie, hinter dem er und Tiffany standen, als der Mann den Türkisring kaufte. Aber wo war der Eigentümer oder Angestellte, der an jenem Tag bedient hatte?

Dann fiel ihr plötzlich ein, daß es eine Person gab, die das vielleicht wußte. Sie ging schnell über die Straße zurück zu dem Sexshop. Es war nur ein Verkäufer im Laden, ein dünner, unansehnlicher Mann, der so wie seine Umgebung ein wenig heruntergekommen wirkte. Er beäugte sie nervös, als sie sich dem Tresen näherte, und ihr wurde klar, daß er eine Zivilfahnderin in ihr vermutete.

Sie zeigte auf den Khyem-Souvenirladen. „Wann hat dieser Laden zugemacht?" fragte sie.

Sofort fiel die Nervosität von dem Mann ab. „Lady, wissen Sie nicht, was passiert ist? Abdul Parki, der Mann, dem der Laden gehörte, wurde am Dienstag nachmittag ermordet."

„Ermordet?" Susan machte keinen Versuch, ihre Bestürzung zu verbergen. Wieder einer, dachte sie – wieder einer. Tiffany hat in meiner Sendung von dem Ladeninhaber gesprochen.

„Haben Sie Parki gekannt?" fragte der Mann. „Er war ein netter Kerl."

Sie schüttelte den Kopf, während sie um Fassung rang. „Eine Freundin hat mir seinen Laden empfohlen", sagte sie vorsichtig. „Jemand hat ihr einen Türkisring geschenkt, den er hergestellt hat. Den hier." Sie öffnete ihre Tasche und holte den Ring heraus, den sie von Jane Clausen hatte.

Der Mann warf einen Blick auf den Ring und schaute dann sie an. „Ja, das ist einer von Parkis Ringen, stimmt. Er war vernarrt in Türkise. Oh, übrigens, ich heiße Nat Small. Mir gehört dieser Laden hier."

„Susan Chandler." Susan schüttelte ihm die Hand. „Anscheinend war er ein guter Bekannter von Ihnen. Wie ist es passiert?"

„Erstochen. Die Bullen glauben, daß es ein Junkie war, obwohl nichts mitgenommen wurde."

Susan sah die aufrichtige Trauer, die sich in Nat Smalls Miene spiegelte. „Gab es irgendwelche Zeugen?" fragte sie.

„Keiner hat was gesehen." Small schüttelte den Kopf und wandte den Kopf ab.

Er verschweigt etwas, dachte Susan. Ich muß ihn dazu bringen, offen mit mir zu sprechen. „Die junge Frau, die mir von Parki erzählt hat, wurde Mittwoch nacht erstochen", sagte sie leise. „Ich glaube, daß der Mann, der sowohl sie als auch Parki umgebracht hat, ein Kunde war, der in den vergangenen drei, vier Jahren mehrere dieser Türkisringe bei ihm gekauft hat."

Nat Smalls Gesicht wurde noch fahler, als er Susan ansah. „Parki hat mir von dem Typ erzählt. Er sagte, er sei ein echter Gentleman."

Susan setzte alles auf eine Karte. „Ich glaube, Sie wissen etwas, was Sie mir nicht sagen wollen. Aber Sie müssen es mir sagen, bevor noch jemand umkommt."

Nat Small blickte nervös zur Tür. Jetzt flüsterte er beinahe. „Am Dienstag kurz vor eins lungerte hier ein Typ herum, sah in mein Schaufenster. Ich dachte, er will sich irgendwas kaufen und traut sich vielleicht nicht – er war sehr gut angezogen –, aber dann überquerte er die Straße und ging in Parkis Laden. Danach kam ein Kunde rein, und ich habe nicht mehr an den Typ gedacht."

„Haben Sie das der Polizei gesagt?"

„Genau das habe ich nicht getan. Die Polizei hätte mir Verbrecherfotos gezeigt, aber das wäre sinnlos gewesen. Er war nicht der Typ, den man in der Verbrecherkartei findet. Er wirkte so vornehm – war so Ende Dreißig."

„Würden Sie diesen Mann wiedererkennen, wenn ich Ihnen ein Foto von ihm zeigte?"

„Ja, das würde ich. Er trug zwar eine Sonnenbrille, aber ich hab ihn trotzdem deutlich im Profil gesehen. Hören Sie, jetzt müssen Sie aber verschwinden. Sie sind schlecht fürs Geschäft. Hier kommt keiner rein, um was zu kaufen, solange eine vornehme Lady da ist."

„Sofort. Ach, und noch eins, Mr. Small ... Reden Sie nicht darüber – mit niemandem! Zu Ihrem eigenen Schutz."

„Soll das ein Witz sein? Natürlich nicht. Ich versprech's."

ALS DOUGLAS LAYTON um halb vier Jane Clausens Krankenzimmer betrat, sah er sie auf einem Stuhl sitzen. Sie trug einen hellblauen Kaschmirmorgenmantel und hatte sich in eine Decke gewickelt.

„Douglas", sagte sie müde, „haben Sie mir meine Überraschung mitgebracht? Die ganze Zeit überlege ich, was es sein könnte."

„Schließen Sie die Augen, Mrs. Clausen", forderte er, während er die gerahmte Skizze so hielt, daß sie das Stiftungsschild mit Reginas Namen sehen konnte.

Jane Clausen schlug die Augen auf. Sie betrachtete das Bild lange. Nur eine Träne in ihrem linken Augenwinkel verriet, wie bewegt sie war. „Wie wunderschön", sagte sie. „Ich kann mir kein schöneres Vermächtnis für Regina vorstellen."

„Eigentlich wollten wir warten und es Ihnen zusammen mit den Fotos von der Einweihungszeremonie zeigen, aber ich dachte, es würde Sie gerade jetzt aufmuntern."

„Sie meinen, Sie wollten, daß ich es sehe, bevor ich sterbe", stellte Jane Clausen sachlich fest.

„Nein, das habe ich nicht gemeint, Mrs. Clausen."

„Mr. Layton, machen Sie kein so schuldbewußtes Gesicht. Ich werde bald sterben. Wir beide wissen das. Und dieses Bild hier macht mich sehr glücklich." Sie lächelte traurig. „Wissen Sie, was mich sonst noch tröstet? Daß das Geld, das Regina geerbt hätte, dazu benutzt wird, um anderen zu helfen. In gewisser Weise ist es so, als würde sie in den Menschen weiterleben, deren Schicksal wir durch diese Stiftung verändert haben."

„Ich kann Ihnen versprechen, Mrs. Clausen, daß jeder Cent, den wir in Reginas Namen ausgeben, nutzbringend verwendet wird."

Es klopfte leise an die Tür. Susan Chandler schaute herein. „Oh, Mrs. Clausen, ich wußte nicht, daß Sie Besuch haben. Ich bleibe solange im Wartezimmer."

„Kommt nicht in Frage. Bitte, treten Sie näher, Susan. Sie erinnern sich noch an Douglas Layton?"

„Ja, ich erinnere mich", sagte sie kühl. „Wie geht es Ihnen, Mr. Layton?"

„Sehr gut, Dr. Chandler." Sie weiß etwas, dachte Layton.

Ein vornehmer Typ Ende Dreißig – die Beschreibung des Mannes fiel ihr ein, den Nat Small an dem Tag, an dem Abdul Parki ermordet worden war, draußen vor seinem Laden gesehen hatte. Andererseits paßte sie natürlich auf Dutzende anderer Männer.

Es klopfte noch einmal an der Tür, und eine Schwester streckte den Kopf ins Zimmer. „Mrs. Clausen, der Arzt will Sie in ein paar Minuten untersuchen."

„Du meine Güte! Susan, ich fürchte, ich habe Sie ganz umsonst herbestellt. Rufen Sie mich morgen früh an?"

„Natürlich."

„Bevor Sie gehen, müssen Sie sich noch schnell Mr. Laytons Überraschung ansehen." Sie zeigte auf die gerahmte Skizze. „Dies ist ein Waisenhaus in Guatemala, das nächste Woche nach Regina benannt werden soll."

Susan sah es sich genau an. „Wie schön", sagte sie aufrichtig. „Solche Einrichtungen werden wohl in vielen Ländern dringend gebraucht und ganz besonders in Mittelamerika."

„Sie haben völlig recht", warf Layton ein. „Und die Clausen-Stiftung hilft bei der Finanzierung."

Als Susan aufstand, bemerkte sie eine hellblaue Mappe auf dem Nachtschrank am Bett. Sie ging hin und nahm sie auf. Wie erwartet, war das Deckblatt mit dem Logo von Ocean Cruise Pictures geschmückt. Ein wenig verlegen sah sie Mrs. Clausen an. „Darf ich?"

„Selbstverständlich. Das war vermutlich das letzte Foto, das von Regina gemacht wurde."

Es war nicht zu verkennen, daß die Frau auf dem Foto Jane Clausens Tochter war. Die gleichen Augen und die gleiche gerade Nase; selbst der Haaransatz war ähnlich.

„Regina war sehr attraktiv, Mrs. Clausen", erklärte Susan leise.

„Ja, das war sie. Durch das Datum auf dem Deckel weiß ich, daß das Foto zwei Tage vor ihrem Verschwinden gemacht wurde", entgegnete Jane Clausen. „Sie sieht sehr glücklich aus. Das hat mich einerseits getröstet, andererseits aber auch traurig gemacht. Ich frage mich, ob ihr Glück etwas damit zu tun hatte, daß sie dem Mann vertraute, der für ihr Verschwinden verantwortlich ist."

„Solchen Gedanken sollten Sie nicht nachhängen", murmelte Layton.

„Tut mir leid, daß ich unterbrechen muß." Der Arzt stand in der Tür. Offenbar wollte er, daß sie gingen.

Susan konnte nicht mehr warten, bis Layton sich verabschiedet hatte. „Mrs. Clausen", sagte sie hastig, „wissen Sie noch, ob eine Passagierliste des Kreuzfahrtschiffs unter den Sachen war, die man in Reginas Suite gefunden hat?"

„Ich glaube schon. Warum, Susan?"

„Wenn ich darf, würde ich sie mir gern ein paar Tage ausleihen. Könnte ich sie morgen abholen?"

„Nein, wenn es wichtig ist, holen Sie sie lieber gleich. Ich habe darauf bestanden, daß Vera sich ein paar Tage freinimmt und ihre Tochter besucht, und sie will morgen in aller Frühe losfahren."

„Ich würde sie sehr gern sofort holen, wenn es Sie wirklich nicht stört", betonte Susan.

„Überhaupt nicht. Mr. Layton", sagte Jane Clausen energisch, „reichen Sie mir bitte meine Handtasche! Sie liegt in der Schublade des Nachtschranks."

Sie holte ihre Brieftasche heraus und entnahm ihr eine Karte. Nachdem sie etwas darauf geschrieben hatte, gab sie sie Susan. „Ich rufe Vera an, um ihr zu sagen, daß Sie kommen, aber nehmen Sie die Karte trotzdem für alle Fälle mit. Meine Adresse steht drauf. Wir sprechen uns morgen."

Douglas Layton ging mit Susan hinaus. Sie fuhren gemeinsam im Aufzug nach unten und traten auf die Straße. „Ich würde Sie gern begleiten", schlug er vor. „Vera kennt mich sehr gut."

„Nein, wozu denn? Da ist ein Taxi, das nehme ich."

WIE GEWOHNT herrschte dichter Verkehr, und es war fünf Uhr, bevor Susan das Gebäude am Beekman Place erreichte. Da sie sich beeilen mußte, um rechtzeitig nach Hause zu kommen und sich für den Abend umzuziehen, war sie froh, daß Jane Clausen die Haushälterin angerufen hatte.

„Das sind alles Reginas Sachen", sagte Vera, als sie Susan ins Gästezimmer führte. „Auch die Möbel stammen aus ihrer Wohnung. Mrs. Clausen sitzt manchmal allein hier. Es bricht einem das Herz, wenn man sie so sieht."

Vera zog die oberste Schublade an einem antiken Schreibtisch auf und holte einen braunen Umschlag heraus. „Hier sind alle Papiere, die man in Reginas Suite gefunden hat."

In dem Umschlag steckten Erinnerungsstücke, wie auch Carolyn Wells sie von ihrer Kreuzfahrt mitgebracht hatte. Außer der Passagierliste enthielt er Bordmitteilungen mit Informationen zu den kommenden Zielhäfen und eine Auswahl von Ansichtskarten aus den Hafenstädten, die sie angelaufen hatten.

Susan steckte die Passagierliste in ihre Schultertasche, dann beschloß sie, schnell die Ansichtskarten und die Bordmitteilungen zu überfliegen. Sie sah die Karten durch und hielt inne, als sie eine Ansicht von Bali entdeckte, auf der ein Straßencafé zu sehen war. Ein Tisch mit Blick aufs Meer war ordentlich mit Kugelschreiber umkringelt.

Was war hier so besonders gewesen? fragte sich Susan. Sie sah die Mitteilungsblätter durch, bis sie das über Bali entdeckte. „Ich werde auch diese Karte und diese Broschüre mitnehmen", sagte sie zu Vera. „Mrs. Clausen wird bestimmt nichts dagegen haben."

Es war zwanzig nach fünf, als sie endlich ein Taxi bekam, und zehn vor sechs, als sie die Tür zu ihrer Wohnung aufschloß. Noch ganze vierzig Minuten, um mich auf den großen Abend mit Alex vorzubereiten, dachte sie, und ich habe mich noch nicht mal entschieden, was ich anziehen will.

PAMELA HASTINGS saß im Wartezimmer der Intensivstation im Lenox Hill Hospital und versuchte den schluchzenden Justin Wells zu trösten. Vor wenigen Minuten hatten die Monitore in Carolyns Krankenzimmer panisch gepiepst und Code 9 aktiviert. „Ich dachte, ich hätte sie verloren", klagte er mit versagender Stimme. „Ich dachte, ich hätte sie verloren."

„Carolyn ist eine Kämpfernatur – sie wird durchkommen", versicherte Pamela ihm. „Justin, ein Dr. Donald Richards hat im Krankenhaus angerufen, um sich nach Carolyn und dir zu erkundigen. Er hat seine Nummer hinterlassen. Ist er nicht der Psychiater, zu dem du eine Zeitlang gegangen bist, als Carolyn und du Probleme miteinander hattet?"

„Der Psychiater, zu dem ich eigentlich gehen sollte", erwiderte Wells. „Ich war nur einmal da."

„Die Nachricht lautet, daß er dir gern seine Hilfe anbieten würde." Sie hielt inne, besorgt, wie er reagieren würde. „Justin, darf ich ihn anrufen? Ich glaube, du mußt mit jemandem reden." Sie spürte, wie er sich versteifte.

„Pam, du denkst immer noch, daß ich Carolyn das angetan habe, nicht wahr?"

„Nein", entgegnete sie fest. „Ich sage dir ganz offen, was ich denke. Ich glaube, daß Carolyn es schaffen wird, aber ich weiß auch, daß wir noch nicht aus dem Schneider sind. Aber wenn sie es – was Gott verhüten möge – nicht schafft, wirst du dringend Hilfe brauchen. Bitte, laß mich ihn anrufen."

Justin nickte langsam. „Na schön."

Als sie kurz darauf ins Wartezimmer zurückkam, lächelte Pamela. „Er ist auf dem Weg hierher, Justin", erklärte sie. „Was er sagte, klang sehr nett. Laß dir von ihm helfen."

„SIE SIND aber früh dran", sagte Susan durch die Gegensprechanlage. Ihre Stimme hörte sich ein wenig bestürzt an.

„Ich werde Sie nicht stören, das verspreche ich", erwiderte Alex. „Aber ich warte so ungern im Wagen. Da komme ich mir vor wie ein Taxifahrer."

Susan lachte. „Na schön, kommen Sie rauf!"

Ausgerechnet heute, dachte sie. Ihr nasses Haar war noch mit einem Handtuch umwickelt. Ein schwarzes Jackett mit passendem langem, schmal geschnittenem Rock hing über der Badewanne, um die letzten Knitterfalten auszuhängen. Sie hatte den flauschigen weißen Bademantel an.

Alex lachte, als sie die Tür öffnete. „Sie sehen aus wie eine Zehnjährige", erklärte er. „Wollen Sie Doktor mit mir spielen?"

Sie schnitt eine Grimasse. „Benehmen Sie sich, und schauen Sie sich die Nachrichten an."

Sie schloß die Schlafzimmertür hinter sich, setzte sich an die Frisierkommode und nahm den Fön in die Hand. „Du meine Güte, bin ich spät dran", murmelte sie, als sie den Fön auf die höchste Stufe stellte.

Eine Viertelstunde später blickte sie in den Spiegel. Ihr Haar sah gut aus, das zusätzliche Make-up kaschierte die Spuren des Schlafmangels, die sie im Gesicht bemerkt hatte. Alles wäre in bester Ordnung, wenn ich mich nur nicht so seltsam fühlte, dachte sie. Mache ich mir zu viele Sorgen, bin ich zu gehetzt, oder stimmt was nicht? fragte sie sich, als sie ihre Abendtasche nahm.

Sie fand Alex im Arbeitszimmer, wo er wie angewiesen fernsah. Lächelnd sah er sie an. „Sie sind wunderschön!"

„Danke sehr."

„Ich habe mir die Nachrichten angeschaut, also werde ich Ihnen im Wagen alles erzählen, was heute in New York passiert ist."

„Ich kann's kaum erwarten."

SIE SIEHT toll aus, dachte Jim Curley, als er ihr die Autotür aufhielt. Richtig toll. Während der Fahrt nach Uptown zur Bibliothek hörte er dem Gespräch auf dem Rücksitz zu.

„Susan, ich wollte noch eines klarstellen", sagte Alex. „Ich hatte eigentlich nicht vor, Ihre Schwester zu dem Dinner einzuladen."

„Bitte machen Sie sich deswegen keine Gedanken. Ich liebe meine Schwester Dee."

„Davon bin ich überzeugt. Für Binky haben Sie nicht so viel übrig, und vielleicht war es ein Fehler, aber ich habe sie und Ihren Vater auch eingeladen."

O Mann, dachte Jim.

„Das wußte ich nicht", entgegnete Susan ein wenig unwillig.

„Susan, Sie sollen wissen, daß ich heute abend nur mit Ihnen zusammensein wollte. Dee einzuladen war nicht meine Absicht, und nachdem es sich so ergeben hatte, dachte ich, daß ich ein Zeichen setze, wenn ich Ihren Vater und Binky in die Einladung mit einschließe und sie bitte, Dee abzuholen."

Gute Erklärung, dachte Jim. Jetzt komm schon, Susan, gib dem Mann eine Chance. Er hörte sie lachen.

„Alex, bitte, ich glaube, ich bin etwas durcheinander. Ich wollte nicht so gereizt antworten. Sie müssen mir verzeihen. Ich habe eine furchtbare Woche hinter mir."

„Erzählen Sie mir davon."

„Bitte nicht jetzt."

Es wird alles gut, dachte Jim und seufzte erleichtert.

„Susan, ich spreche nicht oft über diese Dinge, aber ich kann Ihnen nachfühlen, wie Sie Binky gegenüber empfinden. Ich hatte auch eine Stiefmutter, obwohl mein Fall etwas anders gelagert war. Mein Vater heiratete wieder, nachdem meine Mutter gestorben war. Sie hieß Gerie.“

Er spricht so gut wie nie von ihr, dachte Jim, aber Susan gegenüber öffnet er sich tatsächlich.

„Wie war Ihr Verhältnis zu Gerie?“ fragte Susan.

Das hättest du besser nicht gefragt, dachte Jim.

OBSCHON sie etliche Male in der riesigen Zweigstelle der Stadtbibliothek von New York an der Fifth Avenue gewesen war, konnte Susan Chandler sich nicht erinnern, schon einmal in der McGraw-Rotunde gewesen zu sein, in der die Party stattfand – ein prachtvoller Saal. Mit seinen hoch aufragenden Steinmauern und lebensgroßen Wandgemälden gab er ihr das Gefühl, in ein anderes Jahrhundert zurückversetzt worden zu sein.

Trotz der eleganten Umgebung und obwohl sie Alex Wrights Gesellschaft genoß, stellte Susan nach einer Stunde fest, daß sie unkonzentriert war und sich nicht entspannen konnte. Ich sollte diesen angenehmen Abend genießen, dachte sie, und statt dessen bin ich in Gedanken bei einem äußerst fragwürdigen Mann, der einen Sexshop hat und vielleicht einen Mörder identifizieren könnte.

Vielleicht hätte ich doch lieber bei der Staatsanwaltschaft bleiben sollen, dachte sie, als sie nur mit halbem Ohr den Worten von Gordon Mayberry lauschte, einem älteren Gentleman, der ihr unbedingt nahebringen wollte, wie großzügig die Wright-Stiftung sich gegenüber der Stadtbibliothek zeigte.

Dee, ihr Vater und Binky waren wenige Minuten nach Alex und ihr eingetroffen. Dee trug eine exquisite weiße Abendrobe und hatte sie liebevoll umarmt. „Susie, hast du gehört, daß ich zurückkomme? Wir werden jetzt öfter mal miteinander ausgehen. Du hast mir gefehlt.“

Ich glaube, sie meint das sogar ehrlich, hatte Susan gedacht. Gerade deshalb ist es so unfair, was sie mit Alex abzieht.

„Haben Sie das Buch gesehen, das Alex heute abend überreicht wird?“ fragte Gordon Mayberry.

„Nein, noch nicht“, erwiderte Susan, bemüht, sich zu konzentrieren.

„Eine limitierte Ausgabe natürlich. Alle Gäste erhalten ein Exemplar, aber vielleicht möchten Sie schon vor dem Essen einen Blick darauf werfen. Es wird Ihnen einen Eindruck davon vermitteln, wieviel Gutes die Wright-Stiftung schon getan hat.“ Er zeigte auf einen beleuchteten Stand in der Nähe des Eingangs der Rotunde. „Es liegt da drüben.“

Das Buch war in der Mitte aufgeschlagen, doch Susan blätterte zum Anfang zurück. Laut Inhaltsverzeichnis war das Buch in Abschnitte nach den jeweiligen Projekten unterteilt: Krankenhäuser, Bibliotheken, Waisenhäuser, Forschungseinrichtungen ...

Sie blätterte erst aufs Geratewohl, dann fiel ihr Jane Clausen ein, und sie schlug den Abschnitt über Waisenhäuser auf. Plötzlich hielt sie inne und betrachtete das Foto eines Waisenhauses in Mittelamerika. Es muß eine typische Bauart für diesen Zweck geben, dachte sie. Und eine typische Art der Landschaftsgestaltung.

„Wirklich faszinierend, nicht wahr?“ Alex stand neben ihr.

„Sehr beeindruckend.“

„Falls Sie sich losreißen können, es wird gleich serviert.“

Obwohl das Dinner ausgezeichnet war, war Susan bald wieder in ihre Gedanken versunken, so daß sie kaum wahrnahm, was sie aß.

Ich müßte die Fotos von Carolyns Kreuzfahrt am Montag erhalten, dachte sie. Aber was werde ich zu sehen bekommen? Als Carolyn in der Sendung angerufen und das Foto erwähnt hatte, sagte sie, der Mann, der sie nach Algier eingeladen habe, sei nur im Hintergrund zu sehen. Und Reginas Kreuzfahrt? Vielleicht gibt es klarere Fotos von ihrer Reise, auf denen er zu sehen war. Ich hätte sie gleich mitbestellen sollen, dachte Susan.

Die Buchpräsentation fand nach dem Hauptgang statt. Die Bibliotheksleiterin sprach über die Großzügigkeit der Wright-Stiftung und über die Spende, mit der seltene Bücher angeschafft und erhalten werden sollten. Sie sprach auch über „die Bescheidenheit und das Engagement“ von Alexander Wright, der sein Leben „auf so selbstlose Weise“ der Stiftung widme.

„Na, bin ich nicht ein netter Kerl?“ flüsterte Alex ihr zu, als er aufstand, um das Buch entgegenzunehmen.

Alex war ein guter Redner, er war locker, gewandt und hatte Humor. Als er sich wieder setzte, sagte Susan leise: „Alex, stört es Sie, wenn ich während des Desserts den Platz mit Dee tausche?“

„Susan, bedrückt Sie irgendwas?“

„Nein, gar nichts. Nur der liebe Familienfrieden und so. Ich sehe von weitem, daß Dee unglücklich ist, weil Gordon Mayberry pausenlos auf sie einredet. Wenn ich sie rette, habe ich vielleicht was gut bei ihr.“

Als sie zum Nachbartisch ging und Dee bat, den Platz mit ihr zu tauschen, gestand sie sich ein: Es gibt noch einen weiteren Grund, warum ich das tue – wenn ich mit Alex eine Beziehung anfange, will ich hundertprozentig sicher sein, daß Dee nicht dazwischenkommt. Gibt es erneute Konkurrenz, dann mache ich der Sache ein Ende, bevor sie richtig begonnen hat. Ich will nicht noch mal das gleiche erleben wie mit Jack.

Während Mayberry auf Binky einredete, dachte Susan weiter nach.

Ich weiß, daß Nat Small in Gefahr sein könnte. Und er ist vielleicht nicht der einzige. Es könnte noch eine weitere Frau dazu ausersehen sein, einen dieser Türkisringe mit der Gravur „Du gehörst mir" zu bekommen.

Warum gingen ihr immer wieder die Zeilen des Songs durch den Kopf? Gerade war es: ... *und in den Tropen geht die Sonne auf.*

Natürlich! Diese Worte hatten auf der Bordmitteilung der *Gabrielle* gestanden, die ihr heute unter Regina Clausens Sachen aufgefallen war.

Am Montag bekomme ich die Fotos von der *Seagodiva,* dachte Susan. Das heißt, bis Montag abend müßte ich Carolyns Foto gefunden haben. Wenn das Studio bis Dienstag nachmittag Abzüge der Fotos von der *Gabrielle* anfertigen kann, bekomme ich sie am Mittwoch. Ich werde sie so lange wie nötig durchsehen und wenn ich die ganze Nacht aufbleiben muß.

„SONNTAG morgens besuchten Regina und ich oft die Messe in St. Thomas", sagte Jane Clausen zu Susan. „Die Musik dort ist wundervoll. Ich habe es über ein Jahr lang nicht geschafft, wieder hinzugehen, nachdem ich sie verloren hatte."

„Ich komme gerade von der Zehnuhrmesse in St. Pat", berichtete Susan. „Auch dort gibt's herrliche Musik." Sie war direkt von der Kathedrale aus zum Krankenhaus gegangen. Es war wieder ein wunderschöner Herbsttag.

„Es ist sehr nett von Ihnen, daß Sie heute noch mal vorbeigekommen sind", meinte Mrs. Clausen. „Gestern hatte ich keine Gelegenheit, unter vier Augen mit Ihnen zu sprechen, und daran liegt mir sehr viel. Douglas Layton war sehr aufmerksam, sehr freundlich zu mir. Ich habe Ihnen ja gesagt, daß ich ihn neulich falsch eingeschätzt habe, daß meine Zweifel an ihm unbegründet waren. Andererseits, wenn ich den Schritt tue, der mir vorschwebt – das heißt, wenn ich den derzeitigen Präsidenten der Stiftung bitte, in Pension zu gehen und Layton an seine Stelle treten zu lassen –, räume ich ihm große Macht über eine beträchtliche Geldsumme ein."

Tun Sie das nicht! dachte Susan.

Jane Clausen fuhr fort: „Deshalb wollte ich Sie bitten, Douglas Layton gründlich überprüfen zu lassen, bevor ich diese wichtige Entscheidung fälle. Ich weiß, es ist eine Belastung. Aber trotz der kurzen Zeit, die wir uns kennen, betrachte ich Sie als verläßliche Freundin."

Susan entschied, daß es nicht der richtige Zeitpunkt war, um Jane Clausen zu sagen, daß Layton bereits überprüft worden war. Sie drückte sich behutsam aus. „Ich halte es generell für klug, Vorsicht walten zu lassen, bevor man einschneidende Veränderungen veranlaßt, Mrs. Clausen. Ich verspreche Ihnen, daß ich mich darum kümmern werde."

„Danke. Das ist eine große Erleichterung für mich."

Susan suchte nach den geeigneten Worten, um ihre nächste Bitte vorzutragen. „Mrs. Clausen, ich habe meinen Fotoapparat mitgebracht. Würde es Sie stören, wenn ich ein paar Aufnahmen von der Skizze des Waisenhauses mache?"

Jane Clausen hatte den Schal enger um ihre Schultern gezogen. Sie zupfte ihn zurecht, bevor sie antwortete: „Sie haben einen Grund für diese Bitte, Susan. Worum geht es?"

„Kann ich es Ihnen morgen sagen?"

„Ich würde es lieber gleich wissen, aber so bleibt mir für morgen die Freude auf einen weiteren Besuch von Ihnen. Aber, Susan, bevor Sie gehen, würde ich gern wissen, ob Sie noch mal von der jungen Frau gehört haben, die am Montag in Ihrer Sendung angerufen hat? Die Frau mit dem Türkisring?"

Susan antwortete vorsichtig. „Sie meinen ‚Karen'? Ja und nein. Ihr wirklicher Name lautet Carolyn Wells. Wenige Stunden nach dem Anruf hatte sie einen Unfall, bei dem sie schwer verletzt wurde, und ich konnte nicht mehr mit ihr sprechen, weil sie im Koma liegt."

„Wie furchtbar."

„Sie ruft immerzu nach einem Win. Ich glaube, es könnte der Mann sein, den sie auf dem Kreuzfahrtschiff kennenlernte, konnte meinen Verdacht aber noch nicht bestätigen. Mrs. Clausen, hat Regina Sie jemals von der *Gabrielle* aus angerufen?"

„Mehrmals."

„Hat Sie mal von einem Mann namens Win gesprochen?"

„Nein, sie hat keinen der Mitreisenden mit Namen erwähnt."

Susan hörte an Mrs. Clausens Stimme, wie erschöpft sie war. „Ich mache jetzt ein paar Fotos, und dann gehe ich", sagte sie. „In ein paar Minuten bin ich weg, dann haben Sie wieder ein wenig Ruhe."

Die Skizze stand dem Bett gegenüber auf der Kommode. Susan schoß mit Blitzlicht vier Polaroidfotos, dann sah sie zu, wie sie nacheinander entwickelt wurden. Zufrieden mit dem Ergebnis, steckte sie die Kamera in ihre Tasche und ging leise zur Tür.

„Auf Wiedersehen, Susan", murmelte Jane Clausen. „Wissen Sie, gerade haben Sie mich an etwas sehr Angenehmes erinnert. Auf meinem ersten Ball war ein junger Mann namens Owen. Ich habe seit Jahren nicht mehr an ihn gedacht, aber damals war ich heftig in ihn verliebt."

Owen, dachte Susan. Das meint Carolyn also. Nicht „Oh ..., Win", sondern *Owen.*

Ihr fiel ein, daß auf der Passagierliste der *Seagodiva* ein Owen Adams stand. Der erste alleinreisende Mann, auf den sie gestoßen war.

Zwanzig Minuten später stürzte Susan in ihre Wohnung, rannte zu ihrem Schreibtisch und griff nach der Passagierliste der *Gabrielle.* Hoffentlich steht er darauf, dachte sie, hoffentlich.

Es war kein „Owen Adams" vermerkt, aber der Mann, den sie suchte, konnte ja auch gut unter einem falschen Namen reisen, daher ging sie die Liste weiter durch.

Sie war fast am Ende der Seite angelangt, als sie ihn fand. Einer der wenigen Passagiere, dessen zweiter Vorname auf der Liste erschien, war Henry Owen Young. Da muß es einen Zusammenhang geben, dachte sie.

ALEX WRIGHT rief um zehn, um elf und um zwölf bei Susan zu Hause an, bevor er sie endlich um eins erreichte. „Ich hab's schon ein paarmal versucht, aber Sie waren wohl ausgegangen", sagte er. „Eigentlich wollte ich Sie zum Brunch einladen."

„Danke, aber ich hätte es ohnehin nicht geschafft", erklärte Susan. „Ich habe eine Freundin im Krankenhaus besucht. Apropos, gibt es so etwas wie Standardmodelle von Waisenhäusern in Mittelamerika, Alex?"

„Standardmodelle? Ich weiß nicht recht, was Sie meinen. Warum?"

„Weil ich Ihnen ein paar Fotos zeigen muß", antwortete Susan.

„Sind Sie eine Weile zu Hause?"

„Den ganzen Nachmittag."

„Ich bin schon auf dem Weg."

Ich weiß, daß ich recht habe, dachte Susan, als sie den Hörer auflegte. Die beiden Gebäude sind nicht nur ähnlich – sie sind identisch. Aber so kann ich mir absolute Gewißheit verschaffen.

ALS ALEX die Fotos studierte, entdeckte er etwas, was sie übersehen hatte, aber damit bestätigte sich nur ihr Verdacht, daß es sich um ein und dasselbe Waisenhaus handelte. Auf der Skizze von Mrs. Clausen hatte der Künstler ein kleines Tier auf die Eingangstür gemalt. „Sehen Sie sich das Foto in dem Buch an. Da ist sie auch. Die Antilope ist unserem Familienwappen entnommen. Wir lassen sie an jedem Gebäude, das wir finanzieren, über der Tür anbringen."

Sie saßen nebeneinander am Schreibtisch in Susans Arbeitszimmer.

„Die Skizze der Tafel ist definitiv gefälscht, Susan. Ich vermute, jemand steckt sich das Geld ein, das angeblich zur Finanzierung dieses Gebäudes verwendet wurde."

Susan klappte das Buch der Stiftung zu. „Morgen zeige ich Mrs. Clausen das Foto. Sie muß so schnell wie möglich Bescheid wissen."

Sie blickte auf ihren Schreibtisch und dachte plötzlich, wie unordentlich er Alex vorkommen mußte. „Normalerweise bin ich ja nicht so schlampig", erklärte sie. „Ich habe an ein paar Projekten gearbeitet, und die Papiere haben sich einfach angesammelt."

Alex nahm die Broschüre mit der Passagierliste der *Seagodiva* und öffnete sie. „Haben Sie an der Kreuzfahrt teilgenommen?"

„Nein. Ich habe nie eine Kreuzfahrt gemacht." Sie hoffte, daß Alex keine weiteren Fragen stellen würde. Eigentlich wollte sie nicht darüber sprechen, was sie tat, nicht einmal mit ihm.

„Ich auch nicht", sagte er, als er die Broschüre wieder auf den Tisch legte. „Ich werde schnell seekrank."

Er stand auf. „Ich muß jetzt gehen. Leider habe ich zu Hause auch einen unordentlichen Schreibtisch, der noch aufgeräumt werden muß." An der Tür drehte er sich zu ihr um. „Susan, morgen fliege ich nach Sankt Petersburg, um die Planung für das Krankenhaus, das wir dort bauen, abzuschließen. Ich werde eine Woche oder zehn Tage fortbleiben. Nehmen Sie sich in dieser Zeit soviel vor, wie Sie wollen, aber halten Sie danach ein wenig Zeit für mich frei. Abgemacht?"

„Abgemacht." Als sie die Tür hinter ihm schloß, läutete das Telefon. Es war Dee, die anrief, um sich zu verabschieden. „Ich fliege morgen nach Costa Rica. Dort gehe ich an Bord", erklärte sie. „War es gestern abend nicht nett?"

„Es war großartig."

„Ich habe bei Alex angerufen, um mich zu bedanken, aber er ist ausgegangen."

Susan hörte die Frage in der Stimme ihrer Schwester, hatte jedoch nicht die Absicht, ihr von Alex' Besuch zu erzählen. „Vielleicht erreichst du ihn ja später noch. Ich wünsche dir eine schöne Zeit, Dee."

Sie legte auf und merkte zu ihrem Ärger, daß sie das Zusammensein mit Alex nicht richtig genießen konnte, weil sie immer noch befürchtete, es könnte sich zwischen ihm und Dee etwas anbahnen. Vor allem wenn Dee ihm weiterhin nachlief. Und Susan hatte nicht vor, noch einmal darunter zu leiden, einen Mann an ihre Schwester zu verlieren.

DONALD RICHARDS war den ganzen Tag rastlos gewesen. Sonntag früh war er im Central Park gejoggt, dann war er nach Hause gegangen und hatte sich ein Käseomelett zubereitet. Dabei hatte er daran gedacht, wie er sonntags immer gekocht hatte, als er verheiratet gewesen war. Diese Angewohnheit hatte er längst aufgegeben. Während er aß, las er in der *Times,* doch schließlich, nachdem er sich eine zweite Tasse Kaffee eingegossen hatte, gestand er sich ein, daß er sich nicht konzentrieren konnte, und legte die Zeitung weg.

Er ging ins Schlafzimmer, um für die Reise zu packen, die er morgen antreten sollte. Diese Aussicht verstimmte ihn, aber es war ja fast vorüber. Nur noch eine Woche Werbung machen für sein Buch, dann hätte er Zeit für sich.

Das Reisebüro hatte eine Liste von Kreuzfahrtschiffen, die in seinen Zeitplan paßten, mit noch freien Ersteklassekabinen gefaxt. Er ging wieder zu seinem Schreibtisch, um sie sich anzusehen.

UM ZWEI Uhr war er in Tuxedo Park. Als seine Mutter vom Mittagessen mit einer Freundin im Klub zurückkam, saß er auf den Stufen zu ihrer Veranda. „Don, mein Lieber, warum hast du mir nicht gesagt, daß du kommst?"

„Als ich in den Wagen gestiegen bin, wußte ich noch nicht, wohin ich fahren würde. Du siehst gut aus, Mutter."

„Du auch. Der Pullover steht dir gut." Sie sah den Koffer neben ihm stehen. „Willst du hier einziehen, Schatz?"

Er lächelte. „Nein, ich wollte dich nur bitten, daß ich das bei dir auf den Speicher stellen kann."

„Ja, da ist noch jede Menge Platz", entgegnete Elizabeth Richards.

„Willst du nicht wissen, was drin ist?"

„Ich vermute, es hat etwas mit Kathy zu tun."

„Ich habe alles, was ich noch von Kathy besitze, aus der Wohnung entfernt, Mutter. Schockiert dich das?"

„Don, ich glaube, bis jetzt hast du diese Erinnerungen gebraucht. Aber ich spüre, daß du deinem Leben nun eine neue Richtung zu geben versuchst, und du weißt, Kathy kann kein Teil davon sein. Übrigens hast du doch einen Schlüssel zu meinem Haus. Warum bist du nicht einfach reingegangen?"

„Ich habe gesehen, daß dein Auto nicht hier war, und da wollte ich kein leeres Haus betreten." Er stand auf und reckte sich. „Ich trinke eine Tasse Tee mit dir, dann bin ich weg. Heute abend habe ich eine Verabredung. Das zweite Mal in einer Woche mit derselben Person. Wie findest du das?"

PUNKT sieben Uhr rief er Susan vom Foyer ihres Apartmenthauses aus an. „Ich muß mich entschuldigen, daß ich mich verspätet habe", meinte sie, als sie ihn kurz darauf in die Wohnung einließ. „Wissen Sie was, ich serviere Ihnen ein Glas Wein, wenn Sie mir ein paar Minuten Zeit geben, mich umzuziehen", bot Susan ihm an.

„Abgemacht."

Ungeniert sah er sich in der Wohnung um. „Sie haben es sehr hübsch hier", sagte er. „Eine meiner Patientinnen ist Immobilienmaklerin. Sie sagt, daß man beim Betreten eines Hauses auf Anhieb die Schwingungen der Menschen empfängt, die es bewohnen."

„Ich weiß nicht, welche Art von Schwingungen diese Wohnung aussendet, aber ich fühle mich hier sehr wohl. Jetzt hole ich Ihnen mal Ihr Glas Wein, und Sie können sich umsehen, während ich mich schnell fertigmache."

Richards kam mit ihr in die Küche. „Bitte machen Sie sich nicht besonders fein. Wie Sie sehen, habe ich auch darauf verzichtet. Heute nachmittag war ich kurz bei meiner Mutter, und sie hat gesagt, ich sähe in diesem Pullover gut aus, deshalb habe ich nur eben eine Jacke übergezogen."

Donald Richards ist irgendwie seltsam, dachte Susan, als sie ein Jackett mit Fischgrätenmuster aus ihrem Kleiderschrank holte. Ich weiß nicht, woran es liegt, aber er hat etwas an sich, das ich nicht verstehe.

Sie trat vom Schlafzimmer in die Diele und wollte gerade sagen „Ich bin soweit", als sie Donald Richards an ihrem Schreibtisch stehen sah. Er studierte die Passagierlisten der beiden Kreuzfahrtschiffe.

Offenbar hatte er sie gehört, denn er hob den Kopf. „Irgendein besonderer Grund, warum Sie die hier sammeln?"

Sie antwortete nicht sofort, und er legte sie aus der Hand. „Pardon, wenn ich Ihr Angebot, mich umzusehen, falsch aufgefaßt habe. Ein wunderschöner Schreibtisch aus dem neunzehnten Jahrhundert – ich wollte ihn mir näher anschauen. Die Passagierlisten schienen nicht vertraulich zu sein."

„Sie sagten doch, Sie seien Passagier auf der *Gabrielle* gewesen, nicht wahr?"

„Ja, viele Male. Sie ist ein großartiges Schiff." Er ging auf sie zu. „Sie sehen sehr gut aus, und ich habe großen Hunger. Lassen Sie uns losfahren."

SIE ASSEN in einem gemütlichen kleinen Fischrestaurant in der Thompson Street. „Es gehört dem Vater eines meiner Klienten", erklärte er.

„Die Scholle war phantastisch", sagte Susan zu ihm, als der Kellner ihre Teller wegbrachte.

„Der Lachs auch." Er hielt inne und trank einen Schluck Wein. „Susan, neulich abends haben Sie gesagt, nach der Scheidung Ihrer Eltern hätten Sie das Gefühl gehabt, daß alle in verschiedene Rettungsboote stiegen. Warum?"

„He, Sie sollen mich nicht analysieren", protestierte Susan.

„Ich frage als Freund."

„Na gut, dann antworte ich Ihnen. Es ist das Übliche, wenn es zu einer Scheidung kommt: Loyalitätskonflikte. Meiner Mutter brach das Herz, und mein Vater verkündete überall, er sei noch nie so glücklich gewesen. Dadurch wurden all die Jahre in Frage gestellt, in denen ich offenbar fälschlicherweise den Eindruck gehabt hatte, daß wir eine glückliche Familie seien."

„Und Ihre Schwester? Stehen Sie ihr nahe?" fragte er und fügte gleich hinzu: „Sie brauchen mir gar nicht zu antworten – Sie sollten Ihr Gesicht sehen."

Susan hörte sich sagen: „Vor sieben Jahren, als ich mich verloben wollte, ist Dee auf der Bildfläche erschienen. Raten Sie mal, wer den Prinzen bekommen hat und die Braut war?"

„Ihre Schwester."

„Genau. Dann kam Jack bei einem Skiunfall ums Leben, und jetzt ist sie dabei, einen anderen Mann zu umgarnen, mit dem ich ausgehe. Nett, nicht wahr?"

„Sind Sie an diesem neuen Mann interessiert?"

„Es ist noch viel zu früh, um das zu sagen. Erzählen Sie mir jetzt, warum Sie sich so für die Passagierlisten interessiert haben?"

Die verständnisvolle Wärme verschwand aus Donald Richards' Augen. „Nur wenn Sie mir sagen, warum Sie einige Namen gestrichen und zwei eingekreist haben: Owen Adams und Henry Owen Young."

„Owen ist einer meiner Lieblingsnamen", erklärte Susan. „Es wird spät, Don. Sie reisen morgen früh ab, und ich habe einen sehr langen Tag vor mir."

Sie dachte daran, daß sie um acht Uhr bei Chris Ryan anrufen wollte, und an das Paket mit den Fotos, das sie nachmittags aus London erhalten würde.

– 12 –

Montag morgen schloß Chris Ryan die Tür zu seinem Büro bereits um acht Uhr zwanzig auf. Er hörte seinen Anrufbeantworter ab und fand mehrere Nachrichten vor, mit denen er sich sofort befassen mußte. Die erste stammte vom Samstag, von einem seiner Informanten in Atlantic City, und beinhaltete interessante Tatsachen über Douglas Layton. Die zweite – von Susan Chandler – stammte von diesem Morgen. „Chris, hier ist Susan; ruf mich bitte gleich an." Mehr sagte sie nicht.

Sie meldete sich beim ersten Läuten. „Chris, ich habe etwas herausgefunden. Du mußt bitte zwei Leute für mich überprüfen. Einer war vor drei Jahren Passagier auf einem Kreuzfahrtschiff, der *Gabrielle;* der zweite war vor zwei Jahren auf einem anderen Kreuzfahrtschiff, der *Seagodiva.* Und – ich glaube nicht, daß es zwei verschiedene Personen sind. Ich denke, es könnte ein und derselbe Mann sein, und wenn ich richtig liege, haben wir es mit einem Serienmörder zu tun."

Chris nahm Stift und Zettel zur Hand. „Gib mir die Namen und die Reisetermine." Dann sagte er nachdenklich: „Jedesmal Mitte Oktober."

„Über die Termine habe ich schon die ganze Zeit nachgedacht, Chris", entgegnete Susan. „Wenn Mitte Oktober der Teil eines Musters ist, dann könnte jetzt irgendwo eine Frau in furchtbarer Gefahr schweben."

„Meine Kumpel beim FBI können blitzschnell reagieren. Übrigens, Susan, wie sich herausstellte, hat unser Freund Douglas Layton letzte Woche in großem Stil an den Spieltischen von Atlantic City verloren."

„Was meinst du mit ‚in großem Stil'?"

„Wie wär's mit vierhunderttausend Dollar? Hoffentlich hat er eine reiche Tante."

„Das Problem ist, daß er glaubt, eine zu haben.“ Die Summe von vierhunderttausend Dollar erschreckte sie. Ein Mann mit so hohen Spielschulden mußte in ernsten Schwierigkeiten stecken. Er könnte verzweifelt sein und deshalb gefährlich reagieren. „Danke, Chris“, sagte Susan. „Du hörst von mir.“

Sie legte auf und sah auf ihre Uhr. Es blieb noch genug Zeit, um kurz Mrs. Clausen zu besuchen, bevor sie ins Studio fuhr. Sie muß auf der Stelle über Layton Bescheid wissen, dachte Susan.

JANE CLAUSEN wußte, daß etwas Schlimmes passiert war, als Susan anrief und bat, sie umgehend besuchen zu dürfen. Sie nahm auch die Anspannung in Douglas Laytons Stimme wahr, als er ein paar Minuten später anrief, um ihr zu sagen, er werde auf dem Weg zum Flughafen bei ihr vorbeikommen. Er sagte, sie müsse noch eine Anweisung für das Waisenhaus unterschreiben.

„Sie werden sich schon bis neun Uhr gedulden müssen“, erklärte sie bestimmt.

„Mrs. Clausen, ich fürchte, dann werde ich meinen Flug verpassen.“

„Und ich fürchte, das hätten Sie schon früher bedenken sollen. Susan Chandler kommt in wenigen Minuten zu mir.“ Sie hielt inne, dann fügte sie kühl hinzu: „Gestern hat Susan Polaroidfotos von der Skizze des Waisenhauses gemacht. Hoffentlich gibt es keine Probleme mit dem Gebäude, Mr. Layton.“

„Selbstverständlich nicht, Mrs. Clausen. Vielleicht kann ich auch vorläufig noch auf die Unterschrift verzichten.“

Als Susan eintraf, sagte Jane Clausen sofort: „Sie brauchen sich keine Sorgen zu machen, wie ich auf irgend etwas, was Sie mir sagen möchten, reagieren werde, Susan. Ich bin bereits zu der Überzeugung gelangt, daß Douglas Layton mich betrügt oder es zumindest versucht. Aber ich hätte gern einen Beweis dafür in Händen.“

Susan zeigte ihr das Buch über die Wright-Stiftung, und anschließend rief Jane Clausen bei Hubert March an, der noch zu Hause war. „Hubert, fahren Sie ins Büro, trommeln Sie Ihre Rechnungsprüfer zusammen, und sorgen Sie dafür, daß Douglas Layton an keines unserer Bankkonten und an keines unserer Anlagedepots herankommt. Und zwar auf der Stelle!“

Sie legte auf und betrachtete das Foto des Waisenhauses in dem Buch, das auf ihrem Schoß lag.

„Es tut mir leid“, sagte Susan leise.

„Es braucht Ihnen nicht leid zu tun. Selbst als Layton so beflissen tat, wollte das Unbehagen, das ich in seiner Gegenwart empfand, nicht verschwinden."

DOUGLAS LAYTON wußte jetzt, wie sich ein Tier fühlt, das in der Falle sitzt. Er hatte Jane Clausen aus einer Telefonzelle in einem Hotel in der Nähe des Flughafens angerufen und damit gerechnet, sofort zu ihr zu gehen und sich die nötige Unterschrift holen zu können.

Er mußte das Geld um jeden Preis haben. Ihn fröstelte bei der Vorstellung, was geschehen würde, wenn er die Schulden beim Kasino nicht beglich. Susan Chandler war das Problem. Sie war es, die den Stein überhaupt ins Rollen gebracht hatte.

Er stand vor dem Telefon und versuchte zu entscheiden, was er tun sollte. Eine Idee hatte er noch, die vielleicht funktionieren würde. Aber „vielleicht" reichte nicht. Es mußte funktionieren. Wie lautete Hubert Marchs Privatnummer?

Er erwischte Hubert March gerade, als dieser zum Büro fahren wollte. Marchs erste Worte: „Douglas, was soll das alles?" bestätigten seinen Verdacht, daß Mrs. Clausen ihn angerufen hatte.

„Ich bin bei Mrs. Clausen", behauptete Layton. „Ich fürchte leider, daß sie allmählich den Bezug zur Realität verliert. Sie glaubt, sie könnte vorhin bei dir angerufen haben, und will sich für alles, was sie gesagt hat, entschuldigen."

Hubert Marchs erleichtertes Lachen war Musik in Laytons Ohren. „Bei mir braucht sie sich nicht zu entschuldigen, aber ich hoffe, sie hat sich bei dir entschuldigt, mein Junge."

JIM CURLEY fuhr Alex Wright zum Kennedy Airport. Dort stellte er das Gepäck am Bordstein vor dem Abflugterminal ab. „Furchtbar hektisch hier um diese Zeit, Mr. Wright", sagte er und warf einen nervösen Blick auf die Polizeibeamtin, die Strafmandate an Autofahrer verteilte, die hier zu lange standen.

„Was haben Sie um neun Uhr früh an einem Montag morgen erwartet, Jim?" fragte Alex Wright. „Steigen Sie wieder ein, und fahren Sie los, bevor wir noch Strafe zahlen müssen. Denken Sie bitte daran, was ich Ihnen aufgetragen habe?"

„Ich soll Dr. Chandler anrufen und sagen, daß ich zu ihrer Verfügung stehe."

„Genau", sagte Alex aufmunternd. „Und …?"

„Und sie wird mir vermutlich die – wie haben Sie es genannt, Sir? – die ‚angemessene Abfuhr' erteilen, daß sie keinen Wagen brauche und so weiter. Das ist mein Stichwort, um zu sagen, ‚Mr. Wright bittet Sie, meine Dienste anzunehmen, aber nur unter einer Bedingung: Sie dürfen keinen männlichen Begleiter mitbringen.'"

Alex Wright lachte und schlug seinem Chauffeur auf die Schulter. „Ich weiß, daß ich mich auf Sie verlassen kann, Jim. Und jetzt verschwinden Sie von hier, der Polizistin juckt es in den Fingern, und sie kommt schon auf uns zu!"

ALS SUSAN ihre Radiosendung beendet hatte und zur Praxis fuhr, blieben ihr ausnahmsweise ganze eineinhalb Stunden Zeit bis zu ihrem ersten Termin um zwei Uhr.

Sie nutzte die Zeit, um die Unterlagen zu studieren, die sie im Verlauf der vergangenen Woche zusammengestellt hatte. Dazu gehörten Regina Clausens Unterlagen von der Kreuzfahrt auf der *Gabrielle,* Carolyn Wells' Andenken von der *Seagodiva* und die Fotos von Tiffanys Türkisring, die Pete Sanchez ihr geschickt hatte.

Doch so lange sie das Material auch studierte, es offenbarte ihr nichts Neues.

Sie hatte Janet gebeten, mit der Bestellung des Mittagessens bis nach eins zu warten. Um halb zwei kam Janet mit der gewohnten Lunchtüte herein. Sie summte „Du gehörst mir".

„Dr. Chandler", sagte sie, als sie die Tüte auf Susans Schreibtisch stellte, „dieser Song ist mir das ganze Wochenende über nicht aus dem Kopf gegangen. Ich kann ihn einfach nicht loswerden. Es hat mich völlig verrückt gemacht, weil ich mich nicht mehr an den Text erinnern konnte. Ich hab sogar meine Mutter angerufen, und sie hat ihn mir vorgesungen. Es ist wirklich ein schöner Song."

„Ja, stimmt", meinte Susan zerstreut, während sie die Papiertüte öffnete und die Tagessuppe herausholte.

„Am Saum des Nils die Pyramiden ..., und in den Tropen geht die Sonne auf ..." Unaufgefordert gab Janet den Text des Lieds zum besten. *„Der bunte Markt im alten Algier ..."*

Plötzlich vergaß Susan ihre Suppe. „Warten Sie mal eben, Janet", sagte sie.

Janet wirkte verlegen. „Tut mir leid, wenn mein Gesang Sie stört."

„Nein, nein, er stört mich überhaupt nicht", entgegnete Susan. „Aber als ich Ihnen zugehört habe, ist mir etwas zu dem Song eingefallen."

Susan dachte an die Bordmitteilungen der *Gabrielle,* in denen von Bali als einer tropischen Insel die Rede war, und an die Ansichtskarte mit einem balinesischen Restaurant, auf der ein Kreis um einen der Tische auf der Veranda gemalt war.

Das Puzzle setzte sich allmählich zusammen.

Owen wollte Carolyn Wells Algier zeigen, dachte sie. *„Der bunte Markt im alten Algier."*

„Janet, könnten Sie bitte den Rest des Textes singen?" sagte Susan.

„Wie Sie wollen. *Ein Flugzeug, silbern überm blauen Meer ..."*

Vor drei Jahren war Regina nach einem Aufenthalt auf Bali verschwunden, dachte Susan. Vor zwei Jahren hätte Carolyn in Algier an der Reihe sein können – und vielleicht war ja eine andere an ihre Stelle getreten. Im vergangenen Jahr hatte er womöglich eine Frau in einem Flugzeug getroffen anstatt auf einem Kreuzfahrtschiff. Und davor? Noch mal zurück: Hat er vor vier Jahren in Ägypten eine Frau kennengelernt? Das würde in das Muster passen, dachte sie.

„Und der Dschungel, wenn er von Regen glänzt", sang Janet.

Das könnte die Textzeile für das nächste Opfer in diesem Jahr sein, überlegte Susan. Eine Frau, die keine Ahnung hat, daß ein Todesurteil über sie gefällt wurde.

„Doch vergiß nicht, wo auch immer du bist ..." Janet fügte eine wehmütige Note hinzu, als sie schloß: *„du gehörst mir."*

Sobald Janet ihr Sprechzimmer verlassen hatte, rief Susan bei Chris Ryan an. „Chris, würdest du noch etwas anderes in Erfahrung bringen? Ich muß wissen, ob es irgendwelche Meldungen zu einer Frau gibt – vermutlich einer Touristin –, die vor vier Jahren Mitte Oktober in Ägypten verschwand."

„Das dürfte nicht weiter schwierig sein", versicherte Ryan. „Ich wollte dich auch gerade anrufen. Es geht um die Namen, die du mir heute morgen genannt hast, die Passagiere auf den beiden Kreuzfahrtschiffen."

„Was ist mit ihnen?" fragte Susan.

„Diese Typen existieren nicht. Die Pässe waren gefälscht."

UM ZEHN vor fünf an diesem Nachmittag erhielt Susan einen dringenden Anruf von Chris Ryan. Susan brach eine ihrer ehernen Regeln und ließ ihren Patienten allein, um den Anruf entgegenzunehmen. „Du hast auf die richtigen Knöpfe gedrückt, Susan", sagte Ryan. „Vor vier Jahren verschwand eine neununddreißig Jahre alte Witwe aus Alabama, während sie in Ägypten war. Sie war auf einer Kreuzfahrt im Nahen

Osten unterwegs. Offenbar nahm sie nicht an einem geplanten Ausflug teil, sondern unternahm allein etwas. Ihre Leiche wurde nie gefunden, und man ging davon aus, daß sie angesichts der politischen Unruhen in Ägypten einem Anschlag einer Terroristengruppe zum Opfer fiel."

„Ich bin ziemlich sicher, daß das nicht die Todesursache war, Chris", erwiderte Susan.

Wenig später, als sie ihren Patienten zur Tür begleitete, wurde ein dickes Paket abgeliefert. Der Absender war die Ocean Cruise Pictures Ltd. in London.

„Ich öffne es", erbot sich Janet.

„Nicht nötig", erwiderte Susan. „Lassen Sie nur. Ich hole es mir später."

Sie hatte noch mehrere Termine und würde sich erst gegen sieben Uhr von ihrem letzten Patienten verabschieden können. Dann hätte sie endlich Zeit, sich die Fotos anzuschauen, die möglicherweise das Gesicht des Mannes offenbaren würden, der Regina Clausen und so viele andere Menschen getötet hatte.

DONALD RICHARDS traf am Montag morgen planmäßig auf dem Flughafen von West Palm Beach ein. Dort wurde er von einem Lektor seines Verlegers abgeholt und zu einer Buchhandlung in Boca Raton gefahren, wo er sein Buch signieren sollte. Als er ankam, war er freudig überrascht von der Menschenschlange, die schon auf ihn wartete.

Richards nahm an dem bereitstehenden Tisch Platz, griff zu seinem Füllfederhalter und begann zu signieren. Er wußte, was heute geschehen würde, und ebenso wußte er, was er zu tun hatte; eine heftige innere Unruhe erfüllte ihn, am liebsten wäre er aufgesprungen und hinausgelaufen.

Eine Stunde und achtzig signierte Bücher später war er auf dem Weg nach Miami, wo um zwei Uhr die nächste Signierstunde angesetzt war.

„Tut mir leid, ich signiere heute ausschließlich – keine persönlichen Widmungen", erklärte er dem Eigentümer des Buchladens. „Es ist etwas dazwischengekommen. Ich muß Punkt drei aufbrechen."

Kurz nach drei Uhr saß er wieder im Wagen. „Nächster Halt Fontainebleau", sagte der Fahrer aufgeräumt.

„Irrtum. Nächster Halt Flughafen", beschied ihn Richards. Um vier Uhr ging ein Flugzeug nach New York. Er hatte die feste Absicht, an Bord zu gehen.

AM MONTAG morgen war Dee in Costa Rica eingetroffen und vom Flughafen direkt zum Hafen gefahren, wo ihr Kreuzfahrtschiff, die *Valerie*, gerade angelegt hatte.

Am Montag nachmittag beteiligte sie sich lustlos an der Besichtigungstour, zu der sie angemeldet war. Als sie spontan beschlossen hatte, an dieser Kreuzfahrt teilzunehmen, war ihr das als eine tolle Idee vorgekommen. Jetzt war sie nicht mehr so sicher.

Sie kehrte zur *Valerie* zurück, durchnäßt von einem Wolkenbruch im Regenwald und voller Bedauern, daß sie die Reise nicht abgesagt hatte. Ihre Suite auf dem Sonnendeck war wunderschön und hatte eine eigene Veranda. Und doch fühlte sie sich rastlos, sogar bedrückt – sie spürte, daß es einfach nicht der richtige Zeitpunkt war, um New York zu verlassen. Morgen früh würde das Schiff in Panama anlegen. Vielleicht war es möglich, dort ein Flugzeug zu nehmen und nach New York zurückzukehren.

Während sie zu ihrer Suite ging, hielt das Zimmermädchen sie auf. „Für Sie ist gerade ein herrlicher Blumenstrauß gebracht worden", sagte sie. „Ich habe ihn auf die Kommode gestellt."

Dee eilte in ihre Kabine. Dort fand sie eine Vase mit zwei Dutzend blaßgelben Rosen. Sie las schnell die Karte. Sie war mit *Raten Sie mal* unterschrieben.

Dee brauchte nicht zu raten. Sie wußte, wer die Blumen geschickt hatte.

Beim Essen am Samstag abend, als sie mit Susan den Platz getauscht hatte, war Alex Wright sehr nett zu ihr gewesen: „Ich bin froh, daß Susan vorgeschlagen hat, daß Sie neben mir sitzen sollen. Ich kann es nicht ertragen, wenn eine schöne Frau nicht glücklich ist. Da bin ich meinem Vater wohl ähnlicher, als ich gedacht hatte. Meine Stiefmutter war so schön wie Sie und auch eine einsame Witwe, als mein Vater ihr auf einem Kreuzfahrtschiff begegnete. Er löste das Problem ihrer Einsamkeit, indem er sie heiratete."

Es ist das gleiche wie mit Jack, dachte sie, als sie den Duft der Rosen einsog. Ich wollte Susan damals nicht verletzen, und ich will ihr auch jetzt nicht weh tun. Aber ich glaube nicht, daß Alex ihr schon soviel bedeutet. Sie kennt ihn ja kaum. Sie wird es sicher verstehen.

Dee duschte, wusch sich die Haare und zog sich zum Abendessen um. Dabei stellte sie sich vor, wie schön es sein würde, wenn Alex, statt nach Rußland zu fahren, hier bei ihr auf dem Schiff wäre.

„DANKE, Dr. Chandler. Wir sehen uns nächste Woche."

Um zehn vor sieben begleitete Susan ihre letzte Patientin für heute, Anne Ketler, zur Tür. Als sie an Janets Schreibtisch vorüberkam, sah Susan, daß das Paket geöffnet und die Fotos auf der Schreibunterlage gestapelt waren. Du hast Ohren zu hören, aber du hörst nicht, dachte sie.

Sie öffnete die Eingangstür der Praxis für Mrs. Ketler und stellte fest, daß sie nicht wie üblich abgeschlossen war.

„Es ist sehr dunkel hier draußen", sagte Mrs. Ketler.

Susan blickte über ihre Schulter. Nur wenige Lampen erhellten den Korridor, so daß viele dunkle Schatteninseln übrigblieben. „Sie haben völlig recht", antwortete sie. „Hier, nehmen Sie meinen Arm. Ich bringe Sie zum Aufzug."

Susan wartete, bis der Aufzug kam, bevor sie schnell zu ihrer Praxis zurückging. Im Empfangsbereich nahm sie den Fotostapel von Janets Schreibtisch und übersah die Notiz, die Janet unter das Telefon geschoben hatte. Sie ging in ihr Sprechzimmer und spürte, wie still es im Gebäude war. Ihr Herzschlag beschleunigte sich bei dem Gedanken, daß sie endlich das Bild des Mannes zu sehen bekommen würde, der für diese Mordserie verantwortlich war. Warum bin ich so nervös? fragte sie sich, als sie am Besenschrank vorbeikam. Die Tür stand einen Spalt auf, aber da sie beide Hände voll hatte, blieb sie nicht stehen, um sie zu schließen.

Als sie die Fotos auf ihren Schreibtisch legte, stieß sie versehentlich gegen die schöne Waterford-Vase, die Alex Wright ihr geschenkt hatte. Die Vase zerbrach auf dem Boden in tausend Stücke. Ach, wie schade, dachte sie, während sie die Glassplitter aufsammelte und in den Papierkorb warf. Kein Wunder, daß ich so nervös bin, nach allem, was geschehen ist.

Eine Stunde später saß sie immer noch über den Fotos und suchte nach dem Bild mit Carolyn Wells. Es muß doch dabeisein, dachte Susan. Sie sagten, sie würden mir jedes Foto von einer Frau mit dem Kapitän schicken, das sie haben.

Immer wieder sah sie sich den zerknüllten Teil des Bildes an, der in Carolyns Papierkorb gelegen hatte, während sie in dem Stapel der vor ihr liegenden Fotos nach dem Gegenstück suchte. Aber sooft sie die Fotos auch durchging, sie konnte es nicht finden. Das betreffende Foto war einfach nicht dabei.

„Wo kann es nur sein?" fragte sie laut. Ärger und Enttäuschung wallten in ihr auf. „Warum fehlt ausgerechnet dieses eine Foto?"

„Weil ich es habe, Susan", ließ sich eine ihr bekannte Stimme vernehmen.

Susan fuhr herum, und in diesem Augenblick traf sie ein Briefbeschwerer seitlich am Kopf.

SO WIE geplant würde er an Susan Chandler die gleiche Prozedur vollziehen wie an all den anderen. Er würde ihr die Arme an die Seiten binden, ihre Beine fesseln und sie verschnüren, so daß sie beim Aufwachen, wenn sie begriff, was geschehen war, ein wenig kämpfen konnte – gerade genug, um ihr Hoffnung zu geben, aber zu wenig, um sie zu retten.

Während er das Seil um ihren schlaffen Körper wickelte, würde er ihr erklären, warum es geschah. Er hatte es den anderen erklärt, und obgleich Susans Tod nicht zu seinem ursprünglichen Plan gehörte, sondern eher eine Frage der Notwendigkeit war, hatte sie es dennoch verdient zu wissen, daß sie zu einem Teil des Rituals geworden war, das er sich auferlegt hatte, um die Vergehen seiner Stiefmutter zu sühnen.

„Du mußt eins begreifen, Susan", begann er in vernünftigem Tonfall, „ich hätte dir nie etwas getan, wenn du dich nicht eingemischt hättest. Ja, ich mag dich sogar. Ganz im Ernst."

Er schlang das Seil um ihre Arme und hob sacht ihren Körper an. Sie lag neben ihrem Schreibtisch auf dem Boden.

„Warum mußtest du in deiner Sendung über Regina Clausen sprechen, Susan? Du hättest die Finger davon lassen sollen. Sie ist seit drei Jahren tot. Ihre Leiche liegt am Grund der Kowloon Bay."

Er schlang das Seil kreuz und quer um ihren Oberkörper. „Dafür, daß sie eine solch kluge Frau war, war es bemerkenswert einfach, sie zu überreden, das Schiff zu verlassen. Aber so kommt es, wenn man einsam ist. Man will sich verlieben. Hongkong ist Reginas letzte Ruhestätte, aber verliebt in mich hat sie sich auf Bali."

Er fesselte Susans Beine. Schöne Beine, dachte er. Obwohl sie einen Hosenanzug trug, spürte er, wie wohlgeformt sie waren, als er sie anhob und das Seil um sie schlang. „Mein Vater ließ sich ebenso leicht täuschen, Susan. Ist das nicht komisch?"

Susan hörte zwar eine ihr bekannte Stimme über sich, doch hatte sie rasende Kopfschmerzen und wagte es nicht, die Augen zu öffnen. Was geschieht mit mir? dachte sie. Alex Wright war hier, aber wer hat mich niedergeschlagen? Sie hatte den Mann nur kurz gesehen, bevor sie ohnmächtig wurde. Er hatte ungepflegtes, ziemlich langes Haar und trug eine Mütze und einen schäbigen schwarzen Anzug.

Warte, dachte sie und konzentrierte sich. Die Stimme ist die von Alex; das heißt, er ist noch hier. Also warum hilft Alex mir nicht?

Dann begriff sie, was sie hörte, und schlug die Augen auf. Sein Gesicht war nur wenige Zentimeter von ihrem entfernt. Seine Augen glitzerten, glänzten in dem Wahnsinn, den sie in den Augen von Patienten in geschlossenen Anstalten gesehen hatte. Er ist wahnsinnig! dachte sie. Jetzt konnte sie erkennen, daß es Alex war, der eine Perücke trug!

„Ich habe dein Leichenhemd bei mir, Susan", flüsterte er. „Auch wenn du nicht zu den einsamen Ladys gehörst, möchte ich, daß du es bekommst. Es ist genauso wie das der anderen."

Er stand auf, und sie konnte sehen, daß er eine lange Bahn Baufolie in der Hand hielt. O Gott! dachte sie. Er wird mich ersticken!

„Ich werde es ganz langsam machen, Susan", sagte er. „Das ist mein schönster Moment. Ich will dein Gesicht sehen. Ich will, daß du dich auf den Augenblick vorbereitest, wenn dir die Luft ausgeht und der Endkampf beginnt."

Er kniete vor ihr nieder, hob ihre Füße an und schob die Folie unter sie. Schon waren ihre Beine eingewickelt. Sie versuchte zu strampeln, doch er beugte sich über sie und starrte in ihre Augen, während er die Folie über ihre Hüften und ihre Taille zog. Ihre Gegenwehr nützte nichts, sie konnte nicht verhindern, daß er ihren Oberkörper einhüllte. Schließlich, als er zu ihrem Hals gelangt war, hielt er inne.

„Siehst du, kurz nach dem Tod meiner Mutter ging mein Vater auf eine Kreuzfahrt", erklärte er. „Dort traf er Virginia Marie Owen – Gerie –, eine einsame Witwe, behauptete sie jedenfalls. Sie war fünfunddreißig Jahre jünger als mein Vater und sehr attraktiv. Er erzählte mir, daß sie ihm gern ins Ohr sang, wenn sie tanzten. Ihr Lieblingssong war ‚Du gehörst mir'. Weißt du, wie sie ihre Flitterwochen verbrachten? Sie folgten dem Text des Songs, angefangen in Ägypten."

Susan beobachtete Alex' Gesicht. Er war jetzt offenbar in seine Geschichte vertieft. Doch die ganze Zeit über spielte er mit der Baufolie, und Susan wußte, daß er sie ihr jeden Augenblick über den Kopf ziehen würde. Sie dachte daran, laut zu schreien, aber wer konnte sie schon hören? Sie war allein mit ihm in einem verlassenen Gebäude.

„Meine Stiefmutter haßte mich so sehr, daß sie es sich zur Aufgabe machte, ihn dazu zu überreden, lieber eine Stiftung zu gründen, als mir das Geld zu hinterlassen. Ich sollte mein Leben der Stiftung widmen. Meinem Vater erklärte sie, daß ich ein großzügiges Gehalt dafür bekommen würde, daß ich sein Geld verteilte. Mein Geld. Sie redete ihm auch ein, daß unser Familienname auf diese Weise unsterblich werde. Er wehrte sich eine Zeitlang, doch schließlich gab er nach. Ich schwor mir, es ihr heimzuzahlen, doch dann starb sie kurz nach meinem Vater, und ich hatte nicht mehr die Gelegenheit dazu. Kannst du dir vorstellen, wie frustrierend das war? Sie so leidenschaftlich zu hassen und dann um die Genugtuung gebracht zu werden, sie zu töten?"

Susan forschte in seinem Gesicht, als er über ihr kniete. In seinen Augen lag ein abwesender Ausdruck. Er ist eindeutig wahnsinnig, dachte sie. Er ist wahnsinnig, und er wird mich töten, so, wie er all die anderen getötet hat!

UM ACHT Uhr an jenem Abend saß Layton an einem Blackjacktisch in einem der weniger vornehmen Kasinos von Atlantic City. Durch einige rasch ausgeführte Manipulationen an den Stiftungsgeldern hatte er sich das nötige Geld beschaffen können, um die Schulden zu begleichen, die er während seiner letzten Tour angehäuft hatte.

In gewisser Weise war Layton über den Gang der Ereignisse erleichtert. Früher oder später hätten die Rechnungsprüfer ja doch gemerkt, daß er der Clausen-Stiftung Geld stahl. Er war vorgewarnt und wollte mit der halben Million Dollar, die er heute in die Finger bekommen hatte, das Land verlassen, ehe es zu spät war. Sogar einen Flug nach St. Thomas hatte er schon reserviert. Von dort aus könnte er zu einer der Inseln weiterreisen, die kein Auslieferungsabkommen mit den Vereinigten Staaten hatten. So hatte es sein Vater gemacht – und der war nie gefaßt worden.

„Du kannst nicht von hier fortgehen, ohne wenigstens noch einmal dein Glück zu versuchen", hatte einer seiner Freunde zu ihm gesagt.

Douglas Layton hatte das Gefühl, daß er Glück haben würde. „Na ja, vielleicht eine Partie Blackjack", hatte er eingewilligt.

Es war erst 21 Uhr, als er das Kasino verließ. Ohne seine Umgebung wahrzunehmen, ging er zum Strand. Es gab jetzt keine Möglichkeit mehr, an das Geld zu kommen, das er brauchte, das Geld, das er den Kerlen schuldete, die ihn erneut ausgenommen hatten, als sein Glück sich wendete. Für ihn war alles zu Ende. Er wußte, was folgen würde: ein Prozeß wegen Unterschlagung, Gefängnis. Oder Schlimmeres.

Er zog sein Jackett aus und legte seine Uhr und seine Brieftasche darauf. Er hatte mal so etwas gelesen, und es erschien ihm logisch. Vor sich hörte er das Tosen der Brandung. Ein steifer, kalter Wind blies über das Meer, und es herrschte hoher Wellengang. Er fröstelte und fragte sich, wie lange es dauern würde, bis er ertrank. Besser, es nicht zu wissen. Das gehört wohl zu den Dingen, die einem erst klarwerden, wenn man sie tut, wie so vieles im Leben. Vorsichtig stieg er ins Wasser, dann machte er den nächsten, einen größeren Schritt.

Es ist alles nur Susan Chandlers Schuld, dachte er, als das eiskalte Wasser an seinen Fußknöcheln leckte. Hätte sie sich da rausgehalten, hätte es niemand erfahren, und ich wäre Vorsitzender der Stiftung geworden ...

Er hielt den Atem an, weil ihn so fror, und ging weiter, bis seine Füße keinen Grund mehr berührten. Eine hohe Welle erfaßte ihn, dann noch eine, dann keuchte er, in einer Welt der Kälte und Dunkelheit gefangen, von den Wellen hin und her geschleudert. Doch er versuchte nicht zu kämpfen.

DONALD RICHARDS hatte das Flugzeug zum La Guardia Airport nur wenige Minuten vor dem Abflug erwischt. Den Zwischenstopp in Atlanta hatte er verwünscht, aber daran ließ sich nichts ändern. Sobald die Maschine abgehoben hatte und er das Telefon benutzen durfte, hatte er in Susan Chandlers Praxis angerufen.

„Tut mir leid, Dr. Richards, aber sie hat eine Patientin da und darf nicht gestört werden", hatte ihm ihre Sekretärin mitgeteilt. „Ich nehme gerne eine Nachricht entgegen und lege sie ihr hin."

„Wie lange wird Dr. Chandler im Hause sein?" fragte Richards.

„Sie hat bis sieben Uhr Patienten; vorhin hat sie erwähnt, daß sie danach noch Papierkram erledigen will."

„Dann notieren Sie bitte folgende Nachricht wörtlich: ‚Donald Richards muß Sie wegen Owen sprechen. Sein Flugzeug landet gegen acht Uhr. Er holt Sie in Ihrer Praxis ab. Warten Sie dort auf ihn.'"

„Ich lege die Nachricht auf meinen Schreibtisch. Da sieht sie den Zettel auf jeden Fall, Sir", hatte die Sekretärin geantwortet.

Und Susan hätte den Zettel dort auch gefunden, wenn das Telefon nicht verschoben gewesen wäre.

Die Flugbegleiterin bot Getränke und Snacks an. „Nur Kaffee, bitte", sagte Donald Richards. Er wußte, daß er einen klaren Kopf behalten mußte. Später werden Susan und ich etwas trinken und zu Abend essen, dachte er.

Er würde Susan auch sagen – und das war der Grund, warum er so unbedingt nach New York zurückkehren wollte –, daß „Owen", wer er auch immer in Wahrheit sein mochte, sehr wahrscheinlich der Killer war. Seit er den Namen Owen auf beiden Passagierlisten in Susans Wohnung markiert gesehen hatte, ging ihm das im Kopf herum. Und wenn Richards richtig vermutete, befand Susan sich in allerhöchster Gefahr.

Richards mußte wieder an die beiden Kreuzfahrten denken, an denen er in den vergangenen zwei Jahren hatte teilnehmen wollen, kurze Fahrten in die Karibik. Beide Male war er im ersten Hafen von Bord gegangen; er hatte immer wieder Kathys Gesicht im Wasser vor sich gesehen.

Die Angst nagte an ihm. Susan darf diesen Weg nicht mehr allein gehen, sagte er sich. Es ist zu gefährlich. Viel gefährlicher, als sie ahnte.

Es war bereits zehn nach acht, als Richards aus dem Flugzeug steigen konnte. Er lief zu einem Telefon und rief in Susans Praxis an. Niemand meldete sich, auch bei ihr zu Hause nicht. Vielleicht sollte ich es noch mal in der Praxis versuchen, dachte er. Womöglich ist sie nur kurz nach draußen gegangen. Aber wieder meldete sich niemand. Diesmal jedoch beschloß er, eine Nachricht auf das Band zu sprechen.

„Susan“, sagte er, „ich komme in Ihrer Praxis vorbei. Ich hoffe, Sie haben die Nachricht erhalten, die ich bei Ihrer Sekretärin hinterlassen habe, und sind noch da. Mit etwas Glück bin ich in einer halben Stunde bei Ihnen.“

„SUSAN, du kannst sicher verstehen, warum ich so zornig bin. Gerie hatte dafür gesorgt, daß ich der Stiftung vorstand. Jeden Tag mußte ich Schecks unterschreiben, um Geld zu verschenken, das eigentlich mir gehörte. Kannst du dir das vorstellen? Als die Stiftung vor sechzehn Jahren gegründet wurde, war sie hundert Millionen Dollar schwer. Inzwischen verfügt sie über eine Milliarde, und das ist vor allem mein Verdienst. Aber einerlei, wieviel Geld in den Tresoren liegt, ich beziehe weiterhin mein armseliges Gehalt.“

Ich muß erreichen, daß er weiterredet, sagte sich Susan. Wann kommen die Leute von der Reinigungsfirma? Dann fiel ihr zu ihrer Bestürzung ein, daß die Papierkörbe geleert worden waren, als Mrs. Ketler um sechs kam. Sie waren längst wieder fort.

Er liebkoste jetzt ihren Hals. „Ich glaube wirklich, ich hätte glücklich mit dir werden können, Susan“, fuhr er fort. „Wenn ich dich geheiratet hätte … Vielleicht wäre es mir dann gelungen, die Vergangenheit hinter mir zu lassen. Aber das hätte natürlich nicht funktioniert, nicht wahr? Bei dem Essen hast du Dee zu mir an den Tisch geschickt. Du hast es getan, weil du nicht bei mir sein wolltest, nicht wahr? Es stimmt doch – das war der Grund.“

„Alex“, sagte sie sanft, „es wird dir nichts nützen, mich zu töten. Morgen werden noch Hunderte weiterer Fotos an meine Praxis geliefert. Du wirst sie nicht vernichten können. Die Polizei wird sie Stück für Stück unter die Lupe nehmen. Sie werden die Leute im Hintergrund überprüfen.“

„Federn im Wind“, murmelte Alex verächtlich.

Vielleicht kann ich zu ihm durchdringen, dachte Susan. „Irgend jemand wird dich erkennen, Alex. Du gehst nicht auf große Partys, und doch hast du an jenem ersten Abend, als ich mit dir essen ging, gesagt, du seist Regina bei einem Essen von Futures Industry begegnet. Das war eine Großveranstaltung, Alex.“

„Federn im Wind“, wiederholte er. „Ich weiß, ich kann nicht mehr lange so weitermachen, aber ich werde meine Mission erfüllen, ehe man mich aufhält. Erinnerst du dich an das Lied ... *und der Dschungel, wenn er von Regen glänzt?* Weißt du, wer heute im Dschungel war? Dee. Sie nahm an einem Ausflug in den Regenwald Costa Ricas teil. Das paßt gut genug. Morgen wird man um dich trauern, wenn man deine Leiche entdeckt. Aber das wird nicht vor neun Uhr geschehen. Zu dieser Zeit werden Dee und ich in Panama zusammen frühstücken. Ihr Schiff legt um acht an, und ich werde sie dort überraschen und zusteigen. Ich habe einen Türkisring für sie, in den sie sehr viel hineindeuten wird.“

Langsam, ganz langsam zog er die Folie höher. Sie bedeckte nun ihr Kinn. „Alex“, Susan versuchte ihre Verzweiflung zu überspielen, „deine Glückssträhne ist zu Ende. Du kannst dich noch retten, wenn du jetzt aufhörst.“

„Aber ich will nicht aufhören, Susan“, erwiderte er sachlich.

Als das Telefon wieder läutete, sprang er auf. Sie hörten beide gespannt zu, als Donald Richards sagte, er sei auf dem Weg zur Praxis.

„Es ist Zeit“, sagte Alex Wright gelassen. Mit einer plötzlichen Handbewegung zog er die Folie über ihren Kopf und verschnürte sie. Dann schob er Susan unter den Schreibtisch.

Er stand auf und begutachtete sein Werk. „Du wirst lange tot sein, bevor Richards hier eintrifft. Es wird höchstens zehn Minuten dauern.“ Er hielt inne, um die Wirkung seiner Worte zu steigern. „So lange hat Regina noch gelebt.“

„HÖREN Sie, Mister, ich hab die Verkehrsstaus nicht erfunden“, sagte der Taxifahrer zu Donald Richards. „Im Midtown Tunnel geht überhaupt nichts mehr.“

„Sie haben vorhin mit der Zentrale gesprochen. Hätte man Sie nicht vorwarnen können? Wäre doch möglich gewesen, dem Stau auszuweichen!“

„Mister, irgendein Kerl verursacht einen Auffahrunfall, und dreißig Sekunden später ist der Stau da.“

Es nützt nichts, mit ihm zu streiten, sagte sich Richards, aber es ist so wahnsinnig frustrierend, hier festzusitzen.

„Bitte, Susan“, flüsterte er. „Warte auf mich. Dir darf nichts passieren.“

DIE WENIGE Luft unter der Folie war fast verbraucht. Susan spürte, daß sie benommen wurde. *Ich kann nicht atmen! Ich kann nicht atmen!* Die Schmerzen in ihrer Brust wuchsen.

Nicht ohnmächtig werden, sagte sie sich entschlossen. Aber sie spürte, wie ihr Wille nachließ, als sei er bereit, den Kampf aufzugeben.

Dee. Alex würde sie morgen treffen. Sie sollte sein letztes Opfer sein.

Ich werde einschlafen, dachte Susan. Ich kann nicht dagegen an.

Ich will nicht sterben! Und ich will nicht, daß Dee stirbt! Ihr Verstand kämpfte weiter, kämpfte darum, ohne Luft weiter zu funktionieren.

Sie war unter dem Schreibtisch eingekeilt. Mit einem jähen Ruck stieß sie sich an der Vorderseite ab und schaffte es, sich ein paar Zentimeter nach vorn zu schieben. Jetzt spürte sie den Papierkorb an ihrer rechten Seite. Der Papierkorb! Das Glas der zerbrochenen Vase lag darin!

Keuchend warf Susan sich auf die Seite, spürte, wie der Papierkorb umfiel, und hörte, wie sich die Glassplitter auf dem Boden verteilten. Als sie den Kopf drehte, rollte der Papierkorb weg, und sie versank in Dunkelheit.

Mit letzter Kraft drehte sie den Kopf hin und her. Ein jäher, scharfer Schmerz durchzuckte sie, als das zackige Glas, das unter ihr lag, die dicke Plastikhülle zerschnitt. Blut lief über ihre Schulter, aber sie spürte, daß die Plastikhülle nachgab. Keuchend wälzte sie sich hin und her. Blut strömte aus vielen Schnitten, aber sie spürte auch den ersten schwachen Hauch belebender Luft.

Dort, auf dem Boden in ihrem Sprechzimmer, fand Donald Richards sie eine halbe Stunde später. Sie war kaum bei Bewußtsein; ihre Schläfe war blau, ihr Haar blutverklebt; ihr Rücken blutete stark; ihre Arme und Beine waren geschwollen und mit Blutergüssen übersät von dem Kampf mit dem Seil, mit dem Alex sie gefesselt hatte. Glassplitter waren überall rings um sie verstreut.

Aber sie lebte! Sie lebte!

ALEX WRIGHT wartete am Anlegesteg, als die *Valerie* am Dienstag morgen in San Blas, Panama, einlief. Es war acht Uhr. Er hatte New York noch abends verlassen. Von Susan Chandlers Praxis aus war er direkt zum Flughafen gefahren. Alex hatte das Licht gelöscht, bevor er ging, also mußte Richards angenommen haben, daß sie einfach nicht mehr da war. Ob er wohl schließlich aufgegeben hatte? Höchstwahrscheinlich würde ihre Sekretärin in etwa einer Stunde ihre Leiche finden.

Viele der Passagiere der *Valerie* standen an Deck. An Bord eines Schiffes zu sein, wenn es in den Hafen einfährt, hat etwas Magisches, dachte er. Obgleich jeder Hafen auch das Ende einer Reise für jemanden bedeutet.

Dies würde Dees letzte Reise sein. Sie war seine letzte einsame Lady. Und dann würde er sich auf den Weg nach Rußland machen. Dort würde er sich aufhalten, wenn man ihn von dem tragischen Tod der beiden Schwestern benachrichtigte, die am Samstag abend seine Gäste gewesen waren.

Susan hatte gesagt, man könne ihn bestimmt auf einem der Fotos von Reginas Kreuzfahrt erkennen. Aber auf jener Kreuzfahrt hatte er völlig anders ausgesehen. Ob jemand in der Lage wäre, ihn definitiv zu identifizieren? Ich glaube nicht, dachte er zuversichtlich.

Er sah Dee an Deck. Sie lächelte und winkte ihm zu. Oder zeigte sie etwa auf ihn?

Plötzlich merkte er, daß zwei Männer rechts und links von ihm standen. Dann hörte er eine leise, tiefe Stimme: „Sie sind verhaftet, Mr. Wright. Bitte kommen Sie mit, ohne Aufsehen zu erregen."

Alex Wright unterdrückte seine Überraschung und wandte sich um. Mit einem Hauch von Ironie dachte er, daß dies wohl das Ende seiner Reise war.

DONALD RICHARDS wartete im Foyer des Krankenhauses, während Susan Jane Clausen besuchte. Heute morgen ruhte sie im Bett, unter ihrem Kopf lag ein einzelnes Kissen. Die Hände hatte sie auf der Bettdecke gefaltet.

Trotz des Halbdunkels, das im Zimmer herrschte, bemerkte sie sofort den Bluterguß an Susans Schläfe. „Was ist passiert, Susan?" fragte sie.

„Ach, nichts. Nur eine schlimme Beule." Susan spürte, wie ihr die Tränen kamen, als sie sich bückte, um Jane Clausen auf die Wange zu küssen.

„Wie sehr Sie mir ans Herz gewachsen sind", sagte Jane Clausen.

„Susan, ich glaube, morgen werde ich nicht mehr hiersein, aber gestern habe ich wenigstens die Angelegenheiten der Stiftung geklärt. Gute, zuverlässige Leute werden sich für mich darum kümmern. Sie haben das mit Layton gehört?“

„Ja. Mir war nicht klar, ob Sie es wissen.“

„Es tut mir so leid für ihn. Er hätte so vieles erreichen können.“

„Mrs. Clausen, es fällt mir schwer, Ihnen das zu sagen, aber ich glaube, Sie sollten es wissen. Der Mann, der Regina und mindestens fünf weitere Menschen tötete, wurde verhaftet. Seine Schuld ist zweifelsfrei erwiesen. Und daß Sie zu mir gekommen sind, um mit mir zu reden, hat eine entscheidende Rolle bei der Aufklärung der Verbrechen gespielt.“

Sie sah das Zittern, das durch den Körper der Sterbenden ging. „Wie froh ich darüber bin. Hat er von Regina gesprochen? Ich meine, ich frage mich – ob sie sehr große Angst ausgestanden hat?“

Regina hatte bestimmt furchtbare Angst, dachte Susan. Mir ging es jedenfalls so. „Ich hoffe nicht“, sagte sie.

Jane Clausen sah zu ihr auf. „Susan, für mich zählt jetzt nur noch, daß ich bald bei ihr sein werde. Auf Wiedersehen, meine Liebe, und Dank für all Ihre Freundlichkeit.“

ALS SUSAN im Aufzug hinunterfuhr, dachte sie an die Ereignisse der vergangenen Woche zurück. War es wirklich erst neun Tage her, daß ich Jane Clausen zum ersten Mal begegnet bin? Ja, das Geheimnis um Regina Clausens Verschwinden war gelüftet worden, aber bis dahin hatten drei weitere Menschen sterben müssen, und eine vierte Person war schwer verletzt worden.

Sie dachte an Carolyn Wells und ihren Mann Justin. Heute morgen hatte sie mit ihm gesprochen. Carolyn war aus dem Koma erwacht, und die Ärzte prophezeiten ihr jetzt eine völlige, wenn auch langwierige Genesung. Susan hatte sich bei ihm entschuldigen wollen; schließlich wären all diese furchtbaren Dinge weder Carolyn noch ihm widerfahren, hätte sie nicht Regina Clausens Verschwinden zum Thema ihrer Sendung gemacht. Justin hatte jedoch darauf bestanden, daß trotz der Qualen der vergangenen Woche alles einem guten Zweck gedient habe. Er hatte vor, sich von Dr. Richards behandeln zu lassen, und hoffte, daß die Angst, die Anlaß zu Carolyns Heimlichtuerei gewesen war, verschwinden würde, sobald er seine extreme Eifersucht in den Griff bekommen hatte.

Zumindest leben die beiden, dachte Susan, im Gegensatz zu Tiffany Smith, Hilda Johnson und Abdul Parki.

Es hatte alles so harmlos angefangen. Susan hatte nur darüber sprechen wollen, wie einsame, arglose Frauen trotz aller Intelligenz und offensichtlicher Erfahrung von selbstsüchtigen Männern zu fragwürdigen und manchmal tödlich endenden Beziehungen verleitet werden konnten. Es war ein zugkräftiges Thema, das für einige lebhafte Sendungen gesorgt hatte. Und für drei Morde, dachte sie. Dann fragte sie sich: Werde ich Angst haben, in Zukunft solche Hintergrundsendungen zu machen? Hoffentlich nicht. Schließlich war ein Serienmörder aufgespürt worden; wer weiß, wen er sonst noch getötet hätte – außer mir und Dee.

Und noch etwas Gutes war daraus entstanden. Sie hatte Jane Clausen kennengelernt und ihr ein wenig Beistand leisten können. Und sie war Don Richards begegnet. Er war ein ungewöhnlicher Mensch, dachte sie – ein Psychiater, der sich selbst die Hilfe verwehrt hatte, die er anderen täglich anbot, und der doch letztlich die Kraft aufgebracht hatte, sich seinen Dämonen zu stellen.

Ich hätte verbluten können, wenn ich die ganze Nacht dort liegengeblieben wäre, dachte sie. Nachdem Richards zu ihrer Praxis gekommen war und die Tür verschlossen vorgefunden hatte, war er, von plötzlicher Sorge getrieben, zu dem Wachmann im Foyer gelaufen. Gemeinsam mit ihm hatte er die Tür geöffnet. Ich war noch nie im Leben so froh, einen Menschen zu sehen, dachte sie. Als er die Baufolie aufriß und mir aufhalf – wie schön war es, diese Zärtlichkeit und Erleichterung in seinem Gesicht zu lesen.

Susan trat aus dem Aufzug, und Don Richards stand auf, um ihr entgegenzugehen. Sie sahen einander an – dann lächelte Susan, und er legte den Arm um sie. Eine Geste, die sie beide als die natürlichste Sache der Welt empfanden.

MARY HIGGINS CLARK

Foto: Bernard Vidal

„Ich erzähle für mein Leben gern Geschichten."

Die in Saddle River bei New York beheimatete Bestsellerautorin Mary Higgins Clark nimmt gerne jede sich bietende Gelegenheit wahr, um auf Reisen zu gehen. Besonders Kreuzfahrten haben es ihr angetan. Sie kennt sich also aus in der Luxuswelt, die in *Nimm dich in acht* eine entscheidende Rolle spielt. Kaum hatte sie ihren Roman beendet – es war bereits ihr 19.! –, belohnte sie sich mit einer dreiwöchigen Kreuzfahrt. Doch im Gegensatz zu den glücklosen, einsamen Frauen in ihrem Roman war sie mit ihrem neuen Ehemann John J. Conheeney unterwegs, einem pensionierten Finanzberater. Und für diesen sprachen, so erinnert sich die Autorin mit sichtlichem Vergnügen, vor dem ersten Kennenlernen beste Referenzen: „Meine Tochter Patty mochte ihren ehemaligen Chef John J. Conheeney. Er war gerade Witwer geworden. Sie meinte, er könnte doch genau der Richtige für mich als verwitwete Frau sein. Sie lud ihn prompt zu einer Party ein, ich fand ihn hinreißend, und so fing das Ganze vor fünf Jahren an."

Nach harten Lehrjahren als Schriftstellerin, in denen die Mutter von fünf Kindern sich als Sekretärin verdingte und abends zusätzlich Schreibkurse besuchte, gilt Mary Higgins Clark heute als die bestbezahlte Autorin der Welt. Trotz dieses überwältigenden Erfolgs denkt sie aber nicht daran, sich auf ihren Lorbeeren auszuruhen. „Irgend jemand hat einmal gesagt: Wenn du ein Jahr lang glücklich sein willst, solltest du in der Lotterie gewinnen, wenn du aber ein ganzes Leben lang glücklich sein willst, dann liebe das, was du tust. Und letzteres trifft auf mich zu. Ich erzähle für mein Leben gern Geschichten."

MICHAEL RIDPATH

Der
Markt-
macher

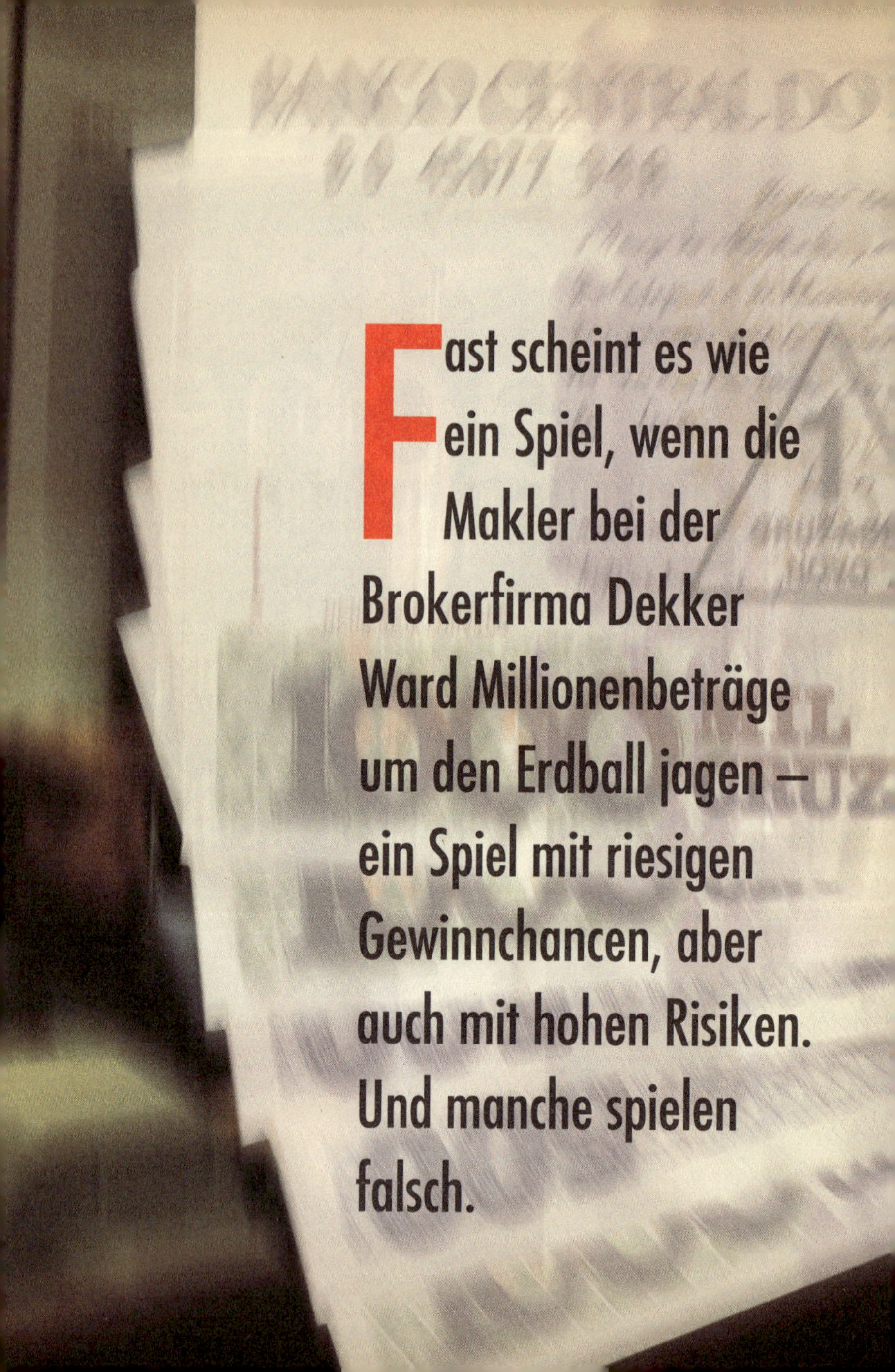

Fast scheint es wie ein Spiel, wenn die Makler bei der Brokerfirma Dekker Ward Millionenbeträge um den Erdball jagen – ein Spiel mit riesigen Gewinnchancen, aber auch mit hohen Risiken. Und manche spielen falsch.

EINS

Der Mann, der mir gegenübersaß und mich kühl musterte, hatte die Kontrolle über die finanzielle Zukunft eines ganzen Kontinents. Was noch wichtiger war, er würde sie auch über die meine haben.

„Besten Dank, daß Sie für uns Zeit gefunden haben, Nick“, sagte er. „Jamie hat uns viel von Ihnen erzählt.“ Seine Stimme war tief, sein Akzent hatte eine leicht lateinamerikanische Färbung.

„Er hat mir auch viel von Ihnen erzählt.“

Tatsächlich hatte mich Jamie in der letzten Woche gründlich über Ricardo Ross informiert. Sein Vater war Anglo-Argentinier, seine Mutter Venezolanerin, und er hatte eine Privatschule in England besucht. Seit zehn Jahren war er bei Dekker Ward und hatte die Firma in dieser Zeit von einer drittklassigen Londoner Brokerfirma zum wichtigsten Akteur auf dem lateinamerikanischen Rentenmarkt gemacht. Jamie glaubte, Ricardo werde bald zu einem der wichtigsten Akteure der internationalen Finanzwelt avancieren.

Und da saß er nun und führte ein Einstellungsgespräch mit mir.

Gut sah er aus. Gestreiftes Hemd mit Monogramm, geschmackvolle goldene Manschettenknöpfe, das dichte dunkle Haar durch einen perfekten Kurzhaarschnitt gezähmt. Seine Ärmel waren gerade so weit umgeschlagen, daß sie den Blick auf eine teure Schweizer Uhr freigaben. „Möchten Sie eine Tasse Kaffee?“ fragte er.

„Danke.“

Wir saßen in einem kleinen, sehr gediegen eingerichteten Konferenzzimmer, das im Grunde nur eine durch Glaswände abgetrennte Ecke des Handelssaals war. Er drückte einen Knopf des Telefons. „Alberto? Zwei Tassen Kaffee, bitte.“

Es dauerte keine Minute, dann kam ein winziges altes Männchen, tadellos in einen schwarzen Anzug gekleidet, mit zwei kleinen Tassen Kaffee herein.

„Probieren Sie“, sagte Ricardo. „Das ist kolumbianischer Kaffee. Mein Wort darauf, daß Sie in London keinen besseren kriegen werden.“ Er lehnte sich zurück, und die Andeutung eines Lächelns huschte über sein schmales, anziehendes Gesicht. Mir fiel auf, daß die Finger seiner linken Hand von Zeit zu Zeit eine schnelle Drehbewegung ausführten: Er spielte mit seinem Ehering.

Ricardo nippte an seinem Kaffee und stellte die Tasse dann sorgfältig auf die Untertasse zurück. „Wie viele von unseren Leuten haben Sie schon kennengelernt?“ fragte er.

„Sie sind der siebte.“

„Ein langer Morgen. Dann wissen Sie also inzwischen alles über Dekker Ward?“

„Mir klingen noch die Ohren. Aber, was erzähle ich Ihnen, es ist Ihre Firma.“

„Nun, ich leite hier nur die Emerging Markets Group. Unser Geschäft sind die Finanzmärkte der sogenannten Schwellenländer“, sagte er. „Der Rest der Firma hat seinen Sitz in der City. Ich kann sie getrost dem Vorsitzenden Lord Kerton überlassen. Wir ziehen es vor, Abstand voneinander zu halten.“

Offensichtlich. Wir saßen rund vierzig Stockwerke über Canary Wharf, fünf Kilometer östlich der Londoner City. „Aber Ihre Gruppe macht fünfundneunzig Prozent der Gewinne von Dekker Ward. Wie schaffen Sie das?“

Ricardo lächelte. „Wir sind die Besten. Wir beherrschen die lateinamerikanischen Rentenmärkte. Wir plazieren mehr Anleihen lateinamerikanischer Emittenten als unsere drei schärfsten Konkurrenten zusammen. Aggressiver als wir betreibt niemand das Geschäft. Wer Geld anlegen will, muß mit uns reden. Es ist unser Markt. Die Margen sind nicht zu verachten.“

„Das kann ich mir lebhaft vorstellen. Aber wie sind Sie zu dieser Position gekommen?“

„Wir sind dem Markt immer um einen Schritt voraus. Damals, in den achtziger Jahren, als alle Welt Lateinamerika abgeschrieben hatte, haben wir die Leute dazu überredet, wieder in den Markt zu gehen. Dann haben wir uns mit Chalmet, einer Schweizer Privatbank, zusammengetan. Die hatte eine Menge Kunden, die regelrecht darauf brannten, ihr Geld wieder in der Region zu investieren.“ Er ließ die Worte wirken, ehe er fortfuhr: „Dann begannen die großen Handelsbanken, die in den siebziger Jahren Milliardenkredite in die Region gepumpt hatten, ihre Anleihen zu Schleuderpreisen auf den Markt zu werfen. Wir halfen ihnen. Anfang der neunziger Jahre wurden viele dieser Anleihen in sogenannte

Bradys umgewandelt. Wir handelten mit ihnen, vermittelten sie an neue Investoren. Und in den letzten Jahren waren die Leute auch wieder bereit, frisches Geld in Lateinamerika zu investieren. Wir haben die Emission von Anleihen für alles und jeden organisiert."

„Haben Sie denn keine Konkurrenz?"

Ricardo lachte leise in sich hinein. „Aber gewiß doch. Aber wir haben die Kontakte, wir haben die besten Leute. Ohne uns geht gar nichts."

„Eine ausgesprochen komfortable Position!" sagte ich.

Ricardo nickte. „Aber wir müssen immer auf der Hut sein. Daher liegt mir soviel daran, stets die besten Leute im Markt zu haben."

Ich blickte hinaus in den Handelssaal, in dem Männer und Frauen in Telefone sprachen, auf Bildschirme starrten und umherliefen.

Ricardo folgte meinem Blick. „Sie sind jung. Intelligent. Ehrgeizig. Für Trittbrettfahrer ist hier kein Platz. Jeder von uns muß seinen Beitrag leisten."

Ich hätte gern gefragt: Und was zum Teufel soll ich dann hier? Statt dessen entschied ich mich für die etwas intelligentere Variante: „Was ist mit den Schwellenländern außerhalb Lateinamerikas?"

„Gute Frage. In Asien können wir nicht viel bewegen. Da gibt es eine Menge Banken. Osteuropa ist schon interessanter, obwohl es dort inzwischen auch schon beinahe seriös geworden ist. Aber Rußland, das lohnt sich. Die Profitchancen sind mindestens genauso groß wie in Lateinamerika."

„Also deshalb sind Sie an mir interessiert?"

„Richtig. Ich brauche jemanden, der Russisch spricht, wirtschaftliche Zusammenhänge begreift und intelligent ist. Jemanden, den ich heranführen kann an die Art, wie wir hier unsere Geschäfte machen. Jemanden, der hungrig, aber auch loyal ist. Den Leuten dort draußen vertraue ich. Wir sind ein Team, wir arbeiten zusammen und verdienen gemeinsam unser Geld. Viel Geld. Sehen Sie den Burschen dort? Den, der etwas asiatisch aussieht?"

Ich sah einen Mann von etwa vierzig Jahren, der in einen Hörer lachte. „Pedro Hattori. Das ist mein Cheftrader. Letztes Jahr waren seine Einkünfte achtstellig."

Acht Stellen! Himmel! Das waren mehr als zehn Millionen Pfund. Oder Dollar oder sonstwas.

Offenbar war mir meine Verblüffung anzusehen. Ricardo lachte. „Wenn Sie bei uns anfangen, bekommen Sie sofort dreißigtausend Pfund im Jahr. Jeder Profit, den Sie für uns erzielen, schlägt sich in einem

Bonus nieder, der Ihnen zusätzlich zum Grundgehalt gutgeschrieben wird. Wieviel, hängt ganz allein von Ihnen ab. Wie hört sich das an?"

„Umwerfend."

„Gut. Dann erzählen Sie mir, warum Sie bei uns anfangen wollen."

Ich wollte die Sätze herunterbeten, die ich mir zurechtgelegt hatte. „Mich haben die Finanzmärkte schon immer fasziniert..."

Doch er unterbrach mich mit einer Handbewegung. „Ersparen Sie mir die Lyrik, Nick. Seit sechs Jahren studieren Sie Russisch. Wenn Sie die Finanzwelt wirklich so interessant fänden, würden wir dieses Gespräch nicht führen."

Er blickte mich durchdringend an, während er geduldig auf die Wahrheit wartete. Ich erinnerte mich daran, was Jamie mir eingeschärft hatte: „Was auch immer du tust, erzähl Ricardo keinen Scheiß." Es war besser, ich hielt mich an seinen Rat.

„Als ich Oxford verließ, war das Bankwesen das letzte, worauf ich Lust hatte", sagte ich. „Die Handys, die aufgeblähten Gehälter, die Geldgier."

Ricardo hob die Augenbrauen. „Und was hat sich geändert?"

„Ich brauche das Geld."

„Warum?"

„Ich muß eine hohe Hypothek bezahlen, und meine derzeitige Dozentenstelle läuft Ende des Semesters aus."

„Haben Sie keine Alternative in Aussicht?"

„Kaum. Die Posten für Russischdozenten werden abgebaut, und es gibt 'ne Menge von meiner Sorte."

Ricardo nickte. „Dann sind Sie also hungrig. Das gefällt mir. Fragt sich nur, wie hungrig Sie sind. Sind Sie zufrieden, wenn Sie einen hübschen Posten und ein hübsches Gehalt haben und Ihre hübsche kleine Hypothek abbezahlen können?"

„Nein", sagte ich. „Wenn ich mich hierauf einlasse, will ich wirkliches Geld verdienen."

Abermals hob Ricardo die Augenbrauen. „Und was tun Sie, wenn Sie's haben?"

„Kündigen. Lesen."

Ricardo konzentrierte sich ganz auf mich und gab mir das Gefühl, daß ich für ihn der wichtigste Mensch auf der Welt war. „Verstehe", sagte er. „Aber wie kommen Sie auf die Idee, daß Sie hier zu irgend etwas nütze sein könnten? Sicher, auf akademischem Gebiet haben Sie etwas geleistet. Ein hervorragendes Examen in Politologie und Wirtschaftswissenschaften in Oxford. Eine glänzende Beurteilung Ihres Dekans an der

Fakultät für Slawistik. Aber woher sollen wir wissen, daß Sie all das auf die Welt der harten Fakten anwenden können?"

„Ich bin sicher, daß ich es kann", sagte ich. „Mir gefällt die russische Literatur, mir gefällt es, sie anderen zu vermitteln. Aber ich habe mit ansehen müssen, wie meine Studienkollegen ein Vermögen in der City gemacht haben. Und die sind ganz bestimmt nicht intelligenter als ich. Ich will mir beweisen, daß ich ihnen in nichts nachstehe. Ich bin fleißig und habe eine rasche Auffassungsgabe. Ich werde mich durchsetzen."

Ricardo lächelte. „Nun, Jamie hat gesagt, Sie seien der intelligenteste Mensch, den er kennt. Und ich vertraue Jamies Urteil." Er wartete auf meine Reaktion, doch ich zog es vor, den Mund zu halten.

„Da ist noch etwas, was ich gern wissen würde", fuhr Ricardo fort. „Wie verträgt es sich mit Ihren moralischen Grundsätzen, in der Finanzwelt zu arbeiten? Man wird Ihnen in wirtschaftswissenschaftlichen Seminaren kaum erzählt haben, daß die Dritte Welt am Kapitalismus genesen wird."

„Richtig", sagte ich. „Aber ich habe zwei Jahre in Rußland gelebt und mit ansehen müssen, was für eine Katastrophe staatliche Planwirtschaft anrichten kann."

„Dann glauben Sie jetzt also an den freien Markt?"

Ich schüttelte den Kopf. „Tut mir leid, ich glaube an gar kein ökonomisches System. Es gibt einfach zuviel Elend in der Welt, und ich habe zu viele russische Romane gelesen, um zu glauben, daß wir viel daran ändern können. Das hat es immer gegeben und wird es immer geben."

„Ich glaube, Sie irren sich", sagte Ricardo. Er lehnte sich nach vorn und suchte meinen Blick. „Nehmen Sie beispielsweise Lateinamerika. Die achtziger Jahre waren ein Jahrzehnt der Armut und Hoffnungslosigkeit. Der ganze Kontinent hat einen Riesenschritt rückwärts getan. Weil das internationale Kapital ausblieb. Doch nun sieht die Situation sehr viel freundlicher aus. Jetzt fließt das ausländische Geld wieder in die Region zurück, was nicht zuletzt unser Verdienst ist. Und diesmal wird es für Dinge ausgegeben, die das Leben von Millionen von Menschen verändern werden: Fabriken, Straßen, Bildungswesen. Ich bin stolz darauf, daß ich daran beteiligt bin."

„Ich hoffe, Sie behalten recht", sagte ich, konnte aber einen leisen Zweifel in meiner Stimme nicht ganz unterdrücken.

„Ich sehe schon, ich habe Sie nicht überzeugen können." Ricardo lächelte. „Wie dem auch sei, eine gesunde Portion Realismus tut unserem Geschäft keinen Abbruch." Er hielt kurz inne, ohne die Augen von mir abzuwenden. Sie waren tiefblau und zeigten Willenskraft und scharfe Intelligenz, wirkten aber durchaus freundlich und nicht beunruhigend. Ich fühlte mich zu Ricardo Ross hingezogen. Ich verstand mit einem Mal, warum Jamie so große Stücke auf ihn hielt.

Ich saß da und wartete, daß er zu einer Entscheidung kam.

Sie ließ nicht lange auf sich warten. „Gut", sagte er. „Entschuldigen Sie mich für einen Augenblick."

Er ließ mich im Konferenzzimmer zurück, während er an seinen Schreibtisch ging. Ich sah, daß er die Leute zusammenrief, die ich vorhin kennengelernt hatte. Die folgenden drei Minuten schienen ewig zu dauern, doch schließlich löste sich die Gruppe auf, und Ricardo kam zurück. Er streckte mir die Hand entgegen. „Willkommen an Bord", sagte er mit einem gewinnenden Lächeln.

Einen kurzen Augenblick zögerte ich. Sollte ich noch einmal darüber nachdenken? Wollte ich mein bisheriges Leben wirklich aufgeben und es für eines in der Finanzwelt eintauschen? Ich dachte an den Brief, den mir Mr. K. R. Norris von der Baugesellschaft geschrieben hatte. Falls ich nicht binnen dreißig Tagen die Hypothekenzinsen zahlte, würde meine Wohnung wieder der Gesellschaft gehören.

Die Entscheidung war einfach. Ich ergriff seine Hand. „Danke."

„Wir sehen uns Montag morgen um sieben", sagte Ricardo.

„Ich werde pünktlich sein", erwiderte ich und ging zur Tür.

„Oh, eines wäre da noch."

Ich wandte mich um. Ricardo betrachtete meinen Anzug. Polnisch. Hundert Prozent Polyester. Ricardo zog ein Scheckbuch aus der Tasche und schrieb etwas hinein. Dann riß er den Scheck heraus und reichte ihn mir. „Besorgen Sie sich dafür etwas zum Anziehen, und zahlen Sie es mir zurück, wann immer es Ihnen paßt."

Ich steckte den Scheck ein, und Ricardo brachte mich zu den Aufzügen. Während der Lift die vierzig Stockwerke bis zum Erdgeschoß hinabsauste, entfaltete ich den Scheck. In eleganten Schriftzügen und schwarzer Tinte stand dort zu lesen: „Zahlen Sie gegen diesen Scheck an Nicolas Elliot fünftausend Pfund aus."

„GLÜCKWUNSCH, Nick!" Kate nahm einen Schluck aus ihrem Champagnerglas. Jamie und sie waren zu mir gekommen, um mit mir zu feiern.

„Gratuliere nicht mir, gratuliere deinem Mann. Unglaublich, was er Ricardo für Lügen aufgetischt hat."

„Tu immer das, was du am besten kannst", sagte Jamie mit seinem gewinnenden, offenen Lächeln. „Nein, im Ernst, ich weiß, du wirst mich nicht enttäuschen." Er lachte. „Das solltest du auch nicht. Oder du mußt dich nicht nur nach einer neuen Stellung umsehen."

„Jedenfalls vielen Dank, Jamie."

Jamie und ich waren Freunde seit unserem ersten Oxforder Semester. Dabei waren wir ganz verschieden. Jamie ging das Universitätsleben viel energischer an als ich: Rugby, Trinken, ausgelassene Partys. Bei den Frauen kam er vorzüglich an mit seinen strahlenden blauen Augen und dem gewinnenden Lächeln. Ich folgte seinem bunten Treiben belustigt aus einiger Entfernung. Unscheinbar und schüchtern, wie ich war, hatte ich weniger Glück bei den Frauen als er. Aber wir hatten viel Spaß zusammen. Und nach dem Studium war unsere Freundschaft noch enger geworden.

„Es will mir einfach nicht in den Kopf, daß du ein Banker wirst!" rief Kate aus. „Vor allem nach all den Vorwürfen, mit denen du Jamie überschüttet hast."

„Ich weiß. Unglaublich, aber wahr."

„Also, wann legst du dir den BMW und ein Handy zu?"

„Hör auf, Kate, immer eins nach dem anderen", sagte Jamie. „Hast du Nadelstreifenunterwäsche, Nick?"

„Meine Baumwollenen mit Eingriff tun's auch", gab ich zurück. „Ich habe auch meinen Stolz."

Wir tranken unseren Champagner. Ich war bester Laune. Nach und nach stellte sich das Gefühl ein, die richtige Entscheidung getroffen zu haben.

„Na, was hältst du vom Marktmacher?" fragte Jamie.

„‚Marktmacher?' Wer ist das? Ricardo?"

„Ja. Das ist sein Spitzname. Stammt aus der Zeit, als er so ziemlich der einzige auf der Welt war, der die Nachfrage nach lateinamerikanischen Anleihen künstlich schaffen konnte."

„Ich war schon beeindruckt. Überrascht hat mich, wie umgänglich er ist. Es schien, als habe er mich absolut ernst genommen. Man sollte meinen, daß jemand wie ich für einen Mann mit so viel Macht ein Nichts darstellt."

„Das eben gehört zu seinem Geheimnis", sagte Jamie. „Er gibt dir das Gefühl, etwas Besonderes zu sein. Dabei spielt es keine Rolle, ob du der Finanzminister von Mexiko bist oder der Laufbursche."

„Wenigstens kannst du jetzt die Wohnung behalten", sagte Kate und blickte sich in dem kleinen Wohnzimmer um. Es war recht hübsch, aber winzig. Im nachhinein konnte ich nicht begreifen, daß Joanna und ich so viel Geld für so wenig Platz ausgegeben hatten.

Als wir uns trennten und sie sich mit einem amerikanischen Investmentbanker nach New York absetzte, hatte sie mir ihre Hälfte der Wohnung nebst allen Möbeln überlassen. Dafür hatte ich ihre Hypothekenverpflichtungen übernehmen müssen. Damals schien das ein gutes Geschäft zu sein. Doch leider zeigte sich mein Gehalt nicht ganz den damit verbundenen Belastungen gewachsen. Zugegeben, die Lage war günstig – nur ein paar Minuten zu Fuß von Primrose Hill im Norden Londons. Trotzdem, sechs Jahre später hatten die Wohnungspreise immer noch nicht wieder den Stand erreicht, auf dem sie sich beim Kauf der Wohnung befunden hatten.

„Ja, ich bin froh", sagte ich. Auf den Brief, mit dem ich Mr. Norris über die Veränderung meiner Vermögensverhältnisse zu informieren gedachte, freute ich mich schon sehr. Ich hatte ganz einfach die Nase voll vom Leben an der Armutsgrenze. Ich war jetzt fast dreißig und konnte mir noch immer keinen vernünftigen Urlaub, kein Auto und keine Reparatur des Boilers leisten.

Jamie schien meine Gedanken zu erraten. „Weißt du, das Leben ändert sich", meinte er. „Bei Dekker Ward wird hart gearbeitet. Nicht, daß dich Ricardo vierundzwanzig Stunden am Tag beansprucht, er gibt sich sicherlich auch mit den Stunden zufrieden, die du nicht zum Schlafen brauchst."

„Ha!" schnaubte Kate verächtlich.

Nun, ich war Single. Niemand würde auf mich warten. „Ich kann hart arbeiten, wie du weißt."

„Und du wirst das Rugbyspielen aufgeben müssen", sagte Jamie.

„Meinst du? Ich krieg das schon irgendwie unter einen Hut."

„Vergiß es", widersprach Jamie. „Als ich zu Dekker Ward ging, war Schluß damit. Die Reisen am Wochenende machen dir einen Strich durch die Rechnung."

Ich registrierte Kates Blick. Nicht nur Rugbymannschaften schienen darunter zu leiden. „Schade", sagte ich. „Es wird mir fehlen."

„Mir fehlt es auch", bekannte Jamie. „Zum Glück kann ich meine Aggressionen jetzt auf andere Art herauslassen." Er leerte sein Glas und griff zur Champagnerflasche. „Leer. Soll ich gehen und noch eine holen?"

„Ich geh sie holen", antwortete ich.

„Nein. Ich bin dran. Dauert doch nur einen Moment." Damit griff er sich seinen Mantel und ging.

Einen Augenblick schwiegen Kate und ich. Sie lächelte mich an. Die Jahre hatten sie attraktiver werden lassen. Sie war schon immer hübsch gewesen mit ihrem fröhlichen Lächeln und diesen großen Augen. Und jetzt war ihre Figur noch voller und weicher geworden, und seit der Geburt ihres Sohnes strahlte sie eine innere Heiterkeit aus, die ich sehr anziehend fand.

Kate hatte mir schon bei unserer ersten Begegnung gefallen. Das war auf einer überfüllten Party gewesen. Während des letzten Semesters in Oxford hatte ich sie mit Jamie bekannt gemacht, der nicht lange gefackelt hatte. Drei Jahre später waren sie verheiratet. Ein Jahr darauf hatte Kate einen Sohn bekommen, mein Patenkind. Ihm zuliebe hatte sie ihre Stellung in einer großen Anwaltskanzlei in der City aufgegeben.

„Wie geht es Oliver?" fragte ich.

„Oh, ganz hervorragend." Kate nahm wieder einen Schluck aus ihrem Glas. „Bist du dir sicher, daß du die richtige Entscheidung getroffen hast, Nick?" fragte sie ruhig. Aufrichtige Sorge schwang in ihrer Stimme mit. Das beunruhigte mich. Kate hatte einen gesunden Menschenverstand, und sie kannte mich nur allzu gut.

„Ja", sagte ich mit mehr Zuversicht, als ich eigentlich empfand. „Schließlich gefällt es Jamie doch ausnehmend gut bei Dekker Ward, oder?"

„Ja", sagte sie ausdruckslos, „so könnte man es auch nennen."

ZWEI

Die Luft schlug mir kalt und frisch entgegen, als ich durch die Straßen von Islington fuhr. Morgens um halb sieben war es im Londoner Verkehr mit dem Fahrrad sehr viel angenehmer als um die Mittagszeit, obwohl ich überrascht war, wie viele Autos schon zu dieser frühen Tageszeit unterwegs waren. Ich war bemüht, das Tempo etwas zu drosseln, um nicht völlig durchgeschwitzt anzukommen.

Ich trug einen der drei neuen Anzüge, die ich mit Ricardos Geld erstanden hatte. Es war mir unmöglich gewesen, mehr als dreihundert Pfund für einen Anzug auszugeben. Für zwei Paar modische Schuhe hatte ich je sechzig Pfund hingeblättert. Obwohl mir noch der größte Teil der fünftausend Pfund geblieben war, sah ich eleganter aus als je zuvor in meinem Leben.

Ich kurvte durch die City und weiter zur Commercial Road. Rechts ragte hoch und weiß der Canary Wharf Tower auf. Durch die Schwaden flimmerte weit oben ein einsames, verlorenes Licht. Dort würde ich mich gleich befinden und London aus der Vogelperspektive betrachten. Ich fragte mich, ob man von dort oben die Fakultät für Slawistik sah.

Dekan Russell Church war wütend gewesen, als ich ihm mitteilte, daß ich meine Lehrtätigkeit beenden wolle. Doch bevor ich nicht meinen Doktor gemacht hatte, konnte er mir keine feste Anstellung versprechen, und selbst dann sah es nicht sehr rosig aus. Es tat mir leid, daß ich ihn enttäuscht hatte, aber mir blieb keine andere Wahl.

Ich erreichte den Canary-Wharf-Bürokomplex und radelte an der Sicherheitskontrolle vorbei in die Tiefgarage. Ich fragte den Parkwächter, wo ich mein Fahrrad abstellen konnte. Er wies auf einen Pulk Motorräder: eine Harley-Davidson und drei BMWs. Ich verzichtete darauf, mein Fahrrad anzuketten. Wenn mich nicht alles trog, würde es hier nicht geklaut werden: eine schäbige Glasscherbe unter kostbaren Juwelen.

Über eine Treppe gelangte ich in den Hof zu Füßen des Büroturms. Selbst um diese Stunde sah man schon einige Menschen. Nervös durchquerte ich die ultramoderne Vorhalle – und betrat die braune Marmorhalle des One Canada Square. Ich hatte einen Aufzug ganz für mich allein, ließ mich die vierzig Stockwerke nach oben katapultieren und betrat den Dekker-Ward-Korridor.

Am Empfang nahm ich auf der Kante eines schwarzen Ledersofas Platz und wartete auf Jamie. Es dauerte nicht lange, dann kam er heraus und grinste breit. „Bist du den ganzen Weg mit dem Fahrrad gekommen?"

„Klar."

Er musterte mich von oben bis unten. „Hübscher Anzug. Hoffentlich hast du den alten weggeschmissen. Mit der nötigen Vorsicht natürlich! War bestimmt Sondermüll."

„Ich behalte ihn. Aus sentimentalen Gründen. Im übrigen ist er wahrscheinlich das einzige hier, was wirklich aus einem Schwellenland kommt."

Jamie lachte. „Komm jetzt. Ich zeige dir deinen Schreibtisch."

Nach der stillen Empfangshalle stand ich wie betäubt im plötzlichen Lärm, Licht und geschäftigen Treiben des Handelssaals.

„Leider befindet sich dein Tisch im Außenbereich", sagte Jamie.

„Im Außenbereich?"

„Ich erklär's dir. Siehst du diese Schreibtische hier?" Er zeigte auf eine Gruppe von zwanzig Tischen in der Mitte des Raums, die zu einem Quadrat angeordnet waren. „Dort sitzen alle Verkäufer und Trader. Eine sinnvolle Aufteilung. Über den inneren Raum hinweg können wir uns miteinander verständigen. Diese Schreibtische hier", er zeigte auf drei

Reihen, die jeweils einer Seite des Quadrats gegenüberstanden, „bilden den Außenbereich. Da sitzt, wer sich nicht im Zentrum des Geschehens befindet, wer mit Kapitalmärkten, Marktforschung, Verwaltung und dergleichen beschäftigt ist."

Ich muß wohl kein sehr intelligentes Gesicht gemacht haben, denn er sagte: „Macht nichts. Du kannst dich diese Woche zu mir setzen. Dann merkst du rasch, wie's läuft."

In diesem Augenblick klatschte jemand zweimal in die Hände. Es war Ricardo. „Okay, *compañeros*, treten Sie näher. Es ist sieben Uhr fünfzehn."

Ricardo stand an seinem Stuhl und blickte in den Innenraum, der von den quadratisch aufgestellten Schreibtischen gebildet wurde. Alle begaben sich dorthin. Sie sahen erwartungsvoll drein, äußerlich ruhig, aber ich spürte die Spannung, während sie sich auf die Arbeit der Woche vorbereiteten.

„Guten Morgen allerseits", begann Ricardo. „Zunächst möchte ich ein neues Mitglied unseres Teams begrüßen: Nick Elliot."

Alle Köpfe wandten sich mir zu. Ich lächelte nervös und sagte: „Hallo."

Sie lächelten zurück, und ich hörte Äußerungen wie: „Schön, Sie an Bord zu haben."

„Nick spricht fließend Russisch und versteht etwas von Volkswirtschaftslehre. Er wird mit Sicherheit wertvoll für unsere Gruppe sein", fuhr Ricardo fort. „Er hatte bisher noch keine Gelegenheit, für ein Finanzunternehmen tätig zu sein, daher möchte ich, daß Sie ihm zeigen, wie wir hier bei Dekker Ward arbeiten. Nun, was ist da draußen los? Pedro?"

Pedro ließ einen Schwall Fachchinesisch über Brady Bonds, Squeezes, Argy Discos und Flirbs hören. Ich versuchte ihm zu folgen, mußte aber passen. Dann war Charlotte Baxter, die Leiterin der Marktforschungsabteilung, an der Reihe.

Schon beim Einstellungsgespräch hatte sie mich beeindruckt. Jetzt sprach sie über die Wahrscheinlichkeit, daß die Gespräche zwischen der venezolanischen Regierung und dem Internationalen Währungsfonds wieder ergebnislos abgebrochen werden würden, und über die damit verbundenen Folgen.

Dann sprach Ricardo jeden in der Runde an. Es ging um Gerüchte, Informationen, Eindrücke, Vermutungen. Alle äußerten sich knapp und präzise.

Er kam zum letzten Gruppenmitglied. „Isabel? Wie ist der Stand der Dinge beim Favela-Deal?"

Isabel war eine zierliche, dunkelhaarige Frau um die Dreißig. „Beim besten Willen, ich weiß es nicht. Mein Kontaktmann in der Wohnungsbaubehörde ist dafür. Und ich glaube, sein Chef auch. Aber der Chef vom Chef?“ Ihre Stimme war leise und rauh, ihre Sprechweise ganz ruhig. Obwohl sie ein sehr gutes Englisch sprach, hatte sie einen leichten Akzent, den ich später als brasilianisch identifizierte.

„Bringen Sie die Sache unter Dach und Fach?“

„Rio ist meine Heimatstadt. Selbstverständlich kriege ich das hin.“ Ihre Mundwinkel zuckten. „Ich weiß bloß nicht, ob noch in diesem Jahrhundert. Das ist alles.“

Ricardo lächelte. „Sicher schaffen Sie das, Isabel. Ich begleite Sie gern vor Ort, wenn Sie mich brauchen. Ich könnte auf Oswaldo Bocci einwirken. Er soll ein paar freundliche Beiträge in sein Blatt heben. Nach allem, was wir im letzten Jahr für ihn getan haben, schuldet er uns eine Kleinigkeit wie diese.“

Isabel wischte sich ungeduldig eine dunkle Haarsträhne aus der Stirn. „Oswaldo möchte ich nur im äußersten Notfall bemühen. Ich fliege am Mittwoch abend hinüber. Dann hoffe ich, die Sache klären zu können.“

„In Ordnung, viel Glück“, sagte Ricardo. „Können wir das Modell auch auf andere Städte übertragen?“

„Ohne Zweifel. Das müßte überall möglich sein.“

„Würde das vielleicht auch in Romford gehen?“ Es war Miguel, ein hochgewachsener argentinischer Aristokrat.

„Laß bloß meine Heimatstadt Romford aus dem Spiel!“ setzte sich ein korpulenter junger Mann mit grellem Schlips und sehr kurzem Haar zur Wehr. Dave hieß er, wenn ich mich recht erinnerte.

„Ein ganz ausgezeichneter Vorschlag, Miguel“, meinte Ricardo belustigt. „Doch im Ernst, dieser Deal hat Vorbildcharakter. Sobald er abgeschlossen ist, möchte ich, daß Sie sich alle um ähnliche Geschäfte bemühen. Carlos?“

Für Carlos' Ausführungen über ein mögliches Geschäft mit Mexiko hatte ich kein Ohr mehr. Mein Blick hing noch immer an Isabel. Eigentlich sah sie gar nicht so umwerfend aus. Die Nase war etwas zu lang geraten und der Mund etwas zu breit. Trotzdem, sie hatte das gewisse Etwas. Sehr weiblich, sehr sexy. Vielleicht lag es an der Art, wie sie sich gab. Oder an den großen tiefblauen Augen, halb verborgen hinter langen Wimpern. Plötzlich wandte sie sich mir zu und fing meinen Blick auf. Ich sah hastig Carlos an.

„Alles verstanden?" fragte Jamie hinterher.

„Das nun gerade nicht. Ich muß noch 'ne Menge lernen."

„Zum Beispiel, wie man Isabel anstarrt, ohne daß einem die Kinnlade runterfällt", konnte sich Jamie nicht verkneifen.

„War es denn so auffällig?"

„Mach dir nichts draus. Das ist uns allen schon so gegangen. Mit der Zeit gewöhnt man sich an sie. Aber ich würde es mir an deiner Stelle nicht so anmerken lassen. Die Frau ist ziemlich bissig."

„Wirklich? Sie macht auf mich eigentlich einen sehr umgänglichen Eindruck."

„Laß die Finger von ihr. Ist besser so, glaub mir."

Ich zuckte die Achseln und setzte mich an Jamies Schreibtisch. Noch nie hatte ich einen komplett ausgestatteten Tradertisch gesehen, und bei Dekker Ward benutzte man die modernsten Geräte, die gerade auf dem Markt waren. Es gab fünf Bildschirme, die in verschiedenen Farben Nachrichten, Preise und Analysen präsentierten. Hinzu kam noch eine Telefonanlage mit dreißig Leitungen.

„Okay, fangen wir mit ein paar grundlegenden Dingen an", sagte Jamie. „Alle Leute in dieser Hälfte des Quadrats gehören zum Verkauf. Unsere Aufgabe ist es, mit Kunden zu reden, sie zu informieren, herauszufinden, was sie wollen, und Wertpapiere von ihnen zu kaufen oder an sie zu verkaufen. Die da drüben", er zeigte auf die andere Hälfte des Schreibtischquadrats, „sind die Trader. Sie spekulieren mit Hunderten von verschiedenen Wertpapieren. Wenn also einer unserer Kunden etwas kaufen oder verkaufen will, fragen wir einen der Trader nach dem Kurs. Er nennt uns einen Geld- und einen Briefkurs. Den geben wir an unseren Kunden weiter, der entweder zum Geldkurs kauft oder zum Briefkurs verkauft. Theoretisch ist der Unterschied zwischen An- und Verkaufspreis unser Gewinn."

Ich nickte. So weit, so gut.

„Die andere Möglichkeit, Geld zu machen, sind Neu-Emissionen. Siehst du die Leute da drüben?" Er deutete auf einige Tische außerhalb des Quadrats. „Wir nennen sie die Kapitalmärkte. Ihre Aufgabe ist es, mit den potentiellen Emittenten Anleihen abzusprechen, die ihnen Geld zu möglichst niedrigen Zinsen beschaffen. Die sind aber, nebenbei bemerkt, meist ziemlich hoch. Ohne entsprechende Gegenleistung sind die Anleger nicht bereit, ein Risiko einzugehen."

Während der nächsten zwei Stunden erklärte Jamie mir die Abläufe bei Dekker Ward. Ich hörte mit, wenn er mit seinen Kunden sprach. Er kaufte und verkaufte Anleihen im Wert von mehreren Millionen Dollar, wobei er stets zu einem Preis verkaufte, der etwas höher lag als der Einstandswert. Viele dieser Abschlüsse wurden unter „DT" und einer Zahl verbucht. Jamie erklärte, daß es sich um Nummernkonten bei der Tochterfirma Dekker Trust auf den Cayman-Inseln handelte.

Die Gespräche folgten den Zeitzonen: Am späten Vormittag war Brasilien dran, am Nachmittag kamen der Rest des Kontinents und New York dazu, am Abend Kalifornien. Im Laufe des Tages zog das Tempo erheblich an.

Gegen sechs holte ich mir von Charlotte und ihrem Marktforschungsteam einen Stapel Berichte. Die politischen und wirtschaftlichen Analysen waren ausgezeichnet. Fasziniert vertiefte ich mich in sie.

Am Schreibtisch neben mir saß Isabel. Sie schien sehr beschäftigt zu sein – arbeitete sich durch umfangreiche Papierstapel hindurch, gab Notizen in ihren Computer ein oder sprach am Telefon. Ich versuchte, sie nicht anzustarren, konnte aber nicht verhindern, daß mein Blick hin und wieder zu ihr hinüberwanderte. Teilweise lag ihr Gesicht im Schatten des dunklen Haars. Gelegentlich unterbrach sie die Arbeit, biß sich auf die Unterlippe und starrte wie geistesabwesend in die Luft. Sie war einfach hinreißend.

Als ich wieder einmal hinüberblickte, sah ich, daß ihr Blick prüfend auf mir ruhte. „Sie sind ja mit Begeisterung bei der Sache", sagte sie mit einem ironischen Lächeln.

„Ich habe einiges nachzuholen."

„Es wird leichter für Sie werden, sobald Sie eine richtige Aufgabe haben. Woher kommen Sie? Wo waren Sie vorher?"

„Letzte Woche habe ich noch Russisch unterrichtet."

Sie hob die Augenbrauen. „Tatsächlich? Und was hat Sie zu Dekker Ward verschlagen?"

„Ich brauchte den Job. Und Jamie war so nett, ein gutes Wort für mich einzulegen." Damit war das Gespräch beendet. Sie wandte sich wieder dem Telefon zu und nahm den Hörer ab. Ich wußte nicht, ob ich etwas Falsches gesagt hatte.

Und dann klingelte mein eigenes Telefon. Es waren die zwei aufeinanderfolgenden Klingelzeichen eines externen Anrufs, was ich merkwürdig fand, denn ich hatte noch niemandem meine Nummer gegeben.

Ich nahm den Hörer ab. „Dekker Ward", sagte ich und versuchte den forschen Ton zu treffen, den ich den ganzen Tag über um mich herum vernommen hatte.

„Spreche ich mit Martin Beldecos?“ ließ sich die Stimme einer Amerikanerin vernehmen.

Ich hatte noch nie von ihm gehört und blickte mich um. Fast alle waren schon gegangen. Isabel war selbst in ein Telefonat vertieft, und Ricardo und Pedro waren zu weit entfernt, um sie fragen zu können.

„Im Augenblick ist er nicht an seinem Platz“, sagte ich. „Kann ich ihm etwas ausrichten?“

„Ja, ich bin Donald Winters Assistentin von der United Bank of Canada in Nassau. Hätten Sie wohl die Güte, mir seine Faxnummer zu geben?“

„Bleiben Sie einen Augenblick am Apparat.“ Ich notierte die Nummer und gab sie der Anruferin durch. Sie bedankte sich und legte auf.

Ich suchte das interne Telefonverzeichnis heraus und sah unter BELDECOS nach: MARTIN, 6417. Das war mein Apparat! Offenbar hatte er früher an diesem Schreibtisch gesessen.

Das Faxgerät hinter mir erwachte schnurrend zum Leben. Ich ging zu ihm hin und entnahm ihm ein einzelnes Blatt. Es war an Martin Beldecos adressiert.

> Gemäß Ihrer Anfrage haben wir versucht, den Nutzungsberechtigten der International Trading and Transport (Panama) zu ermitteln, leider ohne Erfolg. Auf Geheiß von Mr. Tony Hempel, einem in Miami ansässigen Anwalt, der für die allgemeine Verwaltung von International Trading and Transport zuständig ist, haben wir Gelder vom Firmenkonto auf das Konto von Dekker Trust bei der Filiale von Chalmet et Cie. auf den Cayman-Inseln überwiesen.

Unterschrieben war das Fax von Donald Winters, Vizepräsident.

„Isabel?“

Sie hatte gerade aufgelegt. „Ja?“

„Ich habe eben dieses Fax für Martin Beldecos entgegengenommen. Wo sitzt er?“

Isabel wich meinem Blick aus und holte tief Luft. „Er hat früher an Ihrem Platz gesessen“, erwiderte sie, um Ausdruckslosigkeit in ihrer Stimme bemüht.

Irgend etwas stimmte nicht. „Ist er gekündigt worden?“

Sie schüttelte den Kopf. „Nein. Nein, er ist tot. Er wurde umgebracht.“

Es verschlug mir den Atem. „Wie das?“

„In Caracas. Vor etwa drei Wochen. Einbrecher sind in sein Hotelzimmer eingedrungen, als er schlief. Er ist wohl aufgewacht und hat sie überrascht. Da haben sie ihn erstochen.“

„Himmel!“ Mir lief es eiskalt den Rücken hinunter. Ich hätte gern noch mehr in Erfahrung gebracht, aber sie mochte anscheinend nicht darüber sprechen. „Okay. Aber was soll ich damit anfangen?“

„Ich nehme es an mich“, erklärte sie.

Ich gab ihr das Fax. Sie warf einen Blick darauf, notierte etwas und legte es in einen Postkorb auf dem Nachbartisch. Dann zog sie ihre Jacke an. „Gute Nacht“, sagte sie.

„Gute Nacht. Bis morgen.“

Und weg war sie, ließ mich allein zurück auf dem Stuhl eines Toten.

DREI

Am nächsten Morgen um sieben war ich im Büro. Ich warf das Jackett auf meinen Schreibtisch, holte mir eine Tasse Kaffee und ging zu Jamie hinüber. Er plauderte mit Dave, dem Trader aus Romford.

„Morgen“, sagte Dave. „Haben wir Sie am ersten Tag also doch nicht vergrault?“

„Ich bin noch da.“

„Wann bist du gestern abend gegangen?“ fragte Jamie.

„Gegen elf.“

„Nicht schlecht für den ersten Tag.“

„Ich habe die Sache mit Martin Beldecos gehört“, erklärte ich. „Isabel hat mir gestern abend davon erzählt.“

„Schlimme Geschichte“, sagte Dave. „Ganz schlimme Geschichte.“

„Stimmt“, meinte Jamie. „Soweit ich gehört habe, hat die Polizei in Caracas die Burschen geschnappt, die es getan haben.“

„Ich habe noch mehr läuten hören.“ Dave senkte die Stimme. Erwartungsvoll blickten Jamie und ich ihn an. „Man sagt, daß es bezahlter Mord war. Von einer der Drogenbanden.“

„Bezahlter Mord?“ fragte Jamie erstaunt. „An Martin Beldecos?“

Wir wurden durch das scharfe Händeklatschen unterbrochen. „Sieben Uhr fünfzehn, *compañeros*!“ rief Ricardo. Diesmal bekam ich schon ein bißchen mehr von der Morgenbesprechung mit als am Vortag. Danach schlenderten Jamie und ich an Jamies Schreibtisch zurück. Ich mußte noch immer an Daves Worte denken. „Glaubst du, daß dieser Beldecos von einem gekauften Killer umgebracht worden ist?“ fragte ich ihn.

Jamie schnaubte verächtlich. „Natürlich nicht. Dave ist ein altes Klatschweib. Der arme Bursche ist von Hoteldieben umgebracht worden. Komm, laß uns an die Arbeit gehen.“

Wie Isabel schien Jamie keine Lust zu haben, über Beldecos zu sprechen, also ließ ich das Thema fallen.

Der Arbeitstag begann. Ich hörte aufmerksam zu. An diesem Morgen herrschte hektische Aktivität. Die Computer und Bildschirme summten und surrten, hin und wieder unterbrochen von einem metallischen Klicken. Dazu die Stimmen der Trader, die Informationen austauschten. So kurz wie möglich, ohne unverständlich zu werden.

„He, Pedro, wieviel nimmst du für die Argy Pars und Discos?"

„Sechsundfünfzigeinhalb für die Pars und siebenundsechzigdreiachtel für die Discos."

„Er sagt, er kann die Discos für ein Viertel weniger kriegen."

„Scheiße. Okay, sag ihm, ich geb sie ihm für siebenundsechzigeinviertel."

„Zehn mal elf?"

„Ja."

„Ist gebongt!"

So flogen die Bonds in dem kleinen Quadrat von Tisch zu Tisch und von dort aus rund um den Globus. Viele hundert Millionen Dollar flossen auf und von den Dekker-Ward-Konten. Ich begann allmählich zu verstehen, was vor sich ging. Bei der Investition auf diesen Märkten liegt das Kunststück darin, die Risiken einzuschätzen und zu vergleichen. Ist Brasilien riskanter als Mexiko? Wenn ja, wieviel riskanter? Jeder Emittent hatte verschiedene Anleihen im Umlauf. Wie sie gehandelt wurden, hing von einer Mischung aus rationaler Analyse und den Launen verschiedener Anleger in aller Welt ab. Wenn irgendwo irgend etwas passierte, wußte oder ahnte Dekker Ward es als erster. Kein Wunder, daß die Firma so viel Geld machte. Ich konnte es nicht erwarten dazuzugehören.

Meine Aufmerksamkeit wurde von einem untersetzten Mann in einem hellgrauen Zweireiher in Anspruch genommen, der an Ricardos Schreibtisch stand. Ich hatte ihn bisher noch nicht gesehen.

„Wer ist das?" fragte ich Jamie.

„Kannst du's nicht erraten?"

Ich sah genauer hin. „Etwa sein Bruder?"

„Genau. Eduardo Ross."

„Was macht er?"

„Das weiß niemand so genau. Ausgenommen Ricardo. Dinge, die Ricardo niemandem sonst anvertrauen würde. Zum Beispiel ist er für Dekker Trust auf den Caymans verantwortlich. Da wickeln wir ab, was die Behörden nicht unbedingt wissen müssen."

„Hört sich nicht gerade legal an.“

Jamie lachte. „So schlimm ist es auch wieder nicht. Wir haben viele Kunden, die Wert auf Diskretion legen. Keine Kriminellen oder so etwas. Ricardo paßt auf, daß wir mit niemandem Geschäfte machen, der mit organisierter Kriminalität oder Korruption zu tun hat. Es handelt sich um Leute, die die legalen Vorteile von Steueroasen nutzen wollen. Sie erwarten, daß wir ihre Transaktionen absolut vertraulich behandeln, und Dekker Trust ermöglicht uns das.“

„Verstehe“, sagte ich zweifelnd. „Und die Firma gehört Dekker Ward?“

„Nein“, sagte Jamie. „Oder zumindest nicht zu hundert Prozent. Chalmet, die Schweizer Bank, besitzt einen erheblichen Anteil, Dekker Ward einen kleineren, und der Rest befindet sich im Besitz der Mitarbeiterfonds.“ Ich schüttelte den Kopf. Jamie fuhr mit gedämpfter Stimme fort: „Über die Fonds kannst du hier wirkliches Geld machen. Ricardo ermöglicht einigen der Mitarbeiter, ihre Bonusse in diese Fonds zu stekken. Die Entscheidungen trifft Ricardo. Die Gewinne sind sensationell. Hundert Prozent im Jahr sind keine Seltenheit.“

„Donnerwetter! Wie macht er das?“

„Mit seinem Wissen. Das ist leicht. Er nutzt jeden denkbaren Trick.“

„Ist das legal?“

„Natürlich. Trotzdem macht man das lieber in einer Steueroase. Wir haben keine Lust, uns von Prüfern bei einer Unregelmäßigkeit erwischen zu lassen. Obwohl es keine gibt.“

„Und wie groß sind diese Fonds?“

„Ich denke, es sind mehr als fünfhundert Millionen Dollar. Und das Geld gehört den Leuten hier im Raum. Ich schätze, mindestens die Hälfte gehört Ricardo.“

Himmel! Wenn ich blieb, würde ich auch ein Stück von dem Kuchen abkriegen. „Und Eduardo verwaltet die Fonds?“ fragte ich.

„Ricardo braucht jemanden, dem er solche Sachen anvertrauen kann. Ach ja, zu seinen Aufgaben gehört es auch, neue Mitarbeiter zu überprüfen. Na ja, zu gucken, ob sie Drogenprobleme haben, hochverschuldet sind, spielen oder Vorstrafen haben.“

„Du machst Witze!“ Ich war entsetzt.

„Hör mal, Nick“, lachte Jamie. „Du hast wahrscheinlich von all den Leuten hier im Raum am wenigsten zu verbergen.“

So ganz konnte ich mich nicht damit abfinden.

„Aufgepaßt, da kommt er“, zischte mir Jamie ins Ohr.

Tatsächlich kam Eduardo auf Jamies Schreibtisch zu. Die anderen

Verkäufer grüßten ihn lächelnd. Selbst ich erkannte, daß ihre Freundlichkeit nicht ganz echt war. Er reichte mir die Hand, ein Lächeln auf den vollen Lippen. „Nick Elliot? Ich bin Eduardo Ross. Schön, daß Sie bei uns sind.“ Seine Stimme war genauso tief wie die seines Bruders, aber sein Akzent war südamerikanisch.

Ich stand auf und schüttelte ihm etwas linkisch die Hand. „Danke.“

„Haben Sie etwas dagegen, Jamie, wenn ich ihn einen Augenblick entführe?“

„Ganz und gar nicht“, erwiderte Jamie.

„Sehr schön. Gehen wir in mein Büro.“

Ich folgte Eduardo in sein Büro. Es war ein großer Raum mit luxuriöser Einrichtung. Zwei cremefarbene Ledersofas standen vor einer hellen Holztäfelung. An einer Wand hing eine Fotografie eines roten Ferrari. Er wurde geziert vom sonnengebräunten, muskulösen Besitzer und zwei schwarzhaarigen Schönheiten.

„Nehmen Sie Platz.“ Eduardo öffnete einen Tischhumidor und bot mir eine Zigarre an. Als ich den Kopf schüttelte, suchte er für sich selbst ein besonders beeindruckendes Exemplar heraus und nahm es behutsam zwischen die Lippen. Es klopfte, und eine sehr junge, sehr hübsche Blondine kam herein. „Der Bericht, Mr. Ross“, sagte sie, trat rasch an seinen Schreibtisch und legte ihn dort ab.

„Danke, Penny“, erwiderte er. Als sie schon im Hinausgehen begriffen war, fügte er hinzu: „Ihr Engländer setzt wirklich die süßesten Jungfrauen in die Welt, was meinen Sie, Nick? Zu schade, daß sie so schnell verderben, wenn sie älter werden.“

Unwillkürlich blickte ich zu dem Mädchen hinüber und sah, daß es knallrot wurde und förmlich zur Tür floh.

Eduardo lachte in sich hinein. „Sie sieht einfach entzückend aus, wenn sie rot wird.“

Mir fiel keine passende Antwort ein.

„Ricardo hat mir von Ihnen erzählt, Nick“, fuhr er freundlich fort. „Sie haben schon einen guten ersten Eindruck hinterlassen.“

„Danke.“

„Wir sind stets bemüht, den Wünschen unserer neuen Mitarbeiter entgegenzukommen“, fuhr er fort. „Ich habe von Ricardo gehört, daß Sie eine ziemlich hohe Hypothek aufgenommen haben. Diese Last würden wir Ihnen gern etwas erleichtern.“

Mein Puls beschleunigte sich.

„Wir haben uns gedacht, wir könnten vielleicht die Hypothek von

Ihrer Wohnungsbaugesellschaft übernehmen und den Zinssatz herabsetzen." Er lächelte mich an und zog genüßlich an seiner Zigarre. Wie Ricardo besaß er Charisma. Aber es war von anderer Art. Mit dem breitflächigen Gesicht, der gerunzelten Stirn und dem dichten schwarzen Haar, das er glatt zurückgekämmt trug, sah er gut aus. Irgendwie schüchterte er mich ein.

Einen Moment lang verspürte ich ein überwältigendes Gefühl der Erleichterung. Diese Hypothekenzahlungen überschatteten mein Leben nun schon so lange. Doch diese Anwandlung dauerte nur einen Augenblick. Mein Instinkt mahnte mich zur Vorsicht. Bei Eduardo hatte ich das Gefühl, er versuchte mich zu kaufen.

„Nein, danke", erwiderte ich. „Ich weiß Ihr Angebot zu schätzen, aber ich müßte die Hypothek jetzt selbst tragen können."

Einen Augenblick lang verfinsterte sich Eduardos Blick. „Es ist kein Haken dabei", sagte er. „Viele Firmen in der City gewähren ihren Mitarbeitern Hypotheken zu günstigen Konditionen. Nehmen Sie das Angebot ruhig an. Sie brauchen nichts zu befürchten."

Das klang einleuchtend. Trotzdem beschlich mich ein ungutes Gefühl. „Sicher ist das richtig. Aber ich komme wirklich zurecht."

Eduardo zuckte mit den Achseln. „Wie Sie wollen. Aber wenn es irgend etwas gibt, womit wir Ihnen helfen können, lassen Sie's uns wissen. Okay?" Wieder ein herzliches Lächeln.

Ich war schon fast an der Tür, als er mich noch einmal ansprach: „Oh, Nick?"

Ich blieb stehen und drehte mich um. „Ja?"

„Isabel Pereira hat mir das Fax zukommen lassen, das Sie gestern für Martin Beldecos entgegengenommen haben." Er senkte die Stimme. „Eine schreckliche Geschichte. Grauenhaft. Aber wenn Sie noch weitere Nachrichten für Martin bekommen sollten, dann geben Sie sie bitte direkt an mich, ja? Und sprechen Sie bitte mit niemandem darüber. Martin hat für mich an einer Sache gearbeitet, höchst vertraulich, wenn Sie verstehen, was ich meine?"

Es war ein Ersuchen, an der Oberfläche mit Charme und viel Freundlichkeit vorgetragen. Doch darunter lag unausgesprochen eine Drohung. „Ich verstehe", sagte ich und ging hinaus.

Jamie war neugierig. „Worum ging es?"

Ich erzählte ihm von Eduardos Angebot. „Glaubst du, daß ich verrückt bin?"

Jamie zögerte. „Vielleicht nicht. Aber wenn du hier arbeitest, dann verlierst du deine Unabhängigkeit sowieso auf die eine oder andere Art. Die Bonusse und die Mitarbeiterfonds sind das Offenkundige. Du schuldest Ricardo bereits fünftausend Pfund, bevor du überhaupt bei uns angefangen hast. Schon vergessen?"

„Aber irgendwie ist es bei Ricardo etwas anderes als bei Eduardo."

„Vielleicht. Aber sie sind Brüder. Was du dem einen schuldest, schuldest du auch dem anderen."

„Ist ihr Verhältnis so eng?"

„Worauf du dich verlassen kannst. Die meisten Latinos sind Familienmenschen. Aber bei den beiden ist es mehr als das." Wieder senkte Jamie die Stimme. „Es sind ein paar ziemlich häßliche Gerüchte über Eduardo im Umlauf."

Interessiert beugte ich mich vor. „Tatsächlich?"

„Ja. Anscheinend hat er mal jemanden umgebracht. Vom Balkon gestoßen. Als Student in Caracas. Sie haben sich um eine Frau gestritten. Ricardo hat es vertuscht, und Eduardo ist davongekommen. Er führt ein ziemlich flottes Leben. Mädchen, Drogen. Solche Sachen. Man munkelt, daß er mit Isabel im Bett war."

„Eduardo? Ich hätte ihr mehr Geschmack zugetraut."

Jamie zuckte die Achseln. „Ich habe dich vor ihr gewarnt."

Ich war enttäuscht. Das hätte ich von Isabel zwar nicht erwartet, aber da ich kaum ein Wort mit ihr gewechselt hatte, mußte ich mir eingestehen, daß ich keinen Grund hatte, enttäuscht zu sein. Eine im Entstehen begriffene Phantasie ging in die Brüche. Abgehakt, erstickt.

„Aber Eduardo ist durchaus von Nutzen", fuhr Jamie fort. „Er ist intelligent, verschlagen, und er versteht es, Menschen zu beeinflussen."

„Bestechung?"

„Ich glaube nicht, daß das so simpel ist", meinte Jamie. „Aber Eduardo hat so seine Methoden, und Ricardo ist wahrscheinlich ganz froh darüber, daß er sie nicht genauer kennt."

Ich beschloß, mich von Eduardo fernzuhalten, so gut es eben ging.

Wieder blieb ich bis in den späten Abend hinein. Ich war in meine Lektüre vertieft: Marktforschungsberichte und Kopien aus dem *International Financing Review,* dem Klatschblatt des Rentenmarktes. Nach und nach begann sich der Börsensaal zu leeren. Um halb elf waren nur noch Ricardo und ich anwesend. Er legte den Hörer auf und trat an meinen Schreibtisch. Er sah noch immer so frisch und munter aus wie bei der Morgenbesprechung. Er zündete sich eine Zigarette an. „Na, was halten Sie davon? Macht Spaß, nicht wahr?"

„Ich hätte nie gedacht, daß die Sache so interessant sein könnte."

Ricardo lachte leise. „Sie haben gedacht, man schreit nur in ein paar Telefone."

„So ähnlich."

Er sah sich an, was ich gerade las – einen Bericht, der die Situation in Mexiko beleuchtete. „Charlotte ist skeptisch, was Mexiko betrifft. Sie rechnet in ein bis zwei Monaten mit einer Abwertung der Währung und glaubt, daß diese die Anleger genauso verschrecken wird wie die letzte. Und ich stimme ihr zu."

„Also verkaufen Sie Mexiko und kaufen Argentinien?"

Ricardo lächelte. „Sie lernen rasch. Im Prinzip ist das richtig. Doch leider ist das nicht so einfach."

„Warum nicht?"

„Weil Mexiko eine Milliarde Dollar aufnehmen will. Und das ist ein Geschäft, das über uns laufen muß."

„Verstehe. Aber Sie können doch keine mexikanischen Anleihen an Anleger verkaufen, die Angst vor einer Abwertung haben."

„Völlig richtig."

Ich dachte nach. „Können Sie nicht jemand anders das Geschäft überlassen?"

„Natürlich müßten wir beteiligt sein. Aber vielleicht könnten wir bei der Transaktion mit ein paar anderen Häusern kooperieren und so das Risiko verringern. Zu unserem Leidwesen bemüht sich jedoch Bloomfield Weiss um das ganze Geschäft. Und denen kann und will ich es nicht überlassen. Sie haben uns im Visier. Sie wollen die Nummer eins werden."

„Wir können sie doch sicherlich rausdrängen, oder?"

„Das ist gar nicht so leicht. Sie verfügen über zehnmal soviel Kapital wie wir. Damit können sie sich überall einkaufen."

„Also, was haben Sie vor?"

„Ich weiß es wirklich nicht." Nachdenklich blies er den Rauch seiner Zigarette an die Decke. Schließlich richtete er wieder das Wort an mich. „Also Sie tendieren zu Argentinien? Warum?"

Ich holte tief Luft. „Die Entscheidung, den Peso an den Dollar zu koppeln, scheint sich zu bewähren. Und die Anleihen sind nur deshalb fünf Punkte abgesackt, weil ein großer amerikanischer Anleger sie seit einiger Zeit verkauft. Sie sind ihr Geld wert."

„So, so. Und welche Anleihe würden Sie besonders empfehlen?"

„Die Discounts." Das waren Brady Bonds, die Argentinien emittiert hatte, als es vor ein paar Jahren seine Rendite neu verhandelt hatte. „Finden Sie nicht auch?“

Ricardo lächelte. Er griff zum Telefonhörer.

„Wen rufen Sie an?“

Er sah auf die Uhr. „US Commerce hat in San Francisco ein Büro, das noch geöffnet haben müßte. Einen Augenblick. Brad?“ Pause. „Ricardo Ross. Wie sieht es bei Ihnen mit Argentinien aus? Die Discounts... Zwanzig Millionen?... Natürlich, ich warte.“ Er grinste mich an. „Der Bursche ist in Panik. Aber er macht es möglich.“ Dann wieder ins Telefon: „Siebenundsechzigeinhalb? Ein bißchen viel, nicht wahr, Brad?... Na gut, ich nehme zwanzig zu einhalb.“ Er legte auf und wandte sich an mich: „Sagen Sie mir, wann ich verkaufen soll, ja?“

Ich nickte und spürte, wie sich mein Puls beschleunigte.

„Zeit, nach Hause zu gehen, meinen Sie nicht? In acht Stunden fangen wir wieder an. Sehen Sie zu, daß Sie auf Ihr Fahrrad kommen“, sagte er.

Das tat ich und trat kräftig in die Pedale, wobei meine Gefühle sich zwischen Hoffen und Bangen bewegten – der Furcht, daß meine erste Bond-Position in die Hose gehen könnte, und der Hoffnung, daß sie ein Glücksgriff war.

DER MITTWOCHMORGEN war neblig. Ich konnte den Tower nicht sehen, als ich durch Eastend radelte. Doch der Börsensaal war von blauem Himmel umgeben. Wir befanden uns unmittelbar über dem Nebel, einem wogenden weißen Meer, so weit das Auge reichte. Wir selbst waren eine Insel, weit von England entfernt, viel näher an New York und Buenos Aires als am Buckingham-Palast. Ich sah mich nach meinen Kollegen um. Eine kleine Gruppe von Kolonisten, Einwanderer aus aller Welt, die aufgebrochen waren, um in diesem fremden neuen Land ihr Glück zu suchen.

Das war alles sehr hübsch, aber wie standen die Argy Discos?

Ich schaltete Jamies Bildschirm ein. Der Geldkurs lag bei $67^1/_4$. Ich war nicht im Geld. Der übrige Markt war um einen Punkt nach oben gegangen und hatte meine Anleihe hinter sich gelassen. Mist, hatte ich etwa doch aufs falsche Pferd gesetzt?

Plötzlich erwachte das Faxgerät hinter mir zum Leben. Ich ging zum Gerät und entnahm ihm die zwei Blatt Papier, die ausgedruckt worden waren. Sie waren an Martin Beldecos gerichtet. Von der United Bank of Canada. Meine Neugier gewann die Oberhand. Ich begann zu lesen.

Sehr geehrter Mr. Beldecos,
da Sie kürzlich anfragten, wer das Nutzungsrecht an der International Trading and Transport (Panama) besitzt, sind Sie vielleicht an den Ergebnissen interessiert, die unlängst eine Prüfung erbrachte.

Vielleicht erinnern Sie sich, daß der einzige Name, der im Zusammenhang mit International Trading and Transport (Panama) in unseren Unterlagen auftauchte, Mr. Tony Hempel war, ein Anwalt in Miami. Bei der Prüfung eines anderen unserer Kunden ergab sich, daß Mr. Hempel eine enge Verbindung zu Francisco Aragão unterhält, einem brasilianischen Finanzier, der bei der DEA im Verdacht steht, an der Geldwäsche von Drogengewinnen beteiligt zu sein.

Einerseits unternehmen wir alle Anstrengungen, den internationalen Behörden bei der Verfolgung von Geldwäschern und Drogenkriminalität zu helfen, andererseits sind wir zur Vertraulichkeit gegenüber unseren Kunden verpflichtet. Daher haben wir die Ergebnisse unserer Prüfung noch nicht an die DEA weitergeleitet. Doch wenn Sie Informationen haben, die Sie dieser Behörde zukommen lassen möchten, dann rufen Sie mich doch bitte an, und ich gebe Ihnen den Namen und die Telefonnummer meiner Kontaktperson.

Mit freundlichen Grüßen
Donald Winters

Ich erinnerte mich daran, daß dieses Unternehmen – International Was-auch-immer, Panama – eine Geldsumme auf ein Konto von Dekker Trust überwiesen hatte. Und der Anwalt, der die Überweisung veranlaßt hatte, arbeitete mit jemandem zusammen, der im Verdacht der Geldwäsche stand. Mit anderen Worten, eines der Konten von Dekker Trust enthielt möglicherweise gewaschenes Geld. Daran hatte Martin Beldecos also gearbeitet! Kein Wunder, daß Eduardo großen Wert darauf legte, die für Martin bestimmten Nachrichten persönlich zu erhalten, bevor jemand anders sie sah.

Plötzlich lief es mir eiskalt über den Rücken. Vielleicht hatte Dave recht gehabt. Vielleicht war Martin tatsächlich von gekauften Mördern umgebracht worden. Wenn er von der Geldwäsche bei Dekker Ward gewußt hatte, dann hatte ihn möglicherweise jemand zum Schweigen bringen wollen.

Ich nahm das Fax, ging hinüber zu Eduardos Eckbüro und klopfte an die Tür.

„Er ist heute nicht da", sagte eine Frau mittleren Alters, die eine Gruppe von Schreibtischen vor dem Büro beaufsichtigte. „Kann ich Ihnen weiterhelfen?"

Ich überlegte. Ich erinnerte mich an die versteckte Drohung in Eduardos Stimme und kam zu dem Ergebnis, am sichersten sei es, wenn ich wartete, bis ich Eduardo die Nachricht persönlich übergeben konnte. „Nein, schon gut", sagte ich und umrundete das Quadrat der Tradertische auf dem Weg zu meinem eigenen Platz.

Was um Himmels willen sollte ich nur tun? Ich blickte mich suchend nach Jamie um, aber der war noch immer bei einer Präsentation.

Dann sah ich Ricardo auf mich zukommen. „Wollen Sie die argentinischen Positionen noch halten? Sie sind gegenüber dem Markt ein wenig ins Hintertreffen geraten, nicht wahr?"

Ich zwang meine Gedanken, sich wieder dem Markt zuzuwenden. „Die Situation, die uns zum Kauf der Anleihe bewogen hat, ist unverändert", sagte ich. „Ich bin für Halten."

„Warten wir ab, was passiert. Und womit beschäftigen Sie sich im Augenblick?"

Jetzt wäre der richtige Zeitpunkt gewesen, um Ricardo über das Fax in Kenntnis zu setzen. Doch irgend etwas hinderte mich daran. Ich brauchte Zeit, um über alles nachzudenken. Also verdeckte ich Martin Beldecos' Namen auf der ersten Seite und sagte nur: „Lesen."

„Aha. Meinen Sie nicht, daß es an der Zeit wäre, etwas Richtiges zu tun, anstatt immer nur zu lesen? Isabel fliegt heute abend nach Rio, um den Favela-Deal zum Abschluß zu bringen. Sie könnte ein wenig Unterstützung gebrauchen. Wollen Sie sie nicht begleiten?"

„Natürlich." Mein Puls beschleunigte sich bei der Aussicht, so eng mit Isabel zusammenzuarbeiten. Abgesehen davon war es eine große Chance. Meine erste Geschäftsreise für Dekker Ward – und gleich ein Geschäft dieser Größenordnung.

Ich blickte zu ihr hinüber. Sie telefonierte, aber sie hatte Ricardo bei mir gesehen und schenkte mir ein flüchtiges, aufmunterndes Lächeln.

„Gut. Ich möchte erst einmal sehen, wie Sie sich in den Märkten schlagen, in denen wir heimisch sind, bevor ich Sie auf Rußland ansetze", sagte Ricardo. Er lächelte und ging an seinen Tisch zurück, um einen Anruf entgegenzunehmen.

Isabel legte den Hörer auf. „Ziehen Sie sich einen Stuhl heran", sagte sie. „Ich erzähle Ihnen, worum es geht."

„Einen Augenblick", sagte ich. Dann öffnete ich die unterste Schublade meines Schreibtischs und deponierte das Fax dort. Ich würde mich später damit befassen.

Ich zog mir einen Stuhl heran und setzte mich neben sie. Ihr Parfüm stieg mir in die Nase. Konzentriere dich!

„Zunächst: Wissen Sie, was eine Favela ist?“ Sie lächelte, und flüchtig sah ich ihre Zähne aufblitzen.

„Eine Art Elendsviertel, soweit ich weiß.“

„Richtig. In Brasilien hat es in den letzten vierzig Jahren eine massive Landflucht gegeben. Die Leute kommen in die Stadt und wissen nicht, wo sie wohnen sollen. Daher suchen sie sich irgendein unbebautes Grundstück und errichten dort eine Notunterkunft. Die zimmern sie sich aus Holzresten, verrosteten Eisenteilen und ähnlichem zusammen. Schließlich entstehen große Stadtviertel.“

„Das hört sich grausig an.“

„Das ist grausig“, bestätigte Isabel. „Es gibt keine sanitären Einrichtungen. Offene Abwasserkanäle laufen durch die Straßen. Kein fließendes Wasser. Keine Müllabfuhr. Dafür gibt es Drogen und Bandenkriege. Immer wenn man die Bewohner vertreibt oder billige Wohnungen erbaut, entsteht irgendwo anders eine neue Favela.“

„Und wie sieht die Lösung aus?“

„Nun, der Grundgedanke ist, die Favelas zu verändern, statt sie aufzulösen. Die Stadtverwaltung von Rio de Janeiro will sie in ganz normale Stadtviertel verwandeln, mit Straßen, Gesundheitszentren, Schulen, Parks, Wasserleitungen, Elektrizität. Vor allem aber sollen die Einwohner Rechte an den Grundstücken der Favelas erhalten. Das wird vieles ändern. Sobald die Menschen wissen, daß sie nicht mehr jederzeit vertrieben werden können, werden sie sich bemühen, ihre Quartiere instand zu setzen.“

Ich dachte einen Augenblick lang nach. „Wird das wirklich funktionieren?“

„Es sollte eigentlich“, sagte Isabel. „Auf jeden Fall ist es einen Versuch wert.“

„Und wie soll das Ganze finanziert werden?“

Isabel lehnte sich nach vorne, ganz von ihrem Projekt in Anspruch genommen. „Da kommen wir ins Spiel. Die Finanzierung dieses Projekts kann problematisch werden. Im Normalfall müßte das die Stadtverwaltung organisieren. Dort könnten die Mittel aus verschiedenen Haushaltstiteln ergänzt werden, wären dann aber allen möglichen bürokratischen Auflagen unterworfen. In der Vergangenheit sind Vorwürfe laut geworden, daß Aufträge zu überhöhten Preisen gegen entsprechende Gegenleistungen vergeben worden sind. Es war ein Alptraum, bis wir auf die Idee kamen, einen Rio de Janeiro Favela Trust zu bilden. Hundert Millionen Dollar steuert die Stadtverwaltung bei, und zweihundert Millionen soll eine Zehnjahresanleihe bringen, die vom World Development Fund finanziert wird und von Dekker Ward auf den Markt gebracht wird."

„Und dieser Trust ist für die Finanzierung des Projekts zuständig?"

„Richtig. Es wird Vermögensverwalter von der Stadtverwaltung, von der Favela und vom World Development Fund geben. Der Trust erhält den Pachtzins. Da es sich um Pachtzins und nicht um Steuern handelt, kann er für die Bedienung der Anleihen verwendet werden. Wenn er nicht ausreicht, springen natürlich die Stadtverwaltung und der World Development Fund ein."

„Aber wird es dem Magistrat von Rio denn gefallen, wenn er die alleinige Kontrolle über den Trust verliert?"

„Das war bis jetzt das Problem", sagte Isabel. „Doch der gegenwärtige Bürgermeister von Rio möchte diese Viertel sanieren. Das wird sicherlich dazu beitragen, daß man die Sache sauber durchziehen kann."

„Also hat jeder etwas davon."

„Das zumindest ist beabsichtigt."

Ich war beeindruckt. „War das Ihre Idee?"

„Ja. Oder zumindest die Trust-Struktur. Ich hatte so etwas schon seit längerem vor, aber bisher war niemand daran interessiert. Dann hat Ricardo sich dafür stark gemacht, und nun sieht es ganz danach aus, als ob es doch noch klappen würde."

Gegen sechs verließ ich das Büro. Ich mußte noch nach Hause und meine Sachen packen, bevor es in Richtung Flughafen ging. Beim Hinausgehen sah ich Jamie. Er winkte mich heran. Er sah, daß ich mein Jackett anhatte. „Wohin des Wegs?"

„Brasilien. Ricardo hat mich gebeten, Isabel beim Favela-Deal zu unterstützen."

„Das verspricht interessant zu werden. Isabel ist gut. Du kannst viel von ihr lernen. Ihr Vater ist da unten ein einflußreicher Banker. Man wird auf sie hören. Aber denke daran: Keine Dummheiten!"

Ich lächelte. „Ah ja, Jamie, bevor ich es vergesse. Ich habe da ein Fax für Martin Beldecos bekommen, über das ich gern mit dir sprechen würde. Ich weiß nicht so recht, was ich damit anfangen soll–"

Das kleine rote Licht seiner Telefonanlage begann zu blinken. Er nahm den Hörer ab. Während er aufmerksam zuhörte, formte er mit seinen Lippen lautlos ein „Später"; das war für mich bestimmt.

Ich wollte das Flugzeug nicht verpassen, daher verabschiedete ich mich mit einem Winken und ging.

VIER

Vom Flughafen waren wir direkt hierhergefahren – durch die chaotischen, verdreckten Vororte im Norden Rios in das schäbige Verwaltungszentrum der Stadt.

„Und wie geht es Ihrem lieben Vater, Isabel?" fragte Humberto, seines Zeichens Finanzsenator von Rio de Janeiro, während er sich an den Konferenztisch setzte. Er mochte etwa fünfzig sein, klein und ein bißchen aufgeschwemmt, mit dunklem Haar, das sich schon lichtete. Er trug einen eleganten grauen Anzug und einen gestreiften Schlips.

„Gut", erwiderte sie. „Er arbeitet viel, wie immer."

Ich sah zum Fenster hinaus. Wir befanden uns im zehnten Stock. In hundert Meter Entfernung erhob sich der Amtssitz des Bürgermeisters. Und dahinter breiteten sich das Meer, die Berge und das dichtgedrängte Stadtbild von Rio de Janeiro aus. Humberto nahm einen Schluck Kaffee und zündete sich eine Zigarette an. „Nun, Isabel, es gibt gute Nachrichten. Gestern ist der Rio de Janeiro Favela Trust offiziell gegründet worden. Und mir wurde die Ehre zuteil, zum Vorsitzenden gewählt zu werden." Er legte die Hand auf die Brust und machte eine ironische Verbeugung.

„Wunderbar!" Isabel strahlte. Offenbar übertraf das ihre kühnsten Erwartungen.

„Haben Sie die Dokumente, die ich Ihnen geschickt habe?"

„Die sind hier", sagte Isabel. „Ich habe ein paar Ergänzungen. Nichts Wichtiges. Und dann haben wir natürlich morgen noch die Besprechungen mit den Rating-Agenturen. Doch die sollten eigentlich kein Problem sein."

„Gut." Er strahlte uns an. „Sobald wir uns über die Verträge geeinigt haben und das Okay der Rating-Agenturen vorliegt, gibt es von unserer Seite aus nichts mehr, was der Sache im Wege stünde."

In der Stimme des Senators war ein Unterton, der Isabel stutzig machte. „Humberto?"

„Na ja, es gibt noch ein kleines Problem. Der World Development Fund muß noch ein paar Einzelheiten mit Washington klären. Er will sich Anfang nächster Woche wieder melden."

„Ich rufe dort an", sagte Isabel.

„Gut. Isabel, wir machen das Geschäft, ich verspreche es Ihnen."

Isabel lächelte. „Worauf Sie sich verlassen können."

Wir zogen uns in einen Konferenzraum zurück, wo wir die Verträge durchgingen. Ich mußte sie ein paarmal lesen und konnte mich mit ein paar Vorschlägen einklinken. Es war ein gutes Gefühl, einen Beitrag zur Veränderung der Verhältnisse zu leisten.

Als wir im Taxi ins Hotel fuhren, sagte Isabel: „Nach einem Jahr sieht alles danach aus, als wären wir endlich am Ziel. Vielen Dank für Ihre Hilfe. Sie haben wirklich eine schnelle Auffassungsgabe." Sie schenkte mir ein scheues Lächeln, ein Lächeln, für das ich glatt gestorben wäre.

„Danke", erwiderte ich mit brüchiger Stimme.

Der Taxifahrer mogelte sich durch den Verkehr von Rio, wich Schlaglöchern in der Fahrbahn aus, fluchte und hupte sich durch Staus. Schließlich fuhren wir in einen Tunnel. Am Ufer eines Sees tauchten wir wieder aus dem Untergrund auf. Um uns herum wuchsen Apartmenthäuser in den Himmel, und dahinter sah man die hohen grünen Kämme der Berge. Auf einem von ihnen stand die Christusstatue, die Arme ausgebreitet, als wolle sie die Stadt unter sich umarmen.

Die nächsten Tage in Rio würden nicht ganz leicht sein. Nicht der geschäftliche Teil. Mit der Besprechung und der Rolle, die ich darin gespielt hatte, war ich zufrieden. Nein, Isabel war das Problem. Sie brauchte gar nichts anderes zu tun, als einfach nur neben mir zu sitzen und in einer Zeitschrift zu blättern, und schon war es um meinen Seelenfrieden geschehen. Die Art und Weise, wie sie sich beim Lesen auf die Lippen biß, wie ihr Haar auf den elegant geschwungenen Hals fiel, ließ mein Herz höher schlagen.

Nach ein paar Minuten hielt das Taxi vor dem Copacabana Palace. Es war ein niedriges weißes Gebäude, dessen elegante Art-deco-Fassade an seine Blütezeit in den dreißiger Jahren erinnerte, als sich hier die Schönen und die Reichen ein Stelldichein gaben. Als das Taxi zum Stehen kam, öffnete ein Page in makellos weißer Uniform die Tür, während ein anderer sich unseres Gepäcks annahm. Nachdem wir eingecheckt hatten, wurden wir durch einen Innenhof mit einem Swimmingpool geführt, dessen Wasser in kühlem Blau erstrahlte. Ich war tief beeindruckt. Gewiß, ich reiste nicht zum erstenmal; ich war aber nie in einer Unterkunft abgestiegen, die mich mehr als zwanzig Pfund pro Nacht gekostet hatte. Isabel, die das Hotel natürlich kannte, ging schnellen Schrittes an der ganzen Pracht vorbei.

Oben in meinem Zimmer angekommen, holte ich mir ein kühles Bier aus der Minibar und trat auf den Balkon hinaus. Unter mir lag der Pool, und dahinter, jenseits des Verkehrsstroms auf der Avenida Atlântica, entfaltete sich das bunte Strandleben der Copacabana. Der Strand war mit braunen und schwarzen Körpern übersät. Man spielte Volleyball oder Fußball, ging herum oder saß da und beobachtete das Treiben. Und dahinter begann das Meer, ein sanftes blaues Wogen, das erst kurz vor dem Strand in eine weiße Brandung zerstäubte.

Ich befreite mich von Jackett und Schlips, nahm einen Schluck kühlen Bieres, schloß die Augen und hielt das Gesicht in die laue Wärme des Spätnachmittags. Es klopfte. Isabel.

„Kommen Sie herein", sagte ich. „Möchten Sie ein Bier?"

Sie schüttelte den Kopf. Ich trat wieder auf den Balkon hinaus, und sie folgte mir.

„Das ist einfach überwältigend", bekundete ich.

„Rio ist schön", sagte sie nüchtern. Sie trug ein schlichtes schwarzes Sommerkleid und lehnte sich an das Balkongeländer. Ich bekam eine trockene Kehle.

„Ich esse mit ein paar alten Freunden zu Abend", erklärte sie. „Kommen Sie allein zurecht?"

„Natürlich."

„Nehmen Sie nicht zuviel Geld mit, wenn Sie ausgehen, und wenn es jemand von Ihnen haben will, dann geben Sie es ihm."

„Ja, Mama."

Sie lächelte und errötete. „Tut mir leid, aber die Stadt kann für Fremde sehr gefährlich sein."

„Es ist nett, daß Sie mich darauf hinweisen. Aber keine Angst, ich passe schon auf mich auf."

Sie zögerte. „Am Samstag esse ich mit meinem Vater zu Mittag. Haben Sie Lust mitzukommen? Ich glaube, er würde sich freuen, Sie kennenzulernen."

Ich versuchte, meine Überraschung zu verbergen. „Sehr gern, vielen Dank."

„Gut", sagte sie und ging.

DIE BESPRECHUNGEN mit den Rating-Agenturen am Freitag verliefen reibungslos. Sie schienen mit der Art, wie sich alles ineinanderfügte, zufrieden zu sein. Also rief Isabel während der Mittagspause den World Development Fund an und erfuhr, daß Jack Langton den ganzen Tag über unterwegs war und am Montag zurückrufen würde.

Am Sonntag morgen versuchte ich, Pedro Hattori in der Firma zu erreichen. Aufgrund unbestätigter Gerüchte über einen Generalstreik, der in der kommenden Woche stattfinden sollte, waren meine argentinischen Discounts um einen Punkt abgesackt. Pedro sagte mir, ich solle mir keine Sorgen machen. Doch das tröstete mich nicht.

Am Morgen sah ich mir Rio an. Es war ein überwältigender Eindruck. Eine schier unglaubliche Mischung aus Meer, Strand, Wald und Bergen – und das alles so dicht zusammengedrängt, daß es unmöglich erschien, darin auch noch eine Stadt unterzubringen.

Um ein Uhr kehrte ich ins Hotel zurück; Isabel erwartete mich schon. Wir sprangen in ein Taxi und ließen uns nach Ipanema fahren, wo ihr Vater wohnte. Der Strand von Ipanema unterschied sich etwas von der Copacabana. Zwar hatte er den gleichen weißen Sand und war von ähnlichen tiefgrünen Bergen umgeben, aber die Apartmenthäuser schienen neuer und gepflegter zu sein. In Ipanema gab es Sonne, Meer, Sand und Geld.

Doch am Ende des Strandes, hinter einem kastenförmigen Hotel, sah ich eine Ansammlung winziger Hütten, die am Berghang klebten. Sie standen dicht an dicht. Kein Bauwerk war wirklich gerade, kein Gebäude ganz vollständig. Eine Favela.

Wie hielten vor einem schmiedeeisernen Tor, das mit einer kleinen Videokamera und einem elektronischen Kombinationsschloß versehen war. Über uns erhob sich ein Apartmenthaus. Das Doppeltor öffnete sich, und das Taxi fuhr uns bis zum Eingang.

Als wir in die kühle Vorhalle traten, wurde Isabel von dem Portier in Livree lächelnd begrüßt. Im fünfzehnten Stock öffneten sich die Lifttüren, und wir betraten eine Diele.

„Isabel!“ Ein hochgewachsener Mann mittleren Alters, der sich leicht gebeugt hielt, erwartete uns. Er breitete die Arme aus.

„Papai!“ rief sie und umarmte ihn.

Isabels Vater hatte ihre lange romanische Nase, die bei ihm sehr vornehm aussah. Über seine halbkreisförmigen Brillengläser sah er mich an. „Ich bin Luís. Willkommen.“ Er gab mir die Hand und lächelte. Sein Haar war noch schwarz, begann sich aber zu lichten. Er hatte ein sehr freundliches Gesicht, in dem die viele Sonne und das Lachen kleine Fältchen hinterlassen hatten. „Kommt rein, kommt rein.“

Er führte uns in ein großes Wohnzimmer. Die Möbel waren niedrig und entweder aus dunklem Holz oder Bambus. An den Wänden hingen große Bilder in hellen, kräftigen Farben. Durch großflächige Fenster, die auf einen Balkon führten, flutete das Sonnenlicht herein. Dahinter erstreckte sich leuchtend blau das Meer.

„Möchten Sie etwas trinken? Haben Sie schon mal eine Caipirinha probiert?“

„Nicht, daß ich wüßte.“

„Dann ist es höchste Zeit.“ Er richtete ein paar Worte an das Mädchen, das an der Tür wartete.

Luís führte uns auf den Balkon. Wir blickten auf die Bucht von Ipanema, auf ihr erstaunliches Blau, das von dem kräftigen Grün vieler kleiner Inseln gepunktet wurde. Bunte tropische Blumen wucherten aus den Kübeln auf der Terrasse, und eingerahmt wurde der Blick durch eine Bougainvillea, die in voller purpurner Blüte stand.

Das Mädchen kam mit den Getränken zurück. Die Caipirinha erwies sich als kräftiger Rum mit Limonensaft. Das schwere Aroma des Rums, die Säure des Limonensaftes, die Kälte des Eises und der Kick des Alkohols ergaben eine köstliche Mischung.

„Isabel hat mir berichtet, daß Sie bei Dekker Ward mit ihr zusammenarbeiten“, meinte Luís.

„Was man in meinem Fall so Zusammenarbeit nennen kann. Meine Erfahrung im Bankgeschäft erstreckt sich über kaum mehr als eine Woche. Aber Sie sind selbst Banker, wie ich gehört habe?“

„Ja. Ich komme aus einer Familie von Großgrundbesitzern. Im Laufe der Generationen hat sie eigentlich nur eine Fähigkeit unter Beweis gestellt: aus einem großen Vermögen ein kleineres zu machen. Insofern bin ich wohl irgendwie aus der Art geschlagen.“ Er warf Isabel einen Blick zu. „Und nun sieht es ganz danach aus, als ob uns das Bankgeschäft ins Blut übergegangen sei.“

Isabel wurde rot. „Es macht mir Spaß, Papai, hörst du? Ich habe eine gute Stellung, und ich mache meine Sache gut.“

„Davon bin ich überzeugt“, sagte Luís mit einer winzigen Spur von Herablassung in der Stimme. Isabel bemerkte es und runzelte die Stirn. „Isabel hat mir erzählt, daß Sie vorher Russisch gelehrt haben?“

„Ja. An der Fakultät für Slawistik in London.“

„Wunderbar. Ich habe viele russische Romane gelesen, aber ich stelle es mir einfach herrlich vor, sie im Original kennenzulernen.“

„Das ist es“, sagte ich. „Die russische Prosa ist faszinierend. Die Nuancen der Wirklichkeit, die Autoren wie Tolstoi und Dostojewski in ihren Werken herausarbeiten, sind außerordentlich.“

„Ich denke oft, daß Brasilien ein bißchen wie Rußland ist“, sagte Luís.

„Beide Länder sind riesig. Beide Völker scheinen ganz in der Gegenwart zu leben. In beiden ist Armut und Korruption an der Tagesordnung, beide verfügen aber auch über große Möglichkeiten, deren Verwirklichung jedoch immer wieder scheitert." Er lächelte. „Aber wir geben nicht auf. Wir trinken, tanzen, amüsieren uns, und morgen sterben wir vielleicht."

„Hat Ihnen Isabel erzählt, was wir hier machen?" fragte ich.

Isabel wirkte peinlich berührt.

„Von meiner Tochter höre ich nicht viel über ihre Arbeit", sagte er. „Ihre und meine Bank sind häufig Konkurrenten, von daher ist es wohl auch gut so."

Ich war mir nicht sicher, ob es sich hier wirklich um ein Geschäftsgeheimnis handelte, daher sah ich Isabel an. Sie zuckte mit den Achseln. Also berichtete ich ihm von dem Favela-Deal. Aufmerksam hörte er zu. „Es ist eine gute Idee. Ich freue mich, daß ihr so gute Arbeit leistet. Ah, da kommt das Essen."

Wir setzten uns zu Tisch. Das Mädchen hatte Steaks und Salat gebracht. Anfänglich herrschte Schweigen, während wir dem Essen zusprachen. Luís ergriff schließlich die Initiative. „Ich habe nachgedacht, Isabel. Hättest du nicht Lust, bei mir in der Bank zu arbeiten?"

Beunruhigt blickte Isabel ihren Vater an. „Um was genau zu tun?"

„Ich weiß nicht, aber ich bin sicher, daß wir etwas für dich finden würden. Du hast jetzt viel Erfahrung. Du könntest uns bestimmt sehr nützlich sein. So könntest du wieder nach Rio kommen und seßhaft werden."

„Papai!" Isabel brach in einen wütenden Redeschwall in Portugiesisch aus. Luís versuchte zu protestieren, kam aber nicht zu Wort. Schließlich versanken sie beide in tiefes Schweigen.

Langsam und konzentriert bearbeitete ich mein Steak. Luís wandte sich an mich. „Ich muß mich für meine Tochter entschuldigen ..."

„Machen Sie sich deshalb keine Gedanken", sagte ich und wechselte rasch das Thema. „Ich habe mich gefragt, ob ich nicht vielleicht einmal eine Favela sehen kann."

„Ihr könntet Cordelia besuchen", schlug Luís vor.

Isabel schmollte noch, riß sich aber zusammen. „Ja, das könnten wir machen, wenn Sie Lust dazu haben. Cordelia ist meine Schwester. Sie leitet einen Hort für Straßenkinder in einer der Favelas. Wir könnten nach dem Mittagessen hingehen."

„Gerne", sagte ich.

„Übrigens, Cordelia hat höchst erfreuliche Neuigkeiten zu berichten", sagte Luís zu Isabel.

Isabel überlegte einen Augenblick. „Sie ist doch nicht etwa schwanger?"

Luís konnte ein Lächeln nicht unterdrücken. „Das mußt du sie schon selber fragen."

Isabel lächelte verzückt. „Was für eine herrliche Neuigkeit. Also, wir müssen heute nachmittag unbedingt zu ihr", sagte sie zu mir. „Ich würde mich freuen, wenn Sie sie kennenlernen." Das überraschte mich ein wenig. „Ich meine natürlich, der Hort wird Sie sehr interessieren."

ICH WAR schweißgebadet, als ich mich unter der Spätnachmittagssonne den staubigen Weg hochquälte. Heftig keuchend, sog ich mit jedem Atemzug den Gestank menschlicher Ausscheidungen ein, dem sich noch der Geruch von verdorbenen Lebensmitteln hinzugesellte. Neben dem Weg verlief ein offener Abwasserkanal. Ich versuchte, nicht daran zu denken, in was ich da möglicherweise gerade trat.

Luís' Auto und Fahrer hatten wir am Fuß des Hügels zurückgelassen. Zu beiden Seiten des Weges drängten sich provisorische Hütten. Sie waren aus den verschiedensten Materialien erbaut. Kleine Löcher in den Wänden dienten als Fenster. Wäschestücke, die zum Trocknen von den Fenstersimsen herabhingen, ergänzten das Ziegelrot oder Mörtelgrau der Unterkünfte durch ein paar bunte Farbtupfer. Überall sah man Kinder; die meisten Jungen waren nur mit kurzen Hosen bekleidet. Eine Gruppe älterer Kinder musterte uns mit kalten, stolzen Blicken, als wir an ihnen vorbeikamen.

„Sind Sie sicher, daß es hier nicht gefährlich ist?" fragte ich.

„Nein", sagte Isabel, schwer atmend, ein paar Schritte vor mir.

Schließlich erreichten wir ein kleines Plateau, auf dem eine behelfsmäßige Kirche stand, klein und weiß, und ein größeres, rechteckiges Gebäude, das mit bunten Wandgemälden verziert war. Die Tür sprang auf, und eine Frau stürzte heraus, um Isabel zu umarmen. Die Familienähnlichkeit war nicht zu übersehen, obwohl Cordelia schwerer, älter und herber wirkte. Leidenschaft und Willensstärke hatten ihre Spuren in diesem Gesicht hinterlassen.

Wir gaben uns die Hand.

„Cordelia, das ist mein Kollege Nick Elliot", sagte Isabel auf englisch. „Ich habe ihn mitgebracht, um ihm zu zeigen, was du hier machst. Du hast doch hoffentlich nichts dagegen?"

„Ganz im Gegenteil", sagte Cordelia mit freundlichem Lächeln. „Je mehr Menschen es sehen, desto besser."

Isabel fragte Cordelia etwas auf portugiesisch. Cordelias Lächeln wurde noch strahlender, woraufhin Isabel einen Schrei ausstieß und der Schwester die Arme um den Hals schlang. Zwei Minuten lang schnatterten sie aufgeregt, dann wandten sich ihre strahlenden Gesichter mir zu. „Tut mir leid, Nick", sagte Isabel.

„Das ist schon okay", erwiderte ich. „Ich glaube, das Wichtigste habe ich mitbekommen", fügte ich lächelnd hinzu. Ich nickte Cordelia zu. „Gratuliere."

„Danke", sagte sie. „Isabel hat Ihnen also erzählt, was wir hier tun?"

„Nur in groben Zügen. Daß Sie einen Hort für Straßenkinder leiten."

„Richtig. Hier bekommen sie eine anständige Mahlzeit, finden jemanden, mit dem sie sprechen können, und haben das Gefühl, irgendwohin zu gehören. Wir haben ein paar Übernachtungsplätze für die Kinder, die wirklich um ihr Leben fürchten."

„Warum? Was haben sie getan?"

„Alles mögliche. Meistens stehlen sie."

„Unternimmt die Polizei nichts?"

„Die meisten Morde gehen ja auf das Konto der Polizei, entweder in Uniform oder Zivil."

Ich blickte sie fassungslos an. „Ich kann das einfach nicht glauben."

Sie zuckte die Achseln. „Möchten Sie ein paar der Kinder sehen?"

Sie führte uns in das Gebäude hinein. Nach der sengenden, staubigen Hitze der Favela war es hier wohltuend dunkel, kühl und sauber. Wir gingen einen langen Flur entlang, wobei wir immer wieder Kindern der unterschiedlichsten Altersstufen begegneten. Dann traten wir in eine Art Klassenzimmer, wo zahlreiche Kinder spielten, sich unterhielten oder einfach herumsaßen und in die Gegend starrten.

„Haben diese Kinder keine Eltern?"

„Viele kennen ihren Vater nicht. Manchmal haben sie rund ein Dutzend Geschwister und leben alle in einem einzigen dunklen Raum zusammen. Von ihren Stiefvätern werden sie geschlagen oder mißbraucht. Häufig verdösen ihre Mütter den ganzen Tag im Vollrausch. Diese Kinder haben es auf der Straße besser. Tagsüber gehen sie hinunter in die Stadt, um zu arbeiten, zu betteln oder zu stehlen."

Wir gelangten in einen anderen Raum, wo einige Jungen mit einem Lehrer sprachen. Einer der Jungen, er mochte etwa zwölf sein, drehte sich nach mir um. „He, Boß", sagte er. „Wie heißt du?"

Der Junge grinste breit, aber seine Augen blieben hart. Sein Blick huschte durch den Raum, als sei jeden Augenblick mit einer Gefahr zu rechnen. Aggressiv war sein erhobenes Kinn auf mich gerichtet.

„Nick“, erwiderte ich. „Und du?“

„Euclides. Hast du eine Kanone, Boß?“

„Nein.“

„Ich habe eine.“ Er brach in ein gackerndes Gelächter aus.

Wir verließen den Raum. „Ist das wahr?“ fragte ich Cordelia.

„Pistolen und Messer sind hier verboten. Euclides versteckt sich bei uns. Er sagt, die Polizei will ihn umbringen. Angeblich hat er ein Huhn gestohlen. Aber wir glauben, er hat jemanden erschossen, für Geld.“

„Ein zwölfjähriger Berufskiller?“

„Völlig richtig.“

„Und was machen Sie nun mit ihm?“

„Wir behalten ihn hier. Die Kinder müssen wissen, daß wir für sie da sind, egal, was sie angestellt haben. Wir versuchen hier den Teufelskreis der Gewalt zu durchbrechen.“

ALS WIR das Auto erreichten, war ich entsetzlich bedrückt.

„Sie wissen, daß Ihr Favela-Deal nichts daran ändern wird“, sagte ich zu Isabel. „Ein paar Straßen und ein bißchen Farbe auf den Hütten werden diesen Kindern nicht helfen.“

Isabel seufzte. „Ich weiß. Aber es ist ein Anfang. Jedesmal wenn ich Kinder wie Euclides sehe, würde ich am liebsten aufgeben. Aber wir müssen es versuchen.“

Ich war deprimiert und zornig nach dem Erlebnis in der Favela. Wie konnte ein vermeintlich so zivilisiertes Land wie Brasilien derartige Zustände hinnehmen?

Wir fuhren weg von der Favela, hinein in einen grünen Vorort mit weißen Häusern, die sich hinter hohen Mauern und elektronisch hochgerüsteten, schmiedeeisernen Toren versteckten.

„Ich bewundere Ihre Schwester“, sagte ich.

„Ich bewundere sie auch. Und ich liebe sie. Aber leider ist sie dumm. Entsetzlich dumm! Ich weiß, daß sie Gutes tut. Aber irgendwann wird sie tot sein.“

„Glauben Sie, daß eines der Kinder sie umbringen wird?“

„Nein, keines von den Kindern. Aber sie ist ein lebender Köder für Kidnapper. Entführungen sind ein beliebter Volkssport hier in Rio. Und denken Sie an all das, was sie uns über Polizei und Todesschwadronen berichtet hat. Cordelia hat schon Morddrohungen bekommen." Isabel wischte sich die Augen.

„Wäre sie meine Schwester, dann wäre ich sehr stolz auf sie", sagte ich behutsam.

Isabel sah mich einen Augenblick lang an und schenkte mir ein kleines Lächeln.

„Übrigens, Isabel, würden Sie heute abend mit mir essen gehen?"

FÜNF

Ich wartete in der Hotelhalle auf Isabel. Sie trug wieder das einfache schwarze Kleid, das sie schon zwei Abende zuvor angehabt hatte. Dezent unterstrich es ihre geschmeidigen Bewegungen beim Gehen.

„Lassen Sie uns am Strand etwas trinken", sagte ich.

Die Avenida Atlântica war gesäumt mit Huren in knappsitzenden Oberteilen und engen Shorts, die an parkenden Autos lehnten und auf Freier warteten. An einem der vielen Kioske, die entlang des Strandes standen, machten wir halt und bestellten zwei Bier.

Wir setzten uns und betrachteten die Vorübergehenden. Etwas mühsam wechselten wir ein paar Worte. Ich war mir nicht sicher, ob Isabel schüchtern war, mir auswich oder beides.

Wir versanken in Schweigen. In diesem Augenblick erhob sich eine Frau mit aufgedunsenem Gesicht und wasserstoffblondem Haar, die am Tisch neben uns eine Caipirinha geschlürft hatte. Nach ein paar torkelnden Schritten erbrach sie sich in den Sand.

„Gehen wir", sagte Isabel. „Ich habe doch gewußt, warum mir Ipanema lieber ist als die Copacabana."

So landeten wir in einem Fischrestaurant gleich hinter dem Strand von Ipanema. Es hatte eine Karte, auf der ich nur die Weinsorten verstand.

„Ich mag Ihren Vater", sagte ich. „Ein umgänglicher Mensch."

„Stimmt. Aber manchmal macht er mich verrückt."

„Wollten Sie schon immer Banker werden wie er?" fragte ich und goß ihr ein Glas Wein ein.

Sie blickte mich an. Ihre großen, feucht schimmernden Augen musterten mich. Sie schien sich zu fragen, wieviel sie mir anvertrauen konnte. Ich hielt ihrem Blick stand.

Schließlich bedachte sie mich wieder mit ihrem koketten Lächeln und erwiderte: „Nein. Während des Studiums war Banker wirklich das letzte, was ich werden wollte. Mich machte dieser Gegensatz zwischen Arm und

Reich krank. Dagegen wollte ich was unternehmen. Die Axt anlegen, nicht nur an den Symptomen herumdoktern.“ Sie redete jetzt ganz offen. „Sie wissen, wie das ist, wenn man zwanzig ist. Man denkt, wenn die Welt wüßte, was man selber weiß, dann wäre es viel besser um sie bestellt. Also hat man die Aufgabe, allen Menschen zu erklären, wie dumm sie sind.“

„Ich weiß genau, wovon Sie reden“, sagte ich. „Ich war Sozialist. Dann habe ich zwei Jahre in der Sowjetunion gelebt. Danach habe ich mich nicht mehr darum gekümmert und lieber Bücher gelesen.“

„Ich fand es faszinierend, wie Sie sich mit meinem Vater über Literatur unterhalten haben“, sagte Isabel. „Ich meine, ich lese auch gern, aber Sie haben eine ausgesprochene Liebesbeziehung zu Büchern. Genau wie Papai.“

„Stimmt, ich liebe die Literatur. Besonders die russische. Sie scheint direkt zur Seele zu sprechen. Wirtschaftswissenschaft ist doch nur Spiegelfechterei. Alles dreht sich ums Geld, und die richtigen Antworten kennt sowieso niemand.“

Ein Kellner tauchte an Isabels Seite auf. Sie bestellte.

„Aber was um Himmels willen tun Sie dann bei uns?“

Ich lächelte. „Ich brauche das Geld. Und ich möchte wissen, ob ich es kann. Dann gehe ich wieder zurück, um zu lehren und zu lesen.“

„Und Sie glauben, Sie schaffen das?“

„Ich denke schon. Was glauben Sie?“

Isabel sah mich prüfend an. „Vielleicht. Aber ich bin nicht sicher, ob Sie das wollen.“

„Wie meinen Sie das?“

„Nun ja, Sie sind intelligent, Sie haben eine unglaublich gute Auffassungsgabe, und Sie können ausgezeichnet mit Menschen umgehen. Aber man braucht noch ein bißchen mehr – Killerinstinkt. Und ich bin mir nicht sicher, ob Sie den haben.“

Das saß, denn es deckte sich mit der Befürchtung, die ich selbst hegte; aber ich war wild entschlossen, sie zu widerlegen. „Glauben Sie mir, wenn ich etwas will, dann schaffe ich es auch“, betonte ich. Es sollte eine entschlossene Feststellung werden, kam aber eher kläglich heraus.

Einmal mehr zuckte es um Isabels Mundwinkel. Spott lag in ihren Augen. „Sie sind viel zu nett für dieses Spiel.“

„Grrr. Bestellen Sie den Fisch ab. Ich will ein rohes Steak.“

Isabel schüttelte den Kopf. „Das überzeugt mich nicht.“

„Und was ist mit Ihnen? Wie sind Sie in das Geschäft gekommen? War das Bankwesen nicht die Kapitulation?“

„Es hatte mit meinem Vater zu tun. Mädchen aus der Gesellschaftsschicht meines Vaters heiraten junge Männer aus gutem Hause, bevor sie fünfundzwanzig sind. Nach dem Besuch der Universität in Rio studierte ich Wirtschaftswissenschaften in den Vereinigten Staaten. Dann fand ich heraus, daß sich der Mann, den ich heiraten sollte, Marcelo, mit einer Freundin von mir amüsierte."

„Oje!"

„Ja. Also beschloß ich, meinen Weg im Bankgeschäft zu machen, im Beruf meines Vaters. Ich fing bei der Banco Evoluçã in São Paulo an. Aber in Brasilien ist es schwierig für eine Frau, als Banker anerkannt zu werden, besonders wenn sie einen Vater wie den meinen hat. Daher bin ich vor drei Jahren zu Dekker Ward gegangen. Seither habe ich in Brasilien fünfzehn Emissionsmandate für die Firma geholt."

„Nicht schlecht."

„Ich höre mich bestimmt schrecklich an", sagte Isabel. „Aber ich bin weiß Gott keine radikale Feministin. Nur stolz. Und dickköpfig."

„Und Sie ärgern Ihren Vater gern?"

„Ich liebe ihn", sagte Isabel abwehrend.

„Das habe ich gesehen. Und er betet Sie an."

Isabel lächelte. „Der arme Papai. Er hat überhaupt keinen Einfluß mehr auf uns. Haben Sie gehört, wie er mir eine Stellung in seiner Bank angeboten hat? Sicher, Horizonte ist eine der erfolgreichsten Investmentbanken Brasiliens, aber Dekker Ward beherrscht ganz Lateinamerika, und ich bin für Dekker Wards Brasiliengeschäft verantwortlich. Und er glaubt, ich würde mich mit irgendeinem repräsentativen Posten für das Töchterchen des Chefs zufriedengeben!"

„Sie verstehen Ihr Geschäft wirklich gut", sagte ich. „Die Favela-Geschichte hat mich sehr beeindruckt."

Isabel errötete. „Danke."

„Ich finde, es hat etwas Bestechendes, wie Sie eine Möglichkeit gefunden haben, internationales Kapital zur Linderung der Armut einzusetzen."

„Ja. Das ist allerdings die große Ausnahme. Warten Sie ab, bis Sie einen Konkurrenten übers Ohr hauen müssen, weil irgendeine Bank vor Ort nach einem Steuerschlupfloch sucht."

Einen Augenblick schwiegen wir. Ich beobachtete Isabel, wie sie geschickt ihren Fisch von den Gräten löste und sich dabei, in ihr kunstvolles Werk vertieft, auf die Unterlippe biß. Ihre Haut schimmerte seidig im Kerzenlicht.

Schließlich ergriff sie das Wort. „Es tut mir leid, Nick, daß ich anfänglich ein wenig abweisend war. Das war nur deshalb, weil ich anfangs bei Dekker Ward ein bißchen Ärger mit den Männern dort gehabt habe und eine Wiederholung vermeiden wollte."

„Verstehe." Wie konnte diese Frau etwas mit Eduardo gehabt haben?

„Wie mit Ihrem Freund Jamie, zum Beispiel."

„Ach ja?"

„Ja. Ständig hat er versucht, mit mir auszugehen. Und zweimal ist er sehr deutlich geworden."

„Das hat nichts zu bedeuten. Nur ein bißchen Flirt. Sie haben von ihm nichts zu befürchten."

„Ich weiß nicht so recht. Ich bin Brasilianerin. Übers Flirten braucht man mir nichts zu erzählen. Ich spüre, wann ein Mann es nur zum Spaß versucht und wann er es ernst meint. Und glauben Sie mir, Ihr Freund Jamie meinte es ernst."

Ich blickte sie ungläubig an. Sie mußte sich irren. „Nein. Er quatscht Frauen gern an. Will sich beweisen, daß er es noch kann. Das ist alles."

„Okay. Sie kennen ihn besser. Ich bin nur froh, daß ich nicht seine Frau bin."

Trotz meines Protestes war es Isabel gelungen, Zweifel zu säen. Ich hatte nicht verstanden, was Jamie gegen sie hatte, als er mich vor ihr warnte. Hatte er sein Glück versucht und einen Korb bekommen?

Isabel bemerkte meine Zweifel und meine Verärgerung. „Tut mir leid, ich hätte Ihnen das nicht erzählen sollen. Es ist nur so, daß ich eben nicht viel für treulose Männer übrig habe. Wahrscheinlich habe ich Jamie vorschnell verurteilt. Können Sie mir noch einmal verzeihen?"

Nichts lieber als das. „Schon geschehen."

Zwanglos floß unsere Unterhaltung nun wieder dahin.

Kurz nach Mitternacht verließen wir das Restaurant und wandten uns dem Meer zu. Wir drängten uns durch die vielen Menschen auf der Promenade und gingen zum Wasser hinab. Wir beobachteten, wie sich der Schaum rhythmisch über den Sand ergoß, zogen dann die Schuhe aus und gingen auf dem Streifen nassen Sandes entlang, so daß die Wellen unsere Füße umspülten. Ewig hätte ich mit Isabel an diesem Strand entlanggehen können.

Wir näherten uns einer Favela. Am Vortag hatte ich gesehen, wie sie sich über den Hang hinab zum Meer erstreckte. Hier war der Strand dunkler und stiller.

Plötzlich waren wir von dunklen Gestalten umringt, klein, mager und wendig. Vier waren es, glaube ich. Instinktiv versuchte ich, mich vor Isabel zu stellen, wurde daran aber durch ein langes Messer gehindert, das nur wenige Zentimeter von meiner Brust entfernt war.

Ich blickte zu Isabel hinüber. Sie stand vollkommen ruhig. „Bewegen Sie sich nicht!“ sagte sie überraschend gefaßt. „Und geben Sie ihnen, was sie von Ihnen verlangen.“

Ein Junge von etwa vierzehn Jahren fuchtelte mit dem Messer vor meinem Gesicht herum und sagte etwas auf portugiesisch.

„Okay, okay“, sagte ich. Langsam griff ich in die Hosentasche und zog einige Geldscheine heraus. Zum Glück hatte ich die Brieftasche im Hotel gelassen.

Der Junge schnappte sich das Geld. Isabel reichte ihm ihre Handtasche.

Ich begann mich zu entspannen. Jetzt würden sie uns laufenlassen.

Der Junge stopfte sich die Scheine in die Tasche, ließ mich dabei aber nicht aus den Augen. Er machte keine Anstalten, sich in Bewegung zu setzen, sondern blieb ruhig stehen. Ich suchte seinen Blick, aber seine Augen wichen mir aus. Dann spannten sich seine schmalen Schultern. Als das Messer aufblitzte, fühlte ich einen heißen, stechenden Schmerz in der Brust. Isabel schrie. Meine Hände fuhren zum Griff des Messers. Der Junge versuchte es herauszuziehen, aber ich umklammerte es. Ich wußte, auf keinen Fall durfte die Klinge aus meinem Körper gezogen werden. Meine Brust stand in Flammen. Das Atmen schmerzte, aber ich versuchte es trotzdem mit kurzen, flachen Atemzügen, jeder eine Qual. Die Beine gaben unter mir nach. Der Junge zerrte noch zweimal an dem Messer, dann gab er auf und ließ mich in den Sand gleiten.

„Nick! Nick...“ Isabels Stimme wurde von schwärzester Finsternis verschluckt.

SECHS

Ich hatte ein Einzelzimmer im Krankenhaus, dafür hatte Isabel gesorgt. Ein Arzt hatte ihr versichert, daß die Stichwunde nicht lebensgefährlich sei. Die Klinge hatte das Herz verfehlt, aber die Lunge erwischt. Die innere Blutung hatte sich in Grenzen gehalten, weil das Messer nicht herausgezogen worden war. Die Lunge würde rasch heilen. Allerdings war das Atmen noch schmerzhaft. Der Arzt wollte mich noch zwei Tage im Krankenhaus behalten. Das war auch nötig. Ich fühlte mich schwach und konnte keinen klaren Gedanken fassen.

Isabel besuchte mich häufig. Ein Polizeibeamter in Zivil suchte mich auf. Isabel übersetzte. Offenbar hatte sie ihm schon alle Informationen gegeben, über die sie verfügte, und es gab wenig, was ich hinzufügen konnte. Sie sagte, die Polizei gehe sehr scharf gegen Einheimische vor, die Ausländer angriffen: Es sei schlecht für den Tourismus.

Am Sonntag abend rief Ricardo an und wünschte mir gute Besserung. Er sagte, ich hätte Glück, daß ich mich in Isabels Obhut befände. Ich stimmte ihm zu.

Montag mittag wurde ich entlassen. Ich fühlte mich schon sehr viel besser. Ich fragte Isabel, ob ich sie nicht in die Finanzbehörde begleiten dürfe. Das Geschäft sei fast abgeschlossen, und da ich soviel Anteil daran genommen hätte, wolle ich nun auch erleben, wie es unter Dach und Fach gebracht werde. So stellte ich es jedenfalls dar.

Um halb zehn am Dienstag morgen waren wir mit Humberto Alves verabredet. Um elf hatte er sich noch immer nicht blicken lassen. Isabel wurde unruhig. „Anderthalb Stunden zu spät? Da stimmt etwas nicht."

Schließlich bat Humberto uns in sein Büro. Er ließ uns Platz nehmen, während er selbst auf und ab ging.

„Was ist los, Humberto?" fragte Isabel entnervt.

Er warf Isabel einen nervösen Blick zu. „Wir haben beschlossen, Bloomfield Weiss mit der Federführung des Favela-Deals zu betrauen. Aber wir haben Bloomfield aufgefordert, Sie am Emissionsgeschäft zu beteiligen, und die haben sich einverstanden erklärt."

Wütend überschüttete Isabel ihn mit einem Schwall Portugiesisch.

„Okay", sagte er auf englisch. „Sie haben ein Recht auf eine Erklärung. Ich weiß, daß dieses Geschäft von Anfang an Ihre Idee war. Und daß wir Ihnen das Mandat versprochen hatten. Hätte es an mir gelegen, hätten wir es auch mit Ihnen gemacht."

„Erzählen Sie keinen Mist! Es hat an Ihnen gelegen!" schrie Isabel.

„Leider nicht", sagte Humberto kleinlaut.

„Wer hat dann ein Problem mit uns? Der Bürgermeister? Der Gouverneur?"

„Nein, keiner von denen. Der World Development Fund. Jack Langton hat gesagt, wenn der WDF die Garantie übernimmt, dann darf Dekker Ward nicht die Federführung erhalten. Er hat gesagt, man sei besorgt über das Monopol, das Dekker Ward im lateinamerikanischen Anleihengeschäft hat. Man ist dort wohl der Meinung, es sei besser, wenn man zwischen mehreren Investmentbanken wählen kann. Deshalb hat man den Auftrag an jemand anders vergeben."

„Aber warum Bloomfield Weiss?"

„Offenbar, weil die Firma weltweit die meisten Emissionsgeschäfte für den WDF macht. Abgesehen davon war niemand sonst bereit, Ihnen das Geschäft wegzuschnappen."

„Das Geschäft wollte niemand anders, weil es höchst unanständig gewesen wäre, nachdem wir die ganze Arbeit geleistet haben. Bloomfield Weiss war die einzige Firma, die skrupellos genug war, um es zu versuchen. Ich bin enttäuscht von Ihnen, Humberto", sagte Isabel mit zitternder Stimme.

„Übrigens hat Jack noch etwas gesagt", erklärte Humberto. „Offenbar hat der WDF Informationen, nach denen Dekker Ward Beziehungen zu einigen der Drogenkartelle unterhält, die die Favelas kontrollieren. Das erschwere die Zusammenarbeit mit Ihnen, heißt es."

Isabel stürmte hinaus. Ich machte eine Verbeugung und folgte ihr im Eiltempo.

Unser Taxi kämpfte sich zurück ins Hotel.

„Schlechte Nachrichten", sagte ich.

Isabel stützte den Kopf in die Hände. „Ich kann es einfach nicht glauben."

„Aber sie haben uns wenigstens angeboten, uns zu beteiligen."

Isabel schüttelte den Kopf. „Das ist eine Beleidigung. Wir würden uns nie an einem Geschäft beteiligen, das uns Bloomfield Weiss abgejagt hat. Ricardo wird außer sich sein." Finster blickte sie zum Fenster hinaus.

„Ich würde Sie gerne etwas fragen, aber Sie müssen mir versprechen, mich nicht umzubringen."

„Nein", sagte sie. „Das verspreche ich nicht." Sie sah mich neugierig an.

Ich nahm das Risiko auf mich. „Hat der WDF nicht recht? Ich meine, ist es für ihn nicht besser, wenn er zwischen mehreren Investmentbanken wählen kann, um seine Anleihen in Lateinamerika plazieren zu lassen?"

„Keine Sorge, dafür bringe ich Sie nicht um", versetzte Isabel mit einem kleinen Lächeln. „Natürlich hat er recht. Und ich wundere mich eigentlich, daß das erst jetzt geschieht. Trotzdem ist es ein schwarzer Tag für uns!"

„Was war das mit Dekker Wards Beziehungen zu Drogenkartellen in Rio?"

Isabel schnaubte verächtlich. „Das ist Quatsch. Ich kenne das gesamte Brasiliengeschäft von Dekker Ward, und da gibt es nichts, was auch nur in einem entfernten Zusammenhang mit Drogengeschäften steht."

Ich dachte an Martin Beldecos' Fax und Francisco Aragão, der laut der United Bank of Canada ein brasilianischer Geldwäscher war. Doch ich dachte mir, es sei wohl der falsche Zeitpunkt, ihr zu widersprechen.

Ich begleitete Isabel in ihr Zimmer, von wo aus sie Ricardo anrief. Noch nie hatte ich sie so angespannt gesehen. Sie erklärte, was geschehen war, und gab präzise Auskunft auf seine Fragen. Dann legte sie auf. Sie blieb auf dem Stuhl am Schreibtisch sitzen und rieb sich mit den Händen ihre Schläfen.

„Ich nehme an, er war nicht sehr erfreut“, sagte ich.

„Ich habe ihn noch nie so wütend erlebt.“

„Was wird er tun?“

Sie runzelte die Stirn. „Er nimmt heute abend ein Flugzeug und trifft morgen früh in Rio ein. Er sagt, dann regelt er alles.“

ISABEL und ich warteten in der Hotelhalle auf Ricardo. Wir schwiegen, Isabel offensichtlich voller Nervosität. Mir konnte man kaum einen Vorwurf machen, aber Isabel tat mir leid, und hin und wieder lächelte ich ihr aufmunternd zu, wofür sie dankbar zu sein schien.

Ein Wagen fuhr vor, und wir sahen Ricardo aussteigen. Er sah keineswegs so aus, als habe er die Nacht im Flugzeug verbracht. Sein Schlips war sauber über einem frischen weißen Hemd gebunden, und sein Anzug erweckte den Anschein, als habe er ihn eben erst vom Schneider bekommen.

Nervös standen Isabel und ich auf. Ricardo erblickte uns und lächelte. „Wie geht es Ihnen, Nick?“

„Okay. Ein bißchen angeschlagen und ein bißchen durcheinander.“

„Das kann ich mir vorstellen. Sie haben Glück gehabt, habe ich mir sagen lassen.“ Ricardo schüttelte den Kopf. „Das Reisen ist heutzutage wirklich gefährlich.“ Dann ging er hinüber zur Rezeption. „Warten Sie einen Augenblick, ich will mich nur anmelden“, sagte er.

Er füllte die Formulare aus und war wenig später wieder zurück. „Trinken wir eine Tasse Kaffee miteinander?“

Die Frühstückszeit war fast vorüber, aber man führte uns noch an einen der Tische und brachte uns Kaffee. Ricardo beugte sich nach vorn und blickte Isabel in die Augen. „Okay. Zuerst einmal möchte ich Ihnen sagen, daß ich sehr beeindruckt von Ihrer Arbeit an dem Favela-Deal bin.“

„Danke“, stammelte Isabel, überrascht und erleichtert.

„Daß uns das Geschäft durch die Lappen gegangen ist, daran sind die Idioten vom WDF schuld. Ich weiß nicht, ob Sie es irgendwie hätten verhindern können. Aber ich will auf gar keinen Fall, daß Bloomfield Weiss das Geschäft macht. Die müssen wissen, daß sie so etwas nicht mit mir machen können."

Isabel und ich nickten. Dein Wille geschehe, Ricardo.

„Um zehn Uhr fünfundvierzig habe ich ein Treffen mit Oswaldo Bocci verabredet. Da bleibt uns gerade noch genug Zeit, um unseren Kaffee zu trinken."

OSWALDO BOCCIS Büro lag im obersten Stockwerk eines zylindrischen Glasbaus, über dessen Eingang die Inschrift *TV GoGo* prangte. Es hatte eine jener phantastischen Aussichten auf Rio, an die ich mich allmählich gewöhnte, diese hier auf die Bucht von Guanabara, die zwischen anderen prächtigen Bürogebäuden hindurchschimmerte. Bocci war etwa fünfzig, sehr kräftig, hatte pechschwarzes Haar und ein ausgeprägtes Kinn. Er trug ein offenes Seidenhemd, das seinen muskulösen Oberkörper eng umspannte. An Händen, Hals und linkem Ohr glitzerte es golden. Sein After-shave wetteiferte mit dem Duft der Blumen, die in einer hohen Vase neben dem Schreibtisch standen.

Ricardo hatte mich über Bocci unterrichtet. Offenbar gehörte er zu einer Anzahl Medienunternehmern, die angetreten war, die Herrschaft über Herz und Verstand des brasilianischen Fernsehvolks zu erobern. Nachdem er sich zunächst als erfolgreicher Zeitungsverleger profiliert hatte, betrieb er nun einen Fernsehsender im Einzugsgebiet von Rio. Für das nötige Geld hatte Dekker Ward gesorgt.

Ricardo begegnete er mit Herzlichkeit, mir mit Höflichkeit und Isabel mit Anzüglichkeit. Sie übersah es geflissentlich.

„Wir brauchen Ihre Hilfe, Oswaldo", kam Ricardo zur Sache.

Boccis Gesicht hellte sich auf, er lächelte. Er schien an eine Art Geben und Nehmen, einen Deal, zu denken. „Alles, was in meiner Macht steht, mein Freund."

„Was halten Sie von dem Favela-Projekt?"

„Langweilig. Ich glaube, wir sind dagegen, aber ich habe vergessen, warum. Verschwendung von Steuergeldern, Vergrößerung des Haushaltsdefizits, solche Sachen."

„Ich habe eine interessante Information über das Geschäft."

„Wirklich?"

„Ja. Der Finanzsenator unterhält Kontakte zu den Drogenbanden, die die Favelas kontrollieren. Das meiste Geld wird in ihre Taschen fließen, obwohl Humberto Alves natürlich auch einen Anteil einstreichen wird. Ein Skandal, finden Sie nicht?"

Bocci rieb sich das Kinn. „Vielleicht. Was gibt es für Beweise?“
„Ach, das Übliche. Anonyme Quellen in den Kreisen der Hochfinanz.“
„Sie haben davon gewußt?“
„Wir haben es erfahren“, sagte Ricardo, „und uns daraufhin aus dem Geschäft zurückgezogen. Jetzt kümmert sich eine andere Bank, Bloomfield Weiss, darum. Die sind bereit, beide Augen zuzudrücken.“ Ricardo betrachtete sein Gegenüber. „Was halten Sie davon?“
„Es ist ein Skandal, natürlich. Aber es gibt keine hieb- und stichfesten Beweise. Ich weiß nicht.“
„Verstehe“, sagte Ricardo. Er bot Bocci eine Zigarette an, und dieser bediente sich. Als beide Zigaretten angezündet waren, fragte Ricardo: „Und was macht das Geschäft?“
Genüßlich ließ Bocci den Rauch zur Decke steigen und lächelte. „Wunderbar, *TV GoGo* entwickelt sich prächtig. Die Bilanzen sehen besser aus als in der Prognose, die wir Ihnen gegeben haben.“
Ricardo lächelte. „Es ist immer schön, wenn jemand seine Voraussagen übertrifft.“ Gedankenverloren inhalierte er den Rauch seiner Zigarette. „Glauben Sie, daß das Konzept auch in, sagen wir, São Paulo funktioniert?“
Bocci starrte ihn an. Ricardo hielt seinem Blick stand, ohne mit der Wimper zu zucken.
„Ganz bestimmt. Aber dafür würden wir natürlich Geld brauchen.“
„Wieviel?“
„Fünfzig Millionen Dollar.“
Ricardo nickte. „Ich bin sicher, daß wir soviel auftreiben können. Rufen Sie Isabel an, wenn Sie soweit sind, und wir machen das dann.“
Bocci lächelte höchst zufrieden. „Sehr schön.“
„Gut“, sagte Ricardo, „haben Sie sich entschieden, was für eine redaktionelle Linie Sie in dieser Favela-Geschichte verfolgen wollen?“
Das war's dann. Der Favela-Deal war geplatzt. Bloomfield Weiss hatte seine Lektion bekommen: Dekker Ward schnappt man kein Geschäft vor der Nase weg.
Ich kochte vor Wut. Ich konnte nicht fassen, was Ricardo eben getan hatte. Auch Isabel war offenbar zornig. Ricardo konnte nicht entgangen sein, wie wir die Sache sahen, aber es schien ihm nichts auszumachen. Wir verließen Boccis Büro und fuhren beklommen schweigend zum Flughafen.
Mit großem Unbehagen stellte ich fest, daß ich den Sitz neben Ricardo hatte. Isabel saß uns gegenüber.

Auch beim Essen im Flugzeug hielt das Schweigen an. Ricardo sah einen Stapel Papiere durch. Er hatte noch nicht einmal eine Nacht in Brasilien verbracht. Eine Stunde hatte er gebraucht, um vom Tisch zu wischen, was Isabel und Humberto in einem Jahr aufgebaut hatten.

Ich stellte die Rückenlehne nach hinten und versuchte zu schlafen. Es war schwierig: Die Brust schmerzte, und ich konnte das leise Rascheln der Papiere neben mir hören.

Mit einem Mal hatte das Bankgeschäft sein wahres Gesicht gezeigt. Eine Idee, die das Leben vieler tausend Menschen verbessert hätte, war dem Konkurrenzkampf geopfert worden. Immer heftiger arbeitete der Zorn in mir. Schließlich öffnete ich die Augen und fischte mir aus meiner Aktentasche ein Buch.

„Was macht Ihr argentinisches Geschäft?"

Verwirrt blickte ich auf und sah Ricardo an. Es interessierte mich einen Dreck, was das argentinische Geschäft machte. Ich wünschte mir, daß Dekker Ward einen Haufen Geld dabei verlor. Allerdings war ich mir noch nicht sicher, ob ich schon kündigen wollte. „Der Kurs hat sich die Woche über nicht bewegt."

„Glauben Sie noch daran?"

Ich holte tief Atem. „Nach allem, was mir damals bekannt war, schienen mir die argentinischen Discounts eine gute Anlage zu sein. Aber da sich dieses Urteil auf eine Erfahrung von lediglich zwei Tagen stützte, muß ich zugeben, daß ich sehr wenig Vertrauen in mein Urteil habe. Einzig der Umstand, daß Sie selbst die Position gekauft haben, gibt mir das Gefühl, daß ich recht haben könnte. Wenn Sie die Position noch nicht verkauft haben, glaube ich weiterhin an sie. Haben Sie sie verkauft?"

Ricardo lächelte. „Es gefällt mir, daß Sie sich über Ihre Grenzen im klaren sind. Aber Sie haben recht, ich hätte die Position nicht erworben, wenn ich nicht Ihrer Meinung gewesen wäre. Tatsächlich habe ich sie erheblich vergrößert."

„Das ist schön. Ich hoffe, Sie haben Erfolg." Ich wandte mich wieder meinem Buch zu.

Eine Weile schwiegen wir, aber ich merkte, daß Ricardo mich noch immer anblickte. „Das war eine schlimme Woche für Sie, nicht wahr? Ein solcher Angriff muß schrecklich sein."

Ich sah Ricardo an. Er sah wirklich betroffen aus. Als sei er selbst niedergestochen worden. „Ja", sagte ich. „Wir sind einfach am Strand entlanggegangen. Und plötzlich hatte ich ein Messer in der Brust."

Ricardo nickte. „Brasiliens Oberfläche ist wunderschön, aber darunter kann es sehr brutal sein. Das ist einer der Gründe, warum der Favela-Deal so wünschenswert gewesen wäre."

„Warum haben Sie ihn dann platzen lassen?"

„Ich konnte Bloomfield Weiss den Auftrag nicht überlassen."

„Kommen Sie! Wir hätten immer noch den größten Marktanteil gehabt. Und es wäre endlich etwas mit diesen Favelas geschehen."

„Ich bin nicht verantwortlich für die sozialen Verhältnisse in Brasilien oder in irgendeinem anderen Land", erwiderte Ricardo ruhig. „In den letzten hundert Jahren hat Brasilien den gleichen Zugang zu Kapital, Rohstoffen und Arbeitskräften gehabt wie Kanada und die Vereinigten Staaten. Daß es heute viel ärmer ist, liegt ausschließlich an den Brasilianern und ihrer Entscheidung, ihre Ressourcen so und nicht anders zu benutzen oder zu verschwenden. Ich bin nicht daran schuld."

Ich hörte zu und unternahm keinerlei Versuch zu verbergen, wie zynisch mir sein Standpunkt vorkam.

„Ich bin nur für den Erfolg von Dekker Ward verantwortlich. Ich habe die Firma zu einer der erfolgreichsten Investmentbanken der Welt gemacht, doch in dem Augenblick, wo ich anderen die Initiative überlasse, ist alles vorbei." Der Blick aus seinen blauen Augen bohrte sich in meine. „Bloomfield Weiss hätte uns das Geschäft nicht auf diese Weise abspenstig machen dürfen. Sie haben mit der harten Gangart angefangen. Ich habe ihnen und allen anderen nur gezeigt, daß ich bereit bin, eine noch härtere zu gehen."

„Und was ist mit den Kindern in den Favelas?"

„Wenn die Favela-Bairro-Idee so gut ist, wie wir glauben, dann wird sie irgendwann finanziert werden. Und denken Sie daran, Dekker Ward hat zwanzig Milliarden Dollar für die Leute hier organisiert. Und die werden jetzt vernünftig verwendet – für Arbeitsplätze und Infrastruktur." Er sah den Zweifel in meinen Augen. „Okay, ich will nicht behaupten, daß das der Hauptgrund ist, warum ich Dekker Ward zu dem gemacht habe, was es heute darstellt. Aber es ist ein wichtiges Ergebnis dessen, was ich geleistet habe, und ich bin stolz darauf."

„Und was ist mit all dem Geld, das Sie verdienen?"

„Hören Sie auf, Nick! Sie selbst haben mir gesagt, daß Sie aus genau diesem Grund bei uns anfangen wollten."

„Schon, aber ich will mir nur die Freiheit erwerben, mit meinem Leben zu machen, wonach mir der Sinn steht. Bei Firmen wie Dekker Ward habe ich aber den Eindruck, daß das Geld zum bloßen Selbstzweck wird."

Ricardo rieb sich das Kinn. „Ich weiß, was Sie meinen. Aber der Schein trügt ein wenig. Ich sage immer, ich schätze Mitarbeiter, die hungrig sind, Leute, die auf das Geld angewiesen sind. Dann verdienen sie auch Geld für die Firma, und die Firma wächst. Und das ist gut so. Aber ich glaube nicht, daß es wirklich Gier ist."

„Was dann?"

„Geld, das ist nur die Punktzahl, die man erzielen kann. Ich nehme an, ich will die höchste Punktzahl haben, wenn alles vorbei ist."

„Und wann ist das?"

Ricardo lächelte. „Gute Frage. Ich weiß es nicht. Ich glaube, für mich ist das ein Spiel ohne Ende."

Wir schwiegen einen Augenblick. Ricardo winkte eine Stewardeß heran und bestellte einen Cognac. Ich ließ mir einen Whisky bringen. Beide lehnten wir uns in den bequemen Sitzen zurück und nippten an unseren Getränken.

Ricardo stellte sein Glas ab und wandte sich mir zu. „Hören Sie, ich weiß, daß Sie das, was wir tun, grundsätzlich in Frage stellen. Und ich respektiere das. Aber bilden Sie sich nicht ein, daß Sie bei uns arbeiten, die Vorteile mitnehmen und sich vor den unangenehmen Entscheidungen drücken können. Es muß Ihnen ernst sein. Wenn Sie nicht überzeugt sind von dem, was wir machen, dann gehen Sie zurück zu Ihren russischen Büchern. Sie müssen sich entscheiden."

Ich mußte unwillkürlich schlucken. Ich erinnerte mich daran, daß ich das ganze Dilemma bereits durchgespielt hatte, als es darum ging, ob ich bei Dekker Ward anfangen sollte oder nicht. Mir war klar, daß ich in dem Job nur Erfolg haben konnte, wenn ich die Grundsätze des Systems akzeptierte. Und die waren nicht unmoralisch. Ricardo hatte schon recht, an Brasiliens Problemen waren die Brasilianer selbst schuld. Dann dachte ich an Cordelia und den nervösen kleinen Jungen mit dem breiten Lächeln und den harten Augen. Ich blickte in den dunklen Himmel über dem Atlantik.

ALS ICH spät am Freitag morgen ins Büro kam, wurde ich herzlich begrüßt. Dave, Miguel, Pedro und Charlotte kamen herüber, um sich zu erkundigen, wie es mir ging. Obwohl ich kaum drei Tage im Büro verbracht hatte, behandelten sie mich wie einen der Ihren. Ich muß zugeben, es war ein angenehmes Gefühl.

Ich hatte zunächst meine Hausärztin aufgesucht. Sie wechselte den Verband und sagte, ich solle eine Woche zu Hause bleiben. Daran war nicht zu denken, aber ich trug ihrem Rat insofern Rechnung, als ich das Fahrrad zu Hause ließ und mit der Bahn zum Canary Wharf fuhr.

Enttäuscht sah ich, daß der Schreibtisch neben mir verwaist war. Isabel war unterwegs. Aber Jamie war da, und ich freute mich, ihn zu sehen.

„Bist du okay? Wo hat dich das Messer erwischt? Kann ich mal sehen?"

„Bist du bescheuert?" fragte ich. „Ich habe heute morgen einen neuen Verband gekriegt. Glaubst du, ich lege deinetwegen meine Brust frei?"

„Na gut." Jamie mimte den Enttäuschten. „Wie ist es passiert?"

Im Gegensatz zu den anderen scheute er sich natürlich nicht, mich danach zu fragen. Ich erzählte es ihm.

„Himmel!" Er schüttelte den Kopf. „Zwei Zentimeter weiter links oder rechts, und es wäre aus gewesen."

„Das ist wohl richtig", sagte ich. „Aber ich fasse es nicht, was Ricardo mit dem Favela-Deal gemacht hat. Er hat ihn platzen lassen. Nach allem, was Isabel an Arbeit investiert hat."

„Ich weiß", sagte Jamie. „In diesem Geschäft geht es manchmal beinhart zur Sache."

„Da ist noch was." Ich griff in die unterste Schublade meines Schreibtischs, um das Fax an Martin Beldecos herauszuholen. Es war nicht mehr da. „Komisch", sagte ich. „Vor meiner Abreise nach Brasilien habe ich hier ein Fax reingelegt. Ich bin ganz sicher." Ich durchsuchte meinen Schreibtisch. Es war nicht da. Es hatte ohne jeden Zweifel in dieser Schreibtischschublade gelegen. Und jetzt war es weg.

„Worum ging es in dem Fax?" fragte Jamie.

Ich stellte die Suche ein. „Es war ein Fax von der United Bank of Canada an Martin Beldecos. Darin hieß es, der Mann hinter den Konten, für die Beldecos sich interessierte, werde mit einem mutmaßlichen Geldwäscher in Zusammenhang gebracht."

„Wirklich? Stand da auch, welches Konto?"

„Ich glaube, das der International Trading and Transport (Panama). Zumindest war es das Unternehmen, das Geld auf ein Nummernkonto bei Dekker Ward Trust auf den Caymans eingezahlt hat."

„Klingt glaubhaft", sagte Jamie. „Das ließe sich sehr schwer zurückverfolgen." Er machte ein nachdenkliches Gesicht.

„Was bezeichnet man eigentlich als Geldwäsche?" fragte ich.

„Die Umwandlung von schmutzigem Geld", erwiderte Jamie. „Geld aus Schmuggel oder organisierter Kriminalität, vor allem aber aus dem Drogenhandel. Die Gangster lassen sich alle möglichen Tricks einfallen, um die Herkunft des Geldes zu verschleiern und es anonym investieren zu können. Einige dieser verschlungenen Geldpfade sind sehr kompliziert."

„Verstehe", sagte ich. „Und Martin Beldecos hatte einen dieser Geldpfade entdeckt?"

„Vielleicht."

„Also, was, meinst du, hätte ich mit dem Fax tun sollen? Eduardo hat gesagt, wenn ich weitere Nachrichten für Martin Beldecos erhalten sollte, hätte ich sie ihm persönlich auszuhändigen. Aber bei dieser hier bin ich mir nicht ganz so sicher."

„Warum nicht?"

Jamies Sorglosigkeit verunsicherte mich. Vielleicht ging meine Phantasie mit mir durch. „Na ja, falls er sowieso schon davon weiß", erklärte ich zögernd.

„Hm." Jamie dachte nach. „Verstehe, was du meinst." Schließlich sagte er: „An deiner Stelle würde ich das Ganze vergessen."

„Warum?"

„Weil ich fürchte, daß du recht hast. Ich wäre nicht überrascht, wenn Eduardo solche Geschäfte mit schmutzigem Geld nebenbei laufen hätte. Er wäre bestimmt nicht begeistert, wenn du es an die große Glocke hängst und ihm Ärger machst."

„Und was ist, wenn er gar nichts damit zu tun hat?"

„Dann ist es auch nicht schlimm, wenn du die Sache auf sich beruhen läßt." Jamie sah den Zweifel in meinen Augen. „Sieh mal, täglich werden im Bankenbereich viele Millionen Dollar Drogengeld gewaschen. Probleme gibt es nur, wenn es bekannt wird. Es ist noch nicht mal Betrug. Vergiß es einfach! Du kriegst nur Schwierigkeiten, wenn du darüber sprichst."

„Aber ich will nichts vertuschen", sagte ich voller Zweifel.

„Was vertuschst du?"

„Das Fax."

„Was für ein Fax? Du hast kein Fax bekommen. Und wenn es solch ein Fax gegeben hat, dann war es nicht an dich gerichtet. Glaub mir, Nick, du solltest es vergessen. Ich tu's jedenfalls." Er stand auf.

„Jamie?" Ich zögerte. „Martin Beldecos hat vermutet, daß bei Dekker Ward Geld gewaschen wird. Er wurde in Caracas umgebracht. Dann habe ich Verdacht geschöpft, und prompt bin ich in Rio nur knapp einem Anschlag entgangen."

Als die Worte heraus waren, kam ich mir irgendwie töricht vor. Paranoid. Und Jamies spöttischer Blick verstärkte diesen Eindruck noch. Doch dann wurde sein Gesichtsausdruck freundlicher. „Nick, nach dem, was dir zugestoßen ist, bist du natürlich nervös. Vielleicht wird irgendwo bei Dekker Ward tatsächlich ein bißchen schmutziges Geld versteckt. Aber mach aus ’ner Mücke keinen Elefanten. Beruhige dich, und geh an deine Arbeit. Du kommst schon wieder auf die Beine.“

Und damit kehrte er an seinen Schreibtisch zurück.

RICARDO residierte in einem rechteckigen georgianischen Herrenhaus aus gelblichem Stein. Am Fuß des kleinen Hügels, auf dem es stand, drängten sich ein paar Häuser und eine Kirche. Jamie fuhr eine lange Auffahrt hinauf, die sich durch eine weitläufige Rasenfläche schlängelte. Auf dem Kies des Vorplatzes machten sich deutsche Nobelkarossen die Parkplätze streitig. Ungeniert reihte sich Jamie mit seinem englischen Jaguar ein, unmittelbar neben dem einzigen anderen Exoten, Eduardos Ferrari. Ricardo gab eine Party für alle Mitarbeiter.

Das Haus war traditionell eingerichtet, aber in der Diele und im Salon hingen große Bilder in kräftigen Farben, die brasilianische Motive zeigten. Wo Platz war, standen exotische Skulpturen. Sie erfüllten die kalten englischen Räume mit warmem Leben.

Es war das erste milde Wochenende des Jahres, und die meisten Gäste hatten sich aus dem Salon in den Garten begeben, um die Frühlingssonne zu genießen. Am Grill herrschte Hochbetrieb, und Kellner in weißen Jacketts verteilten Champagnercocktails.

„Ich hasse solche Veranstaltungen“, flüsterte Kate mir zu. „Aber heute hat Jamie darauf bestanden, daß ich mitkomme. Ich komme mir immer irgendwie ausgeschlossen vor.“

„Es gibt doch noch andere Ehefrauen hier, oder?“

„Klar, Vorzeigeehefrauen und Vorzeigemätressen. Die Ehefrauen sind die mit den Falten.“

Ich hob die Augenbrauen. „Du bist ja heute richtig in Lästerstimmung.“

„Schau dich doch nur mal um.“

Schöne Frauen gab es in der Tat im Überfluß. Teuer gekleidet, sorgfältig zurechtgemacht, die ideale Ergänzung zu ihren wohlhabenden Ehemännern. „Ich verstehe, was du meinst“, sagte ich. Wir nippten an unserem Champagner.

„Mit wem warst du in Brasilien?“ fragte Kate.

„Oh, mit einer Frau namens Isabel Pereira.“ Ich spürte, wie ich rot wurde. So flüchtig es auch war, Kate entging es nicht.

„Ach ja?“ sagte sie, und in ihren haselnußbraunen Augen blitzte ein mutwilliger Schimmer auf. „Zeig sie mir.“

Ich sah mich um und entdeckte Isabel in einer weiter entfernt stehenden Gruppe von Gästen. „Da drüben steht sie."

Kate stellte sich auf die Zehenspitzen, um besser sehen zu können. „Sehr hübsch. Kannst du uns miteinander bekannt machen?"

„Äh..." Ich blickte Kate an. Sie würde keine Gnade walten lassen. „Weißt du, wir sind nicht..."

„Noch nicht", sagte Kate. „Komm schon. Unterhalten wir uns mit ihr."

Wir bahnten uns einen Weg zu Isabel. Sie trug einen Hosenanzug aus dunkelgrüner Seide, der schlicht, aber sehr teuer aussah.

Ihr Gesicht hellte sich auf, als sie mich sah. Zumindest bildete ich mir das ein. Ich machte sie mit Kate bekannt.

Kurz darauf erschien Ricardo, an seiner Seite eine bemerkenswerte dunkelhaarige Frau in einem kurzen schwarzen Kleid, das ihre Figur betonte. In dem tiefgebräunten Gesicht setzten Augen und Zähne schwarzweiße Akzente. An Ohren, Hals und Fingern glänzte Gold.

Ricardo beugte sich herab und küßte Kate auf beide Wangen. „Wie schön, Sie zu sehen", sagte er. „Ich freue mich, daß Sie heute kommen konnten, Nick. Ich glaube, Sie kennen meine Frau noch nicht. Luciana, das ist Nick Elliot."

„Hallo", sagte sie mit heiserer, rauchiger Stimme und schüttelte mir die Hand. „Sind Sie Jamies Freund?"

„Ja."

Ricardo setzte seinen Weg durch die Menge fort. Dann wandte sich Kate Isabel zu, und Luciana nahm mich ins Visier. „Ich habe gehört, daß Ihr erster Besuch in meinem Heimatland sehr unerfreulich war", sagte Luciana. Sie stand sehr dicht vor mir. Ihre Augen waren hart. Doch auf diese Entfernung wäre es für jeden heterosexuellen Mann unmöglich gewesen, an ihrem Busen vorbeizuschauen.

Ich versuchte, meine Gedanken wieder zu ordnen. „Stimmt, aber Rio ist eine sehr schöne Stadt. Die schönste, die ich je gesehen habe. Kommen Sie von dort?"

„Nein, aus São Paulo. Aber wir haben in Rio ein Haus. Mein Bruder verbringt jetzt viel Zeit dort."

„Was macht er?"

„Francisco bezeichnet sich als Finanzier, aber fragen Sie mich bitte nicht, was das eigentlich bedeutet."

So, so, Luciana hatte also einen Bruder, der Francisco hieß und Finanzier war. Interessant.

„Vermissen Sie Brasilien denn nicht?" fragte ich.

„Natürlich, aus diesem Grund fliege ich sooft wie möglich dorthin. Aber was bleibt mir auch anderes übrig? Ich bin Ricardo in Amerika begegnet, als ich noch jung war. Wir haben uns verliebt und geheiratet.“ Sie lächelte. „Es gibt Schlimmeres. Und dann habe ich noch mein Geschäft.“

„Was machen Sie?“

„Ich bin Innenarchitektin. Ich habe Kunden in London, Paris, New York. Die meisten sind Lateinamerikaner. Sie möchten Dinge um sich haben, die sie an ihre Heimat erinnern. Ich entwerfe exquisite Inneneinrichtungen mit heimatlichen Stilelementen. Etwas, was die Persönlichkeit des Lateinamerikaners in Nordeuropa widerspiegelt.“

„Könnten Sie sich nicht einmal meiner Wohnung annehmen?“ fragte ich.

„Liebend gern, aber ich glaube, ich bin ein wenig zu teuer für Sie.“ Sie sah mich über den Rand ihres Champagnerglases aufreizend an.

Wieder wurde ich rot. Ich konnte einfach nichts dagegen machen. „Na gut“, sagte ich. „Dann bleibe ich vielleicht doch besser bei Ikea.“

Sie lachte. „Erzählen Sie mir, was Sie sich in Rio angesehen haben.“

Das tat ich. Ich lieferte einen ungeschminkten Bericht. Interessiert hörte sie mir zu. Ich war geschmeichelt, daß eine so schöne, kultivierte Frau an meinen Lippen hing.

Plötzlich wurden wir unterbrochen. *„Oi, Luciana, tudo bem?“*

Isabel küßte Luciana auf beide Wangen.

„Tudo bem“, antwortete sie. „Nick kennen Sie natürlich.“

„Ja, wir haben gerade eine gemeinsame Reise hinter uns gebracht“, sagte Isabel.

„Nun, dann vertraue ich ihn Ihrer Obhut an“, sagte Luciana, schenkte mir ein sprödes Lächeln und entschwebte, um jemand anders mit ihrer Anwesenheit zu beglücken.

„Sie scheinen sich ja ausgesprochen angeregt unterhalten zu haben“, bemerkte Isabel.

„Das haben wir.“

„Sie hat Sie ja vollkommen in Beschlag genommen. Sie frißt Sie bei lebendigem Leib.“

„Hören Sie auf!“ sagte ich. „Ich denke, sie ist mit Ricardo verheiratet.“

„Ja. Wenn er denn einmal da ist. Was angesichts seines Arbeitstempos so gut wie nie der Fall ist. Den Rest der Zeit gehört sie nur sich selbst.“

„Das sagen Sie.“

„Das sagt hier auch eine stattliche Anzahl Männer. Fragen Sie nur Ihren Freund Jamie.“

„Isabel!“

„Tut mir leid.“

„Das ist doch ziemlich riskant, sich mit der Frau des Chefs einzulassen, oder?“

„Genau meine Meinung. Deswegen bremsen die meisten auch ihren Charme. Sie wissen, was passieren würde, wenn Ricardo es herausfände.“ Sie blickte mich leicht anzüglich an.

„Vielen Dank für den Karrieretip.“

Innerlich mußte ich lachen. Hinter der Neckerei verbarg sich Eifersucht. Ich hatte sie wirklich nicht provozieren wollen, fand aber den Gedanken, daß ich ihr nicht gleichgültig war, überaus angenehm. Ich sah, daß sie mich anlächelte. Am liebsten hätte ich sie an mich gezogen und geküßt. Doch die vierzig anderen Leute, die um uns herumstanden, wären etwas hinderlich gewesen.

„Vielen Dank, daß Sie sich in Rio so nett um mich gekümmert haben. Ich weiß nicht, was ich ohne Sie gemacht hätte.“

Sie lächelte. „Wer in Brasilien lebt, muß mit dem System umgehen können. Ich bin eine Expertin.“

„Darüber bin ich sehr froh.“

„Sind das nicht unglaubliche Frauen hier, Nick?“ Es war Dave, der eine Bierdose schwenkte. An seiner Seite befand sich Miguel, der hochgewachsene Argentinier. „Oh, tut mir leid, Isabel, Anwesende natürlich mit eingeschlossen. Keine Ahnung, wo die alle herkommen.“

Zu meiner Enttäuschung verschwand Isabel aus meinem Blickfeld. Die Party wurde lebhafter, und ich amüsierte mich prächtig. Dave und Miguel waren ausgesprochen witzig, wenn sie ein paar Drinks intus hatten. Auch Eduardo beehrte uns mit seiner Anwesenheit, in seinem Schlepptau ein deutsches Model, das kaum zwanzig war. Auch er war charmant und freundlich, aber mir fiel auf, daß in seiner Gegenwart alle ein bißchen verkrampft wirkten.

Einige Zeit später näherte sich Kate schwankend. Vielleicht ging sie auch gerade, und nur ich schwankte.

„Ich habe genug“, sagte sie. „Ich verzieh mich. Jamie will noch bleiben. Er kommt mit dem Zug zurück. Kümmerst du dich um ihn?“

„Das wäre nicht das erste Mal.“

„Also dann. Isabel ist übrigens nett.“ Sie zwinkerte mir zu und ging.

Etwa eine Stunde später begann sich die Party langsam aufzulösen. Ich bestellte ein Taxi zum Bahnhof und machte mich dann auf die Suche nach Jamie.

Soweit ich sehen konnte, war er weder im Garten noch drinnen. Dann stieß ich auf Isabel. „Ich verschwinde“, sagte ich. „Bis morgen.“

„Oh, auf Wiedersehen. Es war nett, mit Ihnen zu plaudern.“

Das war zwar eine Höflichkeitsfloskel, aber ich war mir sicher, daß sie sie ernst meinte. „Ja, es war nett“, bestätigte ich. Und dann: „Haben Sie Jamie gesehen?“

„O ja“, sagte sie. „Er ist da entlang, um mit Luciana eine Statue anzusehen. Das war vor ungefähr einer halben Stunde.“ Sie warf mir einen amüsierten Blick zu.

Himmel! Kate hatte gesagt, ich sollte Jamie im Auge behalten, und ich hatte es nicht getan.

Ich eilte ums Haus und versuchte, dabei soviel Lärm wie möglich zu machen, um sie nicht bei etwas zu überraschen, was ich nicht sehen wollte. In einiger Entfernung vom Haus stand eine kleine Baumgruppe, durch die sich ein Weg hindurchwand.

„Jamie!“ rief ich. Zu laut. Das könnten andere hören.

Schließlich fand ich die Statue. Keine Spur von Jamie oder Luciana. „Jamie! Nick hier! Komm endlich!“ Ich brach krachend durch das Unterholz und trat schließlich vor dem Haus ins Freie. Da stand Jamie in einer kleinen Gruppe mit Luciana, Eduardo und Pedro am Taxi.

„Ah, Nick! Da bist du ja endlich!“ rief er mit breitem Grinsen. „Ich habe dich schon überall gesucht. Das Taxi ist da.“

Ich dankte Luciana, die mich eng an sich zog, um mich auf beide Wangen zu küssen. „Es war entzückend, Sie kennenzulernen, Nick“, gurrte sie. „Kommen Sie mal vorbei, und sehen Sie sich meine Entwürfe an.“

„Mit Vergnügen“, sagte ich und verstaute Jamie im Taxi.

Boccis Zeitungen berichteten am Wochenende über den Favela-Skandal. Er kratzte ein bißchen am guten Ruf von Humberto Alves und dem Bürgermeister, war aber nicht substantiell genug, um ihnen wirklich zu schaden. Jeder vermutete, daß solche Geschichten immer mal passieren. Abgesehen davon hatte Rios Bürgermeister mit Humbertos Unterstützung eine Menge getan, um den Haushalt der Stadt in Ordnung zu bringen. Man war nicht bereit, die beiden wegen einer unbestätigten Skandalgeschichte aus dem Amt zu jagen.

Anders sah die Sache für Bloomfield Weiss aus. Internationale Banken müssen sorgfältig auf ihren Ruf achten. Die Bank konnte es sich nicht leisten, ihren Ruf noch weiter zu schädigen, indem sie an dem Geschäft festhielt. Also zog sie sich zurück.

Die Dekker-Ward-Maschine lief weiter, als wäre nichts geschehen, sie brachte Anleihen auf den Markt, streute Gerüchte, kaufte und verkaufte. Ich beobachtete Jamie bei der Arbeit und begriff jetzt schon weit mehr davon. Ein kleiner Artikel in der *International Financing Review*, dem Wochenblatt für den Rentenmarkt, sorgte für Unruhe im Börsensaal.

> ANGRIFF AUF EINEN ENGLISCHEN BANKER IN BRASILIEN
>
> Nicholas Elliot, der für die in London ansässige Firma Dekker Ward arbeitet, hielt sich letzte Woche in Brasilien auf. Er wurde spätabends bei einem Spaziergang am Strand von Ipanema in Rio de Janeiro von einer Bande Jugendlicher angegriffen und durch einen Messerstich in die Brust verletzt. Elliot soll sich inzwischen schon wieder auf dem Weg der Besserung befinden.
>
> Anders sein Kollege, der amerikanische Staatsbürger Martin Beldecos, der letzten Monat in seinem Hotelzimmer in Caracas ermordet wurde, angeblich von Einbrechern. Zwei derartige Überfälle in so kurzem zeitlichem Abstand beweisen, wie gefährlich es für Banker ist, nach Lateinamerika zu reisen. Es sei denn, man schenkt einer sehr viel beunruhigenderen Erklärung Glauben. Aus unterrichteten Kreisen bei Dekker Ward verlautet nämlich, daß Martin Beldecos die Herkunft von Geldern in Erfahrung bringen wollte, die bei Dekker Trust, einer Dekker-Ward-Tochter auf den Caymans, eingegangen waren. In Caracas geht das Gerücht, der Mord an Beldecos sei eine Auftragsarbeit gewesen. Das wurde von einem Dekker-Ward-Sprecher dementiert, der versicherte, die ganze Firma sei über diese Tragödie tief betroffen und spreche den Angehörigen von Martin Beldecos ihr tiefes Beileid aus.

Jamie überflog den Artikel und warf mir einen besorgten Blick zu. „Das haben die doch nicht von dir, oder?"

„Nein", sagte ich. „Aber interessant ist es schon, nicht wahr?"

„Nichts als Klatsch. Richtigen Ärger wird es erst geben, wenn Eduardo herausbekommt, wer mit dem IFR gesprochen hat. Sieh mal, da kommt er schon."

Er war in der Tat eine eindrucksvolle, ja beunruhigende Erscheinung mit seiner finster gefurchten Stirn. „Kommen Sie mit!" knurrte er und verlangsamte kaum seinen Schritt.

Ich tat, wie mir geheißen, und folgte ihm in sein Kabinett mit den dunkel getönten Scheiben.

„Setzen Sie sich!" sagte er. Er ging um den Schreibtisch herum und nahm ebenfalls Platz. Er sah mich an. „Nun?"

Anfänglich eingeschüchtert von seiner Ausstrahlung, wurde ich nun meinerseits wütend. Ich hatte nichts Unrechtes getan und keine Lust, mich wie ein Schuljunge abkanzeln zu lassen. „Was nun?“ erwiderte ich und begegnete seinem Blick.

„Haben Sie mit dem IFR gesprochen?“

„Nein.“ Ich zwang mich zur Ruhe.

Eduardo lehnte sich in seinem Stuhl zurück und suchte meinen Blick. Seine Augen schienen mich wie die seines Bruders Ricardo durchbohren zu wollen, um bis zur Wahrheit vorzudringen.

„Niemand darf ohne Erlaubnis von Dekker Ward mit der Presse reden“, betonte Eduardo. „Und Gerüchte wie diese in die Welt zu setzen ist Verrat an allen, die hier arbeiten. Solche Gerüchte können uns ungeheuren Schaden zufügen. Verstehen Sie?“

„Ich verstehe das sehr gut“, erwiderte ich. „Wie gesagt, ich habe mit keinem Journalisten gesprochen. Ich kenne überhaupt keine Wirtschaftsjournalisten.“ Der Ärger schnürte mir Kehle und Brust zu. Ich spürte, wie meine Wunde zu klopfen begann.

Eduardo betrachtete mich. „Ich hoffe, Sie sagen die Wahrheit ...“

Ich hatte genug. „Wenn Sie mich jetzt entschuldigen wollen.“ Damit stand ich auf, verließ das Zimmer und spürte, wie sich Eduardos Blick förmlich in meinen Rücken bohrte.

Im Laufe des Vormittags wurden weitere Mitarbeiter in Eduardos Büro gerufen. Die Atmosphäre im Tradingbereich veränderte sich spürbar.

Um die Mittagszeit tauchte Ricardo auf und blieb vor Jamies Schreibtisch stehen. „Nick, ich habe den leisen Verdacht, daß Eduardo heute morgen etwas zu grob mit Ihnen umgesprungen ist“, sagte er.

Ich nickte. „Das ist er. Und noch dazu völlig unbegründet. Er hat überhaupt keine Veranlassung zu der Annahme, ich hätte mit der Presse gesprochen. Immerhin bin ich schließlich derjenige, der niedergestochen worden ist.“

„Ich weiß. Und es tut mir leid. Ich habe Vertrauen zu Ihnen und Eduardo auch. Mein Bruder ist wohl ein bißchen aufgebracht gewesen. Machen Sie sich nichts daraus, Sie leisten gute Arbeit, und wir wissen das zu schätzen. Vergessen wir die Geschichte ganz einfach, okay?“ Er klopfte mir auf die Schulter und ging zu Dave und Miguel, die ebenfalls ziemlich mitgenommen aussahen.

„Das kommt von Zeit zu Zeit vor“, sagte Jamie. „Eduardo rastet manchmal aus und spielt sich fürchterlich auf. Dann muß Ricardo alle beruhigen.“

Ich war noch immer wütend. Doch dann ereignete sich etwas, was die Gedanken an Geldwäsche, Eduardo und den Mord an Martin Beldecos in den Hintergrund treten ließ.

SIEBEN

Die Brady-Schlacht begann am Mittwoch morgen um sieben Uhr fünfzehn. Wir begannen sie. Oder vielmehr Ricardo. Das Schlachtfeld war mein argentinischer Discount Bond. Anfang der neunziger Jahre erklärten sich die Banken, die Lateinamerika Kredite in Milliardenhöhe gewährt hatten, dazu bereit, diese Schulden, die nicht mehr bedient werden konnten, in Bonds umzuwandeln. Man bezeichnete sie als Brady Bonds. In den folgenden Jahren unterwarfen sich die meisten lateinamerikanischen Länder einem solchen Brady-Plan, so daß Brady Bonds im Wert von mehr als hundert Milliarden Dollar im Umlauf waren. Überflüssig zu sagen, daß deren Handel Dekker Ward viel Freude bereitete. Die argentinischen Discounts oder „Argy Discos", wie sie bei den Banken hießen, waren eine von drei Anleihekategorien, die 1992 aus dem argentinischen Brady-Plan hervorgegangen waren.

Ricardo teilte uns seine Idee mit. „Wie wir alle wissen, sind Argentinien-Discounts schon seit geraumer Zeit billig. Wir wissen, daß der Shiloh-Fonds Unmengen davon auf den Markt geworfen hat. Das werden wir uns zunutze machen. Pedro und ich haben bereits eine Größenordnung von zweihundert Millionen erstanden, aber das ist erst der Anfang."

Es verschlug mir den Atem. Ricardo hatte wahrlich nicht übertrieben, als er mir erzählte, er habe eine Menge Bonds gekauft. Von den vielen Bonds hatte sich Ricardo ausgerechnet meine herausgepickt, um den Markt aufzumischen.

„Mit einem Volumen von etwas über vier Milliarden Dollar sind die Discos die kleinste der drei argentinischen Anleihen. Wir gehen davon aus, daß drei Milliarden in festen Händen sind und bei diesen Kursen nicht verkauft werden. Wenn wir uns also weitere vier bis fünf Millionen verschaffen, müßten wir eigentlich für Bewegung auf dem Markt sorgen können. Also, holt euch die Bonds, wo ihr sie nur kriegen könnt."

Die Gruppe ließ ein Gelächter ertönen.

„Beteiligen wir unsere Kunden?" fragte Jamie.

„Nicht zu diesem Zeitpunkt", sagte Ricardo. „Heute verschärfen wir den Druck auf die Kurse, um zu sehen, was der Markt hergibt. Aber fordern Sie Ihre Kunden nur zum Verkauf auf, wenn es unbedingt sein muß. Damit Sie morgen nicht als Trottel dastehen. Noch Fragen?“

Carlos Ubeda, der Leiter der Kapitalmärkte, meldete sich zu Wort. „Ja, eines noch, Ricardo. Wir müssen morgen ein Angebot für das Emissionsmandat in Mexiko machen. Zwei Milliarden Dollar, fünf Jahre.“ Carlos meinte, daß Mexiko durch eine Anleihenemission zwei Milliarden Dollar aufnehmen wolle und uns nun auffordere, die Rendite zu nennen, bei der wir bereit wären, das Mandat zu übernehmen.

„Zwei Milliarden! Ich dachte, die wollten nur eine. Warum so viel?“

„Die müssen dieses Jahr einen Haufen Schulden zurückzahlen. Und Sie kennen doch die Mexikaner. Die zeigen der Welt nun mal gern, daß sie größere Geschäfte durchziehen können als alle anderen.“

„Was für eine Rendite muß man Ihrer Meinung nach anbieten?“

„Wir müssen wenigstens eine Zehn vor dem Komma sehen. Die Konkurrenz ist groß.“

Ricardo stöhnte. „Verdammt eng. – Okay, an alle. Fragen Sie Ihre Kunden, was man von Mexiko hört. Finden Sie heraus, an was für einen Preis die Konkurrenz denkt. Aber es muß sich herumsprechen, daß wir zehn Prozent für das Minimum halten.“

Jamie grinste mich an und rieb sich die Hände. „Heute werden wir ein bißchen Spaß haben.“

Er griff zum Telefon und rief seine alten Stammkunden an. Er wirkte eigentlich wie immer, nur waren die Anrufe ein bißchen knapper als sonst.

Mit Chris Frewer von der Colonial and Imperial, einem Londoner Fonds-Manager, ging er unsere Kurse durch. „Haben Sie was über ein neues Mexikogeschäft gehört?“ fragte Jamie.

„Ja. Bloomfield Weiss meint, sie würden ein großes Ding starten.“

„Ah ja? War schon von der Rendite die Rede?“

„Knapp über zehn Prozent. Sind Sie interessiert?“

„Klar sind wir das. Wenn ich mehr weiß, lass' ich von mir hören.“

„Haben Sie gesagt, ein Geldkurs von achtundsechzigeinhalb für die Argy Discos?“

„Richtig.“

„Gilt für zehn?“

„Gilt für zehn, gilt für fünfzig“, sagte Jamie. Dann senkte er die Stimme zu einem Flüstern. „Aber an Ihrer Stelle würde ich heute morgen nichts überstürzen.“

„Ah ja?“ Eine Spur von Interesse hatte sich in Frewers Stimme geschlichen. Er war nicht dumm. „Und warum nicht?“

„Ach, ich könnte Ihnen jetzt einen Haufen wirtschaftswissenschaftlichen Quatsch erzählen, aber ich will Sie nicht langweilen. Sagen wir einfach, sie steigen schon.“

Frewer schwieg einen Augenblick. „Okay. Dann warte ich und halte die Augen offen.“

„Vernünftige Entscheidung. Aber Sie kaufen doch jetzt noch keine, oder?“

Frewer lachte. „Natürlich nicht. Halten Sie mich auf dem laufenden.“

Als Jamie den Hörer auflegte, stellte ich ihm eine Frage: „Ist das eigentlich fair? Wir legen uns eine Position in einer Anleihe zu, bevor wir sie unseren Kunden empfehlen?“

Jamie lächelte. „Wir handeln hier nicht mit der British Telecom an der Londoner Börse. Wir erobern die wilden und unbekannten Küsten der Schwellenländer. Hier herrscht das Faustrecht. Hier machen rauhe Pioniere wie wir das große Geld.“

Wir telefonierten ohne Pause weiter. Gegen eins ertönte das vertraute Händeklatschen. Langsam legte sich das Stimmengewirr, als die Telefone nach und nach verstummten. Alles wandte sich Ricardo zu.

„Okay. *Compañeros*, wir haben dreihundertvierzig Millionen Discos zu einem Durchschnittspreis von achtundsechzigeinhalb bekommen. Nun können wir die Katze aus dem Sack lassen. Informieren Sie zunächst Ihre besten Kunden. Inzwischen dürften wir alle Bonds haben, die der Shiloh-Fonds unter die Leute gebracht hat. Sorgen wir nun dafür, daß der Kurs in Bewegung kommt.“

Gespannte Unruhe machte sich im Saal breit.

„Irgend etwas über Mexiko?“ fragte Ricardo.

„Es ist die Rede von knapp über zehn Prozent“, sagte Jamie. „Offenbar ist Bloomfield Weiss zuversichtlich, daß sie das Geschäft machen.“

Ricardo runzelte die Stirn. „Gut, bleiben Sie wachsam. Und sorgen Sie dafür, daß keiner wagt, eine Rendite von weniger als zehn Prozent zu bieten.“

Das Treffen war zu Ende, woraufhin Jamie sofort seine besten Kunden anrief. Chris Frewer lachte und kaufte zwanzig Millionen. Alejo, Jamies größter Kunde, orderte fünfzig.

Alejo war ein wirklich bedeutender Spekulant. Er saß in Miami, verwaltete aber das Geld einer der reichsten Familien Mexikos. Seine Geschäfte wurden auf einem Nummernkonto von Dekker Trust verbucht. Alejo bekam seine fünfzig zu einem Kurs von 68,5.

„Du hast doch gesagt, der Kurs würde klettern“, meinte ich zu Jamie.

„Keine Sorge", sagte er. „Entspann dich. Das ist gut so. Damit haben wir unsere Kunden zu einem guten Kurs ins Geschäft gebracht."

Ich sah mich im Börsensaal um. Die Menschen waren aktiv, die Telefone waren aktiv, die Bonds waren aktiv. Es war irgendwie schwindelerregend. Die Dekker-Ward-Maschinerie lief auf Hochtouren und schien sich nicht mehr stoppen zu lassen.

Doch es stellte sich heraus, daß Dekker Ward an diesem Tag nicht die einzige Maschine war, die auf vollen Touren lief.

„Bei den Discos werden achtundsechzig geboten!"

Pedro sprach rasch auf Ricardo ein, der ein finsteres Gesicht machte.

„Was ist los?" rief Dave.

„Weiß nicht!" sagte Pedro und fuhr sich mit der Hand über das Haar. „Ich werde von allen Seiten mit Bonds bombardiert." Er schnappte sich den Hörer.

„He, Pedro! Für wieviel bietest du zehn Discos an?"

Pedro rieb sich das Kinn. „Siebenundsechzigeinhalb."

Der Kurs fiel! Immer mehr Bonds wurden verkauft. Alle sahen wir die grünen Zahlen auf dem Bildschirm vor uns blinken. 67 ... 66,5.

Jamie pfiff leise durch die Zähne. „Himmel, wir müßten jetzt bereits fünfhundert Millionen haben."

Und einen Verlust von zwei Punkten. Ich rechnete. „Dann haben wir zehn Millionen verloren."

Ricardo kam herüber. „Ich weiß nicht, was hier läuft. Irgend jemand anders muß diese Bonds verkaufen. Und wir müssen herausfinden, wer das ist."

„Ich schau mal, was ich tun kann", sagte Jamie. Er dachte einen Augenblick nach und rief dann Frewer bei Colonial and Imperial an.

Chris Frewer war stocksauer. „Was ist los? Heute morgen wollte ich bloß ein paar Bonds verkaufen, und plötzlich hatte ich dann zwanzig Millionen mehr, und nun ist der Kurs um zwei Punkte gefallen."

„Nur die Ruhe. Ricardo kümmert sich darum, ich verspreche es. Aber können Sie mir einen Gefallen tun?"

„Nichts da", sagte Frewer. „Ich will aus Argentinien raus."

„Sie sind bald draußen. Ich muß nur herausfinden, was da läuft. Vertrauen Sie mir! Rufen Sie Bloomfield Weiss an, und fragen Sie, was die Leute dort von den Discos halten."

Frewer schwieg. Offenbar überlegte er. Krampfhaft hielt Jamie den Hörer umklammert. „Okay, okay", meinte Frewer schließlich. „Ich melde mich gleich wieder."

„Hoffentlich geht das nicht in die Hose“, sagte Jamie. Fünf Minuten warteten wir. Uns kamen sie wie eine Stunde vor. Dann leuchtete die Direktverbindung zur Imperial and Colonial auf, Jamie stürzte sich auf den Hörer. „Ja?“

„Bloomfield Weiss hält gar nichts davon. Offenbar haben die dort irgendeine bescheuerte Computeranalyse, nach der die Discos einen halben Prozentpunkt weniger abwerfen, als es den Anschein hat. Das wird mir jetzt rübergefaxt.“

„Können Sie mir eine Kopie faxen?“ fragte Jamie.

„In Ordnung“, sagte Frewer. „Aber was mache ich mit meinen Discos?“

Jamie zwinkerte mir zu. „Nun, sie sind zwei Punkte billiger. Warum kaufen Sie nicht noch ein paar? Von Bloomfield Weiss.“

„Sind Sie sicher?“ fragte Frewer.

„Natürlich bin ich mir sicher. Ich habe doch gesagt, Ricardo kümmert sich bereits um die Angelegenheit.“

Also legte Frewer auf, um weitere zwanzig Millionen Bonds zu kaufen.

Doch zunächst schickte er uns das Fax. Irgendein promovierter Wirtschaftswissenschaftler hatte es verbrochen und dabei jede Menge mathematisches Kauderwelsch benutzt, um nachzuweisen, daß die übliche Methode zur Berechnung der Rendite von argentinischen Discounts einer soliden Grundlage entbehrte. Ich verstand nur Bahnhof, aber ich begriff, daß Bloomfield Weiss versuchte, uns fertigzumachen.

„Nichts als Bockmist!“ sagte Jamie.

„Verstehst du das?“

„Natürlich nicht. Das ist ja Sinn und Zweck der Veranstaltung. Zeigen wir es Ricardo“, sagte Jamie.

Ricardo telefonierte gerade, aber als er sah, was für ein Gesicht Jamie machte, legte er auf. Auch Pedro hängte auf. Pedro hatte heute keinen guten Tag. Jamie gab Ricardo das Fax.

„*Carajo!*“ murmelte Ricardo und reichte es an Pedro weiter. „Okay. Bloomfield Weiss überschwemmt den Markt mit Bonds und Gerüchten, um ihre Kunden zum Verkauf zu bewegen. Sie wollen uns treffen. Wie stehen die Discos jetzt, Pedro?“

„Sechsundsechzigeinhalb und siebenundsechzig.“

„Und wir haben jetzt achthundertsechsundfünfzig Millionen.“

Das wuchs sich zu einem gewaltigen Kräftemessen aus. Wir kauften Bonds im Wert von mehreren hundert Millionen Dollar, und Bloomfield Weiss verkaufte noch mehr. Der Kurs fiel. Mit anderen Worten, es gab mehr Verkäufer als Käufer. Und Bloomfield Weiss verfügte über eine größere Feuerkraft als wir.

Zum erstenmal sah ich Ricardo besorgt. Er rief einige der anderen Trader zusammen. „Wir dürfen sie unter gar keinen Umständen gewinnen lassen“, sagte er. „Das Ganze ist viel zu öffentlich. Deshalb hat Bloomfield Weiss auch diese Analyse in die Welt gesetzt. Alle sollen wissen, daß dies ein Kampf zwischen ihnen und uns ist. Die Bonds müssen wieder nach oben gehen.“

„Können wir nicht einfach weiterkaufen?“ fragte Dave.

Ricardo schüttelte den Kopf. „Wir sind schon weit über unserem Limit. Einiges können wir bei Dekker Trust unterkriegen, aber eine noch größere Position können wir nicht für längere Zeit halten. Wenn wir noch mehr kaufen, müssen wir sicher sein, daß es sich für uns auszahlt.“

„Da stimmt doch etwas nicht“, sagte Dave. „Das ist eine 4-Milliarden-Dollar-Emission, und wir wissen, daß davon drei Milliarden bei Kunden sind, die ganz bestimmt nicht verkaufen. Bleibt noch eine Milliarde, von der wir den Löwenanteil haben. Also woher hat Bloomfield Weiss seine Bonds?“

„Die gehen *short*“, sagte Pedro. „Wenn die auf so vielen Anleihen säßen, wüßte ich das doch.“

„Also leihen sie sich diese“, sagte Ricardo. „Von wem, frage ich mich.“

Alle schwiegen. „Short“ gehen bedeutet Leerverkäufe abzuschließen, das heißt, sich die Bonds von einem freundlich gesinnten Inhaber auszuleihen, um sie zu verkaufen. Wenn dieser Inhaber seine Bonds zurückfordert, muß Bloomfield Weiss sie natürlich auf dem Markt kaufen. Bloomfield Weiss setzte darauf, daß der Kurs bis dahin so weit gefallen sein würde, daß die Firma einen satten Profit einstreichen konnte. Bis dahin würde Dekker Ward aus dem Markt gedrängt sein. Es ging dabei nicht nur um fünfzehn oder zwanzig Millionen Dollar, es ging um Dekker Wards Zukunft in Lateinamerika.

Meine Gedanken rasten. In den letzten Tagen hatte ich einige alte Artikel aus Börsenzeitschriften von 1992 gelesen, in denen es um die Verhandlungen über Argentiniens Brady-Plan gegangen war. „Es könnte die US Commerce Bank sein.“ Meine Stimme kippte fast.

Alle sahen mich an. Sie hörten zu.

„Sie war 1992 der wichtigste Gläubiger Argentiniens. Sie bestand darauf, daß die gesamte Bankschuld in Discounts umgewandelt wurde, die sie vorzog. Es könnte gut sein, daß sie sie noch hat.“

Ricardo sah mich nachdenklich an. „He, Carlos! Kommen Sie her!“

Carlos eilte herüber. „Die US Commerce hat vor einiger Zeit versucht, in unserem Markt Fuß zu fassen, nicht wahr?“

„Ja, aber letztes Jahr haben sie nur zwei Mandate bekommen.“

„Wie würde die Bank reagieren, wenn wir sie an der Plazierung der größten Anleihe des Jahres beteiligten?“

„Sie würde das Angebot mit Kußhand annehmen.“

Ricardo nahm den Hörer ab.

Er hatte einige Telefongespräche zu führen. Pedro hielt den Kurs bei 66, aber er litt. Dann, gegen sechs Uhr, legte Ricardo den Hörer auf und klatschte in die Hände.

„Nick hatte recht. Die US Commerce Bank hat argentinische Discounts im Wert von siebenhundert Millionen Dollar, die sie Bloomfield Weiss freundlicherweise geliehen hat. Bis heute. In einer Stunde wird Bloomfield Weiss die Aufforderung erhalten, Discos für siebenhundert Millionen Dollar bis morgen, zwölf Uhr mittags, zurückzuerstatten. Und es gibt nur einen einzigen Ort, wo sie diese bekommen können. Hier.“

Man sah, wie sich überall die Gesichter aufhellten.

Bis in die Nacht hinein kaufte Dekker Ward argentinische Anleihen.

AM NÄCHSTEN Morgen um sieben Uhr fünfzehn versammelten wir uns um Ricardo.

„Okay, *compañeros*, wir haben jetzt eine Milliarde zwei“, sagte er. Das war eine gewaltige Position, selbst nach Dekker-Ward-Maßstäben. „Die Bonds hängen noch immer bei siebenundsechzig. Bloomfield Weiss hat uns mit dem allergrößten Vergnügen soviel verkauft, wie wir haben wollten. Doch kurz bevor gestern abend der Markt in New York schloß, wurde es plötzlich still bei Bloomfield Weiss. Mal sehen, was heute morgen passiert.“

Alles in der Runde grinste.

„Was ist mit dem Mexiko-Geschäft?“

„Nach allem, was man hört, soll die Rendite bei zehn und einem Viertel Prozent liegen“, sagte Miguel, „und Bloomfield Weiss tönt sehr zuversichtlich.“

„Dieses Geschäft müssen wir machen“, sagte Ricardo.

Charlotte hüstelte.

Ricardo hob die Hand. „Keine Sorge, Charlotte. Ich weiß, daß Mexiko im Augenblick ein bißchen angeschlagen aussieht und daß es eigentlich nicht der richtige Zeitpunkt ist, um mexikanische Bonds für zwei Milliarden Dollar unter die Leute zu bringen. Aber wir teilen uns das

Geschäft mit der US Commerce, das reduziert unser Risiko. Also steigen wir bei neundreiviertel ein und machen das Geschäft. Okay?“

Ich sah, wie Jamie schmerzlich das Gesicht verzog. Er würde diese mexikanischen Bonds verkaufen müssen. Sogar mir war klar, daß es bei dieser Rendite schwierig sein würde.

„Gut.“ Ricardo rieb sich die Hände. „Also dann, verdienen wir ein bißchen Geld.“

Wie immer gab es an diesem Tag reichlich Lärm und Hektik im Handelssaal. Aber nur zwei Anrufe waren wirklich wichtig. Der erste wurde um elf Uhr dreißig zu Ricardo durchgestellt. Es war der Cheftrader von Bloomfield Weiss. Cheftrader sprechen selten miteinander, aber in diesem Fall blieb ihm keine andere Wahl. Er wollte wissen, zu welchem Kurs Dekker Ward argentinische Discounts für siebenhundert Millionen Dollar anbieten konnte.

Sofort wußte der ganze Börsensaal, was vor sich ging. Alles verstummte und beobachtete Ricardo.

„Zweiundsiebzig.“

Stille. Dann legte Ricardo den Hörer auf. „Siebenhundert Millionen argentinische Discounts für zweiundsiebzig verkauft!“

Diese Mitteilung wurde mit begeistertem Jubel aufgenommen. In diesem einen Augenblick strich Dekker Ward einen Gewinn von 35 Millionen Dollar ein.

Der zweite Anruf kam viel später, etwa um sieben Uhr. Dekker Ward und die US Commerce Bank hatten das Emissionsmandat erhalten, für zwei Milliarden Dollar Eurobonds der Vereinigten Mexikanischen Staaten mit einer Laufzeit von fünf Jahren und einer Rendite von neundreiviertel Prozent zu verkaufen.

Dekker Ward hatte Bloomfield Weiss aus dem Territorium verjagt, und wir hatten eine Menge Bonds zu verkaufen.

NACH der Brady-Schlacht fühlte sich sogar Lord Kerton bemüßigt, Canary Wharf aufzusuchen und die siegreichen Truppen zu inspizieren. Der Vorsitzende von Dekker Ward und Ricardo hatten eine Vereinbarung getroffen: fünfzig Prozent der Profite, die Ricardo erzielte, für ihn und seine Leute. Kerton erhielt die anderen fünfzig Prozent und hatte die Befriedigung, Dekker Ward zur erfolgreichsten Brokerfirma in London aufsteigen zu sehen. Ricardo und er begegneten sich mit einer Mischung aus Höflichkeit und Vorsicht. Alles in allem dauerte sein Besuch eine halbe Stunde.

„Das war ja beinahe so etwas wie eine königliche Visite“, meinte ich zu Jamie.

Er lachte. „Das trifft den Nagel auf den Kopf. Kerton ist eine nützliche Galionsfigur ohne Einfluß. Er ist kein Narr. Ihm ist klar, daß er die Hände in den Schoß legen und zusehen kann, wie die Profite auf sein Konto gehen, wenn er Ricardo in Ruhe läßt.“

Das Licht auf dem Telefon blinkte. Es war Alejo. Mit vier Punkten Gewinn hatte er seine argentinischen Discounts an Jamie verkauft. Alejo hörte sich nicht sehr dankbar an.

„Alejo ist ein elender Mistkerl, oder?“ fragte ich.

„Ja“, sagte Jamie. „Aber man kann gute Geschäfte mit ihm machen. Ich beklage mich nicht.“

Er hatte recht. Alejo war mehrfach mit stattlichen Beträgen in den Markt und aus dem Markt gegangen. Manchmal waren es zweihundert Millionen. Einen solchen Kunden hält man sich gewogen.

DIE BAR, wo ich mich mit Isabel verabredet hatte, bot viel Platz und einen enormen Lautstärkepegel; ein ehemaliges Lagerhaus, das bei der Übernahme der Docklands durch die Yuppies zweckentfremdet worden war. Überall saßen und standen junge Männer und Frauen in schicken Anzügen und schlürften Longdrinks und exotische Biersorten.

Isabel kam kurz nach mir. In der letzten Woche hatten wir wenig miteinander gesprochen. Meistens hatte ich an Jamies Schreibtisch gesessen, und Isabel hatte sehr viel zu tun gehabt. Ich war mir noch immer ziemlich sicher, daß es ihr nicht behagte, sich mit jemandem aus der Firma einzulassen. Ich konnte das durchaus nachvollziehen, wenn ich auch nicht gerade glücklich darüber war. Doch ich ahnte, bei Isabel hatte es keinen Zweck, sein Glück erzwingen zu wollen.

Ich holte zwei unverschämt teure Flaschen Budweiser, und wir setzten uns auf Hocker am Ende eines überfüllten Tisches.

„Das war eine lange Woche“, sagte ich und nahm einen Schluck. „Geht es bei Dekker Ward immer so zu?“

„Im Prinzip, ja“, sagte Isabel. „Irgend etwas passiert immer.“

„Arbeiten Sie an einem neuen Favela-Deal?“

„Ja. Es sieht so aus, als sei São Paulo interessiert.“ Sie seufzte. „Aber nach dem, was mit dem Rio-Deal passiert ist, kann ich mich kaum dazu motivieren, wieder so viel Arbeit zu investieren.“

„Sie müssen!“ sagte ich. „Ich kann mich nur sehr schwer an unsere Vorgehensweise gewöhnen. Meine frühere Arbeit diente einem Zweck, der nichts mit Geldverdienen zu tun hatte. Aber jetzt tun wir nichts anderes, als für uns und unsere Firma Geld zu scheffeln. Wenn ein Geschäft Geld bringt, dann sind wir dabei, wenn es nichts bringt, lassen wir es, und wenn es einem Konkurrenten Geld bringt, dann machen wir es kaputt."

„Es ist ein schmutziges Geschäft", sagte Isabel. „Ich hatte gehofft, endlich einmal einen Deal abzuschließen, der dem Hause Dekker Ward nicht nur Geld bringt, sondern auch Gutes stiften sollte." Sie seufzte. „Trotzdem gibt es keinen Grund, Trübsal zu blasen. Man muß sich einfach dem nächsten Geschäft zuwenden. Es ist ein Fehler, Nick, wenn wir uns allzu genau fragen, was wir tun. Die Antworten werden Ihnen nicht gefallen."

Ich wußte, sie hatte recht. Auf eine Weise machte es mir Mut, daß jemand wie Isabel, die meine Bedenken hinsichtlich der Finanzwelt teilte, eine Möglichkeit gefunden hatte, sich mit ihr zu arrangieren. Wenn Isabel den Job mit ihrem Gewissen vereinbaren konnte, dann konnte ich das auch.

Eines aber mußte ich sie noch fragen. „Glauben Sie, daß Dekker Ward mit Geldwäsche zu tun hat?"

Sie dachte einen Moment nach. „Nein", sagte sie dann. „Ricardo nutzt alle Tricks, aber er weiß genau, wie weit er gehen darf. Geldwäsche ist ungesetzlich. Wer sich daran beteiligt, kommt in Teufels Küche, wenn er erwischt wird. Ricardo hat viel getan, um sich einen Ruf als aggressiver, aber legaler Investmentmakler zu erwerben. Ich kann mir nicht vorstellen, daß er den aufs Spiel setzen würde."

Aufmerksam lauschte ich ihr, und ich vertraute ihrem Urteil.

„Warum fragen Sie? Geht es um den Artikel im IFR?"

„Und um Jack Langtons Bemerkung über Dekker Ward und die Drogenkartelle."

„Ich bin sicher, daß da nichts dran ist", erklärte Isabel.

„Das ist noch nicht alles", sagte ich. „Kennen Sie Lucianas Mädchennamen?"

Seit ich auf Ricardos Party mit ihr gesprochen hatte, wollte ich diese Frage schon loswerden. Isabel war verwirrt, aber beantwortete meine Frage. „Aragão."

„Das dachte ich mir. Dann ist ihr Bruder also Francisco Aragão."

„Stimmt", sagte sie.

Wie ich vermutet hatte. Der brasilianische Finanzier, der in Martins Fax erwähnt wurde. Der Mann, der im Verdacht stand, an der Geldwäsche von Drogengeldern beteiligt zu sein.

„Was hat das zu bedeuten, Nick?" fragte Isabel.

Ich berichtete ihr von dem zweiten Fax an Martin Beldecos und von meinem Verdacht, daß es aus meinem Schreibtisch entwendet worden sei. Außerdem erzählte ich ihr, mit welchem Nachdruck Eduardo verlangt hatte, daß ich ihm und nur ihm alle weiteren Nachrichten für Beldecos aushändigte.

„Nun, was halten Sie davon?“ fragte ich. „Läuft da nun etwas, ja oder nein?“

„Nach allem, was Sie erzählt haben, muß da etwas im Gange sein. Trotzdem kann ich nicht glauben, daß Ricardo daran beteiligt ist. Francisco hat einen schlechten Ruf in Brasilien. Mein Vater hat mir erzählt, es gebe Gerüchte, die ihn mit dem Drogenhandel in Verbindung bringen. Ricardo hat sich stets von ihm ferngehalten.“

„Was ist mit Eduardo? Er ist für Dekker Trust verantwortlich, nicht wahr?“

„Das wäre schon eher möglich“, sagte Isabel. „Aber er weiß, daß sein Bruder damit nicht einverstanden wäre.“

„Falls der es überhaupt je herausfände. Was soll ich nun tun?“ fragte ich. „Jamie sagt, ich solle das Ganze vergessen.“

„Schwierig“, meinte Isabel. „Ich denke, Jamie hat recht. Aber an Ihrer Stelle würde ich mit Ricardo sprechen. Ich glaube nicht, daß er etwas damit zu tun hat. Er sollte informiert werden.“

Ricardo vertrauen? Dazu war ich nicht so ohne weiteres bereit.

„Und wenn man sich an die Polizei wendet?“ fragte ich.

Isabel schüttelte entschieden den Kopf. „Das würde Ricardo Ihnen nie und nimmer verzeihen. Wenn Sie sich an die Polizei wenden, ohne zuvor mit ihm darüber gesprochen zu haben, dann fühlt er sich hintergangen.“

„Hm. Ich denke darüber nach“, sagte ich. Und das würde ich tatsächlich. Aber ich war mir ziemlich sicher, daß es am klügsten war, den Mund zu halten, fürs erste zumindest.

„Was für ein Mensch war Martin Beldecos?“

„Sehr nett“, antwortete Isabel. „Er war still, fast schüchtern, und ging in seiner Arbeit auf.“

„Er war Amerikaner?“

„Stimmt. Aus Miami. Er hatte dort in der Niederlassung einer der großen US-Banken gearbeitet, die viele Privatkunden aus Lateinamerika haben.“

„Und wissen Sie, was er genau getan hat?“

„So richtig nicht. Ich glaube, offiziell war er bei Dekker Trust angestellt. Er war mit irgendeinem Projekt für Eduardo beschäftigt, das offensichtlich etwas mit Dekker Trust zu tun hatte. Er hat uns eine Menge Fragen über Kunden von uns gestellt, die dort Konten haben." Sie hielt inne. „Die Sache mit ihm ist schrecklich." Sie blickte mich forschend an. „Und fast wäre Ihnen das gleiche zugestoßen."

Ich nickte. Nun wußte sie, was ich dachte.

ACHT

Ich bin sicher, daß Sie letzte Woche alle den Artikel in der IFR gelesen haben", sagte Ricardo am Montagmorgen. „Der Inhalt des Artikels macht mir keinen Kummer. Er ist offenkundig Blödsinn. Was mir zu schaffen macht, ist die Tatsache, daß einer von uns mit einem Journalisten gesprochen und ihm Informationen gegeben hat, die sehr nachteilig für die Firma waren. Diese Person ist entlassen worden."

Allgemeines Murmeln war zu hören. Alle blickten sich an, um zu sehen, wer fehlte. Dave! Warum hatte er das getan?

„Dieser Mann wird nicht nur Dekker Ward verlassen, sondern auch keinen Penny mehr auf den Rentenmärkten verdienen", fuhr Ricardo fort. „Er hat die Verschwiegenheitsverpflichtung gebrochen, die Sie alle unterschrieben haben. Wir werden die Branche darüber informieren, daß er große Spekulationsverluste gemacht und sie verheimlicht hat. Ich erwarte von Ihnen allen, daß Sie diese Version bestätigen, wenn man Sie fragt."

Alle schwiegen. Dave war sehr beliebt gewesen. Die Stimmung im Börsensaal schwankte zwischen Betroffenheit über seine Entlassung und Empörung über den Verrat, den er an uns allen begangen hatte.

„Wir sind hier ein Team. Es gibt da draußen viele, denen Dekker Ward und seine Erfolge nicht gefallen. Gemeinsam sind wir stark. Doch wenn einer von uns den anderen in den Rücken fällt, dann sind wir alle verwundbar. Und das werde ich unter gar keinen Umständen zulassen."

Ricardo blickte sich im Börsensaal um. In seinen Augen funkelte Wut. Aber sogar seine Wut war ansteckend. Wir alle waren wütend.

Die Besprechung war zu Ende. Im Laufe des Vormittags begann die Gerüchteküche kräftig zu brodeln. Und nicht nur bei Dekker Ward. Auf dem Markt hatte sich die Geschichte mit Dave bereits herumgesprochen. Das Gerücht kehrte zurück in unseren Handelssaal, wo es zu meiner Überraschung bestätigt wurde. Sogar Jamie erklärte Chris Frewer gegenüber, daß es stimme.

„Warum sagst du so etwas?" fragte ich betroffen. „Warum sagst du nicht einfach, du weißt nicht, was los ist?"

Jamie seufzte. „In dieser Situation mußt du dich an die Linie der Partei halten. Ricardo wird uns im Auge behalten. Das ist ein Loyalitätstest für uns alle."

Mit wachsendem Abscheu beobachtete ich, wie Daves Charakter umgeschrieben wurde. Genauso, wie sich die Dekker-Ward-Maschinerie einreden konnte, daß eine lausige Anleihe die Investmentchance des Jahres war, so gewannen die Dekker-Ward-Leute jetzt die Überzeugung, daß Dave ein unfähiger Betrüger war.

„WAS AUCH immer passieren sollte, ich möchte auf keinen Fall werden wie meine Eltern", sagte Jamie.

Jamie und ich waren in einem alten Pub in einer ehemaligen Stallung in Knightsbridge gelandet, dessen besondere Atmosphäre sich erst nach drei Gläsern Bier und in Gesellschaft eines guten Freundes erschloß.

„Warum nicht? Die sind doch nett."

Jamie schnaubte verächtlich. „Sie mögen ja nett sein, vor allem aber sind sie abgebrannt. Mein Großvater war ein Großgrundbesitzer. Und mein Vater fährt jetzt Taxi. Wenn ich die glorreiche Familientradition fortsetze, hat Oliver eine Laufbahn bei McDonald's vor sich."

„Du wirst trotzdem nach deinem Vater schlagen. Du bist genau wie er. Du kannst gar nichts dagegen tun." Es sollte eigentlich ein Scherz sein, aber Jamie warf mir einen finsteren Blick zu.

„Ich meine es ernst. Es ist höchste Zeit, daß jemand in unserer Familie wieder zu Geld kommt."

Im Laufe der Zeit war ich öfter bei Jamies Eltern zu Besuch gewesen. Ungeachtet des vergangenen Glanzes und aller Zukunftssorgen waren sie mir stets mit der gleichen herzlichen Gastfreundschaft begegnet. Jamie war beider ein und alles.

Und Jamie enttäuschte sie nicht. Schulsprecher seines Nobelinternats, Oxford, danach eine Stellung in der blaublütigen Handelsbank Gurney Kroheim und der Wechsel zu Dekker Ward.

Nachdenklich trank ich mein Bier aus. „Ich weiß noch immer nicht, was ich machen soll."

„Willst du denn nicht bei Dekker Ward bleiben?"

„Keine Ahnung. Manchmal finde ich es toll. Die Brady-Schlacht zum Beispiel. Aber dann fällt mir Dave wieder ein und der Favela-Deal und die Drogengelder."

„Nun vergiß die Geschichte doch endlich!" sagte Jamie.

„Kann ich nicht. Sie macht mir zu schaffen. Dir nicht?"

Jamie schwieg einen Augenblick. „Würde sie wohl, wenn ich ständig dran denken würde. Also schlage ich sie mir aus dem Kopf. Schließlich muß ich für Kate und Oliver sorgen. Ich muß eine hohe Hypothek zurückzahlen. Und ich könnte es in diesem Geschäft wirklich zu etwas bringen."

„Du bist sehr gut." Er war es wirklich, das hatte ich bereits bemerkt, obwohl ich erst kurze Zeit bei Dekker Ward war. „Tut mir leid", sagte ich. „Ich wollte nicht undankbar sein. Nochmals vielen Dank, daß du mir diese Stellung besorgt hast."

Jamie lächelte. „Darum mach dir mal keine Gedanken. Ricardo mag dich. Das gibt Pluspunkte für mich." Er hob sein Glas. „Kate hat mir erzählt, daß du ziemlich in Isabel verschossen bist."

Ich spürte, wie ich rot wurde. „Sie ist ein nettes Mädchen."

„Ach ja? Ein nettes Mädchen? Also was Ernstes? Habt ihr was miteinander?"

„Nein. Sie scheint nicht sehr an mir interessiert zu sein."

„Sei jedenfalls vorsichtig. Sie ist eine merkwürdige Person." Ein Gedanke schoß ihm durch den Kopf. „Du hast doch nicht etwa über diese Geldwäsche mit ihr gesprochen, oder?"

Ich nickte. „Doch. Sie meinte, ich wäre gut beraten, mit Ricardo darüber zu reden. Ich werde es trotzdem lieber sein lassen, denke ich."

„O Nick! Du hättest ihr nichts sagen dürfen. Ich habe dir doch von Eduardo und ihr erzählt. Du hast doch gesehen, was mit Dave passiert ist. Besser, du vergißt diese Geschichte mit der Geldwäsche, oder es geht dir genauso."

„Ich kann Isabel vertrauen", betonte ich.

„Ach, Nick", sagte Jamie, „in diesem Geschäft kannst du niemandem vertrauen."

Ich hatte das ungute Gefühl, daß er recht hatte.

DIE EUPHORIE nach dem Sieg in der Brady-Schlacht hatte sich am nächsten Tag schnell verflüchtigt, als die Dekker-Ward-Leute wieder auf den Boden der Tatsachen geholt wurden: Es hieß jetzt, mexikanische Bonds im Wert von zwei Milliarden Dollar zu verkaufen. Nun galt es, jeden anzurufen, der einem noch eine Gefälligkeit schuldete.

Ich beobachtete Jamie bei der Arbeit. Von jedem seiner Kunden erschwatzte, erbettelte, erbluffte er sich einen Auftrag. Doch so stattlich die Aufträge auch waren – zehn oder zwanzig Millionen in einigen Fällen –, sie waren nicht groß genug. Die wirklich großen Aufträge waren nur zu bekommen, wenn man die wirklich großen Gefälligkeiten einforderte, und das konnte nur Ricardo. Ricardo war auch in der Lage, sich mit mehr als einem Problem gleichzeitig auseinanderzusetzen. An diesem Nachmittag klopfte er mir auf die Schulter. „Wieviel wissen Sie über Polen?"

„Nicht viel. Ich bin mal dort gewesen. An der Universität Krakau."

„Für wie wahrscheinlich halten Sie eine Abwertung?"

Ehrlichkeit war immer die beste Strategie bei Ricardo. „Ich habe keine Ahnung."

„Kennen Sie jemanden, der eine Ahnung haben könnte? Oder mehr als nur eine Ahnung?"

Ich dachte einen Augenblick nach. „Zufällig ja. Einen Wirtschaftswissenschaftler an der London School of Economics. Der polnische Finanzminister hat vor fünfzehn Jahren bei ihm studiert. Ich weiß, daß sie noch Kontakt halten. Ich könnte mit ihm reden. Allerdings müßte ich eine Flasche Wodka mit ihm leeren, um es herauszufinden."

„Ausgezeichnet", sagte Ricardo. „Trinken Sie den Wodka literweise, und setzen Sie ihn auf Ihre Spesenrechnung."

WOJTEK freute sich sehr über meinen Anruf und lud mich sofort zum Abendessen ein. Ich hatte ihn kennengelernt, als ich mich im Studium mit der Wirtschaft der Sowjetunion beschäftigte. Durch ihn war ich nach Krakau gekommen. Ich erzählte ihm, daß ich Informationen über die polnische Wirtschaftspolitik brauchte. Ausgestattet mit einer Flasche seines Lieblingswodkas, machte ich mich auf den Weg zu seiner Wohnung in Ealing.

„Schön, dich zu sehen!" sagte er. „Hereinspaziert! Hereinspaziert!"

Wojtek gehörte zu den Professoren, die sich auch privat um ihre Studenten kümmerten. Ich mochte ihn. Obwohl ich ihn nicht sehr häufig sah, zählte ich ihn zu meinen Freunden.

„Wie geht es der entzückenden Joanna?" fragte er.

„Sie weilt in Amerika mit dem abscheulichen Wes."

„Gut so. Ich konnte sie nie ausstehen, und wer immer er ist, ich bin sicher, er verdient sie. Laß uns diese Flasche öffnen."

Wir machten uns über den Wodka her, und in knapp einer Stunde waren wir ziemlich betrunken. Wie nicht anders zu erwarten, wurde ich wegen meines Entschlusses, in die Finanzwelt zu gehen, niedergemacht, und dann fragte er mich, was ich wollte.

Ich räusperte mich. „Dekker Ward hat mich genommen, weil ich mich mit der russischen Sprache und in den Wirtschaftswissenschaften auskenne. Nun soll ich plötzlich auch über Polen Bescheid wissen, aber die Situation dort habe ich schon seit elf Jahren nicht mehr verfolgt. Ich hatte gehofft, daß du meine Kenntnisse vielleicht ein bißchen auffrischen könntest, damit ich nicht gänzlich wie ein Idiot dastehe."

„Okay, Nick, ich will dir gern ein wenig auf die Sprünge helfen."

Dann begann er, mir die Geschichte der polnischen Wirtschaft seit den Tagen der Solidarność knapp und präzise darzulegen. Ich hoffte nur, daß ich mich am Morgen noch daran erinnern konnte.

„Und wie sieht es mit einer Abwertung aus? Ist der Zloty im Moment nicht zu hoch bewertet?"

„Das kannst du laut sagen!" Wojtek wurde in seiner Erregung nun selbst laut. „Immer und immer wieder predige ich es ihnen. Wertet jetzt ab, bevor die Wirtschaft endgültig den Bach runtergeht. Es ist besser, man behält das Heft in der Hand und entscheidet für alle erkennbar selbst über den Zeitpunkt der Abwertung, als daß man durch eine internationale Krise dazu gezwungen wird."

„Du glaubst also, Polen wertet ab."

Wojtek lächelte und sagte: „Das weiß ich nicht." Dabei trug er die naive Unschuld so dick auf, daß ich ihm nicht für einen Augenblick glaubte. Er wußte genau, was die Polen vorhatten, und er war offenkundig sehr einverstanden mit deren Plänen.

Als wir immer betrunkener wurden, hielt ich es für das beste, das Weite zu suchen.

„Aber es ist doch erst zehn Uhr!" protestierte Wojtek.

„Ich weiß. Aber ich muß morgen um sieben Uhr früh wieder auf der Matte stehen."

„Na gut. Hat mich sehr gefreut, dich mal wiederzusehen, Nick." Ich ließ ihn mit dem Rest in der Flasche allein zurück.

Am nächsten Morgen erwies sich die Fahrradfahrt als ein hartes Stück Arbeit. Der Kopf tat höllisch weh, und der Mund war trocken und pelzig. Ich kaufte mir einen halben Liter Milch, den ich in großen Schlucken trank.

Ricardo lachte, als er mich erblickte. „Ich sehe, daß Sie gestern abend Ihre Pflicht erfüllt haben. Hat es etwas gebracht?"

„Ich gehe davon aus, daß die Polen abwerten." Ich berichtete ihm von meiner Unterhaltung mit Wojtek.

„Und Sie sind sicher, daß der Bursche wirklich über so viel Einfluß verfügt, wie er vorgibt?"

„Ja."

„Na wunderbar!" Lächelnd klopfte Ricardo mir auf die Schulter. „Dann wollen wir mal unsere polnische Position glattstellen."

Ich war äußerst zufrieden mit mir. Vielleicht würde Ricardo durch mich ein bißchen Geld verdienen können. Wenn ja, dann würde er sich sicherlich auch an meinen Beitrag erinnern. So etwas vergaß Ricardo nicht.

Das Telefon läutete. „Nick? Wojtek hier." Seine Stimme klang entsetzlich verkatert.

„Wie geht es dir?"

„Prima", sagte er. Ich lächelte. Lügner! „Weißt du noch, Nick. Gestern, als du mich gefragt hast, ob die polnische Regierung abwerten würde, habe ich dir doch nicht geantwortet, oder?"

O Gott. „Nein", sagte ich. „Nein, du hast gar nichts gesagt."

„Gut. Denn wenn die Finanzmärkte durch mich von der Abwertung erführen, wäre das ein echter Vertrauensbruch meinerseits."

Scheiße! Scheiße! „Nein. Keine Sorge, Wojtek. Ich sage nichts. Du hast mir einfach nützliche Hintergrundinformationen gegeben. Das ist alles." Ich glaube, meine Stimme verriet nichts von dem Sturm in mir. Nur gut, daß er mein Gesicht nicht sehen konnte.

„Gut." Er klang erleichtert. „War sehr nett, dich mal wiederzusehen. Laß von dir hören, okay?"

„Okay, Wojtek. Bis bald." Ich knallte den Hörer auf die Gabel und atmete tief durch.

Als ich aufblickte, sah ich Ricardo auf mich zukommen. „Gut gemacht, Nick", sagte er. „Wir sind jetzt gewappnet. Ich hoffe nur, daß Sie recht haben."

„Ich habe recht", erwiderte ich, fand aber, daß ich unrecht gehandelt hatte.

„Wir führen heute ein paar Kunden aus. Haben Sie Lust mitzukommen?"

Himmel. Noch mehr Alkohol. Aber es war klar, daß diese Aufforderung einer Auszeichnung gleichkam. Daher rang ich mir ein Lächeln ab und sagte: „Großartig."

Ich holte mir eine Tasse Kaffee vom Automaten und nahm mir die Zeitung.

Oh, verdammt! Es paßte mir gar nicht, daß ich Wojtek hatte anlügen müssen. Ich hatte sein Vertrauen mißbraucht. Natürlich war es in erster Linie seine Schuld. Er war blödsinnig vertrauensselig gewesen. Und er wußte es – daher sein panischer Anruf. Es war seine Schuld. Seine Schuld, daß ich sein Vertrauen mißbraucht hatte.

Nein, die Rechtfertigungsstrategie klappte nicht. Wojtek würde mir ernsthaft böse sein, wenn er jemals herausfand, was ich getan hatte. Ich konnte nur hoffen, daß das nie der Fall sein würde.

NACH zwei Glas Wein begann sich der Nebel in meinem Gehirn zu lichten. Wir saßen im „Vong's", einem Nobelrestaurant in Knightsbridge. Ricardo war dabei, außerdem Eduardo, Jamie, Miguel und zwei andere. Unsere Gäste waren Repräsentanten einer Zentralbank.

Ich saß neben Eduardo, der wenig sprach. Nur gegen Ende des Essens beugte er sich zu mir herüber. „Heute abend werden Sie lernen, warum diese Leute nur mit uns Geschäfte machen und nicht mit Bloomfield Weiss", sagte er mit einem Blitzen in seinen dunklen Augen.

„Ach ja?"

„Es ist wichtig, daß man den Kunden das zukommen läßt, was sie haben möchten. Und das ist nicht immer nur der beste Preis und der beste Abschluß. Wenn Sie wissen, was ich meine." Verschwörerisch sah er mich an, ein Lächeln auf den fleischigen Lippen.

„Eigentlich nicht", sagte ich.

„Sie müssen wissen, was für Vorlieben Ihre Kunden haben. Zufällig weiß ich, daß in dieser Gruppe alle eine Schwäche für schöne Frauen haben. Das vereinfacht die Sache natürlich. Ausgenommen der Typ da am Ende des Tisches." Er zeigte auf einen Mann mit beginnender Glatze, der mit Interesse einer Geschichte von Jamie lauschte. „Mir ist zu Ohren gekommen, daß er Männern den Vorzug gibt. Ich bin sicher, daß es ihm gefällt, neben dem hübschesten Burschen aus unserer Runde zu sitzen."

Ich mußte unwillkürlich lächeln. Jamie wäre in die Luft gegangen, wenn er gewußt hätte, wie Eduardo ihn benutzte.

Gegen elf verließen wir das Restaurant, und alles schrie: „Zu Eduardo!"

„Was geschieht jetzt?" fragte ich Jamie.

„Jetzt fahren wir in Eduardos Wohnung, um uns noch ein bißchen zu amüsieren."

Das hörte ich gern. Ich hatte mich erholt, und die allgemeine Ausgelassenheit war ansteckend.

Eduardos Wohnung war in Mayfair. Wir zogen die Jacketts aus und lockerten die Schlipse. Auf einem Sideboard warteten schon die Champagnerflaschen, beaufsichtigt von einer blonden, sehr attraktiven Serviererin. Ich nahm ein Glas und ließ mich in ein Sofa fallen.

Ausnehmend gut gefiel es mir hier.

Etwas blitzte auf und riß mich aus meinem Dösen. Ich hielt nach der

Ursache Ausschau. Es war ein kleiner Spiegel. Eduardo und zwei unserer Gäste beugten sich über ihn und schoben einige Streifen weißen Pulvers zusammen.

Die meisten Anwesenden, auch Jamie, versammelten sich um den Spiegel. Er begegnete meinem Blick und zuckte die Achseln. Ich wußte, daß Jamie kein Kokser war. Wahrscheinlich tat er auch das einzig und allein der Gruppendynamik wegen. Ich sah mich nach Ricardo um. Er hatte sich davongemacht.

Eduardo rief mir zu: „Auch eine Nase, Nick?“

„Danke der Nachfrage, nein“, erwiderte ich und hoffte, daß es nicht zu spröde klang.

„He, versuchen Sie es. Eine Nase hat noch niemandem geschadet. Das bringt Sie in Stimmung!“ Seine fleischigen Lippen teilten sich zu einem breiten Grinsen, aber seine Augen blieben hart und befehlend.

„Nein, kein Bedarf.“

Er kam herüber, setzte sich auf die Sofalehne und legte den Arm um mich. Liebend gern hätte ich ihm eine verpaßt.

„Kommen Sie, mein Freund. Amüsieren Sie sich! Wissen Sie, was Sie brauchen? Was zum Spielen.“ In diesem Augenblick klingelte es an der Tür. „Da kommt es schon, unser Spielzeug!“

Er stand auf und erklärte den erwartungsvollen Zentralbankern: „Das sind ein paar Freundinnen von mir. Alle aus dem Model-Busineß.“ Ein Augenzwinkern. „Ich bin sicher, sie werden Ihnen gefallen.“

Er öffnete die Tür und ließ eine Prozession von ungefähr einem Dutzend atemberaubender junger Frauen herein, alle in offenherzigen, aber teuren Cocktailkleidern. Der Geräuschpegel stieg sofort, und die Champagnerkorken knallten.

Eduardo legte den Arm um die Taille eines hochgewachsenen Mädchens mit rotem Haar und extrem langen Beinen und dirigierte es in meine Richtung. „Nick, Melanie, Melanie, Nick“, stellte er vor. „Nick. Sie wird Ihnen gefallen.“ Damit verließ er uns.

„Hallo“, sagte sie.

„Hallo“, erwiderte ich, lächelte höflich und beachtete sie nicht weiter. Ich wollte nach Hause. Keine dieser Frauen konnte mich Isabel vergessen machen. Und der käufliche Charakter der Veranstaltung stieß mich ab. Ich betrachtete die Männer um mich herum, wie sie angeregt auf diese Frauen einredeten. Zwei Paare – sie waren schon Paare – begannen langsam und eng zu tanzen.

Ich stand auf, schnappte mir mein Jackett und eilte zur Tür.

„Nick!“ Jamie riß sich von einer Blondine los und kam hinter mir her. „Nick, das wird Eduardo nicht gefallen, wenn du jetzt gehst. Stell dich nicht so an! Du bist doch nicht mal verheiratet.“

„Vielleicht mag ich gerade deshalb nicht bleiben“, versetzte ich. „Und sag Eduardo, er kann mich mal!“

Am nächsten Morgen schlief ich bis neun. Ich kochte Kaffee und las die Zeitung. Die polnische Abwertung stand auf Seite acht. Noch mehr Geld für Dekker Ward. Ich verließ die Wohnung und schlenderte Primrose Hill hinauf. Für den Mai war es etwas zu kühl, und der Wind stach ein wenig auf der Haut. Ich empfand das als angenehm und erfrischend. Unmittelbar unter der Hügelkuppe setzte ich mich auf eine Bank und blickte auf London hinab. Weit entfernt, kaum zu erkennen durch das frische Laub der Bäume, lag Canary Wharf. Da wirbelten nun die Dekker-Ward-Leute ganz besonders hektisch, alle um den Nachweis bemüht, daß die vergangene Nacht ihre Arbeitskraft nicht beeinträchtigt hatte. Sie würden ihren Kunden vorlügen, was Mexiko doch für ein wunderbares Land sei.

Ich ließ die letzten Wochen bei Dekker Ward Revue passieren. Den Favela-Deal, die Geldwäsche, Daves Entlassung, meinen Vertrauensbruch gegenüber Wojtek, das erbärmliche Geschehen der letzten Nacht. Jeden einzelnen dieser Vorfälle hätte ich verkraften können, aber zusammen bewirkten sie, daß ich mich elend fühlte.

Ich war nicht der richtige Mann für diesen Job. Vielleicht konnte ich mir das Gegenteil einreden. Wenn mein Gewissen das alles nicht verkraftete, dann mußte ich eben auch mein Gewissen verändern.

Oder kündigen.

Konnte ich die wirkliche Welt nicht ertragen? Die Geschäftswelt? Das glaubte ich nicht, ehrlich nicht. Es war ein Fehler gewesen, bei Dekker Ward anzufangen. Es war ein totaler Mißerfolg. Ricardo würde sagen, ein guter Trader weiß, wann er seine Verluste realisieren muß. Der Zeitpunkt war gekommen.

Um elf saß ich endlich an meinem Schreibtisch.

„Na, einen schönen Abend gehabt gestern?“ fragte Isabel kühl.

„Wohl kaum. Ich fand das Ganze ziemlich unerfreulich und habe mich schon früh verabschiedet.“

„Oh, ich verstehe“, sagte sie und wandte sich wieder ihrer Arbeit zu. Sie glaubte mir natürlich nicht. Ich erzählte ihr genau das, was an diesem Morgen wahrscheinlich alle von sich gegeben hatten. Das machte mich wütend.

Jamie kam eilig herüber. Er schien ungehalten zu sein.

„Hast du eine Ahnung, wie spät es ist, Nick? Du mußt zeigen, daß du eine anstrengende Nacht wegstecken kannst."

„Nein", sagte ich, „muß ich nicht."

Jamie blickte mich an, als wäre ich ein bockiges Kind. „Übrigens, was gestern abend angeht", sagte er so leise, daß niemand anders es hören konnte. „Du weißt, ich nehme sonst keine Drogen. Nur, wenn es sein muß."

„Ich weiß", sagte ich grimmig.

„Und diese Mädchen. Ich habe keine angerührt. Mich nur ein bißchen unterhalten. Du weißt schon. Du erzählst Kate doch nichts davon, oder? Wirklich, du hättest bleiben sollen."

Ich seufzte. „Ich erzähle Kate schon nichts", versicherte ich. Würde ich auch nicht. So sauer ich im Augenblick auch war, in die Pfanne hauen würde ich ihn deshalb noch lange nicht.

Jamie schien erleichtert. „Gut. Wir sehen uns später."

Als er ging, kam Ricardo herüber. Er zog sich einen Stuhl heran und setzte sich. „Sie waren ein bißchen spät heute morgen, nicht wahr?"

„Tut mir leid", sagte ich.

„Ganz egal, was am Abend vorher war, Sie müssen um sieben Uhr antreten. Das ist hier so etwas wie ein ungeschriebenes Gesetz. Eine Frage der Ehre."

„Es waren zwei Abende", erwiderte ich.

„Ach ja, ich hatte ganz vergessen. Es hat mich übrigens sehr gefreut, daß die Abwertung so rasch erfolgte. Gute Arbeit."

Es war eine milde Abmahnung. Aber das hatte keine Bedeutung mehr für mich. Ich mußte es ihm jetzt sagen.

Doch er hatte schon wieder das Wort ergriffen. „Isabel fliegt nach Brasilien, und ich möchte, daß Sie sie begleiten."

Das hörte sich nicht schlecht an. Vielleicht konnte die Kündigung ja noch warten, bis ich zurück war. Ich hielt den Mund und hörte zu.

„Die Stadt São Paulo ist sehr an einem eigenen Favela-Deal interessiert. Und es ist eine gute Gelegenheit, unsere Freunde in Brasilien von den Vorzügen Mexikos zu überzeugen. Sie haben Jamie eine ganze Woche lang über das Geschäft reden hören, also haben Sie dafür ja den entsprechenden Schwung. Das heißt, falls Sie damit einverstanden sind", setzte Ricardo hinzu. „Nach dem, was Ihnen das letzte Mal zugestoßen ist, hätte ich Verständnis dafür, wenn Sie es nur ungern tun würden."

Der Gedanke machte mich ein bißchen nervös. Aber wenn ich vorsichtig war, würde mir schon nichts passieren. Und ich hatte keine Lust, vor Ricardo oder mir selbst als Feigling dazustehen.

„Nein, nein, das ist schon in Ordnung. Wann fliegen wir?"

„Heute abend."

Er lächelte und ging an seinen Schreibtisch zurück. Ich blickte zu Isabel hinüber, die zugehört hatte. „Ist es Ihnen recht?" fragte ich.

Sie lächelte. „Natürlich. Das ist sehr vernünftig. Wir sehen uns um halb neun in Heathrow, Terminal drei. Der Flug geht um zehn. Die Tickets habe ich."

NEUN

Durch das Fenster des Flugzeuges blickte ich auf die zweitgrößte Metropole der Erde hinab. Zwanzig Millionen Menschen leben im Großraum São Paulo. So weit das Auge reichte, erstreckten sich niedrige Häuser mit roten Dächern. Dazwischen schossen Hunderte, wenn nicht gar Tausende von Wolkenkratzern empor. Am Horizont, zwischen dem Braunrot der Stadt und dem Blau des Himmels, verlief ein dicker dunkelgrauer Smogstreifen. Rio wurde von Gott in einem Augenblick höchster Inspiration erschaffen, São Paulo von Menschen bar jeder Inspiration.

São Paulo ist das Wirtschafts- und Finanzzentrum Brasiliens. Die Paulisten, Männer in Anzügen, eilten vorbei, während sich der Verkehr hektisch durch das riesige Netz von Schnellstraßen schob. Es galt, viel Geld zu machen, und trotz dreißig Grad und hoher Luftfeuchtigkeit waren die Paulisten gewillt, das zu tun.

Wir suchten Humberto Alves' Amtsbruder in der Finanzbehörde von São Paulo auf. Die Paulisten brannten darauf weiterzukommen. Das Favela-Projekt war seit einigen Jahren angelaufen, doch nun waren der Stadt die Mittel für weitere Bauten ausgegangen. Isabels clevere Trust-Idee kam da wie gerufen, eine geeignete Möglichkeit, um dem WDF die Mittel zu entlocken, die man dringend brauchte, um die nächste Phase in Angriff nehmen zu können. Nachdem der Rio-Deal geplatzt war, wäre São Paulo die erste Stadt auf dem Markt, was die ganze Idee noch reizvoller machte.

Am Freitag und sogar am Samstag hatten wir Verabredungen mit Vertretern der Stadt. Ich hatte mich durch den Stapel von Dokumenten gearbeitet, den Isabel mir im Flugzeug gegeben hatte. Wir waren ein vorzügliches Team. Rasch hatte ich begriffen, wie sie vorging, und sie akzeptierte mich als vollwertigen Partner. Zwar fühlte ich mich Dekker Ward gegenüber nicht mehr im geringsten verpflichtet, doch Isabel wollte ich auf keinen Fall enttäuschen. Abgesehen davon glaubte ich an das, was sie tat.

Um halb neun Uhr abends waren wir endlich fertig. Nachdem wir uns für den nächsten Morgen um neun verabredet hatten, ließen wir uns in die Sitze unseres Taxis fallen, gleichermaßen erschöpft wie aufgedreht.

„Wußten Sie, daß São Paulo die besten japanischen Restaurants außerhalb Japans hat?" fragte Isabel. „Möchten Sie eines ausprobieren?"

„Klar."

Sie beugte sich nach vorn zum Taxifahrer. „Liberdade."

In der Nähe eines lebhaften Straßenmarkts stiegen wir aus. Der Duft von Gewürzen und gebratenen Speisen erfüllte die warme Nachtluft. Um uns her entfaltete sich ein buntes Völkergemisch: Brasilianer weißer, schwarzer und brauner Hautfarbe, Japaner, Koreaner. Isabel führte mich in eine Straße, die von japanischen Schriftzeichen dominiert wurde. Man schätzt, daß mehr als eine Million Japaner in São Paulo leben. Wir kamen an ein hölzernes Tor. Im Inneren des Gebäudes befand sich ein Restaurant, das in gemütliche Nischen unterteilt war. Die Tische waren alle besetzt. Nach kurzer Wartezeit wurden wir in eine kleine Nische für zwei geführt und bestellten Bier.

„Nun, es sieht so aus, als würde der Favela-Deal doch noch klappen", sagte Isabel.

„Das muß er auch. Sie haben es verdient."

„Danke. Es ist schön, mit jemandem zusammenzuarbeiten. Ich finde, wir sind ein ausgezeichnetes Team." Sie lächelte mich an, ein unschuldiges Lächeln, aber irgendwie doch ermutigend.

„Das sind wir. Schade, daß ich nicht mit Ihnen zusammen bis zum Abschluß dabeisein werde."

„Warum nicht?" Angenehm überrascht, sah ich die Enttäuschung auf Isabels Gesicht.

„Ich kündige, sobald wir wieder in London sind."

„Wirklich? Warum?"

„Vielleicht erinnern Sie sich noch. Wir haben schon darüber gesprochen. Ich kann mich mit Ricardos Methoden einfach nicht anfreunden."

Isabel senkte den Blick. „Verstehe", sagte sie. Eine Kellnerin nahm unsere Bestellung entgegen. Ich studierte die Speisekarte und orderte Tempura, Isabel Sushi.

„Was werden Sie dann tun?“ fragte sie.

Ich zuckte mit den Achseln. „Meine Dissertation beenden, nehme ich an. Einen Job suchen.“

„Das hört sich nicht gerade sehr optimistisch an.“

„Ist es auch nicht. Ich brauche das Geld. Ich muß meine Eigentumswohnung vermieten. Und Jobs gibt es so gut wie gar nicht. Trotzdem wird es schön sein, wieder an der Dissertation zu arbeiten.“

Isabel nickte verständnisvoll. „Tut mir leid, daß es für Sie nicht geklappt hat, Nick. Trotzdem glaube ich, daß Sie sich richtig entschieden haben.“

„Und was ist mit Ihnen?“

Sie lächelte. „Eine sehr unbequeme Frage. Ich denke, ich versuche mir immer noch zu beweisen, daß ich der Sache gewachsen bin. Und hin und wieder, an Tagen wie heute zum Beispiel, kommt mir die Arbeit auch sinnvoll vor.“

„Na dann“, sagte ich und hob das Glas, „viel Glück dabei!“

„Viel Glück für Sie“, erwiderte sie und hob ebenfalls das Glas. Und dann: „Du wirst mir fehlen.“

Der Satz blieb zwischen uns hängen. Einen Augenblick sah sie verlegen aus, als hätte sie ihn gern zurückgenommen, doch dann ließ sie ihn stehen, herausfordernd, und blickte mir in die Augen.

Mein Herz machte förmlich einen Sprung. Das geschäftige Treiben des Restaurants drang nicht mehr an meine Augen und Ohren. Es gab nur noch Isabel, wie sie da vor mir saß.

Beide schwiegen wir. Isabel senkte den Blick, als die Kellnerin ihr eine Suppentasse vorsetzte, sah dann wieder auf und lächelte. Ich hatte das Gefühl, in dieses Lächeln, diese großen dunklen Augen zu stürzen. Dann kicherte sie, wir entspannten uns wieder und konzentrierten uns auf die Suppe.

DIE TAXIFAHRT ins Hotel dauerte eine halbe Stunde. Es war spät. Isabel ließ ihren Kopf auf meine Schulter sinken. Ich rührte mich nicht von der Stelle und verkrampfte völlig – zu deutlich war mir die Nähe ihres Körpers bewußt. Eine Strähne ihres dunklen Haars hatte sich gelöst und kitzelte mich am Kinn. Ich ließ sie dort.

Als das Taxi vor dem Hotel hielt, war es Mitternacht. Der Fahrstuhl erwartete uns. Als der Lift langsam nach oben fuhr, blickte Isabel mir in die Augen und lächelte scheu. Eine atemlose Minute später waren wir in ihrem Zimmer. Ungeduld und Nervosität ließen meine Hände zittern.

Als ob es ein schwieriges Stück Arbeit wäre, Hemd und Hose aufzuknöpfen und die Socken abzustreifen.

Sie lachte und entledigte sich ihrer Kleider rasch und mühelos. Ich küßte sie. Weiche, sanft geschwungene Lippen und eine rasche Zunge antworteten mir. Als sie mich berührte, kam ich ihr ungeduldig entgegen. Ich zog sie an mich. Behutsam und zärtlich ließ ich meine Hände über ihren Körper gleiten. Sie erschauerte leicht unter den Berührungen. Dann war sie mit weichen, fließenden Bewegungen über mir. Schließlich löste sich alle Spannung von uns in einem überwältigenden Glücksgefühl.

„Schön war das, Nick", sagte sie etwas später, in meinen Arm gekuschelt.

„Hm. Weißt du, ich wußte zu keinem Zeitpunkt, was du von mir hältst."

„Ich mochte dich", erwiderte sie. „Ich hätte mich gern öfter mit dir getroffen, andererseits wollte ich nicht noch einmal etwas mit einem Kollegen anfangen."

„Noch einmal", hatte sie gesagt. Was steckte dahinter? „Jamie hat mir eine ziemlich merkwürdige Geschichte erzählt", erklärte ich. „Es ging um Eduardo."

Isabel lachte. „Das hast du doch nicht geglaubt, oder?"

„Es erschien mir reichlich unwahrscheinlich. Ricardo, das wäre etwas anderes gewesen."

Ein Schatten glitt über Isabels Gesicht. Ich konnte sehen, daß sie es in einem ersten Impuls gern geleugnet hätte. Aber dann wurde ihr klar, daß es zu spät war. „Es hat nicht lange gehalten."

„Ich verstehe. Du mußt es mir nicht erzählen. Es geht mich auch überhaupt nichts an."

„Nein, so habe ich das nicht gemeint. Es war, kurz nachdem ich bei Dekker Ward angefangen hatte. Ricardo und ich wurden von dem Vorsitzenden einer Bank in São Paulo übers Wochenende zum Skilaufen nach Aspen eingeladen. Irgendwie funkte es zwischen Ricardo und mir. Ich weiß, daß Ricardo alle Menschen beeindruckt, aber ich glaubte wirklich, bei mir wäre es ihm ernst. Jedenfalls schliefen wir miteinander, und in den nächsten Monaten unternahmen wir ein paar Dienstreisen zusammen."

„Und wie hat Luciana das Ganze aufgenommen?"

„Die hat es nie herausgefunden."

„Was ist dann passiert?"

„Er hat mich eiskalt abserviert. Es tat sehr weh. Es schmerzt noch immer." Ich drückte ihre Hand. „Er sagte, das Ganze sei von Anfang an sein Fehler gewesen. Er sei seiner Frau zum erstenmal untreu geworden. Er setze damit nicht nur seine Ehe, sondern auch seine berufliche Stellung aufs Spiel."

„Hast du es ihm abgenommen? Daß du sein einziger Fehltritt warst, meine ich?"

„Ja, obwohl das natürlich genau das ist, was jede unterbelichtete Geliebte glauben möchte. Aber ich denke, in diesem Fall entspricht es einigermaßen den Tatsachen."

Ich starrte an die Decke und versuchte, mich mit der Vorstellung einer Beziehung zwischen Isabel und Ricardo auseinanderzusetzen. Ich kann nicht sagen, daß sie mir gefiel. Es war weit mehr als Eifersucht. Ricardo sollte eigentlich aus meinem Leben verschwinden, aber statt dessen gewann er einen immer größeren Einfluß.

„Und woher kommen die Gerüchte über dich und Eduardo?"

„Ich glaube, die anderen haben gemerkt, daß irgend etwas mit mir war. Sie haben einfach auf den falschen der beiden Ross-Brüder getippt. Das ist alles."

„Und seit Ricardo?"

„Niemand. Bis jetzt." Sie sah mich an und lächelte. Ich war ihr mit Haut und Haaren verfallen.

„Weißt du, ich sollte das wirklich nicht tun", sagte sie, während sie sich über mich beugte und mich küßte.

DER TAGESANBRUCH färbte den Smog von São Paulo rötlich. Ich ging auf mein Zimmer, zog mich um und war ein paar Minuten später wieder zurück, um Isabel abzuholen.

Sie lachte, als sie mich sah. „Du siehst schrecklich aus."

Ich sah Isabel an. Hinreißend sah sie aus. Müde, aber hinreißend.

„Was werden sie bloß in der Stadtverwaltung von uns denken?" fragte ich. „Vielleicht glauben sie, daß wir die ganze Nacht an dem Projekt gearbeitet haben."

Isabel lachte. „Das würden sie, wenn sie Engländer wären. Aber sie sind Brasilianer. Sie werden annehmen, daß wir es die ganze Nacht miteinander getrieben haben."

„O mein Gott!"

Isabel lachte erneut. „Mach dir deswegen keine Sorgen. Ich glaube, ihnen wird der Gedanke gefallen." Sie schlang die Arme um meinen Hals und gab mir einen langen, sehnsüchtigen Kuß.

Es folgte ein weiterer Tag voll harter Arbeit, und wir erzielten gute Fortschritte. Für Isabel war die Aussicht, ein ganzes Wochenende in São Paulo verbringen zu müssen, eine entsetzliche Vorstellung, daher schlug sie vor, nach Rio zu fliegen. Sie wollte mir den Strand zeigen, sagte sie, und zum Dinner könnten wir ihren Vater treffen. Anfänglich sträubte ich mich ein wenig dagegen. Aber Isabel versicherte mir, daß der Strand, den sie im Auge hatte, vollkommen sicher sei. Aller Wahrscheinlichkeit nach würden wir mit ihrem Vater im Rio-Jachtklub essen, der von einem privaten Sicherheitsdienst bewacht wurde. Schließlich willigte ich ein.

Der Ponte war ein fünfhundert Meter langer Abschnitt der Barra de Tijuca, eines Strandes, der an Ipanema anschließt. Der Strand war überfüllt mit schönen braunen Körpern. Niemand legte sich in den Sand, um in der Sonne zu braten oder ein Buch zu lesen, wie man es von europäischen Stränden gewohnt ist. Alle saßen, hockten oder standen und unterhielten sich. Alle schienen sie Isabel irgendwie zu kennen und nahmen auch mich freundlich auf. Sie lachte, klatschte und stritt sich mit bezaubernder Unbefangenheit. Es war, als zeigte sich die wirkliche Isabel.

Um vier brachen wir auf und fuhren ins Copacabana Palace Hotel zurück, vorbei am Strand von Ipanema, wo ich niedergestochen worden war. Die Favela auf der Klippe über dem Strand machte einen belebten, aber friedlichen Eindruck. Irgendwo dort mußten sich unsere Angreifer befinden.

Im Hotel kam Isabel zu mir aufs Zimmer. Wir liebten uns langsam und hingebungsvoll, die Hitze der Sonne und des Strandes in uns. Hinterher, als Isabels schwarzes Haar wie ein leichtes, weiches Tuch auf meiner Brust lag, stellte ich ihr eine Frage, die mit einem Mal sehr wichtig für mich geworden war: „Isabel. Werde ich dich wiedersehen? Ich meine, wenn wir wieder in London sind?"

Sie hob den Kopf und sah mir lächelnd in die Augen. „Natürlich."

Ich zog sie wieder an meine Brust. „Gut."

Während ich ihr übers Haar strich, überlegte ich, wie sich wohl unsere Zukunft entwickeln würde.

Meine Beziehung zu Joanna hatte fünf Jahre gedauert, fünf Jahre, die mir nun vergeudet schienen. Seither war ich zwar mit Frauen ausgegangen, hatte mich aber stets frühzeitig wieder zurückgezogen. Ich fürchtete eine ernsthafte Bindung.

Bis heute. Isabel war so ganz anders als Joanna. Isabel war eine starke, unabhängige Frau, aber sie war auch natürlich, freundlich und warmherzig. Sie ist das Risiko wert, sagte ich mir, als hätte ich überhaupt noch die Wahl. Es war längst um mich geschehen.

Aber natürlich gab es da auch noch den Beruf. Wir würden nach London fliegen, und ich würde kündigen. Ich fragte mich, wie Ricardo es aufnehmen würde. Nicht sehr gut vermutlich. Und Eduardo? Mir war bei dem Gedanken alles andere als wohl in meiner Haut.

„Stimmt es, daß Eduardo schon mal jemand umgebracht hat? Einen Studenten?“ fragte ich.

Isabel antwortete nicht gleich. „Nein“, sagte sie schließlich. Schweigend wartete ich darauf, daß sie fortfuhr. „Ricardo war es, der den Studenten getötet hat.“

„Ricardo?“

Sie stützte sich auf die Ellbogen. „Ja, es war ein Unfall, auf einer Party. Der Bursche war betrunken und wollte Ricardo verprügeln, weil sich dieser angeblich an seine Freundin rangemacht hatte. Ricardo traf ihn härter als beabsichtigt. Der andere stürzte rückwärts über den Balkon, vier Stockwerke tief. Es gab Zeugen, so kam es, daß die Polizei Ricardo ins Gefängnis steckte. Eduardo schaltete sich ein und regelte alles.“

„Wie?“

„Weiß ich nicht. Aber Eduardo hat schon immer ein besonderes Geschick für die Handhabung von derlei Situationen gehabt. Jedenfalls wurde Ricardo wieder auf freien Fuß gesetzt.“

„Hat Ricardo dir das erzählt?“

„Ja, er fühlt sich noch immer schuldig. Und Eduardo ist er sehr dankbar.“

„Wenn ich sonst nichts glaube, das glaube ich sofort. Diese eigenartige Beziehung, die Eduardo und Ricardo zueinander haben, hat wahrscheinlich darin ihren Grund.“

„Nicht nur darin. Sie schulden sich gegenseitig eine Menge. Ich bin mir noch nicht einmal sicher, ob sie sich mögen. Eduardo hält Ricardo für einen Pedanten. Aber er ist neidisch auf Ricardos Erfolg. Ricardo findet, daß Eduardo über keinerlei Selbstdisziplin verfügt und eine Gefahr für sich und andere darstellt. Jedenfalls glaubt jeder, der andere sei auf seine Hilfe angewiesen.“

Sie stieg aus dem Bett und ging nackt zum Fenster. „Sieh nur!“ sagte sie. „Hast du schon einmal einen unserer typischen Wolkenbrüche erlebt?“

Ich trat zu ihr und legte den Arm um sie. Am Horizont braute sich ein dicker schwarzer Streifen zusammen. Während wir ihn betrachteten, wuchs er rasch zu einem dunklen Tuch an, das über den Himmel auf uns zujagte. Die Brise, die durchs offene Fenster hereinwehte, wurde heftiger. Noch immer im Sonnenschein liegend, kauerte sich die Stadt vor der drohenden Wolkenwand zusammen. Dann erreichte uns die Wolkendecke, verdunkelte den ganzen Himmel, und die Wassermassen stürzten herab.

„Was für ein Anblick", sagte ich.

„Wir brechen besser auf. Bei solch einem Wetter artet der Verkehr in Rio zu einem Alptraum aus."

Wir duschten, zogen uns an und hasteten dann zu einem Taxi. Als ich auf den Rücksitz kletterte, meinte ich, jemanden zu sehen, der mir irgendwie bekannt vorkam. Während das Taxi anfuhr, drehte ich mich noch einmal um.

„Was ist?" fragte Isabel.

„Ich dachte, ich hätte den Fahrer des Wagens hinter uns wiedererkannt. Ich könnte schwören, daß er heute morgen am Flughafen auf jemanden gewartet hat."

Sie wandte sich um und blickte zurück. „Bist du sicher?"

„Um ehrlich zu sein, nein. Es war nur ein flüchtiger Eindruck."

Sie drückte mir die Hand. „Du bist nervös seit der Geschichte am Strand. Rio ist in Wirklichkeit nicht so gefährlich."

„Wahrscheinlich hast du recht", sagte ich.

Die Fahrt dauerte eine Dreiviertelstunde. Als wir den Jachtklub erreichten, war es schon dunkel. Luís erwartete uns bereits und begrüßte Isabel mit einer zärtlichen Umarmung. Und auch über das Wiedersehen mit mir schien er sich aufrichtig zu freuen.

Ich trank die obligatorischen Caipirinhas – und aß irgendeinen phantastischen Fisch, dessen Namen ich nicht genau verstanden hatte.

„Also, Sie wollten das Wochenende nicht in São Paulo verbringen, Nick?" fragte Luís lächelnd.

„Isabel schien sich für den Gedanken nicht sehr erwärmen zu können."

„Jedenfalls freut es mich, daß du ein paar Minuten für deinen alten Vater erübrigt hast", sagte er.

„Tut mir leid, daß ich nicht bei dir übernachte", antwortete Isabel. „Aber wir fahren gleich morgen früh zum Flughafen, darum schien es mir vernünftig, mit Nick im Hotel abzusteigen."

Die Erklärung fand ich ein wenig an den Haaren herbeigezogen. Luís offenbar auch, jedenfalls streifte er mich mit einem nachdenklichen Blick. Ich bemühte mich, meinem Gesicht einen möglichst unschuldigen Ausdruck zu geben.

Luís zuckte mit den Achseln. „Ich habe volles Verständnis dafür. Du wohnst doch oft im Copacabana Palace, wenn du geschäftlich hier bist.“

Isabel wurde auf höchst anmutige Weise rot und beschäftigte sich mit ihrem Essen.

„Die Geschichte mit dem Favela-Bairro-Deal tut mir aufrichtig leid“, sagte Luís.

„Ja, ich weiß. Ricardo hat den ganzen Skandal arrangiert. Ricardo wollte nicht, daß Bloomfield Weiss das Emissionsmandat bekommt.“

„So etwas in der Art habe ich vermutet. Was in Oswaldos Zeitungen steht, kann man sowieso nicht ernst nehmen. Ich lese sie nie.“

„Aber São Paulo ist an einem ähnlichen Geschäft sehr interessiert.“

„Wunderbar. Viel Glück dabei.“

Um zwölf brachen wir schließlich auf. Inzwischen war aus dem Unwetter ein Dauerregen geworden, der offenbar die ganze Nacht über andauern würde. „Soll ich euch mit meinem Wagen zum Hotel fahren?“ fragte Luís.

„Nein, vielen Dank“, lehnte Isabel ab. „Ich habe im Hotel ein Taxi bestellt. Es wartet wahrscheinlich schon auf uns.“

„Na dann, auf bald, mein Kleines.“ Er beugte sich hinab, um seine Tochter zu küssen. Dann gab er mir die Hand. „Es war schön, Sie wiederzusehen, Nick. Schauen Sie doch bei mir vorbei, wenn Sie das nächste Mal wieder in Rio sind.“

„Danke“, sagte ich, „sehr gern.“

Er lief durch den Regen zu seinem von einem Chauffeur gefahrenen Wagen, während wir ins Taxi sprangen.

„Er ahnt etwas“, sagte ich.

„Glaubst du?“ Isabel ließ sich in den Sitz fallen. „Mach dir nichts draus. Ich glaube, er mag dich.“

„Ich mag ihn auch.“

Isabel lächelte und legte den Kopf auf meine Schulter. „Ich bin entsetzlich müde.“

Unter dem Einfluß von Alkohol und Müdigkeit blickten meine Augen ins Leere, ohne viel wahrzunehmen. Von einem Auto vor uns abgesehen, war die Straße leer. Plötzlich stoppte es.

Unser Fahrer fluchte leise und stieg auf die Bremse. Plötzlich gab es huschende Bewegungen um den Wagen. Der Fahrer drückte einen Knopf in Schulterhöhe. Die Zentralverriegelung rastete ein. Das Getriebe knirschte, als er den Rückwärtsgang reinjagte. Aber da krachte es auch schon hinter uns. Ich drehte mich um. Ein zweites Auto stand dicht hinter uns, um uns jede Fluchtmöglichkeit zu nehmen. Das Taxi machte einen Satz nach vorne und krachte in den Wagen vor uns, als unser Fahrer auszuscheren versuchte. Dann zersplitterte das Fenster auf der Fahrerseite. Ein Revolverlauf wurde sichtbar, und jemand stieß einen drohenden Befehl aus. Der Fahrer nahm die Hände vom Lenkrad und gab die Zentralverriegelung frei.

Isabel schrie auf. Ich wandte mich der Tür auf meiner Seite zu, als sie aufgerissen wurde. Eine Waffe richtete sich auf mein Gesicht. Ein Mann mit Skimaske schrie mich auf portugiesisch an. Seine Augen waren braun, mit riesigen Pupillen, und von Panik gezeichnet. Der Bursche wirkte unglaublich nervös.

Das Schreien wurde zum Kreischen. Ich rührte mich nicht von der Stelle und stammelte nur: „*Nao, entendo.*“ Das Kreischen hielt an. Ich spürte einen Stoß in den Rücken, als Isabel aus dem Wagen gezerrt wurde, aber ich konnte den Blick nicht von dem Revolver wenden.

Dann griff der Kerl in den Wagen und packte mich am Jackett, wobei er immer noch auf mich einschrie. Widerstandslos ließ ich mich von ihm in den Regen ziehen. Er stieß mich zu einem dritten Wagen. Hinter mir hörte ich Isabel schreien, als sie zum ersten Auto geschleppt wurde.

Hektische Hände stießen mich in den Fond und drückten mein Gesicht auf den Boden. Einer der Männer ließ sich auf den Sitz neben mir fallen. Ich hörte, wie die Tür zuschlug, und spürte den kalten Stahl eines Revolverlaufs im Genick. Er war naß. Ein paar Wassertropfen liefen mir den Rücken hinunter.

Jemand schrie etwas auf portugiesisch. Der Wagen fuhr an. Ich hatte keine Ahnung, wohin es ging.

ZEHN

Man hatte uns gekidnappt, soviel war klar. Ich hoffte, daß Isabel unversehrt war, und fragte mich, ob sie uns am Leben lassen würden. Doch wer würde unser Lösegeld zahlen? Luís würde für Isabel aufkommen. Würde Dekker Ward für mich bezahlen? Ich hoffte es inständig. Gott sei Dank hatte Ricardo keine Ahnung, daß ich kündigen wollte. Wie lange würde das Ganze dauern?

Ich befand mich in einer sehr unbequemen Stellung. Ich versuchte mich zu bewegen, provozierte damit aber nur einen ärgerlichen Ausruf und eine Verstärkung des Drucks des Revolverlaufs in meinem Genick. Also beschloß ich, mich nicht mehr zu rühren.

Plötzlich drosselte der Wagen sein Tempo und bog von der Straße ab, auf der wir uns bis dahin befunden hatten. So fuhren wir etwa eine Stunde. Dann bogen wir wieder ab, und eine Zeitlang stieg der Weg immer steiler an, dann wurde die Strecke eben, und schließlich hielt der Wagen.

Man band mir ein schwarzes Tuch vor die Augen. Dann hörte ich Stimmen, Wagentüren öffneten und schlossen sich, jemand packte mich am Kragen und riß mich hoch. Ich richtete mich auf und streckte mich.

Es hatte aufgehört zu regnen, und es waren Geräusche in der Luft: das Zirpen von Grillen und Zikaden, das Quaken von Fröschen und die Rufe der unterschiedlichsten Nachttiere.

„Isabel?“

„Ja!“

„*Cale a boca!*“ schrie eine Stimme, und ein Revolverlauf wurde mir in die Rippen gerammt. Wenigstens wußte ich jetzt, daß sie lebte und bei mir war.

Eine heftige Diskussion entspann sich. Vier Stimmen konnte ich unterscheiden. Man fesselte mir die Hände mit einem Strick, der mir in meine Handgelenke schnitt. Dann wurde ich vorwärts gestoßen und hörte einen portugiesischen Befehl, der wohl so etwas wie „Vorwärts!“ bedeuten sollte.

Der Boden war naß und sumpfig. Auf einem schmalen Pfad kletterten wir einen steilen Hügel empor. Der Weg konnte nicht sehr breit sein, denn die niedrige Vegetation schlug mir um die Knöchel. Unter und hinter uns hörte ich die beiden Autos davonfahren.

Wenn man blind durch einen unbekannten Urwald gestoßen wird, werden alle möglichen Urängste wach. Ich versuchte mich vorsichtig vorwärts zu bewegen, doch jedesmal wenn ich zögerte, stieß mir jemand einen harten Metallgegenstand in den Rücken. Nach etwa einer Stunde begann der Boden eben zu werden, so daß das Gehen leichter wurde. Ich hörte das Kommando „*Pare!*“ und dann „Stopp!“

Erleichtert blieb ich stehen. Man nahm mir die Augenbinde ab.

Wir befanden uns auf einer kleinen Lichtung. Es war noch immer dunkle Nacht, aber ohne die Binde kam es mir fast taghell vor. Ein Zelt aus Segeltuch war zwischen drei Bäumen aufgespannt worden. Ich erblickte Isabel und zwei Männer. Beide trugen sie Skimasken. Der, der mir die Augenbinde abgenommen hatte, stand wenige Schritte von mir entfernt und hielt seine Waffe unverwandt auf mich gerichtet. Der andere Mann nahm Isabel die Augenbinde ab. Sie sah sich nach mir um und fing meinen Blick auf. Ihr schien nichts zu fehlen, obwohl sich bei näherem Hinsehen herausstellte, daß es sich bei einem vermeintlichen Schatten auf der einen Wange um eine Prellung handeln mußte. Die Schweine hatten sie geschlagen!

Aus einem Sack zog einer der Männer Handschellen und eine Kette hervor, während der andere uns mit seinem Revolver in Schach hielt. Als sich der Mann mit den Handschellen aufrichtete, trat Isabel ihm mit aller Kraft zwischen die Beine.

Augenblicklich richtete sich die Waffe des anderen auf Isabel.

„Nein!“ schrie ich und sprang ihn an. Ich schlug mit aller Kraft auf den Arm mit dem Revolver, so daß die Waffe zu Boden fiel. Mit einer raschen Bewegung gelang es mir, die Waffe mit dem Fuß ins Unterholz zu stoßen. „Lauf!“ rief ich Isabel zu.

Isabel entschied sich für einen Weg, der auf der entgegengesetzten Seite den Berg hinunterführte, und ich folgte ihr. Der von Isabel getretene Kidnapper hielt sich stöhnend den Unterleib, während der andere im Unterholz nach der Waffe suchte.

Wir rutschten mehr, als daß wir liefen. Mit gebundenen Händen war es schwer, das Gleichgewicht zu halten. Ständig stürzten wir. So rollte, taumelte und sprang ich den Berg hinunter, aber Isabel kam nicht nach. Ich hielt inne, um auf sie zu warten. Stolpernd kam sie den steilen Abhang hinab auf mich zu. Urplötzlich wurde sie zurückgerissen. Ihre gefesselten Hände hatten sich in einem Busch verfangen. Hastig kletterte ich wieder die Steigung empor, um ihr zu helfen.

Über uns war das Krachen und Bersten von Zweigen zu hören: Einer der beiden Männer kam den Hügel heruntergeschlittert. Es war der, den Isabel zwischen die Beine getreten hatte; er schien keine Waffe mit sich zu führen.

Isabels Hände hatten sich hoffnungslos in dem Busch verfangen. Strick und Zweige waren naß und schlüpfrig, so daß ich sie nicht befreien konnte.

„Lauf, Nick!“ rief sie. Ich hörte nicht auf sie, sondern riß verzweifelt an dem Strick. „Lauf, Nick! Verschwinde!“

Ich richtete mich auf und erblickte einen unserer Kidnapper wenige Schritte über uns. Dann hörte ich den anderen ein Stück höher rufen und gleich darauf das metallische Klicken eines Revolvers. Ich blickte auf Isabel. Ihre Augen flehten mich an weiterzulaufen. Sollte ich bei ihr bleiben? Waren die Chancen, sie zu befreien, größer, wenn ich blieb oder wenn ich mich absetzte?

„Um Gottes willen, lauf doch endlich!“ schrie sie.

Ich lief. Als ich den Pfad hinunterstolperte, blickte ich noch einmal zurück und sah, daß die beiden Männer bei dem Busch haltgemacht hatten, in dem sich Isabel mit den Händen verfangen hatte. Ich betete, daß ihr nichts geschah.

Ich lief weiter, zerkratzte mir das Gesicht an Zweigen und schlug mir die Knie an Steinen auf. Unbeirrt folgte ich dem kaum erkennbaren Pfad, der talabwärts führte. Nach etwa zehn Minuten hielt ich an, um zu lauschen. Ich vernahm nichts. Offenbar verfolgte mich niemand. Ich setzte mich auf einen Baumstamm und versuchte wieder zu Atem zu kommen.

Über mir verdeckte das Blattwerk hoher Bäume den Nachthimmel. Zu meiner Erleichterung stellte ich fest, daß der Pfad weiter bergab führte. Vom schottischen Hochland wußte ich, daß man sich immer talabwärts halten muß, wenn man sich dort im Gelände verlaufen hat. Irgendwann stößt man unweigerlich auf bewohntes Gebiet. Warum sollte diese Methode nicht auch im brasilianischen Urwald klappen?

Nach ungefähr einer halben Stunde kam ich an ein Flußbett. Es war durchsetzt mit riesigen Felsen, zwischen denen sich das Wasser in einem Rinnsal seinen Weg suchte. Ich beschloß, dem Flüßchen in Fließrichtung zu folgen, in der Hoffnung, auf diese Weise dem Empfangskomitee am Ende des Pfades zu entgehen. In der Dunkelheit einen Weg zwischen den Felsbrocken zu suchen war ein mühsames Geschäft. Ich kam nur langsam voran.

Als der Himmel sich allmählich aufzuhellen begann, war ich am Ende meiner Kräfte. Meine Beine waren zerschunden, die Muskeln schmerzten. Ich ruhte mich einen Augenblick aus. In Brasilien zieht die Morgendämmerung schnell herauf, so daß sich die Landschaft um mich herum schon bald im Morgenlicht abzuzeichnen begann. Ich war umgeben von Wald und steilen Hügeln. Die nächtlichen Stimmen waren verstummt, es herrschte ein beunruhigendes Schweigen.

Doch ein Stück weiter rechts bemerkte ich einen helleren Grauton. Rauch! Der Rauch kam aus dem Schornstein eines großen Gebäudes, das mit seiner Rückseite fast bis an das Flußbett heranreichte. Auf einem schmalen Pfad kletterte ich die Böschung empor. Mit Müh und Not erreichte ich deren Rand.

Ich taumelte um das Gebäude herum. Es schien eine Art Gasthaus zu sein. Ich klingelte an der Tür und wartete.

DER WIRT sprach Englisch und bestand darauf, daß ich etwas aß, bevor er mich zum Hotel zurückfuhr.

Ich ging sofort auf mein Zimmer. Ich fand die Nummer der Banco Horizonte, wählte und fragte nach Senhor Luís Pereira.

„Na, Nick, was kann ich für Sie tun?" Die tiefe Stimme war freundlich, aber man hörte ihr doch die Neugier an, was mich wohl so früh am Morgen dazu veranlaßt haben mochte, ihn anzurufen.

„Isabel ist gekidnappt worden."

Schweigen am anderen Ende der Leitung. „Wo sind Sie?" fragte Isabels Vater schließlich, die Stimme immer noch ruhig.

„Im Copacabana Palace."

„Würde es Ihnen etwas ausmachen, sofort in meine Wohnung zu kommen? Ich selbst werde in einer halben Stunde dort sein."

NERVÖS in dem großen Wohnzimmer auf und ab gehend, wartete er bereits auf mich. Mit einer Handbewegung bedeutete er mir, auf einem Rattansofa Platz zu nehmen. Er setzte sich mir gegenüber auf einen Sessel. Er beugte sich leicht nach vorn und sah mir fest in die Augen. Er wirkte kühl, geschäftsmäßig. „Erzählen Sie mir, was passiert ist."

Ich berichtete ihm alles.

Als ich fertig war, seufzte er. „Ich habe erwartet, daß es irgendwann einmal passiert, allerdings hatte ich angenommen, daß es entweder mich oder Cordelia erwischen würde. Isabel hielt ich für nicht gefährdet." Er hielt für einen Moment inne. „Ich kenne einen Mann namens Nelson Zarur, der mich in der Vergangenheit in Fragen der Sicherheit beraten hat. Vorsichtsmaßnahmen und dergleichen. Ich rufe ihn an."

„Wünschen Sie, daß ich hierbleibe?" fragte ich.

Luís lächelte. „Wenn es Ihnen möglich wäre, ich würde mich freuen." Ein Schatten huschte über sein Gesicht. „Es wird gut sein, einen Freund von Isabel hier zu haben." Ich war erleichtert, daß ich bleiben durfte.

Luís tätigte ein paar Anrufe. Seine Stimme klang zumeist ruhig und beherrscht. Bei einem Anruf zeigte sein Gesicht allerdings einen schmerzlichen Ausdruck – Cordelia.

Ich war körperlich und seelisch am Ende. Nach und nach kamen mir die Einzelheiten der Entführung und Isabels tollkühner Fluchtversuch wieder zu Bewußtsein. Wenn der eine Entführer nicht gezögert hätte, wäre sie vermutlich erschossen worden. Gewiß, sie hatte von mir verlangt, daß ich floh, aber ich wurde das unbehagliche Gefühl nicht los, daß ich jetzt eigentlich bei ihr hätte sein müssen.

Luís legte den Hörer auf und zeigte auf das Telefon. „Sie sollten sich jetzt mit Dekker Ward in Verbindung setzen."

Erleichtert, überhaupt etwas tun zu können, wählte ich Ricardos Nummer.

„Dekker Ward."

„Ricardo. Nick hier."

„Was ist los?" Ricardo hörte sich besorgt an. Offenbar hatte er den sorgenvollen Unterton in meiner Stimme gehört.

Ich berichtete es ihm.

Ricardo reagierte ausgesprochen kaltblütig, gerade so, als wäre das Ganze eine Spekulation, die danebengegangen war. „Okay, Nick, machen Sie sich deswegen keine Sorgen. Entführungen sind ein beliebter Zeitvertreib in Rio. Fast immer wird am Ende ein Lösegeld gezahlt und das Opfer auf freien Fuß gesetzt. Wenn man ein Lösegeld von uns verlangt, dann zahlen wir. Alle Dekker-Ward-Angestellten sind bei Lloyds gegen Entführung versichert. Doch in Isabels Fall werden die Entführer sich wohl eher an ihren Vater halten. Können Sie in Rio bleiben, bis wir klarer sehen?"

„Ja, kein Problem."

„In Ordnung. Halten Sie mich auf dem laufenden."

Ein wenig beruhigt, legte ich auf. Ricardo und Luís reagierten ziemlich gelassen. Ich hatte den Eindruck, daß Isabels Leben in ihren Händen gut aufgehoben war. Das Wissen, daß es sich um ein häufiges Vorkommnis handelte, half mir, mich zu entkrampfen. Wenn wir uns an die Regeln hielten und die Entführer ebenfalls, dann würde Isabel aller Wahrscheinlichkeit nach freikommen.

Ich mußte mich beruhigen. Nur dann würde ich mich nützlich machen können. Eine Woge der Angst durchflutete mich. Würde man ihr etwas tun? Würde man sie freilassen?

Eine halbe Stunde später traf Nelson Zarur in der Wohnung ein. Ein sonderbar aussehender Mann, klein, mit einem rundlichen Gesicht und hervorquellenden Augen. Er trug ein hellgrünes, kurzärmliges Hemd und eine braune Hose. Luís hatte erwähnt, daß er pensionierter Polizist war, aber er schien kaum älter als 45 Jahre zu sein.

Luís machte uns miteinander bekannt und bat Nelson, mit Rücksicht auf mich englisch zu sprechen. Dann forderte Luís mich auf, die Entführung noch einmal in allen Einzelheiten zu schildern. Nelson machte sich Notizen. Gelegentlich stellte er präzise Fragen.

„Worauf müssen wir uns jetzt gefaßt machen?" fragte Luís ihn.

„Vor allem dürfen wir nicht vergessen, daß es sich um nichts anderes als eine geschäftliche Transaktion handelt“, erläuterte Nelson. „Die Entführer haben eine Ware, die Ihnen viel wert ist, und sie möchten sie verkaufen. Das können sie aber nur, wenn sich die Ware in einwandfreiem Zustand befindet. Daher liegt es in ihrem ureigenen Interesse, daß Isabel gesund bleibt.“

„Der Gedanke, meine Tochter als Handelsware zu betrachten, gefällt mir nicht besonders“, sagte Luís.

„Natürlich nicht. Und eben das werden die Kidnapper ausnutzen. Die werden versuchen, den Eindruck zu erwecken, daß sie üble Sadisten sind, die keinen besonderen Grund brauchen, um Ihre Tochter zu quälen. Das sind sie aber keineswegs. Alles, was sie wollen, ist Lösegeld. Meine Aufgabe besteht darin, dafür zu sorgen, daß Isabel für möglichst wenig Geld unversehrt freikommt.“ Er legte Luís die Hand auf den Arm. Sein rundliches Gesicht wirkte aufrichtig. „Bisher habe ich in sechzehn Fällen von Kidnapping beraten. Von zwei Fällen abgesehen, sind alle Opfer lebend freigekommen. Die Chancen stehen wirklich gut. Wir wissen nicht, wie man Isabel behandelt. Aber man wird sie nicht anrühren. Nach meiner Erfahrung geschieht das nie.“

Luís' Gesicht hellte sich ein wenig auf.

„Sie müssen entscheiden, ob Sie die Polizei informieren wollen“, fuhr Nelson fort. „Ich rate Ihnen nachdrücklich dazu. Sie wird nicht eingreifen und sich aus den Lösegeldverhandlungen heraushalten. Wenn wir ihr gegenüber offen sind, steht nicht zu befürchten, daß sie uns in eine wichtige Aktion hineinplatzt.“

Luís zögerte. „Aber was ist, wenn die Entführer von uns verlangen, die Polizei rauszuhalten?“

„Das werden sie sehr wahrscheinlich tun, aber die Polizei wird nicht in Erscheinung treten.“

„Glauben Sie, daß die Chance besteht, daß die Polizei sie findet?“ fragte ich.

„Das ist nicht anzunehmen. Die Entführer haben ihre Zelte dort mit Sicherheit abgebrochen. Allerdings könnte die Polizei aus den Überresten des Lagers unter Umständen wichtige Schlüsse ziehen.“

Luís nickte. „Okay. Wir schalten die Polizei ein. Was passiert dann?“

„Wir warten, bis sich die Entführer mit uns in Verbindung setzen.“

In diesem Augenblick kam Cordelia ins Zimmer gestürzt und warf sich in die Arme ihres Vaters. Die beiden hielten sich für lange Zeit eng umschlungen.

Ich warf Nelson einen Blick zu, und wir gingen in ein kleineres

Wohnzimmer. „Bisher verkraftet er es gut“, meinte Nelson zu mir. „Aber das hält nicht lange an. Nicht, wenn es um die eigene Tochter geht.“

„Ich hätte bei ihr bleiben sollen, um ihr zu helfen.“

Nelson faßte mich am Arm. „Die meisten Angehörigen und Freunde von Entführungsopfern reagieren mit Schuldgefühlen. Das ist reine Zeitverschwendung, weil es ihnen erschwert, die Situation sachlich zu beurteilen.“

„Aber ich hätte ihr helfen können.“

„Nick, Isabel hat einen reichen Vater, der bereit ist, ein angemessenes Lösegeld zu bezahlen. Ihnen hätte es leicht passieren können, daß die Entführer Sie umbringen, um zu zeigen, daß sie es ernst meinen. Sie sind hier wirklich besser aufgehoben.“

Vielleicht hatte er recht. Aber ich war bereit, alles zu tun, um Isabel da rauszuholen.

Den Tag verbrachte ich in der Wohnung der Pereiras. Ein Polizist kam, ein Kriminalbeamter namens da Silva, der den gleichen schlechtsitzenden Anzug und den gleichen grellen Schlips trug wie offenbar alle Kriminalbeamten dieser Welt. Er befragte mich. Dann schloß er ein Bandgerät an das Telefon an und bat uns, ihn täglich auf dem laufenden zu halten.

Das Warten war eine einzige Tortur, und es hatte gerade erst begonnen. Luís benachrichtigte sein Büro und sagte, daß seine Tochter krank sei und ihn brauche. Er versuchte sich mit seinen Bankgeschäften abzulenken, konnte sich aber nicht konzentrieren. Ruhelos tigerte er in der Wohnung umher.

Ich war total übermüdet, aber jetzt war an Schlaf nicht zu denken. Ich versuchte, meine Unruhe in den Griff zu bekommen, das Bedürfnis, zu schreien, zu toben, irgend etwas zu tun.

Ich blieb bis zum Abendessen und fuhr dann ins Hotel zurück. Dort ging ich in Isabels Zimmer und packte ihre Sachen. Ich kam mir irgendwie indiskret vor, als ich ihre persönlichen Dinge zusammensuchte.

Auf mein Zimmer zurückgekehrt, schickte ich mich an, ins Bett zu gehen, als das Telefon klingelte. Ich blickte auf die Uhr. Elf. Ich nahm den Hörer ab. „Hallo?“

„Mr. Nicholas Elliot?“

Die Stimme war schroff und der Akzent so stark, daß ich kaum meinen eigenen Namen verstand. Mein Puls begann zu rasen.

„Ja?“

„Du gibst mir eine Million Dollar. Ich lasse sie laufen. Wenn du mir nicht eine Million Dollar gibst, ist sie tot!“ Die Worte waren so melodramatisch, daß das Ganze etwas leicht Bizarres hatte. Aber es war leider nur zu real.

Ich überlegte fieberhaft. „Ich bin nicht ihr Freund, nur ein Kollege", sagte ich. „Rufen Sie ihren Vater an. Hier ist die Nummer." Ich gab sie durch. „Er wird mit Ihnen reden."

„Okay", sagte die Stimme. Dann war die Leitung tot.

Hastig wählte ich Luís' Nummer, um ihn noch vor dem Unbekannten zu erreichen. Nervös meldete er sich. Ich berichtete ihm, worauf er sich gefaßt zu machen hatte, und sagte, ich würde noch einmal vorbeikommen. Das Taxi brauchte fünfzehn Minuten für den Weg.

„Sie verlangen eine Million Dollar", erklärte Luís bei meiner Ankunft. „Mittwoch nacht um zwei soll die Übergabe stattfinden. Ich habe ihnen gesagt, sie sollen morgen früh noch einmal anrufen."

Bis Mittwoch morgen waren es noch mehr als 24 Stunden.

Ich bemerkte, daß das Verhältnis zwischen Nelson und Luís gespannt war. „Wo liegt das Problem?" fragte ich.

Luís warf Nelson einen Blick zu. „Eine Million Dollar ist nichts für Isabels Leben. Ich werde sie bezahlen."

„Und ich denke, wir sollten zuerst ein Lebenszeichen verlangen. Es könnte eine Finte sein", widersprach der kleine Mann. „Und dann müssen wir den Preis runterhandeln, das erwarten sie."

„Wie stellen Sie sich das mit dem Lebenszeichen vor?" fragte ich Nelson.

„Am besten ist eine Frage, auf die nur Isabel die Antwort wissen kann. Wenn sie uns diese Information geben, dann wissen wir, daß sie Isabel haben und daß sie noch lebt."

Luís und Nelson sahen mich an.

„Warum tun wir nicht, was Nelson vorschlägt? Auch wenn sie Isabel haben, schaden kann es doch nicht, oder?"

Luís seufzte und rieb sich die Schläfen. „Okay", sagte er und nickte.

Diese Nacht schlief ich in Luís' Gästezimmer. Vielmehr, ich versuchte es. Ich lag in den Kissen, und meine Gedanken kreisten unaufhörlich um Isabel.

Am nächsten Morgen um neun riefen die Entführer an. Luís erklärte ihnen, er könne so viel Bargeld nicht an einem Tag flüssigmachen. Er brauche mehr Zeit. Außerdem verlangte er von ihnen, sie sollten ihm mitteilen, wie Isabel ihren Lieblingsteddy als Kind genannt habe. Ich konnte hören, daß daraufhin am anderen Ende der Leitung schreckliche Drohungen ausgestoßen wurden.

Schneeweiß legte Luís auf. „Sie haben gesagt, sie würden keinen Tag länger warten."

Nur Nelson war unbesorgt. „Wenn sie sie haben, hören wir bald wieder von ihnen", versicherte er uns.

Doch an diesem Tag meldeten sie sich nicht mehr.

Auch die folgende Nacht blieb ich in der Wohnung. Offenbar legte Luís Wert darauf, daß ich bei ihm war, wenn die Frist verstrich, und ich kam seinem Wunsch nur gar zu gern nach. Um zwei Uhr waren wir beide wach und saßen vor dem Telefon. Natürlich klingelte es nicht. Sorgenvoll blickten wir uns an, als das Ultimatum ablief.

Die Warterei begann sich langsam körperlich bemerkbar zu machen. Luís und ich litten beide unter Schlafmangel, obwohl ich inzwischen so erschöpft war, daß es mir immerhin gelang, während kurzer Zeiträume zu dösen. Luís tigerte in der Wohnung herum und sah schlecht aus. Cordelia war nach Hause gefahren, nachdem wir ihr versprochen hatten, sie sofort anzurufen, wenn es Neuigkeiten gab. Am Mittwoch abend hatten wir immer noch nichts gehört.

Zum Abendessen gab es Omelett und Salat. Luís rührte sein Essen kaum an. Als wir beide am Eßtisch saßen, fingen seine Lippen plötzlich an zu zittern. Er bedeckte das Gesicht mit den Händen, begann zu schluchzen.

Ich streckte hilflos die Hand aus und berührte ihn am Arm.

„Sie ist tot", sagte er.

„Nein. Vielleicht rufen sie später an. Vielleicht sind es gar nicht die richtigen Entführer."

„Wie das? Niemand weiß davon."

„Warum haben sie mich im Hotel angerufen? Sie hätten Ihre Nummer von Isabel erfahren können."

Meine Gedanken, die seit drei Tagen Purzelbäume schlugen, begannen sich plötzlich wieder zu ordnen. „Jetzt begreife ich! Es muß der Taxifahrer gewesen sein. Er hat die Entführung miterlebt und ist dann davongefahren. Sicherlich hat er es Freunden erzählt und sein Glück mit einer Lösegeldforderung versucht. Ich rufe Nelson an. Mal sehen, was er davon hält."

Doch bevor ich auch nur zum Hörer greifen konnte, läutete das Telefon. Ich erstarrte. Luís hob ab.

Ich nahm den Kopfhörer, den Nelson zwischengeschaltet hatte. Diesmal war es eine andere Stimme. Jünger, ruhiger. Ich konnte nicht verstehen, was gesagt wurde, aber Luís lächelte, als er auflegte.

„Es war ein anderer Mann. Er nennt sich Zico. Er sagt, er habe Isabel, und verlangt ein Lösegeld. Ich habe ihm die Frage nach dem Teddy gestellt, und er schien nicht beunruhigt. Er hat gesagt, er werde uns wieder anrufen und den Namen durchgeben."

Eine zentnerschwere Last fiel von mir ab. Der erste Anrufer war also tatsächlich ein Trittbrettfahrer gewesen. Zicos Stimme war mir um einiges lieber. Sie klang viel ruhiger, vernunftgesteuerter.

„Wieviel verlangt er?"

Luís runzelte die Stirn. „Fünfzig Millionen Dollar."

„Fünfzig Millionen! Haben Sie denn so viel?"

„Theoretisch würden meine Anteile bei Horizonte wohl so viel wert sein, aber ich müßte die Bank schon verkaufen, um an das Geld heranzukommen. Und das wäre schwierig, nein, unmöglich."

„Immerhin ist es ein Anfang", sagte ich.

ELF

Die nächsten beiden Tage waren eine Erleichterung. Nach einer halben Stunde rief Zico mit der richtigen Antwort auf Luís' Frage an: Lulu. Er drohte zwar, daß Isabel sterben würde, wenn die fünfzig Millionen Dollar nicht bis zum Ende der Woche gezahlt würden, aber Luís glaubte ihm ebensowenig wie ich. Wir waren glücklich, daß endlich der Prozeß begonnen hatte, der am Ende zu Isabels Freilassung führen würde.

Nelson kam zum Frühstück. Luís wirkte beinahe gelöst.

„Nun müssen wir uns über die Taktik unterhalten", sagte Nelson. Er wählte seine Worte sorgfältig und wirkte sehr beherrscht. Mit der Einschätzung, daß es sich bei der ersten Anrufserie um einen Bluff handeln müsse, hatte er seine Kompetenz unter Beweis gestellt. Es war jetzt leichter, ihm zu vertrauen.

„In Ordnung", sagte Luís.

„Wir müssen uns darüber klarwerden, wieviel Sie für Isabel zu bezahlen bereit sind."

„Lächerlich!" protestierte Luís. „Die Antwort lautet natürlich: jeden Preis."

„Nein", sagte Nelson, „das ist nicht die richtige Antwort. Vergessen Sie nicht, das hier ist eine geschäftliche Transaktion. Die Antwort muß lauten, die kleinste Summe, mit der sich die Entführer zufriedengeben. Sehen Sie, die Entführer können nicht genau wissen, wieviel Geld Sie haben. Irgendwann kommen wir an einen Punkt, wo wir sagen, das ist unser letztes Angebot. Dann werden die, vorausgesetzt, sie glauben uns, Ihre Tochter freilassen."

Luís tat einen tiefen Atemzug. „Okay."

Plötzlich hatte ich das Gefühl, hier fehl am Platze zu sein. Gleich würde dieser Mann, den ich kaum kannte und der sogar ein Konkurrent meines Arbeitgebers war, seine ganz persönliche finanzielle Situation offenlegen. Ich stand auf. „Vielleicht sollte ich lieber ..."

Luís hob die Hand. „Nein, bitte bleiben Sie."

Ich zögerte. Er meinte es ehrlich. Auch Nelson nickte mir zu. „Okay", sagte ich und setzte mich wieder.

„Wahrscheinlich kann ich bis zu fünf Millionen Dollar flüssigmachen", sagte Luís. „Vielleicht ein bißchen mehr. Dazu müßte ich allerdings mit Kollegen sprechen. Ohne Geld aufzunehmen, geht das aber auf gar keinen Fall."

„Gut", sagte Nelson. „Ich hoffe, daß wir viel weniger brauchen." Er zog wieder Notizbuch und Kugelschreiber hervor. „Spielen wir ein paar Zahlen durch. Der Durchschnittspreis in Rio liegt augenblicklich bei zweihunderttausend Dollar. Aber ich denke, die Gegenseite weiß, wie wohlhabend Sie sind, oder vermutet es zumindest. Die erste Forderung war sehr hoch."

„Ich kann keine fünfzig Millionen zahlen", sagte Luís.

„Das erwarten sie auch nicht. Eine zweite Faustregel besagt, daß man sich ungefähr bei einem Zehntel der ersten Forderung einigt. Das wären in diesem Fall fünf Millionen Dollar."

„Das könnte ich notfalls aufbringen."

Nelson schüttelte den Kopf. „Nein, ich denke, zwei Millionen müßten reichen. Eine Million könnten Sie von Dekker Wards Versicherungsgesellschaft zurückverlangen. Allerdings würden Sie wohl das Bargeld zunächst vorschießen müssen."

„Vielleicht könnte Dekker Ward aushelfen", schlug ich vor.

Luís kniff für einen Augenblick die Augen zusammen. „Nein, vielen Dank. Ich habe nicht die Absicht, mir von Ricardo Ross Geld zu leihen."

Lange Zeit konnten Nelson und Luís sich nicht auf ein Limit einigen, endlich erklärten sich aber beide mit drei Millionen Dollar einverstanden.

„Gut, damit haben wir eine Zahl", sagte Nelson. „Wir können nicht erwarten, daß es zu einer raschen Einigung hinsichtlich des Lösegelds kommt. Wir müssen den Kidnappern das Gefühl geben, daß hier wirklich verhandelt wird. Sonst werden sie uns nicht glauben, daß drei

Millionen wirklich unser letztes Angebot sind." Luís sah ein, daß Nelson recht hatte, und nickte.

„Ich schlage vor, daß wir mit einer Million anfangen und dann in Sprüngen von jeweils einer halben Million auf zwei Millionen erhöhen. Anschließend müssen wir kleinere Schritte machen, damit es so aussieht, als fielen uns weitere Erhöhungen sehr schwer. Unser Ziel muß es sein, die Verhandlungen kurz vor der Dreimillionengrenze zu beenden."

„Mir scheint der Abstand denn doch reichlich groß zu sein", meinte Luís zweifelnd.

„Glauben Sie mir, eine Million Dollar ist ein großzügiges erstes Angebot bei einer Entführung."

Wir glaubten ihm. Zico rief am Donnerstag abend an. Auf die eine Million, die Luís bot, reagierte er mit Verachtung. Er wisse, sagte er, daß Luís die Banco Horizonte gehöre. Luís erklärte ihm, daß er nur Anteile besitze und daß er diese nicht verkaufen könne. Er machte seine Sache sehr gut.

Die Polizei nahm das Band mit, auf dem Zicos Anruf aufgenommen war, um seine Stimme zu analysieren. Man hatte den Anruf zu einem Handy in einer belebten Einkaufsstraße im Norden der Stadt zurückverfolgt. Doch Handybesitzer gab es in Rio wie Sand am Meer.

Ein Dutzend Polizisten durchsuchte unterdessen auch den Wald, hatte aber bis zum gegenwärtigen Zeitpunkt noch nichts entdeckt.

Tagsüber hielt ich mich in Luís' Wohnung auf, nachts schlief ich im Hotel. Ein paarmal schlenderte ich durch die Prachtstraßen von Ipanema. Es tat gut, wieder einmal Leben um sich zu haben. Doch der Anblick der vorbeiflanierenden Schönheiten erinnerte mich schmerzlich an Isabel.

Ich versuchte mir vorzustellen, wo sie war, wie es ihr ging. Für uns war es schon schwer genug. Um wieviel schlimmer mußte es erst für sie sein! *Ich hätte sie nie allein lassen dürfen!* Die Befürchtungen, die ich bezüglich der Geldwäsche und der zweifelhaften Dekker-Ward-Geschäfte hatte, waren vollkommen in den Hintergrund getreten.

Mit Ricardo sprach ich regelmäßig und hielt ihn auf dem laufenden. Auch mit Jamie telefonierte ich. Die ganze Firma sei in Sorge, sagte er, aber das Leben müsse weitergehen. Das Geschäft in Mexiko lief nicht besonders, und es standen noch viele Bonds in Dekker Wards Büchern. In Mexiko begannen sich die Leute zu fragen, ob die Regierung in der Lage war, die Kredite umzuschulden, die dieses Jahr fällig wurden. Aber was kümmerte mich das?

Von der Polizei erfuhren wir, daß man Zicos Stimme wiedererkannt hatte. Sie war in zwei früheren Entführungsfällen registriert worden. Jedesmal waren die Opfer gut behandelt und am Ende wohlbehalten auf freien Fuß gesetzt worden. Diese Nachricht gab Luís neuen Mut. Mir auch.

Isabels Entführung war erst vier Tage her; die Zeit kam uns aber viel länger vor. Nelson hatte uns gesagt, daß diese Fälle sich Wochen, manchmal Monate hinzogen.

Auf Cordelias Vorschlag hin fuhren wir übers Wochenende auf Luís' *Fazenda* in der Nähe von Petrópolis. Das gehörte zu den Gepflogenheiten der Familie, und Cordelia glaubte, daß ihrem Vater ein Tapetenwechsel guttun würde. Er machte sich Sorgen, daß Zico uns nicht erreichen könnte, aber sie sagte, es sei ja immer jemand in der Wohnung, der die andere Telefonnummer weitergeben würde.

Die Fazenda war ein großes weißes Haus inmitten eines üppigen Parks mit Baumgruppen und einem See. Die Zimmer waren geräumig und kühl, die Einrichtung geschmackvoll, ohne protzig zu sein: dunkle Edelhölzer, chinesische Vasen, französische Gemälde aus dem 19. Jahrhundert. Es war ein paar Grad kühler als in Rio, aber immer noch warm, gemessen an den Verhältnissen, an die ich gewöhnt war.

Sobald wir angekommen waren, entspannte sich Luís sichtlich. An diesem Abend war die Stimmung fast normal. Fernando, Cordelias Mann, war ein angenehmer Gesellschafter, ein Anwalt mit trockenem Humor, der nicht bereit war, sich oder Brasilien allzu ernst zu nehmen. Wir lachten – wirklich, wir lachten –, als plötzlich das Telefon läutete.

An Luís' Reaktion konnten wir ablesen, wer der Anrufer war. Luís war besorgt, aber beherrscht. Keine zwei Minuten dauerte das Gespräch. Zico erklärte, eine Million sei eine Beleidigung. Luís erwiderte, fünfzig Millionen seien absurd. Zico war nicht bereit, von seiner Forderung abzugehen. Luís erhöhte auf anderthalb Millionen, um Zico zu zeigen, daß er die Regeln verstanden hatte und mitspielte.

Anschließend rief Luís Nelson an. Wieder machte dieser uns Mut. Alles verlaufe nach Plan.

Am nächsten Morgen führte Luís mich durch den Park. Etwa achthundert Meter weit erstreckte er sich einen sanften Hang hinauf, bis er mit dem Wald verschmolz. Der Anblick war atemberaubend. Zu beiden Seiten und vor uns ragten grotesk geformte Berge empor. Die Rasenflächen des Parks wurden auf der einen Seite von einem See begrenzt. Die Luft war kühl und klar, wenn auch ein bißchen feucht. Über dem Plätschern des Wassers waren Vogelstimmen zu hören.

„Wunderschön“, sagte ich. „Wie lange befindet sich das Anwesen schon in Ihrem Besitz?“

„Ungefähr fünf Jahre.“

Es mußte ein Vermögen gekostet haben. Ich hatte zwar gewußt, daß Isabel aus einer wohlhabenden Familie kam, aber keine Vorstellung von dem Ausmaß des Reichtums gehabt.

Luís betrachtete mich prüfend. „Isabel und Sie stehen sich ziemlich nahe, habe ich recht? Näher als Freunde?“

Einen Augenblick ergriff mich Panik. Ich sah mich flammenden Vorwürfen eines zornigen lateinamerikanischen Vaters ausgesetzt, der mich beschuldigte, seine Tochter entjungfert zu haben. Aber Luís' Blick war freundlich, ja billigend.

Ich nickte.

Luís wandte sich um und setzte seinen Weg hügelaufwärts fort. *„Bem“*, murmelte er, glaube ich.

WIR BESCHLOSSEN, auf der Fazenda zu bleiben. Wir waren optimistisch. Solange wir mit der Warterei zurechtkamen, standen Isabels Chancen gut.

Am Sonntag abend rief Zico noch einmal an. Ich lauschte dem Gespräch. Ich schnappte die Wörter „dreißig Millionen“ auf und daß Luís wenig später mit zwei Millionen konterte. Noch immer waren wir weit von unserem Ziel entfernt, aber wir rückten ihm schrittweise näher.

Wir begannen uns an das langsame Verhandlungstempo zu gewöhnen. Doch am Dienstag, dem achten Tag der Entführung, sollte sich alles jäh ändern.

Wir saßen gerade beim Frühstück, als Nelson kam. Er schien aufgeregt zu sein. „Ich habe Neuigkeiten.“

Luís blickte von dem winzigen Brötchen auf seinem Teller auf. Er aß noch immer sehr wenig. „Von Isabel?“

„Ja, die Polizei hat einen Hinweis bekommen, den sie ernst nimmt. Offenbar hat man vor ungefähr einer Woche beobachtet, daß mitten in der Nacht eine Frau mit Augenbinde aus einem Auto in eine kleine Hütte geführt wurde. Die Hütte liegt in Irajá im Norden der Stadt. Heute morgen will die Polizei das überprüfen.“

„Die werden doch hoffentlich vorsichtig sein und keinen Versuch unternehmen, die Hütte zu stürmen?“

„Da Silva hat es mir versprochen. Sollten Zico und seine Freunde tatsächlich aufgespürt werden, wird man sie lediglich beobachten und sie erst verhaften, nachdem Isabel freigelassen worden ist.“

Luís sah besorgt aus, und ich teilte sein Unbehagen. Auf jeden Fall hielt ich eine spektakuläre Polizeiaktion für das denkbar schlechteste Mittel, um Isabel freizubekommen.

Nelson sah, daß Luís keineswegs beruhigt war. „Die Hütte wird von nun an überwacht werden“, sagte er. „Da Silva hat versprochen, uns noch heute morgen anzurufen.“

Der Kriminalbeamte hielt Wort. Beim Eintreffen der Polizei war die Hütte leer gewesen. Sie hatte einen Keller, in dem man eine Vielzahl von Hinweisen gefunden hatte, aus denen hervorging, daß dort ein Entführungsopfer versteckt worden war. Dort war jemand gefangengehalten und erst vor kurzem an einen anderen Ort gebracht worden.

Eine halbe Stunde später klingelte das Telefon. Es war Zico.

Diesmal wurde die Diskussion ziemlich heftig. Luís war so wütend, wie ich ihn noch nie gesehen hatte. Nach einigen Minuten knallte er den Hörer auf die Gabel und wandte sich an Nelson; die Zornesröte stand ihm ins Gesicht geschrieben. Sie wechselten einige scharfe Worte auf portugiesisch, dann stürmte Luís in den Park. Zum erstenmal wirkte Nelson verwirrt und wütend.

Ich folgte Luís. Er stand draußen, blickte in den Park und atmete schwer. *„Merda“*, stieß er hervor. Und noch einmal: *„Merda! Merda!“*

„Was ist geschehen?“ fragte ich.

„Zico wollte wissen, warum wir die Polizei informiert haben. Ich habe gesagt, das hätten wir nicht. Er hat mir nicht geglaubt.“ Er atmete tief ein. „Zico hat gesagt, wir könnten unserem Herrgott dafür danken, daß Isabel noch am Leben sei. Aber er will uns nur noch eine Chance geben. Entweder ich zahle bis morgen abend zehn Millionen Dollar, oder Isabel ist tot … Jetzt, wo ihm die Polizei auf den Fersen sei, könne er nicht mehr länger warten. In zwei Stunden ruft er mich wieder an.“

Ich ließ Luís einen Augenblick, sich zu beruhigen. „Was werden Sie tun?“

„Das Lösegeld zahlen, nehme ich an. Ich darf Isabels Leben nicht noch einmal aufs Spiel setzen.“

„Können Sie denn bis morgen die zehn Millionen Dollar auftreiben?“

„Keine Ahnung. Leicht wird es jedenfalls nicht sein.“

Wir schlugen den Pfad zum See ein. Die Wolken am Ende des Tals waren noch dunkler geworden, obwohl der Park noch immer im Sonnenlicht lag. Ich gab mir einen Ruck. „Es sieht so aus, als hätte die Polizei einen Fehler gemacht. Vielleicht hat auch Nelson einen Fehler begangen, als er ihnen vertraut hat. Aber seine Ratschläge waren bisher sehr nützlich. Vielleicht sollten wir anhören, was er uns zu sagen hat. Dann können wir immer noch entscheiden."

Schweigend gingen wir weiter. Ich machte mir schreckliche Sorgen um Isabel, trotzdem war ich der Meinung, daß wir ruhig bleiben und uns an die Regeln halten sollten.

„In Ordnung, sprechen wir mit ihm", entschied Luís.

Wir eilten zum Haus zurück, denn der Himmel war jetzt schwarz, und die ersten Regentropfen begannen zu fallen.

„Verhandeln Sie weiter", sagte Nelson. „Er ist so schnell mit dem Preis heruntergegangen, weil er das Geschäft rasch zum Abschluß bringen möchte. Das ist natürlich in unserem Interesse, aber nicht für zehn Millionen. Wir sollten signalisieren, daß das Ende der Fahnenstange bald erreicht ist. Bieten Sie ihm zwei Millionen zweihunderttausend."

„Ich kann mehr zahlen", sagte Luís. „Warum soll ich ihm nicht drei bieten?"

„Weil er dann denkt, daß er noch viel weiter gehen kann", sagte Nelson, der allmählich die Geduld verlor. „Begreifen Sie denn nicht, daß die Verhandlungen um so länger dauern werden, je größer Ihre Steigerungsraten sind?"

Ich verstand, was Nelson meinte. Schließlich setzte sich diese Erkenntnis auch bei Luís durch.

Zum angegebenen Zeitpunkt rief Zico wieder an. Luís unterbreitete ihm sein Angebot. Die Antwort war kurz. Luís wurde blaß, blieb aber hart.

„Was hat er gesagt?" fragte ich, kaum daß Luís den Hörer aufgelegt hatte.

„Er hat fünf Millionen verlangt. Und er hat gesagt, Isabel würde unwiderruflich sterben, wenn ich nicht bis morgen abend gezahlt hätte. Er will in zwei Stunden zurückrufen."

Nelson machte ein nachdenkliches Gesicht. „Ich habe noch nie erlebt, daß jemand so schnell in seinen Forderungen nachgegeben hat." Er seufzte. „Ich glaube, wir sollten noch einmal ein Lebenszeichen verlangen."

Luís explodierte. „Darauf läßt er sich nicht mehr ein. Wir haben keine Zeit mehr."

Mir war hundeelend zumute. Ich wußte, was Nelson vermutete.

Luís bemerkte meinen Gesichtsausdruck. „Was ist los?"

„Nelson glaubt, daß sie möglicherweise tot ist", sagte ich ruhig. „Deshalb haben die Entführer es plötzlich so eilig, ihr Geld zu bekommen."

„Nein!“ rief Luís. „Es gibt nicht den geringsten Grund zu dieser Annahme.“

Nelson hob die Hand. „Vielleicht haben Sie recht. Aber wir müssen uns vergewissern.“

„Ich werde die fünf Millionen akzeptieren, und morgen abend ist Isabel wieder da!“

„Ich kann nur meinen Rat anbieten, mehr nicht.“

„Luís?“ sagte ich vorsichtig. Unwillig sah er mich an. „Warum warten Sie also mit den fünf Millionen nicht, bis Sie ein Lebenszeichen bekommen? Wenn die Entführer Isabel haben und wenn sie wissen, daß sie die fünf Millionen kriegen, warum sollen sie uns dann nicht ein solches Zeichen geben?“

Hilfesuchend sah ich Nelson an. Er nickte.

„Na gut“, sagte Luís. „Aber die Frage müssen Sie sich einfallen lassen.“

Luís bekam keine Gelegenheit, sie zu stellen. Als er ein Lebenszeichen verlangte, weigerte sich Zico. Luís bestand darauf, aber ohne Erfolg. Zico schwor, er werde Isabel umbringen. Luís legte auf. Sein Gesicht war starr und kalt.

„Möglicherweise ist sie schon tot“, sagte Nelson ruhig.

Groß und hager stand Luís vor mir. Die Ereignisse der letzten Tage, vor allem der letzten Minuten, hatten ihn sichtbar altern lassen. „Ich gehe in ihr Zimmer“, sagte er.

Zwei Tage voller Wut und Trauer verstrichen.

Ich stapfte den Pfad hinauf. Zu beiden Seiten bildeten die Bäume des Regenwaldes eine dunkle grüne Wand. Doch ich hatte kaum einen Blick für das üppig wuchernde Leben um mich her: Meine Gedanken galten Isabel. Meine Gefühle waren ein Sammelsurium aus Widersprüchen. Ich kannte sie kaum und hatte doch das Empfinden, sie besser zu kennen als irgendein anderer Mensch. Wieder und wieder wurden die Gespräche, die wir miteinander geführt hatten, in meinem Gehirn abgespult. Ich sah ihre großen Augen, ihr scheues Lächeln hinter einer Strähne schwarzen Haares.

War sie wirklich tot? Bevor wir nicht einen Beweis für ihren Tod hatten, konnte ich das einfach nicht glauben.

Auf dem Kamm des Hügels angekommen, hielt ich inne und setzte mich. Unter mir schmiegte sich die Fazenda in das Tal.

Zwei schreckliche Tage lagen hinter uns. Luís war nur noch ein Schatten seiner selbst. Cordelia war ins Krankenhaus gegangen. Die Ärzte befürchteten, daß sich die ganze Aufregung nachteilig auf ihre Schwangerschaft auswirken könnte.

Ich hatte Ricardo angerufen und ihm mitgeteilt, daß es den Anschein habe, als sei Isabel umgebracht worden. Er hatte versucht, unbeteiligt zu wirken, aber seine Stimme hatte erschüttert geklungen. Er hatte das Gespräch rasch beendet. Isabel hatte recht gehabt: Sie hatte ihm etwas bedeutet. Ich würde bald nach London zurückkehren, hatte ich ihm gesagt.

„Sie lebt noch, ganz bestimmt. Wir müssen daran glauben, ganz egal, was irgend jemand sagt."

Ich nickte. „Ich weiß."

Schweigen. Schließlich schüttelte Luís den Kopf. „Es hat mich damals überrascht, daß sie bei einer Bank angefangen hat. Sie war immer so voller Idealismus gewesen."

„Sie hat ihre Ideale nicht verloren", sagte ich. „Dieser Favela-Deal war eine glänzende Idee. Und sie hat daran geglaubt. Für sie war er die einmalige Gelegenheit, etwas Gutes zu tun."

„Es war wirklich etwas Gutes. Sehr schade, daß es nicht geklappt hat. Oswaldo Bocci ist Abschaum. Ricardo ist ein Narr, daß er sich mit ihm eingelassen hat."

Das Feuer knackte, und die Funken stoben. Mittlerweile war es beinahe vollkommen dunkel geworden, so daß das Zimmer nur vom Feuerschein des Kamins erleuchtet wurde.

„Wir können den Favela-Deal retten", sagte Luís.

„Wie?"

Zum erstenmal seit Tagen lächelte Luís. „Bocci ist ein Emporkömmling in Rios Medienlandschaft. Ich habe Freunde mit größeren Zeitungen. Wir können Ricardo mit seinen eigenen Waffen schlagen. Und es ist wenigstens etwas, was wir für Isabel tun können."

ZWÖLF

Am Montag erschien ich mit sehr gemischten Gefühlen wieder zur Arbeit. Doch ich wurde allenthalben mit Lächeln, Kopfnicken, Mitgefühl und taktvollen Fragen empfangen. Das vermittelte mir das Gefühl, nach Hause zu kommen. Leider würde es nicht von langer Dauer sein.

Nach der Morgenbesprechung begab ich mich widerwillig an meinen

Schreibtisch. Ricardo kam herüber, zog einen Stuhl heran und setzte sich neben mich. „Wie fühlen Sie sich?"

Ich zuckte nur mit den Achseln.

„Es hat uns alle sehr erschüttert", fuhr Ricardo fort. „Die letzten zwei Wochen waren schwierig."

Eigentlich hatte ich keine Lust, mit Ricardo über diese Dinge zu sprechen. Aber es lag wieder etwas außerordentlich Gewinnendes in seiner Offenheit. „Ich habe sie gemocht", sagte Ricardo. „Und wenn ich mich nicht täusche, Sie auch."

„Ja, ich mochte sie", erwiderte ich ruhig. „Ich meine, ich mag sie."

„Tut mir leid", sagte Ricardo. „Sie haben recht. Ich kann mich auch nicht damit abfinden ..., daß sie nicht mehr lebt." In seiner Stimme war eine Zartheit, die ich bei ihm so noch nie gehört hatte. „Menschen reagieren auf solche Situationen höchst unterschiedlich. Lassen Sie es einige Zeit langsam angehen, wenn Sie möchten. Wir haben viel Geduld."

Bis ihr die brasilianischen Zeitungen lest, dachte ich. Luís hatte gesagt, die Geschichte würde Anfang der Woche erscheinen. Auf jeden Fall wollte ich nicht mehr in der Firma sein, wenn die Bombe platzte.

„Ricardo, da ist noch etwas, was ich Ihnen sagen möchte." Er wartete. „Ich kündige."

„Was?"

„Ich sagte, ich kündige."

Ricardo wollte etwas sagen, bemerkte aber meinen Gesichtsausdruck und hielt den Mund. Er sah mich an. Ich hielt seinem Blick stand. „Es ist ganz natürlich, Nick, daß Sie völlig durcheinander sind", erklärte er ruhig. „Nehmen Sie sich ein paar Tage frei ..."

„Nein, es geht nicht nur um Isabel. Ich glaube, ich komme mit dem Stil von Dekker Ward nicht zurecht."

Ricardo runzelte die Stirn. „Mit was für einem Stil? Was meinen Sie?"

Ich hielt inne, um meine Gedanken zu ordnen. Ich wußte, daß ich aufpassen mußte, sonst würde Ricardo mich umstimmen. „Wir haben damals auf dem Rückflug von Brasilien darüber gesprochen. Und inzwischen haben sich noch andere Dinge ereignet, die mich nachdenklich gestimmt haben."

„Und was war mit der Brady-Schlacht gegen Bloomfield Weiss? Hat sie Ihnen keinen Spaß gemacht?"

„Doch."

Ricardo hielt inne und blickte mich an. „Wissen Sie, wieviel Geld Sie verdienen werden, wenn Sie so weitermachen wie bisher?"

„Nein."

„Schätzen Sie!"

„Na ja, neun Monate Arbeit, das macht etwas mehr als zwanzigtausend Pfund Gehalt und dazu einen Bonus. Zehntausend Pfund Bonus vielleicht?"

„Ich wäre nicht überrascht, wenn Sie in diesem Jahr einen Bonus von hunderttausend Dollar bekämen."

„Oh", sagte ich mit etwas gepreßter Stimme.

„Und außerdem investieren wir für Sie natürlich in den Mitarbeiter-Fonds. In drei Jahren sollten Sie mindestens eine halbe Million haben. In fünf eine Million. Na, möchten Sie immer noch kündigen?"

Mit einer Million Pfund konnte ich den Rest meines Lebens tun, wozu ich Lust hatte. Wenn ich jetzt ging, würde ich noch nicht einmal den Heizkessel reparieren lassen können.

Aber ich würde mich selbst verlieren. Ich wäre zwar reich, aber jemand, der mir nicht gefallen würde. Vor allem aber jemand, den Isabel nicht würde leiden können. „Ja", sagte ich.

Die Zornesröte stieg ihm ins Gesicht. „Sie sollten wirklich noch einmal in Ruhe darüber nachdenken. Lassen Sie sich eine Woche Zeit."

„Nein, ich möchte heute noch gehen."

„Wer nicht für mich ist, der ist gegen mich. Das habe ich Ihnen gesagt!"

Ich hob die Hände. „Hören Sie, ich will Dekker Ward nicht den Krieg erklären. Es ist nur der falsche Beruf, das ist alles."

„Nein, Nick. Ich habe viel Vertrauen in Sie gesetzt, und Sie haben mich enttäuscht. Das werde ich Ihnen nicht vergessen." Durchdringend blickten seine blauen Augen. Es war ein sehr unbehagliches Gefühl. Ich blieb stumm.

„In Ordnung. Räumen Sie Ihren Schreibtisch auf, und verschwinden Sie bis heute abend." Damit stand er auf, drehte mir den Rücken zu und ging davon.

Ich stützte den Kopf in die Hände und seufzte. Ich kam mir elend vor wie ein Verräter oder Feigling. Wie schaffte er es, solche Gefühle in einem zu wecken? Noch vor ein paar Minuten hatte er sich ausgesprochen mitfühlend verhalten. Und dann ... Es war wahrscheinlich diese Besessenheit. Alles, was gegen sein geliebtes Dekker Ward gerichtet war, nahm er persönlich.

Ich wußte, daß ich die richtige Entscheidung getroffen hatte. Die ganze Dekker-Ward-Geschichte war ein Riesenfehler gewesen. Je rascher ich sie beendete, desto besser.

Langsam begann ich meine Habseligkeiten zusammenzusuchen. Plötzlich spürte ich jemanden neben mir. Es war Eduardo. Er sah fuchsteufelswild aus. „Ricardo sagt, Sie haben gekündigt."

„Richtig", erwiderte ich.

„Nun, dann sollten Sie zusehen, daß Sie jetzt verschwinden."

„Aber Ricardo hat gesagt, daß ich bis heute abend Zeit habe", protestierte ich.

„Und ich sage, daß Sie auf der Stelle verschwinden sollen", erwiderte Eduardo kalt. „Die Leute vom Sicherheitsdienst sind in zwei Minuten hier."

Ich zuckte mit den Achseln. Im Grunde genommen war es mir recht.

Eduardos Blick durchbohrte mich. „Wenn Sie gehen, erwarte ich, daß Sie Dekker Ward und alles, was Sie hier gesehen und gehört haben, vergessen. Ich aber werde Sie nicht vergessen. Und wenn ich feststelle, daß Sie irgend etwas versuchen, irgendeine kleine Schweinerei, um Dekker Ward am Zeug zu flicken, dann werde ich Sie zu finden wissen." Seine Stimme war leise, kaum mehr als ein Flüstern. Ich bekam eine Gänsehaut, so greifbar war die Gefahr, die von diesem Mann ausging.

Meine Kehle war trocken. „Was ich in Zukunft mit meinem Leben anfange, ist ganz allein meine Sache", sagte ich.

„O nein." Eduardo beugte sich vor. „Das ist auch meine Sache."

Ich nahm mein Jackett von der Rückenlehne des Stuhls und zog es an. Zwei Sicherheitsleute traten an meinen Schreibtisch und durchsuchten mich. Im Handelssaal war es still geworden, weil alle den Vorgang verblüfft verfolgten.

Jamie blickte mich fassungslos an. „Was zum Teufel ist denn hier los?" Ausdruckslos begegnete er meinem Blick. Die Sicherheitsleute führten mich durch das eisige Schweigen zu den Fahrstühlen. Ich sauste die vierzig Stockwerke hinab, der wirklichen Welt entgegen.

IN GEHOBENER Stimmung radelte ich in schnellem Tempo zurück nach Primrose Hill. In Zukunft brauchte ich mir keine Sorgen mehr um Ricardo und Eduardo zu machen. Mord und Geldwäsche konnte ich vergessen. Ich war endlich wieder frei.

Als ich zu Hause ankam, war es ein Uhr, und ich hatte Hunger. Der Kühlschrank enthielt nur eine Tüte Milch, also begnügte ich mich mit einer Schüssel Cornflakes. Ich war froh, daß ich Dekker Ward hinter mir hatte, obwohl der Fehler schwer wieder auszubügeln sein würde. Ich würde bei Russell Church und seiner Fakultät für Slawistik zu Kreuze kriechen müssen. Und dann konnte ich nur hoffen, daß es noch irgendwo eine Stelle für mich gab. Einmal hatte ich von Dekker Ward Gehalt bekommen. Das hatte fürs erste geholfen. Aber auf meiner Wohnung lag nach wie vor die Hypothek. Außerdem schuldete ich Ricardo fünf Tausender, von denen ich allerdings noch drei auf der Bank hatte. Die Euphorie über die neugewonnene Freiheit verflüchtigte sich zunehmend, als sich die Wirklichkeit eines Lebens ohne festes Gehalt immer deutlicher abzeichnete. Isabel fehlte mir. Die Ungewißheit war nur schwer zu ertragen.

Das Telefon klingelte. Es war Jamie. „Warum hast du mir nicht gesagt, daß du kündigst? Und warum hast du es getan? Ricardo ist stinksauer."

Eigentlich hätte ich Jamie informieren sollen, aber ich hatte mich einfach überfordert gefühlt bei dem Gedanken, es ihm erklären zu müssen. „Tut mir leid, Jamie, aber ich habe Probleme mit Dekker Ward, seit ich dort angefangen habe. Das ist nichts für mich."

„Bist du in Ordnung? Es heißt, die Entführung von Isabel habe dich völlig aus dem Gleichgewicht gebracht. Bist du sicher, daß du weißt, was du tust?"

„Ganz sicher. Natürlich mache ich mir Sorgen um sie, aber die Kündigung stand schon fest, bevor ich nach Brasilien geflogen bin."

„Na ja, jedenfalls ziehen wir hier jetzt alle eifrig die Dave-Nummer mit dir ab."

„Das überrascht mich nicht."

„Du mußt dich ja beschissen fühlen. Soll ich morgen auf ein Bier vorbeischauen?"

„Das wäre schön, Jamie."

Ich hatte nie daran gezweifelt, daß Jamies Freundschaft meine Kündigung überleben würde. Er hatte sich bei Ricardo meinetwegen weit aus dem Fenster gelehnt, aber ich wußte, daß er zu mir halten würde.

Ich rief Luís an und erzählte ihm, daß ich gekündigt hatte. Keine Neuigkeiten von Isabel. Irgendwann war der Tag endlich vorbei, und ich ging schlafen.

ICH WACHTE mit dem Entschluß auf, mich zusammenzureißen. Ich besorgte im Supermarkt etwas Vernünftiges zum Essen und machte mir ein richtiges Frühstück: Speck, Würstchen, Spiegeleier, Toast, mit einem Wort alles, was dazugehört.

Meine Gedanken kehrten zu Dekker Ward zurück. Jamie hatte gesagt, sie würden die Dave-Nummer mit mir abziehen. Ich fragte mich, was eigentlich aus Dave geworden war. Ich fühlte mich als sein Bruder im Geiste. Ich holte die Telefonliste hervor, die ich mit meinem Eintritt bei Dekker Ward erhalten hatte.

Dave war am Telefon. „Nick! Wie geht's, alter Junge? Ich glaube, ich habe seither mit keinem von Dekker Ward mehr gesprochen." Ich schilderte ihm meine Situation und fragte, ob ich vorbeikommen könne.

„Klar. Wie wär's heute nachmittag?"

Ich nahm die U-Bahn bis Theydon Bois, wo Dave in einem großen, modernen Haus wohnte. Links und rechts neben der Einfahrt standen Schilder: Zu verkaufen. Dave führte mich ins Haus.

Er geleitete mich in einen riesigen Salon mit großen Fenstern, aus denen der Blick auf eine weitläufige Rasenfläche und einen Swimmingpool fiel. Dieses Anwesen hatte eine hübsche Stange Geld gekostet.

„Nicht ohne, was?" sagte er, meinem Blick folgend. „Wenn ich nächsten Monat nicht die Hypothekenrate aufbringen kann, was völlig ausgeschlossen ist, fällt es wieder an Dekker Ward zurück. Nun versuche ich verzweifelt, es vorher zu verkaufen."

„Haben Sie versucht, eine andere Stellung zu bekommen?"

„Keine Chance. Ich weiß nicht, wie Ricardo es angestellt hat, aber man könnte glauben, ich sei ein Verbrecher, so, wie man mich behandelt."

„Und was machen Sie jetzt?"

„Das Haus verkaufen. Und dann sind da noch ein paar alte Freunde von früher, die mir helfen, einen Pub zu erstehen. Ich habe die Nase gestrichen voll von der Finanzwelt."

„Das kann ich gut verstehen", erklärte ich.

„Hat man Ihnen auch den Stuhl vor die Tür gesetzt?" fragte Dave.

„Ich habe gekündigt." Ich erzählte ihm von meinen Vorbehalten gegenüber Dekker Ward und von Isabels Entführung.

Er war entsetzt. „So ein hübsches Ding. Und man weiß nicht, wer die Entführer sind?"

„Nein. In Brasilien sind Entführungen an der Tagesordnung."

„So wie das Umbringen von Bankern, die man um ihre Brieftasche erleichtern will?"

Ich blickte ihn fragend an. „Sie haben der IFR gesagt, daß Sie an dieser Version zweifeln. Warum?"

„Es war nur ein Verdacht. Aber ein ziemlich begründeter. Da gibt es diese vielen Nummernkonten bei Dekker Trust. Ricardo sagt, er weiß, woher das ganze Geld kommt, aber ich glaube das nicht so ganz. Und Eduardo läßt bestimmt fünf gerade sein."

„Nun gut, aber das ist doch noch lange kein Beweis."

„Nein. Aber es wird geredet in Traderkreisen. Jeder weiß, daß Chalmet mit schmutzigem Geld dealt, und diese Bank hält immerhin neunundzwanzig Prozent an Dekker Ward. Dadurch sind wir auch ins Gerede gekommen."

„Und Sie halten das für wahr?"

„Zuerst war ich mir nicht sicher. Aber als dann dieser Martin Beldecos herumzuschnüffeln begann, fand ich es zunehmend interessanter. Er stellte unbequeme Fragen. Da paßte es einigen Leuten sicher gut in den Kram, daß er umgebracht wurde. Und als dann auch noch Sie niedergestochen wurden, waren es einfach zu viele Zufälle."

„Daher haben Sie mit jemandem von der IFR gesprochen?"

„Ja. Ein Riesenfehler."

„Warum?"

„Weil er geschrieben hat ‚Aus unterrichteten Kreisen bei Dekker Ward ...' Und dann hat er mich zu Hause angerufen. Ich vermute, Eduardo hat mein Telefon angezapft. So haben sie mich erwischt."

„Aber warum haben Sie mit ihm gesprochen? Sie haben doch gewußt, wie Ricardo reagieren würde."

„Weiß nicht. Die Sache stank einfach zum Himmel."

Ich nickte. Vielleicht hätte ich noch ein paar Fragen mehr stellen sollen.

„Ich bin übrigens zur Polizei gegangen", sagte er.

„Tatsächlich? Und was haben die gesagt?"

„Hat überhaupt nichts gebracht. Ein Mord in Venezuela fällt kaum in ihre Zuständigkeit, oder? Und Martin Beldecos war Amerikaner. Mit anderen Worten, ein totaler Flop."

„Was war mit der Geldwäsche? Waren sie daran nicht interessiert?"

„Im Prinzip schon. Aber Ricardo ist gerissen. Er wird praktisch kaum kontrolliert. Dekker Ward unterliegt der Kontrolle durch die Börsenaufsichtsbehörde SFA, doch die interessiert sich nicht besonders für Geldwäsche. Außerdem führt Ricardo seine Geschäfte von Canary Wharf aus, die SFA aber beschäftigt sich hauptsächlich mit dem Firmensitz in der City. Die Spekulationen auf den Märkten der Schwellenländer sind sowieso wenig beaufsichtigt. Außerdem werden Ricardos Transaktionen vielfach bei Dekker Trust auf den Caymans verbucht. Das ist nach außen hin eine eigenständige Firma und unterliegt damit nicht der Kontrolle durch englische Behörden."

„Verstehe." Ricardo hatte ein Netz gesponnen, das niemand mehr zu entwirren vermochte. Ich dachte nach. „Letzten Monat bin ich auf ein Fax gestoßen, das die United Bank of Canada an Martin Beldecos geschickt hat. Darin hieß es, die amerikanische Drogenbehörde DEA ermittle gegen Francisco Aragão und habe eine Zahlung von ihm an Dekker Trust festgestellt. Vielleicht bringen sie ihn mit Dekker Ward in Verbindung. Immerhin ist er Ricardos Schwager."

Dave fuhr sich über das Kinn. „Das würde passen. Das könnte man der Polizei erzählen, nehme ich an, aber ob es sich lohnt ..." Dave sah mir meine Unzufriedenheit an. „Am besten, Sie vergessen das Ganze, Nick. Wir beide können nicht gegen Dekker Ward anstinken."

Dave fuhr mich zur U-Bahn-Station zurück. Ich war schon ausgestiegen, als er mich noch einmal zu sich rief: „Seien Sie bloß vorsichtig, Nick. Wenn die Leute von Dekker Ward jemanden auf dem Kieker haben, können sie verdammt ungemütlich werden."

„Ich passe schon auf mich auf." Ich lächelte gezwungen und wandte mich dem Bahnhof zu.

DAVE hatte sich zwar skeptisch über die amerikanische Drogenbehörde geäußert, aber ich wollte trotzdem einen Versuch wagen. Ich ließ mir von der Auslandsauskunft die Nummer der United Bank of Canada auf den Bahamas geben und wählte sie. Kurze Zeit später hatte ich Donald Winters am Apparat.

„Guten Morgen. Nick Elliot von Dekker Ward in London. Ich bin ein Kollege von Martin Beldecos."

„Ah ja. Was kann ich für Sie tun, Mr. Elliot?"

„Letzten Monat haben Sie in einem Fax an Martin berichtet, daß Sie eine Zahlung an unsere Tochterfirma auf den Caymans zu Francisco Aragão zurückverfolgt haben. Und Sie haben einen gewissen Francisco Aragão erwähnt, gegen den die US-Drogenbehörde ermittelt."

„Ja. Aber ich weiß nicht, was daraus geworden ist. Wir haben nichts mehr von der Behörde gehört. Wenn Sie daran interessiert sind, kann ich Ihnen die Telefonnummer meines Kontaktmannes geben."

Ich notierte mir Namen und Nummer, dankte Winters und legte auf.

Dann wählte ich die neue Nummer.

Schon nach dem ersten Klingelzeichen wurde abgenommen. „Donnelly."

„Guten Morgen. Nick Elliot von Dekker Ward in London. Ich habe Ihren Namen von Donald Winters."

„Ah ja."

„Ich habe Informationen über Francisco Aragão, gegen den Sie meines Wissens ermitteln."

„Schießen Sie los!"

Also berichtete ich ihm von Martins Fax, Martins Tod und dem Angriff auf mich. Ich hörte durchs Telefon, daß er sich eifrig Notizen machte.

„Haben Sie Ihren Verdacht über den Mord an Martin Beldecos oder den Angriff auf Sie jemandem mitgeteilt?" fragte er.

„Nein. Ich wußte nicht, wem."

„Verstehe. Nun, vielen Dank für den Hinweis, Mr. – Elliot? Unter welcher Nummer kann ich Sie erreichen?"

Ich gab ihm meine Privatnummer. „Gehen Sie der Sache nach?"

Am anderen Ende herrschte für einen Moment Stille. Ein ungeduldiges Schweigen, wie mir schien. „Das ist ein hilfreicher Hinweis, Mr. Elliot. Gegenwärtig folgen wir einer ganzen Reihe von Spuren, und er könnte sich möglicherweise als nützlich erweisen."

„Werden Sie gegen Dekker Ward ermitteln?" fragte ich.

„Tut mir leid. Ich darf Ihnen keine Auskunft darüber erteilen, gegen wen oder weshalb wir ermitteln. Trotzdem vielen Dank für Ihren Hinweis, Mr. Elliot. Ich wünsche Ihnen noch einen schönen Tag."

Enttäuscht legte ich auf. Ich hatte gehofft, Scharen von Ermittlungsbeamten würden augenblicklich in London einfliegen, um Ricardo und Eduardo zu vernehmen.

Trotzdem, ich hatte meine Pflicht getan und an geeigneter Stelle mitgeteilt, was ich wußte. Vielleicht konnte ich Dekker Ward jetzt ja endlich vergessen. Isabel allerdings konnte ich nicht vergessen.

„DA HAST du ja einen ganz schönen Wirbel verursacht."

Wir waren in meiner Stammkneipe, Jamie war auf ein schnelles Bier vorbeigekommen.

„Vermutlich kennst du die Artikel in den Zeitungen von Rio."

„Ich habe nur gewußt, daß sie erscheinen würden. Was steht genau drin?"

„Da heißt es, den Finanzskandal des letzten Monats, demzufolge Humberto Alves mit den Drogengangs der Favelas in Verbindung stehe, habe Dekker Ward frei erfunden."

„Genauso war es doch auch", sagte ich.

„Jedenfalls ein Volltreffer. Ricardo ist wirklich beunruhigt. Und Eduardo tobt. Der ist völlig von der Rolle."

Ich lächelte. Die Vorstellung, daß Eduardo rotierte, gefiel mir.

„Das ist mir scheißegal", sagte ich. „Die Art, wie Ricardo den Favela-Deal torpediert hat, war gewissenlos, das weißt du. Luís hat das lediglich richtiggestellt." Ich genehmigte mir einen Schluck Bier. „Ich war heute bei Dave", erzählte ich.

„Wie geht es ihm?"

„Miserabel. In der Finanzwelt kriegt er keinen Job mehr. Im übrigen glaubt er, daß Martin Beldecos ermordet wurde, weil er bei Dekker Trust über krumme Geschäfte gestolpert ist. Dave hat mit der Polizei gesprochen, aber die schien nicht sonderlich interessiert. Und ich habe heute die DEA in den Staaten angerufen."

„Tatsächlich?"

„Ja. Sie schienen auch nicht sehr beeindruckt zu sein."

„Ricardo weiß nicht, daß du mit Dave und der Drogenbehörde gesprochen hast?"

Ich schüttelte den Kopf.

„Na, dann paß bloß auf, daß er es nicht herausfindet!" sagte Jamie. „Ich weiß nicht, ob etwas dran ist an dieser Geldwäschergeschichte. Aber eines weiß ich: Ricardo ist wütender, als ich ihn je zuvor erlebt habe. Geradezu beängstigend."

„Kannst du nicht trotzdem die Augen offenhalten?"

„Tut mir leid, Nick. Ich werde mich hübsch bedeckt halten."

DREIZEHN

Das Geräusch von klirrendem Glas ließ mich hochschrecken. Aus dem Wohnzimmer ertönte lautes Krachen. Mit einem Satz war ich aus dem Bett und stürzte durch die Tür.

Sie waren zu dritt, große, durchtrainierte Männer in T-Shirts und Jeans. Ich warf mich auf den erstbesten. Wir landeten krachend in einem Bücherregal. Kräftige Hände packten mich an den Armen. Ich umklammerte den Mann unter mir und versuchte, ihm mit dem Arm die Kehle abzuschnüren. Er wand sich und trat mit den Füßen. Die anderen lösten meinen Griff und stellten mich auf die Füße. Der Mann, den ich angesprungen hatte, richtete sich taumelnd auf und trat mir mit aller Gewalt zwischen die Beine. Ich stieß einen erstickten Schrei aus. Dann wurde mir schlecht. Ein Knie landete mit vernehmlichem Krachen in meinem Gesicht. Meine Backenknochen knirschten, und Blut schoß mir in den Mund. Dann traf mich ein harter Gegenstand seitlich am Kopf, und alles wurde schwarz.

Das Krankenhaus entließ mich am nächsten Morgen mit der Ermahnung wiederzukommen, falls die Kopfschmerzen schlimmer werden sollten. Ich hatte eine schmerzhafte Beule am Kopf, ansonsten aber eher ein etwas benommenes Gefühl als richtige Kopfschmerzen. Darüber hinaus war ich mit blauen Flecken übersät. Zwei taten richtig weh, einer am Rücken und einer auf dem Oberschenkel.

Böse Vorahnungen beschlichen mich, als ich mit dem Taxi nach Hause fuhr. Die Wohnung war ein einziges Chaos. Ein paar Sachen hatten sie gestohlen: ein Paar goldene Manschettenknöpfe, die ich von meinen Eltern zum achtzehnten Geburtstag bekommen hatte, den Videorecorder und meinen Computer.

Verdammter Mist! Auf der Festplatte war meine Dissertation gewesen, die Arbeit dreier Jahre.

Ich hastete zu den Kartons unter meinem Schreibtisch und riß sie mit fliegenden Fingern auf. Meine Notizen und der Ausdruck dreier Kapitel waren unangetastet. Aber der Rest? Weg! Ich schlug die Hände vors Gesicht. Es würde mich Monate kosten, das Ganze noch einmal zu schreiben. So saß ich inmitten der Trümmer meines Lebens auf dem Boden.

Das Telefon klingelte. Ich kroch hinüber und nahm ab.

„Nick?“

Es überlief mich kalt. Die tiefe Stimme gehörte unverkennbar Eduardo.

„Ja?“

„Ich wollte mich einfach erkundigen, wie es Ihnen so geht.“

„Sie wissen verdammt gut, wie es mir geht. Schließlich haben Sie mich zusammenschlagen und meine Wohnung zerlegen lassen!“

„Ach, Sie sind überfallen worden? Sie glauben gar nicht, wie leid mir das tut.“ Eduardo machte sich nicht die Mühe, den Spott in seiner Stimme zu unterdrücken. „Die brasilianische Presse brachte gestern einen unglückseligen Bericht. Höchst bedauerlich. Denken Sie dran. Ich habe ein wachsames Auge auf Sie. Und ich wünsche mir, daß Sie sich ruhiger als ruhig verhalten, ist das bei Ihnen angekommen?“

Ich knallte den Hörer auf die Gabel.

Das Aufräumen dauerte eine Ewigkeit. Einmal wurde ich von einem Polizeibeamten unterbrochen, der vorbeikam und wissen wollte, was gestohlen worden war. Ich berichtete ihm von Eduardos Anruf. Warum denn nicht, zum Teufel? Ich bezweifelte zwar, daß man ihm eine Verbindung zu dem Überfall würde nachweisen können, aber vielleicht würde es ihm doch ein paar Unannehmlichkeiten bereiten. Der Beamte versprach, sich um die Sache zu kümmern.

Schließlich hatte ich aufgeräumt und rief Russell Church an, meinen ehemaligen Dekan an der Fakultät für Slawistik.

„Nick, wie geht es Ihnen? Ich wollte Sie gerade anrufen, um mich zu bedanken."

„Ach ja?" Wovon zum Teufel redete er?

„Ja, für die Forschungsgelder von Dekker Ward."

Ich sah meine Felle davonschwimmen. „Was für Forschungsgelder?"

„Ich habe gerade mit einem Mann namens Ross telefoniert. Er hat gesagt, Dekker Ward würde die Arbeit der Fakultät gerne in größerem Umfang unterstützen."

„Und die Gegenleistung?"

„Nun ja, die Firma möchte Zugang zu unseren Leuten und unseren Kontakten. Sie haben vor, ihre Geschäfte mit Rußland zu intensivieren. Sie würden derartige Beratungstätigkeiten selbstverständlich sehr großzügig honorieren. Genau die finanzielle Spritze, die wir brauchen. Das ist sehr gut."

„Ehrlich gesagt, ich weiß überhaupt nichts davon."

„Ach. Ich hatte angenommen, Sie seien dafür verantwortlich. Wie läuft es denn dort?"

„Ich habe gekündigt. Sie haben gesagt, ich solle Sie anrufen, wenn ich zu der Überzeugung gelangen würde, das Finanzgeschäft sei nichts für mich."

Russell war zuversichtlich. „Aber klar, wir finden sicherlich etwas für Sie. Die Einzelheiten dieser Dekker-Ward-Geschichte sind zwar noch nicht ausgearbeitet, aber vielleicht können Sie so eine Art Mittlerfunktion übernehmen."

Ich unterbrach ihn. „Einen Augenblick, Russell. Ich glaube nicht, daß das klappen wird. Dekker Ward und ich haben uns nicht gerade einvernehmlich getrennt. Woran ich eigentlich gedacht hatte, das war die Fortsetzung unseres Gesprächs über Möglichkeiten an anderen Universitäten." Jetzt hatte er verstanden. Seine Stimme klang mit einem Mal sehr zögerlich. „Okay, lassen Sie uns darüber reden."

„Morgen?"

„In Ordnung. Sagen wir um elf?"

SCHON beim Eintreten sah ich, daß Russell mit Dekker Ward gesprochen hatte. Er begrüßte mich gewöhnlich mit einem strahlenden Lächeln. Diesmal stand er befangen auf, wich meinem Blick aus und schüttelte mir die Hand. „Oh, hallo, Nick. Nehmen Sie doch Platz."

Er tat fast so, als sei er überrascht über mein Kommen. Ich setzte mich auf den Stuhl, der dicht vor seinem Schreibtisch stand.

Er nahm die Brille ab und putzte sie umständlich. „Nun, worüber wollten Sie mit mir sprechen?“

„Ich brauche eine Stellung und hätte gerne gewußt, ob Sie eine für mich haben.“

„Ich habe nicht viel Neues gehört. Der Posten in Sheffield könnte noch frei sein. Vielleicht ergibt sich demnächst etwas an der Universität von Surrey. Sonst ist da nicht viel.“

Während der letzten sechs Jahre war er mein Mentor, fast mein Freund gewesen. „Aber Sie können mir doch ein Empfehlungsschreiben geben?“ Ein Schreiben von Russell war von entscheidender Bedeutung. Ohne seine Empfehlung hatte ich keinerlei Chance, eine Stellung zu bekommen.

Wieder wurde die Brille einer eingehenden Säuberung unterzogen. „Ich kann Ihnen natürlich etwas geben“, sagte Russell. „Aber sehr positiv wird es nicht ausfallen.“

„Warum? Wo liegt das Problem? Was hat man Ihnen erzählt?“

„Mr. Ross hat mir die Umstände erklärt, unter denen Sie die Firma verlassen haben.“

„Welcher Mr. Ross?“

Russell zögerte. „Ich glaube, er sagte, er sei Eduardo Ross.“

„Ah ja, und was hat er erzählt?“

„Er sagte, man habe Sie bei dem Versuch ertappt, die brasilianischen Behörden zu schmieren. Die Affäre sei an die Öffentlichkeit gedrungen, und da habe man Sie entlassen müssen.“

„Alles Quatsch!“

„Ich habe den Zeitungsartikel gesehen, Nick.“ Er holte eine Kopie des Artikels aus Boccis Zeitungen hervor.

„Den hat Dekker Ward lanciert. Ich kann Ihnen einen anderen Artikel zeigen, in dem genau das Gegenteil steht! Meine Version der Geschichte interessiert Sie überhaupt nicht?“

„Bitte sehr! Schießen Sie los!“

Ich versuchte, es ihm zu erklären. Ich denke, daß es mir ganz gut gelang. Aber Russell hörte mir gar nicht zu. Er *wollte* nicht zuhören.

Als ich fertig war, klopfte er mit seinem Bleistift auf den Tisch. „Im Grunde genommen, Nick, steht Ihr Wort gegen das von Dekker Ward. Und im Augenblick ist Dekker Ward einfach zu wichtig für die Zukunft dieses Instituts.“

Ich hatte genug. „Russell! Sie haben sich kaufen lassen!“

„Das ist eine absurde Beschuldigung. Ich kann Ihnen nicht guten Gewissens ein Empfehlungsschreiben ausstellen, wenn ich weiß, daß Sie in eine Korruptionsaffäre verwickelt sind.“

„Sie wissen nichts dergleichen. Alles, was Sie haben, ist das Wort von Eduardo Ross. Diese Forschungsgelder sind an Bedingungen geknüpft, und die erste Bedingung lautet, mir Knüppel zwischen die Beine zu werfen.“

Russell hob die Hände. „Beruhigen Sie sich, Nick! Sprechen wir über die Stellung in Surrey.“

„Die können Sie sich an den Hut stecken!“ sagte ich und stürmte hinaus.

In Rekordzeit legte ich die Strecke von Primrose Hill zurück. Wütend trat ich in die Pedale und vergaß die Schmerzen in Rücken und Beinen.

Warum hatte Dekker Ward das getan? Ich nahm an, daß es in gewisser Hinsicht ein nützlicher Schachzug war. Die Fakultät für Slawistik hatte tatsächlich gute Kontakte und kannte sich aus in Rußland – Kenntnisse, die Ricardo für seine Zwecke gut nutzen konnte. Außerdem hatte Russell im Augenblick nichts als Versprechungen in der Hand. Dekker Ward blieb also notfalls noch genügend Zeit, um einen Rückzieher zu machen, bevor tatsächlich Geld floß.

Ich fuhr in die Wohnung zurück und überdachte meine Situation. Es würde jetzt sehr schwierig werden, an irgendeiner Fakultät unterzukommen. Und natürlich würde ich auch in der Finanzwelt keinen Job mehr bekommen – wenn ich denn einen gewollt hätte. Für die Promotion brauchte ich noch etwa ein halbes Jahr, die drei oder vier Monate nicht mitgerechnet, die erforderlich wären, um meine Dissertation auf den letzten Stand vor dem Einbruch zu bringen. Dreitausend Pfund hatte ich noch auf dem Konto. Davon mußte ich leben. Ich mußte versuchen, meine Wohnung zu vermieten und mir woanders eine billige Bleibe zu suchen. Blinde Wut packte mich. Was zum Teufel glaubten die bei Dekker Ward eigentlich, wer sie seien? Konnte ich denn nichts tun, um sie aufzuhalten? Oder um ihnen zumindest ein paar Probleme zu bereiten? Ich wollte Rache, und ich wollte sie sofort. Irgend etwas mußte ich doch tun können!

Das Klingeln des Telefons riß mich aus meinem Brüten.

„Nick? Kate hier. Ich habe die schreckliche Nachricht gehört. Das mit

Isabel und daß du deine Stellung verloren hast. Du mußt dich schrecklich fühlen."

„So ist es. Außerdem hat man bei mir eingebrochen und mich zusammengeschlagen."

„Um Gottes willen! Bist du verletzt?"

„Man hat mir eins auf den Kopf gegeben. Der tut immer noch weh."

„Was machst du jetzt?"

„Ich werde wohl die Wohnung vermieten müssen."

„Kannst du dir nicht eine neue Stellung suchen?"

„Nein. Dekker Ward hat sich plötzlich dazu durchgerungen, die Fakultät für Slawistik zu sponsern – unter der Bedingung, daß ich dort keine Stellung mehr kriege."

„O nein! Wo willst du denn jetzt wohnen?"

„Keinen blassen Schimmer. Ich finde schon etwas." Ich merkte selbst, daß das alles ziemlich trübselig klang.

Kate schwieg für einen Augenblick. Dann sagte sie: „Okay. Pack einen Koffer, und komm zu uns. Du kannst bei uns bleiben, bis du irgendwo eine Unterkunft gefunden hast."

Plötzlich gab es nichts, was ich mir mehr wünschte, als dieses Angebot anzunehmen. „Wunderbar", sagte ich. „Dann bis heute abend."

Mit meinem Fahrrad, das unter dem Gewicht der Satteltaschen ächzte, stieg ich in den Zug und traf um acht Uhr auf dem kleinen Vorortbahnhof ein. Er lag rund fünfzig Kilometer von London entfernt am Rand eines alten Marktfleckens. Jamie und Kate wohnten fünf Kilometer vom Bahnhof entfernt, nicht weit von dem Dorf Bodenham.

Ihr Haus hieß Dockenbush Farm, ein altes Gutsgebäude, umgeben von einem Garten von etwa 2000 Quadratmetern – eine bezaubernde Wildnis aus wuchernden Rosensträuchern und Büschen. Das Haus kam mir für die beiden und ihr kleines Kind lächerlich groß vor.

Kate war barfuß und stellte sich auf die Zehenspitzen, um mir einen Kuß zu geben. „Hallo. Das Abendessen ist fast fertig. Leider ist es nur ein Eintopf."

Die große alte Küche wurde von einem Herd erwärmt und war mit altmodischem Spielzeug und gußeisernen Töpfen und Pfannen dekoriert. Der Eintopf war köstlich. Unter Plaudern und Lachen leerten wir eine Flasche Rotwein, bis Jamie schließlich bei einer französischen Käseplatte das Thema anschnitt, das wir bisher so sorgfältig vermieden hatten. „Ricardo hat heute morgen über dich gesprochen."

„Ach ja?"

„Ja. Er hat eine kleine Ansprache gehalten. Er sagte, er würde unter keinen Umständen dulden, daß irgendein Mitglied des Teams die anderen verrate. Du würdest nie wieder eine Anstellung bekommen."

„Und du hast dazu geschwiegen, Jamie?" fragte Kate fassungslos.

Jamie zuckte mit den Achseln.

„Er konnte den Mund nicht aufmachen", sagte ich. „So etwas ist bei Ricardo nicht möglich." Dann fragte ich Jamie: „Was denken die anderen?"

Jamie seufzte. „Läßt sich nicht sagen. Sie wissen, daß wir befreundet sind, daher reden sie nicht mit mir darüber. Aber ich vermute, sie werden den Mund halten. Ricardos Botschaft war eindeutig."

Vorwurfsvoll sah Kate ihren Mann an. Jamie mied ihren Blick. „Jamie, du mußt da aufhören!" forderte Kate.

Jamie seufzte. „Es ist schon zu spät. Besonders jetzt. Ricardo wird mich im Auge behalten."

„Zum Teufel mit ihm!" sagte Kate. „Geh einfach."

„Das ist gar nicht so leicht. Ich brauche zwei Jahre gute Bonusse, um die Hypothek ein Stück weit abzutragen. Und wenn ich die Firma verlasse, was soll ich dann tun? Ricardo hat man besser nicht zum Feind. Der lateinamerikanische Markt ist klein: Jeder kennt jeden."

„Du könntest für Bloomfield Weiss arbeiten", meinte Kate.

„Ja, und wenn Bloomfield Weiss den Krieg gegen Dekker Ward verliert, wonach es gegenwärtig aussieht, dann braucht man mich nicht mehr, und ich sitze auf der Straße."

„Ach, Jamie!" rief Kate. Verärgert warf sie die Serviette auf den Tisch und ging hinaus.

Jamie und ich blieben in unbehaglichem Schweigen zurück. Schließlich raffte sich Jamie auf. „Tut mir leid", sagte er.

„Mach dir keine Gedanken. Wenn ich meine Karriere in den Sand setze, dann mußt du nicht das gleiche tun, nur um mir deine Solidarität zu beweisen. Schließlich mußt du für Kate und Oliver sorgen." Und für deinen Ehrgeiz, dachte ich. Denn der war das eigentliche Problem, das wußten wir beide.

Ich half Jamie beim Abwasch und ging ins Bett.

AM NÄCHSTEN Tag sprach ich mit Kate. Das Wetter war herrlich, sonnig mit einer leichten Brise. Wir saßen im Garten und tranken Kaffee aus großen Tassen.

„Tut mir leid wegen gestern abend", sagte sie. „Aber Jamie macht mich einfach verrückt. Sein Leben scheint vollkommen von Dekker Ward beherrscht zu werden. Manchmal habe ich das Gefühl, daß er seine Seele an Ricardo verkauft hat."

„Ich weiß, was du meinst. Ricardo kontrolliert die Leute gern, die für ihn arbeiten. Aber ich kann auch Jamies Standpunkt verstehen. Schließlich muß das alles hier bezahlt werden."

„Quatsch!" sagte Kate mit überraschendem Nachdruck. „Natürlich ist es angenehm, aber wir brauchen das alles nicht. Und daß er für mich sorgen muß, ist auch Blödsinn. Ich hatte einen tollen Job in einer Anwaltskanzlei. Da würde ich jederzeit wieder ein ansehnliches Gehalt verdienen können."

Ich hielt den Mund. Auf gar keinen Fall wollte ich in einen Streit zwischen Kate und Jamie hineingezogen werden.

„Hast du gewußt, daß er sauer war, weil ich dich eingeladen habe?" fragte sie. „Er sagte, das würde einen schlechten Eindruck in der Firma machen."

„Hör mal, ich möchte auf keinen Fall bleiben, wenn ..."

„Du bleibst", sagte Kate. Ein Zug grimmiger Entschlossenheit zeigte sich in ihrem Gesicht. Ich war überrascht. Normalerweise war Kate die Ruhe selbst. So erregt hatte ich sie noch nie gesehen.

Offenbar war mir meine Verblüffung anzumerken. „Mach dir keine Gedanken", meinte sie. „Ich glaube, er hat selbst gemerkt, wie blöd er sich angestellt hat." Sie blickte auf den Hügel, der sich hinter dem Garten erhob. „Weißt du, er hat sich verändert."

Sie wollte offenbar mit jemandem sprechen. Vorsichtig wagte ich mich auf das verminte Terrain. „Inwiefern?"

Kate merkte, daß ich das Gespräch scheute, fuhr aber trotzdem fort. „Du weißt doch, wie er an der Uni war. Nie hat er irgend etwas besonders ernst genommen. Er war immer heiter."

„Mir ist er immer ein guter Freund gewesen", sagte ich. „Sogar die Stellung bei Dekker Ward hat er mir besorgt. Ich weiß, daß es nicht besonders gut ausgegangen ist, aber immerhin ist er für mich ein Risiko eingegangen."

„Stimmt", sagte Kate trocken, ohne freundlicher dreinzuschauen. „Aber was ist mit Oliver? Er sieht ihn kaum noch."

„Es bleibt ihm keine andere Wahl, Kate. Ich habe erlebt, wie es bei Dekker Ward zugeht. Man muß da unglaublich ranklotzen."

„Aber warum muß er da überhaupt arbeiten? Nach allem, was man dir angetan hat? Nach allem, was man ihm antut?"

Ich wußte die Antwort. Jamie war einer der ehrgeizigsten Menschen, die ich je kennengelernt hatte. Und er gab nie auf. Wenn er beschlossen hatte, sein Glück bei Dekker Ward zu machen, dann konnten weder Kate noch ich ihn davon abbringen.

Ich blieb also bei Kate und Jamie. Zwei Tage brauchte ich, um meine Wohnung auf Vordermann zu bringen. Dazu mußte ich mit dem Wohnungsmakler sprechen, einen Klempner organisieren, der den Heizkessel in Ordnung brachte, aufräumen und packen. Der Makler meinte, er werde sicherlich eine Miete erzielen, die die Hypothekenrate fast deckte.

Ich begann wieder an meiner Dissertation zu arbeiten. Die Rekonstruktion der verlorengegangenen Kapitel hatte ich mir weitaus mühsamer vorgestellt. Tatsächlich konnte ich mich recht gut an das erinnern, was ich geschrieben hatte. Außerdem hatte ich das Gefühl, daß der Text in der zweiten Fassung besser werden würde.

Dockenbush Farm war ein angenehmer Ort zum Arbeiten, besonders im Mai. Oben im Haus befand sich ein Gästezimmer. Ich stellte einen Tisch und einen Stuhl vors Fenster und auf den Tisch den nagelneuen Computer, den ich im Vorgriff auf das Geld von der Versicherung erstanden hatte. Über die Wipfel der Apfelbäume hinweg blickte ich auf zwei Felder mit junger Gerste und einen bewaldeten Hügel dahinter. Es war idyllisch. Es gelang mir, mich ganz in Puschkins Welt zu versenken und meine eigene zu vergessen.

Dekker Ward schien sehr weit weg zu sein. Lediglich Jamie, der den Geruch von Dekker Ward mitbrachte, wenn er abends nach Hause kam, erinnerte mich an diese Welt. Aber auch das verlor sich rasch. Er hatte keine Lust, über die Firma zu sprechen. Seit meiner Ankunft hatte sich die Stimmung im Haus erheblich verbessert. Die Abende waren heiter. Es war fast wie Urlaub.

Ich rief das Polizeirevier in Kentish Town an. Ich war nicht sonderlich überrascht zu erfahren, daß Eduardo bestritt, irgend etwas mit dem Einbruch zu tun zu haben. Es gab nicht den geringsten Anhaltspunkt für eine Beteiligung von seiner Seite.

Ich dachte hin und wieder an Isabel, nicht ständig, und hatte deshalb ein schlechtes Gewissen. Dabei war mir klar, daß es so wahrscheinlich viel besser war. Wenn ich an sie dachte, empfand ich Angst, Schuld, Ungewißheit.

Ich rief Luís an. Er freute sich, von mir zu hören. Er sagte, er habe einen Kontakt zwischen der KBN, einer großen holländischen Bank mit guten Beziehungen nach Brasilien, und Humberto Alves hergestellt, um die Finanzierung des Favela-Projektes doch noch zu ermöglichen. Humberto sei sehr zuversichtlich. Ich freute mich, daß wir Ricardos Wut einen so guten Grund nachreichen konnten.

„Nichts Neues von Isabel?" fragte ich.

Tiefes Schweigen. „Nein", sagte er schließlich. „Nichts."

EINES Abends, es war meine zweite Woche auf Dockenbush Farm, war Jamie nervös, als er heimkam, und diesmal legte sich die Anspannung nicht nach dem ersten Glas Wein.

„Was ist los?" fragte Kate.

„Es läuft nicht besonders in der Firma."

„Wieso?"

Jamie blickte mich an. „Nick wird es wahrscheinlich gern hören. Ich glaube, wir haben Riesenprobleme. Die Kurse sind in dieser Woche in den freien Fall übergegangen."

„Was ist passiert?" fragte ich.

„In Mexiko geht's steil bergab. Überall machen Banken pleite, die Regierung muß dieses Jahr eine Riesenumschuldung bewältigen, und alle haben gewaltig Schiß vor der Zukunft."

„Und Dekker Ward sitzt noch immer auf dem mexikanischen Zweimilliardendeal?"

„Ja, und Mexiko ist um zwanzig Punkte gefallen, und Ricardo kauft fleißig. Weißt du, er glaubt, daß die USA Mexiko wieder rauspauken werden, wie schon 1995. Seiner Ansicht nach ist das eine ausgezeichnete Gelegenheit, bei absoluten Tiefständen zu kaufen. Er hat sich sogar Mittel von Chalmet beschafft. Wir haben genügend mexikanische Papiere, um das ganze Canary-Wharf-Hochhaus damit zu tapezieren."

„Wieviel sind es genau?"

Jamie stöhnte. „Fünf Milliarden an mexikanischen Anleihen und zwei Milliarden an anderen Papieren."

„Himmel! Was ist geschehen? Verliert Ricardo die Nerven?"

„Ricardo nicht. Der amerikanische Kongreß. Eine Gesetzesinitiative, nach der der Kongreß jede finanzielle Nothilfe, die über eine bestimmte Summe hinausgeht, absegnen muß, macht die mexikanische Situation noch ungewisser."

„Also keinen Bonus dieses Jahr?"

Jamie seufzte. „Viel schlimmer. Nach den gegenwärtigen Kursen sind wir strenggenommen zahlungsunfähig. Niemand außerhalb des Teams weiß davon. Wir sind auf das Geld von Chalmet und auf kreative Buchführung angewiesen."

Das Ganze ging mir runter wie Öl. Ich gab mir Mühe, mir nichts anmerken zu lassen.

Als ich mich am nächsten Morgen an den Schreibtisch setzte, stellte ich fest, daß mir meine Konzentration abhanden gekommen war. Dekker Ward saß also richtig in der Scheiße? Großartig! Ein bißchen Mitleid empfand ich mit Jamie und einigen der anderen Leute, die nach all der Arbeit, die sie in die Firma gesteckt hatten, nun ihre Bonusse verlieren würden. Irgendwie würde Dekker Ward sich da schon wieder herauslavieren. Doch im Augenblick war die Firma angeschlagen und verwundbar. Der Zeitpunkt war günstig, um Rache zu nehmen. Aber was konnte ich tun?

Ich hatte eine Idee. Je mehr ich darüber nachdachte, desto vielversprechender kam sie mir vor. Ich schob Puschkin zur Seite und kritzelte ein paar Gedanken auf ein leeres Stück Papier. Wenn mir die Sache gelang, war Dekker Ward ein für allemal erledigt.

VIERZEHN

Am Nachmittag rief ich bei Sidney Stahl, dem Geschäftsführer von Bloomfield Weiss, in New York an. Es stellte sich heraus, daß er in London war. Was für ein Glücksfall! Ich versuchte es unter seiner Londoner Nummer. Es meldete sich eine Frauenstimme.

„Kann ich mit Mr. Stahl sprechen?"

„Wer ist am Apparat?"

„Nick Elliot. Von Dekker Ward."

„Vielleicht kann Ihnen jemand anders weiterhelfen. Ich denke, Mr. Stahl wird noch eine Zeitlang beschäftigt sein." Sie versuchte mich abzuwimmeln.

„Nein, ich muß mit Mr. Stahl persönlich sprechen. Sagen Sie ihm, es geht um Dekker Wards Verluste bei deren mexikanischer Position. Und teilen Sie ihm auch mit, daß ich inoffiziell anrufe. Ich gebe Ihnen meine neue Telefonnummer."

„Gewiß, Mr. Elliot. Ich werde ihm die Nachricht zukommen lassen", erklärte die Frau.

Ich saß neben dem Telefon und las die Zeitung. Die Hälfte des Sportteils hatte ich durch, als der Apparat läutete. Ich griff nach dem Hörer.

„Spreche ich mit Mr. Elliot?“ fragte die Stimme eines jungen Amerikaners. „Preston Morris ist mein Name. Ich arbeite für Mr. Stahl. Wie mir berichtet wurde, haben Sie vorhin versucht, ihn zu erreichen.“

Ich blickte mich um. Kate war noch im Garten. „Ich muß mit Mr. Stahl höchstpersönlich sprechen“, beharrte ich.

„Das ist heute leider nicht mehr möglich, Sir. Vielleicht kann ich Ihnen weiterhelfen?“

„Okay. Ich bin ein ehemaliger Mitarbeiter von Dekker Ward und habe Informationen über die jüngsten Verluste der Firma im Mexiko-Geschäft. In diesem Zusammenhang hätte ich Bloomfield Weiss einen Vorschlag zu machen. Den möchte ich Mr. Stahl im Verlauf des morgigen Tages unterbreiten. Ich brauche lediglich fünfzehn Minuten seiner kostbaren Zeit.“

„Gut. Ich frage Sidney und rufe Sie wieder an.“

Den ganzen Nachmittag über versuchte ich, näher am Telefon zu sein als Kate, schaffte es aber nicht ganz. Kurz nach sechs klingelte es endlich. Sie war zuerst am Apparat. „Preston Morris“, sagte sie und reichte mir den Hörer. Sie beobachtete mich, während ich ein Treffen um Viertel vor zehn am nächsten Morgen vereinbarte.

„Was ist das für eine Geschichte?“ fragte sie.

„Ach, nur jemand, der mich sprechen will“, antwortete ich und verließ das Zimmer, Kates nachdenklichen Blick im Rücken.

DIE BÜROS von Bloomfield Weiss lagen in Broadgate, einem modernen Bürokomplex mit viel braunem Marmor, gleich hinter dem U-Bahnhof Liverpool Street. Nachdem ich mehrere Verteidigungslinien überwunden hatte – Sicherheitsleute, Empfangsdame, Sekretärin –, wurde ich auf ein Sofa vor einer verschlossenen Tür gesetzt.

Nach einer halben Stunde ging die Tür auf, und heraus trat ein kleiner Mann mit weißem Hemd und Hosenträgern. Er musterte mich mit einem kurzen Blick und war offenbar nicht sehr beeindruckt. Man sah ihm förmlich an, wie er sich entschied, der ganzen Sache nur fünf und keine fünfzehn Minuten zu geben.

Er reichte mir die Hand, sagte: „Sidney Stahl. Darf ich bitten“ und führte mich in ein großes, luxuriös eingerichtetes Büro. Zwei Männer standen auf. Der eine groß und jungenhaft, der andere älter und mehr vom Leben gezeichnet. Mit einer Geste in ihre Richtung erklärte Stahl: „Mein Assistent Preston Morris, und Cy Wolpin, der Leiter unserer Emerging-Markets-Abteilung in London.“

Wir gaben uns kurz die Hand.

„Was kann ich für Sie tun, Mr. Elliot?“ erkundigte sich Stahl.

Ich kam sofort auf den Punkt. „Vor zwei Wochen habe ich bei Dekker Ward gekündigt. Zufällig weiß ich, daß Dekker Ward in den letzten Wochen eine riesige Position mexikanischer Bonds aufgebaut hat.“

„Das weiß der ganze Markt“, sagte Cy Wolpin.

Ich beachtete ihn nicht. Zur Hälfte hatte ich jetzt Stahls Aufmerksamkeit. „Dekker Wards Verluste sind so groß, daß sie eigentlich zahlungsunfähig ist. Nur der finanzielle Beistand ihres Schweizer Anteilseigners Chalmet hält sie noch über Wasser.“

Jetzt hatte ich Stahls ungeteilte Aufmerksamkeit. „Fahren Sie fort!“ sagte er.

„Nun, ich weiß, daß Bloomfield Weiss sich stärker in den Schwellenländern engagieren möchte. Und wie allgemein bekannt, ist das Dekker Wards Markt. Daher mein Vorschlag an Sie: Übernehmen Sie Dekker Ward.“

Stahl lachte. „Habt ihr das gehört, Leute? Das nenn ich Chuzpe.“ Er zog eine Zigarre aus der Tasche und klemmte sie sich zwischen die Zähne. Trotz des Gelächters war ich ermutigt. Umständlich zündete sich Stahl die Zigarre an, was ihm Zeit zum Nachdenken gab. „Ist Dekker Ward nicht ein Privatunternehmen?“ fragte er. „Hat da nicht dieser Bursche, den man den ‚Marktmacher‘ nennt, die Hand drauf? Wie heißt er denn noch gleich? Ricardo Ross, richtig. Der wird doch nicht an uns verkaufen, oder?“

„Sie haben recht, es ist ein Privatunternehmen“, erwiderte ich. „Aber Ricardo hält nur einen sehr kleinen Anteil. Ricardo findet andere Möglichkeiten, bei Dekker Ward auf seine Kosten zu kommen, und wie!“

„Wem gehört die Firma dann?“

„Einundfünfzig Prozent sind bei Lord Kerton. Neunundzwanzig Prozent befinden sich im Besitz von Chalmet et Companie. Die verbleibenden zwanzig Prozent gehören anderen Vorstandsmitgliedern.“

Stahl hatte seine Aufmerksamkeit mir zugewandt. „Also, wie sollen wir das Unternehmen kaufen, wenn es in festen Händen ist?“

„Kerton hat keine Ahnung, in was für eine prekäre Lage Ross ihn gebracht hat. Wenn wir ihm das sagen, ist er vielleicht zum Verkauf bereit. Vor allem, wenn wir ihm dann die Lösung präsentieren.“

„Und die wäre?“ fragte Stahl und zog paffend an seiner Zigarre.

„Bloomfield Weiss übernimmt Dekker Wards Portefeuille und bringt die Sache in Ordnung. Es gibt weltweit nicht viele Firmen, die dazu in der Lage sind.“

„Die Risiken wären erheblich“, sagte Wolpin.

Ich blickte Stahl in die Augen. „Ich dachte, das ist Ihr Geschäft, Risiken einzugehen.“

Stahl ließ wieder sein keuchendes Lachen hören. „Der Bursche ist auf Draht. Natürlich können wir das Risiko eingehen, Cy. Aber was ist mit den Schweizern?“

„Keine Ahnung“, erwiderte ich. „Ich weiß nicht, was Ross ihnen über seine Position erzählt hat. Bei Chalmet fühlt man sich Ricardo Ross gegenüber sicherlich sehr verpflichtet. Aber ich glaube, wenn die Bank Angst haben muß, alles zu verlieren, wird sich das rasch ändern. Noch einmal, für die dürfte es am günstigsten sein, wenn Bloomfield Weiss Dekker Wards Portefeuille übernimmt.“

„Interessant“, sagte Stahl. „Und was wollen Sie, mein junger Freund?“

„Ich will keine Provision. Ich möchte lediglich auf dem laufenden gehalten werden. Dekker Ward hat mir übel mitgespielt.“ Ich war selbst überrascht, mit welcher Heftigkeit das aus mir herausbrach. „Dafür sollen sie bezahlen.“

Ein Lächeln huschte über Stahls Gesicht. „Das werden sie. Das heißt, wenn wir uns dazu entschließen sollten, Ihrer Anregung zu folgen“, fügte er rasch hinzu. Doch etwas in seiner Stimme sagte mir, daß er es tun würde. „Okay“, sagte er. „Sie hören von uns.“

„Na, wo warst du denn heute morgen, so gut gewandet?“ fragte Kate. Wir hatten uns gerade zum Abendessen hingesetzt. „Einstellungsgespräch?“

Den ganzen Tag über hatte ich mir den Kopf zerbrochen, wie ich mit Kate und Jamie umgehen sollte. Die Wahrheit sagen konnte ich ihnen auf gar keinen Fall. Ich konnte von Jamie unmöglich erwarten, daß er still hielt, zudem wäre es schwierig geworden, weiter in seinem Haus zu bleiben. Ich beging einen Verrat an ihm und kam mir wie ein Schuft vor. „Ja“, log ich. „Bei der KEL-Unternehmensberatung, die vorhat, Niederlassungen in Rußland zu gründen.“

„Hör mal, ich kenne KEL! Christian Deerbury arbeitet dort. Ich könnte ihn anrufen. Damit er ein gutes Wort für dich einlegt.“

Mist! „Nein, laß nur. Ich bin sicher, daß man da gar nicht an mir interessiert ist. Unternehmensberatung hat sowieso viel zuviel Ähnlichkeit mit Banking. Ich hätte gar nicht erst hingehen sollen.“

Ich fühlte mich ausgesprochen unbehaglich. Jamie und Kate spürten es. Sie merkten, daß ich keine Lust hatte, das Gespräch fortzusetzen, und verstummten. Ich holte tief Atem. „Ich denke, ich sollte mich endlich nach einer eigenen Bleibe umsehen."

„Nein!" sagten Jamie und Kate wie aus einem Mund.

„Bleib, Nick. Bitte!" setzte Kate hinzu.

Ich blickte Jamie an. Er nickte heftig, so, als wollte er sich selbst Mut machen. „Okay", sagte ich und brachte ein dünnes Lächeln zustande.

In dieser Nacht saß ich lange an meinem Schreibtisch und blickte auf die Felder, die in das Licht des Vollmonds getaucht waren. Kate legte großen Wert darauf, daß ich blieb, das war offensichtlich. Ich nahm an, daß es etwas mit Jamie zu tun hatte. Vielleicht glaubte sie, ich könnte ihn verändern oder vielmehr daran hindern, sich zu verändern. Die Aussichten dafür waren alles andere als gut.

Aber wenn ich blieb, wie würden sie reagieren, wenn sie die Sache mit der Übernahme herausfanden? Nun, Kate würde es sicherlich gutheißen. Sie hielt von Dekker Ward ebenso wenig wie ich. Und Jamie?

Für ihn wäre es ganz sicher ein Schock. Aber für Bloomfield Weiss waren die Mitarbeiter das Interessanteste an Dekker Ward, und Jamie war ein wichtiger Mitarbeiter. Man würde ihn also weiterbeschäftigen. Auf diese Weise versuchte ich mir einzureden, daß ich meine Freunde nicht wirklich verriet.

STAHL rief mich am nächsten Morgen um acht Uhr an. „Wir starten das Ding", knurrte er. „Kommen Sie um Viertel vor elf in unser Büro. Wir statten Lord Kerton einen Besuch ab."

Ich wartete in der Vorhalle von Bloomfield Weiss auf ihn. Er wurde von zwei Bankern flankiert, die ihn weit überragten. Als er so aus dem Büro herausrauschte, an jeder Seite einen seiner Begleiter, sah er beinahe aus wie ein Mafiaboß in Begleitung seiner Leibwächter. Und diese Burschen waren kaum weniger gefährlich als die Mafia. Bloomfield Weiss' Aggressivität war legendär.

Das City-Büro von Dekker Ward lag in einer kleinen Straße gleich hinter der Bank von England. Eine Viertelstunde brauchten wir, um uns durch den Verkehr des Finanzviertels zu kämpfen.

Wir wurden in einen Sitzungssaal geführt, wo die Porträts einer Reihe viktorianischer Finanziers auf einen langen, polierten Tisch starrten. Ich ließ meinen Blick über die Namen wandern. Die Kertons waren eindeutig in der Überzahl. Auch Stahl sah sich rasch in dem Saal um.

In diesem Augenblick öffnete sich die Tür, und Lord Kerton betrat den Ort des Geschehens. Mit seiner großen Statur und dem eleganten Anzug strahlte er Gelassenheit und Selbstsicherheit aus. „Guten Morgen“, sagte er und streckte die Hand aus. „Andrew Kerton.“

Stahl ergriff seine Hand. „Sidney Stahl. Das hier ist Dwight Godfrey. Jerry Schwartz. Und Nick Elliot. Nick hat bis vor kurzem für Dekker Ward gearbeitet. In der Emerging-Markets-Gruppe.“

„Sind wieder abgesprungen, nicht wahr?“

„Das kann man so sagen, Sir!“

Einen Augenblick lang ruhten Kertons blaue Augen prüfend auf mir, dann wandte er sich wieder an Stahl. „Nehmen Sie Platz, Gentlemen. Wie von Ihnen gewünscht, komme ich allein. Sie machen es ja sehr spannend. Worum geht es also?“

„Okay Mr. ..., äh“, Stahl legte ein für ihn ganz untypisches Zögern an den Tag. „Geht Andy in Ordnung?“ fragte er.

Kerton lächelte. „Andy ist sehr gut.“

„Okay, Andy. Wir möchten Ihnen eine Übernahmeofferte machen.“

Kerton lehnte sich zurück. „Ich fühle mich geschmeichelt“, sagte er und sah auch so aus. „Aber Dekker Ward verzeichnet im Augenblick ein starkes Wachstum. Ich glaube, zum gegenwärtigen Zeitpunkt haben wir kein großes Interesse an einem Verkauf.“

„Okay“, sagte Stahl und wartete.

„Nun gut“, sagte Kerton, ein selbstzufriedenes Lächeln auf den Lippen. „Ich muß zugeben, daß Sie meine Neugier geweckt haben. An was für einen Preis haben Sie denn gedacht?“

„Zehn Millionen Pfund.“

Kerton schnaubte verächtlich. „Das ist absurd. Unser jährlicher Gewinn liegt erheblich höher.“

„Das ist uns durchaus bekannt“, sagte Stahl und fixierte Kerton mit seinen braunen Augen. „Allerdings wissen wir auch, daß Sie mit Ihren Emerging-Markets-Jungs ein Problem haben.“

Das ließ Kerton aufhorchen. „Ich vermute, Sie spielen auf die Mexiko-Emission an, die letzten Monat über die Bühne gegangen ist? Das Geschäft kam zum falschen Zeitpunkt. Doch ich kann Ihnen versichern, daß wir das in den Griff bekommen. Hören Sie, Sie sollten sich besser an Ricardo Ross halten.“ Er griff zum Telefon.

„Lassen Sie das, Andy!“ sagte Stahl. „Das ist noch nicht alles. Nick?“

„Nun, Sir. Ich habe erfahren, daß Ricardo mexikanische Bonds für vier Milliarden Dollar und andere lateinamerikanische Rentenpapiere für zwei Milliarden Dollar gekauft hat. Die Kurse sind in den letzten zwei Wochen stark eingebrochen. Soweit mir bekannt ist, betragen Dekker Wards Verluste mehr als anderthalb Milliarden Dollar."

Kerton schwieg. Natürlich wußte er nichts davon. Er kam sich völlig überrumpelt vor. Schließlich ging er zum Gegenangriff über. „Wer zum Teufel sind Sie überhaupt?" wandte er sich an mich. „Haben wir Sie nicht rausgeschmissen?"

„Ich habe gekündigt, bevor Sie die Möglichkeit dazu hatten, Sir."

Er wandte sich wieder an Stahl: „Es ist doch offensichtlich, daß dieser Mann sich nur rächen will."

„Es paßt aber zu dem, was wir an Informationen über den Markt haben, Andy", betonte Stahl. „Ich glaube ihm."

„Ich nicht. Und ich glaube, Sie sollten jetzt besser gehen. Ich sehe keinen Grund, mir solche substanzlosen Verdächtigungen anzuhören."

Stahl erhob sich. „Okay, Andy. Aber prüfen Sie nach, was Nick Ihnen erzählt hat. Nur eines, in Ihrem ureigenen Interesse, erzählen Sie Ross nichts von unserem Gespräch. Zumindest so lange nicht, bis Sie wissen, daß er nichts vor Ihnen geheimhält."

In eisigem Schweigen begleitete Kerton uns zum Ausgang des Gebäudes.

AM FOLGENDEN Tag rief Stahl gegen Mittag an. „Kerton will mit uns reden. Er kommt in unser Büro. Können Sie um drei Uhr dasein?"

„Ich komme."

Es war knapp, aber ich zog hastig einen Anzug an, radelte zum Bahnhof und betrat zwei Minuten vor drei die Büroräume. Wir trafen uns in einem Konferenzraum: Kerton, Stahl, seine beiden Banker und ich. Daß Kerton sich einen eigenen unabhängigen Sachverständigen mitgebracht hatte, war verheißungsvoll. Es stand zu erwarten, daß am Ende unserer Unterhaltung konkrete Ergebnisse vorliegen würden.

„Okay, Andy", sagte Stahl, „dann schießen Sie mal los."

Kerton behielt einen kühlen Kopf. Er wirkte nicht wie ein Mann, der gerade hatte entdecken müssen, daß sein Aktienpaket, von dem er geglaubt hatte, es sei einige hundert Millionen Dollar wert, nur noch für fünf Millionen gut war. „Vielleicht können Sie mir noch einmal die Einzelheiten Ihrer Offerte erläutern ..."

DIE VERHANDLUNGEN kamen gut voran. Jeder weitere Kursverlust würde Dekker Ward wertlos machen.

Unter diesen Umständen hatte ich natürlich Schwierigkeiten, mich auf meine Dissertation zu konzentrieren, aber ich tat mein Bestes. In meinem Zimmer im Obergeschoß von Kates und Jamies Haus kehrten meine Gedanken immer wieder zu der Übernahme zurück. Ich stellte mir den Ausdruck auf Ricardos Gesicht vor, wenn er erfuhr, daß Dekker Ward ohne sein Wissen verkauft worden war. Und das ausgerechnet an Bloomfield Weiss. Die anderen Leute bei Dekker Ward taten mir leid; doch Bloomfield Weiss hatte vor, die meisten von ihnen zu übernehmen.

Ich wurde in meinen Gedanken durch ein Klopfen an der Tür unterbrochen. „Herein!“

Es war Kate. Sie sah sehr ernst aus. In der rechten Hand trug sie einen braunen Umschlag. Mist! Es war ein interner Bericht, den die Analysten von Bloomfield Weiss über Dekker Ward zusammengestellt hatten. Ich hatte mit Stahls Assistenten Dwight Godfrey darüber am Telefon gesprochen, als Kate Oliver vom Kindergarten abgeholt hatte. „Wo hast du den gefunden?“ fragte ich.

„Unten am Telefon.“

Kate war eine vielversprechende junge Anwältin gewesen. Wenn sie den Bericht gelesen hatte, dann hatte sie ihn auch verstanden. Sie war offenkundig sehr betroffen. Ich spürte, wie ich rot wurde.

„Warum hast du diesen Bericht bekommen, Nick?“

Jetzt konnte nur noch die Wahrheit helfen. „Weil das Ganze meine Idee war.“

„Deine Idee?“ Kate setzte sich aufs Bett, den Umschlag immer noch fest umklammert. „Warum?“

„Ricardo hat es verdient“, sagte ich mit Nachdruck. „Und Eduardo genauso. Sie haben versucht, mich beruflich fertigzumachen. Und das haben sie auch mit Dave und den armen Schweinen in den Favelas gemacht. Und niemand weiß, wer Martin Beldecos auf dem Gewissen hat.“ Ich hatte mich in Rage geredet. „Ricardo glaubt, daß er sich über die Regeln für uns Normalsterbliche hinwegsetzen kann. Ich werde ihm beweisen, daß er sich täuscht.“

Kate sah mich bitter an. „Aber was ist mit Jamie? Du bringst ihn in eine unmögliche Situation.“

Ich seufzte. „Ich weiß. Aber Dekker Ward geht unter. Wenn Bloomfield Weiss den Laden wirklich übernimmt, dann behält Jamie seinen Job.“ Ich sah sie an. „Wirst du es ihm sagen?“

„Das weiß ich noch nicht“, erwiderte Kate. Sie stand vom Bett auf und verließ das Zimmer.

An diesem Abend blieb ich mit Kate und Jamie so kurz, wie es irgend ging, am Eßtisch sitzen, bevor ich mich unter Hinweis auf meine Dissertation nach oben in mein Zimmer verdrückte. Dort saß ich dann am Schreibtisch, mit meinen Gedanken ganz woanders. Würde sie es ihm erzählen? Und wenn ja, wie würde er reagieren? Ich hatte ihn hintergangen. Mittlerweile wünschte ich, ich hätte mich nicht mehr um Dekker Ward gekümmert. Aber jetzt konnte ich es nicht mehr ungeschehen machen.

Am nächsten Morgen sah ich Jamie nicht. Aber ich frühstückte mit Kate und Oliver.

„Hast du mit ihm gesprochen?" fragte ich Kate.

Sie wandte sich an Oliver, der die letzten Coco-Pops mit einem Löffel in seiner Schüssel herumjagte. „Wenn du möchtest, kannst du draußen spielen, Ollie."

Wie ein Blitz war er verschwunden.

„Nein", sagte sie, als der Junge draußen war.

Erleichtert lächelte ich.

„Aber mir hättest du ruhig sagen können, was du planst", wandte sie vorwurfsvoll ein.

„Es hätte dich in eine unmögliche Situation gebracht."

„Und was glaubst du, in was für einer Situation ich mich jetzt befinde?"

Sie hatte recht, und es tat mir leid. „Wirst du es ihm sagen?"

Kate schüttelte den Kopf. „Nein, ich habe gestern abend lange darüber nachgedacht. Er ist besser dran, wenn er es nicht weiß. So kommt er am besten damit zurecht, egal, ob Dekker Ward als unabhängige Firma überlebt oder von Bloomfield Weiss geschluckt wird."

„Es tut mir wirklich leid, Kate. Aber das, was ich tue, ist richtig."

Sie nickte. „Ich weiß. Und ich hoffe, die Scheißkerle kriegen, was sie verdienen."

Am Nachmittag rief ich Stahl in New York an. „Wie läuft die Sache?"

„Großartig, Nick, wirklich großartig. Ich habe gerade die Direktoren von Chalmet getroffen. Junge, denen habe ich vielleicht Feuer unterm Arsch gemacht! Sie hatten keine Ahnung, was bei Dekker Ward abgeht. Sie hätten ihre Gesichter sehen sollen. Sie wollen möglichst schnell aus der Sache raus. Verkaufen."

„Wunderbar. Heißt das, wir haben es geschafft?"

„Beinahe. Wir haben den 14. Juni als Termin ins Auge gefaßt. Kerton muß noch die Erlaubnis der Regulierungsbehörde und der Börse einholen, aber das sollte eigentlich kein Problem darstellen."

Der 14. Juni. Das war nächsten Freitag.

„Großartig. Weiß Ricardo schon etwas?"

„Nein. Er hat nicht die geringste Ahnung."

Ich hatte mich gerade wieder in die Arbeit vertieft, als Kate klopfte.

„Telefon, Nick. Ich glaube, es ist Isabels Vater."

Ich raste die Treppe zum Wohnzimmer hinunter. Taktvoll, wie sie war, ging Kate hinaus.

„Nick, Isabel ist noch am Leben!"

Mein Herz setzte zwei Schläge lang aus. Die jähe Freude wurde rasch durch Skepsis gedämpft. Es war zu schön, um wahr zu sein. „Wo ist sie? Bei Ihnen?"

„Nein, Nick", sagte Luís. Seinem Tonfall konnte ich entnehmen, was nun kommen würde. „Zico hat sich gemeldet. Er sagt, sie haben sie noch."

Die Enttäuschung war groß. Und auch die Furcht. „Haben Sie ein Lebenszeichen?"

„Ja. Nach allem, was wir bisher erlebt haben, wollte ich Sie erst anrufen, nachdem ich sicher sein konnte, daß sie noch lebt."

„Was ist passiert? Warum haben die Entführer das Lebenszeichen nicht früher gegeben?"

„Ich weiß es nicht. Zico sagt, sie haben die Verhandlungen damals wegen der Polizeiaktion abgebrochen. Aber das leuchtet mir nicht so recht ein."

Mir auch nicht. „Wieviel verlangen sie diesmal?"

„Das ist das Merkwürdige, Nick. Sie wollen kein Geld. Zico sagt, sie verlangen, daß Sie die Übernahme von Dekker Ward abbrechen."

Ich war wie vor den Kopf geschlagen. Woher zum Teufel wußte Zico etwas über die Dekker-Ward-Übernahme? Und was für ein Interesse hatte er an ihr?

„Nick? Sind Sie noch dran?"

„Ja", sagte ich. „Das ist nur ein bißchen viel auf einmal."

„Was hat es mit dieser Dekker-Ward-Übernahme auf sich?" fragte Luís.

Ich holte tief Luft und erklärte ihm die Situation.

„Aber was für ein Interesse haben die Kidnapper an Dekker Ward?"

Ich dachte laut nach. „Das weiß ich nicht. Ich weiß nur, daß die Dekker-Ward-Übernahme Ricardo am härtesten treffen würde."

„Sie meinen also, er steckt hinter Isabels Entführung?“

„Ich vermute es. Entweder er oder sein Bruder Eduardo. Das Ganze sieht eher nach Eduardo aus. Allerdings glaube ich nicht, daß Ricardo von der Übernahme weiß.“

„Nun, jemand muß es ihm gesagt haben“, murmelte Luís. „Zico hat gesagt, wenn wir uns an die Polizei wenden, schickt er uns Isabels Kopf.“

Mir drehte sich der Magen um. „Mein Gott! Was sagt Nelson?“

„Er ist hier. Nach dem, was das letzte Mal passiert ist, hält er es für besser, wenn wir die Polizei in Rio nicht einweihen. Er glaubt, daß die Entführer möglicherweise einen Tip aus den Reihen der Polizei erhalten haben.“

„Das leuchtet mir ein.“

„Können Sie die Übernahme von Bloomfield Weiss stoppen?“ Luís' Stimme klang unsicher, voller Angst und Hoffnung.

„Keine Ahnung. Wie lange habe ich Zeit?“

„Anderthalb Tage. Bis Donnerstag um Mitternacht, nach brasilianischer Zeit.“

Bloomfield Weiss sollte sein Übernahmeangebot am Freitag unterbreiten. „Und wenn ich es nicht schaffe?“

Luís' Stimme erstarb zu einem Flüstern. „Dann bringen sie sie um.“

„In Ordnung, Luís. Ich werde es versuchen.“

Ich legte auf und dachte nach über das, was ich von Luís gehört hatte. Ricardo würde beinahe alles tun, um Dekker Ward zu retten. Aber würde er wirklich Isabel entführen lassen, seine einstige Geliebte? Da war ich mir nicht so sicher. Aber ich erinnerte mich auch an Eduardos Drohungen und schauderte. Nun ergab alles einen Sinn. Aber warum hatten sie Isabel überhaupt entführt? Dafür fand ich keine Erklärung. Doch ich hatte keine Zeit, darüber nachzudenken. Ich mußte Stahl anrufen. Ich wählte seine Nummer.

„Nick? Ich bin in einer Besprechung.“

Ich holte tief Luft. „Ich möchte, daß Sie den Dekker-Ward-Deal abblasen. Letzten Monat ist eine Mitarbeiterin von Dekker Ward in Brasilien entführt worden. Die Entführer haben erklärt, sie würden sie umbringen, falls die Übernahme von Dekker Ward zustande kommt.“

„Was ist das für ein Scheiß? Ist das ernst gemeint?“

„Ja.“

„Ich kann die Sache nicht mehr abblasen. Und warum sollte ich auch? Ich bin nicht für Dekker Wards Angestellte verantwortlich.“

„Diese Frau bedeutet mir sehr viel, Sidney."

Am anderen Ende der Leitung herrschte für einen Moment Schweigen. Einen Augenblick lang faßte ich Hoffnung.

„Tut mir leid, Nick. Ich bin Ihnen wirklich dankbar für Ihre Hilfe bei der Transaktion. Aber das könnte der größte Deal in Bloomfield Weiss' Geschichte werden. Sagen Sie den Gangstern, daß Sie mit mir geredet haben und daß ich nichts tun kann."

„Aber sie wird sterben!"

„Die Sache ist zu groß, um sie noch aufzuhalten. Tut mir leid. Tschüs, Nick."

Himmel! Ich konnte es einfach nicht glauben. In der letzten Stunde hatte ich erfahren, daß Isabel noch lebte, und mußte jetzt einsehen, daß ich nichts für sie tun konnte. Da saß ich nun, den Kopf in die Hände vergraben, und kam mir entsetzlich nutz- und wertlos vor.

Ich machte mir heftige Vorwürfe. An Vergeltung hatte ich gedacht, als ich Bloomfield Weiss die Möglichkeit eröffnet hatte, Dekker Ward zu übernehmen. Und zunächst war die Rache auch süß gewesen, aber nun, da sie zu Isabels Tod führen konnte, blieb sie mir gewissermaßen im Halse stecken. Ich rief Luís an.

„Nick?" Seine Stimme klang angespannt, aber voller Hoffnung.

Ich mußte sie zunichte machen. „Stahl denkt nicht daran, seine Pläne zu ändern."

„Nein!" Luís' Stimme brach, Stille herrschte am anderen Ende der Leitung, während er versuchte, sich wieder zu fassen. „Konnten Sie ihn nicht überreden? Hat der Mann denn überhaupt kein Herz? Vielleicht sollte ich mit ihm reden. Ich rede mit ihm."

Also ließ ich ihn sein Glück bei Stahl versuchen.

In dieser Nacht schlief ich wenig. Um zwei stand ich auf und rief Luís an. Wie erwartet, berichtete er mir, daß er bei Stahl nichts ausgerichtet hatte. Nun blieb nur noch eine Hoffnung: Er mußte die Entführer davon überzeugen, daß es keinen Sinn hatte, Isabel umzubringen. Daß sie immer noch mit einem Lösegeld rechnen konnten. Luís war optimistisch, ich weniger. Eduardo brauchte kein Geld. Eduardo haßte mich.

Der nächste Tag, ein Donnerstag, verstrich quälend langsam. Mein Zimmer kam mir wie eine Zelle vor. Jamie und Kate ging ich aus dem Weg, so gut es ging, schlang die Mahlzeiten hinunter und verschwand wieder nach oben.

Doch solange Isabel lebte, war noch Hoffnung. Ich konnte nicht einfach in meinem Zimmer sitzen und nichts tun, während die Minuten sich dehnten und Luís mit Zico über Isabels Leben verhandelte. Im übrigen mußte nicht Zico überredet werden, sondern Eduardo. Das war es! Mit Eduardo konnte ich zwar nicht reden, vielleicht aber mit Ricardo. Ich eilte die Treppe hinab und wählte seine Nummer.

„Dekker Ward."

„Nick Elliot."

Einen Augenblick schwieg er. Dann sagte er: „Ja, Nick, was kann ich für Sie tun?" Seine Stimme war kalt, aber höflich.

„Ich möchte mit Ihnen sprechen."

„Ich höre."

„Nein, nicht am Telefon. Persönlich. Wir treffen uns auf einer der Bänke vor Corney and Barrow. Um drei Uhr."

Pause. „In Ordnung", sagte er und legte auf.

Eine Zug- und Taxifahrt später erreichte ich die Bänke vor Corney and Barrow. Ricardo wartete schon. Ich setzte mich neben ihn. Es war ein warmer Tag. Er trug kein Jackett, die Hemdsärmel waren aufgekrempelt. Er starrte auf das rostige alte Schiff, das am Kai vertäut lag.

„Was wollen Sie?" fragte Ricardo, ohne mich anzublicken.

„Isabel ist noch am Leben." Seine Pupillen weiteten sich etwas, Kopf und Schultern versteiften sich, doch dann war es schon wieder vorüber. „Aber das haben Sie schon gewußt, nicht wahr?"

„Ich habe nichts davon gewußt", antwortete er, „aber ich freue mich, es zu hören."

„Und Sie wissen auch, daß Bloomfield Weiss mit Lord Kerton über die Übernahme von Dekker Ward verhandelt."

Dieses Mal blieb Ricardo stumm. Ich fuhr fort: „Die Entführer haben Isabels Vater mitgeteilt, daß sie stirbt, wenn Bloomfield Weiss seine Offerte nicht bis Freitag zurückzieht. Sie und Eduardo sollten wissen, daß ich Sidney Stahl gebeten habe, die Übernahme abzublasen. Er hat mir noch nicht mal zugehört." Ich spürte, wie mir die Verzweiflung die Kehle zuschnürte. „Ricardo, ich kann diese Übernahme nicht mehr aufhalten! Sie müssen mir glauben!"

Er wandte mir sein Gesicht zu. Die kalten blauen Augen musterten mich von oben bis unten. „Warum erzählen Sie mir das alles?"

„Weil Sie die Entführung organisiert haben!" sagte ich. „Oder Eduardo, was auf das gleiche hinausläuft. Und ich möchte nicht, daß Sie sie umbringen." Ich flehte ihn jetzt an. Ich sah keine andere Möglichkeit mehr.

Ricardos Gesicht war kalt wie Stein. „Sie haben mich verraten. Sie versuchen, mein Unternehmen an meinen größten Konkurrenten zu verkaufen. Und dann kommen Sie mit einer solchen Räuberpistole. Ich soll die Entführung meiner eigenen Mitarbeiterin veranlaßt haben! Ich weiß nichts über diese Entführung, Nick. Und nun muß ich wieder an die Arbeit." Er stand auf und ging ruhig über den großen Platz.

„Dann sprechen Sie zumindest mit Eduardo darüber", sagte ich, nachdem ich ihn eingeholt hatte.

Er beachtete mich nicht. „Ricardo!" rief ich. „Sie können sie nicht einfach so sterben lassen!"

Das Echo meiner Stimme prallte von Ricardos Rücken ab, als er in dem riesigen Gebäude des Canary Wharf Tower verschwand.

Langsam machte ich mich auf den Rückweg nach Dockenbush Farm. Den ganzen Weg über beschäftigten sich meine Gedanken mit dem Treffen. Ricardo hatte überzeugend gewirkt, als er jede Beteiligung an Isabels Entführung bestritten hatte. Aber Ricardo war immer überzeugend.

MITTERNACHT in Brasilien – vier Uhr morgens in England. Vorher war an Schlaf nicht zu denken.

Gegen elf klopfte Kate an meine Tür. „Ich wollte nur gute Nacht sagen. Ich gehe jetzt ins Bett."

„Gute Nacht."

„Was hast du, Nick? Was ist los?"

„Nichts."

„Natürlich. Da ist doch nicht nur die Übernahme."

Da brach es aus mir heraus. „Es gibt eine gute Nachricht: Isabel lebt. Die schlechte Nachricht lautet, daß sie bald sterben wird." Ich berichtete ihr von meinem Verdacht gegenüber Ricardo und Eduardo.

Entsetzt lauschte sie. „Das kann ich einfach nicht glauben! Was wirst du tun?"

„Warten, bis die Frist verstrichen ist."

„Um Gottes willen!" Sie dachte einen Augenblick lang nach. „Was ist mit Andrew Kerton? Er muß einem Verkauf doch wahrscheinlich zustimmen. Hast du mit ihm gesprochen?"

„Himmel! Nein. Daran habe ich überhaupt nicht gedacht." Dann überlegte ich. „Aber er wird doch kaum bereit sein, meinetwegen von dem Geschäft zurückzutreten, oder?"

„Das weißt du erst, wenn du es versucht hast."

„Weißt du, wo er wohnt?" fragte ich Kate.

„Keine Ahnung. Aber du kannst im Telefonbuch nachsehen."

„Ich wette, er steht nicht drin.“ Er stand wirklich nicht im Telefonbuch.

„Vielleicht kennt Jamie seine Adresse“, sagte Kate. „Er war schon mal bei ihm.“

„Ich würde Jamie ungern da mit hineinziehen“, sagte ich.

„Ich glaube nicht, daß du eine andere Wahl hast.“

Jamie war in der Küche und trocknete das Geschirr ab.

„Weißt du, wo Lord Kerton wohnt, Jamie?“ fragte ich atemlos.

Er wandte sich um und sah uns überrascht an. „Warum willst du das wissen?“

„Komm schon, Jamie. Sag es uns!“ bat Kate ihn.

„Irgendwo am Kensington Square, glaube ich. Die Nummer weiß ich nicht mehr.“

„Komm, Nick! Ich fahre dich“, sagte Kate.

„Was geht hier eigentlich vor?“ fragte Jamie.

„Erzähl ich dir später!“ rief Kate, während sie mit mir im Schlepptau aus dem Haus stürmte.

FÜNFZEHN

Wir brauchten eine Dreiviertelstunde. Kate gab mächtig Gas, und es war kaum noch Verkehr auf den Straßen.

Der Kensington Square ist eine Ansammlung großer Häuser südlich der Kensington High Street. Ich suchte mir auf gut Glück eines der Häuser aus. Nachdem ich geklingelt hatte, erschien ein grauhaariger Mann in einem alten Morgenrock an der Tür. Es schien ihm nichts auszumachen, gestört zu werden.

„Kann ich Lord Kerton sprechen?“ fragte ich.

„Sie haben leider das falsche Haus erwischt. Der wohnt hier nicht.“

„Oh, das tut mir schrecklich leid, Sir. Ich habe eine Expreßzustellung für ihn. Können Sie mir vielleicht sagen, in welchem Haus er wohnt?“

„Vier Türen weiter“, erklärte der Mann bereitwillig und zeigte in die entsprechende Richtung.

Ich dankte ihm und ging auf Kertons Haus zu. Kate sah es und stieg aus dem Wagen. „Er wird eher bereit sein, uns beide zu empfangen.“

Ich klingelte an der Tür. Kerton kam schnell heraus. Als er mich erkannte, erschien auf seinem Gesicht ein Ausdruck abgrundtiefen Widerwillens. „Was wollen Sie denn hier?“

„Dürfen wir hereinkommen, Sir?“ fragte ich.

„Nein. Verlassen Sie sofort das Anwesen!“

Er versuchte, die Tür zu schließen. Ich lehnte mich gegen sie. „Bitte, nur fünf Minuten.“

„Verschwinden Sie, oder ich rufe die Polizei.“

Kate drängte sich zwischen uns. Sie richtete ihren Blick mit großer Entschlossenheit auf Kerton. „Wenn Sie uns jetzt hinauswerfen, wird Isabel Pereira sterben.“

Das ließ ihn für einen Moment innehalten. „Sie lebt also noch?“

„Ja, im Augenblick jedenfalls“, sagte Kate.

Er dachte nach. „Na gut. Kommen Sie herein.“

Er führte uns in ein großes, gemütlich eingerichtetes Wohnzimmer. „Setzen Sie sich“, sagte er und wies auf das Sofa. „Also, sagen Sie, was Sie zu sagen haben, und dann gehen Sie bitte.“ Er sah müde aus. Es war spät, und die letzten Tage waren offensichtlich nicht spurlos an ihm vorübergegangen.

„Kennen Sie Isabel?“ fragte ich.

Kerton nickte. „Flüchtig. Sie ist sehr, äh, bemerkenswert.“

„Gestern hat man Isabels Vater mitgeteilt, daß sie sterben wird, wenn die Übernahme von Dekker Ward durch Bloomfield Weiss zustande kommt.“

Kerton hörte aufmerksam zu. „Was haben diese Entführer für ein Interesse an der Übernahme?“

„Ich halte es für sehr wahrscheinlich, daß Eduardo Ross hinter Isabels Entführung steckt“, erklärte ich.

„Nein! Haben Sie einen Beweis?“

„Keinen eindeutigen, das nicht. Aber Sie sagen es ja selbst: Wie ist sonst das Interesse der Entführer an Dekker Wards Zukunft zu erklären?“

„Ich kann einfach nicht glauben, daß Eduardo Ross zu dergleichen imstande sein soll“, betonte Kerton überaus förmlich. „Woher soll Eduardo von der Übernahme gewußt haben? Ich dachte, wir hätten Ricardo im unklaren gelassen.“

Ich zuckte mit den Achseln. „Es muß etwas durchgesickert sein.“

„Hm. Und was erwarten Sie jetzt von mir?“

„Machen Sie das Geschäft rückgängig.“

Kerton runzelte die Stirn. „Das kann ich nicht. Dekker Ward ist zahlungsunfähig. Wenn das Geschäft platzt, muß ich Konkurs anmelden.“

„Können Sie das Prozedere nicht wenigstens etwas verzögern? Und uns damit ein bißchen Zeitgewinn verschaffen?“

„Wenn der Kurs weiter fällt, kommt das Geschäft womöglich nicht mehr zustande. Ich darf das nicht riskieren. Und überhaupt, was würden Ihnen ein paar Tage mehr oder weniger nützen?"

Darüber hatte ich auf dem Weg zu ihm bereits nachgedacht. „Wir könnten herausfinden, wer Isabel entführt hat, und wir wissen doch jetzt, daß die Entführung mit Dekker Ward zu tun hat. Dadurch ist es leichter, Isabel aufzuspüren."

Kerton seufzte. „Hören Sie, die Geschichte tut mir unendlich leid, aber ich habe keine andere Wahl."

„Haben Sie doch!" sagte Kate. Ihr entschiedener Tonfall verfehlte seine Wirkung nicht. Kerton sah sie aufmerksam an. „Wenn Sie das Geschäft nicht abblasen, haben Sie Isabels Tod für den Rest Ihres Lebens auf dem Gewissen. Wenn Sie auf Ihre Bankauszüge schauen, dann wird Ihnen einfallen, wofür sie sterben mußte. Aber Ihnen wird verdammt elend zumute sein."

Das erboste ihn. „Hören Sie! Das hat nichts mit mir zu tun." Kerton starrte mich an. „Warum sollte ich das für Sie tun? Schließlich waren Sie es, der Bloomfield Weiss auf den Plan gerufen hat."

„Es geht nicht um ihn, es geht um Isabel", sagte Kate. „Hören Sie, Sie sind der Präsident von Dekker Ward. Es fällt in *Ihre* Verantwortung."

Kerton ging zu dem großen Fenster, durch das man auf den kleinen Park in der Mitte des Platzes blickte. Kate und ich beobachteten ihn. Rücken und Schultern ließen seine Anspannung erkennen. Schließlich wandte er sich um. „Morgen unterbreitet Bloomfield Weiss seine Übernahmeofferte. Ich kann die Antwort bis Montag hinauszögern."

„Mittwoch!"

Kerton warf mir einen gereizten Blick zu. „Also gut, Mittwoch. Aber am Mittwoch morgen werde ich Bloomfield Weiss' Offerte annehmen, vorausgesetzt, sie ist vernünftig. Und ich hoffe, Sie werden Isabel bis dahin gefunden haben."

„Danke", sagte ich. Kate lächelte ihn an. Sie hatte recht, er war gar nicht so übel. „Ach ja, noch etwas", erklärte ich. Kerton verzog das Gesicht. Es war offenkundig, daß er mich loswerden wollte. „Darf ich mal telefonieren? Ich muß Isabels Vater informieren, damit er den Entführern von dem Aufschub berichten kann."

Kerton zuckte mit den Achseln und nickte.

Ich ging zum Telefon und wählte Luís' Nummer. „Luís? Nick hier. Ich habe mit Lord Kerton, dem Präsidenten von Dekker Ward, gesprochen. Er hat versprochen, die Annahme von Bloomfield Weiss' Übernahmeangebot bis zum nächsten Mittwoch hinauszuzögern."

„Gott sei Dank!“ rief Luís erleichtert. Doch gleich meldete sich die Sorge wieder. „Und was tun wir in der Zwischenzeit?“

„Wir suchen Isabel.“

„Und wie soll das geschehen, Nick?“

Kerton beobachtete mich. „Lassen Sie uns morgen darüber nachdenken, okay? Aber rufen Sie mich umgehend an, sobald sich die Entführer gemeldet haben.“ Ich legte auf.

Zum erstenmal lächelte Kerton. „Na dann, viel Glück!“

Kate fuhr auf direktem Weg zurück nach Bodenham. „Was tust du jetzt?“ fragte sie.

„Auf Luís' Anruf warten. Zu Bett gehen. Schlafen. Dann nachdenken.“

Als wir nach Hause kamen, war es bereits nach zwei. Jamie war noch auf und wartete auf uns. Neben seinem Sessel standen ein Whiskyglas und eine Karaffe. Unruhig stand er auf. „Was ist los?“

„Wir mußten mit Lord Kerton sprechen.“

„Worüber? Worüber mußtet ihr denn mit Lord Kerton sprechen?“

Ich zuckte mit den Achseln.

„Hör mal, er ist der Präsident der Firma, in der ich arbeite. Du kannst nicht einfach zu ihm fahren und mit ihm sprechen, ohne mir zu sagen, worum es geht. Kate?“

Kate stand mitten im Wohnzimmer und sah mich verzweifelt an. Ich nickte. Wir konnten es nicht länger vor Jamie geheimhalten.

„Wir haben Andrew Kerton gebeten, den Verkauf von Dekker Ward an Bloomfield Weiss bis zum nächsten Mittwoch aufzuschieben“, sagte sie schließlich ruhig.

„An Bloomfield Weiss verkaufen? Was redest du da? Bloomfield Weiss denkt gar nicht daran, Dekker Ward zu kaufen.“

Kate nickte. „Doch. Seit zwei Wochen verhandelt die Firma insgeheim mit Andrew.“

„Himmel!“ Jamie ließ sich wieder in den Sessel fallen.

„Und was habt ihr beide damit zu tun?“

Ich schluckte. „Es war meine Idee“, sagte ich.

„Deine Idee? Warum?“

„Weil Ricardo es verdient hat.“

Jamie sah entsetzt aus. „Ich kann das einfach nicht glauben!“ Er blickte Kate an. „Und du hast von all dem gewußt?“

„Ich habe es erst vor zwei Tagen herausgefunden.“

„Und du hast mir nichts davon gesagt?“

Kate wich Jamies Blick aus.

„Das ist ja unglaublich! Wie konntet ihr mir das antun?“ Langsam wich das Entsetzen der Wut.

„Hör mal, Jamie“, sagte ich beschwichtigend. „Dekker Ward steckt in großen Schwierigkeiten. Die Firma steht kurz vor der Pleite. Wenn Bloomfield Weiss sie übernimmt, behältst du deine Stellung.“

„Darum geht es nicht!“ Jamie wanderte unruhig im Zimmer umher. „Wir sind ein Team, Ricardos Team. Du würdest das Team zerschlagen.“

Nun wurde ich wütend. „Isabel ist von jemandem entführt worden, der möchte, daß Dekker Ward seine Unabhängigkeit behält. Jemand hat gedroht, daß Isabel stirbt, wenn Dekker Ward übernommen wird. Und nun erzähle mir bitte nicht, daß Ricardo *nicht* auf die eine oder andere Art dahintersteckt.“

Jamie schwieg und dachte nach über das, was er gerade gehört hatte. Schließlich sagte er: „Nick, du kannst nicht mehr in meinem Haus wohnen.“

„Jamie! Er weiß doch nicht, wohin er gehen soll!“ protestierte Kate.

„Tut mir leid, Kate, aber du hättest ihm nicht helfen dürfen.“

„Ich wollte verhindern, daß das arme Mädchen sterben muß.“

Jamie wandte sich an mich. „Ich muß dich bitten, daß du bis zur nächsten Woche draußen bist.“ Damit verließ er das Zimmer. Ich konnte seinen schweren Schritt auf der Treppe hören.

Kate biß sich auf die Lippen. „Nick, es tut mir leid.“

„Mir tut es leid“, sagte ich. „Geh zu ihm. Du mußt jetzt bei ihm sein.“

Sie nickte und folgte ihm die Treppe nach oben.

Ich blieb allein im halbdunklen Wohnzimmer zurück. Ich hätte Jamies Reaktion vorhersehen können, sagte ich mir. Er war ein loyaler Dekker-Ward-Mann. Bisher hatte ich diese Loyalität immer auf seinen Ehrgeiz zurückgeführt, ein Vermögen zu machen. Aber es war mehr. Ricardo sorgte gut für seine Leute und erwartete von ihnen absolute Loyalität. In Jamies Fall bekam er sie. Jamie hatte sich immer die Regeln der Institutionen zu eigen gemacht, in denen er sich befand. Jetzt bei Dekker Ward hielt er sich bereitwillig an Ricardos Regeln.

Ich sah auf die Uhr. Die Frist der Entführer lief um vier Uhr englischer Zeit ab. Noch eine Stunde.

Ich nickte in meinem Stuhl ein und wurde vom Telefon geweckt. Zehn nach vier. Die ersten Amseln schmetterten vor den Fenstern ihr Lied dem neuen Tag entgegen.

„Nick? Luís hier. Sie lassen sie am Leben. Sollte das Geschäft abgewickelt werden, sagte er, bringen sie sie um.“

„Dann haben wir also bis zum nächsten Mittwoch Zeit, sie zu finden.“

„Ja. Wenigstens lebt sie noch.“

In der Hoffnung, daß Isabels Lebensgeister wenigstens noch so kräftig waren wie die Morgendämmerung, die jetzt durch die Vorhänge sickerte, schleppte ich mich müde die Treppe hinauf ins Bett.

UM NEUN wachte ich auf. Kate brachte Oliver in den Kindergarten, Jamie war schon vor Stunden aufgebrochen. Ich machte mir Kaffee und Toast und ging wieder nach oben, um nachzudenken. Ich mußte mir darüber klarwerden, wie wir Isabel bis zum nächsten Mittwoch finden konnten.

Ricardo und Eduardo hatten natürlich das größte Interesse daran, daß Dekker Ward unabhängig blieb. Doch Ricardo leugnete jede Kenntnis von der Entführung. Von England aus würde man ihnen eine Beteiligung schwerlich nachweisen können. Doch wie stand es mit Brasilien? Mit Rio? Das sah schon besser aus.

Die Entführer kamen aus Rio. Auch die Bande, die mich niedergestochen hatte, kam aus Rio. Dave vermutete, daß diese Vorgänge etwas mit Martin Beldecos’ Tod in Caracas und mit Geldwäsche bei Dekker Trust zu tun hatten. Mit einer Geldwäsche, die von Francisco Aragão, Ricardos Schwager, organisiert wurde. Doch welchen Grund sollte Francisco Aragão haben, Isabel zu entführen?

Es war klar, daß ich nach Brasilien mußte. Bis dahin gab es allerdings noch eine Spur in England, der ich nachgehen konnte.

Ich holte die Liste mit den Privatnummern der Dekker-Ward-Leute hervor und wählte eine von ihnen. „Ich möchte mit Luciana Ross sprechen.“

„Am Apparat.“

„Oh, hallo. Nick Elliot hier. Wir haben uns auf Ihrer Party im April kennengelernt.“

„Ah ja, Nick. Ich erinnere mich!“ Ihre Stimme war freundlich. „Wie geht es Ihnen?“

„Oh, ganz gut. Ich möchte meine Wohnung renovieren und hätte gerne gewußt, ob ich mal vorbeikommen und etwas von Ihren Arbeiten zu sehen bekommen könnte.“

„Natürlich. Jederzeit.“

„Heute?“

„Sicher. Kommen Sie doch zum Mittagessen.“

„Okay. Ich werde gegen ein Uhr bei Ihnen sein.“

Die Ross'sche Wohnung lag am Belgrave Square. Ich trug die elegantesten Freizeitklamotten aus meinem Bestand, wußte aber, daß ich damit besser in der Fakultät für Slawistik aufgehoben war als hier.

Luciana trug eine einfache weiße Bluse und enge Jeans. Das dichte schwarze Haar fiel ihr auf die Schultern. Strahlend lächelte sie mich an. „Kommen Sie rein, Nick!"

Ich küßte sie auf die Wange und tauchte in den Duft eines teuren Parfüms. Dann folgte ich ihr ins Wohnzimmer.

Es bot einen überwältigenden Anblick. Dunkles, poliertes Holz, luxuriöse Teppiche, Goldborten und breite, intensiv gemusterte Vorhänge warben um die Aufmerksamkeit des Betrachters.

„Möchten Sie ein Glas Wein?" fragte Luciana.

„Sehr gern."

„Nehmen Sie Platz. Ich bin gleich zurück."

Sie kam mit zwei Gläsern Weißwein wieder und schmiegte sich in einen großen Sessel gegenüber dem Sofa, auf dem ich saß. Sie war barfuß und hatte rote Zehennägel.

„Sie wollen also Ihre Einrichtung etwas aufpeppen?" fragte sie.

„Ja. Da mir einige der Dinge, die ich in Brasilien gesehen habe, gut gefallen haben, wollte ich mir ein paar Anregungen von Ihnen holen. Ist Ihnen das recht?"

„Aber natürlich", sagte Luciana. Über den Rand ihres Glases traf mich ein sehr direkter Blick aus ihren dunklen Augen. „Aber lassen Sie uns erst etwas trinken und essen, ja?"

Mir war unbehaglich zumute. Auf ihre Weise war diese Frau genauso dominierend wie Ricardo. Sie war daran gewöhnt zu kriegen, was sie wollte. Nun, ich wollte auch etwas von ihr. Mir erschien es am besten, gleich zum Thema zu kommen, bevor mir die Situation aus den Händen glitt. „Übrigens, es gibt da noch etwas anderes, was ich gern von Ihnen gewußt hätte."

„Ach ja?"

„Es geht um Ihren Bruder Francisco."

Das überraschte sie.

Ihr einladendes Lächeln schwächte sich ab, und die dunklen Augen verhärteten sich eine Sekunde lang. „Warum interessieren Sie sich für ihn?"

„Wissen Sie, daß Isabel Pereira entführt worden ist?"

„Ja, furchtbar. Solche Dinge passieren in Rio. Es ist schrecklich."

„Nun, es sieht so aus, als würde Dekker Ward mit Drogenkartellen

Geschäfte machen. Vielleicht gibt es eine Verbindung zwischen Geldwäsche und Isabels Entführung."

„Und Sie glauben, diese Verbindung könnte Francisco sein?" Luciana sah überrascht, aber nicht beleidigt aus.

Ich holte tief Atem. „Ich habe läuten hören, daß Francisco mit Drogenkartellen in Verbindung gebracht wird. Ich bin sicher, daß er nicht mit Drogen handelt, aber er macht Geldgeschäfte, oder?"

„Ich vermute, ja."

„Die Leute investieren Geld bei ihm, und er investiert das Geld wiederum bei anderen Leuten. Vielleicht hat er ein bißchen von dem Geld bei Ricardo angelegt? Geld, das er von seinen Geschäftspartnern hat?"

Das war reine Spekulation, und Luciana merkte das. Sie lächelte. „Und warum sollte ich Ihnen irgend etwas darüber erzählen, vorausgesetzt, es gäbe da etwas zu erzählen?"

„Was kann es schon groß schaden? Ich will keine Schwierigkeiten machen. Mir geht es nur darum, Isabel zu finden, und dazu brauche ich eine Spur. Wenn ich sie nicht bis zur nächsten Woche finde, wird sie sterben."

„Sie bedeutet Ihnen viel, nicht wahr?" Lucianas Blick war sehr direkt.

Ich nickte.

„Ihr Glas ist leer. Ich hole noch ein bißchen Wein." Sie verschwand wieder und kam mit der Flasche zurück. Beide Gläser wurden wieder gefüllt.

Sie setzte sich zu mir aufs Sofa und berührte meinen Arm. Es fiel mir nicht gerade leicht, in der Nähe einer so schönen und sinnlichen Frau eine derartige Zurückhaltung an den Tag zu legen.

„Erzählen Sie mir etwas über Ihren Bruder?" fragte ich.

„Vielleicht", sagte sie und strahlte mich durch getuschte Wimpern an.

Mir war klar, was ich zu tun hatte, um eine Antwort auf meine Frage zu bekommen. Na und? Wenn man sich Luciana so ansah, konnte man nicht gerade von einer Strafe sprechen. Doch genauso wenig, wie ich mich von ihrem Mann hatte manipulieren lassen wollen, schmeckte es mir, mich von ihr manipulieren zu lassen. Sie rückte noch näher an mich heran. Ich spürte eine ihrer Brüste an meinem Arm. „Seien Sie doch nicht so schüchtern", sagte sie. Sie beugte sich vor und küßte mich auf die Lippen.

Plötzlich war meine Verwirrung verflogen. Entweder ich blieb und ließ mich von der Frau hier vernaschen, um mir dann ein paar Lügen über ihren Bruder anzuhören, oder ich ging auf der Stelle.

„Vielen Dank für den Wein, Luciana", sagte ich und rappelte mich aus dem Sofa auf. „Tut mir leid, daß ich nicht zum Mittagessen bleiben kann."

Sie rekelte sich auf dem Sofa und trank ungerührt von ihrem Wein.

SECHZEHN

Zum drittenmal in den letzten drei Monaten blickte ich durch ein Flugzeugfenster auf das staubigbraune Durcheinander von Rios nördlichen Vorstädten. Zuvor war ich aufgeregt und erwartungsvoll gewesen. Jetzt empfand ich nur Verzweiflung und Angst. Angst um Isabel und Angst um mich.

Das Flugticket hatte die Hälfte der Summe verschlungen, die mir noch von Ricardos Darlehen geblieben war.

Kate hatte Verständnis für meine Pläne gezeigt. Ihre Bereitschaft, mir bei der Rettung Isabels zu helfen, war ausgesprochen rührend. Sie bat mich, sie auf dem laufenden zu halten.

Meine Gefühle Jamie gegenüber waren sehr widersprüchlich. Ich war wütend auf ihn, weil er sich gegen mich und für Ricardo entschieden hatte. Andererseits hatte ich aber auch ein schlechtes Gewissen, weil ich als sein Gast hinter seinem Rücken gegen Dekker Ward konspiriert und seine Frau zu meiner Komplizin gemacht hatte. Mein Teil der Verantwortung an der Zerstörung unserer zehnjährigen Freundschaft war nicht zu leugnen.

Doch jetzt durfte ich mich nicht in Grübeleien verlieren. Es gab nur noch ein einziges Ziel: Isabel zu befreien.

Mit einer Umarmung empfing Luís mich auf dem Flughafen. Sein Chauffeur fuhr uns zur Wohnung in Ipanema, wo wir von Nelson und Cordelia erwartet wurden.

Ich wurde aufs herzlichste begrüßt, und ich freute mich, wieder bei ihnen zu sein. Wir setzten uns ins Wohnzimmer. Trotz der Schwere unserer Aufgabe konnte man den Optimismus, der uns beseelte, fast mit Händen greifen. Es war, als müßte jetzt, da wir zusammen waren, unsere Entschlossenheit über alle Schwierigkeiten triumphieren.

„Ich bin mir ziemlich sicher, daß Francisco Aragão hinter Isabels Entführung steckt", eröffnete ich die gemeinsame Beratung.

„Ricardo Ross' Schwager? Das würde mich nicht sonderlich überraschen", murmelte Luís.

„Ich glaube, er arbeitet mit Ricardo und Eduardo Ross zusammen."

„Aber warum?“ fragte Luís.

„Ich glaube, Dekker Ward wäscht Geld aus Rauschgiftgeschäften für Francisco. Er hat über seine Schwester Luciana zu Dekker Ward Kontakt aufgenommen. Ich habe mit Luciana gesprochen. Sie hat es nicht direkt zugegeben, schien aber auch nicht wirklich überrascht zu sein.“

Luís nickte, und ich fuhr fort: „Francisco hat mit Hilfe eines in Miami ansässigen Anwalts namens Tony Hempel bei Dekker Trust Konten einrichten lassen. Gegen beide ermittelt die amerikanische Drogenbehörde DEA. Martin Beldecos war im Begriff, ihre Aktivitäten aufzudecken, daher wurde er ermordet. Der Anschlag auf mich wurde möglicherweise aus dem gleichen Grund verübt.“

Die drei hingen an meinen Lippen. „Was hat Isabels Entführung damit zu tun?“ fragte Luís.

„Das eben weiß ich nicht genau. Den Entführern scheint mehr daran gelegen, Dekker Ward zu schützen, als Geld herauszuschlagen.“

„Was war dann aber der ursprüngliche Grund für die Entführung?“

Darüber hatte ich mir auf dem Flug lange den Kopf zerbrochen und glaubte die Antwort jetzt zu wissen. „Nun, nicht nur sie hat man geschnappt, sondern auch mich. Vielleicht haben sie gedacht, ich wüßte etwas über Martin oder Francisco, das ihnen gefährlich werden könnte. Sie wollten mich aus dem Weg haben. Selbst als mir die Flucht gelang, haben sie mich abgelenkt, indem sie höchst umständliche Verhandlungen über Isabels Lösegeld in die Wege leiteten. Außerdem habe ich ja bald nach meiner Rückkehr bei Dekker Ward gekündigt.“

„Und warum haben sie Isabel nicht einfach umgebracht?“ fragte Nelson.

„Gute Frage. Ich weiß es nicht.“ Tatsächlich hatte ich eine Vermutung, die jedoch voraussetzte, daß Ricardo tatsächlich in irgendeiner Weise an der Operation beteiligt war. Aber ich hatte nicht die Absicht, Luís etwas von der Affäre seiner Tochter mit Ricardo zu erzählen. „Aus irgendeinem Grund wollten sie uns glauben machen, daß sie nicht mehr am Leben war.“

„Können Sie das alles beweisen?“ fragte Nelson.

„Nein, aber es paßt alles zusammen. Was meinen Sie, Luís?“

Luís rieb sich das Kinn. „Was Sie sagen, ergibt durchaus einen Sinn.“

„Kennen Sie Francisco?“

„Nein. Das heißt, ich bin ihm ein- oder zweimal begegnet, aber geschäftlich haben wir nie miteinander zu tun gehabt.“

„Was macht er? Ich weiß nur, daß er eine Art Finanzier ist."

„Er hat in den achtziger Jahren viel mit Off-shore-Investmentgesellschaften verdient. Man spekulierte gegen die Wechselkursprogramme. Off-shore, also exterritorial, mußte es geschehen, um Devisenkontrollen zu vermeiden."

„Mit Off-shore meinen Sie Panama?" fragte ich. Ich erinnerte mich an Tony Hempel und die International Trading and Transport (Panama).

„Panama, natürlich. Und die Cayman-Inseln. Die Leute machten eine Menge Geld. Und dann haben viele von ihnen alles verloren, als der Real-Plan in Kraft trat und die neue Währung, den Real, an den Dollar koppelte. Die Zinsen waren hoch, die Inflation war unter Kontrolle. Es war vorbei mit dem schnellen Geld. Überall machten Banken und Finanzgesellschaften pleite."

„Aber Francisco nicht?"

Luís zuckte mit den Achseln. „Er ist auf Immobilien und Rohstoffe ausgewichen. Außerdem soll er sich auf Geschäfte mit den Drogenkartellen eingelassen haben. Wenn die ihn finanzierten, konnte ihm natürlich nichts passieren." Luís hielt inne. „Wenn dieser Bastard meiner Tochter etwas angetan hat, bringe ich ihn um", sagte er leise.

„Also, was tun wir jetzt?" fragte Cordelia.

„Finden Sie ein bißchen mehr über Francisco heraus", schlug ich vor. „Was macht er? Womit handelt er? Hat er tatsächlich Kontakte zu den Kartellen? Und wenn ja, zu welchen?"

„Das läßt sich leicht herausfinden", sagte Luís.

„Ich frage meine Kontaktleute bei der Polizei", erklärte Nelson.

„Und was ist mit den Halbwüchsigen, die mich niedergestochen haben?" fragte ich. „Wenn die von einer Drogengang angeheuert waren, gibt es dann vielleicht Gerüchte in den Favelas?"

„Möglich", meinte Nelson. „Ich werde mich auch danach erkundigen."

„Ich auch", fügte Cordelia hinzu. „Meine Schützlinge treiben sich überall in der Stadt herum ..."

Luís sah uns über den Rand seiner Brille hinweg an, Verzweiflung und Hoffnung standen ihm ins Gesicht geschrieben. „Gut, wenigstens können wir jetzt etwas *tun.*"

LUÍS und ich saßen auf dem Balkon, von dem aus man die Bucht überblicken konnte. Ich trank ein Bier, er Wasser.

„Die sechs Wochen waren hart." Das lange Warten und Hoffen hatte in seiner tiefen Stimme Spuren hinterlassen.

„Wir finden sie." Ich hatte eine Idee, die ich ihm unterbreiten wollte. „Vielleicht gibt es eine Möglichkeit, ein bißchen Zeit zu gewinnen."

„Und die wäre?"

„Sie haben gesagt, eigentlich müßte die Banco Horizonte jetzt nach Übersee expandieren."

„Na ja, wir haben an Niederlassungen in Nachbarländern wie Argentinien oder Uruguay gedacht."

„Was halten Sie davon, Dekker Ward zu kaufen?"

Luís legte seine Stirn in Falten. „Das ist eine Idee."

„Sie könnten es sich wahrscheinlich sogar leisten. Bloomfield Weiss bietet Kerton nur zehn Millionen Pfund."

„Ja, das könnten wir uns leisten", sagte er nachdenklich. „Und es wäre ein großartiger strategischer Schachzug. Wir wären die erste Investmentbank in Südamerika. Aber nach allem, was Sie mir berichtet haben, handelt es sich um eine gigantische Position mit gewaltigen Verlusten. Um die glattzustellen, fehlt uns das nötige Kapital."

Ich war enttäuscht. „Könnten Sie nicht wenigstens eine Übernahmeofferte unterbreiten, um eine weitere Verzögerung zu erreichen?"

Luís war unschlüssig. „Das Manöver wäre zu durchsichtig. Lord Kerton würde wissen, daß wir die Bondposition nicht übernehmen können. Er würde merken, daß wir nur versuchen, Zeit zu gewinnen, und die Offerte von Bloomfield Weiss annehmen."

Meine Hoffnung sank. „Na gut. Aber lassen Sie mich Ihnen trotzdem ein paar Informationen zu Dekker Ward geben. Mal sehen, was Sie davon halten."

Ich ging hinein und kam mit meiner Kopie des Bloomfield-Weiss-Berichts über Dekker Ward zurück.

Luís sah die Papiere durch. Ich blickte auf die Bucht hinab. Am Horizont lag die vertraute Gruppe der fast kuppelförmigen Inseln im Meer, das in der schwächer werdenden Nachmittagssonne glitzerte.

„Es gibt wohl doch eine Möglichkeit", sagte Luís schließlich.

„Und die wäre?"

„KBN, die große holländische Bank, die ich zur Wiederbelebung des Favela-Deals mit Humberto Alves zusammengebracht habe. Sie ist eine der wichtigsten Akteure auf den Rentenmärkten der Schwellenländer. Und groß genug, um sogar das Portefeuille von Dekker Ward zu verkraften."

„Dann schlagen Sie also KBN vor, Dekker Ward zu kaufen?"

Luís lächelte. „O nein, ich werde Dekker Ward kaufen. Aber KBN kann die Bondpositionen übernehmen. Wir könnten die Transaktion so gestalten, daß sich die Übernahme für sie lohnt."

Ich lächelte. „Na dann?"

Luís stand auf. „Ich muß ein paar Anrufe erledigen."

DEN SONNTAG verbrachte Luís am Telefon und schreckte seine Partner von der Banco Horizonte und einige leitende Angestellte der KBN aus dem Wochenende auf. Cordelia verbrachte den größten Teil des Wochenendes in dem Kinderhort in der Favela. Nelson ließ seine Beziehungen zu früheren Kollegen bei der Polizei spielen. Und ich lief unruhig in Luís' Wohnung auf und ab und versorgte ihn von Zeit zu Zeit mit Informationen über Dekker Ward.

Während eines der kurzen Zeiträume, in denen Luís nicht am Telefon hing, beschloß ich, Kate anzurufen, um ihr von den Fortschritten oder den mangelnden Fortschritten zu berichten, die ich erzielt hatte. Ich wählte ihre Nummer und betete, daß nicht Jamie abnahm.

„Hallo", sagte Jamie.

In einem ersten Reflex wollte ich einfach auflegen. Aber das wäre albern gewesen. „Jamie? Nick. Ist Kate zu sprechen?"

Stille. Was sollte das? Schließlich konnte er mir nicht verbieten, mit ihr zu sprechen. „Sie ist nicht da." Seine Stimme klang gepreßt.

„Wann ist sie wieder da?"

„Das würde ich auch gern wissen."

„Was ist los? Fehlt ihr etwas?"

„Sie hat mich verlassen. Sie hat Oliver mitgenommen und ist zu ihrer Schwester gefahren."

„Warum ist sie fort?"

„Das solltest du sie besser selbst fragen." Gehässig drang seine Stimme an mein Ohr. Dann war die Leitung tot.

Eigentlich hätte ich es kommen sehen müssen. Ich konnte und wollte es einfach nicht glauben. War es meine Schuld? Ich hatte sie dazu gebracht, mir gegen Jamie zu helfen.

Ich hatte die Nummer von Liz, Kates Schwester, in meinem Adreßbuch. Liz meldete sich. Sie gab mir Kate.

„Kate, Nick hier. Jamie hat mir erzählt, daß du ausgezogen bist. Wie fühlst du dich? Dir muß ja scheußlich zumute sein."

„Ist es auch", sagte sie ausdruckslos. „Aber es ist gut, daß ich ausgezogen bin. Ich brauche ein paar Tage, um mir über alles klarzuwerden."

„Aber es ist doch nicht meinetwegen, oder?"

„O nein, Nick. Aber es ist mir schon entsetzlich gegen den Strich gegangen, wie er dich rausgeschmissen hat. Er hat sich verändert, Nick. Und mir gefällt ganz und gar nicht, was aus ihm geworden ist." Sie seufzte tief. „Hat er jemals ..., du weißt schon, mit anderen Frauen?"

Ich merkte, daß das eine Frage war, die ihr schon lange auf der Seele brannte. „Wer kann das schon so genau wissen", sagte ich vage.

Kate schluchzte und versuchte sich wieder zu fassen. Ich fühlte mich elend: Sie hatte mich um die Wahrheit gebeten, und ich hatte sie ihr nicht gesagt. Aber wie soll man einer Frau mitteilen, daß ihr Mann sie betrogen hat?

Sie wußte natürlich Bescheid.

„Hast du mit ihm darüber gesprochen?" fragte ich.

„Nicht direkt. Aber er kennt meine Einstellung. Ich will nicht, daß er seine Seele für irgendeinen Millionen-Dollar-Bonus verkauft. Und es gefällt mir nicht, wenn er sich mit anderen Frauen einläßt. Ich habe ihn geliebt. Tue es noch immer. Den alten Jamie. Doch in zehn Jahren wird er ein fetter, durchtriebener Banker sein mit einer Sammlung hübscher Betthäschen in aller Welt. Dann möchte ich nichts mehr mit ihm zu tun haben."

Ihre Stimme klang tieftraurig. Einen Augenblick blieben die vielen tausend Kilometer Leitung zwischen uns stumm. Dann sagte sie: „Du wärst die bessere Wahl gewesen." Bevor ich antworten konnte, hatte sie aufgelegt.

AM MONTAG morgen ging Luís in die Banco Horizonte und kehrte gegen Mittag zurück. Nelson und ich saßen am Tisch auf dem Balkon und warteten schon auf ihn.

Luís strahlte. „Es klappt. Vorbehaltlich einer genaueren Prüfung ist die Banco Horizonte gewillt, für Dekker Ward eine Offerte von zwanzig Millionen Pfund zu unterbreiten. Die KBN wird uns unterstützen."

„Toll", sagte ich.

„Ich werde Lord Kerton heute nachmittag telefonisch über unsere Offerte informieren."

„Haben Sie etwas über Francisco herausgefunden?" fragte ich.

Luís seufzte. „Nicht viel. Seine Geschäfte sind sehr undurchsichtig. Doch seit zwei Jahren scheint er über sehr viel größere Geldmittel zu verfügen. Es heißt, er habe bei einigen großen Immobiliengeschäften seine Finger im Spiel gehabt."

„Woher kommt das Geld?"

„Aus dem Drogenhandel, hört man. Und nicht nur dem brasilianischen. Er soll auch Verbindungen nach Kolumbien und Venezuela haben."

„Das würde erklären, warum Martin Beldecos in Caracas ermordet wurde", sagte ich.

„Aber man weiß nicht, mit welchem Kartell er zusammenarbeitet?" fragte Nelson.

Luís schüttelte den Kopf. „Haben Sie etwas gehört?"

„Er ist schon mit jedem der großen Bosse in Rio gesehen worden. Jeder von ihnen könnte Isabel in seiner Gewalt haben. Ich habe herausgefunden, wo er wohnt und arbeitet, und lasse ihn beschatten."

„Irgend etwas über die Halbwüchsigen, die mich angegriffen haben?" fragte ich.

„Ja. Ein Kriminalbeamter, der mit dem Fall befaßt war, hatte den Eindruck, daß die Sache geplant war. Aber in der Favela hat niemand den Mund aufgemacht. Mein Kontaktmann hat das Gefühl, daß die Leute etwas wissen, aber Angst haben zu reden."

„Es hat also den Anschein, als hätte Nick recht", sagte Luís. „Offenbar gibt es einen Zusammenhang zwischen dem Mord an Martin Beldecos, dem Angriff auf ihn selbst und Isabels Entführung."

Nelson nickte. „Hinter allem steckt Francisco, daran gibt es für mich überhaupt keinen Zweifel mehr", bekräftigte er grimmig.

Luís schlug mit der Hand auf den Tisch. „Und jetzt, wo wir das wissen, können wir da wirklich nichts tun?"

„Nur herausfinden, wo man Isabel gefangenhält", entgegnete Nelson ruhig.

Ich war genauso enttäuscht wie Luís. Ich sah ein, daß es keinen Zweck hatte, ohne Beweise zur Polizei zu gehen. Und eine direkte Konfrontation war Zeitverschwendung. Aber wie stand es mit Verhandlungen? Plötzlich hatte ich eine Idee. „Wir könnten mit Francisco sprechen", sagte ich.

WIR FUHREN eine steile, gewundene Straße hinauf. Zu beiden Seiten erhoben sich hinter schmiedeeisernen Toren und hohen Mauern Villen im Kolonialstil und erstrahlten in der Nachmittagssonne.

„Die Häuser dürften nicht ganz billig gewesen sein", sagte ich.

„Recht haben Sie", meinte Luís. „Santa Teresa ist eines der teuersten Viertel in Rio."

Von Nelsons Partner Ronald wußten wir, daß Francisco zu Hause war, also fuhren wir direkt dorthin. Als wir an einem Toyota vorbeikamen, stieg Nelson aus, um bei seinem Freund zu bleiben. Anonymität war eine wichtige Voraussetzung in seinem Beruf, daher wollte er vermeiden, von Francisco gesehen zu werden.

Wir hielten vor einem schmiedeeisernen Tor. Luís' Fahrer sprach in eine Gegensprechanlage an der Mauer. Die Torflügel schwangen auf. Wir fuhren auf einen mauerumsäumten Hof und hielten vor einem frisch gestrichenen Haus im Kolonialstil mit hohen, eleganten Fenstern. Als wir aus dem kühlen, klimatisierten Auto in den warmen Nachmittag traten, umfing mich der betäubende Duft der bunten Blüten, die Mauern und Kübel zierten.

Ein Butler öffnete die Tür und führte uns in eine Diele, die wiederum kühl war. Wir folgten ihm zu einer Tür am anderen Ende, als ein Junge von etwa siebzehn Jahren die Treppe herabeilte und an uns vorbei zur Haustür hinausstürzte.

Wir traten in ein großes, luftiges Wohnzimmer. Die eine Hälfte des Raums wurde von einem großen Schreibtisch aus dunklem Holz und dem üblichen Zubehör moderner Bürotechnik eingenommen, die andere Hälfte von einer Reihe Sofas und Sessel. Dahinter schloß sich ein kleiner Garten mit einem atemberaubenden Blick auf die Stadt und die Bucht an.

Kaum war der Butler entschwunden, betrat Francisco das Zimmer. Luís und er wechselten ein paar rasche Worte auf portugiesisch. Luís war gelassen und weltläufig, als handle es sich nur um einen Anstandsbesuch bei einem alten Bekannten. Während sie Höflichkeiten austauschten, betrachtete ich Francisco. Er war um die Vierzig, eher klein, kahlköpfig und korpulent. Die Gene, denen Luciana ihre aufregende Figur verdankte, hatten ihn lediglich fett gemacht. Seine Augen waren fast schwarz wie die ihren, aber kalt und berechnend. Er hatte ihr strahlendweißes Lächeln, nur daß es auf seinen dünnen Lippen eher wie ein Zähnefletschen aussah.

Ich hörte meinen Namen, als Luís in meine Richtung nickte.

„Angenehm", sagte Francisco auf englisch. „Bitte nehmen Sie Platz."

Luís und ich setzten uns auf ein niedriges Sofa. Francisco nahm uns gegenüber Platz. „Was kann ich für Sie tun?" fragte er.

„Nun, Francisco, meine Tochter ist entführt worden." Es gelang Luís, das so beiläufig herauszubringen, als würde er erwähnen, daß sich Isabel erkältet habe.

Auf Franciscos Gesicht malte sich höfliches Entsetzen. „O nein! Das ist ja schrecklich. Man hört in Rio immer wieder davon, gewiß, aber daß es nun ausgerechnet Ihnen zugestoßen ist, das ist ganz fürchterlich. Haben Sie von den Entführern gehört?"

Als ich seine Reaktion sah, rang ich mühsam um Beherrschung. Er war alles andere als ein guter Schauspieler. Jetzt war ich mir sicher, daß er Isabels Entführung organisiert hatte.

Luís bewahrte einen kühlen Kopf. „Das haben wir. Und sie haben eine höchst ungewöhnliche Forderung gestellt."

„Ach ja?"

„Ja. Sie haben verlangt, daß Nick Dekker Wards Übernahme durch eine amerikanische Investmentbank verhindert. Nick hat die Übernahme angezettelt, und deshalb glauben die Entführer wohl, er könnte das Geschäft auch wieder rückgängig machen."

„Wirklich, sehr ungewöhnlich."

„Ja, merkwürdig, nicht? Leider kann Nick gar nichts mehr tun. Uns ist daher eine andere Idee gekommen."

„Ich weiß nicht, was das alles mit mir zu tun haben soll", sagte Francisco.

Luís überging seinen Einwurf und fuhr fort: „Wie Sie wissen, leite ich die Banco Horizonte. Wir haben vor, eine Übernahmeofferte für Dekker Ward zu unterbreiten. Dekker Ward steht kurz vor dem Bankrott. Wenn meine Bank die Firma übernehmen sollte, werden wir die Interessen aller Anleger wahren. Damit meine ich nicht nur, daß sie ihr Geld zurückbekommen, sondern auch, daß ihre Namen nicht preisgegeben werden, falls eine Untersuchung stattfindet. Das gilt natürlich nur für den Fall, daß meine Tochter freigelassen wird."

Francisco setzte eine Miene leichter Verwunderung auf. „Eine interessante Idee, aber ich begreife noch immer nicht, was das mit mir zu tun haben soll."

Luís blieb stumm und ließ seinen Blick auf seinem Gegenüber ruhen. Francisco war bemüht, das unbehagliche Schweigen zu beenden und die Fiktion eines normalen Gesprächs aufrechtzuerhalten. „Natürlich, Ricardo Ross ist mein Schwager. Aber ich habe nichts mit Dekker Ward zu tun."

Luís stand auf. „Nun, vielen Dank für die Zeit, die Sie uns geopfert haben. Sicherlich werde ich bald von den Entführern hören, ob sie mit meinem Vorschlag einverstanden sind."

Francisco war offenbar durcheinander und wußte nicht recht, was für eine Reaktion von ihm erwartet wurde. Schließlich entschloß er sich zu einem mitfühlenden Tonfall. „Ich habe immer noch nicht ganz verstanden, warum Sie mich in dieser Angelegenheit sprechen wollten, aber ich hoffe, Ihre Tochter wird bald freigelassen."

„Das hoffe ich auch, Francisco, sehr sogar." Zum erstenmal war ein Anflug von Schärfe in Luís' Stimme.

Als Francisco uns durch die Diele hinausbrachte, blieb ich stehen. „Ach, übrigens, Senhor Aragão, war das Ihr Sohn, den wir vorhin gesehen haben?"

„Ja, Francisco *filho*. Er ist im letzten Schuljahr."

„Aha." Ich lächelte. Luís und ich ließen den armen Francisco in tiefer Verwirrung zurück.

„ER STECKT eindeutig hinter der Entführung von Isabel", sagte ich, sobald die Limousine außer Sichtweite der Villa war und wir Nelson wieder aufgesammelt hatten.

„Und ob", knurrte Luís. „Ich mußte mich schon sehr beherrschen, um ihn nicht auf der Stelle zu erdrosseln. Da sitzt du, lächelst und plauderst und weißt, das Schwein hat deine Tochter."

„Glauben Sie, er geht darauf ein?"

„Ich hoffe es. Zugehört hat er jedenfalls. Aber wer weiß, ob er wirklich der Drahtzieher ist. Vielleicht sind das die Gebrüder Ross."

„Francisco könnte sich aber auch zu einem Alleingang entschließen, wenn er den Eindruck hat, daß es seinen Interessen dient", sagte Nelson.

„Darauf müssen wir hoffen", erwiderte Luís. „Liebend gern würde ich ihn den Behörden übergeben", fügte er leise hinzu.

Diesen Wunsch teilte ich. Und das erinnerte mich daran, daß mein Plan eine Schwachstelle hatte. Francisco hatte nichts als Luís' Wort, daß seine Kontounterlagen nach Isabels Freilassung nicht der Polizei ausgehändigt würden. Und wenn Dekker Ward übernommen wurde und er uns nicht vertraute, warum sollte er Isabel am Leben lassen?

Luís' Fahrer setzte ihn an der Bank ab und brachte Nelson und mich zur Wohnung zurück. Luís kam zwei Stunden später. Gespannt erwarteten wir ihn.

„Ich habe mit Lord Kerton gesprochen", sagte er. „Er ist bereit, unsere Offerte zu prüfen. Aber er will am Mittwoch persönlich mit mir und einem Vertreter der Geschäftsleitung der KBN sprechen, um entscheiden zu können, ob es uns ernst mit dem Angebot ist."

Kurz bevor Luís aufbrach, klingelte das Telefon. Zico war dran. Er sagte, daß es absolut keine Änderungen der Bedingungen gebe. Wenn irgend jemand Dekker Ward übernehme, werde Isabel sterben.

Schweigend blickten wir uns an. Cordelia biß sich auf die Unterlippe, um nicht zu weinen. „Also geht er nicht darauf ein", sagte ich.

Luís lächelte mich an. „Es war einen Versuch wert, Nick." Er wandte sich an Nelson: „Und was nun?"

Nelson zuckte mit den Achseln. „Auf jeden Fall sollten Sie nach London fliegen. Dadurch gewinnen wir noch ein paar Tage mehr."

„Sie haben recht." Dann wanderte sein Blick von Nelson über Cordelia zu mir. „Findet sie um Gottes willen!" sagte er.

WEITERES Warten, weitere Nervenanspannung. Cordelia und Nelson kamen am Mittwoch morgen. Wir wußten, daß Luís mittags mit Lord Kerton zu einem Arbeitsessen verabredet war.

Das Telefon klingelte. Es war Luís.

„Wir sind im Rennen", sagte er. „Ich habe ihm zwanzig Millionen Pfund geboten. Er sagte aber, er wolle Bloomfield Weiss Gelegenheit zu einem höheren Gebot geben. Es kommt also zu einer Versteigerung: versiegelte Offerten von uns und Bloomfield Weiss am nächsten Mittwoch."

„Nur eine Woche!" rief ich aus.

„Er sagt, vor dem 30. Juni muß das Geschäft unter Dach und Fach sein, dem Stichtag der Regulierungsbehörde. Dann lassen sich die Verluste nicht mehr verheimlichen."

„Können Sie die Offerte denn in einer Woche unterbreiten?" fragte ich.

„Ich glaube schon. Der Markt scheint sich zu stabilisieren, daher ist die KBN ganz zuversichtlich. Wir haben die Transaktion so gestaltet, daß für KBN ein hübscher Profit herausspringt. Wie sieht es bei euch aus?"

„Noch gar nichts."

„Gar nichts?" Luís war enttäuscht, aber auch eine Spur von Ärger schwang in seiner Stimme mit.

„Tut mir leid, Luís, wir versuchen alles. Aber niemand scheint etwas zu wissen. Trotzdem, Luís, irgend etwas wird sich schon ergeben."

„Hoffentlich, Nick. Ich hoffe es wirklich."

Und so war es dann auch. Am nächsten Tag. Cordelia rief an und teilte uns mit, eines der Straßenkinder habe etwas entdeckt. Der Junge sei bereit, mit uns zu sprechen, aber wir müßten in den Hort kommen.

Nelson fuhr in die Favela. Wir schlugen den gleichen Weg ein, den Isabel und ich zwei Monate zuvor genommen hatten. In der Luft lag der Gestank von nassem Müll. Eine Reihe Halbwüchsiger starrte mich an, während wir langsam nach oben stiegen. Schließlich erreichten wir das Plateau mit der kleinen Kirche und dem Kinderhort. Wir klopften an die Tür, und Cordelia öffnete.

„Folgen Sie mir", sagte sie und führte uns in einen kleinen Lagerraum voller Unterrichtsmaterialien und getrockneter Lebensmittel. Auf einer Kiste saß ein mageres Bürschchen von ungefähr zwölf Jahren. Ich erkannte ihn sofort wieder: Euclides.

„Hallo, Boß", sagte er mit einem nervösen Lächeln.

„Hallo, Euclides."

Cordelia machte Nelson mit Euclides bekannt, der den Mann mit großem Argwohn musterte. Zweifellos erkannte er einen Expolizisten, wenn er einen vor sich hatte.

Nelson stellte Euclides einige Fragen. Der Junge antwortete mürrisch und einsilbig und raffte sich nur zu etwas ausführlicheren Antworten auf, wenn Cordelia ihn dazu überredete. Ich konnte deutlich erkennen, daß Euclides Nelson mißtraute, aber um Cordelias Anerkennung bemüht war. Trotzdem blieben seine Augen hart. Dieses Kind hatte schon viel Gewalt gesehen.

„Was sagt er?" fragte ich in einer Gesprächspause.

„Er sagt, er kennt einen Jungen aus der Gruppe, die Sie angegriffen hat. Es war alles geplant. Ein Mann namens Borboleta hat alles organisiert. Er ist der Chef einer Bande in einer Favela hier in der Nähe."

„Weiß Euclides, ob sich Isabel in der Gewalt dieses Borboleta befindet?"

Nelson seufzte. „Er sagt, von Isabel weiß er nichts."

„Bitten Sie ihn herauszufinden, wo sie ist."

Nelson zuckte die Achseln und stellte eine entsprechende Frage. Euclides grunzte: *„Não."*

„Fragen Sie ihn, warum nicht."

Nelson wiederholte meine Frage auf portugiesisch, und Euclides murmelte etwas. „Er sagt, sein Freund könnte vielleicht etwas herausfinden. Aber Euclides möchte nicht zu viele Fragen stellen. Es könnte gefährlich sein."

„Sagen Sie ihm, daß es sich um Cordelias einzige Schwester handelt. Er muß uns helfen."

Euclides hörte die Dringlichkeit in meiner Stimme und sah mich an.

Nelson übersetzte. Euclides warf Cordelia einen schuldbewußten Blick zu und zuckte mit den Achseln.

„Hat er eine Schwester?"

Euclides nickte.

Nun stellte ich eine ganze Reihe weiterer Fragen und bestand darauf, daß Nelson sie übersetzte.

„Wie heißt sie?"

„Marta."

„Liebst du sie?"

Pause. „Ja."

„Magst du Cordelia?"

Wieder eine Pause. „Ja."

„Nun, wenn deine Schwester in Gefahr wäre, würdest du dann alles tun, um ihr zu helfen?"

Der Junge antwortete nicht. Er sah mich unverwandt an. In seinen braunen Augen lag unendlich viel für ein Kind von zwölf Jahren – Prahlerei, Furcht, aber auch, untergründig, Warmherzigkeit.

„Cordelia hat das Leben vieler Kinder gerettet, die hierhergekommen sind. Jetzt kannst du ihre Schwester retten."

Er antwortete noch immer nicht. Aber ich konnte sehen, daß es in ihm arbeitete.

Nelson nahm etwas aus einem Halfter, das er sich um den Knöchel gebunden hatte. Es war ein Revolver. Das Metall glänzte matt im dämmrigen Licht des Lagerraums. Er gab ihn Euclides. Entsetzt sahen Cordelia und ich zu.

Der Zwölfjährige nahm die Waffe und steckte sie in seinen Hosenbund. „Okay", sagte er. „Ich finde sie."

DER FREITAG verstrich. Das Wochenende zog sich hin. Luís blieb in London. Von Euclides hörten wir nichts. Am nächsten Mittwoch würde Lord Kerton entweder an Bloomfield Weiss verkaufen oder an die Banco Horizonte. Beides würde Zico mißfallen. Wie mochte Euclides vorankommen?

Am Freitag abend kamen Cordelia und ihr Mann zu mir in die Wohnung. „Glauben Sie, Euclides hat den Revolver genommen und sich aus dem Staub gemacht?" fragte ich Cordelia beim Abendessen, das wir in gedrückter Stimmung einnahmen.

„Das glaube ich nicht", antwortete sie. „Er ist ein tapferer Junge und stolz auf seinen Mut. Das sind viele dieser Kinder."

„Aber wird er Isabel finden?“

„Ich glaube, er wird meinetwegen nach ihr suchen.“

„Er ist Ihnen sehr zugetan.“

Cordelia senkte den Kopf.

„Ja. Und deshalb rückt er Leuten auf die Pelle, die ihn umbringen, wenn sie herauskriegen, was er vorhat.“

Fernando legte seine Hand auf ihre.

Nach dem Abendessen tranken wir Caipirinhas auf dem Balkon. Cordelias Blick ruhte mit einem Lächeln auf mir. Es hatte Ähnlichkeit mit dem ihrer Schwester, nur war es ein bißchen selbstbewußter. Trotzdem, es erinnerte mich an Isabel. Das gefiel mir.

„Irgendwie verrückt, endlich trifft man mal einen von Isabels Freunden“, sagte sie.

„Hält sie die ansonsten versteckt?“

„Sie behauptet, es gäbe keine.“

„Allerdings weiß ich nicht, ob ich wirklich für sie in Frage komme“, sagte ich.

In Cordelias Augen lag ein verschmitzter Ausdruck. „Ganz bestimmt, wenn sie bei klarem Verstand ist. Und das ist sie.“

Wir sprachen viel an diesem Wochenende, Fernando, Cordelia und ich. Allmählich fühlte ich mich schon als Teil der Familie Pereira. Doch Cordelias Worte hatten mich zugleich beunruhigt und ermutigt. Wenn wir Isabel lebend freibekamen, würde unsere Beziehung dann eine Zukunft haben? Sie mußte einfach heil aus diesem Alptraum herauskommen, damit ich es herausfinden konnte.

Am Sonntag hatten wir immer noch nichts gehört. Uns blieben noch drei Tage.

AM MONTAG morgen ging Cordelia in den Hort. Dort angekommen, rief sie mich sofort in der Wohnung an. Euclides hatte im Hort bereits auf sie gewartet. Er hatte Isabel gefunden!

Abermals machten Nelson und ich uns auf den Weg zum Kinderhort. Diesmal war Euclides viel gesprächiger, seine Augen glänzten unter dem Eindruck des Abenteuers. Sein Freund hatte nicht gewußt, wo Isabel versteckt gehalten wurde. Er kannte aber zwei der Entführer und hatte Euclides gezeigt, wo sie ihren Wagen, einen Pick-up, parkten. Am Sonntag hatte sich Euclides auf der Ladefläche versteckt. Sie waren in die Hügel hinter Rio gefahren. Schließlich war der Wagen gleich hinter einem kleinen Dorf in einen staubigen Weg abgebogen und hatte vor einem verlassenen Bauernhaus gehalten. Euclides hatte sich den Namen des Dorfes gemerkt.

Das Dorf hieß São José.

Euclides war bereit, uns den Ort zu zeigen. Anderthalb Stunden fuhren wir nordwärts, vorbei an steilen grünen Hügeln mit Wiesen und Wäldern, bevor wir das Dorf São José erreichten. Es bestand aus einer Ansammlung weiß gestrichener Häuser mit hellblauen Türen, die sich am Ende des Tals zusammendrängten. Euclides dirigierte uns durch das Dorf hindurch, über eine Brücke und bedeutete uns anzuhalten. Ein provisorischer Schotterweg zweigte nach rechts ab und wand sich zwischen Schafweiden einen Hügel empor. Er führte an zwei kleinen Höfen vorbei und schien unmittelbar unterhalb der Hügelkuppe an einem alleinstehenden Gebäude zu enden.

Dort hinauf zeigte Euclides und sagte: „*La.*"

AUF DEM Rückweg nach Rio entbrannte eine heftige Diskussion.

„Wir müssen zur Polizei gehen", sagte Nelson. „Wir haben keine andere Wahl. Heute ist Montag. Bis Mittwoch muß sie frei sein."

„Aber Sie wissen doch, was beim letzten Mal passiert ist", widersprach ich. „Die Entführer haben einen Tip bekommen. Isabel ist beinahe umgebracht worden."

„Das Ganze ist nicht ohne Risiko, das weiß ich. Aber es kann klappen. Die Polizei wird das Überraschungsmoment nutzen."

„Aber es gibt kein Überraschungsmoment. Irgend so ein gekaufter Polizist wird die Entführer vorab informieren."

„Ich rede mit da Silva. Gegenwärtig sind ein Dutzend Entführungsopfer in Rio und Umgebung versteckt. Wir sagen der Polizei erst im letzten Moment, um wen es sich handelt."

Schweigend fuhren wir weiter.

„Hören Sie", sagte Nelson. „Wenn wir Isabel lassen, wo sie ist, wird sie wahrscheinlich umgebracht. Wenn die Polizei das Gebäude stürmt, um sie zu retten, hat sie eine bessere Chance."

Er hatte recht. Was wir auch taten, wir konnten nicht ausschließen, daß Isabel getötet wurde. Aus der Vorstellung, sie zu finden, hatten wir unsere Hoffnung gezogen. Jetzt, da wir wußten, wo sie war, und eine gewaltsame Befreiungsaktion unvermeidlich erschien, standen uns mit einem Mal die Risiken direkt vor Augen.

Ich dachte an Francisco und wurde von unbändiger Wut gepackt. Er hatte auch ein Kind. Was würde er wohl empfinden, wenn sein

Sohn in diesem Bauernhaus säße und noch ein oder zwei Tage zu leben hätte?

„Nelson, ich habe eine Idee."

Er seufzte. „Schon wieder. Uns bleibt keine Zeit mehr für Ideen."

„Nein, hören Sie zu. Diese wird funktionieren."

SIEBZEHN

Wir waren ein bunt zusammengewürfeltes Team. Cordelia saß in der Wohnung am Telefon. Nelson, sein Partner Ronaldo, Euclides und ich hockten im Auto, genauer, in einem der beiden Wagen, die Nelson am Abend zuvor von einem Autodieb gekauft hatte. Nelson, Ronaldo und ich hatten Revolver. Euclides hatten wir unter der Bedingung mitgenommen, daß er seinen geliebten Revolver zu Hause ließ. Vielleicht würde sich der Junge als nützlich erweisen. Ich hatte noch nie eine Handfeuerwaffe bei mir getragen. Nelson hatte mir gezeigt, wie man sie bediente, mir aber auch ans Herz gelegt, nur im äußersten Notfall zu schießen.

Ich hatte Angst. Jetzt stand nicht nur Isabels, sondern auch mein Leben auf dem Spiel. Gleichzeitig war ich aber auch wie elektrisiert. Zum erstenmal konnte ich handeln und durch mein Handeln zu ihrer Befreiung beitragen. Nelson wirkte kaltblütig und entschlossen. Ronaldo, ein ehemaliger Kollege von Nelson bei der Polizei, blickte stoisch vor sich hin.

Es war Dienstag morgen. Die Sonne stand niedrig am brasilianischen Winterhimmel. Um halb sieben öffneten sich wie gewöhnlich die Torflügel vor Franciscos Haus und ließen einen kleinen grauen Renault heraus.

Nelson startete den Wagen und ließ ihn quer über die Straße schießen. Er krachte in den Renault und schleuderte diesen gegen die Mauer. Ich sprang aus dem Auto. Nelson hatte die Tür des Renault bereits aufgerissen. Francisco *filho* hatte keinen Sicherheitsgurt angelegt gehabt und war mit dem Gesicht aufs Lenkrad geknallt. Er war benommen. Blut rann ihm aus dem Mund. Ronaldo und Nelson zogen ihn aus dem Renault, während ich zu dem anderen Wagen lief, den wir wenige Meter entfernt geparkt hatten. Wir hatten den jungen Mann verstaut, ehe dieser wußte, wie ihm geschah. Dann saßen wir im Auto und gaben Gas.

Ronaldo fuhr schnell und sicher durch Rios Morgenverkehr. Nelson teilte Cordelia über Handy mit, daß wir den Jungen hatten.

Die Fahrt durch Rio schien eine Ewigkeit zu dauern. Verkrampft hockte ich im Fond, die Hände fest zusammengepreßt. Nelson und Ronaldo, die vorn saßen, schienen vollkommen ruhig zu sein. Euclides neben mir hatte glänzende Augen und lächelte verzückt. Keiner von uns sagte ein Wort.

Eine Stunde später schnurrte Nelsons Handy. Er sprach einige Sekunden lang.

„Cordelia hat sich mit Francisco in Verbindung gesetzt. Er sagt, er brauche Zeit zum Nachdenken. Das Ganze könnte ja eine Finte sein. Zehn Minuten hat sie ihm gegeben."

Himmel! Francisco mußte sofort reagieren. Auf langwierige Verhandlungen konnten wir uns nicht einlassen. Den Familien von Entführungsopfern wurde immer wieder geraten, nach Möglichkeit nicht auf die Anfangsforderungen von Entführern einzugehen. Aber wir verlangten ja kein Geld von ihm. Er sollte sich lediglich an eine bestimmte Stelle begeben und dort eine Nachricht entgegennehmen.

Fünfzehn Minuten waren vergangen, als Cordelia zurückrief.

Nelson lauschte und grinste dann. „Er ist darauf eingegangen", sagte er. „Er nimmt sein Handy mit, so daß Cordelia mit ihm in Verbindung bleiben kann."

Wir fuhren in Richtung Berge. Nach einer halben Stunde erreichten wir ein einsames Stück Straße, ungefähr zwanzig Kilometer von São José entfernt. Wir hielten auf dem Seitenstreifen, so daß wir die Straße bis hin zu einer Tankstelle überblicken konnten. Cordelia würde Francisco anweisen, auf deren Vorplatz zu halten und auf weitere Instruktionen zu warten. Die beiden Tankwarte hatten reichlich Geld erhalten und würden für einen Tag blind sein für die Unbill dieser Welt.

Wir zogen Francisco junior aus dem Kofferraum, ließen ihn etwas Wasser trinken, knebelten ihn, banden ihm die Hände auf den Rücken und verstauten ihn wieder im Kofferraum. Seine Wange war geschwollen, aber sein Mund hatte aufgehört zu bluten. Seine Augen waren weit aufgerissen vor Angst, und er flehte uns auf portugiesisch an. Der Junge tat mir leid. Doch wenn alles glatt lief, würde er bald frei sein.

Nelson holte ein Fernglas hervor und begann, die Tankstelle zu beobachten.

Nach fünf Minuten fuhr ein blauer Wagen vor. Er hielt auf dem Vorplatz. Der Tankwart, der ans Seitenfenster getreten war, wurde offenbar weggeschickt. Ich konnte sehen, daß es nur einen Insassen gab. Wir warteten noch weitere zehn Minuten, um ganz sicherzugehen, daß Francisco wirklich allein gekommen war. Dann fuhr Nelson den Hügel hinab und brachte unseren Wagen neben dem von Francisco zum Stehen.

Nelson und ich stiegen aus, Francisco tat es uns nach. Er schwitzte. Große Schweißperlen glänzten auf seiner kahlen Stirn. Er erkannte mich sofort. Er wollte etwas sagen, verkniff es sich dann aber lieber.

„Vielen Dank, daß Sie gekommen sind", sagte ich. „Haben Sie etwas dagegen, wenn wir Sie und Ihren Wagen etwas genauer in Augenschein nehmen?"

„Natürlich!" protestierte Francisco, aber Nelson zwang ihn, gegen das Auto gestützt Aufstellung zu nehmen, und tastete ihn ab. Ich durchsuchte rasch das Auto. Im Handschuhfach fand ich einen Revolver, den ich Ronaldo reichte.

Francisco blickte uns finster an. „Wo ist mein Sohn?" fragte er.

Nelson bedeutete Francisco, ihm zu unserem Wagen zu folgen, wo er den Kofferraum öffnete. Francisco junior warf sich hin und her und keuchte, doch als er seinen Vater sah, hielt er inne und blickte ihn aus vor Schreck geweiteten Augen an.

„Da kann er doch nicht liegenbleiben! Lassen Sie ihn raus!" stöhnte Francisco.

„Wenn es soweit ist", erklärte ich. „Doch zuerst kommen Sie mit uns. Wir nehmen Ihren Wagen."

Ich setzte mich mit Francisco nach hinten. Nelson kletterte hinters Steuer und fuhr los. Hinter uns folgten Ronaldo und Euclides mit dem anderen Wagen, in dessen Kofferraum sich noch immer Francisco junior befand. Francisco betrachtete die Straße vor uns mit finsterem Blick, die Lippen zu einem dünnen Strich zusammengepreßt. Er sagte nichts.

Je weiter wir in die Hügelkette vordrangen, desto grauer wurde der Himmel. Schließlich verschwand die Sonne ganz hinter den Wolken. Bald hatten wir São José erreicht und bogen in den schmalen Weg ein, den uns Euclides am Tag zuvor gezeigt hatte. Wir fuhren am zweiten der beiden Bauernhöfe vorbei und hielten an. Über uns, am Ende der Straße, lag das weiße Gebäude, in dem Isabel gefangengehalten wurde.

Ich öffnete die Wagentür und forderte Francisco zum Aussteigen auf.

Hier oben war es kühler. Das Gras und der spärliche Schotter der Straße glitzerten feucht. In dem Gebäude über uns konnten wir kein Zeichen von Leben wahrnehmen. Zwei große schwarze Rabenvögel kreisten über ihm.

„In dem Haus dort oben wird Isabel Pereira gefangengehalten", sagte ich. „Wir möchten, daß Sie sie freilassen."

Francisco protestierte. „Ich habe Ihnen doch gesagt, daß ich mit der Entführung nicht das geringste zu tun habe! Ich kann nichts für das Mädchen tun. Geben Sie mir meinen Sohn zurück, und lassen Sie uns auf der Stelle gehen."

„O nein, Francisco", sagte ich, bemüht, nicht die Beherrschung zu verlieren. „Sie gehen jetzt dort hinauf und sagen den Männern, daß sie Isabel freilassen sollen. Ihr Sohn bleibt hier. Sobald ich sehe, daß sie den Hügel herabkommt, schicken wir ihn ihr entgegen. Sie haben unser Wort darauf, daß die Polizei kein Wort von alledem erfahren wird."

„Ich weiß überhaupt nichts von der Sache!" schrie Francisco.

„Irgendwie werden Sie sie schon dazu bringen, sie freizulassen. Ach ja, noch etwas. Sollte Isabel nicht binnen weniger Minuten auf dem Weg zu uns nach unten sein, verschwinden wir. Mit Ihrem Sohn."

„Was haben Sie mit ihm vor?"

„Darüber wird Isabels Vater befinden, sobald er zurück ist. Ich glaube nicht, daß er viel Mitgefühl für Sie aufbringen wird. Gehen Sie jetzt!" Ich stieß Francisco vorwärts in Richtung des Hauses.

Rasch stieg er den Hang empor. Als er das Haus erreichte, öffnete sich die Eingangstür, und er verschwand im Inneren.

Das war ein gutes Zeichen. Es bedeutete, daß, wer auch immer sich im Haus befand, Francisco kannte. Obwohl ich Franciscos Proteste nicht sonderlich ernst genommen hatte, war doch stets ein Rest von Zweifel geblieben, ob er wirklich etwas mit Isabels Entführung zu tun hatte.

Nelson zog Francisco *filho* aus dem Kofferraum und ließ ihn mitten auf dem Weg, mit dem Gesicht zum Bauernhaus, Aufstellung nehmen.

Wir warteten – Ronaldo, Nelson, ich und der verängstigte Junge.

Ich ließ die Tür des Gebäudes nicht aus den Augen. Die Bezeichnung „Bauernhaus" war eigentlich zu hoch gegriffen für diesen Schuppen.

Meine Nerven waren zum Zerreißen gespannt. Es lag auch daran, daß ich nun nach so langer Zeit kurz davor war, Isabel wiederzusehen. Würde sie körperlich unversehrt sein? Würde sie psychische Schäden davongetragen haben? Und wie war es mit mir? Was würde sie empfinden, wenn sie mich wiedersah? Aber meine Angst rührte, wie ich erkannte, zum Teil daher, daß nach all den Anstrengungen, sie zu befreien, am Ende die große Enttäuschung auf mich warten könnte – die Erkenntnis, daß ich ihr nichts bedeutete.

Ich blickte auf die Uhr. Die zehn Minuten waren um. Francisco hätte sie schon längst herausschicken müssen.

Ich blickte Nelson an. „Was halten Sie davon?"

Er sah auf die Uhr. „Lassen wir ihnen noch ein bißchen Zeit. Vielleicht müssen sie sich erst mal einig werden. Zu lange dürfen wir hier aber nicht bleiben. Sonst begegnen wir auf dem Weg nach unten dem Rest der Bande."

Besorgt blickte ich den Weg hinunter nach São José. Der Verkehr war spärlich. Doch gelegentlich fuhr ein Auto herauf oder hinunter. Niemand konnte wissen, ob es die Freunde der Entführer waren. Doch wenn sie aus Rio kamen, dann würden sie geraume Zeit für den Weg brauchen.

Eine Viertelstunde. Noch immer nichts zu sehen. Ich begann darüber nachzudenken, welche Möglichkeiten wir noch hatten, wenn wir ohne Isabel abziehen mußten. Immerhin hatten wir noch Francisco *filho*. Solange er in unserer Gewalt war, hatte Isabel nichts zu befürchten. Doch Francisco und seine Männer würden nach uns und dem Jungen suchen und sicherlich nicht davor zurückschrecken, wesentlich brutalere Methoden anzuwenden als wir. Nein, das mußten wir, wenn irgend möglich, vermeiden.

Erneut warf ich Nelson einen fragenden Blick zu. Er zuckte mit den Achseln. Francisco *filho* biß sich auf die Lippen. Er war genauso unruhig wie wir. Armer Kerl.

Dann weiteten sich seine Augen. Ich blickte den Hügel hinauf. Die Tür des Gebäudes öffnete sich. Jemand wurde herausgestoßen. Zarte, lange Haarsträhnen, die ihr der Wind ins Gesicht blies: Isabel! Sie begann langsam den Hügel herunterzuschreiten.

Nelson gab Francisco *filho* einen kräftigen Stoß in den Rücken. Dieser stolperte vorwärts in Richtung Schuppen.

Es mochten etwa vierhundert Meter zwischen uns und dem Gebäude liegen. Obwohl Francisco *filho* bergauf ging, kam er rascher voran, so daß er bald weiter von uns entfernt war als Isabel von dem Schuppen.

Plötzlich kam aus der Tür des Gebäudes ein Mann geeilt, der den Hügel hinabzulaufen begann. Er war groß, geschmeidig und schnell. Francisco lief laut rufend hinter ihm her.

„Lauf, Isabel!" schrie ich.

Sie hielt inne, blickte auf, wandte sich um, sah den Mann auf sich zukommen und beschleunigte ihren Schritt. Francisco *filho* setzte sich sofort in Trab.

Verdammt! Ich konnte den Jungen nicht niederschießen.

Aber wenn ich ihn laufenließ, verloren wir jede Chance, Isabel zu befreien. Ich mußte ihn erreichen, bevor der Kidnapper bei Isabel war. Dieser näherte sich, in großen Sprüngen den Berg herabkommend, bedrohlich. Ich sprintete los.

Hinter mir hörte ich zwei Schüsse. Offenbar hatte Nelson auf den Jungen gefeuert. Es waren Warnschüsse. Leider veranlaßten sie den Jungen nur, noch schneller zu laufen.

Jedoch nicht so schnell wie ich. Ich kam ihm rasch näher. Der Junge hatte keine Kraft in seinen Beinen, daher machte ihm die Steigung schwer zu schaffen. Seine Hände waren noch immer gebunden, und der Knebel erschwerte ihm das Atmen. Weiter oben hatte der Mann Isabel jetzt erreicht und warf sie zu Boden. Als die beiden sich wenige Meter vor uns erhoben, hechtete ich vorwärts und packte den Jungen am Knöchel. Er stolperte, ich warf mich auf ihn, zog die Pistole und hielt sie ihm an die Schläfe.

Schreckensstarr lag er unter mir. Den Revolver an seinen Schädel gepreßt, blickte ich zu Isabel hinüber. Sie war jetzt wieder auf den Beinen. Der Mann hatte den linken Arm um ihren Hals geschlungen und hielt ihr mit der Rechten eine Pistole an den Kopf. Verängstigt blickten mich ihre braunen Augen an. Einen Augenblick hielt ich ihren Blick fest, versuchte, ihr Zuversicht zu signalisieren. Doch dann wurde sie von dem Mann rückwärts den Hügel hinaufgezerrt.

„Halt!" rief ich. „Der Austausch kann immer noch stattfinden."

„Nein! Ich nehme sie mit!" Damit zog er Isabel weiter den Hügel hinauf.

Die Stimme hätte ich überall wiedererkannt: Zico!

Ich riß Francisco *filho* hoch. „Lassen Sie sie frei!" rief ich Zico zu. „Wir lassen Sie ziehen."

„Woher weiß ich das? Nein, Isabel kommt mit!"

Weiter und weiter zerrte er sie den Hügel empor. Ich folgte mit dem Jungen. Langsam näherten wir uns dem Schuppen und einem roten Pick-up.

„Halt!" rief ich. „Oder ich erschieße ihn!"

„Nein!" schrie Francisco.

Zico lachte. „Nur zu. Mir ist das egal. Er ist nicht mein Sohn."

Spöttisch blickte er mich an. Natürlich dachte ich nicht im Traum daran, den Jungen zu erschießen. Ich gab ihn frei und ließ die Hand mit dem Revolver sinken. Der Junge lief zu seinem Vater.

Zico zog Isabel zum Pick-up. Sie blickte zurück, hilflos und flehend, als wollte sie mich bitten, irgend etwas zu ihrer Rettung zu tun.

Da war sie, nur wenige Schritte von mir entfernt. Zum Greifen nah stand sie vor mir, und nun schickte sich Zico an, einfach mit ihr fortzufahren. Ich konnte nicht riskieren, auf ihn zu schießen. Er würde erst sie und dann mich töten.

Wenn Zico mit ihr entkam, brachte er sie möglicherweise um. Vielleicht ließ er sie laufen, wenn er sie nicht mehr brauchte. Oder er verlangte wieder ein Lösegeld für sie. Noch hatte sie eine Chance. Also hieß es, Ruhe zu bewahren. Solange ich nichts unternahm, würde ihr nichts passieren.

Dann sah ich, daß sich etwas hinter dem Pick-up bewegte. Magere braune Gliedmaßen huschten über den Boden zu einem Wasserbehälter. Sekundenbruchteile später tauchten dahinter ein Kopf und ein kurzer stählerner Lauf auf. Euclides! Und er hielt die Waffe in der Hand, die er von Nelson bekommen hatte. Wo zum Teufel hatte er die auf einmal her? Er mußte sie irgendwo versteckt haben. O Scheiße! Das letzte, was wir jetzt brauchen konnten, war die verrückte Heldentat eines Zwölfjährigen.

Rasch richtete ich meinen Blick wieder auf Zico, damit er nicht merkte, daß ich etwas hinter seinem Rücken gesehen hatte. Langsam näherte ich mich den beiden.

„Bleiben Sie stehen!“ rief er.

Ich tat, wie mir geheißen.

Hinter Zicos Rücken lief Euclides vom Wasserbehälter zum Pick-up. Ich weiß bis heute nicht, was er eigentlich vorhatte. Sich darin verstecken, wahrscheinlich, um Zico später zu überraschen. Statt dessen trat er auf ein Stück Wellblech, das fürchterlich schepperte. Zico wirbelte herum. Euclides hielt inne und stand ohne jede Deckung. Er richtete seine Waffe auf Zico, zögerte aber, vermutlich aus Furcht, Isabel zu treffen. Zico richtete seinen Revolver auf Euclides. Zwei Schüsse krachten. Euclides stieß einen schrillen Schrei aus.

Mir blieb keine Zeit zum Nachdenken. Instinktiv hob ich den Arm und zielte auf Zico. Über den kurzen Lauf hinweg sah ich direkt in Isabels angsterfüllte Augen. Ich ruckte etwas nach links und drückte ab, als Zico im Begriff stand, sich wieder mir zuzuwenden. Die Kugel traf ihn in die rechte Schulter und riß seinen Arm zurück. Sein Revolver fiel zu Boden.

Er ließ Isabel los, um die Waffe aufzuheben. Ich rannte zu ihm, als ein weiterer Schuß ertönte. Zicos Kopf flog zur Seite, dann brach er zusammen.

Euclides lag auf dem Boden. Er lächelte stolz. In Höhe seiner Brust zeichnete sich ein großer dunkler Fleck im Gras ab.

Ich lief zu Isabel, die am Boden kauerte und schluchzte.

„Bist du okay?“

Sie sah auf, und auf ihrem tränenverschmierten Gesicht breitete sich ein Lächeln aus, jenes Lächeln, das ich mir in den letzten Wochen so häufig vorgestellt hatte. Sie nickte.

Daraufhin wandte ich mich um und rannte zu der Stelle, wo Euclides zu Boden gegangen war. Er lag in einer Blutlache. Ich zögerte, unschlüssig, was zu tun sei. Euclides' Lippen bewegten sich. Ich beugte mich zu ihm hinunter, um ihn zu verstehen.

„Hab ihn getroffen, Boß“, flüsterte er.

„Ja, du hast ihn getroffen“, sagte ich.

Ich drehte seinen schmächtigen Körper auf den Rücken und versuchte, mit seinem Hemd die Blutung zu stillen. Es war hoffnungslos. Binnen einer Minute war sein Leben im feuchten Gras versickert.

ISABEL kauerte neben mir im Fond des Wagens und blickte wie abwesend auf die Straße vor uns. Ronaldo fuhr uns zurück nach Rio und überließ es Nelson, Ordnung in das Chaos zu bringen, das wir zurückgelassen hatten.

Nelson und ich hatten beschlossen, Francisco und seinen Sohn laufenzulassen. Schließlich hatten wir das versprochen, und Francisco hatte seinen Teil der Abmachung eingehalten. Wir hielten es für das beste, die Angelegenheit so diskret wie möglich aus der Welt zu schaffen. Allerdings hatte Nelson versprochen, Euclides' Leichnam mitzubringen, damit er richtig bestattet werden konnte.

Trotz der Strapazen sah Isabel nicht allzu mitgenommen aus. Sie war etwas abgemagert, etwas blasser und wirkte etwas zerbrechlicher. Im großen und ganzen aber schien sie unversehrt zu sein.

„Alles in Ordnung mit dir?“ fragte ich.

Sie sah mich an, lächelte und griff nach meiner Hand. „Ich bin okay“, sagte sie. „Und überglücklich, daß ich endlich frei bin.“

Es gab soviel zu sagen, soviel zu fragen, aber ich wollte ihr Zeit lassen und hielt den Mund.

„Wo ist mein Vater?“ fragte sie.

„In London.“

„In London?“ Sie hob die Augenbrauen.

„Ja, es ist eine lange Geschichte. Aber Cordelia wartet in der Wohnung.“

Isabel lächelte. „Gut.“ Und nach einer kleinen Pause: „Hat er ein Lösegeld bezahlt?“

„Auch das ist eine lange Geschichte. Ich erzähle sie dir später, wenn du dich ein bißchen ausgeruht hast."

„Nein, erzähl sie mir jetzt. Das waren nämlich meine Gedanken während der letzten zwei Monate: Was geschieht zu Hause?"

Ich erzählte ihr alles.

Mit wachsendem Erstaunen hörte sie zu. „Also steckt Ricardo hinter allem?" fragte sie ruhig.

Ich nickte: „Ich fürchte, ja."

Sie blickte zum Fenster hinaus auf Rios Vororte, die langsam vorbeiglitten. „Dieser Mistkerl!" flüsterte sie leise. Dann blickte sie mich an. „Es sieht so aus, als hättest du ihn richtig eingeschätzt."

„Im Augenblick ist es mir ziemlich egal, wer recht oder unrecht hat", sagte ich. „Ich freue mich einfach, daß du lebst."

Sie drückte mir die Hand. „Danke für alles, was du für mich getan hast."

Als wir die Wohnung von Luís erreichten, drückte Cordelia ihre Schwester lange und innig an sich. Der Freudentaumel riß Isabel aus ihrer Lethargie, und sie wurde lebhafter. Minuten später telefonierte sie bereits mit Luís. Tränen flossen, und ich betrachtete das Ganze mit einem zufriedenen Lächeln.

Der Wermutstropfen war Euclides' Tod. Die Nachricht davon hatte Cordelia sehr erschüttert. Auch mir war das Herz schwer. Er hatte töricht gehandelt, als er Nelsons Waffe mitnahm und versuchte, Zico zu erwischen. Er war mit der Waffe in der Hand gestorben, nachdem er gerade einen üblen Burschen umgelegt hatte. In Euclides' Vorstellungswelt war das sicherlich ein guter Abgang. In Wirklichkeit war es ein vergeudetes Leben; ein sinnloser Tod, an dem wir alle schuld waren: Nelson, Cordelia und ich, die wir ihn bewaffnet und zu seinem letzten Abenteuer ermutigt hatten. Ich werde Euclides nie vergessen.

Isabel nahm ein langes Bad und berichtete uns dann von ihrer Gefangenschaft. Die ersten zwei Wochen habe man sie in einem Zelt in einem Kellergeschoß gefangengehalten. Dann sei sie in den Schuppen verfrachtet worden. Es sei warm und hell gewesen in ihrem Gefängnis, und sie habe ausreichend zu essen und zu trinken bekommen. Oft habe sie die Entführer nach Fortschritten in den Verhandlungen gefragt, aber auf ihre Fragen nie eine Antwort bekommen. Daß es überhaupt eine Kommunikation mit ihrem Vater gab, hatte sie nur aus der Frage geschlossen, die sie beantworten mußte, damit die Entführer beweisen konnten, daß sie noch am Leben war. Doch sie habe nie die Ruhe verloren. Sie wußte, daß Entführungen sich über Monate hinziehen konnten, und ihr war klar, daß ihr

Vater eine Möglichkeit finden würde, das Lösegeld zu zahlen. Offenbar hatte sie sich weit weniger Sorgen um ihr Leben gemacht als wir.

Als sie mit ihrem Bericht fertig war, griff ich mir eine Flasche Bier, setzte mich auf den Balkon und betrachtete den Sonnenuntergang.

Als mich eine Hand an der Schulter berührte, blickte ich auf.

„Hallo", sagte Isabel.

„Hallo."

Sie beugte sich herab und küßte mich. Ihr Haar fiel mir ins Gesicht. Dann richtete sie sich auf und blickte aufs Meer hinaus. „Du kannst dir nicht vorstellen, wie das ist, das alles wiederzusehen", sagte sie, „das Meer, diese Aussicht, die Menschen." Pause. „Dich."

Ein Glücksschauer durchlief mich. Diese Worte hatte ich die ganze Zeit über herbeigesehnt. Ich umfaßte sie und zog sie zu mir herab, um sie zu küssen.

Schließlich löste sie sich von mir. „Will Papai wirklich Dekker Ward übernehmen?" fragte sie.

„Das werden wir bald wissen. Die Versteigerung ist morgen nachmittag."

„Ricardo hat am Ende also doch verloren? Ich kann noch immer nicht glauben, daß er mir das angetan hat. Mich hat entführen lassen. Ich habe immer gedacht, daß ich ihm noch etwas bedeute."

„Du weißt doch, wie er ist", sagte ich. „Wenn Dekker Ward auf dem Spiel steht, ist er zu allem fähig. Und immerhin bist du noch am Leben."

Isabel machte ein nachdenkliches Gesicht. „Vermutlich hast du recht."

Meine Gedanken wanderten nach London zu Luís. Er mußte unbedingt erfolgreich sein, damit Ricardo einsah, daß er nicht unbesiegbar war.

Offenbar hatte Isabel den gleichen Gedanken. „Komm, laß uns Papai helfen!" sagte sie. „Fliegen wir nach London. Noch heute abend."

„Ist es nicht schon ein wenig spät? Und mußt du dich nicht ausruhen?"

„Ich möchte meinen Vater wiedersehen. Das ist ein wichtiger Tag für ihn. Ich glaube, es gibt einen Flug um zehn. Uns bleibt noch viel Zeit."

Ich grinste. „Okay, worauf warten wir dann noch?"

ICH ENTDECKTE Luís als erster. Er überragte die Menge, die in Heathrow wartete, um Haupteslänge. Er strahlte, als er Isabel erblickte. Sie stürzte in seine Arme. Schließlich löste er sich von ihr und reichte mir die Hand. Besser gesagt: Er schüttelte sie wie einen Pumpenschwengel. Der Mann, mit dem ich in den letzten Wochen so viel Zeit verbracht hatte, war wie verwandelt. Es tat gut, ihn so zu sehen.

Luís und Isabel schnatterten aufgeregt auf portugiesisch, während wir zu seinem Wagen gingen. Als wir auf die M4 nach London einbogen, wechselte Luís ins Englische. „Ich habe für euch beide Zimmer im Savoy reservieren lassen, wo ich auch abgestiegen bin. Ich setze euch dort ab und fahre dann in die City, um noch einmal die Offerte durchzugehen."

„Wie läuft die Sache?" fragte ich.

„Sehr gut. Wir haben die Handelsbank Gurney Kroheim beauftragt, unsere Sache zu vertreten. Die KBN ist beteiligt. Wir haben eine komplizierte Struktur ausgetüftelt. KBN erhält dadurch die wirtschaftliche Kontrolle über das Portefeuille, ohne daß die Verluste bei Dekker Ward verbucht werden und das Kapital der Firma aufzehren. KBN wird zwanzig Prozent von Dekker Ward bekommen und wir die restlichen achtzig. Mit der KBN im Hintergrund dürfte der neuen Dekker Ward mehr Glaubwürdigkeit auf den Märkten sicher sein."

„Was hält die KBN denn von Dekker Wards Bondposition?"

„Sie ist begeistert. In den letzten Tagen hat sich der Markt erholt."

„Gute Nachrichten", sagte ich.

„Eine gute und eine schlechte. Die gute ist, daß die Übernahmeofferte dadurch nicht mehr so riskant ist. Die schlechte, daß Dekker Ward teurer wird. Und Bloomfield Weiss kann einfach eine andere Größenordnung auf den Tisch blättern als wir."

„Ah, verstehe." Bloomfield Weiss verfügte natürlich im Vergleich zur Banco Horizonte über ein Mehrfaches an Kapital. Allerdings sah Sidney Stahl nicht aus wie jemand, der bereit war, für irgend etwas mehr zu zahlen als unbedingt erforderlich. Also hatten wir immer noch eine Chance. „Haben Sie etwas von Ricardo gehört?"

„Nichts. Kerton glaubt, er tappe noch im dunkeln, aber wir wissen, daß er etwas ahnt. Ich nehme an, er versucht, die Bondposition diskret glattzustellen, und hofft, daß er die Übernahme verhindern kann, solange er Isabel in seiner Gewalt hat."

„Nur, daß Isabel jetzt frei ist. Das wird er inzwischen erfahren haben."

„Ja", sagte Luís nachdenklich. „Davon ist wohl auszugehen."

Einen Augenblick lang schwiegen wir, jeder in Gedanken bei Ricardos nächsten Schritten.

„Hast du schon entschieden, wie hoch deine Offerte sein wird, Papai?" fragte Isabel.

„Noch nicht", erwiderte Luís. „Das hängt vom Markt ab. Wir entscheiden das unmittelbar vor der Versteigerung."

„Wann ist das genau?"

„Fünf Uhr. Im City-Büro von Dekker Ward.“

„Können wir mitkommen?“ fragte Isabel. „Wir halten uns auch im Hintergrund.“

„Natürlich“, sagte Luís. „Holt uns bei Gurney Kroheim ab, sobald ihr fertig seid.“

Luís setzte uns am Savoy ab.

„Wann treffen wir uns?“ fragte ich Isabel. „Möchtest du dich ein bißchen ausruhen?“

Isabel lächelte ihr verschmitztes kleines Lächeln, mit dem sie mich von Anfang an verhext hatte. Sie schüttelte den Kopf. „Sagen wir, in zwei Minuten?“

„Ich werde dasein“, sagte ich.

ANDERTHALB Stunden später verließen wir das Savoy und machten uns auf den Weg in die City. Liebend gern wären wir den ganzen Tag im Hotel geblieben. Wir wollten aber Luís' letzte Vorbereitungen hinsichtlich des Übernahmeangebots nicht verpassen.

Gurney Kroheims Büro hatte sich schon ziemlich gefüllt. Neben Luís saß Sergio Prenzmann, einer seiner Partner, der die Hauptarbeit bei der Ausarbeitung der Übernahmeofferte geleistet hatte. Dann kamen zwei nüchtern aussehende Mitarbeiter, die viele Nächte damit verbracht hatten, ihre Computer mit den neuesten Daten zu füttern. An dem großen Tisch saßen ferner zwei holländische Banker der KBN, zwei Rechtsanwälte und ein Dreierteam von Gurney Kroheim unter Führung des Direktors Charles Scott-Liddell.

Stolz stellte Luís seine Tochter vor, während er mich als den Mann bezeichnete, der für ihre Befreiung gesorgt hatte. Wir wurden allseits mit freundlichem Lächeln begrüßt.

„Ihr kommt zur rechten Zeit“, sagte Luís. „Wir reden gerade über den Preis.“

Wir setzten uns auf zwei freie Stühle am anderen Ende des langen Konferenztisches.

„Also, Charles, wie sieht es aus?“

Scott-Liddell, ganz der weltläufige Banker, betrachtete die Computerausdrucke, die vor ihm lagen. „Nun, wir haben die heutigen Kurse des Portefeuilles in das Modell eingegeben. Bei Methode eins kommen wir zu einer Bewertung von dreiundsechzig Millionen Pfund und bei Methode zwei ... von zweiundsiebzig Millionen.“

Damit waren wir weit von den zwanzig Millionen Pfund entfernt, von denen in der vorigen Woche noch die Rede gewesen war. Der Markt mußte sich enorm erholt haben.

Sergio mischte sich ein. „Ich bin mit Methode eins viel glücklicher als mit Methode zwei. Für den Wertpapierhandel taugen diese DCF-Analysen nichts."

Luís lächelte. „Ich weiß, Sergio. Doch eine Gelegenheit wie diese ergibt sich nur einmal im Leben. Wenn wir Dekker Ward bekommen, wird Banco Horizonte die erste wirklich internationale Investmentbank Lateinamerikas sein. Das muß uns doch etwas wert sein. Was haben wir gesagt, wo liegt unser Maximum?"

„Fünfundsiebzig", sagte Sergio. „Mehr gibt unsere Eigenkapitalquote nicht her."

Luís ging ans Fenster und blickte hinab auf den Londoner Mittagsverkehr. Mit dem Rücken zu den Anwesenden sagte er: „Also, wir bieten achtzig Millionen Pfund."

ACHTZEHN

Als ich in den Konferenzraum von Dekker Ward trat, sah ich als erstes Sidney Stahl, die Zigarre im Mund. „Hallo, Jungs!" krächzte er grinsend. Er glaubt, daß er uns schlagen wird, dachte ich sofort.

Kerton stand auf, um uns zu begrüßen. Vor sich hatte er einige Umschläge liegen. Ich beachtete ihn kaum. Meine Aufmerksamkeit wurde von dem Mann gefesselt, der neben ihm saß und ruhig eine Zigarette rauchte. Ricardo Ross!

Kerton machte die Anwesenden miteinander bekannt. Ich hörte nicht zu. Was zum Teufel machte Ricardo hier? Dann warf ich einen raschen Blick auf die Umschläge, die vor Lord Kerton lagen. Es waren drei.

„Guten Tag, Nick, Luís", sagte Ricardo. Und dann, als er Isabel sah: „Ich freue mich sehr, Sie zu sehen. Ich wußte gar nicht, daß Sie wieder in Freiheit sind."

Ich bekam kein Wort heraus. Stumm ließ ich mich auf einen Stuhl neben Luís fallen. Es waren noch viele andere Leute da: Anwälte, Berater und dergleichen. Aber meine Aufmerksamkeit galt nur einer Person in dem Saal: Ricardo.

„Vielen Dank, daß Sie sich alle persönlich hierherbemüht haben", sagte Lord Kerton. „Ich denke, so läßt sich die ganze Angelegenheit am besten regeln. Dann wissen Sie zumindest, daß alles mit rechten Dingen zugegangen ist." Die letzten Worte richtete er an Stahl und

Luís. „Heute morgen habe ich einen Anruf von Ricardo Ross bekommen. Er hat mich gefragt, ob er ebenfalls eine Übernahmeofferte vorlegen darf. Etwas, was ich ihm schlecht versagen konnte, daher habe ich ihn auch eingeladen."

Natürlich war ich nicht überrascht, daß Ricardo von der Versteigerung erfahren hatte. Und es sah ihm ähnlich, daß er die Initiative ergriffen hatte. Klar, daß er nicht die Hände in den Schoß legte und zusah, wie *seine* Firma verkauft wurde.

„Ich protestiere!" sagte Stahl. „Sie haben die Regeln geändert. Das können Sie nicht machen! Nicht mit mir!"

„Ich glaube, ich habe nicht gesagt, wie viele Teilnehmer es sein würden, als ich Sie bat, Ihre Offerte vorzulegen. Sie haben lediglich angenommen, daß es zwei sein würden. Wenn Sie unter den gegebenen Umständen Ihre Offerte zurückziehen oder verändern wollen, haben Sie natürlich das Recht dazu."

Verdammt! Wenn Stahl nun seine Offerte veränderte, dann sicherlich nach oben. Ganz schön gerissen von Lord Kerton.

Stahl dachte einen Augenblick lang nach. „Nein", sagte er. „Ich lass' mich doch nicht durch solch einen Hinterhalt dazu verleiten, noch mehr für diesen Saftladen auszugeben."

Kerton lächelte höflich. Er wandte sich an Luís. „Natürlich gilt für Sie das gleiche. Möchten Sie Ihre Offerte verändern?"

Luís schüttelte den Kopf. Er war ohnehin bis an die äußerste Grenze gegangen.

„Nun gut. Dann werde ich jetzt die Umschläge öffnen." Er nahm einen der drei. „Lassen wir den Zufall über die Reihenfolge entscheiden", sagte er und schlitzte das Kuvert mit einem eleganten Brieföffner aus Messing auf. „Hier habe ich die Offerte der Banco Horizonte ... Achtzig Millionen Pfund." Er händigte die Papiere dem Rechtsanwalt aus, der neben ihm saß, um alles zu beglaubigen.

Ricardo zog an seiner Zigarette, Stahl an seiner Zigarre. Ich kaute auf meinem Bleistift herum. Kerton rückte mit seinem ausgefallenen Brieföffner dem nächsten Umschlag zu Leibe.

„Die Offerte von Bloomfield Weiss beläuft sich auf...", rasch überflog er den Brief, „... sechsundsiebzig Millionen Pfund."

Wunderbar! Stahl hatte mit zu spitzem Bleistift gerechnet. Ich sah zu ihm hinüber. Ihm stieg die Zornesröte ins Gesicht, und seine Kiefer schlossen sich so fest um die Zigarre, daß er sie fast durchbiß.

Als Kerton den dritten Umschlag aufnahm, blickte ich Ricardo an. Er saß noch immer in der gleichen Haltung wie zuvor auf seinem Stuhl. Da wußte ich, er hatte gewonnen. In einer Versteigerung mit verschlossenen Angeboten, an der Ricardo teilnahm, konnte es nur einen Gewinner geben. Plötzlich wußte ich, warum wir während der ganzen Zeit nichts von ihm gehört hatten. Auf diese Weise hatte er seinen Einstieg in die Konkurrenz exakt timen können, so daß Bloomfield Weiss und wir keine Zeit hatten, auf seinen Schachzug zu reagieren, und Dekker Ward ihm zufiel.

„Und die Offerte von Ricardo Ross beträgt achtundachtzig Millionen Pfund. Meinen Glückwunsch", sagte Kerton, an Ricardo gewandt. „Ich akzeptiere Ihr Angebot."

Ricardo rang sich ein schwaches Lächeln ab. Sie reichten sich die Hände.

Stahl verließ grußlos den Konferenzraum.

Es war unglaublich, was sich da eben abgespielt hatte. Nach all der Mühe, die ich unternommen hatte, den Verkauf von Dekker Ward in die Wege zu leiten, mußte ich nun miterleben, wie uns Ricardo die Firma vor der Nase wegschnappte! Ich hatte gehofft, daß er spätestens am Nachmittag seine Stellung verloren haben würde. Doch er hatte uns alle überlistet.

Luís sah mich an, zuckte mit den Achseln und sagte: „Gehen wir."

Etwas steif reichte Lord Kerton uns dreien die Hand. Ruhig meinte Luís zu ihm: „Sie wissen doch, daß Ricardo Ross Sie fast ruiniert hat. Warum haben Sie an ihn verkauft?"

Lord Kerton antwortete aufrichtig: „Vor einer Woche war die Firma zehn Millionen Pfund wert. Jetzt sind es achtundachtzig. Irgendwann ist es an der Zeit, daß man sein Geld nimmt und einen Schlußstrich zieht."

LUÍS war enttäuscht über die Niederlage. Aber die Blicke, mit denen er seine Tochter immer wieder streifte, waren nicht zu übersehen. Sie war am Leben, und das war das einzige, was für ihn wirklich zählte.

Luís bestand darauf, mich noch ein paar Tage im Savoy unterzubringen, damit ich Zeit hatte, mir eine Wohnung zu suchen. Ich sträubte mich nicht dagegen. Ich wußte, daß ich einigen Grund hatte, mir Sorgen zu machen, aber mit Isabel an meiner Seite wollte ich im Moment nur an die Gegenwart denken.

Als wir auf unsere Zimmer kamen, fanden wir die Nachricht vor, daß jemand Isabel und mich unten in der American Bar erwartete.

Es war Ricardo. Er saß in einer entlegenen Ecke der Bar und nippte an einem Glas Mineralwasser.

„Was will denn der hier?“ fragte Isabel.

„Keine Ahnung. Aber das läßt sich leicht herausfinden.“

Ricardo stand auf, als wir näher traten, reichte uns aber nicht die Hand.

Ich machte sicherlich keinen sehr freundlichen Eindruck, und Isabels Miene war kalt wie Eis.

„Nick, Isabel, vielen Dank, daß Sie gekommen sind“, begann er. „Ich wäre Ihnen dankbar, wenn Sie mir ein paar Minuten schenken könnten. Ich würde das Gespräch, das ich vor zwei Wochen mit Nick hatte, gern fortsetzen.“

Die Eröffnung war durchaus dazu angetan, meine Neugier zu wekken. „Okay“, sagte ich und setzte mich. Isabel folgte meinem Beispiel. Ricardo winkte einen Kellner herbei und bestellte ein Bier für mich und ein Glas Weißwein für Isabel.

„Ich freue mich außerordentlich, daß Sie unverletzt und frei sind, Isabel“, begann er. „Es liegt mir sehr viel daran, Sie davon zu überzeugen, daß ich mit Ihrer Entführung nichts zu tun gehabt habe.“

Er hielt inne und blickte uns beide offen an. Er sah aus, als sagte er die Wahrheit. Doch Isabel und ich gaben seinen Blick unbeeindruckt zurück. Das reichte nicht, um uns zu überzeugen.

Unbehaglich lang war die Pause, bevor Ricardo wieder das Wort ergriff: „Ich weiß, daß Sie mir nicht glauben, und eigentlich überrascht es mich auch nicht. Aber hören Sie, ich denke, wir können uns gegenseitig helfen.“

Noch immer zeigten wir keine Reaktion.

„An jenem Tag, Nick, haben Sie mir vieles erzählt, von dem ich nichts wußte. Ich wußte nicht, ob Sie mir die Wahrheit sagten oder mich unter Druck setzen wollten, damit ich vor Bloomfield Weiss kapitulierte. Doch als Sie Eduardo erwähnten, kam mir in den Sinn, daß an Ihrer Geschichte vielleicht doch etwas dran sein könnte. Möglicherweise hatte Eduardo etwas angestellt, von dem ich nichts wußte. Es wäre nicht das erste Mal gewesen.“

„Und hatte er?“

„Nein. Ich habe mit ihm gesprochen, und er hat es abgestritten.“

„Klar hat er das.“

„Nick, ich weiß, wann mein Bruder mir etwas verheimlicht. Glauben Sie mir, in diesem Fall hatte er keine Ahnung.“

„Aber ein paar Schläger hat er schon angeheuert, um mich zusammenschlagen und meine Wohnung verwüsten zu lassen, oder?"

Ricardo zuckte mit den Achseln. „Das tut mir leid. Manchmal schießt er ein bißchen über das Ziel hinaus."

„Und Sie haben Russell Church gekauft, damit ich auf gar keinen Fall wieder an der Fakultät für Slawistik arbeiten konnte."

Ricardo nickte. „Das ist richtig. Ich habe etwas gegen Leute, die das Team verlassen. Ich fühlte mich von Ihnen im Stich gelassen."

Die ganze Wut kam wieder in mir hoch. „Und was ist mit Martin Beldecos? War sein Tod auch das Ergebnis von Übereifer?"

„Nein, um Gottes willen! Ich habe immer geglaubt, er sei einem mißlungenen Einbruch in einem Hotel zum Opfer gefallen. Und als Sie am Strand von Ipanema niedergestochen wurden, habe ich es für einen Raubüberfall gehalten."

„Ich weiß, daß es kein Raubüberfall war", sagte ich.

„Mittlerweile vermute ich das auch", bestätigte Ricardo. „Tatsächlich nehme ich an, daß Sie einiges über diese Vorgänge wissen, was mir unbekannt ist. Deswegen bin ich hier. Erzählen Sie mir, was in Brasilien geschehen ist."

„Kennen Sie Francisco Aragão?"

Ricardo hob die Augenbrauen. „Natürlich. Er ist Lucianas Bruder. Hat er etwas damit zu tun?"

„Aber gewiß doch." Ich war mir nicht sicher, ob Ricardo tatsächlich keine Ahnung von Franciscos Beteiligung hatte, sah aber keinen Grund, warum ich ihm nicht alles erzählen sollte, was ich wußte.

Ricardo hörte zu und wog jede neue Information sorgfältig ab. Als ich zu Ende war, blickte er wie geistesabwesend vor sich hin. Er dachte nach.

„Und?" sagte ich. „Hat Francisco Geld bei Dekker Ward angelegt?"

Ricardos Blick richtete sich auf mich. „Soweit ich weiß, nicht. Wir machen mit niemandem Geschäfte, von dem wir wissen, daß er mit Drogen zu tun hat. Ich weiß definitiv, daß Francisco Verbindungen zu Drogengeldern hat."

„Aber irgend jemand bei Dekker Ward muß sich mit ihm eingelassen haben."

Ricardo zuckte mit den Achseln. „Vielleicht haben Sie recht. Ich weiß es nicht. Das ist alles ziemlich rätselhaft, nicht?"

Etwas unvermittelt erhob er sich und holte aus seiner Brieftasche eine Zehnpfundnote für die Getränke hervor. „Ich muß jetzt in die Firma zurück. Kommen Sie wieder ins Büro, wann immer es Ihnen paßt."

Isabel schüttelte den Kopf, gestattete sich aber ein kleines Lächeln. „Nein, vielen Dank. Ich denke, Sie werden mein Kündigungsschreiben bald erhalten.“

„Auch das kann ich verstehen.“ Er beugte sich vor und küßte sie auf beide Wangen. „Viel Glück“, sagte er. „Wissen Sie, Nick, es tut mir leid, daß es bei Dekker Ward für Sie nicht geklappt hat. Sie waren ein beachtlicher Gegner. Ich hätte Sie gern auf meiner Seite gehabt.“

Gegen meinen Willen mußte ich lächeln, als ich ihm die Hand reichte.

„Nun muß ich aber wirklich gehen. Wir haben eine kleine Krise in der Firma. Einer unserer Kunden hat begonnen, seine Anleihen zu verkaufen. Sie erinnern sich wahrscheinlich an ihn, Nick. Alejo? Einer von Jamies Kunden. Jamie hat sich empört nach Hause verzogen. Manchmal setzen einem die Dinge ganz schön zu in diesem Geschäft. Nun ja, auf Wiedersehen.“

Wie vor den Kopf geschlagen, sah ich ihm nach. Plötzlich wußte ich, daß Ricardo die Wahrheit gesagt hatte.

„Nick? Nick?“ hörte ich Isabels Stimme neben mir.

„Isabel, tut mir leid, ich muß noch einen Besuch machen.“

„Was soll das heißen, Nick? Es ist schon spät.“

„Ich versuche, noch heute abend zurück zu sein.“ Mit diesen Worten und einem hastigen Kuß verließ ich sie.

DAS TAXI nach Dockenbush Farm kostete mich ein kleines Vermögen. Ich zahlte und sammelte mich, bevor ich zur Tür ging. Es war ein warmer Sommerabend. Der Mond und die Sterne beleuchteten das Gutshaus vor mir. Irgendwo hinter mir schrie ein Käuzchen.

Ricardo mußte erkannt haben, daß es Jamie war, dachte ich. Sobald ich ihm von Francisco erzählt hatte, war es ihm klargeworden. Alejo war Jamies Kunde und arbeitete für eine mexikanische Familie, die ungenannt bleiben wollte. Tatsächlich war Alejo aber für Francisco tätig. Luciana war wirklich Franciscos Vermittlerin gewesen, allerdings bei Jamie und nicht bei Ricardo. Jetzt hatte Francisco Angst und ließ durch Alejo alles verkaufen, was ihn mit Dekker Trust verband.

Ricardo hatte mir das zu verstehen gegeben, damit ich mich um Jamie kümmern konnte. Was Francisco anging, so würde sich Ricardo seiner annehmen. Darauf konnte ich mich verlassen.

Es dauerte eine Weile, bis sich die Tür öffnete. Seinen Anzug hatte Jamie gegen Jeans und ein altes Baumwollhemd getauscht. Er lehnte sich gegen den Türrahmen. „Ach, du bist es. Ich habe damit gerechnet, daß jemand kommen würde, aber an dich habe ich nun wirklich nicht gedacht."

Er roch nach Whisky. Seine Augen glänzten, hatten aber Mühe, mich zu fixieren.

„Kann ich reinkommen?"

„Sicher." Er führte mich durch die Diele ins Wohnzimmer.

Dort war Musik zu hören: Ich erkannte das Leonard-Cohen-Album, das ich seit dem Studium nicht mehr gehört hatte.

Er ließ sich in einen Sessel fallen. „Nimm dir was zu trinken", sagte er. Eine Kristallkaraffe stand auf einem kleinen Tischchen neben ihm.

Ich ging in die Küche, um mir Eis zu holen. Offenbar war seit Tagen nicht mehr abgewaschen worden. Auf der Anrichte stapelten sich die leeren Packungen von Tiefkühlgerichten. Kate war seit zehn Tagen fort. Das war dem Haus anzumerken.

Jamie starrte mich an, als ich zurückkam. Ich setzte mich ihm gegenüber. „Isabel ist frei", sagte ich.

„Geht es ihr gut?"

„Ja, wenn man bedenkt, daß sie zwei Monate lang in einem winzigen Loch eingesperrt war."

„Schön", sagte Jamie. Er blickte mich an. „Du weißt Bescheid, nicht wahr?"

Ich nickte.

Er seufzte und ließ seinen Whisky im Glas kreisen, bevor er einen Schluck nahm. „Ich bin froh, daß sie sie gut behandelt haben. Sie haben es mir versprochen."

„Mit ‚sie' meinst du Francisco?"

Jamie nickte. „Wieviel weißt du?"

„Ich weiß, daß Francisco über dich ein Konto bei Dekker Trust eröffnet hat, um Geld zu waschen. Geführt wurde das Konto von Alejo in Miami. Ihr habt umfangreiche Geschäfte gemacht. Dann hat Martin Beldecos wohl Verdacht geschöpft."

Jamie schnaubte verächtlich. „Er war ein Trottel, so steif und offiziell. Er hat immer alles dreimal überprüft. Wenn der einen Beweis gefunden hätte, wäre er damit sofort zu den Behörden gerannt."

„Hat er etwas herausgefunden?"

„Er war kurz davor. Er wollte Alejo in Miami aufsuchen, nachdem er in Caracas gewesen war."

„Und da hast du ihn umbringen lassen."

Jamie biß sich auf die Lippen. „Ich wollte nicht, daß er getötet wird. Aber Francisco bestand darauf."

„Und was war mit mir? Wolltest du auch, daß ich umgebracht werde?"

„Nein", sagte Jamie. „Nein." Er schüttelte den Kopf und blickte mir in die Augen. Er seufzte. „Francisco wollte dich tot sehen. Ich hatte ihm berichtet, daß du kurz davor seist, alles herauszufinden. Als du mir erzählt hast, du wolltest mich wegen eines Fax an Martin Beldecos sprechen, habe ich in deinem Schreibtisch nachgesehen und es herausgenommen. Aber ich wußte, am Ende würdest du trotzdem alles herausfinden." Er stürzte seinen Whisky hinunter. „Ich habe Francisco gesagt, daß es eine Riesendummheit war, Martin umzubringen. Plötzlich ging es nicht mehr bloß um ein Wirtschaftsverbrechen, sondern um Mord. Zwei Morde würden sich nicht mehr vertuschen lassen. Aber er hörte einfach nicht auf mich. Als ich erfuhr, was dir in Brasilien zugestoßen war, wurde ich stinksauer auf ihn. Aber ich konnte es nicht mehr ändern."

Ich glaubte ihm. „Warum hast du dann Isabel entführen lassen?"

„Es ging uns doch gar nicht um Isabel. Dich wollten wir entführen. Es war die einzige Möglichkeit, wie wir dich von der Bildfläche verschwinden lassen konnten, ohne dich umzubringen. Ich erklärte Francisco, es sei unsere einzige Chance, unsere Spuren zu verwischen und Gras über die Sache wachsen zu lassen. Da ich wußte, daß du Isabel viel erzählt hattest, schien es eine gute Idee, sie ebenfalls zu kassieren. Übrigens, Isabel war die perfekte Tarnung, so sah es nach einer der in Rio üblichen Entführungen aus. Und es hat ja auch geklappt. Du bist von den Verhandlungen dermaßen in Anspruch genommen worden, daß du alles andere darüber vergessen hast."

„Warum habt ihr sie nicht freigelassen?"

„Das wollte ich ja. Doch nachdem die Polizei das Versteck der Entführer entdeckt hatte, gab Francisco die Anweisung, sie umbringen zu lassen. Aber die Kidnapper wollten erst ein Lösegeld. Es war ein fürchterliches Durcheinander." Er sah von seinem Glas auf. Sein Blick warb um Verständnis. Bleich und von tiefen Linien gezeichnet war sein Gesicht, als er sich an den Streß der letzten Wochen erinnerte. Erstaunlich, daß es mir nicht früher aufgefallen war.

„Das war also der Grund, warum die Lösegeldforderung zum Schluß so rasch gesenkt wurde."

„Ja. Wir haben uns auf einen Kompromiß geeinigt. Sie blieb am Leben, aber die Angehörigen sollten denken, daß sie tot sei."

„Die ganze Zeit über, während ich bei euch gewohnt und mit dir über die Geschichte geredet habe, hast du gewußt, wo sie ist?“

Jamie nickte. „Da konnte ich dich wenigstens im Auge behalten. Und als ich sah, daß du mit den Behörden nicht weiterkamst, war ich erleichtert. Bis ich die Dokumentation von Bloomfield Weiss über Dekker Ward las, die du hier hast herumliegen lassen. Danach mußte ich natürlich etwas unternehmen. Wenn Dekker Ward übernommen worden wäre, dann wäre unser hübsches kleines Arrangement sofort aufgeflogen.“

„Und durch Isabel wolltest du mich zwingen, die Übernahme rückgängig zu machen?“

Jamie starrte in sein Glas. „Irgend etwas mußten wir unternehmen.“

Ich lehnte mich im Sessel zurück. Da saß ich nun mit Jamie und trank ein Glas Whisky mit ihm, wie wir es schon so oft getan hatten. Irgendwie erschien es mir völlig absurd, daß wir dabei über Geldwäsche, Entführung und Mord redeten.

„Warum?“ fragte ich. „Warum hast du das alles getan?“

Jamie seufzte. Er stand auf und füllte erneut sein Glas. „Eines kam zum anderen. Als Luciana mir erzählte, Francisco wolle ohne Ricardos Wissen ein Konto eröffnen, schien mir das eine gute Idee zu sein. Natürlich ahnte ich, woher das Geld stammte, aber was scherte mich das groß? Es war ein neues Geschäft, und es erwies sich als äußerst lukrativ. Francisco kam mit immer größeren Summen an. Natürlich habe ich ihn nicht gefragt, woher er das Geld hatte.“

Wahrscheinlich die Kontakte nach Kolumbien und Venezuela, von denen Luís gerüchteweise gehört hatte.

„Und ich habe nicht verstanden, warum Ricardo keine Geschäfte mit Francisco machen wollte. In diesem Geschäft kann man es sich einfach nicht leisten, wählerisch zu sein.“

„Wirklich nicht?“

Jamie zuckte mit den Achseln. „Klar, du hast recht. Ich habe einen Fehler gemacht. Damals kam mir alles kinderleicht vor. Dekker Wards Struktur ist darauf angelegt, Revisoren und Prüfer hinters Licht zu führen. Wenn dieser blöde Beldecos nicht gekommen wäre, hätte es überhaupt keine Probleme gegeben.“ Jamie fuhr sich mit der Hand durchs Haar. „Und dann ging alles schief.“ Das Leben war aus seinem Blick gewichen. „Weißt du, es war unheimlich. Als würde ich zwei vollkommen verschiedene Leben führen, aber die meiste Zeit über arbeitete ich völlig normal. Bis heute.“

„Bis heute.“

„Was wirst du tun, Nick?“ Er sah mich an, flehend, wußte aber offenbar selbst nicht, worum er eigentlich flehte. Um einen Ausweg vermutlich, den Ausweg, den er selbst nicht mehr gefunden hatte.

„Ich weiß nicht.“ Ich wußte es wirklich nicht. Es gab einfach zuviel, was ich überhaupt erst einmal verarbeiten mußte.

Schweigend saßen wir uns gegenüber. Seine Augen verrieten die Gefühle, die in ihm tobten: Gewissensbisse, Wut, Angst, Einsamkeit, Selbstmitleid.

„Ich muß pinkeln gehen“, sagte er und erhob sich mühsam.

Ich wartete auf ihn. Im Haus war es still. Draußen ließ sich von Zeit zu Zeit das Käuzchen hören. Auf dem Kaminsims tickte eine Uhr. Ich versuchte, meine Gedanken zu ordnen. Wie hatte Jamie, der in all diesen Jahren ein so guter Freund gewesen war, das alles tun können?

Wer Jamie kannte, wie ich es tat, hätte es kommen sehen müssen. Er war ehrgeizig und risikofreudig. Bis jetzt war alles immer gutgegangen. Er hatte Glück gehabt. Aber es war passiert. Ich hatte ihn erwischt. Was sollte ich jetzt machen?

Dann hörte ich, wie er wieder ins Zimmer trat. Ich wandte mich um. Das Glas glitt mir aus den Fingern, als ich sah, daß er eine Schrotflinte in der Hand hielt.

Er kehrte zu seinem Sessel zurück und richtete den Lauf der Waffe auf mich. Unverwandt starrte er mich an. Gott, dachte ich, er erschießt dich!

„Jamie, ich bin dein Freund. Laß dir doch helfen!“ stotterte ich.

Er hielt das Gewehr auf mich gerichtet, zögerte für den Bruchteil einer Sekunde, dann drehte er es um, so daß der Lauf auf sein Gesicht zeigte.

„Nein!“ schrie ich.

Aber da hatte er auch schon abgedrückt.

NEUNZEHN

Die letzten drei Tage waren schrecklich gewesen. Die Aufregung. Die Polizei. Die Fragen. Und dann Kate, hysterisch, wütend, schuldbewußt. Die mir Vorwürfe machte, Jamie Vorwürfe machte, aber vor allem sich selbst Vorwürfe machte. Ich fühlte mich hilflos. Ich konnte sie nicht trösten, niemand konnte das, aber immerhin war ich da.

Ich hatte ein schlechtes Gewissen, als ich ging, aber ich mußte fort. Und es tat gut, Isabel wiederzusehen. Wir saßen auf einer der Bänke zu Füßen des weißen Turmes von Canary Wharf, sie hielt mich in ihren

Armen, und dann sprach ich über Jamie. Ich mußte mich erst einmal durch das Gefühlschaos tasten, das sein Tod in mir ausgelöst hatte. Sie hörte zu, und das allein half mir schon.

Von unserer Bank aus blickten wir hinauf zu dem großen Büroturm. „Ich kann mir gut vorstellen, was da oben jetzt los ist", sagte Isabel. „Sie feiern sich selbst. Die Kurse ziehen an, und Ricardo gehört die Firma."

„Ich kann es einfach nicht glauben. Ich kann nicht glauben, daß er gewonnen hat."

„Er gewinnt immer."

„Ich weiß." Ich wandte mich ihr zu. „Was wirst du jetzt tun?"

„Ich habe lange mit meinem Vater gesprochen. Er sagt, die Übernahmeofferte für Dekker Ward habe ihm zu Bewußtsein gebracht, daß die Banco Horizonte eine internationale Niederlassung braucht. Er möchte eine in London eröffnen. Und ich soll sie leiten."

„Und wirst du?" fragte ich.

„Ich glaube schon. Da habe ich die Möglichkeit, eine Investmentbank nach meiner Vorstellung zu führen."

„Eine gute Idee."

„Und was ist mit dir? Was wirst du machen?"

„Ich werde meine Dissertation endlich abschließen. Tatsächlich freue ich mich sehr darauf." Ich seufzte. „Aber ich muß dabei ein bißchen Geld verdienen. Vielleicht kann ich irgendwo an einer Privatschule eine Stellung als Russischlehrer annehmen. Es könnte mich überallhin verschlagen."

„Das wäre zu schade", sagte Isabel.

„Wohl wahr."

Wir schwiegen. Isabel blickte zur Spitze des Turmes auf. „Du könntest bei mir in London wohnen. In meiner Wohnung."

Ich lächelte sie an und schüttelte den Kopf. „Ich kann mich von dir nicht aushalten lassen."

„Was soll dieser falsche Stolz, Nick?" Isabel hielt einen Augenblick inne. „Aber ich kann dich verstehen. Schließlich habe ich den größten Teil meines Lebens mit dem Versuch zugebracht, mich von meinem Vater unabhängig zu machen."

Sie rückte näher an mich heran und drückte meine Hand. „Merkst du, wie sehr ich dich liebe?"

Mein Herz machte einen Sprung. „Wirklich?" fragte ich.

Sie nickte. „Mit anderen Worten, ich möchte bei dir sein", fuhr sie fort. „Wenn ich dazu London verlassen und dir in irgendein Nest in der

Provinz folgen muß, um die ...", sie zögerte, „... Freundin eines Dorfschullehrers zu werden, dann mache ich das."

Das brachte mich vollkommen durcheinander. Der Gedanke, daß Isabel mir folgen könnte, war mir überhaupt noch nicht gekommen. Ich wußte, es war ihr Ernst. Einen Augenblick lang stellte ich mir unser beider Leben dort vor. Grauenhaft!

„Nein, Isabel", sagte ich und fuhr ihr übers Haar. „Darum würde ich dich nie bitten. Du hast eine Stellung in Aussicht, die dir wirklich Spaß machen wird. Für die du alle Fähigkeiten mitbringst. Ich würde es nie zulassen, daß du das alles um meinetwillen aufgibst."

Wieder verfielen wir in Schweigen, beide mit dem Problem beschäftigt. Ich wußte nur eins, ich wollte unter allen Umständen mit Isabel zusammenleben.

Sie beugte sich zu mir und küßte mich auf die Wange. „Sieh mal, Nick", sagte sie. „Dein größter Wunsch ist es doch, deine Doktorarbeit abzuschließen, oder?"

Ich nickte.

„Also, warum tust du es dann nicht? Du kannst umsonst in meiner Wohnung leben. Such dir einen Job als Barkeeper oder irgendwas anderes, damit du es dir leisten kannst, deine Cornflakes selbst zu kaufen. Ich kenne dich. Deine Ansprüche gehen doch gegen Null."

Ihr Gesicht war voller Begeisterung, voller Optimismus. Sie glaubte an das Leben, das vor uns lag. Sie glaubte, wir würden es schaffen. Und was soll ich sagen? Sie hatte ganz einfach recht. Wenn nicht wir, wer dann?

MICHAEL RIDPATH

Foto: Charles Hopkinson

„Hoch über den Wolken finde ich Entspannung."

Michael Ridpath, Jahrgang 1961, wuchs in Yorkshire auf und studierte in Oxford Geschichte. Jahrelang war er erfolgreicher Händler bei einer internationalen Großbank in London, ehe er mit dem Roman *Der Spekulant* den Durchbruch als Unterhaltungsautor schaffte.

Der Marktmacher ist nun schon Ridpaths vierter Bestseller, und die Recherchen für dieses Buch bescherten dem Autor auch Reisen nach Rio de Janeiro. In der Metropole am Zuckerhut lernte Ridpath die extremen Gegensätze zwischen Arm und Reich aus eigener Anschauung kennen. „Eines der ersten Dinge, die dem Fremden in Rio auffallen, ist die unterschwellige Spannung. Man spürt eindringlich, daß in dieser Stadt auch Gewalttätigkeit und Gefahren lauern."

Ausgesprochen harmlos verlief hingegen Ridpaths Besuch in einer der *favelas*. „Die *favela* befand sich in malerisch schöner Lage auf einem Hügel. Und die Bewohner erschienen durchweg fröhlich und gut gelaunt. Ich bin sicher, daß dies keineswegs repräsentativ war, sondern eine Vorzeigesiedlung, die man eigens für mich ausgesucht hatte."

Wenn Michael Ridpath Abwechslung zur Arbeit am Romanmanuskript sucht, nimmt er gerne Kontakt mit seinen Lesern auf und steht ihnen via Internet Rede und Antwort. Darüber hinaus hat er neuerdings ein Hobby für sich entdeckt, das ihn in höhere Sphären entführt: das Fliegen von einmotorigen Maschinen. „Früher, als ich in der Finanzwelt arbeitete", erzählt er, „bot mir das Schreiben die nötige Abwechslung. Und heute, wenn ich Entspannung vom Schreiben suche, steige ich ins Cockpit und hebe ab in die Lüfte."

LEBE EWIG

Evita Wolff

Der blinde Sänger Mattèo, der sein Schicksal mit Bravour meistert, bedeutet für Elisabeth eine ungeahnte Inspiration. Mit seiner Geduld und seinem Einfühlungsvermögen gibt ihr der sensible Künstler all das, was ihr das Leben bisher vorenthalten hat. Doch dann versucht ein geheimnisvoller Attentäter, diese Atmosphäre von Freundschaft und Vertrauen zu zerstören.

1

Durch das geöffnete Fenster strich der Morgen mit frischer, feuchter Kühle über sie hin. Elisabeth erhob sich schwerfällig und hüllte sich fröstelnd in ihren Schlafrock.

Mit langsamen Schritten näherte sie sich dem Fenster, um es zu schließen, ließ die erhobene Hand jedoch wieder sinken und stützte sie auf der Fensterbank ab. Ein schwaches Lächeln erschien auf ihrem Gesicht, als sie auf den Hydepark blickte, aus dessen kurzgeschorenem Rasen ein leichter Dunst stieg, der den Duft von Frühlingsblumen mit sich trug. Sie sog die feuchte Luft tief ein, dankbar für ihre belebende Wirkung.

Auf dem Weg zum Badezimmer streifte ihr Blick das erst halb ausgeräumte Gepäck. Sie war gestern nach ihrer Ankunft im Hotel zu müde gewesen, um mehr zu tun, als die Blusen und Röcke in die Schränke zu hängen. Unter den im Koffer verbliebenen Kleidungsstücken waren mehrere Päckchen starker Schlaftabletten zu sehen.

Im Bad drehte sie das Wasser auf und trat unter die Dusche. Die Bewegungen, mit denen sie sich einschäumte, waren heftig. Nur wenn sie zu ihren Handgelenken und ihrer rechten Hüfte kam, wurde sie vorsichtig. Die Narben reagierten empfindlich.

Nachdem sie sich abgetrocknet hatte, wählte sie sorgfältig die Kleidung aus: hellgraues Kostüm, weiße Bluse, dazu dunkelgraue Pumps mit halbhohen Absätzen. Keinen Schmuck. Zurückhaltendes Make-up. Am aufwendigsten war es immer, die dunklen Ringe unter den Augen zu überschminken. Ihr Blick wanderte umher, während sie damit beschäftigt war, und fand den Flakon mit Badeöl, den sie gestern abend auf dem Wannenrand abgestellt hatte. Es war eine Wohltat gewesen, nach einem langen, verhetzten Tag entspannt im warmen Wasser zu liegen und das Gefühl auszukosten, Berlin entflohen zu sein, eine Weile in London verbringen zu können.

Widerstrebend erinnerte sie sich auch daran, was gestern abend nach dem Bad geschehen war. Es war nicht der erste Anfall gewesen und würde auch nicht der letzte sein. Nicht bis sie endlich das Ende der dunklen Spirale erreicht hatte.

Ein zartgrauer Lidschatten. Ihr Blick wanderte weiter. Auch die Bodenfliesen bargen Erinnerungen an die vergangene Nacht. Sie hatte auf dem Boden gelegen, starr von seiner Kälte. Kalter Schweiß auf der Haut. Sie hatte sich wund gefühlt, innen und außen. Sie hatte die Stirn auf ihren Unterarm gepreßt, der versuchen sollte, sie vom Boden hochzudrücken, hatte Hilfe bei ihrem Körper gesucht, der sie einmal mehr im Stich gelassen hatte. Sie hatte zum Telefon kriechen müssen, um einen Termin mit Mattèo Novell zu vereinbaren.

Ein wenig Rouge, um ihre Blässe zu kaschieren. Diesen Auftrag, Novells Porträt zu schreiben, hätte sie am liebsten nicht angenommen. „Du bist die einzige aus meiner Truppe, die fließend Italienisch spricht", hatte ihr Chefredakteur jedoch argumentiert. „Natürlich spricht er Englisch, aber es ist nicht seine Muttersprache, und ich will eine korrekte Biographie dieses Mannes. Wir bringen das Porträt als Serie über Wochen – das wird der Renner! Mattèo Novell ist der Shooting-Star unter den Tenören, die Leute werden uns das Blatt aus der Hand reißen."

„Italienisch ist aber nicht *meine* Muttersprache. Da könnte es auch Mißverständnisse geben."

„Signora Liovano! Du bist immerhin ein paar Jahre mit der Sprache aufgewachsen."

„Aber ich weiß nichts über ihn! Nicht einmal, wie er aussieht!"

„Ich kann dir mehr Fotos von ihm zeigen, als dir lieb ist. Schau, hier habe ich zwei dicke Ordner, da ist beinahe alles drin, was bisher über ihn publiziert worden ist. Als Basisinformation kann ich dir soviel sagen: Er ist ledig, hat keine Kinder, und älter als Mitte, höchstens Ende Zwanzig kann er nicht sein. Und daß er blind ist, weiß ja inzwischen jeder, auch diejenigen, die keine Ahnung von Opern haben."

„Aber ich bin vollkommen unmusikalisch. Und ich hasse Opern!"

Sie haßte es auch, wenn sich dieser gespielt sanfte Ausdruck über Dietmars Gesicht ausbreitete. „Schätzchen, du sollst ja nicht über seine Musik schreiben, sondern über ihn. Immerhin kommt dabei ein Aufenthalt in London für dich heraus. In deinem geliebten Großbritannien." Mit schlauem Kalkül hatte er sich diesen Trumpf aufbewahrt. „Deine Spesen trägt natürlich unser Blatt."

Darum war sie jetzt hier, luxuriös einquartiert in der Suite eines der ersten Hotels im vornehmen Mayfair, beinahe Tür an Tür mit Mattèo Novell. Sie erinnerte sich an das Gespräch, das sie gestern abend am Telefon mit ihm geführt hatte. Die Zentrale hatte sie zu ihm durchgestellt. Sie hatten englisch miteinander gesprochen. Die Sprache hatte eine angemessene Barriere zwischen ihnen aufgebaut.

„Signor Novell, ich bin Elisabeth Liovano. Ich bin Reporterin und –“

„Ich bin im Bilde. Ihr Chef hat mich angerufen.“

„Hätten Sie morgen im Laufe des Tages Zeit für ein Gespräch?“

„Wir könnten zusammen frühstücken, wenn Sie mögen. Ist Ihnen neun Uhr recht?“

„Gewiß. Wo?“

„Wenn das Wetter mitspielt, sitzt man sehr gut auf der Terrasse. Und sollte es regnen, treffen wir uns im Speisesaal. Ja?“

„Wie Sie wollen. Aber ich sag's Ihnen lieber gleich – ich bin keine Musikkennerin, Signor Novell.“

Stille. Dann: „Sie haben eine interessante Stimme, Signora.“

Nach einem letzten Blick in den Spiegel schob Elisabeth Puderdose, Brieftasche und ihr kleines Notizbuch in ihr Handtäschchen. Und natürlich die Zigaretten und das Feuerzeug.

DER SPEISESAAL war überfüllt. Elisabeth blieb am Eingang stehen, mit dieser Selbstsicherheit, die sie sich mühsam anerzogen hatte, und überblickte den weiten Raum.

„Madam? Kann ich Ihnen vielleicht behilflich sein?“ Ein junger Mann, einer der Kellner, stand auf einmal vor ihr.

„Ich suche Signor Novell.“

„Er sitzt auf der Terrasse, Madam. Ich bringe Sie zu ihm, wenn Sie möchten.“

„Das ist wirklich freundlich. Ich kenne mich hier gar nicht aus.“

Sie wollte ihm eine Pfundnote in die Hand drücken, als er sie auf die Terrasse geführt hatte. Seine Hand zuckte zurück. „Das gehört zum Service, Madam!“

„Sie verdienen Ihr Geld nicht gerade im Schlaf. Ich habe lange Zeit Jobs wie Ihren gemacht“, entgegnete Elisabeth. „Während des Studiums. Es war manchmal ganz schön hart. Ich habe den Eindruck, das hier ist nicht Ihr eigentlicher Beruf.“

Er schüttelte den Kopf. „Ich möchte Schauspieler werden.“

Ein eindringliches Lächeln legte sich um Elisabeths Mund. Mehrere Scheine waren in ihrer Hand und dann in seiner. „Viel Glück dabei“, murmelte sie. Er sah ihr nach, als sie auf den allein auf der Terrasse sitzenden Gast zuging.

In seiner schlichten, sportlichen Alltagskleidung wirkte Mattèo

Novell nicht wie der elegante, gefeierte Star, den die Fotos gezeigt hatten, sondern eher wie ein junger Mann, der seinen Urlaub genießt. Er war groß und kräftig, dabei schlank. Dunkles, dichtes Haar. Die Augen? Er hielt die Lider halb gesenkt und den Kopf ein wenig abwärts und zur Seite geneigt, was ihn nachdenklich erscheinen ließ.

Mit jedem Schritt, den Elisabeth sich näherte, zeichnete sich sein Profil klarer ab. Eine hohe Stirn, der Schatten, den die dichten Brauen über die halb geschlossenen Augen warfen, hohe Wangenknochen, breit gezogene Lippen, starkes Kinn. Dieses Gesicht hätte grob wirken können, doch Elisabeth wußte, ein Lächeln konnte es erhellen. Sie hatte es auf vielen der Fotografien in der Pressemappe gesehen, die Dietmar ihr gegeben hatte.

Früher, als jeder andere es getan hätte, nahm er ihren sich nähernden Schritt wahr und drehte den Kopf in ihre Richtung. Als sie vor ihm stand, mußte sie sich räuspern, bevor sie sich vorstellen konnte. Auch jetzt blieben die Lider über den blinden Augen, aber er erhob sich und reichte ihr die Rechte, so daß sie die Hand ohne jede Verlegenheit ergreifen konnte.

„Es freut mich sehr, Ihre Bekanntschaft zu machen, Signora Liovano." Trotz der italienischen Anrede sprach er englisch, leise und sorgfältig moduliert. Sein Lächeln war freundlich.

„Ganz meinerseits, Signor Novell."

„Setzen wir uns doch. Ich freue mich schon auf ein gutes Frühstück. Hoffentlich geht es Ihnen auch so."

„Sie essen nicht gern allein?"

„Ich esse immer gern. Aber am liebsten in Gesellschaft. Ich kann Ihnen das englische Frühstück hier empfehlen. Die Rühreier – sie müssen ein Zauberpulver hineingeben; ich bin ganz süchtig danach." Er begleitete die Worte mit einem Lächeln und rieb sich über den Magen. Unwillkürlich mußte Elisabeth lachen. Sie brach ab, als ihr auffiel, daß sie eben zum ersten Mal seit langer Zeit gelacht hatte.

Seine Augenbrauen zuckten kaum wahrnehmbar.

Sie fragte sich, wie ein Leben in ewiger Dunkelheit sein mochte. Aber vielleicht war es gar nicht dunkel in ihm. Vielleicht erfüllten ihn die übrigen überscharfen Sinne mit mehr Licht, als mancher Sehende es in sich trägt. Sein Lächeln jedenfalls war strahlend, als er sagte: „Da kommt Matthew, mein Lieblingskellner."

Sie drehte sich um. Es war der junge Mann, der sie zu ihm gebracht hatte, aber er war noch so weit entfernt, daß sie seine Schritte noch nicht hören konnte. Verwirrt schüttelte sie den Kopf, und ihre Verwirrung wuchs, als Novell sagte: „Hören Sie nur ganz genau hin. Er hat eine kleine Unregelmäßigkeit im Gang. Er dreht den linken Fuß ein wenig nach innen." Sie sah, daß er recht hatte.

Als Matthew sie erreichte, wandte Novell das Gesicht ihm zu. „Hallo, Namensvetter. Ich wollte Signora Liovano gerade euer englisches Frühstück empfehlen, aber bisher weiß sie nur, daß auch Rührei dazugehört. Sie haben es mir an meinem ersten Morgen hier so verlockend geschildert – wollen Sie das nicht noch einmal tun?"

„Sehr gern, Sir."

Elisabeth hatte Hunger auf eine Zigarette, auf sonst gar nichts. Aber Matthew war ein so sympathischer Junge; sie brachte es nicht über sich, ihn zu unterbrechen. Als er geendet hatte, murmelte sie: „Ja, gut, das werde ich mal versuchen."

„Sehr wohl, Madam."

„Würde es Sie stören, wenn ich rauche, Signor Novell?"

„Nein, überhaupt nicht." Er schüttelte den Kopf. „Sind Sie gut untergebracht?" fragte er dann.

„Ja, es sind behagliche, geräumige Zimmer mit Blick auf den Park."

Er nickte. „Es ist ein angenehmes Hotel. Die Atmosphäre ist viel persönlicher als in einem der großen Häuser." Er stützte die Ellbogen auf die Tischplatte und verschränkte die Hände ineinander. „Wenn Ihnen kalt ist, Signora, sollten wir doch lieber hineingehen."

„Wie kommen Sie darauf, daß mir kalt ist?"

„Sie zittern."

Sprachlos starrte sie ihn an.

„Ich kann es durch den Tisch fühlen", erklärte er. „Es ist ein leises, beständiges Zittern, so als wenn man ganz durchgefroren ist."

Sie nahm die Hände vom Tisch, und er schüttelte den Kopf. „Nicht schummeln. Kommen Sie, lassen Sie uns hineingehen."

In diesen übervollen Saal? Angestarrt werden? Nach Nächten wie der vergangenen fühlte sie sich von einer Menschenmenge überfordert. In beinahe panischem Schrecken griff sie nach seiner Hand. „Lassen Sie uns hierbleiben! Fühlen Sie doch – meine Finger sind warm! Ich bin nur etwas nervös, das ist alles."

„Warum?"

„Nun, Sie sind immerhin ein Star."

Seine Brauen zogen sich zusammen. „Ich glaube nicht, daß das der Grund ist."

„Nun gut, wenn Sie es genau wissen wollen", versetzte sie mit einer

Spur von Gereiztheit, „ich hatte vor einiger Zeit einen Unfall und bin noch nicht ganz wiederhergestellt. Ich zittere häufiger. Es sind einfach die Nerven. Und jetzt möchte ich nicht mehr darüber sprechen."

„Tut mir leid. Ich hatte den Eindruck, es ginge Ihnen nicht gut."

„Aber ja, es geht mir gut."

Seine rechte Braue hob sich ein wenig. Und dann, langsam, gaben die schweren Lider seine Augen frei. Sie waren von einer ganz eigenartigen Farbe, wie Elisabeth sie nie zuvor gesehen hatte: grün, mit einem Schimmer von Gold darin; grüngoldene Augen, eigentümlich klar, hell und bei näherer Betrachtung doch nicht hell.

Sie spürte förmlich, wie er auf ihren Atem lauschte, um zu erkunden, wohin sich sein unsehender Blick richten mußte, und dann tauchte dieser Blick in ihren und vermittelte ihr den Eindruck, als dränge er in ihr Inneres. Laß mich los, flehte sie stumm. Laß mich in Ruhe. Ich gehe dich nichts an. Niemanden gehe ich etwas an.

Sie war dankbar, als Matthew mit dem Frühstück kam. „So schnell ist unsere Küche nur für Signor Novell und seine Gäste."

Elisabeth sah Novell an. Seine Lider verhüllten die Augen jetzt wie zuvor. Hatte es diesen seltsamen Moment überhaupt gegeben? „Im allgemeinen mag ich den englischen Kaffee nicht besonders", sagte der Tenor und ergriff seine Tasse. „Aber dieser ist wirklich gut."

Sie sah, daß er die Tasse fast geleert hatte, und schenkte ihm nach.

„Vielen Dank, das ist sehr freundlich von Ihnen. Wenn ich es selbst tue, gibt es manchmal ein Fußbad. Aber es passiert nicht sehr oft. Eigentlich nur, wenn ich unkonzentriert bin."

„Und wie machen Sie das?" Beinahe gegen ihren Willen war ihre Neugier erwacht.

„Wenn es still ist, so wie jetzt hier, kann ich hören, wenn das Gefäß voll ist. Und wenn Lärm um mich ist, nehme ich die Finger zu Hilfe." Er zeigte ihr, was er meinte, indem er den rechten Zeigefinger über den inneren Tassenrand gleiten ließ. „Ob heiß oder kalt – das feinste Gefühl hat man in den Fingerspitzen." Er lächelte und nahm eine Gabel Rührei.

Fasziniert beobachtete Elisabeth seine sicheren Bewegungen.

„Schmeckt es Ihnen?" fragte er.

„Gewiß."

„Ich glaube, Sie essen mit spitzen Zähnen."

Dieses Einfühlungsvermögen wurde ihr allmählich unheimlich. „Nein ..., es ist schon sehr gut." Ihre Gabel fuhr durch das Rührei, doch sie führte den Bissen nicht zum Mund.

Wieder öffnete sich der grüngoldene Blick. „Bitte essen Sie, Signora. Bitte!"

Sie versuchte, seinem Drängen zu entsprechen. Zu ihrem Erstaunen zeigte sich ihr Magen kooperativ. Häufig wehrte er sich schon nach dem ersten Bissen und rebellierte vehement nach spätestens dem fünften. Aber nichts dergleichen geschah. Sie ließ nur wenig zurückgehen. Die Nachspeise allerdings verweigerte sie. „Ich hasse Süßigkeiten."

„Ich liebe Süßes. Ich könnte es den ganzen Tag essen."

„Nur zu." Sie mußte lächeln, als sie auf seinen Löffel sah, bereit zum Eintauchen in sein Dessert. „Tun Sie sich keinen Zwang an."

MATTHEW kam mit dem Wein. Bestürzt wich er zurück, als die Frau sich plötzlich mit aschfahlem Gesicht vom Tisch erhob und an ihm vorbeiging. Trotz und Zorn waren in ihrer Haltung.

„Ist der Dame nicht gut, Sir?" fragte er besorgt, als er Flasche und Gläser auf den Tisch stellte und das Frühstücksgeschirr abräumte.

„Matthew, würden Sie mir ein Telefon bringen?" Novells Stimme klang seltsam tonlos.

„Gewiß, Sir. Sofort." Matthew ließ sein Tablett stehen und hastete ins Gebäude.

Als er sich Novell später wieder näherte, um das Telefon und das Geschirr abzutragen, bat der Sänger: „Setzen Sie sich einen Augenblick zu mir, ja?"

„Das darf ich nicht, Sir. Es ist uns streng untersagt, mit den Gästen zu ‚fraternisieren', wie sie das nennen."

„Oh. Könnten Sie dann vielleicht so tun, als seien Sie beschäftigt? Sie könnten den Tisch abwischen oder etwas in der Art."

„Natürlich, Sir." Matthew reinigte den bereits gesäuberten Tisch, rückte die Weingläser hierhin und dorthin und machte viel Aufhebens um das Öffnen der Flasche. Währenddessen flüsterten sie miteinander.

„Sagen Sie, Matthew – wie sieht sie aus? Sie ist jung, nicht wahr? Sie hat eine dunkle Stimme, aber ich dachte, daß sie jung ist."

Matthew nickte. „Ja, Sir. Höchstens in Ihrem Alter, würde ich sagen. Und sie ist sehr hübsch. Auf ihre Art ist sie eine Schönheit."

„Wie meinen Sie das? Auf ihre Art?"

„Nun ja, für jemanden, der üppige Frauen mag, ist sie sicher nicht der richtige Typ. Auf den ersten Blick sieht sie beinahe aus wie ein hoch aufgeschossener siebzehnjähriger Junge; sie ist ziemlich groß für eine Frau, ganz schmal und hat sehr kurzes dunkles Haar. Ihr Gesicht ist furchtbar blaß, aber sie hat wunderbare Augen, groß und dunkelgrün, eine kleine Nase und einen sehr schönen Mund. Jetzt eben trug sie ein sehr damenhaftes, aber auch sehr strenges Kostüm. Und ihr Make-up ist zart, eher wie eine dünne Schutzschicht. Sie benutzt es nicht so sehr, um ihr Gesicht zu betonen, sondern wie eine Maske." Mit Dingen wie diesen kannte Matthew sich aus.

„Das klingt, als wolle sie nicht wie eine Frau wirken."

„Jetzt, wo Sie es sagen, Sir ..."

„Danke, Matthew."

ELISABETH stürmte durch ihre Suite und warf Dinge ungeordnet in die Koffer. Blut lief ihr aus der Nase, sie wischte es ungeduldig mit Kleenextüchern fort. Verdammtes Interferon! Immer wenn sie sich sehr aufregte, passierte das. Sie mußte hier weg. Er hatte versucht, sie auszufragen! Berlin war immer noch besser als London mit ihm. Sie haßte es, Rede und Antwort zu stehen.

Das Telefon klingelte. Dietmar war am Apparat. „Hallo, Schätzchen, du hattest um Rückruf gebeten?"

„Ich komme nicht mit diesem Menschen zurecht!" stieß sie hervor, während sie eine Lage Kleenex gegen ihre Nase preßte. „Er ist einfach unmöglich! Du mußt einen von den Jungs schicken! Ich könnte als Übersetzerin arbeiten, aber ich kann nicht seine Biographin sein!"

„Nun mal sachte. Ich habe gerade eben mit ihm gesprochen. Und *er* hat *mich* angerufen."

Sie ließ sich auf das Bett sinken und tastete nach ihren Zigaretten.

„Bei der ersten Kontaktaufnahme gehörte zu seinen Bedingungen, den Biographen zunächst einmal zu beschnuppern. Er behielt sich vor, ihn abzulehnen. Aber er will dich. Er machte mehr als deutlich, daß die ganze Sache platzt, wenn nicht du dieses Porträt schreibst. Und ich muß dir nicht sagen, wie wichtig die Sache für mich ist. Und für dich auch."

Ihre Hand ballte sich zur Faust. Also so war das! Machtspielchen. Der verdammte Kerl hatte die Oberhand und spielte sie bedenkenlos aus.

„Ja", sagte sie tonlos und dachte: Das ist Erpressung. Entweder sie schrieb seine Biographie, oder Novell sorgte dafür, daß sie ihren Job verlor. „Dann versuche ich es noch einmal mit ihm."

„Das klingt schon viel besser. Er hat heute Probe. Du kannst ihn da treffen. So gegen drei Uhr sollte er frei sein."

Sie hätte sie beißen mögen, einen wie den anderen. Sie waren eben Männer.

2

Das Taxi stoppte so abrupt, daß sie in ihrem Sitz nach vorn geworfen wurde. Entschuldigend wandte sich der Fahrer zu Elisabeth um. „Wir sitzen fest, Madam. Das kann dauern, bis sich dieser Stau aufgelöst hat. Tut mir leid."

„Es ist doch nicht mehr weit?"

„Noch zwei Blocks, und wir wären da."

„Dann steige ich hier aus." Sie bezahlte ihn, gab reichlich Trinkgeld und bat um eine Quittung.

Das Gedränge auf dem Bürgersteig war beinahe unerträglich. Was sie an großen Städten mit am meisten haßte, war, daß man nicht frei ausschreiten konnte. In dieser Hinsicht war London nicht besser als Berlin. Ständig war jemand oder etwas im Weg. Die Auslage eines Blumenladens zum Beispiel. Sie drängelte sich durch eine Menschentraube daran vorbei, als ihre Nase einen feinen Duft einfing. Maiglöckchen! Jetzt schon? Sie machte kehrt und betrat den kleinen, schattigen Laden. Kühle, frische Düfte waren plötzlich um sie. Sie atmete tief ein und schloß die Augen.

„Was kann ich für Sie tun, Madam?" Eine ältere Frau erschien aus dem Hintergrund des Ladens.

„Ich hätte gern einen großen Strauß Maiglöckchen."

„Sehr gern, Madam. Sind gerade erst hereingekommen."

Am liebsten hätte sie die nächste halbe Stunde in diesem Refugium verbracht, den Strauß Maiglöckchen an die Brust gedrückt und den Duft der Pflanzen eingesogen. Aber es hatte keinen Sinn, das Unvermeidliche hinauszuschieben. Er würde wahrscheinlich wütend sein, und sie würde sich bei ihm entschuldigen müssen. Sie haßte es, sich für etwas entschuldigen zu müssen, das sie noch immer als richtig empfand. Er hatte kein Recht gehabt, derartig zu bohren. Ihr Leben war ihre Sache. Aber sie mußte es tun. Ihr Job hing davon ab.

Mit den duftenden Blumen in der Hand war das Gedränge draußen besser zu ertragen.

KÜHL und dunkel war es auch in der großen Konzerthalle, in der die Probe stattfand. Beim Betreten stieß Elisabeth auf ein unerwartetes Hindernis. Feindliche Blicke empfingen sie, Fragen prasselten auf sie ein: Wohin sie wolle? Hier finde eine Probe statt. Fremde störten die Konzentration der Künstler. Vier Männer umringten sie und sprachen alle auf einmal. Sie trat einen Schritt zurück und nannte ihren Namen.

Einer der Männer, klein, mit eingefallener Brust und einem verwitterten Gesicht, lächelte plötzlich freundlich, nahm sie beim Arm und führte sie den Mittelgang entlang bis in die erste Reihe. „Mattèo hat mir von Ihnen erzählt“, sagte er. „Er wußte, daß Sie kommen würden. Warten Sie hier auf ihn, es dauert allerdings noch etwas. Er bereitet sich in seiner Garderobe vor. Unmöglich, ihn dabei zu stören.“

„Ich verstehe.“

„Nehmen Sie Platz, bitte.“ Er drehte sich um und verschwand im Halbdunkel.

Mißmutig horchte sie auf die Dissonanzen des Orchesters, das eben die Instrumente stimmte.

„Schöne Blumen“, sagte eine Stimme unmittelbar neben ihr auf englisch. Sie erschrak, denn sie hatte nicht bemerkt, daß noch jemand in dem großen Saal saß. „Und sie haben einen so herrlichen Duft.“

Erschrocken blickte sie den Sprecher an. „Was tun Sie hier?“

„Dasselbe wie Sie, schätze ich. Ich will ihn hören. Und vielleicht findet sich nachher noch die Gelegenheit zu einem kurzen Interview.“

„Sie sind Reporter?“

Er nickte und reichte ihr die Hand. „Andrew Seldon. Vom *Globe.* Ist mein freier Nachmittag heute, aber man kann ja das Nützliche mit dem Angenehmen verbinden, nicht? Mein Chef wird sehr erfreut sein, wenn ich morgen mit einem Interview komme. Ich wollte ihn schon lange wegen einer Gehaltserhöhung angehen.“

„Freut mich, Ihre Bekanntschaft zu machen, Mr. Seldon. Viel Glück.“ Sie nannte ihren Namen.

„Wie kommt's, daß man Sie hereingelassen hat? Die passen auf wie die Schießhunde.“

„O ja. Die ganze Koppel umringte mich, als ich hineinwollte. Ich sollte eigentlich ein Porträt schreiben –“

„Sie sind Schriftstellerin?“

„Nein, Journalistin.“

„Eine Kollegin! Und Italienerin?“

Sie schüttelte den Kopf. „Deutsche. Mein Vater war Italiener.“

„Ihr Englisch ist ausgezeichnet. Überhaupt kein Akzent.“

„Ich habe einige Jahre in England verbracht, erst als Au-pair-Mädchen, später dann habe ich ein paar Semester hier studiert.“

„Und für welches Blatt schreiben Sie?“

Sie sagte es ihm, und er ließ einen leisen Pfiff hören. „Ihre Zeitschrift hat einen guten Ruf, klein, wie sie ist. Da habe ich bestimmt schon mal einen Ihrer Artikel gelesen."

„Sie sprechen demnach Deutsch?"

„Ich habe einige Jahre in Deutschland gearbeitet." Er fingerte in der Innentasche seines Sakkos, holte seine Brieftasche hervor und entnahm ihr eine Visitenkarte. „Mein Chef sucht händeringend nach guten Journalisten. Rufen Sie ihn an, wenn Sie Interesse haben."

Elisabeth nahm die Karte entgegen. Warum nicht? Nichts band sie an Berlin als übelste Erinnerungen. „Vielen Dank, Mr. Seldon."

DIE KAKOPHONIE hörte endlich auf. Stille trat ein. Plötzlich war der kleine Mann mit der Trichterbrust, der Elisabeth an ihren Platz geführt hatte, auf der Bühne. Dort oben wirkte er mit einemmal sehr dominierend. Er hielt einen Taktstock in der Hand. „Wir fangen mit Federicos Klage an", wandte er sich an das Orchester. Sein Englisch war tadellos, nur daß es trotz der Strenge, die absolute Disziplin forderte, eine sanfte Tönung besaß, die ihm der gewohnte italienische Sprachfluß hineinzauberte. „Signor Novell beginnt gern mit dem Schwierigen." Er wandte den Kopf zur Seite und bellte: „Mattèo!"

Novell kam auf die Bühne geschlendert, beide Hände in den Hosentaschen vergraben, den Kopf ein wenig geneigt, die Augen halb hinter den Lidern verborgen. Er zog seine rechte Hand aus der Tasche, streckte sie nach dem Mikrofon aus, umfaßte es. Der kleine Mann hob den Taktstock, und das Orchester setzte ein.

Novells nachlässige Haltung änderte sich auf subtile Weise. Sein Gesichtsausdruck war gesammelt. Langsam, auf den feinsten Ton lauschend, hob er den Kopf. Elisabeth konnte erkennen, daß er die Noten nicht abzählte, sondern vorausfühlte. Dann klang seine Stimme auf in Federicos Klage: *„È la solita storia del pastore ...",* und schon die ersten Klänge wirkten erschütternd auf sie. Sie wollte sich dagegen wehren und konnte es nicht. Dieser Stimme war ein Reichtum an Nuancen zu eigen, eine Reinheit, Intensität und Kraft, die sie sich bislang nicht einmal hatte vorstellen können. Eine Stimme wie hörbar gewordenes Licht.

Der resolute Schlag des Taktstocks unterbrach den Zauber. „Sehr gut", sagte der kleine Mann nüchtern. „Ich hätte nicht gedacht, daß es gleich beim ersten Mal so gut gehen würde. Wir fahren mit dem ‚Ave Maria' fort." Der Taktstock hob sich befehlend. Elisabeth blickte zu

Novell. Er stand wieder in derselben Haltung da, in der er auf die Bühne gekommen war, und in diesem Augenblick erfaßte sie, daß dieser Haltung nicht Nachlässigkeit zugrunde lag – es war seine Weise, sich zu entspannen, bevor er sich bis zum Äußersten forderte. Er richtete sich so langsam auf wie zuvor, als die ersten Noten erklangen.

Elisabeth hatte Schuberts „Ave Maria“ schon gehört, doch es hatte sich für ihr Empfinden von anderen Melodien nicht abgehoben. Nun würde sie es nie wieder vergessen. Mit einemmal begriff sie, was Musik sein konnte und was sie Mattèo Novell bedeutete.

„Ergreifend, nicht wahr?“ flüsterte Seldon, als die Arie verklungen war. „Und er ist noch nicht einmal dreißig. In seinem Alter steckten die Stimmen der großen Alten gewissermaßen noch in den Kinderschuhen. Er hat sie schon jetzt längst hinter sich gelassen.“

„Nett von Ihnen, daß Sie Ihrem Kollegen den Vortritt gelassen haben.“ Mit einem Schwung wandte sich Novell auf seinem Drehstuhl zu Elisabeth um. Sie stand ihm in seiner Garderobe gegenüber. Es war nicht nur die Enge des Raumes, die sie bedrängte.

„Er war schließlich vor mir da.“

Ich verzeihe dir, dachte sie. Ein Geschenk gegen das andere: Du hast mir die Musik gegeben, und ich gebe dir mein Verzeihen dafür, daß du mich gezwungen hast, hierherkommen zu müssen.

Standhaft blickte sie ihn an. „Ich möchte mich entschuldigen. Ich war sehr unhöflich zu Ihnen, es tut mir leid.“

Er sah erstaunt aus. „Aber ich muß mich entschuldigen! Ich war unverschämt neugierig. Und ich habe Sie durch Ihren Chef unter Druck setzen lassen. Von sich aus wären Sie sicher nicht gekommen?“

Sie suchte nach einer diplomatischen Antwort und entschied sich für Offenheit. „Sicher nicht.“

„Verzeihen Sie mir.“ Er klang zerknirscht. „Es ist bloß – Sie interessieren mich. Es ist wirklich das einzige, was ich als Entschuldigung anführen kann. Ihr Privatleben geht mich schließlich gar nichts an. Ich werde auch nicht wieder danach fragen.“ Er wandte plötzlich den Kopf. „Sie benutzen ein wunderbares Parfüm.“

Spontan schob sie ihm den Maiglöckchenstrauß in die Hände. „Ich benutze kein Parfüm. Das ist es, was Sie riechen.“

Er barg sein Gesicht in dem noch immer frischen Strauß. „*Mughetti*“, murmelte er. „Der ganze Frühling ist darin.“ Er nahm noch einmal einen tiefen Atemzug und wollte ihr den Strauß zurückgeben.

„Nein. Behalten Sie sie. Aber wir sollten sie ins Wasser stellen."

„Es gibt hier irgendwo Vasen." Er sah ein wenig überrumpelt aus. „Ich weiß allerdings nicht, wo. Die Garderobe kümmert sich normalerweise um die Blumen."

Aber es dauerte nicht lange, bis Elisabeth den Schrank mit den Vasen gefunden hatte. „Hier ist eine, die genau paßt, Signor Novell!" Sie stellte die Vase neben die Spüle in der kleinen Behelfsküche und begann, die Stengelenden zu beschneiden. Plötzlich stand Novell hinter ihr. Unangenehm berührt wandte sie sich halb nach ihm um.

„Sie können mich gern mit meinem Vornamen ansprechen."

Sie drehte sich ganz zu ihm herum und starrte ihn an. „Ich werde Sie Mattèo nennen, wenn Sie es wollen. Ich tue vieles, wenn Sie es wollen. Sie sind der Boß. Vieles – aber nicht alles: Ich habe es nicht gern, wenn jemand zu dicht bei mir steht. Und Sie sind zu dicht." Ihre Hände zitterten, als sie sich brüsk umwandte und mit ihrer Arbeit fortfuhr.

Er trat zurück, lehnte sich gegen die Wand und verschränkte die Arme vor der Brust. „Ich bin nicht Ihr Boß. Der sitzt in Berlin. Ich bin Ihre Informationsquelle. Nicht mehr. Und ich möchte, daß Sie mir immer sagen, wenn Sie etwas stört oder bedrückt. Ich bin Musiker; es gibt nichts Schlimmeres für mich als Disharmonie. Wollen Sie mir dies versprechen – daß Sie immer so direkt sein werden wie eben?"

Elisabeth ließ ihre Hände kurz auf dem kalten Metall der Spüle ruhen. Dann nahm sie ihre Arbeit wieder auf. „Ja."

„Das ist schön. Ich möchte wirklich, daß wir Freunde werden. Freunde arbeiten am besten zusammen."

Ohne weitere Erwiderung ließ Elisabeth Wasser in die Vase laufen und ordnete die Blumen behutsam darin. Mit der Vase in der Hand trat sie zu Novell. „*Voilà,* ein paar Tage werden sie sich noch halten."

„Vielen Dank." Er nahm die Vase entgegen und trug sie zu seinem Garderobentisch. „Wissen Sie, was ich jetzt am liebsten tun würde? Ich möchte spazierengehen und noch mehr Frühlingsdüfte einatmen. Ich bin nicht gerade oft an der frischen Luft gewesen, seit ich hier bin. Immer gibt es so viel Arbeit. Warum machen wir nicht einen Bummel durch den Hydepark? Wir könnten unterwegs ein Hot dog essen. Oder auch einen Hamburger mit viel Senf." Wie am Morgen rieb er sich mit dieser drolligen Gebärde über den Magen. „Ich hatte seit dem Frühstück keine Gelegenheit mehr zum Essen. Ich war mit einer Komposition beschäftigt, nachdem Sie plötzlich fort waren, und dann rief der Portier an und erinnerte mich, daß ich um ein Uhr auf der Probe sein sollte. Kein Essen mehr seit dem Frühstück.“ Er streifte eine Jacke über und hielt ihr die Tür auf.

Nachdem sie an ihm vorbei nach draußen getreten war, beobachtete Elisabeth, wie er kurz verharrte, als er die Tür geschlossen hatte, dann an ihre linke Seite trat, den Kopf leicht zu ihr geneigt, und sich genau in dem Augenblick in Bewegung setzte, in dem sie es tat.

„Darf ich Sie etwas fragen, Mattèo?“

„Natürlich“, entgegnete er freundlich.

„Benötigen Sie nicht eine ... Hilfe?“

„Ich hätte gern einen Hund, aber einem Tier ist ein unruhiges Leben wie meines nicht zuzumuten. Und nach Großbritannien hätte ich ihn ohnehin nicht mitnehmen dürfen.“

„Und einen Stock?“

„Ich habe einen, aber ich brauche ihn nicht, wenn ich nicht allein bin. Wenn ich allein unterwegs bin, muß ich ihn vor allem aus versicherungsrechtlichen Gründen tragen – mich als Blinder zu erkennen geben. Gehen kann ich eigentlich besser ohne das Ding, wenn ich den Weg kenne.“ Er streckte die linke Hand aus und strich leicht gegen einen Mauervorsprung. „Wir müssen hier nach links. Gleich kommen wir zu einer Glastür, und dort müssen wir dann wieder rechts.“

„Ich bin hoffnungslos verloren in einer fremden Umgebung“, vertraute Elisabeth ihm an und war überrascht über ihre Offenheit.

Als sie in der Abendluft standen, fragte er: „Würden Sie ein Taxi rufen“, er zögerte kurz, „Elisabeth?“

„Da ich Sie beim Vornamen nenne, ist es ganz in Ordnung, wenn Sie mich mit meinem ansprechen.“ Er freute sich über ihre Lüge, und sie fuhr fort: „Wenn es Ihnen nichts ausmacht, würde ich gern mit der U-Bahn fahren. Da kommt auch gerade ein Bus, der uns zur nächsten Station bringen könnte.“

„Fein, ich mag öffentliche Verkehrsmittel.“

Der Bus hielt vor ihnen, die Türen öffneten sich, und mit einemmal war Elisabeth sehr unsicher. „Kann ich Ihnen helfen? Wäre es nicht einfacher, wenn ich Sie führe?“

„Gern, Elisabeth.“

Sie schob ihre Hand unter seinen Arm. Es war viel leichter, ihm behilflich zu sein, als sie erwartet hatte. Der Bus war fast leer. „Links von Ihnen ist ein Platz“, informierte sie Novell. Seine freie Hand fühlte den Sitz, und sie setzte sich neben ihn.

„Haben Sie je mit Blinden oder anders Behinderten zu tun gehabt, Elisabeth?“

„Niemals mit Blinden. Aber mit Multiple-Sklerose-Kranken. Und mit sehr Alten und Gebrechlichen."

„Ich dachte, daß Sie erfahren sind. Sie haben eine besondere Behutsamkeit, Sie versuchen, sich in meine Situation hineinzuversetzen."

Es war schön, daß er so etwas sagte. Tatsächlich hatte sie einen leisen Hauch einer lang schon der Vergangenheit angehörenden inneren Wärme gefühlt, als sie ihre Hand unter seinen Arm geschoben hatte. Gerade noch rechtzeitig tauchte sie aus ihren Gedanken wieder auf. „Wir müssen hier aussteigen!"

Mattèo erhob sich sofort, tastete sich an den Haltestangen entlang und folgte ihrer leichten Führung bis auf den Bürgersteig. In einer Wolke schwarzen Dieselnebels fuhr der Bus weiter. Mattèo schnupperte sondierend darüber hinweg. „Ich glaube, wir sind geradewegs in einen Hamburger-Stand hineingepurzelt."

„Stimmt." Elisabeth studierte die Angebotstafel. „Möchten Sie geröstete oder rohe Zwiebeln?"

„Geröstete."

„Also, einen doppelten Hamburger mit viel Senf und gerösteten Zwiebeln", bestellte Elisabeth. „Und ein Hot dog mit Krautsalat."

Sie nahm ihre Snacks in Empfang und zahlte. „Probieren Sie, ob's gut ist." Sie sprach italienisch. In der Garderobe waren sie unmerklich dazu übergegangen. „Essen Sie Ihren Hamburger, solange er heiß ist."

„Dürfen wir in der U-Bahn essen?"

„Das weiß ich auch nicht. Aber es ist ja nur eine Station."

„Nur eine? Dann werde ich warten, bis wir da sind."

Sie verliessen die U-Bahn am Hyde Park Corner. Der Lärm der Straßenkreuzung tobte ohrenbetäubend um sie herum. Nachdem sie den Wellington Arch durchschritten hatten, wurde Elisabeth wohler: Jeder Schritt, den sie taten, brachte sie der Ruhe näher, die Erde und Pflanzen atmen. Nebeneinanderher schlendernd, verzehrten sie einträchtig ihre Snacks. Ein leichter Abendwind fuhr durch das junge Laub der Bäume. Die ersten Blütenkelche der Kastanien verströmten einen lieblichen, von leichter Bitterkeit durchdrungenen Geruch. Immer wieder schnupperte Mattèo. „Genau das habe ich jetzt gebraucht – einen kleinen Imbiß und einen Spaziergang in diesem Duft. Er ist wie Balsam für die Seele, nicht? Ich glaube, ich werde morgen früh einen Ausritt machen."

Beinahe wäre sie stehengeblieben. „Sagten Sie ‚Ausritt'?"

„Ja. Ein befreundetes Ehepaar hat mir angeboten – oh." Er verstand auf einmal ihre Überraschung. „Sie denken, ich kann das nicht, weil ich nicht sehen kann."

„Bitte verzeihen Sie. Das war taktlos."

„Nicht doch." Er hatte seinen Hamburger aufgegessen und zerknüllte das Papiertütchen und spielte damit, indem er es mit der Sicherheit eines Jongleurs von einer Hand in die andere warf. Die Parallele ließ Elisabeth verstehen. Auch ein Jongleur verläßt sich auf sein Empfinden und nicht auf seine Augen.

„Ich finde es sehr bemerkenswert, Mattèo, daß Sie reiten."

Da begann er von seiner Familie zu sprechen, von der glücklichen Kindheit und unbeschwerten Jugend, die sie ihm ermöglicht hatte. „Sie akzeptieren mich, wie ich bin. Sie waren immer für mich da und sind es auch heute." Dankbarkeit klang in seiner Stimme, aber nicht die Spur von Stolz über die großartige Leistung, als Blinder mit seinen Kommilitonen mitgehalten, das Jurastudium erfolgreich abgeschlossen und seine musikalische Begabung bis zur Vollendung ausgeformt zu haben. Nur Dankbarkeit und eine stille Freude.

„Fehlt Ihnen Ihre Familie manchmal, wenn Sie unterwegs sind? Der direkte Kontakt?"

„Ja", antwortete er schlicht.

Elisabeth wagte sich einen weiteren Schritt vor. „Offen gestanden war ich sehr überrascht, Sie heute morgen allein auf der Hotelterrasse sitzen zu sehen."

„Wir waren verabredet, nicht wahr?"

Vielleicht war sie ihm jetzt doch zu nahe getreten.

„Sie haben Hemmungen weiterzufragen", stellte er fest. Da sie schwieg, fuhr er fort: „Es gilt doch, worum ich Sie in der Garderobe bat? Daß Sie mir immer sagen, was Sie bedrückt?"

Elisabeth hatte redselige Menschen interviewt, die der Sucht der Selbstdarstellung erlegen waren, und verstockte Personen, die sich hinter Gegenfragen, Schweigen und einer unterschwelligen Aggressivität verschanzt hatten. Niemals jedoch war sie bei einem beruflichen Gespräch jemandem begegnet, der sich auf sie eingestellt hatte.

„Normalerweise sind wir eine fröhliche kleine Runde beim Frühstück", erzählte Novell. „Es ist unsere geheiligte Mahlzeit. Ab spätestens ein Uhr stehen dann Aufnahmen oder Medientermine auf unserem Programm. Und manchmal wird es noch später als heute abend."

„Wen meinen Sie denn mit ‚wir'?" fragte sie, ermutigt durch seinen Plauderton.

„Donatello haben Sie ja schon kennengelernt. Meistens sind auch noch Fredo und Giglio da, die Toningenieure, und ein paar andere von der Truppe. Und wenn Mauro es einrichten kann, kommt er vorbei, und sei es nur auf eine Tasse Kaffee. Mauro“, fügte er erklärend hinzu, „hat nichts mit Musik zu tun. Er ist Anwalt. Wir sind Freunde aus Studientagen. Er hat sich in London niedergelassen und behauptet, er wisse nicht, warum er sein geliebtes Pisa verlassen hat, aber die Wahrheit ist, daß er rothaarige und blonde Frauen einfach unwiderstehlich findet.“

„Ich habe mich gewundert, daß Donatello –“ Sie räusperte sich.

„Daß er sich mir gegenüber wie ein Freund benimmt und nicht wie der Dirigent des Olymps? Er ist ein Freund, war es von Anfang an. Es stimmte sofort zwischen uns. Wir sprechen dieselbe Sprache – Musik. Und wir sprechen sie auf eine einander ergänzende Weise.“

„Das klingt, als wäre Ihre Beziehung zu ihm eine Ausnahme.“

„Nun ... ja. Mit anderen Dirigenten komme ich mehr oder weniger gut aus, wir streiten uns, wir versöhnen uns. Ich kann manchmal sehr engstirnig sein. Aber bei keinem ist es wie mit Donatello. Mit ihm arbeite ich am liebsten.“

„Gibt es jemanden, mit dem Sie nicht gern arbeiten?“ hakte sie gewohnheitsmäßig nach.

„Ja, aber ich werde den Namen nicht nennen. Er ist ein Meister seiner Kunst, und er achtet meine wie ich seine. Doch wenn er mir die Hand gibt, wird mir kalt. Sie könnten natürlich leicht herausbekommen, von wem ich spreche ...“

„Selbst wenn mich sein Name anspränge, würde ich ihn niemals nennen. Ich halte viel von Loyalität und – nennen wir es Privatheit.“

Im Schein einer nahen Laterne sah sie sein Lächeln. Es wirkte erleichtert. „Ein gutes Stichwort. Sie haben mich nicht nach Frauen in meinem Leben gefragt. Das ist sonst häufig eine der ersten Fragen bei Interviews.“

„Ich dachte, wir sollten einander zunächst besser kennenlernen, bevor ich –“

„Wozu warten? Irgendwann muß ich es Ihnen ja wohl doch erzählen. Es gab eine. Wir waren Freunde von Jugend an. Wir konnten über alles miteinander sprechen, was das Leben eines Teenagers bewegt. Wir liebten einander; jedenfalls dachte ich, daß dieses Gefühl gegenseitig sei. Sie hatte den Ehrgeiz, Sängerin zu werden, ich begleitete sie am Klavier. Wir probten endlos. Schließlich bekam sie ein kleines Engagement nahe der adriatischen Küste. Plötzlich war sie unerreichbar; sie rief nicht an, schrieb nicht. Ich fühlte mich hilflos. Die einzige Möglichkeit, die ich sah, der Misere zu entkommen, war mein Jurastudium. Ich biß mich hinein –"

„Und beendeten es brillant", warf Elisabeth ein.

„Ich bin ihr nie wieder begegnet", fuhr Mattèo fort, als hätte er sie nicht gehört. „Als ich erste Erfolge als Operntenor feierte, rief sie mich aus heiterem Himmel an. Sie – nennen wir sie Lucia – sagte, sie habe einige meiner Aufnahmen gehört und sei begeistert. Sie freue sich sehr für mich, ob wir uns nicht treffen könnten, und bestimmt könne ich sie mit ein paar maßgeblichen Personen bekannt machen. All das in einem Atemzug."

„Das muß eine arge Enttäuschung gewesen sein."

„Es ist vorbei." Seine Stimme klang nicht verbittert. Elisabeth fand diese Fähigkeit, Unglück zu akzeptieren und die Vergangenheit ruhenzulassen, beneidenswert.

„Und nach Lucia?"

„Eigentlich während Lucia; ich war ja noch nicht mit ihr fertig, als ich auf die Universität ging. Dort gab es einige nette Mädchen. Aber ich bekam Lucia nicht so recht aus meinem Kopf, und darum wurde es nie etwas Ernstes. Und außerdem, für jemanden wie mich ist es anders, Menschen zu begegnen. Sie können Gesten und Mimik sehen und sich ihren Reim darauf machen. Ich muß sie hören oder sozusagen mit der Haut fühlen."

„Ich kann mir schon vorstellen, daß Sie eine Menge sehr feiner Antennen haben. Ich kann auch diese Schwingungen fühlen, die zwischen Menschen sind. Aber ich achte nicht immer gut genug darauf."

„Das ist der Punkt. Lucia war in gewisser Hinsicht eine gute Lehre. Ich begriff, daß ich lernen mußte, mich auf meinen Instinkt zu verlassen, als eine Art Selbstschutz: Manche Menschen glauben, mich übervorteilen oder am Gängelband führen zu können, weil ich nichts sehe. Sie haben eben von Antennen gesprochen. Diese sind mit einer Art Meßsystem gekoppelt, das mir sagt, wie ein Mensch auf mich reagiert – mit Schrecken, Mitleid, Geringschätzung, Vorurteilen, Berechnung. Dann geht der Zeiger dieses Meßsystems in den roten Bereich. Das gilt auch für Frauen, besonders seit ich Erfolg mit meiner Musik habe."

„Würden Sie also sagen, daß Ihre Karriere – Ihre musikalische, meine ich – Ihr Leben sehr verändert hat?"

„Bestimmt. Wissen Sie, ich hatte Glück, ich bekam schon während des Studiums einige interessante Angebote von Anwaltskanzleien."

„Ich glaube nicht, daß Glück so sehr eine Rolle dabei gespielt hat. Sie waren der Beste Ihres Jahrgangs."

Mattèo räusperte sich. „Ich arbeitete für einige Zeit als Anwalt und hatte Freude daran. Ich bin sicher, daß ich irgendwann eine sozusagen passendere Lucia gefunden hätte; oder sie mich. Aber der Wechsel zur Musik, diese ‚steile Karriere', wie die Zeitungen es nennen, hat mein Leben schon verändert. Auf einmal gehöre ich nicht nur mir selbst, sondern die Öffentlichkeit erhebt Anspruch auf mich, Menschen, die ich gar nicht kenne, die sich in mein Leben drängen wollen, die mich aussaugen würden, wenn ich es zuließe. Ich hüte meine ‚Privatheit', so gut ich kann."

„Auf mich machen Sie keinen menschenscheuen Eindruck."

„Ich bin auch nicht menschenscheu. Ich mag Menschen. Aber ich unterscheide sie ebenso, wie jeder andere es tut, nur auf meine Weise. Die meisten fallen durch mein Raster."

„Aber Sie sind eine Berühmtheit. Wie steht es mit dem, was Sie eben ‚Öffentlichkeit' nannten? Mit den Fans, der Presse, überhaupt den Medien? Können Sie die von sich fernhalten?"

„Das ist eigentlich nicht so schwer. Selbstverständlich bin ich auf die Diskretion des Hotelpersonals und meiner Kollegen angewiesen; davon abgesehen, gibt es kleine Finten... Bei Ihnen ging der Zeiger nicht in den roten Bereich. Sonst wären wir jetzt nicht hier. Ich kann sehr abweisend sein, wenn ich es für richtig halte."

„Das verstehe ich als Kompliment", erwiderte Elisabeth ernst.

„So war es auch gemeint. Sie vermittelten mir den Eindruck eines Menschen, der an der Erfüllung einer Aufgabe interessiert ist und sich nicht vor der Begegnung mit jemandem fürchtet, der anders ist. Dann die Art, wie Sie mir die Hand gaben – es war ein fester, zielsicherer Griff, genauso wie Sie jedem anderen die Hand geben, nicht wahr?"

„Ja", bestätigte sie überrascht. „Ja, das stimmt."

„Manche Menschen geben mir die Hand, als fürchteten sie, ich litte an einer ansteckenden Krankheit."

„Das muß eine häßliche Erfahrung sein."

„Ich hatte Zeit genug, mich daran zu gewöhnen. Ich bin seit mehr als fünfzehn Jahren blind. Aber Sie haben recht: Es ist nicht gerade angenehm. Sie haben es mir leichtgemacht. Das ist selten."

„Sie mir auch."

Ihre Schritte brachten sie dem Lichtkreis der nächsten Laterne näher, und Elisabeth sah, daß Mattèo abermals lächelte. Es war ein hübsches Lächeln, fand sie. Es würde Spaß machen, über ihn zu schreiben. Anfangs hatte sie geglaubt, sich seitenweise Notizen machen zu müssen, doch jetzt wurde ihr klar, daß sie das bisher Gehörte nicht vergessen würde. Sie freute sich darauf, dieses Porträt zu schreiben, und ihr Geist formte bereits die ersten Sätze.

Plötzlich jedoch drehte sie abrupt den Kopf zur Seite und lauschte auf ein sich von hinten näherndes Geräusch.

„Was ist denn?“ fragte Mattèo, der ihre Beunruhigung spürte.

Ein Jogger lief vorbei. Elisabeth stieß tief den Atem aus. „Nichts.“

„Wir könnten uns auf eine Bank setzen“, schlug Mattèo vor. „Wir sind schon ziemlich weit gegangen. Hoffentlich hat Sie das nicht zu sehr angestrengt? Ich stelle es mir schwierig vor, auf hohen Absätzen zu gehen, und der Weg ist weich.“

„Reine Übungssache.“ Sie legte ihre Hand auf seinen Arm. „Hier ist eine Bank.“ Sie setzten sich, und Elisabeth öffnete ihr Täschchen.

„Geben Sie mir Ihr Feuerzeug?“

Sie schüttelte verwundert den Kopf. „Sie werden nie aufhören, mich zu erstaunen, Mattèo.“

„Reine Logik. Wenn ich höre, daß eine Raucherin in ihrer Handtasche sucht, liegt es nahe, daß sie eine Zigarette möchte.“ Er nahm das Feuerzeug entgegen und ließ die Flamme beinahe unmittelbar vor ihrer Zigarette auflodern. Dann gab er es ihr wieder zurück. „Wenn ich jetzt etwas Nettes sage, werden Sie sich dann wieder in einen kleinen Drachen verwandeln, der Feuer speit?“

Sie blies den Rauch nach oben, damit er nicht sein Gesicht streifte. „Nein.“

„Ich finde, Sie haben einen hübschen Gang. Es gibt nicht viele Frauen, die sich so gut halten wie Sie. Das dachte ich schon heute morgen, als Sie über die Terrasse auf mich zukamen. Und Sie gehen mit kleinen, raschen Schritten. Sehr feminin.“ Er wartete auf ihre Reaktion – die einer Frau, die nicht wie eine Frau wirken wollte.

„Es ist nett von Ihnen, so etwas zu sagen“, erwiderte Elisabeth unerwartet für sie beide. „Während der ganzen Zeit hatte ich Angst, daß ich Sie aufhalte und Ihnen damit auf die Nerven falle. Sie gehen für gewöhnlich doch sicher schneller, nicht?“

„Nicht an einem Abend wie diesem.“ Er lächelte leise. „Sehen Sie, so entstehen Mißverständnisse.“ Unvermutet fügte er hinzu: „Wieso hat der Jogger Ihnen angst gemacht?“

Ihr erster Impuls war, es schlicht zu leugnen. Sie sah ihn an, hatte die Worte bereits auf der Zunge. Aber sie konnte nicht in diese Augen hinein lügen. Leise antwortete sie: „Jemand, den ich hasse, fing mich ab, als ich eben meine Wohnung verlassen hatte, und lief hinter mir her. Ich ..., ich erinnere mich, daß der Boden unter seinem Gewicht zitterte, als er mir nahe kam und mich zu sich herumriß." Sie schauderte, ihr wurde übel. „Niemals werde ich den Ausdruck seines Gesichts vergessen ..." Um Haltung ringend, legte sie die Hände um die Knie. „Bitte, ich möchte nicht darüber sprechen. Seither macht es mich jedenfalls immer unruhig, wenn jemand hinter mir läuft. Aber bitte, lassen Sie es gut sein damit. Bitte."

Sie wünschte, es hätte diesen Jogger nicht gegeben, denn er hatte die Erinnerung an Enrique wachgerufen, der ihr mehr als einmal aufgelauert und sie inmitten einer dichten Menschentraube mit Vorwürfen überschüttet hatte. Die Neugier der Menschen ringsum hatte ihn nicht gestört. Womöglich hatte er sie sogar genossen. Und als er sie gegen die Hauswand geschleudert und bedroht hatte, war da nicht eine Hand gewesen, die sich gegen ihn gerührt hatte.

„Kommen Sie", sagte Mattèo sanft. „Gehen wir zurück." Er stand auf und streckte ihr die Rechte entgegen. „Es ist beinahe Mitternacht, der Park wird bald geschlossen."

Elisabeth erhob sich sofort. Sie hatte eine panische Angst davor, eingeschlossen zu werden, und auch das hatte mit Enrique zu tun.

„Was immer geschehen ist", murmelte Mattèo, „es darf nicht Ihr weiteres Leben vergiften."

„Nein", stimmte sie zu. „Das darf es nicht."

3

Außer Mattèo war ihr jeder am Tisch fremd, als Elisabeth am nächsten Morgen die Terrasse betrat, wo sie zum Frühstück verabredet waren. Mattèo erhob sich und streckte die Hand aus. „Signora Liovano, alle freuen sich schon darauf, Ihre Bekanntschaft zu machen." Lächelnd kam er ihr den letzten Schritt entgegen, und sie ergriff seine Hand. „Jeder stellt sich am besten selbst vor."

Nacheinander wurde Elisabeth von der ganzen Truppe begrüßt. „Ich bin Giglio." – „Und ich Fredo." – „Ann. Freut mich." – „Mark. Hallo, Signora." – „Melissa. Das ist ein hübsches Kleid." – „Andrew. Freut mich sehr."

Sie mußte ziemlich aufgeregt sein, denn danach wußte Elisabeth trotzdem nicht, wer Fredo und wer Giglio war, vermochte Ann nicht von Melissa zu unterscheiden. Sie konnte nicht essen und hielt sich an ihrer Kaffeetasse fest. Es fiel nicht weiter auf, denn sie nahm an der lebhaften

Unterhaltung teil. Doch dann erhaschte sie ein Gespräch zwischen Mattèo und einem seiner Kollegen, das ihre ganze Aufmerksamkeit beanspruchte.

„Bleibt es bei unserem Ausritt heute vormittag, Andrew?"

„Ach! Ich habe vergessen, dir davon zu erzählen, Mattèo, tut mir leid: Der Maestro hat Melissa und mich für elf Uhr in sein Studierzimmer beordert, und du weißt ja, wie lange das dauern kann."

„Wie schade. Allein laßt ihr mich wohl nicht an eure Lieblinge?"

„Warum denn nicht?" fiel die Frau ein, die neben Andrew saß. Das also war Melissa. Offensichtlich waren die beiden das Ehepaar, von dem Mattèo gestern abend gesprochen hatte. Melissa bemerkte, wie Elisabeth sie mit neuem Interesse beobachtete, und bezog sie in das Gespräch mit ein. „Wir haben auf der anderen Seite des Parks einen Stall für unsere vier Pferde."

„Das muß in London ziemlich aufwendig sein."

„Ja, das stimmt. Aber Andrew und ich sind Pferdenarren."

„Finden Sie denn immer die Zeit, sich um die Tiere zu kümmern? Wie machen Sie es, wenn Sie auf Tournee gehen?"

„Oh, wir haben Tony. Der versorgt sie dann. Er ist auch heute da", informierte sie Mattèo. „Du kannst hingehen und dich wie zu Hause fühlen. Während der Maestro aus uns Hackfleisch macht." Sie seufzte. „Reiten Sie auch, Signora Liovano? Sie sehen so interessiert aus."

„Es ist Jahre her, daß ich auf einem Pferd gesessen habe."

„Hätten Sie dann nicht wieder einmal Freude daran? Sie könnten Mattèo begleiten."

„Ich wollte mich nicht aufdrängen", wiegelte Elisabeth verlegen ab.

„Nicht doch! Davon kann keine Rede sein." Aufmerksam drehte Mattèo den Kopf ihr zu.

Fasziniert beobachtete Elisabeth, wie Mattèo das Pferd aussuchte, das er reiten wollte: Er blieb an der Box stehen und sprach das Tier an, und wenn er hörte, daß es sich auf ihn zubewegte, ließ er es seine Hände beschnuppern, bevor er es berührte. „Sie sind alle so liebenswert", wandte er sich an Tony. „Aber dieser gefällt mir besonders." Er streichelte den Nasenrücken eines hohen, kraftvollen Rappen.

„Ein Lusitano, Sir. Er ist ein bißchen eigenwillig."

„Ich kann fühlen, wie schön er ist." Mattèos Hand strich über den hochgewölbten Nacken. „Darf ich in die Box? Ich glaube, wir würden uns gut verstehen."

„Seien Sie aber vorsichtig, Sir."

Erfreut öffnete Mattèo die Tür und schlüpfte in die Box. Der Rappe beschnupperte den Fremden und stand darauf ganz still, freute sich an der streichelnden Hand. Seine Ohren spielten vergnügt.

„Und ich hätte gern die helle Fuchsstute dort vorn", sagte Elisabeth. „Sie ist sanft, nicht? Ich bin lange nicht mehr geritten."

„Darling – o ja, sie ist ein Herzblatt", entgegnete Tony. „Wenn sie trabt, werden Sie glauben, auf einem Sofa zu sitzen."

„Tony hat ihn viel zu kurz ausgebunden." Mattèo zügelte den Hengst, sobald sie den Park erreicht hatten. Das Pferd tänzelte und wollte den Kopf aufwerfen. Kandare und Ausbindezügel hinderten es daran. „Würdest du mir einen Gefallen tun, Elisabeth?"

Sie zögerte, aber das „Du" war so natürlich gekommen, daß sie es erwidern mußte. „Was möchtest du denn?"

„Die Ausbinder und die Gebißstange, er erstickt ja beinahe daran! Könntest du sie bitte wegnehmen?"

„Vielleicht geht er dann aber mit dir durch!"

„Ich bin ganz sicher, daß Melissa oder Andrew ihn nicht so geknebelt hätten. Tony ist ein Angsthase."

Der Rappe genoß es sichtlich, den Hals strecken und frei umherblicken zu können. Mattèo fuhr mit der Linken die üppige Mähne entlang. „Als Junge, als ich noch sehen konnte, bin ich in den Internatsferien auf dem Pony oft stundenlang über die Wiesen gestreift, so lange, daß meine Mutter sich manchmal Sorgen machte und mit mir schimpfte, wenn ich endlich heimkam. Aber seit dieser Zeit bedeuten Pferde Freiheit für mich. Und Pferde sind gute Freunde. Nicht wahr?" Er klopfte sachte den mächtigen schwarzen Hals, und der Hengst schnaubte. „Hörst du? Er ist ganz meiner Meinung."

„Ich glaube, es gibt nichts, was du nicht sehr gut kannst", stellte Elisabeth fest. „Du könntest ein ausgebildeter Dressurreiter sein. Ich könnte diesen Bengel nicht reiten."

„Bengel? Ich habe gar nicht nach seinem Namen gefragt, aber das wäre ein hübscher Name für ihn – *Monello*. Wärst du damit einverstanden?" fragte er den Hengst und klopfte ihm nochmals den Hals. Wieder antwortete ihm ein tiefes Schnauben. „Also, Monello für diesen jungen Mann in Zukunft. Auch die Signora ist einverstanden, und ich glaube, das will viel heißen. Sie erscheint mir sehr anspruchsvoll."

Wieder kam er ihr zu nah mit diesen Worten. Doch gerade als Elisabeth sich innerlich versteifte, fuhr er fort: „Im übrigen gibt es eine Menge Dinge, die ich nicht gut kann: kochen beispielsweise. Wenn ich eine Waschmaschine bediene, benehme ich mich wie ein Panzerknacker, um die richtige Einstellung einrasten zu hören. Und wenn ich einen Elektroherd benutze, muß ich warten, bis die Platte heiß ist, um sicher sein zu können, wohin ich den Topf stelle."

„Ich finde es bewundernswert, daß du all das tust. Ich könnte das nicht, wenn ich mich nicht mehr auf meine Augen verlassen könnte."

„Doch, das könntest du", widersprach er entschieden. „Jeder kann das, wenn er will. Allerdings ist es wirklich übel, wenn mir etwas auf den Boden fällt und wegrollt und es niemanden gibt, der mir helfen könnte. Und es macht mich ganz verrückt, wenn jemand meine Sachen an eine andere Stelle legt als ich selbst, weil ich dann eine Ewigkeit danach suchen muß."

„Und wirst du dann böse? Kannst du überhaupt böse werden?"

„Ich kann mich jedenfalls nicht in einen feuerspeienden Drachen verwandeln", neckte er. „Dieses Privileg bleibt ausgewählten Persönlichkeiten vorbehalten."

„Es wird nicht wieder vorkommen."

„Ich werde dir auch keine Gelegenheit mehr geben." Noch im Sprechen zügelte er Monello, hob den Kopf und witterte. „Riechst du das?"

Kensington Gardens mit einer Unzahl von Blumen lag vor ihnen. Elisabeth beschrieb Mattèo ihre Umgebung mit den roten Tulpen, leuchtendgelben und -blauen Stiefmütterchen, den sorgsam gestutzten Hecken und immergrünen Sträuchern und fügte hinzu: „Da hinein dürfen wir aber sicher nicht zu Pferd, Mattèo."

„Nein, das wäre ein Sakrileg." Doch er saß ab und beugte sich vor, um die Düfte einzufangen. Seine Rechte ruhte auf Monellos Hals. „Mein Gott", murmelte er, „herrlich ist das. Sonnenschein, Frühling, Müßiggang. Warum kann es nicht immer so sein?" Er lachte leise auf. „Das erinnert mich daran, daß ich als Kind die Erzählungen über die Abenteuer von Peter Pan verschlungen habe, dem Jungen, der nicht erwachsen werden wollte. Ja, warum konnte es nicht immer so sein? Erst als ich älter war, begriff ich den tieferen Sinn, der hinter diesen Geschichten steht: Nicht erwachsen werden wollen bedeutet nicht, das kindlich-naive Gemüt zu bewahren oder keine Verantwortung übernehmen zu wollen. Es bedeutet vielmehr, sich ein Leben lang die Phantasie und die Kreativität zu erhalten, die Kinder besitzen."

„Ist das nicht auch gefährlich? Denkst du nicht, daß Träume ein verführerischer Fluchtpunkt sind, wenn einem die Welt zuviel wird?"

„Ich meine nicht weglaufen. Dadurch, daß sie Träume und Vorstellungen erzeugen kann, ist die Phantasie die Farbe des Lebens."

Die Farbe des Lebens. Elisabeth ließ schon lange keine Phantasie mehr zu. Sie sah die Welt Tag für Tag mit den ernüchterten Augen einer Erwachsenen, die nicht mehr offen war für die kleinen Schönheiten.

„Viele Menschen haben ihre Phantasie abgelegt, so, wie man einen Schirm in den Ständer stellt und ihn dann herauszunehmen vergißt", fuhr Mattèo fort. „Und mit der Phantasie legen sie auch ihre positiven Empfindungen ab, wie die Freude am Leben."

„Du meinst, sie verhärten?"

„Noch schlimmer. Sie lassen zu, daß sie innerlich austrocknen. Die Härte ist nur eine Folge davon. Sie benehmen sich, als seien Gefühle etwas Verwerfliches. Das sind in meinen Augen sehr arme Menschen. Denn es sind unsere Gefühle, die unser Leben reich machen. Ohne sie sind wir nicht mehr als atmende Roboter."

„DA BIN ich aber froh, Sie heil wiederzusehen, Sir! Sie haben ihm ja die Ausbinder abgenommen! Und auch die Kandarenstange!"

„O ja", erwiderte Mattèo fröhlich und saß ab. „Wir alle fühlten uns danach viel wohler. Könnte ich ihn gelegentlich wieder mal leihen? Morgen, Elisabeth?"

„Gern." Sie stand neben der Stute und löste den Sattelgurt.

Lächelnd streifte Mattèo die Zügel über den Pferdehals. „Komm, Monello."

„Geben Sie ihn mir, Sir."

Mattèo schüttelte den Kopf. „Danke. Aber ich kümmere mich um das Pferd, das mich getragen hat, immer selbst."

Verwirrt wandte sich Tony an Elisabeth. „Madam –" Er streckte die Hand nach Darlings Zügel aus.

„Ich auch", lehnte sie ab.

Mit vor der Brust verschränkten Armen blieb Tony vor dem Stall stehen und blickte ihnen nach.

Sie versorgten die Pferde auf der Stallgasse. Immer wieder mußte Elisabeth staunend über die Schulter zu Mattèo hinblicken, diese Sicherheit beobachten, mit der er den Hengst striegelte und ihm die Hufe säuberte. Schließlich schloß sie die Augen und wandte sich wieder Darling zu, verließ sich auf ihre Hände, auf das feine Empfinden der Nerven und staunte darüber, daß es ausreichte, um das Tier zu versorgen. Nur als sie es in die Box zurückführen wollte, stieß sie gegen die Stute.

„Nur gut, daß du so ein sanftes Mädchen bist. Entschuldige bitte." Sie hakte das Halfterseil los und streichelte Darlings Kopf. Über ihr eigenes Abschiedsmurmeln hinweg hörte sie, wie sich auch Mattèo von Monello verabschiedete.

„Mittagessen?" Er kam ihr über die Stallgasse entgegen. „Ich bin fürchterlich hungrig!"

Der Klang seiner Stimme ließ sie lächeln. „Möchtest du wieder einen Hamburger?"

„Nein, ein richtig großes Essen mit Suppe und Hauptgang und einem Berg Eiscreme hinterher. Und einen riesigen Salat als Beilage."

„Ganz in der Nähe ist ein gutes Restaurant", empfahl Tony. Er strahlte wegen der Geldscheine, die Mattèo ihm zugesteckt hatte. „Sie können es gar nicht verfehlen."

„Danke, aber ich würde lieber im Hotel essen", erwiderte Mattèo, „und mich vorher duschen und umziehen. Ich liebe Pferdegeruch, aber nur da, wo er hingehört."

AM MITTAG, im warmen Sonnenschein, hatten sie die Terrasse des Hotels nicht für sich allein, aber die Blicke, die Elisabeth folgten, waren ihr gleichgültig. Beschwingt setzte sie sich Mattèo gegenüber. Sie hatte ihre improvisierte Reitkleidung vom Morgen gegen ein leichtes Kleid getauscht, das sie im Gegensatz zu dem strengen Kostüm vom Vortag fast mädchenhaft erscheinen ließ. Eben hatte sie beim *Globe* angerufen. „Tut mir leid, daß ich dich habe warten lassen."

„Gute Neuigkeiten?" fragte Mattèo, kaum daß sie sich gesetzt hatte.

Lächelnd nahm sie ihr Glas auf und ließ es leicht an seines klingen. „Das weiß ich noch nicht sicher. Nur daß ich morgen ein wichtiges Gespräch haben werde. Hast du schon bestellt?"

Er nickte. „Pilzsuppe, wie du wolltest, und Roastbeef. Matthew sollte gleich –" Er verstummte, und Elisabeth nahm über das Gesumm der anderen Gäste hinweg Matthews leicht unregelmäßigen Schritt wahr.

„Steinpilzsuppe, Madam." Der junge Kellner schob ihr die hohe Tasse hin. „Ich habe mir erlaubt, einige Croûtons mitzubringen. Und eine Gemüsecremesuppe für Signor Novell."

Er machte eine kleine Verbeugung und wollte sich zurückziehen. Mattèo hielt ihn auf. „Ich habe etwas vergessen. Tut mir leid, sie werden etwas zerknittert sein; ich hätte sie Ihnen schon vorgestern geben können." Er holte seine Brieftasche hervor und befühlte ihren Inhalt. Während er suchte, sah Elisabeth eine Anzahl von Geldscheinen, die auf unterschiedliche Weise gefaltet waren: die Fünfer einmal, die Zehner zweimal und so fort.

„Ah, hier sind sie." Mattèo schob Matthew drei Eintrittskarten über den Tisch hin. „Hier sind noch ein paar Karten für Ihre Freunde."

Matthew wurde rot vor Freude. „Vielen Dank, Sir, aber Sie haben mir doch schon fünf gegeben." Seine Stimme war nur ein Hauch, und während er sprach, hielt er sich wieder mit Nebensächlichkeiten auf, wechselte die Aschenbecher und prüfte, ob der Wein gut gekühlt war.

„Sie haben mir erzählt, daß der Kern Ihrer Truppe eine Clique von acht ist; also habe ich den verantwortlichen Kollegen ein bißchen bearbeitet, damit er noch ein paar Karten herausrückt. Ihr werdet alle in einer Reihe sitzen."

Matthew nahm die Billetts diskret an sich. „Wir freuen uns schon mächtig auf Ihr Konzert. Sie wissen ja, wie sehr wir Ihre Musik bewundern."

„Und was steht als nächstes auf eurem Programm?"

„‚Macbeth'."

„Und welche Rolle spielen Sie, Matthew?"

„Ihn selbst, Sir."

„Tatsächlich? Ich will Ihnen nicht zu nahe treten, aber ich habe den Eindruck, Sie sind zwar recht lang, aber auch sehr schmal. Shakespeares Macbeth ist ein gestandener Krieger, und darunter stelle ich mir ein richtiges Muskelpaket vor."

„Ich werde beinahe die ganze Zeit eine Rüstung tragen. Und natürlich werde ich mich entsprechend schminken, das macht eine Menge aus. Vielleicht möchten Sie zu unserer Premiere kommen? Es ist ja bislang nur Hinterhoftheater, aber ..."

„Es würde mich interessieren, wie Sie den Macbeth geben. Elisabeth?"

„Mich auch. Wann ist denn der große Tag?"

„Ach, das wird noch ein Weilchen dauern. Wir stecken bis zum Hals im vierten Aufzug. Ich gebe Ihnen rechtzeitig Bescheid."

„Verdi hat sich auch mit Macbeth beschäftigt", sagte Mattèo. „Ein nettes Zusammentreffen, nicht wahr, daß zum Programm des nächsten Konzertes ‚La paterna mano' gehört."

Matthew war überwältigt. „Das wird eine großartige Inspiration für uns sein, Sir!"

„He, Kellner!" Eine Hand vom Nachbartisch faßte seinen Arm. „Bedienen Sie hier oder schwatzen Sie?"

Matthew seufzte still, kehrte aus seiner Traumwelt zurück und wandte sich um. „Ja, Sir, was kann ich für Sie tun?"

Elisabeth schob ihren Teller zurück. „Ich kann nicht mehr. Ich bin schon satt von der Suppe."

Mattèos spitzbübisches Lächeln blitzte auf. „Weißt du, was ich tun würde, wenn wir wie gestern allein hier wären?"

Sie kannte ihn schon recht gut. „Sag nur nicht, du würdest versuchen, mich zu füttern!"

„Genau das."

„Das würde ich nicht erlauben." Sie meinte es ernst, aber auch sie mußte lächeln. „Und jetzt hör auf, mit mir zu flirten, und erzähl mir lieber von dir."

„Ißt du dann?"

Sie hatte einfach keinen Hunger.

„Sag, Mattèo, wie orientierst du dich eigentlich auf deinem Teller? Erwartest du vielleicht Gemüse, und hast dann Fleisch auf deiner Gabel?"

Seine Lippen zuckten kurz. „Ich richte mich nach der Uhr. Ich merke mir einfach: Das Fleisch liegt bei neun Uhr auf meinem Teller", mit unfehlbarer Sicherheit wanderte seine Gabel dorthin, „das Gemüse bei zwölf und die Kartoffeln bei zwei."

„Und du unterscheidest die verschiedenen Lebensmittel durch den Tastsinn?"

„Ja. Eine Kartoffel fühlt sich ganz anders an als Fleisch, Fisch oder Gemüse. Ich tue das immer, bevor ich esse, um zu wissen, wo was liegt."

Sie erinnerte sich jetzt der leichten Bewegungen, mit denen er zuvor das Besteck über den Teller hatte wandern lassen.

„Ich möchte nicht allein essen, Elisabeth. Es schmeckt mir nicht, wenn du nicht ißt."

„Also gut. Aber du erzählst von dir, ja?"

„Was möchtest du denn hören?"

„Was dir gerade einfällt."

Sie hörte ihm gern zu. In der vergangenen Nacht hatte sie noch lange an ihrem Laptop gesessen und geschrieben. Es war eine sehr ergiebige Nacht gewesen. Sie hatte alles festgehalten, was er ihr erzählt hatte – natürlich war das erst eine Rohfassung, eine Sammlung von Fakten, die noch geordnet und entsprechend verpackt werden mußten. Aber es war ein guter Anfang und hatte ihr unbändigen Spaß gemacht.

Je mehr sie von ihm erfuhr, je länger sie ihn beobachten konnte, desto faszinierter war sie von Mattèo. Nach seinem Empfinden hatte er bisher ein wunderbares Leben geführt, interessant, herausfordernd, befriedigend. Nie gab es ein Wort der Klage oder des Bedauerns über den Verlust seines Augenlichts; statt dessen diese unglaubliche Lebensfreude. Es schien Elisabeth unbegreiflich, daß jemand, dem einer der wichtigsten Sinne fehlte, so mitten im Leben stehen, es in vollen Zügen genießen und so sehr in sich selbst ruhen konnte.

Aber in seiner Stimme, gestern bei Federicos Klage ... Sie wollte ihn nicht danach fragen. Sie sollte sein Leben aufzeichnen, aber es gehörte nicht zu ihrer Aufgabe, seine Seele bloßzulegen. Dies war ein wichtiger Entschluß, den sie in jenen ersten Tagen faßte – niemals seine Intimsphäre zu verletzen. Dieses Porträt würde korrekt und vollständig werden, wie Dietmar es wünschte. Was darüber hinausging, gehörte Mattèo ganz allein – so, wie ihre tiefsten Gedanken und Empfindungen ihr ganz allein gehörten. Nie mehr, dachte sie in einer Art zorniger Entschlossenheit, würde sie sie mit jemandem teilen. Enrique war eine Lehre gewesen, die sie nie vergessen würde.

ENDLICH waren sie am Ziel. Mattèo streckte sich, nachdem er seine lange Gestalt aus dem Taxi herausgefaltet hatte, und hob sein Gesicht gegen die Sonne, unbekümmert ob der um ihn flutenden Menschenmasse. Unbehaglich hielt sich Elisabeth an seiner Seite.

„Du bist unruhig.“ Er neigte den Kopf zu ihr.

„Nun ja – es ist ziemlich viel los.“

„Du bist nicht gern unter vielen Menschen.“ Es war eine Feststellung, keine Frage.

„Laß uns reingehen, ja? Wir sind spät dran.“

Er hörte ihr Aufatmen, als sie durch die hohe, schattige Halle schritten. „Würdest du mir den Grund verraten? Falls du ihn kennst.“

„Du hattest versprochen, mich nicht auszuhorchen.“

„Verzeih.“

„Es war auf dem Gymnasium. Es war Winter und furchtbar kalt, aber sie zwangen uns, in der großen Pause auf den Schulhof zu gehen. Eine Viertelstunde standen wir in der Kälte und zitterten wie Espenlaub. Dann schrillte die Glocke, und wir drängten in das Gebäude zurück. Auf der Treppe schubste mich jemand, ich fiel hin, und sie trampelten über mich hinweg. Ich versuchte aufzustehen, aber ich hatte damals sehr lange Haare, und immer wenn ich meinen Körper freigekämpft hatte, waren Füße auf meinen Haaren. Ich kam einfach nicht hoch, bis diese Masse sich endlich ausdünnte, und seither –“

„Hast du Angst, wieder von einer gesichtslosen Masse niedergewalzt zu werden." Seine Hand streckte sich nach ihr aus, spürte die Wellen ihrer Abwehr und sank. „Trägst du darum das Haar so kurz?"

„Woher weißt du, daß es kurz ist?"

„Matthew."

„Oh. Nein, nicht deswegen. Das hat ... andere Gründe." Trotzig schob sie ihr Kinn vor. Enrique hatte immer gewollt, daß ihr Haar seine einstige Länge wieder erreichte. Sie erinnerte sich an seinen zornigen Blick, als sie einander vor Gericht begegnet waren und er sie mit dieser Frisur gesehen hatte; zuvor hatte sie das Haar zumindest noch kinnlang getragen. Genauso, hatte dieser neue Schnitt gesagt, wolltest du mich niemals sehen. Und genau darum habe ich es getan. Enrique hatte die Botschaft begriffen. Worauf dieses hämische Grinsen auf seinem fleischigen Gesicht erschienen war.

„Dir ist kalt?" erkundigte sich Mattèo.

„Nein."

„Aber du zitterst."

„Es sind die Nerven."

„Ich wünschte, du würdest einen Arzt aufsuchen."

Abwehrend schüttelte sie den Kopf: keine Ärzte mehr. Sie war schon durch zu viele Arzthände gegangen. Die Übereinstimmung ihrer Diagnosen war bestürzend. Aber sie hatte jetzt, was ihr vorher gefehlt hatte: ein Ziel. Sie wollte dieses Porträt schreiben. Wenn sie das letzte Wort sozusagen mit ihrem letzten Atemzug schreiben würde, wäre das in Ordnung. Aber keinesfalls wollte sie vorher abtreten müssen.

4

Pause! Vielen Dank, meine Damen, meine Herren." Donatello, der kleine Dirigent mit der Trichterbrust, verneigte sich vor den Philharmonikern. „Sie alle haben sehr gut gearbeitet." Er schoß einen scharfen Blick zu einer Gruppe von Musikern. „Allerdings hätte ich die Geigen gern *pianissimo*. Sie sollen die Stimme untermalen, nicht übertönen. Und den Chor etwas dominanter. Nach der Pause wird es sicherlich bessergehen."

Elisabeth erhob sich und trat durch eine kleine Seitentür ins Freie, um eine Zigarette zu rauchen, die Klänge aus Puccinis „Turandot" noch im Ohr. Sie hatte nicht das Bedürfnis, sich den Musikern anzuschließen, die in die Cafeteria strömten. Sie wollte allein sein und dem Nachhall dieser großen Stimme lauschen, die immer wieder von Donatellos Taktstock unterbrochen worden war. Eigentlich wäre sie während dieser Pause gern zu Mattèo gegangen, aber sie wollte seine Ruhe nicht stören. Sie lehnte sich an die Mauer und entließ den Rauch ihrer Zigarette in die Nacht. Plötzlich war der Duft einer Zigarre um sie. Sie wandte den Kopf und blickte Donatello entgegen, der zu ihr trat.

„Sie sind ja eine Gesinnungsgenossin, Signora!" begrüßte er sie auf italienisch und wies auf seine Zigarre und ihre Zigarette. Aufatmend lehnte er sich gleich ihr an die Mauer. „Es ist eine Wohltat, daß Sie unsere Sprache verstehen", vertraute er ihr an. „Es ist sehr anstrengend, in einer fremden Sprache zu arbeiten."

„Ich glaube, es ermüdet Sie vor allem, so streng zu sein, wie Sie's auf der Bühne sind", erwiderte sie leise.

Er nickte. „Aber das muß ich. Manche Musiker sind sehr talentiert, vielleicht sogar genial, aber entsetzlich undiszipliniert. Als ich jünger war, hatte ich große Schwierigkeiten damit. Irgendwann habe ich dann gelernt, daß Strenge eine große Hilfe sein kann, auch wenn sie gar nicht notwendig ist. Sozusagen vorbeugend."

„Müssen Sie auch mit Mattèo manchmal streng sein?" Sie erinnerte sich, wie energisch er ihn gestern auf die Bühne befohlen hatte.

„Nie. Wenn ich ihn anbelle, dann aus reiner Gewohnheit. Mattèo ist sehr diszipliniert. Und der Grund dafür ist ein ganz einfacher: Er hat nur eine Geliebte, die Musik. Niemals würde er sie vernachlässigen oder ihr untreu werden."

„Mit anderen Worten: Er ist besessen."

„Jeder, der eine Kunst ernsthaft ausübt, ist ein Besessener. Ihnen sollte das nicht fremd sein. Auch Schreiben ist eine Kunst."

Fragend wandte sie ihm den Kopf zu.

„Ich habe mich natürlich nach Ihnen erkundigt, nachdem Mattèo mir gesagt hatte, daß Sie über ihn schreiben wollen."

Das überraschte sie. Aber vielleicht war es naiv gewesen zu glauben, dieses Porträt ginge nur Mattèo und sie etwas an. Hatte Dietmar nicht erzählt, wie schwierig es gewesen sei, an den Tenor heranzukommen. Und sie selbst hatte die feindlichen Linien ja vor allem deswegen durchbrechen können, weil sie Italienisch sprach.

„Ich ließ mir einige Ihrer Artikel übersetzen und per Fax schicken", fuhr Donatello fort. „Sie haben eine schöne Sprache; sicherlich schöner noch, als es in der Übersetzung zum Ausdruck kommt. Ihre Arbeiten haben mich sehr beeindruckt."

„Oh“ war alles, was Elisabeth erwidern konnte. Sie fühlte, wie ihre Ohren und Wangen heiß wurden.

„Wie“, fragte Donatello leise, „reagieren Sie auf negative Kritik? Es gibt ja immer welche, selbst an den Besten.“

„Ich überprüfe den Wahrheitsgehalt. Überlege, inwieweit die Kritik berechtigt ist, und wenn sie mir recht erscheint, nehme ich sie als Anregung, es beim nächsten Mal besser zu machen. Aber ich bin Journalistin, keine Künstlerin. Normalerweise bin ich es, die kritisiert.“

„Mattèo macht es genau wie Sie.“

Elisabeth verstand: Dies war eine Prüfung gewesen. Und sie hatte bestanden. In diesem Moment bemerkte sie, wie Donatellos Augen ihr Handgelenk studierten, und ließ die Hand mit der Zigarette sinken.

Unauffällig drückte er seine Zigarre an der Mauer aus. „Würden Sie mir Feuer geben?“ bat er daraufhin. „Meine Zigarre ist ausgegangen.“

Ohne nachzudenken, ließ Elisabeth die kleine Flamme vor ihm aufschnappen.

„Danke sehr, Signora.“ Er hatte gesehen, was er sehen wollte.

„HEUTE war es wirklich schlimm“, sagte Mattèo. Er sah erschöpft aus. „Natürlich mußte es perfekt werden, aber es war sehr anstrengend.“

„Und niemand, der die Aufnahme hört, wird wissen, wieviel Arbeit in ihr steckt.“

„Alles muß immer leicht erscheinen, schwerelos. In gewisser Weise ist Kunst eine Illusion.“

„Du mußt endlich etwas essen.“

Ein müdes Lächeln erschien auf seinem Gesicht. „Normalerweise fordere ich dich zum Essen auf.“

„Normalerweise? Wir sind uns erst gestern begegnet!“

„Du hast recht. Es kommt mir nur so vor, als würde ich dich schon lange kennen.“

Langsam gingen sie den langen Gang zurück und standen schließlich auf der Straße.

„Es muß hier doch eine Pizzeria geben“, meinte Mattèo. „Ich weiß wirklich nicht, warum ich nicht einmal während einer Probe etwas essen kann. Mein Magen ist dann so klein wie eine Erbse. Du kannst dir sicher vorstellen, wie ich mich bei einer Vorstellung fühle.“

Elisabeth spähte umher. „Da vorn ist eine. Wie groß ist dein Magen jetzt?“

„So groß wie der eines Elefanten.“

Es war ein hübsches, gepflegtes Restaurant. Zwei Minuten nachdem sie Platz genommen und ihre Bestellung aufgegeben hatten, war der Kellner wieder bei ihnen und brachte ihnen den Wein und mit Knoblauch- und Tomatenpaste gewürzte geröstete Brotscheiben.

Mattèo knabberte an einer davon. „Nicht viel Betrieb?"

„Es ist ja schon sehr spät oder sehr früh, wie du willst – fast zwei Uhr morgens. Wir sind die einzigen Gäste."

Er hatte sein Glas auf einen Zug geleert. Jetzt schob er es zurück. „Mir wird beinahe ein wenig schwindelig, schon nach einem Glas. Ich sollte lieber Mineralwasser trinken. Ist der Kellner in der Nähe?"

„Nein. Ich werde Wasser besorgen."

Er hörte, wie sie sich erhob, griff impulsiv nach ihrer Hand und bekam ihr Gelenk zu fassen. „Ich kann warten, bis der Kellner wiederkommt." Darauf stutzte er. Elisabeth wußte, warum, und versuchte, ihm ihren Arm zu entwinden. Es gelang ihr nicht.

„Laß mich los!" zischte sie.

Sacht strich sein Daumen über die lange, verdickte Narbe an ihrem Handgelenk. „Setz dich", sagte er sanft. Eine leichte, aber unwiderstehliche Bewegung verlieh seinen Worten Nachdruck, und Elisabeth fand sich gegen ihren Willen wieder auf ihrem Stuhl.

„Dein anderer Arm sieht sicher ebenso aus?"

„Meine Sache!"

„Halbheiten machst du nicht. Du hast senkrecht geschnitten, entlang des Verlaufs der Pulsadern."

„Hör auf!" Ihr war übel. „Laß mich los!"

Seine Hand löste sich von ihrem Gelenk und umschloß ihre Finger ganz leicht. „Ich bin froh, daß dich jemand gefunden hat."

Plötzlich zitterte ihre Kehle, und Tränen blendeten ihre Augen. Ihre Hand floh. Sie war ihm dankbar, daß er keine weiteren Fragen stellte.

Es war ein entsetzlicher Abend gewesen, dieser Abend des Tages, an dem endlich ihre Scheidung ausgesprochen worden war. Sie hatte da schon seit langem von ihrer Krankheit gewußt, war auch schon lange mit Interferon behandelt worden und hatte unter seinen Nebenwirkungen gelitten. Sie war fest entschlossen gewesen, ihrem Leben ein Ende zu setzen – aber nicht bevor die Scheidung ausgesprochen wäre. Stolz und Haß hatten nicht zugelassen, daß Enrique durch ihren Tod doch noch erreichte, was er durch die Ehe mit ihr hatte erzwingen wollen. Lieber hatte sie die Krämpfe und Schmerzen ertragen, als ihm diesen Triumph zu gönnen.

Wäre Russam, der junge Anwalt, nicht an ihrer Seite gewesen, wäre sie wahrscheinlich im Gerichtszimmer ohnmächtig geworden. Allein Enriques Stimme ertragen zu müssen war beinahe über ihre Kräfte gegangen. Sie hatte vor dieser Erfahrung nicht geglaubt, daß ein Mensch einen anderen so sehr hassen könnte, wie sie ihn haßte. Noch einmal hatte sie auf eine gerichtliche Verfügung gedrängt, daß er überhaupt keinen Kontakt mehr mit ihr haben dürfe. Aber eigentlich war das Bestehen auf dieser Verfügung nur pro forma gewesen. Sie hatte fest vorgehabt, an diesem Abend ihr Leben zu beschließen. Beim Abschied hatte sie Russam ein kleines Päckchen in die Hand gedrückt und ihn gebeten, es erst nach drei Tagen zu öffnen. Es hatte den Reservesatz ihrer Wohnungsschlüssel enthalten – sie hatte nicht erst nach Wochen gefunden werden wollen. Aber Russam hatte sich nicht an die Instruktionen gehalten, sondern das Päckchen noch am selben Abend geöffnet, ihren Abschiedsbrief und die Schlüssel gefunden und war zu ihrer Wohnung gerast. Das nächste, woran sie sich erinnerte, war das Erwachen in einem dichten Nebel, der sich nur so weit gelichtet hatte, daß sie begriffen hatte, daß sie in einem Krankenhausbett lag.

„Elisabeth?" Die Wärme in Mattèos Stimme durchdrang die Eiswand der Erinnerungen. „Trink einen Schluck Wein, bitte. Du kommst mir vor wie gelähmt."

Ihre Augen blinzelten und wurden wieder klar. „Ich bin nur müde. Wenn ich jetzt noch etwas trinke, singe ich schmutzige Lieder."

„Du kennst sicher keine." Sie konnte sehen, daß er sich um ein Lächeln bemühte, aber es wurde keines. Er hob die Flasche, tastete nach ihrem Glas und ließ Wein hineinlaufen. „Und wenn, würde es mich nicht stören. Wenn du nur nicht so erstarrt sitzt und schweigst und ganz weit weg bist."

DAS MORGENGRAUEN brach über der Stadt an. Elisabeth lehnte in der gepolsterten Ecke des Taxis und starrte aus dem Wagenfenster. Sie war müde. Sicher aber nicht so müde und überreizt wie Mattèo, der aufrecht neben ihr saß und trotz seiner unbewegten Haltung unruhig wirkte. Behutsam strich sie über die langen Narben. Es tat ihr leid, daß er es herausgefunden hatte. Sie konnte förmlich spüren, wie er grübelte. Vielleicht verachtete er sie jetzt. Er war stark, er hatte sich mit seinem großen Verlust abgefunden und konnte dem Leben dennoch alle Freuden abgewinnen – außer der, Schönheit zu sehen. Immerhin aber mußte er auch das Häßliche nicht sehen.

„Ich hatte Glück", begann er plötzlich. „Mir wurde geholfen. Ich war nicht allein. Ich fühlte mich nie so erstickt, daß ich mir das Leben nehmen wollte." Er ergriff ihre Hände, strich sacht über die vernarbten Gelenke. Darauf zog er sie behutsam an seine Lippen. Elisabeth spürte den warmen Druck zuerst auf der linken, danach auf der rechten Narbe und schloß die Augen. Dann entwand sie ihm abrupt die Hände. Das Zittern kam wieder.

Regen prasselte nieder, als sie vor dem Hotel aus dem Wagen stiegen. „Behalte deine Jacke an", bat sie, seine Bewegungen beobachtend. „Es macht nichts, wenn ich ein wenig naß werde."

„Auf der Haut eines feuerspeienden Drachen verdunstet Regen wohl schnell." Mattèo drehte den Kopf zu ihr, und ganz kurz duldete sie seinen Arm um ihre Schultern, bevor sie sich darunter wegduckte. Doch mit einemmal war selbst seine unendlich scheinende Geduld erschöpft: Plötzlich stand er vor ihr, und als sie ihm ausweichen wollte, hatte er ihr schon die Hände auf die Schultern gelegt.

„Sag, Elisabeth, liegt es an mir? Bin ich dir so zuwider?"

„Nein."

„Aber du weichst mir aus!"

„Ich weiche jedem Mann aus, Mattèo." Sie riß sich los und stürzte zu ihrem Zimmer.

„Jedem ..., warum?"

„Frag mich nicht danach. Nicht jetzt. Vielleicht später."

DIE AUFGEHENDE Sonne wandelte die Nässe der Erde zu Dampfschwaden. Schwüle erfüllte die Luft.

Zu Elisabeths Schwächen gehörte ihre Wetterfühligkeit. Ihr Organismus geriet, besonders seit er so angegriffen war, bei jeder kleinen Abweichung durcheinander. Als sie an diesem Morgen aufstand, fühlte sie sich wie mit Blei beschwert. Der Ausritt, auf den sie sich so gefreut hatte, wurde zu einer Qual, und nachdem sie Darling in die Box gebracht hatte, lehnte sie sich an deren Außenwand, eingezwängt in eine schwarze Faust aus Schwindel. Ihr Atem ging schwer.

Plötzlich war Mattèo da. „Ich habe den Eindruck, daß dir gar nicht gut ist."

Sie versuchte ein Lächeln in ihre Worte zu zwingen. „Mir geht's gut, wirklich. Es hat mich nur ein bißchen angestrengt." Sie kämpfte gegen die krampfartigen Wallungen ihres Magens an.

„Du hast beim Frühstück nicht gegessen." Zart strich seine Hand über ihre Wange.

Sie wandte den Kopf ab, weg von der Berührung. Die Übelkeit verstärkte sich. „Entschuldige mich“, brachte sie noch hervor und war fort.

Sie flüchtete sich auf die primitive Damentoilette. Für kurze Zeit hatte sich ihr Magen ruhig verhalten, aber wahrscheinlich nur, um noch vehementer als gewöhnlich zu rebellieren. Sie würgte ätzende Säure aus und darauf grüngelbe Gallenflüssigkeit. Dann Blut. Der Schmerz brannte tief unten.

„Elisabeth!“ Mattèo war vor der Tür.

Sie richtete sich auf und lehnte sich keuchend gegen die Wand. Es brauchte eine Weile, bevor sie Atem genug hatte zur Erwiderung. „Ich bin in Ordnung. Nur ein bißchen aufgeregt wegen des Gesprächstermins heute nachmittag.“ Sie hatte den Wasserhahn aufgedreht, damit ihr Würgen nicht zu hören war.

Als sie endlich die Tür öffnete, taumelte sie gegen Mattèo; wie eine Schildwache stand er davor. Seine empfindliche Nase nahm den metallischen Geruch auf, der in der Luft hing. „Es riecht nach Blut.“

Es gelang ihr, ein weiteres krampfhaftes Würgen zu unterdrücken. Rasch trat sie von ihm zurück. „Das ist mir auch aufgefallen. Eklig, nicht? Es ist jedenfalls nicht von mir. Ich habe mir nur kaltes Wasser über die Handgelenke laufen lassen. Jetzt bin ich wieder in Ordnung.“

ANDREW SELDON nahm sie in der Halle in Empfang. Es war ein beeindruckendes Gebäude, in dem der *Globe* untergebracht war, mit viel Glas und Metallkonstruktionen. Alles glänzte und spiegelte.

„Freut mich, daß Sie sich mit dem Chef in Verbindung gesetzt haben.“ Seldon drückte auf den Knopf neben der Fahrstuhltür. „Er ist schon ganz gespannt auf Sie, nachdem er gestern die Mappe mit einigen Ihrer Arbeiten erhalten hat.“

Es war keine große Sache gewesen, die Artikel, von denen sie einige auf ihrem Laptop gespeichert hatte, auszudrucken und durch einen Boten zum *Globe* bringen zu lassen. Robert MacGuire hatte es nichts ausgemacht, daß sie auf deutsch verfaßt waren; wie Seldon hatte er einige Jahre als Auslandskorrespondent in Deutschland gearbeitet.

Im Aufzug stand Seldon plötzlich unangenehm nahe bei ihr. „Wenn Sie mit Mr. MacGuire einig geworden sind, Mrs. Liovano, würden Sie mir dann die Freude machen und mit mir essen gehen?“

Sie trat einen Schritt von ihm weg und maß ihn mit verdüsterten Augen langsam von oben bis unten.

Seldon erschrak über diesen Blick und versuchte mit einem Scherz

Haltung zu bewahren. „Sie sehen mich an wie ein Indianer, der überlegt, ob er mir den Schädel spalten oder nur meine Ohren abhacken will."

Sie schwieg.

„Schon gut, ich sehe, Sie gehören zu der Sorte, die Arbeit und Vergnügen nicht miteinander mischt."

„Sie gehören zu der Sorte ..." – wie sie Formulierungen dieser Art haßte. Als könnte man Menschen in Schubladen stecken.

5

Langsam betrat Elisabeth den Konzertsaal. Das gräßliche Kratzen und Quietschen der Instrumente, die gestimmt wurden, war ihr schon auf halbem Wege entgegengekommen. An diese Geräusche würde sie sich wahrscheinlich niemals gewöhnen.

Donatello fing sie am Eingang ab. „Schön, Sie zu sehen, Signora Liovano. Kommen Sie bitte. Mattèo ist in seiner Garderobe. Er bat mich, Sie zu ihm zu bringen, sobald Sie da sind."

Kurz vor der Tür hörten sie ein tiefes, melodisches Summen, das sich immer wieder zu kurzen, klar artikulierten Silben erhob: Mattèo bereitete seine Stimme ebenso vor wie die Musiker ihre Instrumente.

Als Donatello auf eine bestimmte Art klopfte, fiel das dunkle Summen herunter wie ein zerschnittener Faden. Die Tür schwang auf, und Mattèo tauchte lächelnd dahinter auf. „Danke sehr, Donatello." Der kleine Mann drehte sich mit einem freundlichen Nicken um und trippelte zurück in das Halbdunkel, das seine kleine Gestalt bald aufsog.

Mattèo schloß die Tür hinter Elisabeth. „Setz dich doch, bitte!"

Sie gehorchte, und er nahm ihr gegenüber Platz.

„Wie geht es dir? Möchtest du etwas trinken? Ein Mineralwasser wird dir vielleicht guttun. Und sicher möchtest du rauchen. Ich habe um einen Aschenbecher gebeten." Er nahm ihn von seinem Garderobentisch und reichte ihn ihr. „Darf ich dir Feuer geben? Und warum beantwortest du meine Frage nicht? Wie geht es dir?"

„Aber Mattèo!" Sie mußte lachen. „Wie soll ich dir denn antworten, wenn du die ganze Zeit sprichst?"

„Oh, natürlich." Er neigte den Kopf. „Du klingst fröhlich. Du fühlst dich besser als heute morgen?"

„Viel besser. Die Schwüle hat mir zugesetzt, aber jetzt ist die Luft viel angenehmer."

„Und dieses Gespräch, das dir so wichtig war?"

„Mattèo, wenn ich jetzt hier drin rauche, wird es hinterher nach kaltem Rauch riechen", gab sie zu bedenken. Sie merkte plötzlich, daß es ihr nichts ausmachte, seinetwegen auf eine Zigarette zu verzichten.

„Ach, so schlimm wird es schon nicht sein. Wir werden das Fenster während der Probe offenlassen. Gibst du mir dein Feuerzeug?"

Sie reichte es ihm. Es machte ihm Freude; das Vergnügen huschte wie ein heller Schimmer um seine halb geschlossenen Augen. „Ich wette, es ist gutgegangen. Aber ich weiß nicht, worum es sich gehandelt hat; nur, daß du nicht darüber sprechen wolltest."

„Ich spreche nicht gern über Projekte, solange sie noch in der Luft hängen. Immer wenn ich's früher tat, ging's dann schief." Sie lächelte ihn an. Dieses Lächeln war auch in ihrer Stimme, als sie fortfuhr: „Signor Novell, Sie sprechen mit der neuen Mitarbeiterin einer über die Stadtgrenzen Londons hinaus bekannten Zeitung, des *Globe.*"

Mattèo schwieg, beugte sich nur angespannt auf seinem Stuhl vor und spielte mit seinen Händen. „Du freust dich sehr darüber, nicht?" sagte er endlich leise.

„London, Mattèo! Schon immer wollte ich nach England. Deshalb mein Au-pair-Jahr hier, das Studium – und immer wollte ich hier leben. Eine verrückte, unerklärliche Vorliebe. Ich hatte aber vor Jahren noch nicht den Mut dazu, den Schritt endgültig zu wagen."

Er erhob sich und stand darauf hoch aufgerichtet am Fenster, das Gesicht der Scheibe zugekehrt. „Also wirst du jetzt für den *Globe* arbeiten und keine Zeit mehr für das Porträt haben?"

„Ich dachte nicht, daß dir das Projekt so wichtig ist", gab sie erstaunt zurück. „Ich hatte den Eindruck, als hättest du nur zugestimmt, weil Dietmar ein netter Kerl sein kann."

„So war's wohl auch am Anfang." Er drehte sich um, sein Kopf wandte sich in ihre Richtung. Dann lehnte er sich gegen die Fensterbank und hob die Schultern mit einer Resignation, die sie beinahe schmerzte. „Meine Schuld. Ich hatte gedacht, wir würden ein paar Wochen miteinander verbringen, und ich hatte mich darüber gefreut. Ich habe deine Gesellschaft sehr gern, Elisabeth." Er vernahm, wie ihr Atem abwehrend stockte, und fuhr entschieden fort: „Ich sage das, obwohl du es nicht hören magst. Du bist eine seltsam reizvolle, verwirrende Frau, und ich bin ein neugieriger Mann. Ich habe dir schon gesagt, daß ich mich für dich interessiere, und das habe ich völlig ernst gemeint. Dieses Porträt war für mich schon sehr früh nicht viel mehr als ein Vorwand, dich näher kennenzulernen."

Erschrocken griff sie nach ihren Zigaretten, entzündete eine, rauchte einige hastige Züge. Sie hörte Worte wie diese nicht zum ersten Mal in ihrem Leben. Aber zum ersten Mal, das meinte sie zu erfassen, lag in ihnen keine Berechnung, sondern eine anrührende Aufrichtigkeit.

„Aber ich bin vorerst nur freie Mitarbeiterin beim *Globe*!“ brachte sie endlich hervor. „MacGuire weiß Bescheid, auch darüber, daß Dietmar mich nicht sofort freigeben kann. Schließlich haben wir einen Vertrag miteinander geschlossen.“

„Was heißt das?“

„MacGuire bat mich, meine Kündigung in Berlin baldmöglichst einzureichen und bereits einige Artikel nebenher für den *Globe* zu schreiben. Aber ich könnte das Porträt ohnehin nicht aufgeben, Mattèo. Zum einen habe ich die Verpflichtung Dietmar gegenüber, aber es ist auch so, daß ich es unbedingt schreiben will. Weil ... du mich auch interessierst“, endete sie beinahe unhörbar.

Unverkennbar war das Donatellos Klopfen an der Tür. „Mattèo, es ist Zeit!“ In der Garderobe herrschte Stille. Elisabeth starrte ihn an, konnte kaum fassen, was sie da eben gesagt hatte.

„Mattèo!“

Er war mit zwei Schritten an der Tür und riß sie auf. „Wartet noch zwei Minuten auf mich, ja?“

„Du mußt jetzt gehen. Ich bin im Zuschauerraum.“ Elisabeth erhob sich, strich ihren Rock glatt und wollte an Mattèo vorbeigehen. Immer noch stand er in der Tür, jetzt mit dem Gesicht zu ihr, und stützte die Hand gegen deren Rahmen. Da er keine Anstalten machte, sich zu rühren, blieb sie stehen. „Läßt du mich raus?“

„Ich habe eine Bitte, Elisabeth. Ich habe dir doch erzählt, daß ich an einer Komposition arbeite. Würde es dir sehr viel ausmachen, wenn ich sie dir nach der Probe vorspiele und du mir deine Meinung sagst?“

„Mattèo, ich verstehe doch überhaupt nichts von Musik!“

„Wenn du mir nur sagen würdest, ob es dir gefällt. Ich stecke da zwischen zwei Möglichkeiten und kann mich einfach nicht entscheiden.“

„Natürlich, Mattèo.“

„Danke.“ Mit einer kleinen höflichen Bewegung gab er den Weg frei.

DIE KLAVIERKLÄNGE hoben sich sacht in die nächtliche Stille.

„Es ist wundervoll“, urteilte Elisabeth, als Mattèo geendet hatte. „Aber sollte es nicht –“

„*Forte* oder sogar *fortissimo* gespielt werden?“ Lächelnd kam er ihr zuvor. „Allerdings. Aber ich kann nicht das ganze Hotel aufwecken, wenn ich etwas probiere. Ich würde dir gern die zweite Version vorspielen, wenn du –" Fragend wandte er den Kopf zu ihr.

„Ich würde es sehr gern hören, Mattèo."

Diese Klänge waren getragener. Es war das gleiche Thema, und doch vermittelte es einen ganz anderen Eindruck, klang leidenschaftlicher.

„Wie nennst du dies?"

„Tenerezza." Zärtlichkeit.

„Ja, so etwas schwingt darin. Und das andere?"

„La caccia." Die Jagd.

Sie kreuzte ihre Hände auf die Schultern, als sei ihr plötzlich kalt, und trat ans Fenster. „Warum verbindest du die beiden nicht miteinander?"

Er lehnte sich in seinem Stuhl zurück, plötzlich erleichtert. „Ja, warum nicht? Wie verbohrt ich doch sein kann!"

Elisabeth mühte sich mit dem großen Fensterflügel ab. Sie hörte den Regen und hatte das Bedürfnis nach dieser frischen, feuchten Luft. Mattèo trat näher, als wollte er ihr helfen.

Das Licht legte ein Rechteck in die Dunkelheit. Es beleuchtete das Blattwerk der Kastanie, die nah beim Haus stand, und ließ die hohen Blütenkelche aufleuchten wie weiße Fackeln. Der im Licht schimmernde Regen prasselte auf die Blätter und sprühte als Nebel zur Erde, aus der er einen kraftvollen Duft hervorlockte.

Eine halbe Stunde vielleicht standen sie so nebeneinander am Fenster, die Hände auf das Sims gelegt. Dann sagte Mattèo leise: „Ich könnte eine Melodie für dich daraus machen, wenn du möchtest."

„Für mich?"

„Für dich – einen kleinen, feuerspeienden Drachen, der Regen liebt, den er eigentlich fürchten sollte. Hättest du daran Freude?"

„Oh, bestimmt. Ich sprühe ziemlich oft Feuer, denkst du?"

„Ist dir denn wichtig, was ich von dir denke?"

Langsam wandte sie sich vom Fenster ab und wanderte durch den weiten Raum. „Ja, es ist mir wichtig. Früher habe ich die Narben nicht zu verbergen versucht. Früher hatte ich keine Furcht, deswegen verachtet zu werden. Alles war mir gleichgültig. Aber jetzt ist das nicht mehr so. Und das hat mit dir zu tun."

Sein Kopf war ihren Bewegungen gefolgt. „Ich habe eine Idee für die Melodie. Möchtest du sie hören?"

„Ja, sehr gern."

Er schloß das Fenster und ging zum Flügel. Seine Hände legten sich auf die Tasten. Große Hände. Kraftvolle Finger mit sehr kurz gehaltenen Fingernägeln. Mattèos Hände paßten zu seinen breiten Schultern, doch kaum zu der perlenden Melodie, die sie den schwarzweißen Tasten entlockten. Elisabeth hörte den Regen darin – und alles, was er für sie war: Beruhigung, dunkle Schönheit, König der Nacht; denn nachts hatte sie den Regen am liebsten.

Als die Musik leise ausgeklungen war, atmete sie tief. „Das ist schön. Wird es einen Namen bekommen?"

„Natürlich. Ich würde es gern ‚*Re della notte*' nennen."

König der Nacht! „Wieso kannst du meine Gedanken lesen?" flüsterte sie.

„Natürlich kann ich das nicht. Aber es ist seltsam, daß du so etwas sagst. Du bist eine Quelle starker Inspiration für mich – normalerweise geht es nicht so schnell, eine vollständige Melodie zu schaffen. Und es ist nicht nur bei dieser so. Auch die beiden Kompositionen, die ich dir vorhin vorspielte, klangen ursprünglich anders; aber sie veränderten sich wie von selbst, nachdem ich dir begegnet war."

Dieser Mann sagte die ungeheuerlichsten Dinge völlig ruhig: *la caccia* und *la tenerezza* – ewige Themen aller Liebenden.

Elisabeths Gesicht war weiß wie Papier, als sie murmelte: „Es ist sehr spät. Ich muß jetzt gehen. Gute Nacht."

Bevor er Gelegenheit zu einer Erwiderung hatte, hörte Mattèo, wie die Tür hinter ihr ins Schloß fiel. Sachte hob er an, um die Melodien noch einmal zu spielen.

ELISABETHS Gedanken richteten sich gewaltsam von Mattèo weg und auf die nüchternen Dinge, die sie tun mußte: einen Nachmieter für die Wohnung in Berlin finden, eine in London suchen. Sie war sehr früh aufgewacht und hatte sich vom Zimmerservice einige Tageszeitungen bringen lassen, die sie nun, bäuchlings auf dem Bett liegend, nach Angeboten durchstöberte.

Um halb neun läutete das Telefon. Zerstreut nahm sie den Hörer ab.

„Elisabeth? Würdest du mit mir frühstücken?"

Sie schnellte auf den Rücken, setzte sich auf. „Mattèo, ich suche eine Wohnung. Seit zwei Stunden zerwühle ich alle möglichen Zeitungen."

„Wie lange brauchst du noch? Eine Stunde? Zwei?"

„Eine, denke ich, höchstens."

„Ich warte auf dich. Auf der Terrasse. Es regnet nicht mehr. Bring doch die Anzeigen mit, die dich interessieren."

„NEIN, das erscheint mir nicht reell. Die Miete ist unangemessen für das, was sie bieten."

„Aber es ist ganz nahe beim Hydepark!"

„Du hattest da vier weitere Angebote in der Nähe des Parks, glaube ich."

Elisabeth stöberte in den Zeitungen. „Wie kannst du dir das bloß merken?" Sie hatte ihm alle Angebote einmal vorgelesen.

Er schob seinen Teller zurück. „Würdest du mir die Anzeigen bitte noch mal vorlesen?"

Zwei schloß er von vornherein aus. „Das dritte klingt nicht schlecht. Aber ruf zuerst bei der letzten Nummer an."

Elisabeth telefonierte von einer der Kabinen im Hotelfoyer. Die Stimme einer älteren Dame meldete sich. Ja, sie könne die Wohnung jederzeit ansehen.

„Nun?" Mattèo hob den Kopf zu ihr, als er ihren Schritt erkannte. Matthew hatte den Tisch inzwischen abgeräumt.

„Eine Mrs. Olsen. Sie klang sehr nett. Wir treffen uns heute um fünfzehn Uhr."

„Hättest du etwas dagegen, wenn ich dabei bin?"

„Ich kann dich doch nicht von der Probe abhalten!"

„Die Probe kann ich auch mal verschieben."

„WISSEN Sie", sagte Mrs. Olsen, als sie den Knopf des Fahrstuhls drückte, der sie ins dritte Stockwerk bringen würde, „es war alles sehr tragisch. Alison war eine bezaubernde junge Frau. Sie lief vor ein Auto. Ich habe sie eine Zeitlang mit einem jungen Mann gesehen, und dann war sie auf einmal wieder allein und sah immer traurig aus. Vielleicht hat sie es absichtlich getan." Sie seufzte. „Es gab schon viele Interessenten für die Wohnung, aber wenn ich ihnen erzählte, wie die Vormieterin umkam, zogen sie sich zurück. Keiner hat gern mit möglichen Selbstmördern zu tun."

„Nein", erwiderte Elisabeth erstickt.

In dem engen Fahrstuhl stand Mattèo zwangsläufig dicht hinter ihr, und seine Hand berührte ihren Arm wie tröstend und ermutigend. In einem Wirbel von Empfindungen und Schwäche lehnte sie den Kopf an seine Schulter. Sie hörte seinen leisen Atem an ihrem Ohr und schloß kurz die Augen. Es tat gut, seine Nähe zu fühlen.

Mrs. Olsen schloß die Tür auf und ließ das Paar an sich vorbeigehen. Die Wohnung war hübsch eingerichtet.

„Gefällt sie Ihnen?“ fragte die alte Dame, nachdem sie sie herumgeführt hatte.

„Sehr, Mrs. Olsen.“

„Sie können sie auch unmöbliert mieten und Ihre eigenen Dinge hineinstellen.“

„Ich würde sie lieber so nehmen, wie sie ist.“ Elisabeth wollte einen klaren Schnitt. Aus ihrer Berliner Wohnung gab es nicht ein Stück, das sie behalten wollte, denn jeder einzelne Gegenstand war mit Erinnerungen behaftet. Und sie wollte sich nicht erinnern.

„Würden Sie uns einen Augenblick entschuldigen?“ bat Mattèo. Er zog Elisabeth zur Seite. „Wir hätten gern etwas besprochen.“

„Aber natürlich.“ Mrs. Olsen zog sich ins Wohnzimmer zurück und ließ das Paar auf dem Flur allein.

„Bist du sicher, daß du in diese Wohnung willst?“

„Was denkst du? Daß Alisons Geist einen negativen Einfluß auf mich haben könnte?“

„Ich halte so etwas nicht für abwegig.“

„Ich will diese Wohnung. Alisons Geist wird hier nicht umgehen. Jedenfalls nicht, um mir zu schaden.“

ZUM ERSTEN Mal in ihrem Leben wohnte Elisabeth einem Konzert bei. Seit dem Unfall auf der Schultreppe hatte sie Menschenansammlungen vermieden. Doch sie mußte einfach dabeisein. Sie war bei nahezu allen Proben gewesen, sie hatte gesehen, wie die Nerven der Beteiligten, die jetzt in feierlich steifer Kleidung die Bühne füllten, dünn geworden waren von der ermüdenden Arbeit, immer wieder jeden Hauch von Empfindung, der in ihnen war, heraufbeschwören zu müssen entgegen Müdigkeit, Überdruß, Erschöpfung.

Gespannte Stille lag über Orchester und Publikum, als Mattèo an Donatellos Seite die Bühne betrat. Beide trugen Galakleidung und wirkten gesammelt und konzentriert. Tosender Applaus brandete auf. Mattèo verneigte sich. Sein aufleuchtendes Lächeln schien den ganzen Saal mit Wärme und Zuneigung zu füllen. Dankbar hob er die Rechte. Der Applaus verebbte allmählich.

Ein voreiliger Rosenstrauß landete vor ihm. Donatello hob ihn auf und reichte ihn Mattèo, der die Blumen an sein Gesicht hielt. Es waren noch kaum erblühte, langstielige gelbe Rosen. Er hielt sie noch in der Hand, während er die erste Arie sang, das „Nessun dorma“, das ihnen auf der Probe so große Schwierigkeiten bereitet hatte. Heute jedoch folgten die Violinen scheinbar schwerelos der so unverwechselbar gefärbten Stimme, und der Chor fiel mit fein berechneter Präzision in der richtigen Stärke ein.

In der Pause ging Elisabeth zu Mattèo. Aber ihr Pochen an seiner Tür war kaum vernehmbar. Vielleicht wollte er lieber allein sein.

„Bist du's, Elisabeth?"

„Ja, sag nur, wenn ich dich störe."

„Komm doch herein, bitte." Er schloß die Tür hinter ihr. „Ich habe gehofft, daß du kommst."

Sie blinzelte kurz und sagte möglichst nüchtern: „Du warst wundervoll, Mattèo. Die Menschen lieben dich – nicht nur deine Musik, sondern dich, und nicht nur als Künstler. Du hast sie einfach überwältigt."

„Ich will niemanden überwältigen. Ich möchte sie teilhaben lassen an der Musik und ihnen damit Freude bereiten."

„Das tust du, Lieber."

„Wie hast du mich genannt?"

Erstaunt wiederholte sie: *„Caro."* Lieber.

„Elisabeth –" Die kleine Bewegung auf sie zu wurde unterbrochen: Donatello klopfte an die Tür. „Wirst du dasein, nachher?"

„Natürlich werde ich dasein, Mattèo."

Das Konzert war vorüber, die Bühne mit Blumen übersät. Mattèo war von dem tosenden Applaus mehrmals erneut auf die Bühne gerufen worden und hatte drei Zugaben gemacht, als letzte Verdis aufwühlendes „La paterna mano" aus „Macbeth". Elisabeth wußte, daß er es noch einmal für Matthew und seine Freunde gesungen hatte, die sie unweit von ihrem eigenen Platz gesehen hatte.

Sie erhob sich langsam. Allmählich nur klärte sich die Benommenheit, doch erst auf dem Weg zu Mattèos Garderobe wurden die Empfindungen zu Gedanken. Ihr war, als hätte sie die Musik zum zweiten Mal entdeckt. Ihre geschärfte Wahrnehmung ließ sie Mattèos Ungeduld empfinden, noch bevor er die Tür auf ihr leises Klopfen hin geöffnet hatte. Plötzlich voller Angst, wollte sie zurückweichen, als er unversehens vor ihr stand, groß, dunkel und auf einmal überwältigend, männlich. Er zog sie an sich und drückte ihren Kopf an seine Schulter, immer wieder ihren Namen flüsternd. Leise glitt die Tür hinter ihnen ins Schloß.

„Laß mich los!" Es war Elisabeths automatische Reaktion auf die Berührung eines Mannes.

Doch Mattèo hörte nicht auf sie. Vielleicht hörte er sie in seiner Überreizung nicht. „Ich habe auf dich gewartet“, murmelte er. „Jede Sekunde, die ich auf der Bühne war.“ Seine Lippen fanden ihre.

Sie zog ihren Kopf zurück. „Laß mich los!“ wiederholte sie. „Ich kann die Nähe eines Mannes nicht ertragen. Das habe ich dir gesagt. Laß mich bitte los!“ Sie war einer Panik nahe. Endlich gaben seine Arme sie frei, und er trat einen halben Schritt zurück.

„Ja, das hast du gesagt. Das war aber doch nicht immer so.“

„Jetzt ist es so.“

Er straffte die Schultern. „Darf ich dich zu deiner Wohnung begleiten?“

Als sie das Gebäude durch den Seitenausgang verließen, wartete die Menge begierig: Reporter und Fotografen drängten sich trotz der späten Stunde, und unzählige begeisterte Fans wollten den großen Tenor aus nächster Nähe sehen, ihn vielleicht sogar kurz berühren. Es war ein einziges Schieben und Drücken, und zum ersten Mal, seit Elisabeth ihn kannte, schien Mattèo beunruhigt von einer um ihn brandenden Menschenmenge. Suchend hob er den Kopf. „Wo ist Donatello? Er war doch eben noch bei uns.“

Eine kleine Hand schob sich besänftigend unter seinen Arm, und die Stimme des Freundes sagte: „Hier bin ich, sie haben mich kurz abgedrängt. Eine hitzige Meute ist das heute, aber ich glaube, das war auch das beste Konzert, das du je gegeben hast. Ihr werdet doch an unserer kleinen Feier teilnehmen?“

„Nein, Donatello. Heute nicht.“

Donatello wehrte höflich, aber bestimmt die Presse ab. „Nein, keine Fragen. Schießen Sie ein paar Fotos, aber verschonen Sie ihn mit Fragen.“ Dann wandte er sich wieder an Mattèo. „Du solltest dir überlegen, ob du dir nicht doch Bodyguards zulegst. Ich sehe die Zeit kommen, wo ich die Meute nicht mehr bändigen kann.“

Seinen Worten zum Trotz schleuste er sie geschickt durch die Menge, bis sie vor einer schwarzen Limousine mit verdunkelten Scheiben standen, deren hintere Tür Donatello aufatmend öffnete. „Schnell rein mit euch beiden. Ich werde hier schon allein fertig.“

„WAS IST das für ein Wagen?“ fragte Elisabeth. Sie wurde ins Sitzpolster gepreßt, als der schwarze Rolls-Royce anfuhr.

„Die Limousine, die mir die Plattenfirma während meines Aufenthaltes hier zur Verfügung stellt.“

„Warum benutzt du sie dann nicht immer?“

Mattèo lehnte sich tief in die Ecke der Sitzbank. „Ich hasse es, mit einem Chauffeur vorzufahren. Nur an Abenden wie diesem ist sie für mich von Nutzen: Die Leute erwarten, daß ich in einen Luxusschlitten klettere und davongleite. Ich mag das zwar nicht, aber wenn es nach mir ginge, würde ich versuchen, jeden ihrer Wünsche zu erfüllen. Aber Donatello hat natürlich recht, wenn er sagt, daß es mich auf die Dauer auffressen würde. Er weiß, wovon er spricht. Seit vielen Jahren ist er einer der begehrtesten Dirigenten. Sein Wagen steht sicher auch schon bereit –" Er stutzte kurz, während er sprach, und sie sah, daß er an seinem rechten Ärmel zupfte.

„Was ist denn?"

„Der Ärmel ist aufgerissen. Ich muß irgendwo hängengeblieben sein."

„Laß sehen." Sie schaltete die Deckenbeleuchtung ein, nahm seinen Arm und wurde bleich. „Das ist ein Schnitt. Er ist durch die Ärmel des Anzugs und des Hemdes bis auf deinen Arm gegangen. Du blutest."

„Tatsächlich? Ich habe nichts gemerkt. Es tut nicht weh." Er tastete unter den Ärmel, und seine Linke kam blutverschmiert wieder hervor. Er hob die Finger und roch daran. „Wie eigenartig. Was kann es gewesen sein? Ein hervorstehender Nagel in der Garderobe vielleicht?"

„Mattèo, dies ist ein Schnitt. Kein Nagel kann einen so glatten Schnitt verursachen."

„Was willst du damit sagen?"

„Es muß passiert sein, als die Menge um uns war. Jemand mit einem Messer."

„Aber warum sollte jemand –" Er verstummte hilflos.

„Ich weiß nicht, Mattèo. Es gibt Wahnsinnige. Donatello hat recht, du solltest Bodyguards haben."

Er rümpfte die Nase. „Männer, die ständig um mich sind und jeden Kontakt mit anderen verhindern, außer auf der Bühne? Das würde mir gar nicht gefallen. Ich mag Menschen."

„Du solltest es aber ernstlich erwägen. Der Schnitt sollte dich nachdenklich machen. Ich glaube, er ist nicht tief, aber ich würde ihn gern unter besserem Licht sehen; vielleicht sollten wir zu einem Arzt gehen oder in ein Krankenhaus. Und auf jeden Fall zur Polizei."

„Du willst mich verarzten?" Seine Stimme klang entzückt.

„Ich bin keine Ärztin."

„Aber während deines Studiums hast du doch im Krankenhaus gearbeitet, oder? Einen kleinen Verband anlegen könntest du schon."

„Gewiß. Wenn ein Verband genügt, kann ich es tun. Aber auf jeden Fall sollten wir zur Polizei gehen."

„NUN? WIE sieht es aus?“

Sie hatte seinen Unterarm unter kaltem Wasser abgespült und mit sterilem Verbandsmaterial abgetrocknet. Unter dem starken Licht in ihrem Badezimmer sah sie, daß die Wundränder des feinen Schnittes bereits begannen, wieder zusammenzuwachsen.

„Du hast eine gut heilende Haut, Mattèo.“

„Ja, die hatte ich immer.“ Lächelnd stand er vor ihr, den Ärmel des verletzten Armes bis zum Ellbogen hochgerollt.

„Ich werde aber doch sicherheitshalber … Es könnte jetzt etwas brennen.“

„Macht nichts.“ Er zuckte nicht, als sie die Verletzung desinfizierte.

„Ich werde noch einen sterilen Verband darum wickeln, und morgen sehen wir dann weiter.“

„Es ist doch nichts.“

Behutsam legte sie den Verband an. „Es könnte sich dennoch entzünden. Und außerdem –“

„Außerdem, denkst du, könnte sich da draußen ein Wahnsinniger verbergen, der es auf mich abgesehen hat. Aber ich glaube nicht, daß ich ein Mensch bin, der sich Feinde schafft.“

„Wahnsinn“, murmelte sie, „braucht keine Gründe. Oder aber sehr fundierte.“

„Was meinst du?“

Die Erinnerung an Enrique war in ihr. Sein zu einer widerlichen Fratze verzogenes Gesicht. Damals, in jener Nacht, hatte sie den Wahnsinn gesehen, die schwarzen Abgründe, das Niederste im Menschen. Plötzlich taumelte sie und griff schnell nach dem Waschbecken, um Halt zu haben.

„Elisabeth!“ Mattèo stützte sie. Für einen Augenblick verlor sie dennoch das Gleichgewicht und mußte sich an ihm festhalten, um nicht zu fallen. Er fühlte die Hitze ihres Gesichts durch den dünnen Hemdstoff. „Elisabeth, du glühst! Du hast Fieber!“

Es war ungewöhnlich, daß es sie so unvermittelt anfiel; sonst breitete es sich immer allmählich aus. Es mußte an all den Aufregungen liegen.

„Du mußt dich ausruhen, Elisabeth.“

„Ja“, gab sie zögernd zu. „Es war ein anstrengender Tag. Wir sind beide müde.“

„Ich mag müde sein. Aber du bist krank.“

„Das bin ich nicht!“ begehrte sie auf. „Ich muß nur eine Nacht schlafen, dann bin ich wieder in Ordnung.“ Das Fieber dröhnte mit jedem Herzschlag hinter ihrer Stirn. „Wir sehen uns dann morgen.“ Sie drückte ihm seine Jacke in die Hand, fand es entsetzlich, ihn mit dieser Geste gewissermaßen hinauszuwerfen. Aber ihr blieb nicht mehr viel Zeit.

„Ja." Er klang traurig.

„Morgen sprechen wir über den heutigen Abend, ja?" Flammen schienen durch ihren Körper zu jagen. „Es war ein wunderschönes Konzert, Mattèo." Sie machte eine kleine Bewegung in Richtung Tür. Noch drei, zwei Schritte, noch einen – und sie konnte sie für ihn öffnen, den Fahrstuhl herbeiholen, ein nettes Abschiedswort sagen. Gleich würde sich die Tür des Fahrstuhls hinter ihm schließen wie die Eingangstür ihrer Wohnung hinter ihr. Und das Fieber konnte über sie herfallen. Sie fürchtete sich davor. Aber noch mehr fürchtete sie sich vor Zeugen. Doch als sie auf den Fahrstuhl warteten, überwältigte die Hitze ihren Geist.

IM SCHEIN der Nachttischleuchte an ihrem Bett sah sie seine Hand, die sich zum Telefon ausstreckte.

„Wen willst du anrufen?" Sie versuchte sich aufzurichten.

„Wir brauchen einen Krankenwagen für dich. Als wir draußen beim Fahrstuhl standen, wurdest du ohnmächtig. Ich habe dich hierhergetragen. Wie fühlst du dich?"

„Einigermaßen gut." Das Fieber jagte Glutwellen durch ihren Körper. „Ich muß nur ein wenig schlafen, Mattèo."

Er lauschte auf das, was unter ihrer Stimme war. „Ich rufe doch lieber einen Arzt."

Mit beiden Händen umklammerte sie seine Hand und zog sie vom Telefon weg. „Mattèo, es kommt und geht. In fünf Minuten kann es ganz anders sein. Keine Ärzte, bitte." Tränen tropften plötzlich auf seine Hand.

„Elisabeth! Du brauchst Hilfe!"

„Es ist bald vorbei", flüsterte sie. Gleich würde das Zittern kommen und darauf schwarze Tiefe. So war es immer: Fieber und Schüttelfrost und Bewußtlosigkeit. „Laß mich allein." Sie wollte nicht, daß gerade er Zeuge dieser Krämpfe, dieses Ausgeliefertseins wurde.

Er schüttelte den Kopf und neigte sich über sie. „Freunde lassen einander nicht im Stich." Seine Hände tasteten nach der Decke und zogen sie über ihre gekrümmte Gestalt.

Diese nächtlichen Stunden prägten sich unauslöschlich in Mattèos Gedächtnis. Immer wieder glitt seine Hand zum Telefon und sank im letzten Augenblick nieder: Sie hatte so verzweifelt geklungen, als sie ihn angefleht hatte, keinen Arzt zu holen.

Manchmal redete sie während der Fieberanfälle – in zerrissenen

Sätzen, die zornig, ängstlich, manchmal auch haßerfüllt klangen und die er nicht verstehen konnte, weil sie deutsch sprach.

Die Schüttelfrostanfälle waren ebenso beklemmend. Innerhalb weniger Sekunden floh das Fieber, ihre Haut wurde kalt und klamm, dann setzte ein krampfhaftes Zittern ein, in dem ihre Zähne aufeinanderschlugen. Mattèo versuchte Elisabeth zu wärmen, indem er sie noch enger in ihre Decke hüllte, aber es schien kaum etwas zu helfen.

ALS DER Morgen graute, fühlte Mattèo das anbrechende Licht auf seinem Gesicht. Seine Rechte tastete und legte sich auf Elisabeths Stirn. Sie war kalt. „Elisabeth, kannst du mich hören?"

Heftig fuhr sie zusammen. „Du bist noch da? Warum bist du nicht gegangen, ich hatte dich doch darum gebeten?" Ihre Stimme war so klein und schwach, daß es ihn schmerzte, sie zu hören.

„Du hast mir nicht die Wahrheit gesagt. Dies war nicht das erste Mal, daß du eine solche Nacht hattest, nicht wahr?"

„Nun ja, es passiert manchmal nach einem anstrengenden Tag", wiegelte sie ab.

„Du warst beim Arzt deswegen, bei mehreren sogar, wenn ich dich richtig verstanden habe. Was sagten die?"

„Daß meine Nerven seit ... dem Unfall angegriffen seien und daß ich mich eben damit abfinden müsse."

Seine Brauen zogen sich zusammen. Er schien ein Gespür dafür zu haben, wenn sie ihm nicht die Wahrheit sagte. Dann fiel ihr der Schrecken des gestrigen Abends wieder ein. „Wir müssen zur Polizei!"

„Mach dir keine Gedanken. Versuche lieber, ein wenig zu schlafen."

„Nach einer Dusche bin ich wieder in Ordnung."

„Nein, nein, ruh dich aus. Bitte!"

„Und was ist mit dir? Du warst erledigt nach dem Konzert, und nun hast du die ganze Nacht kein Auge zugetan."

Er stand auf und setzte sich auf das kleine Sofa, das gegenüber dem Bett stand. „Ich werde sehr gut hier schlafen, wenn ich höre, daß du schläfst."

Sie sah zu ihm hin. Sein Gesicht war grau von Müdigkeit, und unter seinen Augen lagen tiefe Ringe. Ihr schien auch, als zitterte er leise. Die Morgenluft war kühl, und er saß in Hemdsärmeln da.

Er hörte, wie sie aus dem Bett schlüpfte. „Was ist?"

„Ich hole dir eine Decke."

„Nicht doch!"

Als sie aufstand, bemerkte sie, daß sie noch immer das elegante schwarze Kleid trug, das ihr gestern abend viele bewundernde Blicke eingetragen hatte. Ihre schwarzen Pumps standen ordentlich nebeneinander auf dem Boden. Sie hatte sie nicht ausgezogen, soviel war sicher. Sie zog eine dicke Wolldecke aus dem Kleiderschrank, legte sie über Mattèo und wickelte ihn regelrecht darin ein. „Ist das gut so?"

„Es ist herrlich." Er lehnte sich zurück, faßte die Decke mit beiden Händen und zog sie hoch bis zu seinen Ohren. „Danke."

Etwas zwang sie, sich neben ihn zu setzen. „Ich muß dir danken, Mattèo." Sie hob die Hand, um durch sein Haar zu streichen, zögerte jedoch im letzten Augenblick. Niemals war ihr ein Mann begegnet, der, nachdem sie ihn zurückgewiesen hatte, so viel für sie getan hatte wie er. Und doch brachte sie es nicht über sich, ihn zu berühren.

„Du bist nicht mehr böse, weil ich bei dir geblieben bin? Ich konnte dich nicht allein lassen. Ich hatte Angst um dich."

„Ich glaube nicht, daß ich dir jemals böse sein könnte, Mattèo."

Erleichterung glitt über seine Züge. „Danke." Tiefe Müdigkeit war mit einemmal in seinem Flüstern. Er atmete tief aus und entspannte sich. Sie wartete, bis er fest schlief, dann holte sie ein Kissen, schob es ihm behutsam hinter den Kopf und setzte sich wieder neben ihn.

DIE SONNE sandte warme Strahlen durch das weit geöffnete Fenster auf Mattèos Wange. Tief atmete er die lichtdurchtränkte Luft ein und bewegte den Kopf, um wach zu werden. Er fühlte ein kleines Gewicht an seiner Schulter. Seine Rechte hob sich, wollte tasten und sank zurück: Er wollte Elisabeth nicht ängstigen. Er lauschte auf ihren Atem. Sekundenlang war er noch tief und wurde mit einemmal schnell und flach. Mit einer raschen Bewegung hob sie den Kopf.

„Wie fühlst du dich?" Sie sagten es gleichzeitig, stutzten und mußten lachen.

„Wie geht es dir, Mattèo?"

„*Debole.*" Ein wenig angeschlagen. „Und dir?"

„*Debole.*"

Gern hätte er sie an sich gezogen. Aber der gestrige Abend war ihm eine Lehre gewesen. Er barg seine Hände unter der Decke und sagte: „Ein Mittagessen würde uns sicher guttun." Ungern verließ er ihre Nähe, doch er stand auf und rief das Hotel an. Darauf folgte eine sehr leise Unterhaltung. Schließlich legte er den Hörer auf. „Ich habe gebeten, uns Essen durch einen Boten bringen zu lassen."

„Was hast du bestellt?"

„Ah – neugierig?“ Er lächelte erfreut. Eigenartig nahm sich dieses knabenhafte Lächeln in seinem unrasierten Gesicht aus. „Dann ist's eine Überraschung.“ Er biß sich auf die Unterlippe, bevor er fortfuhr. „Darf ich dich um etwas bitten? Würdest du mir erlauben ..., dein Gesicht abzutasten? Matthew hat dich mir beschrieben, aber ich hätte so gern ein eigenes Bild.“

Ihre Augen weiteten sich sekundenlang. Dann nahm sie seine Hände und führte sie zu ihrem Gesicht. Behutsam erkundeten seine Fingerkuppen ihre Züge.

„Matthew hat recht“, murmelte er endlich. „Er nannte dich eine wunderschöne Frau. Aber er hat nicht den Schatten erwähnt, der auf deinem Gesicht liegt.“

„Vielleicht hat er ihn nicht gesehen. Die Kosmetik kennt viele Tricks. Und ein paar davon kenne ich auch.“

Bestürzt lauschte Mattèo auf die hart klingende Stimme. „Vor Matthew scheinst du übrigens nicht zurückzuscheuen wie vor mir“, sagte er schließlich.

„Er ist beinahe noch ein Kind. Seine Träume sind die eines Jünglings aus einem Lustspiel Shakespeares.“

„Das klingt, als hättest du keine mehr.“

„Wie viele Träume, denkst du, kann jemand haben, der den Tod bereits anlächelt?“

Sein Gesicht wurde bleich. Er hatte das Dunkle in ihr gefühlt, die Bereitschaft aufzugeben, und seine Intuition hatte Trauer vermutet, einen tiefen Schmerz. Aber er hatte sich getäuscht: Sie wollte nicht mehr leben. Die Narben an den Handgelenken waren die Bestätigung.

„Lächelst du ihn an, oder fürchtest du ihn?“ Er klang nüchtern; es kostete ihn Beherrschung.

„Ich muß ihn anlächeln. Ich habe keine andere Wahl.“

„Es ist deine Entscheidung, ob du dein Leben vor der Zeit beendest.“

„Nein, du verstehst nicht. Ich ..., ach Mattèo, schau doch nicht so traurig! Ich habe einfach nicht mehr viel Zeit, das ist alles.“ Sie sah, wie sein Gesicht noch mehr einfiel, und legte impulsiv ihre Hand auf seinen Arm. Nüchtern fuhr sie fort: „Sie nennen es Lymphogranulomatose oder einfach Krebs des lymphatischen Systems; alle Ärzte, die ich aufgesucht habe, sagen, ich habe eine hoffnungslose Prognose. Ich habe dir nicht die Wahrheit gesagt, Mattèo, als das Fieber kam und heute früh. Viele Menschen ekeln sich vor unheilbar Kranken; ich wollte dir das ersparen. Und auch mir.“

Die starken Finger umschlossen ihre Hand fester. „Also war es nicht wegen des Mannes."

„Ich habe mich bis zum Scheidungstermin durchgeschleppt, aber nachdem ich dieses Ziel erreicht hatte, wollte ich ein Ende machen. Ich versuchte es zuerst mit Schlaftabletten, aber ich konnte sie nicht bei mir behalten. Da nahm ich dann die Klinge, aber auch das ging daneben." Sie sah die stumme Frage auf seinem Gesicht. „Ja, ich war verheiratet. Eine häßliche Geschichte. Sehr häßlich. Nur soviel dazu – die Ärzte sagten mir, die Krankheit könnte jederzeit von einem latenten Zustand in einen manifesten übergehen, und er drängte so sehr auf eine Heirat. Ich sagte mir, es würde wohl ohnehin nicht mehr lange dauern, also könnte ich ihm ebensogut den Gefallen tun. Nur daß es mehr war als ein Gefallen. Er brachte mich dazu, den Verlust meiner Freiheit zu unterzeichnen."

„Du hast ihn geheiratet, weil du wußtest, daß du krank bist? Dann kannst du ihn unmöglich geliebt haben."

„Nein, das habe ich nicht."

Er fühlte, daß sie wieder zu zittern begann. „Vielleicht haben sich die Ärzte geirrt."

„Es waren zu viele, und die Diagnose war stets dieselbe."

Er spürte, daß sie Mitleid oder auch nur Anteilnahme ebenso rigoros ablehnen würde, wie er es tat, und sprach mit nüchterner Stimme. „Ist es schlimm, ich meine – tut es weh?"

„Manchmal schwellen die Lymphknoten an, das ist sehr schmerzhaft. Und manchmal habe ich Nächte wie die vergangene." Sie unterschlug damit den größten Teil ihrer Beschwerdenliste. Gar nichts hätte sie ihm erzählen sollen. Aber sie ertrug nicht mehr, ihn immer wieder anzulügen.

„Nimmst du Medikamente?"

„Ich muß in bestimmten Abständen ein Interferonpräparat spritzen lassen, ein teuflisches Zeug. Manchmal denke ich, es ist schlimmer als die Krankheit."

„Ich habe niemals etwas bemerkt, außer daß du mitunter zitterst und an dem Morgen, als es so schwül war."

„Manches ist besser geworden in letzter Zeit. Vielleicht liegt es daran, daß ich aus Berlin heraus bin. Gott, wie ich diese Stadt hasse! Sie steckt voll übler Erinnerungen."

„Wieviel Zeit geben sie dir?"

„Ein paar Monate, nach der letzten Blutbilduntersuchung. Ich hoffe, Zeit und Kraft reichen aus, um das Porträt über dich zu schreiben."

Er wollte entgegnen, dies sei nicht wichtig – und begriff gerade noch rechtzeitig, wie wichtig es für sie war. Begriff, daß dies das Ziel war, für das sie leben wollte.

„Du tust besser daran, länger zu leben als nur noch ein paar Monate. Denn ich habe dir noch sehr viel zu erzählen."

6

Francesco Moriso hat angerufen. Er wird uns besuchen!" Mattèo hatte sich, sehr ungewöhnlich für ihn, zum Frühstück verspätet. Er nippte an dem Kaffee, den Elisabeth für ihn eingeschenkt hatte. „Ich habe ihm alles zu verdanken, ich konnte ihm unmöglich einfach absagen. Er ist mein musikalischer Ziehvater."

„Ich weiß."

„Woher? So weit sind wir noch nicht in meiner Biographie. Gerade heute wollte ich dir davon erzählen."

„Oh, ein paar Recherchen, die über das Material der Pressemappe hinausgehen. Ich habe manches nachgeholt. Ich weiß, daß er dich in der hintersten Ecke einer Provinz entdeckt hat, als du gerade Urlaub gemacht und nur aus Spaß an einer Opernaufführung teilgenommen hast. Und ich weiß, daß er nach der Vorstellung zu dir kam und sagte, deine Stimme sei für Größeres bestimmt als eine umgebaute Tenne."

„Das stimmt! Niemals werde ich diesen Augenblick vergessen. Musik war damals tatsächlich nur ein Spaß für mich, so erholsam nach den trockenen Fällen vor Gericht. Eigentlich sollte sie auch nie mehr sein. Aber da stand plötzlich Francesco Moriso persönlich vor mir und –"

Sie unterbrach ihn. „Immer bist du so bescheiden, Mattèo. Weißt du denn nicht, daß du die größte Stimme unseres Jahrhunderts bist?"

Er wurde tatsächlich rot. „So etwas solltest du nicht einmal im Scherz sagen, Elisabeth. Francesco Moriso setzt die Reihe der Größten fort, eines Beniamino Gigli oder Enrico Caruso. Ich bin nicht mehr als ein kleiner Sproß, der versucht, an ihnen zu wachsen."

„Du bist viel mehr als das. Du hast alle anderen längst überflügelt, Mattèo. Ich bin nicht die einzige, die so denkt. Deine Erfolge beweisen das."

Er schwieg und sah nachdenklich aus. „Du bist ein erschreckend unabhängiger Geist, Elisabeth. Aber du bist gut für mich." Er zog ihre Finger an seine Lippen und hauchte einen Kuß über ihren Handrücken. Vieles war leichter geworden zwischen ihnen, seit er, zumindest teilweise, die Wahrheit über sie kannte.

Und du bist sehr gut für mich, dachte sie bei sich. Auf einem Einkaufsbummel hatte sie Hanteln und Fußgewichte gekauft: Seit einiger Zeit betrieb sie wieder die Gymnastikübungen, die sie regelmäßig praktiziert hatte, bevor ihre ohnehin angeschlagene Lebenskraft endgültig zusammengebrochen war. Und ihr Körper dankte es ihr mit neuer Elastizität, mit einer wachsenden Freude am Leben. In diesen Sekunden, in denen Mattèos warmer Atem über ihre Hand strich, nannte ihr Bewußtsein zum ersten Mal beim Namen, was sie schon lange fühlte: nicht ihr Fortkommen aus Berlin hatte ihr Befinden gebessert, sondern Mattèo. Sie wollte leben, weil seine Nähe Leben bedeutete. Sie wünschte, es ihm sagen zu können. Doch dafür reichte die Kraft noch nicht.

„Du wirst ein solches Sakrileg aber nicht in Francescos Gegenwart wiederholen, oder?“ Er lächelte.

„Er ist wohl noch immer eine der wichtigsten Gestalten in deinem Leben, nicht?“ Er nickte, und sie fuhr fort: „Ich habe darüber gelesen, aber natürlich ist mir deine Sichtweise besonders wichtig. Ich würde auch ihn gern dazu befragen. Denkst du, er würde sich darauf einlassen?“

„Aber natürlich. Er ist ein wunderbarer Mensch. Und für eine schöne Frau tut er alles.“

FRANCESCO MORISO war ein hochgewachsener, schwerer Mann in den besten Jahren. Durch die wegen der Sommerhitze geöffnete Tür des Hotels beobachtete Elisabeth das Spektakel seiner Ankunft und nahm ihn gründlich in Augenschein. In seinem dunklen Anzug und mit der riesigen Sonnenbrille vor den Augen war er eine äußerst imposante Erscheinung. Allein schon seine große Limousine mit den dunklen Scheiben erregte Aufsehen, als er vor dem Hotel vorfuhr, und nachdem er ausgestiegen war, wurde er von einer kleinen Schar Begeisterter umringt.

„Er ist jetzt da“, wandte Elisabeth sich an Mattèo. Seit einer halben Stunde saßen sie in der Lounge und nippten an ihrem Eistee, während sie auf den großen Mann warteten. „Aber es wird wohl noch eine Weile dauern, bis er sich zu uns durchgekämpft hat. Er gibt Autogramme. Was für ein Auflauf! Ich verstehe jetzt, warum du nicht immer die Limousine benutzt.“

„Ich mag nicht mit einer dunklen Brille herumgehen, und Anzüge mag ich erst recht nicht. Bei einer Vorstellung sind sie natürlich unentbehrlich.“ Er zupfte am aufgerollten Ärmel seines hellblauen Jeanshemdes. „Aber für gewöhnlich habe ich's so viel lieber. Francesco allerdings hält sehr auf das, was er ‚Etikette in der Kleidung‘ nennt.“

Elisabeth sah, wie sich mehrere junge, kräftige Männer, die sich aus der Limousine geschält hatten, gegen die Masse anstemmten, und plötzlich war Moriso bei ihnen. Er musterte Mattèo und nannte seinen Namen. Mattèo erhob sich lächelnd und wandte den Kopf in seine Richtung. Moriso umarmte ihn und klopfte ihm auf die Schultern. „Es ist lange her. Gut siehst du aus. Schlampig allerdings wie immer und das in Gegenwart einer so entzückenden jungen Dame.“ Sein Blick richtete sich auf Elisabeth.

Mattèo lächelte amüsiert und stellte sie vor.

Moriso wandte sich ihr zu, und bevor sie seine Absicht auch nur ahnen konnte, hatte er als Kavalier der alten Schule schon ihre Hand an seine Lippen gehoben und einen Kuß über ihre Fingerspitzen gehaucht. „Ich bin entzückt, Ihre Bekanntschaft zu machen, Signora. Es ist schön, eine solche Frau an deiner Seite zu sehen, mein Sohn. Sie ist eine Königin! Dieses Kleid ist wirklich entzückend, Signora. Du siehst neben ihr wie ein Landstreicher aus, Mattèo.“

„Ich mag, wie er sich kleidet“, hörte Elisabeth sich plötzlich widersprechen. „In einem Anzug wirkt er fremd. Außerdem möchte ich, daß er sich wohl fühlt.“

„Schau an, was für eine energische junge Dame. Ganz entzückend, wirklich. Ich beglückwünsche dich zu ihrer Bekanntschaft, mein Sohn. Eine Frau sollte nicht nur schön sein, sondern auch innere Werte besitzen, und mir scheint, diese Dame verfügt über beides im Übermaß.“ Er warf einen Blick auf seine Leibwächter, die sich noch immer gegen die unruhige Masse draußen stemmten. „Es ist beinahe Mittag. Wollen wir nicht essen gehen, Kinder?“

„Ich sollte euch besser allein lassen“, wandte Elisabeth ein. „Sicher habt ihr euch viel zu erzählen.“

Doch Moriso wollte davon nichts hören. Er hakte sich vertraulich bei ihr ein. „Signora, wie können Sie nur auf einen so grausamen Gedanken verfallen! Sie würden uns die Sonne nehmen, der Wein würde bitter wie Galle schmecken –“

„Schon gut“, unterbrach sie ihn lachend und entzog ihm vorsichtig ihren Arm. „Sie haben mich überredet, Signor Moriso.“

Als sie die Halle verlassen wollten, schlängelte sich ein Page durch das Gewimmel in der Lounge zu ihnen durch. „Hier ist ein Umschlag für Sie, Signor Novell. Er wurde eben von einem Boten abgegeben.“

Mattèo drückte dem Jungen dankend eine Münze in die Hand und klemmte den Umschlag achtlos unter seinen Arm. Elisabeth warf einen flüchtigen Blick darauf und bemerkte, daß ein Absender fehlte.

„Wo wollen wir essen, Francesco?“ fragte Mattèo. „Elisabeth und ich sitzen für gewöhnlich auf der Terrasse, aber wir könnten auch in meine Suite gehen. Dort sind wir ungestört.“

„Ich will eure Gewohnheiten nicht stören. Gehen wir also auf die Terrasse.“ Er wandte sich um und winkte fast unmerklich seinen Leibwächtern, die mittlerweile die Halle betreten hatten. Die jungen Männer nahmen auf der Terrasse an einem der Tische in ihrer Nähe Platz.

Elisabeth versuchte sich vorzustellen, wie es wäre, wenn Mattèo immer solche Schatten um sich hätte. Sie konnte sehr gut nachvollziehen, daß er sich unbehaglich fühlen würde. Aber sie dachte auch an den Schnitt in seinem Arm. Er war nur noch ein roter Strich, doch das änderte nichts an der Tatsache, daß jemand Mattèo gezielt verletzt hatte.

„Nun, was kannst du mir empfehlen, mein Sohn? Ich habe gerade ein paar Wochen in Italien verbracht; typisch englische Kost wäre jetzt genau das richtige. Du weißt ja, ich liebe Abwechslung.“

Elisabeth hatte ihre Recherchen auch auf Moriso ausgedehnt; schließlich spielte er eine herausragende Rolle in Mattèos musikalischer Laufbahn. Daher wußte sie, daß er nicht nur beim Essen Abwechslung liebte: Er wechselte häufig seine Wohnsitze, seine Wagen und seine Frauen. Seit über dreißig Jahren war er verheiratet, aber alle paar Monate hatte er eine neue Geliebte. Und sie fühlte den Blick der tiefliegenden dunklen Augen auf ihrem Gesicht, ihrer Gestalt ruhen und immer wieder auf ihren bloßen Schultern, die ihr Kleid frei ließ.

„Lassen Sie uns Matthew fragen, Francesco“, schlug Mattèo vor. „Er weiß immer, was gerade am schmackhaftesten ist. Ich möchte fast wetten, daß er uns Spargel empfehlen wird; es ist ja die Jahreszeit dafür.“

Und tatsächlich legte ihnen der junge Kellner grüne und weiße Spargelspitzen mit Mandelblättchen und zerlassener Butter ans Herz.

„Ein grauer Burgunder würde gut dazu passen. Und als Dessert vielleicht Zitronensorbet?“

Beiläufig ließ er einen Aschenbecher auf den Tisch gleiten, und Elisabeths Blick dankte.

„Es ist mir ein Vergnügen, Madam.“ Matthews blaue Augen waren sanft und gestatteten sich für die Dauer eines Herzschlags die Freiheit, ihre Schönheit zu bewundern.

Moriso sah Matthews schmalem Rücken hinterher. „Ist Ihnen aufgefallen, wie er Sie ansieht, Signora?“

„Ich weiß nicht, was Sie meinen.“

„Nun, ich dachte, eine Frau wie Sie wüßte Blicke wie diese sehr wohl zu deuten."

Sie schüttelte den Kopf.

„Ich kann mich ja auch getäuscht haben." Moriso lächelte und lenkte die Unterhaltung auf die Schönheiten Italiens. „Der Mai war ein Zauber von Düften und Farben. England kann nur einen schwachen Abglanz davon geboten haben."

„Wir haben den Frühling hier sehr schön gefunden", sagte Mattèo.

Morisos Stimme klang väterlich, als er entgegnete: „Wenn man jung ist und noch dazu verliebt, erscheint das bescheidenste Veilchen bezaubernd schön wie eine Rose. Das gehört zur Spannkraft und zum Zauber der Jugend." Sein Lächeln erstarb. Auf einmal sah er alt aus und sehr müde.

Aber seine Stimmung hellte sich auf, als Matthew serviert hatte. „Es war eine gute Entscheidung, auf die Empfehlung des jungen Mannes zu hören. Er versteht etwas von seinem Beruf." Sein Blick fiel auf den Umschlag, den Mattèo auf den Tisch gelegt hatte. „Vielleicht solltest du das Kuvert lieber auf einen Stuhl tun, solange wir essen. Es könnten Spritzer von dieser herrlichen Sauce darauf kommen."

„Ich könnte ihn auch gleich aufmachen. Elisabeth, könntest du ihn öffnen und mir sagen, was darin ist?"

Sie ließ ihre Gabel sinken und schlitzte das Kuvert mit ihrem Messer auf. „Nur ein Blatt." Sie zog es heraus. Ihr Gesicht erbleichte, als sie die kurze Mitteilung las. Dann reichte sie das Blatt an Moriso weiter, der ebenfalls weiß wie Kreide wurde.

„Würde mir einer von euch vorlesen, was da steht?" drängte Mattèo.

> *„Der Schnitt war eine Warnung. Beim nächsten Mal wird es Dich mehr kosten als einen Anzug. Du entkommst mir nicht. Ich werde sein, wo Du bist. Sie gehört mir."*

„Mattèo, was ist passiert? Was ist mit ‚Schnitt' gemeint?"

Elisabeth erläuterte es Moriso.

„Ich sage dir schon seit langem, du solltest Leibwächter haben, Mattèo. Du bist ein großer Mann geworden, und Größe weckt nicht nur Begeisterung und Anerkennung, sondern auch das Niedere. Glaub mir, ich weiß, wovon ich spreche. Nicht umsonst sind meine Leibwächter Tag und Nacht um mich." Sein Blick heftete sich auf Elisabeths Gesicht. „Es kann wohl kein Zweifel darüber bestehen, wer mit ‚sie' gemeint ist, Signora. Gibt es einen Mann in Ihrem Leben, der so eifersüchtig ist, daß er einem, den er für einen Nebenbuhler hält, ernsthaften Schaden zufügen würde?"

Elisabeth wurde noch bleicher. Ja, es gab einen. Enrique war immer entsetzlich eifersüchtig gewesen. Seine Eifersucht hatte schnell Verrat gewittert, wo nicht einmal der Hauch davon war. Seine Wutanfälle, seine Anschuldigungen, seine Brutalität und seine Grausamkeit – das paßte schon zu einem Schreiben wie diesem. Doch sie hielt es für unwahrscheinlich, daß er ihr nach England hatte folgen können, um Mattèo und sie zu beschatten. Er war auf Gedeih und Verderb der Ausländerbehörde ausgeliefert, die nur zu gern bereit war, ihn in seine Heimat abzuschieben; denn nach der kurzen Dauer der Ehe und nach dem Bericht, den sie an diese Behörde über sein Verhalten vor und nach der Eheschließung verfaßt hatte, standen seine Chancen denkbar schlecht. Und ganz gewiß konnte er nicht nach England einreisen: Sein Paß war eingezogen worden. Der sympathische Sachbearbeiter des Falles hatte ihr das in einem persönlichen Gespräch bestätigt. Enrique selbst konnte es also nicht sein. Aber vielleicht kannte er jemanden in London?

„Signor Moriso, es gibt einen solchen Mann. Aber es ist unmöglich, daß er sich in England aufhält. Er würde gegen Bestimmungen verstoßen, und das kann er sich nicht erlauben. Er würde verhaftet und abgeschoben."

„Es wird aber doch Schleichwege geben?"

„Ja, das wäre natürlich möglich. Ich kann in Erfahrung bringen, ob er noch in Deutschland ist." Sie würde den Sachbearbeiter anrufen. Er besaß die Macht, Enrique jederzeit vor seinen Schreibtisch zu zitieren. Dann würde sich ja herausstellen, ob Enrique sich davongemacht hatte. Leider ließ sich vor morgen früh in dieser Hinsicht nichts unternehmen.

Moriso schob seinen Stuhl zurück. „Ich möchte, daß sich die Polizei dieser Sache annimmt. Diese Botschaft ist offenbar ernst gemeint. Das Attentat auf dich war kein Scherz, Mattèo. Ich will, daß diese Geschichte aufgeklärt wird."

„Vielleicht machen wir aus einer Mücke einen Elefanten", gab Mattèo zu bedenken.

„Ich sehe dies genauso wie Signor Moriso", fiel Elisabeth ein. „Wir hätten schon längst zur Polizei gehen sollen."

Mattèo seufzte tief und fügte sich widerstrebend.

Moriso selbst rief bei der Polizei an. Mattèo stand währenddessen am offenen Fenster des Wohnzimmers seiner Suite, lauschte auf Morisos wortreiche Erklärungen und auf die Atemzüge Elisabeths, die neben ihm stand und rauchte. Seine geballten Hände waren in die Hosentaschen gestopft. „Verdammt!“ fluchte er plötzlich leise. „Ich lasse mir meine Freiheit nicht von irgendeinem Idioten beschneiden, den ich nicht einmal kenne, dem ich sicher niemals etwas getan habe!“

Elisabeth hatte Erfahrung mit dem, was er jetzt durchmachte, und auch bei ihr hatte Zorn die Angst überwogen. Nachdem sie sich von Enrique getrennt hatte, war sie durch den Ehevertrag gezwungen gewesen, noch viele Monate auf die Scheidung zu warten; andernfalls wäre sie für den Rest ihres Lebens unterhaltspflichtig für ihn gewesen. Und während dieser Monate hatte Enrique auf seinem Recht als Ehemann bestanden. Niemand hatte ihm verwehren können, Kontakt mit ihr aufzunehmen. Niemand hatte verhindern können, daß er ihr auflauerte. Sanft legte sie ihre Hand auf die von Mattèo.

„Sie werden einen Inspektor schicken.“ Moriso erhob sich.

Der Polizist traf im Laufe des Nachmittags ein und stellte sich als Martin Emerson vor. Er war noch jung, drahtig, hatte rötliches Haar und ein schmales, intelligentes Gesicht.

„Wir werden dieses Papier natürlich gründlich untersuchen“, sagte er, „und auch Ihrem Hinweis, Mrs. Liovano, auf Ihren Exmann nachgehen. Ferner werden alle Personen in Mr. Novells Umkreis untersucht werden. Vielleicht läßt sich der Bote ausfindig machen, der das Schreiben brachte. Ganz offensichtlich sind Sie das Motiv des Täters, Mrs. Liovano. Andererseits ist es natürlich immer möglich, daß es sich um ein Ablenkungsmanöver handelt.“

„Wollen Sie denn nicht etwas für Signor Novells Sicherheit tun? Ihn schützen?“ forderte Elisabeth.

„Wir könnten ihn in Schutzhaft nehmen.“

„Auf keinen Fall!“ Mattèo fuhr auf. „Schlagen Sie sich das aus dem Kopf.“

„Sie haben es gehört, Madam.“

„Ja, habe ich. Und natürlich akzeptiere ich Signor Novells Wunsch.“

Als Emerson fort war, wandte sich Moriso an Mattèo. „Ich könnte dir zwei meiner Leibwächter abtreten.“

Mattèos Gesicht sah finster und widerstrebend aus.

„Mattèo, muß ich dich wirklich bitten?“ Elisabeths Appell gab für ihn den Ausschlag.

„Ich möchte aber zuerst mit ihnen sprechen.“

Moriso legte ihm einen Arm um die Schultern. „Sicher, das sollst du. Schließlich werden sie zu deinem Leben gehören.“

PAOLO und Riccardo waren die Bodyguards, die Moriso aus seiner Schutztruppe ausgewählt hatte. Paolo war etwa Mitte Dreißig, stammte aus Sizilien und hatte das reizbare Temperament der Menschen seiner Heimat, war aber ausgesprochen höflich und zuvorkommend. Er war von mittlerer Statur, gedrungen und muskulös. Sein gelocktes Haar glänzte tiefschwarz. Seine hurtigen, aufmerksamen Augen waren beinahe so dunkel wie das Haar und verengten sich häufig zu nachdenklich glitzernden Schlitzen, wenn er etwas genau betrachtete.

Riccardo hingegen, der sicherlich zehn Jahre jünger als Paolo war, hätte mit seinem dicken blonden Schopf und den hellblauen Augen Skandinavier sein können wie sein Vater. Aber seine Haut war dunkel, ein Erbe seiner sardischen Mutter. Die hellen Farben und die hohe, athletische Gestalt machten ihn zu einem Mann, dem die Frauen hinterherblickten.

Elisabeth, die bei allen Gesprächen zugegen gewesen war, hatte Mattèo darauf aufmerksam gemacht. „Paolo erscheint mir wie ein Terrier; er kennt seine Aufgabe. Aber Riccardo mit seinen träumerischen Augen – ich weiß nicht recht."

„Ich mag Riccardos Art, obwohl er etwas schwer Ergründliches hat. Ich mag, wie er sich ausdrückt, überhaupt, was er sagt."

„Aber Kultiviertheit ist wohl kaum das Kriterium, nach dem man seine Leibwächter auswählen sollte."

„Versteh doch! Es ist, wie Francesco sagte: Sie werden von nun an zu meinem Leben gehören." Voller Unbehagen wandte Mattèo den Kopf nach den beiden Männern, die einige Tische von ihrem entfernt saßen. „Wenn sie mich nur nicht immerzu anstarren würden!"

„Aber das tun sie gar nicht. Sie essen und unterhalten sich. Sie sind aufmerksam, aber sie starren dich nicht an."

Sie saßen beim Abendessen im Speisesaal des Hotels. Elisabeth sah, daß Mattèos Hand, die sich nach dem Glas ausstreckte, dessen Stiel zu heftig ergriff: Diese ganze Prozedur ging ihm auf die Nerven und demütigte ihn, weil er sich entmündigt fühlte.

Elisabeth mußte tief Luft holen, um ruhig sagen zu können, was gesagt werden mußte. Im Grunde lag es nur an ihr. Sie konnte ihm so vieles ersparen, wenn sie sich aus seinem Leben zurückzog. „Mattèo, ich werde deine Biographie nicht schreiben. Es ist besser, wenn du ohne mich bist. Dieser Brief macht deutlich, daß es um mich geht. Gott weiß, wer ihn geschrieben hat, aber –"

„Nein!" unterbrach er sie. Er sah verstört aus. „Alle Wahnsinnigen dieser Welt können mich nicht daran hindern, mit dir zusammensein zu wollen. Nur wenn du selbst ... Würdest du es wollen?“

„Nein, ich will nicht von mir aus von dir weggehen. Das weißt du auch. Es ist nicht recht, eine Bestätigung zu erzwingen.“

„Wie kann ich sicher sein, daß du nicht meinetwegen gehen willst? Wie kann ich wissen, was du empfindest, wenn wir beieinander sind? Manchmal erlaubst du mir, dich zu berühren, und dann ziehst du dich wieder zurück. Wie kann ich sicher sein über irgend etwas in unserer Beziehung? Ich fühle Ablehnung und Annäherung in dauerndem Wechsel, und manchmal weiß ich einfach nicht, was ich denken oder wie ich mich verhalten soll.“

Seine Worte erschütterten sie. Es mußte ihm scheinen, als spielte sie mit ihm. Er wußte ja nichts von dem Hindernis, das durch schmierige Hände zwischen ihnen aufgerichtet worden war und das sie nicht überwinden konnte, noch nicht, vielleicht nie. Sie brauchte lange, bevor sie leise erwidern konnte: „Wir sind doch aber Freunde, Mattèo. Dessen kannst du sicher sein.“ Sie fühlte selbst, wie hohl das klang, wie karg und unzureichend.

Seine Hände ertasteten ihre, strichen leicht darüber und umschlossen sie. „Elisabeth – wenn zwischen einer Frau und einem Mann das ist, was ich zwischen uns fühle, dann sind sie nicht geschaffen, um Freunde zu sein. Sie sind geschaffen, um Liebende zu sein. Und du fühlst das ebenso sicher wie ich.“

Ihre Hände wurden kalt in seinen, bevor sie sie ihm entzog. Ein scharfer Atem begleitete ihr plötzliches Erbleichen. Im nächsten Augenblick war sie fort. Genauso wie an ihrem ersten Morgen, ohne ein Wort.

AM NÄCHSTEN Tag wartete Mattèo von den ersten Morgenstunden an. Die Sonne begann zu steigen. Kein Anruf. War Elisabeths Flucht endgültig gewesen? Schließlich wählte er ihre Nummer.

Sie war beinahe sofort am Telefon. „Ja?“ Ihre Stimme klang hellwach und überreizt wie nach einer schlaflosen Nacht.

Er nahm allen Mut zusammen. „Sag mir bitte, wie geht es dir?“

„Nicht besonders gut.“

„Ich habe dich in die Enge getrieben, und das hätte ich nicht tun dürfen. Ich wollte gestern abend eine Entscheidung erzwingen, zu der du nicht bereit bist. Würdest du mit mir frühstücken wollen?“

Sie schwieg quälende Sekunden lang. Dann: „Auf der Terrasse, um halb neun?“

Elisabeth hatte beschlossen, Mattèo auf einer sachlichen Ebene zu begegnen. Es würde ihrem Treffen nach dem gestrigen Abend ein wenig die Spitze nehmen, und überdies brachte sie eine erleichternde Neuigkeit mit. „Enrique kann den Brief nicht geschrieben haben. Ich habe vorhin versucht, mit dem jungen Mann zu telefonieren, der seine Ausweisung bearbeitet. Er selbst war noch nicht im Büro, aber eine Sekretärin meinte, Enrique sei vor ein paar Tagen noch im Amt gewesen. Wenn er also in den letzten Tagen in Berlin war, kann der Brief kaum auf sein Konto gehen."

„Enrique ist der Mann, mit dem du verheiratet warst?"

„Ja."

„Du hattest Angst, er wäre dir gefolgt. Warum fürchtest du dich so sehr vor ihm?"

Ihr Blick glitt zu Paolo und Riccardo, die knapp außerhalb der Hörweite an einem Nebentisch saßen.

„Willst du mir nicht antworten, Elisabeth?"

Sie drückte ihre kaum begonnene Zigarette aus. „Nein, das will ich nicht."

Im Grunde hatte er nichts anderes erwartet. Sie war noch nicht soweit, und vielleicht würde sie es nie sein. Mit Entsetzen dachte er an die Zeit, die ihr noch blieb. Ein paar Monate habe sie noch, hatte sie gesagt. Es war ihm unmöglich, sich damit abzufinden. Er mußte sie zu einem Besuch bei Michele überreden.

„Elisabeth, du mußt mir etwas versprechen. Versprich mir, daß du nicht wieder wegläufst."

„Das kann ich nicht. Du sagst manchmal Dinge, die mir ungeheuerlich erscheinen."

„Dann muß ich eben riskieren, daß du einmal mehr vor der Wahrheit davonläufst: Ich war ausgehungert nach deiner Nähe, nach allem, was du mir bedeutest. Wirst du jetzt weglaufen?"

„Ich würde es gern tun, aber ich kann es nicht. Das habe ich in der vergangenen Nacht gelernt." Stunde um Stunde war sie in ihren Räumen hin und her gewandert, manchmal verkrampft vor Schmerz und vor allem entsetzlich traurig. „Du bist der beste Freund, den ich je hatte, und ich will dich nicht aufgeben. Aber –" Sie konnte nicht sagen: „Ich fürchte den Mann in dir", doch er verstand sie und nickte.

Schließlich sagte er mit einem tiefen Seufzen: „Ich würde dir gern versprechen, in Zukunft zu vergessen, daß ich ein Mann bin und du die Frau bist, die ich liebe und begehre. Aber das wäre eine Lüge. Deine Freundschaft ist ein großes Geschenk für mich, Elisabeth, doch von meiner Seite wird es immer mehr sein als das. Kannst du das akzeptieren?“

Sie betrachtete seine linke Hand, die flach auf dem Tisch lag, sah sich in ihrer Vorstellung diese Hand ergreifen und die geöffnete Innenfläche küssen, erschrak darüber und lehnte sich so weit wie möglich in ihrem Stuhl zurück. „Ja“, antwortete sie.

7

Es war Matthews großer Tag: Seine Freunde und er würden die Premiere des „Macbeth“ geben. Für die Aufführung hatte er Elisabeth, Mattèo, Francesco Moriso und den Leibwächtern Plätze in der vordersten Reihe freigehalten.

Elisabeth wollte einen Artikel für den *Globe* über die Aufführung der jungen Leute schreiben, das würde ihnen eine gute Publicity verschaffen. Ihr Instinkt sagte ihr bereits, daß diese verschworene Truppe eine besondere Leistung zeigen würde.

Die Kulisse war armselig, die Kostüme der Schauspieler bestenfalls zweitklassig. Und doch wirkte der Rahmen so überzeugend wie die Darsteller. Es lag ein ganz eigener Zauber über dieser Aufführung. Das unverbrauchte Feuer der jungen Leute war in diesem Zauber und ein bei ebendieser Jugend ungewöhnlich tiefes Verständnis für die höchsten und niedersten Gefühle, die Menschen zu erschüttern und ihre Handlungen zu beeinflussen vermögen. Und wer Matthew als devoten Kellner, als scheuen jungen Mann erlebt hatte, konnte kaum glauben, daß er die Gestalt des Macbeth so überzeugend darstellen konnte. Oben auf der Bühne war er Macbeth.

Als der Vorhang nach trommelndem Applaus endgültig gefallen war, schloß sich die Gruppe um Mattèo der Menge an, die zum Ausgang strömte. Plötzlich stolperte Mattèo und preßte beide Hände an die linke Seite. Elisabeth faßte seinen Arm. „Was ist mit dir?“

„Ich weiß nicht.“ Sein Gesicht war weiß. Zwischen seinen Fingern begann Blut hervorzusickern.

Ihre Augen weiteten sich bei diesem Anblick. „Einen Krankenwagen! Er braucht einen Arzt! Dreimal die Neun!“

Moriso und Paolo hasteten davon. „Helft ihm auf einen Stuhl, seht ihr nicht, daß er kaum noch stehen kann!“ fuhr Elisabeth die übrigen Leibwächter an. „Seid vorsichtig mit ihm! Und schafft diese Leute hinaus!“

Eine Gruppe von Nachzüglern hatte sich um sie geschart. Elisabeth drängte sie rücksichtslos beiseite, als Mattèo von den Bodyguards zu einem Stuhl geführt wurde. „Verschwindet!" fauchte sie die Männer dann an. „Ihr wart nicht für ihn da, als er euch brauchte!"

„Sei nicht so hart mit ihnen." Mattèo konnte kaum flüstern. „Sie sind doch auch nur Menschen."

Sie zog seine Hände von der Wunde. Das Hemd war blutdurchtränkt, und der dunkle Fleck vergrößerte sich rasch. Mattèos Lippen waren blau, die Brust hob und senkte sich in flachen, kurzen Sequenzen. Elisabeth half ihm, sich auf der Stuhlreihe auszustrecken. Dann kniete sie neben ihm auf dem Boden und legte den linken Arm unter seinen Kopf und die rechte Hand auf seine Wange. Für einige Sekunden wurde sein Atmen leichter, doch als er sprechen wollte, beobachtete sie mit Entsetzen, wie sein Gesicht mehr und mehr einfiel, während sich der dunkelrote Fleck auf seinem Hemd weiter vergrößerte.

„Pneumothorax, Spannungspneu, typisches Schuhkartonklopfen." Das Stethoskop klapperte, als es in die Kitteltasche zurückgeschoben wurde. Angespannt beobachtete Elisabeth den Mann, der Mattèo untersuchte. „Verdammte Sauerei – Messerstich. Über die Infektion mache ich mir im Moment lieber keine Gedanken. Wir müssen eine Drainage anlegen, und er braucht Sauerstoff." Er half den Sanitätern, den Bewußtlosen auf die Bahre zu legen.

Elisabeth folgte ihnen zum Krankenwagen, der mit weit geöffneten Flügeltüren so dicht wie möglich am Gebäude stand.

Der Notarzt wandte sich zu ihr um. „Möchten Sie uns begleiten?"

Sie nickte stumm, und er streckte die Hand aus, zog sie über die hohe Rampe des Fahrzeugs in dessen Inneres. Der Motor lief bereits.

„Setzen Sie sich lieber, Sie werden sich sonst den Kopf anstoßen." Der Arzt zog die Türflügel ins Schloß.

Elisabeths Blick glitt zu Mattèo. Sein Hemd war aufgeschnitten, die Wunde unter einem dünnen Verband vorläufig versorgt, ein Schlauch schlängelte sich zwischen seinen Rippen hervor und endete in einem Gerät. Eine Sauerstoffmaske war über seinem Gesicht. „Wird er –?"

„Es sieht schlimmer aus, als es ist. Er hat eine ziemlich große Fleischwunde abbekommen, und wir müssen seinen Brustkorb punktieren."

„Ich hörte Sie von einer Infektion sprechen."

„Das ist immer eine Komplikation. Er wird Antibiotika bekommen. Sicherheitshalber."

„Er wird also bestimmt leben?"

„Gewiß, wir sind ja rechtzeitig benachrichtigt worden. Ein verzögert behandelter Pneumothorax ist allerdings lebensbedrohlich."

„Seine Lungen – werden sie wieder ganz in Ordnung kommen? Er ist –"

„Ich weiß, wer er ist. In ein paar Tagen ist er schon wieder halbwegs auf dem Posten. Aber natürlich müssen die Wunden ausheilen, und das wird schon ein wenig dauern." Lächelnd streckte er ihr auf einmal die Hand entgegen. „Tut mir leid, ich habe mich noch nicht vorgestellt. Jack Kosseck, Oberarzt des Notfallteams."

Sie ergriff seine Hand und nannte ihren Namen.

„Freut mich sehr, Mrs. Liovano. Können Sie mir etwas zu dem Patienten sagen?"

„Ich glaube, er ist gesund, wie ein Mensch nur sein kann. Allerdings kann er nicht sehen."

„Ich weiß das, aber ich werde es weitergeben."

DIE OPERATION schien die ganze Nacht zu dauern. Quälende Stille füllte den Warteraum aus, in dem Moriso, die Leibwächter und Elisabeth saßen. Plötzlich sprang sie auf und hastete aus dem Raum. Sie konnte dieses Schweigen nicht mehr ertragen.

Hart stieß sie gegen die Wand des Flurs, kämpfte atemlos gegen den Schwindel. Sie durfte jetzt nicht schwach werden! Ihr Blick fand das hohe Fenster. Sie öffnete es und neigte sich in die kühle Nachtluft. Lange atmete sie tief, und ihr Magen gab schließlich Ruhe. Sie griff nach ihren Zigaretten.

„Auf dem Flur eines Krankenhauses ist Rauchen nicht gestattet!"

Schuldbewußt wandte sie sich nach der Stimme um. „Oh, Sie sind es."

Jack Kosseck kam näher. Er sah, daß sie ihre Zigarette ausdrücken wollte. „Rauchen Sie ruhig", sagte er freundlich. „Sie haben ja das Fenster geöffnet."

„Wie kommt es, daß Sie hier sind?"

„Im Augenblick gibt's keinen Notruf, da dachte ich, ich sehe mal nach Ihnen. Sie tun sich keinen Gefallen, wenn Sie hier im Krankenhaus warten. Vor morgen früh wird er nicht aus der Narkose aufwachen. Warum gehen Sie nicht nach Hause?"

Sie schüttelte den Kopf. „Da wär's noch schlimmer."

„Dann mache ich Ihnen einen Vorschlag, Mrs. Liovano. Sie ziehen sich in mein Dienstzimmer zurück. Ich habe eine Matratze darin, da können Sie sich ein wenig ausruhen. Und ich bitte die Nachtschwester, Ihnen Bescheid zu geben, sobald die OP vorüber ist."

„Das ist wirklich nett", bedankte sie sich.

„Kommen Sie mit." Er führte sie zwei Stockwerke tiefer und schloß schließlich die Tür zu einer kleinen Kammer auf, die sich im Schein der Flurlampen hoffnungslos unaufgeräumt zeigte. „Hier ist es ruhig nachts." Er knipste das Licht an, ging zum Telefon und wählte eine dreistellige Nummer. „Hallo, Margret, ich bin's, Jack. Wenn Mr. Novells OP vorbei ist, willst du dann kurz bei mir durchläuten? Und komm nicht auf dumme Gedanken, wenn eine junge Dame ans Telefon geht."

Mit einer lustigen Grimasse legte er den Hörer auf. Dann klappte er die Matratze um, die an der Wand lehnte, wühlte im Wandschrank und warf eine braune Decke auf die Matratze. „Ich gehe jetzt. Sie erreichen mich jederzeit unter 441."

Es KLOPFTE an der Tür, gerade als Elisabeth sich auf der Matratze ausgestreckt hatte. Sie richtete sich wieder auf. „Ja?"

Es war Paolo. „Die Schwester sagte mir, wo ich Sie finden kann, Signora."

Sie schob die Decke zurück und stand auf. „Kommen Sie herein." Mit einer Handbewegung forderte sie ihn auf, sich zu setzen. „Was gibt es?"

Paolo ließ sich auf einen Stuhl fallen. „Signor Moriso ist fürchterlich zornig auf uns, und Sie sollten es auch sein... Sie waren es ja auch, nachdem es passiert war."

„Mattèo hat für euch gesprochen. Das gibt für mich den Ausschlag. Aber ich verstehe nicht, wie jemand so dicht an ihn herankommen konnte, während ihr alle in seiner unmittelbaren Nähe wart."

„Ich kann nur für mich sprechen. Ich war ganz dicht bei ihm, dann erhielt ich einen Stoß gegen die Brust, der mich zurücktaumeln ließ – und im nächsten Augenblick war es geschehen."

„Und Riccardo?" fragte sie.

„Es passierte ja kurz vor dem Ausgang, wo sich alles drängte, um hinauszukommen. Riccardo sagte, er habe eine verdächtige Bewegung in Signor Novells Nähe wahrgenommen, jedoch nicht schneller zu ihm gelangen können."

„Haben Sie Signor Moriso das auch gesagt?"

Er schüttelte den Kopf. „Mit dem kann im Augenblick niemand sprechen. Deshalb bin ich zu Ihnen gekommen. Ich mußte es einfach jemandem sagen, bevor er uns alle entläßt."

„Hat schon jemand daran gedacht, die Polizei zu verständigen?"

Erneutes Kopfschütteln.

Sie stieß einen Seufzer aus. Ihr graute vor diesem Anruf.

Zunächst aber mußte sie mit Moriso reden. Sie fand ihn im Wartezimmer. Bei ihrem Eintritt hob er den Kopf.

„Signor Moriso, kann ich Sie einen Moment allein sprechen?"

Schwerfällig stand er auf und folgte ihr auf den Flur.

„Ich werde jetzt die Polizei verständigen", begann sie. „Doch vorher möchte ich mich mit Ihnen über die Bodyguards unterhalten. Paolo sagte, Sie wollen sie alle entlassen?"

„Sie haben ihre Arbeit nicht erledigt. Sobald ich Ersatz für sie gefunden habe, müssen sie gehen."

„Ich glaube nicht, daß Mattèo das gutheißen würde. Über Paolo und Riccardo können Sie ohnehin nicht verfügen. Sie haben einen Vertrag mit Mattèo geschlossen. Und ich glaube, er wird ihnen noch eine Chance geben."

„Gutmütigkeit kann manchmal ein Fehler sein."

„Vorschnelles Handeln ebenso."

Moriso runzelte die Stirn. „Ich werde es mir überlegen."

„Gut. Haben Sie noch die Nummer der Abteilung, zu der Emerson gehört? Er muß erfahren, was geschehen ist."

„Madam?" Eine Schwester stand in der Tür. „Die OP ist vorbei."

Elisabeths Blick war mit einem Schlag wie zerrissen. Sie starrte Moriso an und war schon mit jedem Gedanken bei Mattèo.

Der Sänger räusperte sich. „Ich werde den Anruf übernehmen, Signora Liovano."

„ICH HABE dir Pistazien mitgebracht."

„Du verwöhnst mich, Elisabeth." Mattèo stemmte vorsichtig seinen Oberkörper hoch.

„Und hier ist eine wunderbare gelbe Rose. Mrs. Olsen hat sie mir für dich mitgegeben. Ich soll dir liebe Grüße bestellen."

„Vielen Dank." Vorsichtig atmete er den Duft der Blume ein. „Es geht mir jetzt jeden Tag besser. Wenn ich an die ersten Tage nach der Operation denke..."

Man hatte ihm erklärt, die Lunge selbst habe keine Nervenfasern, die Schmerz zum Gehirn leiteten, doch die große Fleischwunde hatte ihm bei jeder Bewegung zugesetzt, bei jedem Atemzug. Es war eine traumatische Erfahrung für ihn, der seinen Atem für gewöhnlich so vollendet beherrschte, sich nicht bewegen zu können, ohne Schmerz und Luftnot zu erleben. Doch seit etwa einer Woche hatte er das Gefühl, daß es allmählich besser wurde.

„Ich traf Moriso, als ich kam“, berichtete Elisabeth. „Er hat sich von mir verabschiedet.“

„Ja, er war hier, um auch mir auf Wiedersehen zu sagen.“

„Die Schatten sind dir sehr dankbar für deine Fürsprache. Und Paolo und Riccardo sind froh, daß sie bei dir bleiben können.“

Es klopfte an der Tür, und Inspektor Emerson kam herein. „Ich habe gute Neuigkeiten für Sie.“ Er zog einen Stuhl an Mattèos Bett heran. „Wir haben den Täter. Ich hatte Ihnen ja zugesagt, daß alle Personen in Ihrem Umkreis einer Untersuchung unterzogen würden. Nun – Ihr angeblicher Freund ist's, der Kellner. Matthew Robinson.“

„Was für ein Unfug!“ widersprach Mattèo. Aber er war bleich geworden wie Elisabeth.

„Das würden Sie nicht sagen, wenn Sie unsere Beweise sehen könnten, Sir.“ Emerson fiel die Taktlosigkeit nicht auf. „Wir haben ihn dingfest gemacht, Sie müssen sich also nicht mehr sorgen.“

„Er ist im Gefängnis?“ wollte Elisabeth wissen.

„Wir unterhalten uns mit ihm. Es ist kein Verhör, und darum benötigt er auch keinen Anwalt. Noch nicht.“

„Ich würde gern einen Blick auf Ihre Beweise werfen, um Signor Novell davon berichten zu können.“

„Sicher. Wir können gleich jetzt zu seiner Wohnung fahren.“

„Lassen Sie uns also gehen.“ Als sie sich erhob, bemerkte sie Mattèos unruhigen Atem. „Reg dich nicht auf, hörst du? Ich werde eine Schwester bitten, nach dir zu sehen.“

Er schüttelte den Kopf. „Unser Matthew. Das ist lächerlich.“

„Ich glaube es auch nicht. Aber ich will das Beweismaterial sehen. Nur so können wir uns selbst ein Bild machen. Ich komme wieder, Mattèo. Aber es wird vielleicht spät werden.“

Sie neigte sich über ihn, als wollte sie einen Kuß auf seine Stirn hauchen, richtete sich jedoch rasch wieder auf.

EMERSON, Elisabeth und ein Polizeibeamter kletterten die steilen, ausgetretenen Stiegen eines heruntergekommenen Mietshauses im Osten Londons bis zum fünften Stock empor. Als sie endlich vor der Tür mit dem Namensschild ROBINSON standen, war Elisabeth schwindlig. Übelkeit schüttelte sie, denn im Treppenhaus roch es nach verdorbenem Essen.

„Emerson schloß die Tür auf. Es gab keinen Flur, nur ein Zimmer, in das man direkt nach dem Überschreiten der Schwelle hineintrat. Von dem kleinen Raum führte eine halb geöffnete Tür in ein fensterloses Bad. Die Einrichtung bestand aus einem Messingbett, einem kleinen Nachttisch mit einer Lampe darauf, zwei Holzstühlen, einem Tisch und einer großen Holzkiste. Ein paar Regale waren an einer Wand angebracht.

„Das Beste haben Sie aber noch gar nicht gesehen, Mrs. Liovano." Emerson trat zur Küchennische und zog den Vorhang mit einem Ruck zurück.

Elisabeth starrte auf die Wand – dicht an dicht waren Fotografien daran geklebt, und jede einzelne zeigte sie in dem schwarzen Kleid, in dem sie Mattèos letztem Konzert beigewohnt hatte – sie hatte es seit jenem Abend nicht mehr getragen.

Offenbar hatte Matthew jede Tageszeitung, jedes Magazin nach den Aufnahmen durchforstet. Sie erinnerte sich an das Blitzlichtgewitter, das über Mattèo und sie hereingebrochen war, unmittelbar nachdem sie Seite an Seite ins Freie getreten waren – doch auf den Bildern an der Küchenwand fehlte Mattèo. Er war sauber ausgeschnitten worden.

„Ist Ihnen jemals aufgefallen, wie er Sie ansieht?" Die Frage Morisos kam ihr in den Sinn.

„Verstehen Sie jetzt, was ich meine?" hörte sie Emerson wie von fern. „Er hatte die Gelegenheit und das Motiv: Bei Mr. Novells Konzert war er als Gast anwesend, bei seiner eigenen Aufführung ..., versteht sich von selbst. Für einen Schauspieler ist es nicht schwierig, sich mit einer Maske zu tarnen. Und das Motiv – sehen Sie selbst! Offenbar ist er besessen von Ihnen."

Elisabeth warf einen letzten langen Blick auf die Fotografien. Vielleicht hatte Emerson recht. Es schien so offenkundig. Besonders weil Mattèo auf den Fotos fehlte. Doch war Matthew der Mensch, der zu so etwas fähig wäre?

„WARTEN Sie bitte hier, Madam. Mr. Pendergrast wird gleich dasein. Er ist nur schnell in die Kantine gegangen."

Robin Pendergrast war der psychologische Berater auf dieser Polizeiwache. Am Telefon hatte er sich nicht dazu äußern wollen, warum er Elisabeth sprechen wollte.

Der junge Beamte führte sie in ein steril wirkendes Büro, das durch eine Glasscheibe vom Nebenraum getrennt war. Durch eine Jalousie konnte sie schemenhaft Matthew erkennen, der von zwei Männern befragt wurde. Sie setzte sich in einen Sessel und zündete sich eine Zigarette an. Der junge Beamte blieb neben der Tür stehen.

Ein Mann in Zivil schob sich vorsichtig in den Raum. In der einen Hand trug er eine offenbar sehr volle Kaffeetasse und in der anderen ein kleines Tablett, das bepackt war mit Tütchen und kleinen Kartons. Im Nu war der kleine Raum mit dem Geruch von Fast food erfüllt.

Elisabeth erhob sich hilfsbereit und ging auf ihn zu. „Geben Sie mir die Kaffeetasse."

„Sind Sie Mrs. Liovano?"

Elisabeth nickte. Sie hatte seine Stimme erkannt. „Und Sie sind Mr. Pendergrast."

Er seufzte, als sie ihm die Tasse abnahm, während der junge Polizist das Tablett rettete und zum Tisch trug. „Puh, vielen Dank. Hätte ich gewußt, daß Sie schon hier sind, hätte ich Ihnen was mitgebracht."

Ihre Augen richteten sich prüfend auf sein schmales Gesicht, das von schütteren blonden Haaren umgeben war und dessen eingefallene Wangen nicht recht zu dem beträchtlichen Bauchansatz paßten, der über seinen Hosenbund drängte. Sein Hemd war nachlässig gebügelt und paßte farblich nicht zu seiner ausgeblichenen Jeans. Das tat seiner sympathischen Erscheinung freilich keinen Abbruch.

„Stört es Sie, Mrs. Liovano, wenn ich esse, wo ich's schon mal hier habe?"

„Selbstverständlich nicht! Guten Appetit."

„Danke." Er langte nach einem Hamburger und biß hinein. „Der Kollege Emerson sagte, Sie seien Reporterin?"

„Ja", bestätigte sie. Die Art, wie er sie ansah, beunruhigte sie. Seine Augen hatten etwas Durchdringendes. „Eigentlich hätte ich gar nicht mehr weg dürfen. Ich sollte während der ganzen Befragung beobachten", vertraute er ihr an. „Ich bin jetzt seit mehr als zwölf Stunden im Dienst, und als ich dachte, jetzt ist's genug für heute, trat Mr. Robinson in Erscheinung. Ich schaute ihn mir an. Er ist von dieser Art, die lange in die Mangel genommen wird."

„Was meinen Sie damit, ‚von dieser Art'?"

„Vielschichtig. Wenn er ein Verbrecher ist, ist er viel zu intelligent, um sich durch einen gewöhnlichen Beamten hereinlegen zu lassen. Die ahnen das, darum mußte ich ja länger bleiben."

„Und was glauben Sie?"

„Zunächst mal gar nichts. Ich muß mit ihm sprechen. Die denken, daß ich allein durch seine Beobachtung Rückschlüsse ziehen kann. Dabei habe ich immer wieder versucht, ihnen zu erklären, daß jeder Mensch, der weiß, daß er unter Verdacht steht, sich anders als gewöhnlich verhält und dadurch verdächtig wirkt. Jeder tut das." Er lächelte und wechselte abrupt das Thema. „Die Fotografien haben Sie beunruhigt, nicht?"

„Sie wissen davon?"

„Deswegen habe ich Sie gebeten zu kommen. Mr. Robinson zeigt sich nämlich überhaupt nicht kooperativ. Wenn er so weitermacht, muß er noch einmal sechs Stunden hierbleiben. Vielleicht können Sie etwas aus ihm herausbekommen."

„Sechs Stunden?"

„Der Gesetzgeber sieht vor, daß alle sechs Stunden überprüft werden muß, ob es noch gerechtfertigt ist, einen Verdächtigen in Gewahrsam zu behalten. Das würde ich Mr. Robinson gern ersparen. Er sieht nicht besonders gut aus."

DIESE Bemerkung erwies sich als Untertreibung: Matthew schien nur noch ein hochgewachsenes Gerippe zu sein, mit einem totenschädelgleichen Gesicht über den mageren Schultern und getrübten Augen.

„Sie hätte ich hier nicht erwartet, Madam." Matthews Stimme klang leblos.

„Wie lange sind Sie ver–, befragt worden?"

„Es fing schon im Polizeiwagen an." Er seufzte. „Emerson. Und dann noch ein anderer. Und immer dieselben Fragen. Ich habe immer wieder nur gesagt: ‚Ich war's nicht.' Und ich war's auch nicht."

„Ich war in Ihrer Wohnung, Matthew."

Seine Augen weiteten sich. „Sie haben sie gesehen? Die Fotos?"

„Ja. Und Sie können sich gewiß vorstellen, welche Schlußfolgerungen ich daraus ziehe. Sie haben Mattèo weggeschnitten. Warum?"

„Ich wollte nicht, daß Sie es je erfahren. Niemals." Er preßte die Lippen aufeinander und barg die Augen hinter den Lidern.

„Matthew, warum sehen Sie mich nicht an?"

„Ich kann nicht", flüsterte er.

„Natürlich können Sie."

Der Raum wurde nur trübe durch ein kleines Fenster erleuchtet, und das elektrische Licht war noch nicht eingeschaltet. Auf ihre Worte hin öffneten sich Matthews Augen, und Elisabeth erschrak vor der Intensität, die aus ihnen leuchtete. „Sie haben nach dem Warum gefragt", flüsterte er, und dennoch schien seine Stimme von den Wänden widerzuhallen. „Ich sage es Ihnen: weil Sie es sind, die mich inspiriert. Ich habe

Signor Novell wirklich gern, aber Sie – alles könnten Sie sein: Julias junge Unschuld. Ophelia, schön und bestürzend in ihrem Wahnsinn. Die Elfenkönigin Titania. Alles!"

Vielleicht hatten sich die Grenzen zwischen Realität und Schauspiel für ihn verwischt.

„Hat Mattèo Sie je gestört, Matthew?"

Das blaue Leuchten erlosch mit einem Schlag. „Nein. Ich schnitt ihn bloß aus, weil ..., wenn ich Sie ansehe, kommt eine Flut von Inspirationen über mich. Ich will mich nicht in Ihr oder Signor Novells Leben einmischen. Aber Sie geben mir so viele Anregungen, Madam. Glauben Sie mir?"

Elisabeth dachte daran, wie überzeugend er den Macbeth gegeben hatte. „Ich weiß es nicht, Matthew."

Robin Pendergrasts Plan war gescheitert.

Als sie an der Tür noch einmal zurückblickte, saß Matthew vollkommen reglos da. Er hätte tot sein können. Und sie spürte, daß er es in gewisser Weise auch war.

8

Sie beeilte sich, ins Krankenhaus zurückzukommen. Vor dem Eingang prallte sie erschrocken zurück: Überall, in der Einfahrt, im Foyer, fand sie eine dicht zusammengedrängte Masse von Reportern. Ein Dickicht von Mikrofonen streckte sich ihr entgegen, Kameras waren drohend erhoben, ein Gewitter von Fragen prasselte auf sie nieder. Mühsam kämpfte sie sich durch die Menge. Die Polizisten, die in der Eingangshalle postiert waren, erkannten sie und ließen sie durch.

Als sie endlich Mattèos Zimmer, vor dem Paolo und Riccardo wachten, erreicht hatte, lehnte sie sich schwer atmend mit dem Rücken gegen die Innenseite der Tür.

„Wie geht es dir?" Seine Stimme klang ruhig.

„Mattèo, es tut mir leid. Ich weiß nicht, woher sie es wissen." Sie ließ sich auf den Stuhl neben seinem Bett sinken. Für einen Augenblick fühlte sie sich ganz und gar verloren.

Er streckte die Rechte aus, und sie legte ihre Hand hinein. „Willst du mir sagen, wie es war?"

Stockend erzählte sie ihm von den Fotografien, von Robin Pendergrast, von ihrem Gespräch mit Matthew.

Mattèo schwieg lange, versunken in Nachdenken, als sie geendet hatte. Erschöpft drückte sie die Stirn gegen die aufgerichtete Matratze. Müdigkeit umhüllte sie wie ein schwerer dunkler Mantel. Sie schüttelte Mattèos Hand nicht ab, die behutsam über ihren gebeugten Kopf tastete und auf ihrem Nacken ruhen blieb.

IHR ATEM war so unhörbar wie ein Gedanke. Mattèo fühlte, daß sie ganz entspannt war. Gestern abend hatte die Luft von ihrem Eintreten an vor Spannung geradezu geklirrt. Ganz bewußt hatte er ein Gespräch über Matthew vermieden. Es wäre einfach zuviel für sie gewesen. Er hatte gespürt, wie sie kurz vor einem Zusammenbruch gestanden hatte, als sie mit ihrem Bericht zu Ende gekommen war.

Vorderhand sprach alles gegen Matthew. Seine schwärmerische Vorliebe für Elisabeth war nicht zu leugnen. Mattèo hatte sie in vielen kleinen Dingen gespürt. Und er hatte nicht die Begeisterung vergessen, mit der Matthew ihm Elisabeth am ersten Morgen beschrieben hatte.

Doch die Frage war nicht nur, ob Matthew in sie vernarrt war und in ihr, wie er selbst sagte, eine Quelle der Inspiration sah, sondern vor allem, ob er die Attentate auf ihn, Mattèo, verübt hatte. Der Kellner hatte die Gelegenheiten gehabt, sowohl für die Angriffe wie auch für die schriftliche Drohung. Und dennoch, Mattèos Gefühl sprach gegen diese Möglichkeit. Matthew *konnte* es nicht gewesen sein.

Mattèo drückte sich fester gegen die Matratze, spürte, daß ihn eine Verkrampfung packen wollte, und ballte die Fäuste. Er wollte nicht mehr daran denken. Nicht jetzt.

„Mattèo?“

„Oh, ich wollte dich auf keinen Fall wecken.“

„Das hast du nicht. Die Sonne hat mich in die Nase gezwickt.“

„Es gibt gleich Frühstück“, sagte er. Seine Stimme verriet nichts von den Gedanken, die ihn bewegt hatten.

ALS SIE sich den restlichen Tee teilten, sagte Elisabeth: „Ich frage mich, woher die Presse auf einmal davon wußte.“

„Das ist doch einfach. Einer von Emersons Leuten wird nicht dichtgehalten haben, nachdem sie Matthew festgenommen hatten.“ Der Name war heraus und stand zwischen ihnen, als wäre der junge Mann persönlich anwesend. Leise fuhr Mattèo fort: „Er hat also gesagt, du seist eine starke Inspirationsquelle für ihn?“

„Ja.“

„Das bist du auch für mich. Aber ich glaube nicht, daß er es war, der mich verletzt hat. Ich hätte seine Nähe gefühlt und ihn erkannt. Als ich das Messer zwischen meinen Rippen fühlte, war zugleich auch eine hochgewachsene Gegenwart da."

„Ein Fremder."

„Nein. Ich erinnere mich an die Nähe eines hochgewachsenen Menschen, und ich weiß, daß er mir nicht fremd ist. Aber auch nicht nah. Und ich weiß, daß ich einen gegen mich gerichteten Haß fühlte, aber der Mensch mit dem Messer war es nicht, der diesen Haß ausströmte."

„Aber du bist sicher, daß es nicht Matthew war? Er ist ja auch ziemlich groß."

„Er war es nicht", erwiderte er entschieden. „Und man kann einem Menschen nicht ein Verbrechen zur Last legen, nur weil er sich von einer Person angezogen und ... inspiriert fühlt."

„Wenn es so ist, wie du glaubst, Mattèo, dann läuft der Täter noch frei herum und kann es jederzeit wieder versuchen."

„Natürlich. Ich bin jetzt doch froh um die Leibwächter."

„Ich rufe besser Mr. Pendergrast an. Ich möchte wissen, ob er mit Matthew weitergekommen ist als ich." Sie wählte die Nummer, die der Psychologe ihr auf einen Notizzettel geschrieben hatte.

Er war beinahe sofort am Apparat. „Mrs. Liovano, ich kam einfach nicht an ihn heran. Nachdem Sie gestern gegangen waren, blieb Mr. Robinson wie erstarrt sitzen: die Ellbogen auf den Tisch gestützt, das Gesicht in die Hände gelegt und die Daumen in die Ohren gepreßt. Er wollte nichts sehen und nichts hören. Und dann klappte er zusammen. Wir mußten ihn in eine Klinik bringen. Die Ärzte haben einen Stoffwechselschock infolge schwerer Unterzuckerung festgestellt. Wußten Sie, daß er Diabetiker ist?"

Elisabeth stand langsam von ihrem Stuhl auf. „Nein, das wußte ich nicht."

„Er muß regelmäßig Insulin spritzen, aber er hat nichts davon gesagt. Dem Beamten fiel nur auf, daß er überdurchschnittlich häufig darum bat, die Toilette aufsuchen zu dürfen, aber er hielt es für einen Vorwand. Der Arzt sagte mir heute, diese häufigen Toilettengänge seien die Auswirkung einer Hyperglykämie gewesen, wie sie bei diesem Krankheitsbild häufig unter Insulinmangel auftritt. Die Folge davon ist eine regelrechte Austrocknung des Körpers. Das erklärt, warum er innerhalb eines einzigen Tages so ausgemergelt erschien."

„O Gott! Und wie geht es ihm jetzt?"

„*Coma diabeticum.* Er wurde sofort mit Altinsulin und Elektrolytlösungen behandelt und hätte eigentlich nach ein paar Stunden wieder zu sich kommen sollen. Doch offensichtlich haben seine Nieren Schaden genommen."

Warum hatte Matthew seine tückische Krankheit verschwiegen? Er wußte doch, was ihn erwarten konnte, wenn er sein Medikament nicht bekam. Elisabeth verstand es nicht. Und warum hatte er sich ihr nicht mitgeteilt? Weil ihre Reaktion auf seine Eröffnungen ihn zurückgewiesen hatte. Er hatte sich von ihr zurückgestoßen gefühlt. Jetzt lag er im Koma und würde vielleicht sterben.

Meinetwegen. Meine Schuld.

„Mrs. Liovano?"

„Meine Schuld."

„Nicht doch! So etwas dürfen Sie nicht denken, Mrs. Liovano!" Er wollte weitersprechen, doch plötzlich war die Verbindung unterbrochen.

Elisabeth fühlte sich wie gelähmt. Sie lehnte sich an die Wand und hielt den Hörer zwischen ihren verkrampften Fingern. Mit der anderen Hand hatte sie auf die Telefongabel geschlagen, um Pendergrast nicht mehr zu hören. Natürlich war es ihre Schuld, und er hatte versucht, es ihr auszureden.

Mattèos Stimme drang zu ihr, aber sie konnte nicht verstehen, was er sagte. Es war, als wären sie durch dichte Nebelbänke getrennt.

Mattèo bewegte sich unruhig. „Elisabeth, was ist passiert?" Wieder bekam er keine Antwort. Sie mußte sehr schlimme Nachrichten erhalten haben. Langsam richtete er sich auf und näherte sich Elisabeth, dem Laut ihrer hastigen Atemzüge folgend. Vorsichtig entwand er ihr den Telefonhörer, legte ihr den Arm um die Schultern und wartete ab, wartete auf ihre Reaktion.

9

„Mattèo?" Sie starrte ihn an. Er lehnte mit den Schultern an der Wand des Hausflurs und wandte ihr nun langsam das Gesicht zu. Schatten von Müdigkeit lagen darauf, und die Augen hinter den halb geschlossenen Lidern waren unruhig.

Die Ärzte hatten ihm geraten, sich zu schonen, nicht zu arbeiten. Die Zeit im Krankenhaus war auch darum eine Qual gewesen, weil er nicht schöpferisch hatte tätig sein können. Während der letzten Tage dort hatte er sich immer wieder Notennotizen in Brailleschrift gemacht. Als der Chefarzt davon erfahren hatte, war er zu dem Entschluß gelangt, ihn besser aus dem Krankenhaus zu entlassen. Seither verbrachte Mattèo einen großen Teil seines Tages am Flügel.

„Es ist spät, ich weiß. Ich hätte natürlich vorher anrufen müssen. Hast du schon geschlafen?"

Instinktiv zog sie die Aufschläge ihres seidenen Morgenmantels enger am Hals zusammen. „Nein, ich war wach."

„Würdest du mich hereinlassen?"

„Natürlich."

Er stieß sich von der Wand ab und ging mit dieser ihr immer wieder unheimlich scheinenden Sicherheit an ihr vorüber. Sacht stieß seine Hand an die Wohnzimmertür. „Darf ich hinein?"

„Natürlich", sagte sie noch einmal.

Er ging weiter, bis seine Beine die Couch berührten. „Ich würde gern etwas mit dir besprechen. Vielleicht könnten wir dabei etwas trinken?" Er zauberte eine Magnumflasche Champagner aus einem Leinenbeutel und streckte sie ihr hin.

Elisabeth nahm sie. „Wir könnten etwas dazu essen. Wärst du mit Sandwiches und Salznüssen zufrieden? Der Kühlschrank ist augenblicklich nicht sehr gut sortiert."

„Mit allem."

Sie ging in die Küche und tat Salznüsse in eine Schale. Sie fand auch noch Pistazien und stellte sie in einer zweiten Schale auf das Tablett. Als sie dabei war, die Flasche zu öffnen, hörte sie, daß Mattèo ihr nachgekommen war. Sie drehte sich zu ihm um. „Wo sind denn eigentlich die ‚Schatten'?"

„Unten in der Limousine."

„Du bist mit dem Wagen hier?"

„Ich wäre viel lieber mit einem Taxi gekommen, aber sie bestanden auf der Limousine, nachdem ich ihnen gesagt hatte, ihre Begleitung sei fein, aber sie könnten auf keinen Fall hier heraufkommen."

„Sie nehmen ihre Arbeit ernst."

„Ja", bestätigte er abwesend. Er lauschte darauf, wie sie Champagner in zwei schmale, hohe Sektkelche goß.

Nachdem sie getrunken hatten, räusperte er sich. „Ich habe bei der Station angerufen, auf der Matthew liegt. Sein Zustand ist unverändert. Er liegt noch immer im Koma."

Elisabeth spürte ein Schwindelgefühl. „Wann hast du angerufen?"

„Heute vormittag."

„Du hast nichts davon gesagt, als wir am Nachmittag unseren Spaziergang machten. Ich habe auch dort angerufen. Kurz bevor wir uns trafen. Ich bekam die gleiche Auskunft."

„Du hast mir also auch nichts gesagt. Warum nicht?" Er kam näher, und sie fühlte seine Wärme. Als er die Arme um sie legte, zuckte sie zusammen und erstarrte.

„Nicht. Keine Angst mehr. Nicht vor mir, bitte nicht, mein Herz."

Niemand hatte sie je so genannt.

„Lehn dich an mich", murmelte er. Kein Drängen war in seiner Stimme. „Du hast es schon einmal getan. Erinnerst du dich? Es war, als wir mit Mrs. Olsen im Fahrstuhl hier herauffuhren."

Sie konnte nicht antworten.

„Du machst dir noch immer Vorwürfe wegen Matthew. Deswegen hast du nichts gesagt. So ist es doch?"

„Ja", flüsterte sie.

Seine Rechte glitt über ihren Arm und drückte sanft ihr Gesicht an seine Schulter. Sie wehrte sich nicht. Leise fuhr er fort: „Es ist nicht deine Schuld, was mit Matthew geschehen ist. Du wußtest nichts von seiner Krankheit. Er war es, der nicht sagte, daß er Insulin braucht. Es war seine Entscheidung."

„Irgend etwas sagt mir, daß es das nicht war. Ich frage mich immer wieder nach dem Grund."

„Ich weiß. Ich werde alles tun, um ihm zu helfen, aber du bist mir wichtiger. Ich liebe dich, Elisabeth."

„Das ist nicht vernünftig, Mattèo. Hast du denn vergessen, was ich dir sagte? Wie es um mich steht?"

„Nichts habe ich vergessen. Aber wissenschaftliche Untersuchungen und Prognosen sind nicht alles. Und warum wehrst du dich dagegen, daß dies unsere Zeit der Unvernunft sein kann? Oder unsere Zeit der Hoffnung?"

Sie wußte nicht, was er meinte, und war auch nicht in der Lage, darüber nachzudenken. „Laß mich los", flüsterte sie fast unhörbar.

Augenblicklich gab er sie frei und lehnte sich gegen die Wand. „Ich konnte heute endlich mit Michele sprechen. Er war im Urlaub, sonst hätte ich dir schon viel früher von ihm erzählt."

„Wer ist Michele?"

„Er ist Arzt. Sicher keiner wie einer von denen, die du kennengelernt hast. Er entschied schon während des Studiums, daß er sich nicht ausschließlich der Schulmedizin verschreiben würde. Er stieß deswegen auch mit allen Professoren zusammen und hatte daher einen schweren Stand. Aber er verfolgte seine Linie, und der Erfolg gibt ihm recht."

„Ist er ein Homöopath?"

„Nein, er kombiniert die Kenntnisse der Schulmedizin mit denen verschiedener naturorientierter Verfahren der Heilkunst. Elisabeth, würdest du dich von ihm untersuchen lassen?"

Sie antwortete nicht.

„Würdest du?" drängte er nach einer Weile.

Wenn es ihm so wichtig war ... „Ja." Aber die Resignation ließ sich nicht aus ihrer Stimme halten. Sie war nicht zu retten. Daß sie nun leben wollte, hatte keinen Einfluß darauf. Michele würde nichts daran ändern können.

„Ich kann absolut nichts mit ihr anfangen, Mattèo." Michele klang, als wäre er der Verzweiflung nahe. Sie saßen einander an seinem Schreibtisch gegenüber. „Ich habe noch niemals einen Patienten gehabt, der sich innerlich so verkrampft. Egal, welche Untersuchung du nimmst – das EEG zeigt Spitzen, als werde sie im nächsten Moment einen Krampfanfall haben, das EKG sieht aus, als stehe sie vor einem Kammerinfarkt. Noch nie hat ein Patient es fertiggebracht, mein gesamtes Team lahmzulegen."

„Wirst du sie also als Patientin ablehnen?"

Michele kannte die Kraft, die unter diesen ruhig ausgesprochenen Worten auf eine Antwort wartete. Er hatte sie vor achtzehn Jahren kennengelernt, als er noch als Assistenzarzt in Italien gearbeitet hatte. Der damals elfjährige Mattèo war gekommen, um sich an den Augen operieren zu lassen. Micheles damaliger Chef, ein vielgerühmter Augenarzt, hatte das zweite Dutzend dieser Operationen vollgemacht und wie alle Schulmedizinerkollegen vor ihm nichts erreicht. Mattèos Sehnerven konnten durch keinen operativen Eingriff geheilt werden. Aus dieser Begegnung hatte sich über die Zeit eine Freundschaft entsponnen, die beide auch pflegten, nachdem Michele sich spezialisiert und die kleine Klinik im idyllischen Kent übernommen hatte.

„Ich lehne sie nicht ab. Ich unterstelle ihr ja auch keineswegs, daß sie es absichtlich tut. Aber so, wie es jetzt ist, kann es auf keinen Fall weitergehen. Weißt du, ob sie ein sehr schlimmes Erlebnis hatte? Ein Trauma?"

„Ich weiß nur, daß es einen Mann gibt, vor dem sie sich sehr fürchtet und den sie haßt. Und sie fühlt sich verantwortlich für etwas, an dem sie keine Schuld trägt." Mattèo berichtete von Matthews Koma.

„Das ist schlimm", sagte Michele, nachdem er geendet hatte. „Jetzt verstehe ich es."

Mattèo hörte, wie der Arzt auf ein Stück Papier kritzelte. Dann fühlte er, wie Michele den Zettel gegen seine Hand schob. „Ich möchte, daß ihr beide zu dieser Adresse fahrt. Es ist wichtig, daß du bei ihr bist, denn dir vertraut sie."

„Was ist da? Was werden wir da vorfinden?"

„Fahrt einfach hin. Ich werde einen Termin für euch vereinbaren. Ist sechzehn Uhr gut?"

Es WAR eine Adresse in der Nähe von London. Elisabeth fühlte sich steif und müde, als sie aus der Limousine stieg und den beiden Schatten, die im Wagen blieben, zunickte. Es war ein trüber und unangenehm kühler Tag. Ihre Gelenke schmerzten unter der feuchten Kälte. Verdammtes Interferon!

„Stimmt die Adresse?" fragte Mattèo.

„Sie stimmt. Nummer sechsundfünfzig."

Er hörte das Staunen in ihrem darauf folgenden Schweigen. „Was ist es denn?"

„Ein kleiner Laden, der Fernöstliches anbietet. Öle und Tee, Essenzen, Trinkschalen."

„Gehen wir hinein", sagte Mattèo.

Bei ihrem Eintreten stand eine junge Frau von dem Hocker auf, auf dem sie hinter dem Tresen gesessen und getrocknete Kräuter in kleine Leinenbeutel sortiert hatte. „Mrs. Liovano und Mr. Novell, nicht wahr?" Sie reichte ihnen lächelnd die Hand. „Mein Name ist Helen. Eileen erwartet Sie schon. Ich sage ihr, daß Sie da sind." Sie schlüpfte durch einen Bambusvorhang.

Nach einer Weile teilte sich der Vorhang erneut, dieses Mal, um eine mittelgroße, sehr kraftvoll wirkende Frau durchzulassen. Wie schon Helen hatte auch sie nichts Asiatisches: Ihr Haar war rotblond, ihre Augen waren groß und von einer Farbe, die zwischen Grün und Grau lag. „Hallo", es klang warm und freundlich, „da sind Sie ja. Es freut mich, Sie kennenzulernen. Ich bin Eileen." Sie streckte ihnen die Hände entgegen. „Hat Michele Sie ins Bild gesetzt?"

„Nein", antwortete Mattèo.

„Das dachte ich mir. Wollen Sie nicht ablegen?" Eileen nahm ihnen die Jacken ab und hängte sie an eine Garderobe. „Möchten Sie eine Tasse Tee, um sich ein wenig aufzuwärmen?"

„Eigentlich möchte ich lieber wissen, warum wir hier sind“, erwiderte Elisabeth.

„Dann zeige ich es Ihnen.“ Eileen führte sie zu einem weiträumigen Zimmer, das man nach der Enge des Ladens kaum vermutet hätte. Es war ein merkwürdig ausgestatteter Raum: In seiner Mitte befand sich ein sehr breites, niedriges Bett, das mit einem Laken aus grüner Rohseide bespannt war. Auf dem Laken lag ein großes weißes Baumwolltuch. In vielen kleinen Regalen standen Fläschchen und Flaschen in den unterschiedlichsten Farben. Es gab merkwürdig geformte Hocker, eine Menge Grünpflanzen und auf weiteren Regalen Bücher über Naturheilkunde, fernöstliche Arzneien und Therapien.

„Soll ich Sie ein wenig herumführen, Mattèo, bevor ich Mrs. Liovanos Bitte nachkomme?“

Er schüttelte den Kopf. „Danke, ich würde gern ein wenig allein herumstrolchen, wenn es Sie nicht stört.“

„Gar nicht.“

Er wandte sich ab und begann das große Zimmer auf die ihm eigene Weise zu erforschen.

„Mrs. Liovano, wollen Sie auf diesem Hocker Platz nehmen, bitte?“ Eileen zog eine der merkwürdig geformten Sitzgelegenheiten nahe zu Elisabeth heran. „Ihre Aura ist ganz und gar nicht in Ordnung.“

„Was meinen Sie mit ‚Aura‘?“

„Damit meine ich die Ausstrahlung eines Menschen. Ihre ist voller Löcher.“ Eileen ließ die flachen Hände in der Luft um Elisabeths Körper entlanggleiten. „Sie haben oft Schmerzen in Ihren Gelenken, nicht? Vor allem in den Kniegelenken. Aber Sie sind keine Rachitis- oder Rheumapatientin.“

Woher konnte sie das wissen? Elisabeth schwieg.

Eileens Hände berührten sie leicht. Es waren gute Hände. Stark und doch sehr sanft, schienen sie eine wohltuende Wärme auszusenden. Doch Eileens Worte waren nicht ermutigend. „Du bist nicht gut zu dir gewesen, junge Lady. Zuwenig Schlaf, zuwenig Essen, zuviel Arbeit. Und da ist ein Schatten, dem du erlaubst, dir zu folgen. Es gibt einen Menschen, den du haßt. Du richtest negative Energien auf ihn. Du wirst ihm damit schaden.“

„Ich hoffe, daß das wirklich möglich ist“, erwiderte Elisabeth.

„Du schadest ihm damit, aber mehr dir selbst. Ich werde es dir später erklären. Jetzt bitte ich dich, an diesen Fläschchen zu riechen und diejenigen auszuwählen, deren Duft dir gefällt.“ Eileen zog einen kleinen

Rollwagen zu Elisabeth heran, in dem viele gleichförmige, doch unterschiedlich gefärbte Fläschchen standen. „Du hast Zeit, Elisabeth. Ich unterhalte mich derweil mit deinem Freund."

Sie trat zu Mattèo, der seine Erkundung abgeschlossen hatte und den Raum nun an Eileens Seite verließ. Sorgsam nahm Elisabeth das erste Fläschchen vom Wagen und roch daran.

EILEEN kam so unerwartet wieder ins Zimmer, daß Elisabeth erschrak.

„Welche Düfte mögen Sie? Haben Sie sich schon entschieden?"

Sie hatte nur zwei Fläschchen vorzuweisen. „Diese sind erträglich."

„Erträglich?" Eileen lächelte, aber in ihren Augen war etwas wie Kummer, als sie Elisabeths Gesicht studierte.

„Ich fürchte, meine Nase hat ihren Sinn für Düfte verloren. An mir selbst, meine ich. Blumen- und Obstdüfte finde ich immer noch sehr schön, aber Sie wollen doch sicher, daß ich diese Gerüche an mich lasse, in irgendeiner Form."

„Es kommt nicht darauf an, was ich will. Denken Sie, daß Sie sich zwischen diesen beiden Düften entscheiden können?" Da Elisabeth zögerte, schraubte Eileen beide Fläschchen auf und roch daran. „Wie wäre es mit diesem?" Sie hielt das leuchtendgelbe Fläschchen höher. „Ist das nicht nett, so etwas Frisches, Fruchtiges?" Sie musterte Elisabeth. „Sie tragen keinen Schmuck, nicht wahr? Und haben Ihre Schuhe Ledersohlen? Wenn ja, ziehen Sie sie bitte aus. Metalle, Edelsteine, Holz oder Leder können sich mit negativer Energie aufladen. Danke. Stellen Sie Ihre Füße fest auf den Boden. Und Ihre Haltung muß offen sein."

Eileen stellte die Stereoanlage an. Leise Musik füllte den Raum. Dann ließ Eileen Rollos herunter, entzündete Kerzen und stellte sie in die Ecken des Zimmers. Sie schloß die Augen, kreuzte die Arme übereinander und legte sich die Hände auf die Schultern. Mit geschlossenen Augen verharrte sie einige Sekunden, dann träufelte sie einige Tropfen der öligen Flüssigkeit in ihre rechte Hand und rieb die Hände aneinander. „Sie sind jetzt ganz entspannt. Schließen Sie die Augen, und denken Sie an nichts."

„Es geht nicht." Doch noch während sie das sagte, fühlte Elisabeth, wie ihr Kopf fast leer wurde: Eine dunkle, warme Offenheit war in ihrem allzu wachen Gehirn, das ihren Körper nie wirklich zur Ruhe kommen ließ. Sie spürte Eileen hinter sich. Ein wenig beunruhigt wandte sie den Kopf.

„Sie müssen sich nicht sorgen, Elisabeth. Ich bin ausgebildete Reiki-Lehrerin. Nicht nachdenken. Halten Sie Ihren Kopf leer."

Elisabeth versuchte zu gehorchen. Die Wärme intensivierte sich wieder. Es war, als bildete sich unter Eileens Händen eine Wolke, die sie umhüllte und eine wohltuende Wärme in ihre schmerzenden Gelenke strömen ließ, obwohl Eileen sie nicht berührte. Ganz schwach roch sie das zitronengelbe Öl auf deren warmen Handflächen.

„Das kribbelt! Was ist das?“

„Es ist Lebensenergie“, murmelte Eileen. „Das, was du brauchst.“

NACH der Behandlung legte Eileen ihr eine breite wollene Stola um die Schultern. „So, das hält die Wärme in Ihnen fest. Möchten Sie jetzt eine Tasse Tee?“

„Ein Tee wäre schön.“

„Ich hole ihn. Bleiben Sie nur sitzen.“

Als Eileen zurückkam, trug sie ein Tablett. Aus einem Schrank zauberte sie einen kleinen Tisch hervor, den sie auseinanderklappte und vor Elisabeth aufstellte. Danach nahm sie eine Trinkschale von dem Tablett und stellte sie auf den Tisch. In ihr lag ein pulvriges grünes Klümpchen. Nun goß Eileen dampfendes Wasser in die Schale. Das Pulver löste sich auf, und sie rührte es mit einem Teebesen um.

„Dieser Tee wurde im alten China nur von der kaiserlichen Familie getrunken. Er ist eine Aufmerksamkeit des Hauses für besondere Gäste.“

„Ich habe noch nie einen so feinen Tee getrunken“, lobte Elisabeth nach dem ersten Schluck. Sie machte eine kurze Pause. „Eileen, was ich nicht verstehe: Warum haben Sie mich kaum berührt?“

„Du läßt keine Nähe zu. Dir darf nicht einmal ein Duft zu nahe kommen. Du hast vorhin gesagt, daß es einen Menschen gibt, den du haßt. Ist es ein Mann?“

„Diese Bezeichnung verdient es nicht.“

„Jede Energie, die ein Mensch gegen einen anderen aussendet, kommt zu ihm zurück. Es ist gleich, ob diese Energie einen positiv oder negativ gefärbten Charakter hat. Wenn du diesem ‚Es‘, oder wie immer du ihn nennst, Haß sendest, dann wird er ihn spüren. Und er wird darunter leiden. Doch das Böse, das du aussendest, fließt zu dir zurück. Es kann so stark werden, daß es dich vernichtet. Du hast einen starken Willen, Elisabeth. Du kannst viel Haß aussenden. Aber es braucht nicht mehr viel, um dich zu vernichten. Du bist schon sehr angegriffen. Laß ihn los.“

„Ich denke nicht dauernd an ihn. Nicht mehr so wie früher.“

„Du haßt ihn. Haß ist ein ebenso starkes Band wie Liebe. Laß ihn los.

Nur so kannst du dich von ihm befreien. Und vergib ihm. Solange dich etwas an ihn bindet, wirst du immer seine Gefangene sein."

„Aber wie …?"

„Wie du dich von ihm befreist?" half Eileen. „Es kann ein schmerzhafter Prozeß sein. Es braucht Kraft, um sich zu lösen. Der Vorgang an sich ist einfach. Du mußt dir nur sagen – und wirklich daran glauben –, daß die Person, von der du dich lösen willst, nichts mehr mit dir zu tun hat. Sie gehört zur Vergangenheit, und die ist tot. Es liegt allein an dir, ob du sie durch deine Gedanken und Gefühle künstlich am Leben erhältst. Manchmal wirst du die Erinnerung nicht abweisen können, etwa wenn du müde bist. Deswegen solltest du dir keine Vorwürfe machen. Akzeptiere das, gestehe dir Schwäche zu. Lerne aus deinen Fehlern, wenn du sie erkannt hast. Und ebenso kannst du zu allem ja sagen, was du dir wünschst. Auch wenn du dich jetzt noch davor fürchtest. Ich kann dir dabei helfen. Die Behandlung hat dir doch gutgetan, nicht?"

„O ja! Ich fühle mich zum ersten Mal seit langem wieder stark genug, ohne daß ich um Kraft kämpfen muß."

„Stark genug wofür? Für das Leben?" fragte Eileen und beobachtete, wie Elisabeth zusammenzuckte. „Du hast Angst, daß diese Kraft nicht lange vorhält. Das mußt du nicht. Ich werde dir jeden Tag mentales Reiki schicken."

„Das geht?"

„Ich schicke dir zu einer bestimmten Uhrzeit Reiki. Du mußt nicht viel tun: Mach es dir zu diesem Zeitpunkt bequem – zieh dich an einen Ort zurück, an dem du ungestört bist. Die Energie kann nur in dem Maße wirken, in dem du sie annimmst."

„Und ich werde mich so gut fühlen wie jetzt?"

„Jeder Tag wird dir mehr Kraft geben. Wenn du es willst."

„Und ob ich will!" Ein Schatten von Hoffnungslosigkeit fiel über ihr Gesicht. „Wenn es funktioniert, Eileen, dann nur für kurze Zeit. Ich –"

„Die Diagnose der Ärzte", unterbrach Eileen sie. „Ja, ich verstehe deine Unsicherheit."

„Woher wissen Sie davon?" fragte Elisabeth auf einmal sehr schroff.

„Im Gegensatz zu euch hat Michele mich ins Bild gesetzt. Ich weiß über dich so viel, wie er weiß."

„Er hat seine Schweigepflicht verletzt!"

„Ein Arzt ist berechtigt, seine Assistenten über den Zustand eines Patienten zu informieren. Und Michele hat dich als ‚Auster' bezeichnet. Es ist nicht nur die Krankheit, die dir die Lebenskraft entzieht, sondern das

Wissen um die Krankheit. Mit ihm geht eine innere Aufgabe einher, eine Resignation. Ich könnte dir aber von Fällen berichten, in denen Menschen, die schon beinahe gelähmt waren von ihrem Leiden, wieder zu Lebenskraft gefunden haben und mit dieser Energie noch viele Jahre lebten."

„Ich bin sicher, daß es ebenso viele Fälle gegeben hat, in denen die Betroffenen gekämpft und verloren haben."

„Und ich halte dagegen, daß sie zornig gekämpft haben. Verbissenheit bedeutet auch immer Streß für den Körper. Was schwerkranke Menschen brauchen, ist etwas Aufbauendes. So wie Mattèo aufbauend auf dich wirkt. Nach der Prognose, die du ihm erzählt hast, müßtest du noch viel weiter heruntergewirtschaftet sein. Aber du siehst keineswegs aus wie eine Krebspatientin im Endstadium."

Elisabeth gab sich einen Ruck und sprach über die allmähliche Verbesserung ihres Befindens. Eileen nickte. „Dein Innerstes allerdings muß noch vieles überwinden, und dabei versuche ich dir zu helfen."

„Durch mentales Reiki?"

„Ja. Jetzt, da du die Energie einmal gespürt hast, wirst du sie auch über die Entfernung annehmen können. Wollen wir einen Zeitpunkt vereinbaren?"

„Gern. Am besten nachts. Wenn ich müde bin, fängt das Grübeln an."

„Bist du um ein Uhr noch aufnahmefähig?"

„Ja."

„Um diese Zeit gehe ich schlafen. Ich werde dir vorher Reiki schikken." Eileens Hand legte sich auf ihre Schulter. „Da ist noch etwas. Es geht um diese Schuld, die du mit dir herumträgst. Michele sprach auch von dem Mann, um den du dich sorgst. Für Matthew gilt etwas Ähnliches wie das, was ich dir über den Haß sagte: Auch mit deinen Schuldgefühlen richtest du negative Energien auf Matthew. Du hilfst ihm damit nicht. Hoffe für ihn, aber klage dich nicht immerzu selbst an."

ENDLICH öffnete sich die Tür. Leise. Mattèo fuhr herum. „Michele?"

„Tut mir leid, die Untersuchungen haben länger gedauert als geplant, und es braucht immer eine halbe Ewigkeit, bis sie ausgewertet sind."

Mattèo hörte, wie Michele durch das Zimmer ging und sich hinter seinen massiven Schreibtisch setzte. „Wie steht es?" fragte er.

„Zuerst einmal: Elisabeth war völlig entspannt. Es gab keine feindseligen Blicke, keine Verkrampftheit mehr. Sie erschien uns allen als eine andere."

„Spann mich bitte nicht auf die Folter." Mattèos Augen waren weit offen, und sein Blick war so intensiv wie ein Sonnenstrahl, der in einem Brennglas gesammelt wird.

Michele räusperte sich. „Also gut. Sie steckt voller Wucherungen. Eine Operation ist unmöglich. Aber – die Wucherungen sind zurückgegangen. Wenn ich mir die Aufnahmen aus Deutschland ansehe, die ich angefordert habe, würde ich sagen, dieser Mensch habe nur noch kurze Zeit zu leben, bestenfalls drei bis vier Monate. Unsere Aufnahmen von heute zeigen aber einen Rückgang, ebenso die Blutuntersuchung. Ganz offensichtlich hat etwas eine Spontanremission bewirkt. Manchmal passiert das bei diesem Krankheitsbild. Die Knoten bilden sich zurück, statt progredient zu sein – fortschreitend."

„Das heißt, sie wird gesund?"

„Für hier und jetzt kann ich dir nur sagen, daß sie eine viel bessere Lebenserwartung hat als noch vor einigen Wochen. Sie muß regelmäßig Medikamente einnehmen. Zusätzlich zur Medikation muß sie viel ruhen. Sehr regelmäßige Mahlzeiten – ein Muß. Es könnte sonst zu einem Magendurchbruch kommen. Sie hat einen Reizmagen; dabei kommt es zu einer Überproduktion von Magensäure, und die hat ihn stark geschädigt. Aber wie ich in der Akte sehe, hat sie in letzter Zeit vernünftiger gegessen. Du hast sie dazu angehalten, was?"

Mattèo lächelte erfreut. „Es schmeckt mir nicht, wenn sie nicht ißt. Das habe ich ihr gesagt."

„Das Rauchen wird sie erheblich einschränken müssen. Es wäre gut, wenn du auch in dieser Hinsicht auf sie einwirken könntest. Ganz typisch ist auch diese innere Kälte, die das Zittern verursacht. Gründe sind Angst, übermäßige Anspannung – Streß in einem Wort. Wir werden sie eine Weile bei uns behalten zur Beobachtung und Therapie. Um sie aufzupäppeln wie ein zu früh geborenes Kind."

„Das wird sie nicht zulassen. Sie liebt ihren Job viel zu sehr."

Michele zeigte sich unbeeindruckt. „Wenn sie leben will, sollte sie mit uns kooperieren. Ich habe die Narben gesehen. Sie war am Abgrund. Aber inzwischen ist sie wieder ein gutes Stück davon entfernt. Ihr Zustand hat sich innerhalb kurzer Zeit erheblich gebessert. Seit ihr einander begegnet seid." Seine Augen durchforschten das Gesicht seines Gegenübers. „Sie ist deinetwegen zurückgekommen. Du bist das Medikament, das ihr mehr helfen kann als alles andere. Du hast ihren ‚inneren Arzt' aufgerüttelt. Das ist die Kraft der Psyche: Wenn sie ruhig ist, kommt oft selbst ein völlig aus den Fugen geratenes Körpersystem wieder in Einklang. Ich möchte, daß du hier in der Klinik bei Elisabeth bleibst."

„Lieber als alles andere!“

„Nicht nur ihretwegen, Mattèo. Auch weil dir eine Pause sehr guttun würde. Laß dich nicht verheizen. Deine Anhänger warten auf dich, auch wenn es eine Pause gibt. Jedenfalls würde die auch dir guttun. Denkst du, ich würde nicht bemerken, daß du nicht auf Vordermann bist? Du wiegst ungefähr fünf Kilo weniger als bei unserem letzten Treffen; außerdem bist du so nervös, wie ich dich nie erlebt habe. Mit deiner Verletzung wirst du noch eine Weile nicht arbeiten können wie gewohnt. Nehmt dies als Chance“, sagte er eindringlich. „Betrachtet es als einen Urlaub.“

„Weiß sie es schon?“ fragte Mattèo.

„Nein. Ich bin sofort zu dir gekommen, als die Ergebnisse vorlagen.“

„Willst du es ihr sagen, oder darf ich es tun?“

„Ich werde dir die Freude nicht verderben. Sie sollte jetzt auf der Terrasse sein.“ Michele drückte auf den Summer und bat seine Sekretärin herein. „Seien Sie so lieb, und begleiten Sie Signor Novell nach unten, ja?“

10

Mattèo drehte das Gesicht zum Licht. Lebhaft bewegte er den Kopf, um die Schleier der Müdigkeit aus seinem Gehirn zu treiben. Für einige Minuten lag er still und schloß Freundschaft mit dem beginnenden Tag. Für gewöhnlich wäre er aufgesprungen, doch noch mußte er vorsichtig sein: Langsam, eine große Muskelgruppe nach der anderen dehnend, wie die Physiotherapeutin es ihn gelehrt hatte, bereitete er seinen Körper auf den Tag vor, ehe er sich erhob. Er streifte den Morgenmantel über den Pyjama, trat auf den Balkon, legte die Unterarme auf die Brüstung und atmete den Geruch des Morgens ein.

Ein helles Schnappen hinter seinem Rücken ließ ihn sich aufrichten. Er drehte den Kopf. „Elisabeth?“

Michele hatte ihnen nebeneinanderliegende Apartments anweisen lassen. Die Räume der Leibwächter lagen den ihren gegenüber.

Durch die morgendliche kühle Luft zog ein vertrauter Geruch von Zigarettenrauch. „Elisabeth?“ fragte Mattèo wieder. Er fühlte ihr Näherkommen und hörte das leise Fließen der Nachtkleidung.

„Guten Morgen, Mattèo. Du bist früh auf.“

„Du auch. Wie fühlst du dich?“

Sie seufzte. „Ehrlich gesagt, als hätte ich einen Fieberanfall hinter mir. Wie zerschlagen."

„Aber du hattest doch keinen?" fragte er beunruhigt.

„Nein."

„Vielleicht würde es dir helfen, wenn du nachher einen Spaziergang machst? Das Meer ist nicht weit. Und ich glaube, es wird ein schöner Tag."

„Kommst du mit, Mattèo? So in einer Stunde, zum Meer?"

„Sehr gern. Ich dachte, du wolltest lieber allein sein, darum habe ich nicht gefragt."

„Das ist lieb." Sie hob seine Hand zu ihrem Gesicht und lehnte ihre Wange dagegen. „Es kommt mir vor, als würde gar nicht ich es erleben. Ich muß das erst lernen."

„DEINE Schatten werden hier nicht viel zu tun haben", hatte Michele gestern abend gesagt. „Auf dieses Gelände kommt niemand, der nicht willkommen ist. Nicht einmal vom Meer aus. Wir haben ein sehr gut ausgebautes Sicherheitssystem. Du bist ja nicht der erste Prominente, der bei uns zu Gast ist."

An diese Worte dachte Mattèo zurück, während sie nebeneinander über den Strand schlenderten. „Ist es nicht schön, die Schatten nicht dabeihaben zu müssen?"

„Ja, sehr. Ich hatte schon vergessen, wie das ist, wenn einem nicht immerzu jemand auf Schritt und Tritt folgt. Denkst du, wir könnten gelegentlich mit einem Boot aufs Meer?"

„Natürlich. Wir können hier tun und lassen, was wir wollen. Du kennst die Klinik bislang ja nur von ihrer unangenehmen Seite. Es gibt einen beheizten Swimmingpool und einen Fitneßraum, Sauna, Massage. Und ich bin sicher, daß ich Michele überreden kann, uns Pferde zu besorgen. Dann könnten wir am Strand spazierenreiten."

„Das klingt wunderbar", erwiderte Elisabeth. „Aber für jetzt finde ich es schön, einfach hier herumzuschlendern." Sie schwieg, und Mattèo erfaßte den Inhalt dieses Schweigens: zuviel Neues.

Ein plötzlicher, heftiger Stich in seiner Seite ließ ihn sagen: „Gibt es hier einen Platz, wo wir eine kleine Pause einlegen könnten? Die Narbe meldet sich, und der Korb ist doch ziemlich schwer."

Sie streckte die Hand nach dem Picknickkorb aus, den die Küche für sie zusammengestellt hatte. „Gib her. Du hättest auf mich hören und ihn gar nicht tragen sollen."

Er schüttelte lächelnd den Kopf. „Gute Therapie."

„Starrkopf. Da vorn ist ein Felsen. Gerade das richtige für uns, mit einer breiten, platten Oberfläche." Sie kletterte zuerst hinauf; das Meer hatte eine Art Treppe in den Stein gegraben. „Gib mir den Korb herauf, Mattèo. Und jetzt gib mir deine Hand. Gerade vor dir sind Stufen."

Er zog sich an ihrer Hand über den letzten Absatz und richtete sich langsam und vorsichtig auf.

„Hast du Schmerzen?" fragte Elisabeth besorgt.

„Nein, es ist bloß besser, wenn ich noch ein wenig stehe." Er legte auch die andere Hand um ihre. „Wie kann eine zarte Person wie du so viel Kraft haben? Ich hätte dir den Griff, mit dem du mir nach oben geholfen hast, nicht zugetraut."

„Keine Komplimente vor dem Essen", erwiderte sie verlegen und entzog ihm ihre Hand, doch nicht mehr mit dem alten Ungestüm. „Dann packe ich mal aus, was sie uns mitgegeben haben. Wir werden ein richtig zünftiges Picknick haben."

Nachdem sie gegessen hatten, suchte sie nach ihren Zigaretten.

„Gibst du mir dein Feuerzeug?" bat Mattèo.

„Hier." Ihre Hände streiften einander, als er es nahm. Die kleine Flamme züngelte auf und entzündete die Zigarette.

„Michele hält es nicht für gut, daß du rauchst."

„Kein Arzt hält das für gut. Nicht einmal, wenn er selbst raucht."

„Elisabeth, darf ich dich etwas fragen?"

„Sicher." Er hörte, wie sie einen weiteren Zug nahm.

„Sag – willst du leben?"

„Ja." Mit dieser Frage hatte sie nicht gerechnet, doch auch nicht mit der Antwort gezögert.

„Aus Lebensfreude?"

„Ich glaube, ich hatte nie wirklich Freude am Leben. Eher Angst. Es ist nicht leicht, Freude daran zu haben, wenn einem schon in jungen Jahren immerzu Hindernisse in den Weg gestellt werden, an denen man sich grün und blau stößt. Wenn man wieder und wieder auf Besseres hofft und doch immer wieder enttäuscht wird."

„Aber du willst leben. Sagst du mir den Grund?"

„Du bist der Grund." Dieser Satz entsprach schon lange der Wahrheit, doch daß sie ihn ausgesprochen hatte, war das Resultat des Tages mit Eileen. Sie wünschte, ihre Worte zurücknehmen zu können: Wie sehr lieferte sie sich damit aus! Sie hatte Schwäche zugestanden, und Schwäche schrie nach Ausnutzung. So war es immer gewesen.

Sie erhob sich rasch, brauchte Distanz zwischen ihm und sich, und als er vor ihr aufstand, wich sie vor ihm zurück.

„Wenn es wahr ist, was du gesagt hast, Elisabeth, ist dieses Zurückweichen vor mir auch ein Zurückweichen vor dem Leben. Willst du gehen oder bei uns bleiben?“ Er streckte die Hand aus.

Tränen strömten über ihre Wangen. Es war ihr unmöglich, seine Hand zu ergreifen. Wie eine Salzsäule stand sie auf diesem ins Meer stoßenden Felsen, unfähig zu einer Bewegung.

„Ich glaube“, fuhr Mattèo fort, „daß du dich im Augenblick mit drei großen Dingen herumschlägst.“

„Welchen?“ Sie klang hilflos. Ihr Hirn fühlte sich nach der schlaflosen Nacht wie zermartert. Ohne die Kraft des Reiki, die zur vereinbarten Uhrzeit zu ihr gekommen war, wäre sie wahrscheinlich verzweifelt gegen die Wände gelaufen. Wie recht Eileen gehabt hatte, als sie gesagt hatte, ihr Inneres habe noch vieles zu überwinden.

„Zunächst deine Krankheit. Es muß sehr seltsam sein, plötzlich wieder hoffen zu dürfen. Daran mußt du dich erst gewöhnen. Du weißt jetzt, daß es hilft, wenn du auf dich aufpaßt und gut zu dir bist – vielleicht zum ersten Mal in deinem Leben. Das zweite: Du mußt alles Böse, das dir je widerfahren ist, loslassen.“

Er hörte, daß sie erschrocken die Luft einsog.

„Ich habe mit Eileen darüber gesprochen“, erklärte er. „Als du mit den Duftfläschchen beschäftigt warst. Aber Matthew belastet dich im Augenblick noch mehr als deine jüngere Vergangenheit. Das ist das dritte.“

„Ja.“ Wieder liefen ihr Tränen über die Wangen. Doch es war eine große Hilfe, daß die Dinge, die sie bedrängten, beim Namen genannt worden waren. „Können wir nachher zu Matthew fahren?“

Mattèo lächelte. „Ich habe gehofft, daß du das fragst.“

„HIER.“ Der Pfleger stieß eine Tür auf. Der Raum dahinter war klein und beinahe kahl. Um so beherrschender wirkte das hohe, schmale Bett in seiner Mitte, und der Blick jedes Eintretenden richtete sich sofort auf die Gestalt, die darin lag. Ganz still war sie, als gehörte sie nicht mehr auf diese Welt. Elisabeth wurde schwarz vor Augen. Sie taumelte.

„Bitte helfen Sie mir“, bat Mattèo drängend. „Sie wird ohnmächtig.“

„Auf dem Gang sind Stühle, Sir, vielleicht hilft es, wenn sie sich setzt.“ Der Pfleger griff nach Elisabeth. „Madam –“

Mit einer benommenen Bewegung wehrte sie ihn ab.

„Danke“, sagte Mattèo und legte seinen Arm um sie. „Sie brauchen mir nur zu sagen, wo die Stühle sind.“

„Über den Gang, Sir, und ein wenig rechts von Ihnen. Ich bringe ihr ein Glas Wasser.“

Mattèo nickte wortlos und zog Elisabeth in seine Wärme. Nach einer Weile flüsterte sie: „Es ist furchtbar, ihn so liegen zu sehen, mit all diesen Maschinen um ihn herum!“

Der Pfleger kam zurück. „Hier ist das Wasser. Ich habe ein kreislaufstabilisierendes Mittel hineingetan.“

„Danke“, murmelte Elisabeth und leerte das Glas.

„Vielleicht sollten wir morgen wiederkommen“, schlug Mattèo vor. „Wir könnten im Hotel übernachten. Eine ruhige Nacht würde dir guttun.“

„Es würde keine ruhige Nacht werden. Ich muß *jetzt* zu ihm.“ Sie stand auf.

Sie versuchte sich Matthew vorzustellen, wie sie ihn kennengelernt hatte. Ohne all diese Schläuche und Apparate. Angesichts seiner Blässe und Regungslosigkeit fiel es ihr schwer, aber schließlich hatte sie wieder das Bild vor Augen, wie er an ihrem ersten Morgen im Hotel über die Terrasse auf sie zugekommen war: ein agiler junger Mann, von dem eine eigentümliche Intensität ausging.

Als sie den Raum schließlich verließen, nahm Elisabeth aus den Augenwinkeln wahr, daß ein Mann auf einem der Stühle im Flur saß. Etwas veranlaßte sie, ihm ins Gesicht zu sehen. Er kam ihr bekannt vor. Nach ein paar Schritten blieb sie stehen und drehte sich zu ihm um. „Guten Tag, Mr. ...?“

Verstohlen ließ er etwas in seine Jackentasche gleiten, erhob sich und trat zu ihnen. „Atkins, Madam. Ich hätte nicht geglaubt, daß Sie sich an mich erinnern.“

Sie roch den Alkohol in seinem Atem. „Nicht sofort. Darf ich bekannt machen: Signor Novell, Mr. Atkins. Er ist ein Kollege von Mr. Emerson. Er war bei uns, als wir zu Matthews Wohnung fuhren.“

Mattèo streckte die Rechte aus. „Freut mich. Was für ein Zufall, Ihnen hier zu begegnen!“

„Nicht so zufällig, wie es Ihnen erscheint, Sir. Ich komme jeden Tag hierher.“

„Ich war sehr erschrocken, als ich Matthew sah“, sagte Elisabeth. „Ich glaube, ich möchte jetzt etwas zu trinken haben. Warum begleiten Sie uns nicht, Mr. Atkins? Trinken Sie ein Gläschen mit uns. Dann können wir uns ein wenig unterhalten, und Sie verraten uns vielleicht, warum Sie Matthew alle Tage besuchen." Sie schenkte ihm ein reizendes Lächeln.

ATKINS führte sie in einen kleinen Pub, der sich von außen wie eine Spelunke ausnahm, innen jedoch behaglich war. Er war hier offenbar gut bekannt, denn der Kellner brachte ihm unaufgefordert ein Glas Whisky mit wenig Eis und noch weniger Soda. Elisabeth und Mattèo entschieden sich für Wein, die Bodyguards bestellten Fruchtsaft.

Atkins leerte das Glas so schnell, daß das Eis keine Chance hatte zu schmelzen, und als der Wein gebracht wurde, stand ein weiteres Whiskyglas für ihn auf dem Tablett. Er nickte zu Paolo und Riccardo hin, die außer Hörweite saßen. „Leibwächter?"

Mattèo nickte.

„Die brauchen Sie doch jetzt gar nicht mehr. Der Kleine ist ja aus dem Verkehr gezogen."

„Wieso nennen Sie Matthew ‚den Kleinen', Mr. Atkins?"

„Sagen Sie ruhig Willie, Sir. Ich bin ganz froh, daß Sie mich mitgenommen haben. Wenigstens ein Tag, an dem ich das Jammergesicht nicht sehen muß. Ich weiß nicht, warum ich mir das jeden Tag aufs neue antue. Nein, ich weiß es doch. Weil ich sonst Alpträume habe, darum. Er läßt mich nicht schlafen, wenn ich nicht zu ihm gehe."

Elisabeth runzelte die Stirn. „Das verstehe ich nicht, Mr. Atkins."

„Willie für Sie, Madam. Er weiß, daß ich einen Fehler gemacht habe. Darum besucht mich sein Geist nachts und läßt mir keine Ruhe. Ich habe einen furchtbaren Fehler gemacht. Ich habe dazu geschwiegen, als Emerson dem Kleinen sein Insulin verweigert hat. Er sagte, er glaube ihm nicht und er solle ihm bloß nicht auf die Mitleidstour kommen. Er werde alle Kollegen entsprechend instruieren, und das hat er auch getan. Ob sie es nun glaubten oder nicht – alle stellten sich taub, als der Kleine sagte, er brauche sein Insulin."

„Kennen Sie den Grund?"

„Äh, alles sprach doch gegen den Kleinen. Und als es dann passiert war, habe ich mich immer noch nicht getraut, etwas zu sagen. Emerson ist ein mächtiger Mann in unserer Abteilung, das Lieblingskind vom Chef. Es wäre beruflicher Selbstmord gewesen, ihn zu belasten."

„Es hätte auch nichts mehr geändert. Und Sie hätten keine Beweise gehabt", gab Mattèo zu bedenken.

„Nein." Willie schluckte heftig. „Aber ich wäre moralisch dazu verpflichtet gewesen. Ich hätte es melden müssen."

„Das können Sie immer noch."

„Wie sollte das gehen, Sir?"

„Emerson muß dazu gebracht werden, sich selbst zu belasten. Er könnte in Widersprüche verwickelt werden. Und es gibt eine Menge Zeugen – all die, die er instruierte, nicht auf Matthew zu hören. Aber Sie müssen den Anfang machen, Willie."

Atkins stürzte einen weiteren Whisky hinunter. „Zum Teufel, ich wünschte, ich hätte Ihnen nichts gesagt."

„WIRST du dich jetzt wieder Justitia zuwenden, Mattèo? Sie muß bittere Tränen geweint haben, als du ihr den Rücken gekehrt hast. Du hast die Wahrheit geschickt aus Atkins herausgekitzelt."

Sie hatten Willie, der in der Nähe des Pubs wohnte, nach Hause gebracht und der Fürsorge seiner Frau übergeben.

„Dazu brauchte es nicht viel. Er war betrunken. Ich kann in diesem Fall nicht viel tun. Ich habe mich mit Zivil-, nicht mit Strafrecht befaßt. Doch ich kenne einen ausgezeichneten Strafrechtler – Mauro. Er wird Emerson schon zu Fall bringen. Aber ich denke, wir können ihm helfen, indem wir ein paar Fakten für ihn ausgraben."

„Was hast du vor, Mattèo?"

„Zunächst möchte ich mit einem versierten Mediziner abklären, wie Matthews Chancen stehen, jemals wieder ein normales Leben zu führen. Und ich möchte vor allem eine Stellungnahme darüber, wie sein Zustand jetzt wäre, wenn Emerson ihm nicht das Medikament verweigert hätte."

„EIN ORGANISCH bedingtes Koma ist immer ein heikles Problem." Dr. Coon, der Arzt der Station, auf der Matthew lag, war hochgewachsen und mager und hielt sich gebeugt.

„Wie stehen seine Chancen?" fragte Elisabeth.

„Wenn er je wieder zu sich kommen sollte, wird er möglicherweise debil sein. Sein Gehirn war zu lange ohne genügende Sauerstoffzufuhr. Der Stoffwechselschock ..., zunächst das diabetische Koma und darauf das Versagen der Nieren ..." Er machte eine Bewegung, die deutlicher als Worte sagte: Was soll daraus schon werden?

„Wenn er sein Medikament bekommen hätte", fragte Mattèo, „hätte es dieses Koma nicht gegeben?"

„Ein gut eingestellter und gut informierter Diabetiker weiß nicht nur, wann er sein Insulin zu spritzen hat, sondern ist auch über die Folgen unterrichtet, wenn er es nicht tut."

„Dr. Coon, würden Sie sich in schriftlicher Form dazu äußern? In einem Gutachten. Wegen Ihres Honorars brauchen Sie sich nicht zu sorgen. Aber ich hätte es gern so schnell wie möglich."

„DAS MENSCHLICHE Gehirn ist ein Wunder", erklärte Robin Pendergrast. „Im Alltag nutzen wir nur etwa vierzig Prozent seiner Kapazität – das ist unser Bewußtsein. Jeder einzelne unserer Sinne ist für sich allein genommen schärfer als die Summe aller Sinne. Sie, Sir", er sprach zu Mattèo, „sind der beste Beweis dafür."

Mattèo lächelte. Es war offensichtlich, daß er Pendergrast sympathisch fand. „Ich habe die Erfahrung gemacht, daß aus dem Wegfall eines meiner Sinne eine Klarheit resultierte, die vorher nicht da war. Ich erkenne Geräusche, Gerüche, etwas, das ich abtaste oder einatme, und schmecke jenseits jeden Zweifels. Das war nicht so, als ich noch etwas sehen konnte."

Pendergrast nickte. „Das Augenlicht beeinträchtigt die übrigen Sinne, ist für die Sehenden der vorherrschende Sinn. Wenn wir die Augen schließen und uns auf unser Hören konzentrieren, nehmen wir Dinge viel intensiver wahr."

„Ich verstehe nicht, was das mit Matthew –"

„Verzeihung, Mrs. Liovano. Was ich sagen will, ist dies: Eine Leistung, wie sie Signor Novell vollbringt – sich zurechtzufinden, ohne zu sehen –, hat mit Konzentration zu tun. Wir können die Fähigkeiten unseres Gehirns auch auf bislang wenig erforschte Gebiete konzentrieren."

„Sie meinen, Matthew wäre zu erreichen, vielleicht sogar zurückzubringen? Obwohl sein Gehirn zu lange ohne Sauerstoff war?"

„Ich glaube nicht, daß er zu lange ohne Sauerstoff war. Es ist eine Ausrede. Sie bekommen seinen Stoffwechsel nicht in den Griff, aber das können sie natürlich nicht zugeben. Unter günstigeren Umständen könnte er wahrscheinlich nach einer entsprechenden Rekonvaleszenzphase wieder obenauf sein."

„Unter günstigeren Umständen?"

Pendergrast zögerte. „Es ist furchtbar, das sagen zu müssen, aber es gibt nichts, wofür zurückzukommen sich für ihn lohnt. Sein Leben ist vorbei. Es gab diesen Skandal in der Presse: SCHAUSPIELER BEGEHT ATTENTAT AUF OPERNSTAR. Als Schauspieler ist er erledigt. Er wird nie ein ernstzunehmendes Angebot bekommen. Und er ist sicher nicht der

Mensch, der ein Leben lang mit einer Arbeit als Kellner zufrieden wäre."

„Wir glauben, daß Matthew unschuldig ist", sagte Mattèo.

„Ich fürchte, das macht keinen Unterschied. Natürlich hat er von dem Presserummel nichts mehr bemerkt, doch er fiel mit der Überzeugung ins Koma, daß übermächtige Kräfte gegen ihn arbeiten. Erschöpfung und der entgleiste Stoffwechsel sind die körperlichen Ursachen gewesen, doch der endgültige Zusammenbruch wurde durch das psychische Aufgeben herbeigeführt."

Elisabeth schlug mit beiden Fäusten auf den Tisch. „Es war Emerson. Es waren doch nicht die Reporter, die Matthew in diese Lage brachten. Es war Emerson! Er hat ihn verängstigt, ihm sein Medikament verweigert – für einen billigen Erfolg! Sie werden uns helfen, nicht wahr, Robin? Sie werden alles aufschreiben, was Sie uns eben erklärt haben."

„Natürlich, Elisabeth."

11

Der Anruf von seinem Manager war für Mattèo nicht überraschend gekommen. „Seit Wochen hängt diese Geschichte wie ein Damoklesschwert über mir", hatte er zu Elisabeth gesagt. „Seit dem Messerstich." Und unwillig hinzugesetzt: *„Milano."*

Michele hatte energisch Einspruch dagegen erhoben, daß Elisabeth ihn nach Mailand begleitete. „Sie ist hier, um sich zu erholen und behandelt zu werden, nicht, um in der Weltgeschichte herumzureisen! Und auch du, Mattèo, solltest lieber bleiben. Diese verdammte Untersuchung hat euch beide mächtig mitgenommen!"

„Diese verdammte Untersuchung" war das polizeiinterne Verfahren gegen Emerson gewesen. Mattèos Freund Mauro hatte darauf gedrängt, daß es zu einer genauen Untersuchung kam, und trotz anfänglicher Widerstände hatten sich schließlich Zeugen gefunden, die die unterlassene Hilfeleistung bestätigten. Die Gutachten Dr. Coons und Robin Pendergrasts konnte die Polizeiführung nicht ignorieren, und schließlich hatte Mauro auch Emersons Kollegen zur Aussage bewegt. Die Fakten, einmal aufgedeckt, sprachen ihre eigene Sprache.

Es war Abend. Auf der Rollbahn blinkten Lichter für startende und landende Flugzeuge. Die Stimme aus dem Lautsprecher kündigte die planmäßige Ankunft der Maschine aus Mailand an. Elisabeth trat von einem

Fuß auf den anderen, während sie in der Wartehalle des Flughafens neben Alessandro, dem Chauffeur, stand und Mattèos Rückkehr entgegenfieberte.

Endlich tauchten sie auf. Paolo, dunkel, gedrungen, wendig. Riccardo, hochgewachsen, schlank. Mattèo in ihrer Mitte, seine Gestalt die von Riccardo noch überragend.

Elisabeth eilte quer durch die weite Halle auf ihn zu. „Mattèo!" Ihre Hände legten sich um sein Gesicht. „Du siehst entsetzlich aus, Lieber. So furchtbar müde."

Er legte die Hände über ihre und führte sie an seine Lippen. „Wie geht es dir?"

„Jetzt geht es mir gut. War es schlimm? Ist es böse ausgegangen?"

„Nein. Nein, das nicht."

„Gut. Komm, du kannst mir später davon erzählen, wenn du dich ausgeruht hast. Alessandro ist sicher schon dabei, euer Gepäck einzuladen. Wir können gleich zur Klinik fahren." Sie schob ihre Hand unter seinen Arm. Als sie neben ihm ging, bemerkte sie, daß seine Schritte nicht so sicher wie gewöhnlich waren. „Du hättest dir mehr Zeit nehmen sollen. An einem einzigen Tag Hin- und Rückflug und anstrengende Verhandlungen. Warum bist du nicht wenigstens über Nacht in Mailand geblieben?"

„So schlimm ist es nicht. Mein Gleichgewichtsorgan kriegt bloß einen kleinen Anfall von Wahnsinn, wenn die Maschine zur Landung ansetzt. Ich wollte wieder zu dir." Er neigte den Kopf zu ihr, versuchte zu ergründen, wie sie es aufnahm.

Kein erschrockenes Atemholen. Kein Zurückscheuen. „Wir sind jetzt am Ausgang", sagte sie.

Zu ihrem Erstaunen fand sie Alessandro in Paolos Begleitung auf dem Gehweg. Der Leibwächter lächelte ihnen zu. „Alessandro hat mal wieder Schmerzen in seinen Gelenken. Er bat Riccardo, den Wagen vorzufahren."

„Meine Arthrose macht mir zu schaffen. Es tut mir leid, Signore, Signora, aber ich werde Sie verlassen müssen", erklärte der Chauffeur.

„Das ist schade, Alessandro", begann Mattèo, hörte über seinen Worten das unverwechselbare Surren des Rolls-Royce.

Elisabeths Fäuste trafen ihn gleichzeitig gegen die Brust, ließen ihn einige Schritte zurücktaumeln und über den Bordstein fallen. Der Schmerz war weniger schlimm als der Schrecken. „Elisabeth?" Sie lag halb auf ihm, halb auf den Pflastersteinen. „Elisabeth?"

„Ich bin in Ordnung. Bist du verletzt?“

„Nein.“ Er richtete sich an ihrer Hand auf. „Gütiger, was war denn los?“

„Der Wagen schoß auf einmal auf uns zu. Er hätte uns erwischt, wenn ich dich nicht umgestoßen hätte.“

Plötzlich stand Riccardo vor ihnen, sehr verlegen. „Auf einmal konnte ich nicht mehr bremsen, das Pedal hatte sich festgeklemmt. Ich wollte doch bloß Alessandro helfen!“

„Ich möchte baden und mich rasieren“, sagte Mattèo, als sie in der Klinik den Flur entlanggingen. „Ist es dir recht, wenn ich danach noch kurz bei dir hereinschaue?“

„Ich wäre böse, wenn du es nicht tätest. Ich habe nämlich eine Überraschung für dich“, erwiderte Elisabeth. „Wie lange wirst du brauchen?“

„Eine Stunde?“

„Perfekt. Bis später also.“ Sie schloß die Tür zu ihrem Apartment auf. Es war gut zu wissen, daß er später zu ihr kommen würde. Langsam durchwanderte sie das Wohnzimmer und überprüfte, ob sie bei ihren Vorbereitungen auch nichts vergessen hatte.

Danach stand sie in Gedanken versunken lange an der Balkontür. Heute, an diesem langen Tag ohne ihn, war ihr zum ersten Mal deutlich geworden, wie sehr sie sich an ihn gewöhnt hatte.

Als sie ihm öffnete, wirkte Mattèo ein wenig frischer. Doch sein Gesicht war noch immer grau.

Ein Impuls, seine Erschöpfung aufzufangen, drängte sie zu ihm und ließ sie die Arme um ihn legen. „Fühlst du dich etwas besser?“

„Ja.“ Es klang erstaunt, und mit einer beinahe hilflos anmutenden Bewegung zog er sie vorsichtig an sich. „Elisabeth – du hast mich noch nie umarmt.“

„Ich weiß.“

„Es ist sehr schön.“

Sie schloß die Augen. Es schien auf einmal ganz natürlich, seine Umarmung zu fühlen. Es war schön, daß er wieder da war, seine Wärme so nah zu fühlen. „Komm doch herein, Mattèo.“ Sie standen noch immer in ihrem kleinen Flur. „Komm ins Wohnzimmer.“ Sie führte ihn zu der Couch, und als er sich gesetzt hatte, schob sie ihm Kissen hinter den Rücken.

„Du verwöhnst mich!“

„Ja, warum auch nicht?“ Sie lehnte sich von hinten über ihn und hauchte einen Kuß auf seine Stirn. „Aber jetzt ist's Zeit für die Überraschung!"

Er drehte den Kopf, um ihren sich entfernenden Schritten zu lauschen: Keine Überraschung konnte größer sein als die, die sie ihm gerade eben bereitet hatte.

Aus dem Schlafzimmer holte sie einen Servierwagen und nahm die Deckel von den Behältern ab. Köstliche Düfte erfüllten den Raum. „*Quiche lorraine,* Baguette mit Kräuterbutter und ein frischer Salat mit deinem Lieblingsdressing, dazu ein roter und ein weißer Burgunder. Gut?"

Sie setzte sich neben ihn auf die Couch. „Bestimmt hast du im Flugzeug nichts gegessen?"

Er schüttelte den Kopf. „Du bist ein seltsames Wesen."

„ERZÄHLST du mir von heute, Mattèo?"

Sie hatten die Quiche beinahe zur Hälfte aufgegessen, ein wenig Wein getrunken und knabberten an den Resten ihres Salats.

„Es war nicht schön", antwortete er zögernd. Das Fliegen. Die Auseinandersetzungen, weil er seinen Vertrag nicht einhalten konnte. Erst als er gedroht hatte, sich auf das Kleingedruckte zu berufen und gegebenenfalls einen Anwalt einzuschalten, war die Gegenseite zum Einlenken bereit gewesen.

„Es tut mir so leid, Mattèo."

„Jetzt ist es gut", murmelte er. Der Tag fiel von ihm ab. Entspannt lehnte er sich gegen die Polster der Couch. Ein Lächeln zog über sein Gesicht. „Mein Herz ..."

Seine Hände hoben sich zu ihrem Gesicht und umschlossen es. Sie wußte, wie sehr er auf sie wartete, doch bevor ihre Lippen seine erreichten, hielt er ihren Kopf fest und murmelte: „Traust du mir, Elisabeth?"

Er fühlte ihr Lächeln, als sie ihn küßte.

MATTÈO knöpfte sein Hemd zu, ließ die Beine über den Rand der Liege baumeln. „Was sagst du, Michele?"

„Daß du etwas mehr auf den Rippen haben könntest. Daß du bald umfällst, wenn du dir nicht abgewöhnst, dir eine solche *Tour de force* wie die von gestern zuzumuten."

„Wie hört sich die Lunge an?" Mattèo ignorierte den Tadel.

„Überraschend gut. Auch das Narbengewebe zwischen den Rippen macht einen zufriedenstellenden Eindruck." Er hielt einen Moment inne.

„Erinnerst du dich noch an die Hütte in den französischen Alpen?“ fragte er dann. „Wir waren ein paarmal dort.“

„Natürlich.“

„Ich habe sie zu einem soliden kleinen Haus umbauen lassen. Ich gehe immer dorthin, wenn mir die Klinik zuviel wird. Elisabeth und du, ihr wärt da ganz ungestört.“

„Ich würde es schön finden, aber warten wir ab, was Elisabeth dazu meint.“

„Okay.“

Mattèo sah auf einmal bedrückt aus.

„Was ist los?“

„Ich weiß nicht, ob es richtig ist“, er zögerte, fuhr dann jedoch fort, „aber es gibt etwas, über das ich mit jemandem sprechen möchte. Am liebsten mit meinem Vater, aber der ist in Italien.“

„Etwas, das Elisabeth betrifft?“

Mattèo nickte.

„Ich höre zu.“

„Ich weiß nicht, ob das Elisabeth recht ist.“

„Ich bin ihr Arzt“, erwiderte Michele ruhig. „Ich sollte wissen, worum es sich handelt. Und an dir würde ich nicht zum ersten Mal die Vaterstelle vertreten, nicht wahr?“

Mattèo nickte wieder. Er verflocht die Hände ineinander und räusperte sich, bevor er zu sprechen begann. „Als wir einander kennenlernten, war es ihr unmöglich, die Nähe, geschweige die Berührung eines Mannes zu ertragen. Es war nicht nur, weil sie es nicht wollte – sie konnte es nicht aushalten. Ich versuchte Rücksicht darauf zu nehmen. Da war diese Anziehungskraft zwischen uns, aber auch die Mauer ihrer Angst. Einmal versuchte ich, diese Mauer zu durchdringen.“ Er dachte an den Abend des Konzerts. „Es war, als hätte ich sie geschlagen.“

„Hast du dir nicht gedacht, daß sie vergewaltigt worden ist?“

„Doch. Es wurde schnell offensichtlich. Ich war an diesem Abend –“ Er verstummte. „Danach ..., ich nahm mir vor, niemals etwas erzwingen zu wollen. Es war nicht immer leicht. Aber ich wußte, daß ich sie verlieren würde, wenn ich es noch einmal versuchte. Michele, du weißt, daß ich kein Mensch für Oberflächliches bin. Eine flüchtige Liebschaft ist nichts für mich. Elisabeth ist all das, was ich will.“

Michele wollte etwas erwidern.

„Ich mußte warten“, fuhr Mattèo fort, als habe er es nicht bemerkt. „Letzte Nacht sagte sie mir, daß ihr diese Rücksichtnahme sehr geholfen habe. Sie hat gesagt, daß ich sie ins Leben zurückgeholt habe. Und sie meinte nicht nur ihre körperliche Krankheit." Seine Hände ballten sich. „Hast du die Narbe an ihrer Hüfte gesehen?"

Der Arzt nickte. „So groß wie eine Münze. Für mich sieht es aus wie eine Brandwunde."

„Es ist eine", flüsterte Mattèo tonlos. „Sie nennt sie ihr ‚Brandzeichen'."

„Was ist passiert?"

„Sie war verheiratet. Mit Enrique. Er hatte ewig vor sich hin studiert und stand kurz vor der Ausweisung, weil er keine Abschlüsse vorzuweisen hatte. Aber er wollte keinesfalls in seine Heimat zurückkehren. Er war ihr Nachbar im Studentenwohnheim. Heirat mit einer Deutschen war für ihn die Zauberformel, um die deutsche Staatsbürgerschaft zu bekommen."

„Ich hätte Elisabeth nicht für so dumm gehalten", entfuhr es Michele.

„Sie war sehr einsam. Und sie hatte Mitleid mit ihm. Aber mehr empfand sie nicht. Es ist nicht so, daß sie sich nicht gegen ihn gewehrt hätte. Aber sie konnte ihn nicht loswerden. Schließlich heiratete sie ihn, nachdem er sie über Monate hinweg bearbeitet hatte. Nach der Heirat zeigte er sich von einer ganz anderen Seite: Er hätte sie gern zu seiner Sklavin gemacht. Du kannst dir vorstellen, daß Elisabeth das nicht zugelassen hat. Aber sie stand zu ihrer Entscheidung. Es ist so typisch für sie: Wenn sie ihr Wort gegeben hat, hält sie daran fest. Es muß schon sehr schlimm kommen, bevor sie davon zurücktritt. Sie hat Dinge erzählt, Michele, die ich nicht wiederholen möchte."

„Das mußt du nicht."

Mattèo blieb für einige Zeit still. Doch zu viel strömte auf ihn ein. „Er hat sie an dem Abend, an dem sie ihn verließ, mit einem Messer bedroht, und er hatte sich eine Geschichte mit einem Tonband ausgedacht. Eines Morgens war er zurückgekommen, weil er angeblich unbedingt seinen Paß brauchte und ihn vergessen hatte. Elisabeth half ihm beim Suchen, obwohl sie eigentlich schon zu ihrer Vorlesung hätte unterwegs sein müssen. Zwei Tage später, als sie abends nach Hause kam, empfing er sie mit einem eisigen Gesichtsausdruck und beschuldigte sie, ihren Liebhaber in die Wohnung gelassen zu haben. Es war ein Mittwoch. Im November. Enrique machte ihr eine üble Szene: schreien, weinen, gegen die Wände schlagen. Sie fragte ihn, was ihn dazu veranlaßt habe zu glauben, sie habe einen Liebhaber, und da spielte er ihr das Tonband vor. Es war eine winzige Kassette, wie man sie für Anrufbeantworter gebraucht; vor allem war Rauschen darauf zu hören, aber darunter Schritte, Stimmen,

Lachen. Er behauptete, sie habe am Morgen dieses Tages ihren Liebhaber empfangen, ihn in die Küche geführt, ihm Kaffee vorgesetzt, mit ihm geplaudert und gelacht."

„Und dem war nicht so."

„Denkst du, daß jemand, der so hart arbeitet, noch Zeit und Energie für Seitensprünge aufbringt? Davon abgesehen: Auch wenn sie in der Ehe nicht glücklich war, hätte sie ihn nicht betrogen. ‚In guten wie in schlechten Zeiten' ist für sie keine Floskel. Diese Absurdität mit dem Tonband gab ihr allerdings den Rest. Sie war – und ist – fest davon überzeugt, daß er wahnsinnig ist. Wahrscheinlich hat sie recht. Ich verstehe jetzt, warum sie so große Angst vor ihm hat."

„Was hat sie getan?"

„Sie begann ihre Sachen zu packen. Er kam ihr nach, schrie sie an, begann zu weinen und flehte sie an, bei ihm zu bleiben, und sagte, er werde ihr verzeihen, wenn sie nur zugebe, daß sie ihn betrogen habe. Aber es gab ja nichts, was sie hätte ‚zugeben' können. Plötzlich dann stand er mit einem Messer vor ihr, fuchtelte damit vor ihrem Gesicht herum. Sie sagte ihm, er solle sich nicht lächerlich machen, und wollte an ihm vorbeigehen. Er warf das Messer weg, packte sie und schleuderte sie gegen die Wand. Sie befreite sich aus seiner Umklammerung und verbarrikadierte sich im Wohnzimmer. Ihr ist erst später klargeworden, was es mit diesen Geräuschen auf dem Tonband auf sich hatte – es waren die Laute, die Enrique und sie an jenem Morgen verursacht hatten, als er angeblich wegen seines Passes zurückgekommen war. Jedenfalls faßte sie ihren Entschluß, fand eine Wohnung, zog in einer Nacht-und-Nebel-Aktion während seiner Abwesenheit aus. Aber leider kannte er die Adresse. Er schickte ihr Karten und Briefe, flehte sie an, zu ihm zurückzukommen. Sie reagierte nicht darauf. Schließlich ging er dazu über, ihr auf dem Weg zur Arbeit aufzulauern und sie zu bedrohen: Er werde ihr etwas antun, wenn sie nicht mit ihm zur Ausländerbehörde gehe und mit ihrer Unterschrift bezeuge, daß sie ihn freiwillig geheiratet habe. Elisabeth weigerte sich." Mattèo räusperte sich. „Dann machte Enrique seine Drohung wahr. Eines Abends lauerte er ihr im Hausflur auf, schlug sie nieder, schleppte sie in ihr Schlafzimmer, fesselte und knebelte sie. Mehr konnte sie mir nicht sagen, nur daß es die ganze Nacht dauerte. Am Morgen zündete er eine Zigarre an und drückte sie auf ihr aus – als Zeichen, daß jeder Mann, der nach ihm komme, wisse, wem sie ‚gehöre'."

Michele schauderte. „Sie hat ihn sicher angezeigt?"

„Sie ging zum Arzt. Er stellte ihr ein Attest aus. Als sie es der Polizei vorlegte, begegnete ihr Achselzucken: Sie war ja immer noch mit Enrique verheiratet."

„Hat sie denn nicht die Scheidung eingereicht, nachdem sie sich von ihm getrennt hatte?"

„Nein. Sie mußte ein Jahr nach Abschluß des Ehevertrages warten; andernfalls wäre sie unterhaltspflichtig gewesen, hätte seine Faulheit finanzieren müssen."

„Konnte sie denn nicht die Stadt verlassen?"

„Sie war nach Berlin gekommen, um eine bestimmte Fächerkombination zu studieren. Die verhalf ihr zu einem Job. In Berlin."

„Verstehe. Was hat sie also hinsichtlich Enrique getan?"

„Sie tauchte für einige Tage in einem Hotel unter und zog in eine andere Wohnung, sobald sie etwas gefunden hatte. Sie setzte bei den Behörden durch, daß die Adresse nicht weitergegeben wurde. Ließ ihre Telefonnummer geheimhalten. Doch er fand beides heraus, durch Schlamperei der Behörden oder der Anwälte. Darauf gab es dann nächtliche Anrufe. Selbst noch in der Nacht vor dem Scheidungstermin. Du kannst dir vorstellen, in welchem Zustand sie zu diesem Zeitpunkt war."

Michele beobachtete, wie eine Gänsehaut über Mattèos bloße Unterarme kroch.

„Ja." Er dachte an die vernarbten Handgelenke.

„Mattèo!" Er hörte das Plätschern des Wassers, als Elisabeth rasch auf ihn zuschwamm. Er konnte auch hören, daß sie den Swimmingpool für sich allein hatte. Sie tauchte unmittelbar vor ihm auf. „Was haben die Untersuchungen ergeben?"

„Mein Herz, bist du sicher, daß Schwimmen vor dem Frühstück gut für dich ist?" Er kniete auf den beheizten Platten, die das Becken umgaben.

Ihre Hand streifte seine. „Ich komme schon heraus." Geschmeidig zog sie sich aus dem Wasser. Dann kam sie zu ihm. Das leise Rascheln ihres Badeanzugs wurde erstickt von einem offenbar dicken und großen Handtuch.

Sobald sie sich ihm näherte, floß etwas wie ein glühendes Strömen Mattèos Wirbelsäule entlang und breitete sich über seinen Körper aus. Dieses nur auf sie gerichtete Verlangen raubte ihm beinahe den Atem. Es war gepaart mit einem brennenden Mitgefühl, das er ihr nicht zeigen durfte.

„Ich konnte nicht mehr schlafen, als ich aufgewacht bin und du nicht da warst", sagte sie.

„Bist du böse, weil ich gegangen bin, ohne dich zu wecken?"

„Nein. Sag doch, was meint Michele?"

„Alles in Ordnung."

Sie stieß einen erleichterten Seufzer aus. „Und der Wagen? Hast du mit Riccardo und Paolo gesprochen?"

„Ja, sie haben nichts gefunden. Riccardo schwört aber, daß da etwas verklemmt war."

„Wenn ich doch endlich Klarheit über Enrique hätte! Ich habe, als du fort warst, mal wieder mit Berlin telefoniert. Er hat sich schon seit mehreren Wochen nicht mehr bei der Behörde gemeldet – andererseits kann er ohne Paß eigentlich nicht ausreisen."

„Denk nicht mehr an ihn."

Sie streckte den Kopf vor und schnupperte nach seinem Atem. „Dachte ich's doch – du riechst nach Alkohol."

„Ertappt." Er stand auf und zog sie an sich. „Bevor ich gegangen bin, habe ich mit Michele einen Port getrunken. Scheußlich am Morgen, aber der Alkohol hat geholfen."

„Wobei? Michele sagte doch, alles sei mit dir in Ordnung?" Plötzlich verstand sie. „Ihr habt über mich gesprochen", sagte sie langsam.

„Ja."

Sie betrachtete sein Gesicht. „Hat es dich so sehr verstört?"

„Ich hätte es dir nicht sagen sollen. Aber du hast mir nicht alles erzählt, das Übelste nicht, nicht wahr? Du mußt mich nicht schonen, Elisabeth."

„Du weißt jetzt, was war, Mattèo. In groben Zügen. Laß es doch damit gut sein. Bitte."

„Nein! Ich will, daß du darüber sprichst."

Sie hätte vor ihm zurückscheuen können, hätte es vor der vergangenen Nacht auch getan – doch jetzt hatte sich etwas verändert: Sie vertraute ihm ohne Vorbehalt. Die dunkle Schale riß endgültig auf.

Manchmal gibt es nur die Möglichkeit, eine Wunde nochmals zu öffnen, um sie vernarben zu lassen. Sie sprach leise, in vielfach unterbrochenen Sätzen. Mattèos Forderung führte sie zurück zu der Erinnerung, die ihr Innerstes beherrscht hatte wie ein großer Schatten voller entsetzlicher Gestalten. Gestalten, die sich am Morgen als an sich harmlose Gegenstände entpuppten. Auch ein Streichholz ist, für sich genommen, harmlos: Es kann eine Kerze entzünden oder ein Kaminfeuer entfachen. Und es kann ein Haus niederbrennen.

Mattèo fühlte sich entsetzlich. Er wünschte, er könnte das Gehörte vergessen. „Es tut mir leid, mein Herz, ich –"

„Nein“, unterbrach sie ihn. „Es ist gut. Dir zumindest mußte ich es einmal sagen.“ Sie zitterte heftig, aber sie hob den Kopf. „Es ist egal, wenn es weh tut. Denn jetzt ist er fort. Er hat keine Macht mehr über mich.“

Bevor Mattèo etwas erwidern konnte, drehte sie sich plötzlich von ihm weg, und er hörte, daß jemand das Schwimmbad betreten hatte.

„Oje“, hauchte Elisabeth, „da ist unsere Freundin wieder, die junge Dame, die sich immer so gern an unseren Tisch setzen möchte, um mit dir zu flirten.“

„Dann laß uns gehen“, flüsterte er zurück. „Weißt du, wir könnten viel mehr Privatheit haben als hier.“ Er erzählte ihr von der umgebauten Hütte in den Bergen.

„Michele ist ein Schlitzohr“, sagte Elisabeth nachdenklich. „Aber ein nettes.“

12

Das Haus war ein Schatzkästchen. Es wirkte etwas verschlafen und stand mit seinem windschiefen Dach unter dem Schutz naher Kiefern, doch die Eingangstür öffnete ihnen die Behaglichkeit des Inneren mit den rustikalen Möbeln, den holzvertäfelten Wänden, den blanken Holzdielen der Fußböden. Hinter der Tür hing ein Windspiel von der Decke herab, das im Luftzug leise aufklang. Sie ließen die Tür geöffnet, um die Räume mit frischer Luft zu füllen.

Offensichtlich hatte in Micheles Auftrag ein guter Geist im Haus gewirkt: Überall standen Vasen mit frischen Blumen, die Speisekammer und der Kühlschrank waren gefüllt, in den Kaminen lag Holz bereit.

Zwei Tage lang waren sie durch Frankreich gefahren. Elisabeth hatte es sich nicht nehmen lassen, den gemieteten Landrover über weite Strecken selbst zu fahren, bis sie das behagliche Chalet am Südrand der Alpen erreicht hatten. In der Nacht hatte ein früher Wintereinbruch die Gipfel mit Schnee bedeckt, und als Mattèo und Elisabeth am Nachmittag zu einem Spaziergang aufbrachen, bildete ihr Atem in der Kälte dichte weiße Wolken. Für Elisabeth bekamen diese eisschimmernden Höhen mit dem Sinken des Lichts mehr und mehr einen bedrohlichen Charakter. Sie mochte Berge nicht, fühlte sich von ihnen eingeschlossen. Doch Mattèo stand hinter ihr und hielt sie in seinen Armen, und allein sein ruhiger Atem an ihrem Ohr genügte, um ihr zu sagen, daß er glücklich war. Nur darauf kam es an. Sie hätte nicht für möglich gehalten, daß sie einen Menschen so sehr lieben konnte, wie sie ihn liebte.

„Wir sollten jetzt zurückgehen. Es war eine lange Fahrt, und wir sind eine ziemliche Strecke gewandert." Er legte einen Arm um sie und hielt sie fest an sich gedrückt, als sie abwärts gingen. Er war soviel sicherer auf dem abschüssigen, schneebedeckten Pfad als sie, obwohl ihre Schuhe nägelbeschlagene Sohlen hatten wie seine. Doch manchmal schlich sich noch eine ihrer größten Kindheitsängste in ihr Bewußtsein, eine Angst, die manchmal übermächtig wurde und sie schon am Kopf einer Treppe ergreifen konnte: Es war die Angst vor dem Fall ins Bodenlose, in die Ohnmacht, die sie so oft erlebt hatte.

Mit einemmal nahm Elisabeth sehr intensiv wahr, daß sich ihre Umgebung verändert hatte: Die Sonne war untergegangen, und um sie herum kam ein seltsames Glühen von den Gipfeln. Sie blieb stehen. Mattèo verharrte neben ihr. „Was siehst du?"

„Das Alpenglühen – den Widerschein des nach Sonnenuntergang auftretenden Purpurlichtes an Fels- und Eisgipfeln."

Nach langer Zeit erst gingen sie weiter, auf die beiden kaum sichtbaren Schemen von Paolo und Riccardo zu, die sich in einiger Entfernung von ihnen gehalten hatten.

Zu viert betraten sie die Hütte. Im Kamin der Wohnküche, die das gesamte Erdgeschoß einnahm, prasselte ein Feuer, das Paolo angezündet hatte, bevor sie zu ihrer Wanderung aufgebrochen waren. Mattèo zog die Thermojacke und das Fleecehemd aus und ließ sich im Schneidersitz auf einem dicken Schaffell vor dem Kamin nieder.

„Kommst du zu mir, Elisabeth?" Er streckte die Arme nach ihr aus, und sie kam und schmiegte sich an ihn.

Innerhalb weniger Minuten fühlte sie, wie ihr Körper schwer von Schläfrigkeit wurde. „Ich muß mich um das Essen kümmern." Sie wollte aufstehen, doch er zog sie zurück.

„Paolo hat gesagt, daß er das Kochen übernimmt. Er hat mir versichert, daß er ein sehr guter Koch ist."

Riccardo trat in den Raum und legte frische Holzscheite vor den Kamin. Unwillkürlich rückte Elisabeth ein wenig von Mattèo ab und beobachtete die Bewegungen des jungen Mannes, dessen blondes Haar durch das Kaminfeuer einen rötlichen Schimmer erhielt.

Er warf einen Blick aus den Augenwinkeln zu ihnen. Als er sah, daß sie ihn beobachtete, ruckte sein Kopf kurz, als wollte er ihn beiseite drehen. Dann wandte er ihr jedoch das Gesicht zu und lächelte sie an.

Die herbstliche Morgensonne füllte die Luft mit einem eigenartigen Funkeln. Es war, als würden sich ihre Strahlen auf Tausenden von Diamanten brechen. Elisabeth richtete sich auf und fühlte voller Entzücken: kein Schwindel, keine Schmerzen mehr. Ihr Körper gehorchte geschmeidig.

Auf einmal kamen Klänge zu ihr, machtvoll, mitreißend – Violinen, kristallklare Stimmen. *„Gloria, Gloria in excelsis Deo."* Eine Hymne an Gott und das Leben.

Sie wirbelte die Treppe hinunter. „Mattèo, was war das?"

Lächelnd stand er mitten in der großen Wohnküche, streckte die Arme nach ihr aus, fing sie auf und wirbelte sie herum. „Dachte ich's doch, daß es dir gefällt! Möchtest du es noch einmal hören?" Er berührte einige Tasten der Stereoanlage, und überschäumende Lebensfreude jubilierte erneut.

„Was ist das?" drängte sie.

„Vivaldi." Er strich über ihr Haar. „Weißt du, warum es dir so gefällt? Weil es etwas ist, das du in dir fühlst. Ein Mensch kann nur schön finden, was er in sich hat."

In diesem Augenblick öffnete sich die Tür, und die sehr verfroren aussehenden Leibwächter tappten herein. Riccardo stieß die Tür mit dem Fuß zu und stieg wortlos die Treppe hinauf. Paolo dagegen lächelte und hob grüßend die Hand. „Verdammt kalt für einen Morgenspaziergang! Gut, daß Sie hiergeblieben sind! Unglaublich, daß hier oben der Winter so früh beginnt. Ich werde kurz duschen. Danach kümmere ich mich sofort um das Frühstück." Er ging zur Treppe.

„Es muß wirklich kalt sein", sagte Elisabeth und trat zum Fenster.

Die Welt draußen glitzerte von Eis. Nicht weit vom Fenster stand eine Kiefer, windgekrümmt und geduckt. Jede einzelne Nadel war wie mit dickem Glas überzogen. Stamm und Äste glitzerten in der Sonne.

„Was ist denn?" fragte Mattèo.

„Alles ist vollkommen vereist. Ich werde mir ein Bad einlassen und mir danach das da draußen ansehen. Dann erzähle ich dir davon."

Als sie ins Bad ging, hörte sie das Rauschen des Wassers aus dem zweiten Badezimmer in dem Teil des Gebäudes, in dem die Leibwächter ihre Räume hatten. Während das Wasser in die Wanne schoß, rückte sie Mattèos Pflegeutensilien auf der Konsole vor dem Spiegel zurecht und fing dabei den Anblick ihres Gesichts auf. Die tiefen Schatten um die Augen, die immer so schwer zu überschminken gewesen waren, gab es nicht mehr. Ihre Haut war sogar ein wenig rosig. Ihre Augen hatten den angstvollen und zornigen Ausdruck verloren, und ihre Wangen waren nicht mehr eingefallen. Fast ein wenig erschrocken betastete sie ihre Züge, als könnte sie nicht glauben, was sie sah. Darauf strich sie über ihren Körper. Ihre Brüste waren ein wenig voller geworden, die Taille war schmal geblieben, aber ihre Hüften hatten sich ein wenig gerundet. Frau. Ganz und gar Frau. Das über lange Zeit Verborgene war wieder sichtbar geworden.

Sie drehte sich um und schloß die Wasserhähne, lehnte sich dann mit dem Rücken an die Wand, erschüttert von der Entdeckung ihres äußeren Selbst, das sie für so lange Zeit vergessen hatte.

„SIGNORA!"

Elisabeth wandte sich um. Ihre Hand blieb auf dem Knauf der Außentür ruhen.

„Gehen Sie lieber nicht hinaus, Signora. Sie würden nicht weit gehen können, ohne hinzufallen."

„Machen Sie mir bitte keine Angst, Riccardo." Als er näher kam, zog sie die Hand vom Knauf zurück.

Er stieß die schwere Tür auf und trat auf die überdachte Veranda. „Bis hierhin ist es sicher. Der Regen ist nur bis zur obersten Stufe der Treppe gekommen. Darüber hinaus – sehen Sie selbst. Auf diesem Eis kann keiner gehen. Paolo und ich haben eine Menge blauer Flecken."

„Oh." Sie war neben ihn getreten.

„Eisregen. In der Nacht hat es geregnet."

„Meinen Sie, daß wir hier eingeschlossen sind, Riccardo?"

„Das meine ich, Signora."

„Wie lange wird es wohl dauern?"

Er hob die breiten Schultern. „Vielleicht ist es heute nachmittag vorbei, wenn die Sonne stark genug ist."

„Nun, was soll's." Sie zuckte die Schultern. „Und wenn es Tage dauert, verhungern werden wir jedenfalls nicht." Sie blickte zu ihm auf und sah, daß sich sein Gesicht verfinstert hatte.

„Ich hasse es, wenn ich etwas nicht kontrollieren kann", murmelte er, versetzte der Brüstung einen Tritt, drehte sich um und ging zurück ins Haus.

DAS WETTER hatte ein Einsehen: Das Schmelzwasser rauschte wie ein leiser Regen, doch ein scharfer Wind war aufgekommen.

Mattèo rief Michele an. „Wie lange wir noch bleiben?" erwiderte er auf die Frage des Freundes und drehte sich zu Elisabeth um. „Wie lange reichen deine Tabletten, mein Herz?“

„Für drei Wochen, schätze ich.“

„Wir sind Ende nächster Woche wieder da. Hoffentlich schlägt uns das Wetter kein Schnippchen.“ Mattèo verabschiedete sich und legte auf.

„Nächste Woche?“

„Ich will kein Risiko eingehen. Was tust du?“

„Diese Jacke hier, sie lag ganz nahe beim Kamin. Beinahe wäre sie angesengt worden.“ Elisabeth hielt das Kleidungsstück hoch. „Sie ist sehr groß, könnte dir passen. Aber es ist nicht deine, oder?“

Er tastete über das Wildleder und die Wolle. „Nein. Aber ich kenne ihren Geruch. Riccardo trug sie, als wir vorhin einen Spaziergang machten.“

„Er hat sie offenbar einfach hierhin geworfen. Paßt eigentlich nicht zu ihm, er ist sonst so ordentlich. Ich werde sie ihm –“ Sie brach ab und hob etwas auf, das aus der Brusttasche gefallen war, ein schmales, rechteckiges Papierbündel. Ein Hin- und Rückflugticket Rom–London auf Riccardos Namen. Sie steckte es wieder in die Tasche.

Wenig später klopfte sie an Riccardos Tür. Paolo öffnete die Tür des Nachbarzimmers. „Er ist schon wieder draußen, Signora.“

„In Hemdsärmeln?“

Paolo grinste. „Nicht ganz. Er hat ungefähr ein halbes Dutzend Pullover an.“

„Dann wird er seine Jacke nicht allzusehr vermissen. Hier ist sie. Würden Sie sie ihm geben?“

„Natürlich, Signora.“ Paolo nahm die Jacke an sich.

„Noch etwas: Vielleicht könnten Sie Riccardo sagen, er soll lieber das Flugticket aus der Tasche nehmen. Sonst könnte er es verlieren. Mir ist es herausgefallen, als ich die Jacke über den Arm hängte. Er braucht es doch im Augenblick gar nicht.“

„Gut, Signora.“

„Darf ich noch einmal einen Blick auf das Ticket werfen?“ fragte sie, als sie sich schon abgewandt hatte.

„Hier, Signora.“ Paolo beobachtete, wie sie es kopfschüttelnd betrachtete. „Etwas nicht in Ordnung, Signora?“

„Ich weiß genau, an welchem Datum Sie und Ihre Kollegen mit Signor Moriso angekommen sind. Es war der Tag, an dem Mattèo die schriftliche Drohung erhielt. Aber dieses Ticket – Riccardo war schon vorher in London.“

Paolo runzelte die Stirn, dann lächelte er. „Ich erinnere mich. Riccardo brach vor uns auf. Er hatte Geschäftliches in London zu erledigen. Er war kurz zuvor in eine Keilerei geraten, nichts Ernsthaftes, aber er hielt es für besser, seine Prämie zu erhöhen. Er ist wie wir alle bei Lloyd's versichert."

„Ich verstehe."

Elisabeth traute ihren Augen kaum, als sie am übernächsten Morgen die Tür auf ein Klopfen hin öffnete. „Mauro!"

„Elisabeth!" Er streifte die Kapuze vom Kopf, strahlte sie an und streckte ihr beide Hände entgegen. „Wie schön, dich wiederzusehen! Und wie gut du aussiehst!"

Mauro Romagni sprühte geradezu von Vitalität und Lebensfreude. Es war kein Wunder, daß Mattèo und er so gute Freunde waren – sie glichen einander in mancher Hinsicht. Doch die Intensität, die sich bei Mattèo oft in tiefer Nachdenklichkeit zeigte, sprudelte bei Mauro als ungehemmtes Temperament hervor.

Er neigte sich zu ihr und hauchte einen Kuß auf ihre Wange. „Willst du mich nicht hereinlassen, schönste aller Frauen?"

Er schleppte seinen Koffer über die Schwelle und grinste Mattèo an, der die Treppe vom oberen Stockwerk heruntergekommen war. „Du hast ihr tatsächlich nichts gesagt, altes Schlitzohr."

Die Männer umarmten einander. Mattèo lächelte verschmitzt. „Verzeih mir, Elisabeth, aber ich konnte der Versuchung nicht widerstehen, dich zu überraschen."

„Das ist dir gelungen. Und es ist eine sehr schöne Überraschung."

„Habt ihr etwas zu trinken für einen ausgedursteten Mann, der in dieser Wildnis ein halbes dutzendmal nach dem Weg fragen mußte, bevor er endlich euer kleines Refugium gefunden hat?"

„Natürlich." Elisabeth hakte sich bei den beiden ein und führte sie in die Kochecke, wo sie auf Paolo trafen, der mit den Vorbereitungen für das Mittagessen beschäftigt war. Er zeigte keinerlei Überraschung bei Mauros Anblick, sondern reichte ihm die Hand. „Signore, freut mich, daß Sie's noch rechtzeitig geschafft haben. Es gibt Fettuccini mit Waldpilzsoße und Wildschweinrücken."

„Also war auch Paolo eingeweiht", stellte Elisabeth fest, als sie reihum frisch aufgebrühten Tee in die Becher goß. „Ihr habt mich ganz schön auf die Schippe genommen."

Es war Abend. Die brennenden Holzscheite im Kamin knisterten und füllten den Raum mit ihrem harzigen Duft. Zu dritt saßen sie um den Tisch, auf dem die Reste des Abendessens standen. Paolo und Riccardo waren auf ihre Zimmer gegangen.

Nach einer Weile stand Elisabeth auf, hauchte Mattèo einen Kuß auf die Stirn und blinzelte Mauro zu. „Ich brauche jetzt eine Zigarette." Die Außentür öffnete sich in die Nacht.

Der Anwalt wandte sich an Mattèo. „Sie geht hinaus, um eine Zigarette zu rauchen?"

„Sie raucht niemals im Haus. Sie fürchtet, daß es meine Lunge beeinträchtigen könnte. Ohnehin raucht sie nur noch ganz wenig."

„Ich hätte nie geglaubt, daß sie aufhören würde, wie ein Schlot zu qualmen."

Mattèo lächelte. „Ich schon. Möchtest du ein Glas Wein?"

„Ein Likör wäre mir lieber."

Mattèos Hand tastete über verschiedene Flaschen in der kleinen, in einen Schrank eingebauten Bar. Er öffnete eine Flasche und roch daran. „Irish Cream." Mauro bemerkte, daß die Flasche die gleiche Form hatte wie die Whiskyflasche: Mattèo wußte sich immer zu helfen. Mit derselben Sicherheit fand seine Hand ein Likörgläschen. „Elisabeth möchte sicher lieber Wein trinken." Er ging in den Küchenabschnitt des Raumes und holte eine Flasche aus dem Kühlschrank. An der Bar zog er den Korken heraus, stellte die Wein- und die Likörflasche auf ein Tablett, dazu zwei Weingläser und Mauros Glas, und trug das Tablett zum Tisch.

„Ihr seid gut versorgt hier."

Mattèo nickte. „Ich bin Michele wirklich dankbar, daß er diesen Komfort für uns arrangiert hat. Elisabeth mochte Berge nicht besonders. Sie ist nur meinetwegen mit hierhergekommen."

„Ich glaube, ihr beide seid die glücklichsten Menschen auf der Welt."

„Ja, das sind wir wohl. Ich bin so unanständig glücklich, daß ich mir wünsche, alle Menschen könnten so glücklich sein."

Mauro musterte den Freund versonnen. „Der Wunsch nach einer Fee mit dem Zauberstab. Wo Licht ist, muß auch Schatten sein; sonst könntest du das Licht nicht schätzen. Du würdest es nicht einmal wahrnehmen."

Ich nehme es wahr, dachte Mattèo. Ich weiß, was wir haben und was wir verlieren können. Der Kampf ist noch nicht ausgestanden.

Am nächsten Morgen erklommen sie zu fünft eine Kuppe, hinter der ein kleiner See verborgen lag. Die großartige Landschaft erstreckte sich vor ihnen unter einem wolkenlosen, klaren Himmel.

Mauro atmete tief ein. „Was für eine herrliche Luft! Tut sie dir gut, Mattèo?"

„Sehr. Ich glaube, die Wunde ist so gut wie geheilt."

„Er hat auch wieder angefangen, seine Stimme zu üben", teilte Elisabeth mit.

„Wann wollt ihr zu Micheles Klinik zurückfahren?"

„Nächste Woche."

„Schön. Dann laßt uns heute abend ins Dorf hinunterfahren. Ich möchte euch gern zum Essen einladen. Kleine Pause für Sie, Paolo. Ach, was für eine Idylle! Ich wünschte, ich könnte länger bleiben."

„Dann bleib doch die paar Tage noch mit uns hier."

Mauro sah Mattèo an. „Du hast recht. Dann sage ich in der Kanzlei Bescheid und rufe die Autovermietung am Flughafen an, daß ich den Wagen erst am Freitag zurückbringe. Du hast mich überredet."

„Es heißt, daß nur der sich überreden läßt, der dazu bereit ist."

Während dieses freundschaftlichen Geplauders war Elisabeths Unterbewußtsein nicht untätig geblieben. Für eine geraume Weile hatte es einen bestimmten Gedanken aus ihrem Bewußtsein gezogen und sich auf die ihm eigene Weise mit ihm auseinandergesetzt. Jetzt gab es ihn frei. „Matthew?" fragte sie.

Alle zuckten zusammen.

„Elisabeth." Mauro schob die Hände in die Jackentaschen und starrte über die schneebedeckten Gipfel. „Ich hatte gehofft, du würdest nicht nach ihm fragen."

„Tue ich aber. Du hast dich also nach seinem Befinden erkundigt?"

„Jeden Tag. Sein Zustand ist noch immer unverändert. Und er ist nicht rehabilitiert. Für die Behörden ist er noch immer der Hauptverdächtige."

Zögernd durchforschte sein Blick Elisabeths Gesicht.

„Ich begreife jetzt, daß ich keine Schuld an seinem Zustand habe", entgegnete sie. „Manchmal brauchen solche Dinge Zeit." Sie zupfte Mattèo am Ärmel. „Wir müssen sofort nach London, wenn wir zurück in England sind! Erinnerst du dich daran, was Robin sagte? Daß Matthew vielleicht zu erreichen sei, doch ganz sicher nicht durch Atkins, weil der aus Angst handele? Ich habe keine Angst, kein schlechtes Gewissen mehr. Vielleicht ... Wollen wir es versuchen?"

Mattèo sah nachdenklich aus, als er sie an sich zog, und sie bedrängte ihn nicht weiter mit ihrer Idee, wußte, daß die Zeit kommen würde, zu der sie miteinander darüber sprechen würden.

NACH einem ausgelassenen Abend im Dorf fanden die beiden Geländewagen ihren Weg zurück über die Steigung, die zu dem abgelegenen Chalet führte.

„Ich hatte entschieden ein Glas Wein zuviel", erklärte Mauro, als er Elisabeth aus ihrer Jacke half und das Kleidungsstück ein wenig unbeholfen an der Garderobe aufhängte. „Ist jemand bereit, mich ins Bett zu bringen?"

„Hört nur den berühmten Anwalt!" spottete Riccardo.

Seine Worte ließen die übrigen innehalten. Riccardo sprach so gut wie nie, wenn sie beieinander waren, außer wenn es sich nicht vermeiden ließ. Es war eine der auffallenden Veränderungen, die mit ihm vorgegangen waren, seit sie in den Bergen weilten. Er hielt sich abseits, war tatsächlich wie ein Schatten. Seine Worte störten die allgemeine Atmosphäre von lustigem Überschwang. Er hatte wie jemand geklungen, der einen geheimen Zorn nährte und dessen Überdruck plötzlich nachgeben mußte.

Der Alkohol, der Mauros Verstand beschwipst hatte, schien mit einemmal aus seinem Blut verschwunden zu sein. „Sie finden, daß ich mich lächerlich benehme?"

Riccardo sah erschrocken aus. „Nein, Signore. Ganz gewiß nicht."

„Warum haben Sie das dann eben –"

„Wir sind alle müde", schlichtete Mattèo. „Wir sollten schlafen gehen."

LÄCHELND hörte Mattèo, wie Elisabeth im Nebenzimmer mit den Blumen sprach, während sie ihnen Wasser gab. Sie nannte sie mit Kosenamen in verschiedenen Sprachen, und er wußte, daß sie die Blätter und Blüten berührte, die sie versorgte. Früher hatte sie das nicht getan; immer wieder staunte er darüber, wieviel in ihr verschüttet gewesen war. Von Tag zu Tag lernte er mehr von ihrer Weiblichkeit kennen und lieben.

„Ich könnte auch ein bißchen Wasser gebrauchen." Er lehnte sich an den Türrahmen. „Vielleicht wachse ich dann noch."

„Das hast du weiß Gott nicht nötig." Er hörte, daß sie von den Blumen abließ und auf ihn zukam. Seine Arme fingen sie und drückten sie an ihn. „Geht es dir gut, mein Herz?"

„Aber ja." Ihre Stimme klang erstaunt. „Warum bist du so ernst? Stört dich Riccardos Ausrutscher immer noch?"

„Ich dachte nur über etwas nach."

„Sagst du mir, worüber?"

„Wenn wir noch eine heiße Schokolade trinken."

„Ich werde bestimmt dick", erklärte sie. „In der letzten Woche habe ich wieder zwei Pfund zugenommen! Hast du denn eine Vorliebe für mollige Frauen?"

Während von der Treppe Schritte zu ihnen klangen, blieb er mitten auf dem Flur stehen, zog sie mit einer heftigen Bewegung an sich und flüsterte: „Ich habe eine Vorliebe für dich, und es ist mir egal, ob du dünn bleibst oder rundlich wirst wie eine italienische *Mamma.* Ich will bloß, daß es dir an nichts fehlt." Er küßte sie und zündete den Funken in ihr an, der sie manchmal mit seiner Heftigkeit erschreckte. Sie vergaß ihre Umgebung und preßte ihn an sich: Nie zuvor waren Liebe und Verlangen in ihr zu *einem* Gefühl zusammengeschmolzen.

In ihrer Versunkenheit hörten sie Riccardos Räuspern nicht, nahmen nicht wahr, daß er, sobald er den Treppenkopf erreicht hatte und sie eng umschlungen sah, sich sofort umdrehte und wieder hinuntereilte.

Als sie kurz darauf nach unten in die Wohnküche kamen, war der Raum leer. Mattèo nahm die Sahne aus dem Kühlschrank, goß sie in einen hohen schmalen Becher und suchte in einem der Oberschränke nach dem Vanillezucker. Elisabeth beobachtete, wie seine Fingerkuppen dabei verschiedene Papiertütchen untersuchten, dann den Zucker aufgrund seiner gröberen Konsistenz vom Backpulver unterschieden. Mit einem leisen Summen öffnete er das Päckchen, tastete zu dem Becher und streute den Zucker in die Sahne. Dann stellte er den elektrischen Quirl in den Becher und drückte den Schalter.

Derweil gab Elisabeth Milch in einen Topf, stellte ihn auf den Herd und fügte die Zutaten hinzu. Dabei beobachtete sie Mattèo, der gewissenhaft die Sahne bearbeitete. „Du bist so ein Leckermäulchen!" sagte sie mit einem zärtlichen Lächeln. „Schon am ersten Tag hat mich das zu dir gezogen – deine Naschhaftigkeit."

Er stellte den Quirl beiseite. „Viele würden es als Schwäche bezeichnen. *Das* hat dich angezogen?"

„Vielleicht weil es eine sehr liebenswerte Schwäche ist. Du bist ja nicht maßlos. Wahrscheinlich ist es einfach die Sinnlichkeit, die mich anzieht, die Fähigkeit zu genießen. Moriso beispielsweise – er ißt maßlos. Das paßt durchaus zu seinen zahlreichen Affären. Es ist ein himmelweiter Unterschied zwischen einem sinnlichen und einem gierigen Menschen."

„Denkst du wirklich, daß Francesco gierig ist?“

Sie erinnerte sich an die Blicke, die auf ihren bloßen Schultern gebrannt hatten. „Ja.“ Sie schaltete den Herd aus, nahm den Topf mit seiner heißen Flüssigkeit von der Feuerstelle und mischte Zucker und Schlagsahne darunter. „Fertig. Der Kamin ist fast ausgegangen. Leg dir lieber eine Decke um.“

Sie füllte die Schokolade in zwei Becher. Als sie das Tablett zur Couch trug, sah sie, daß Mattèo einen Teil der größten Decke über seine Schultern gezogen hatte und die andere Hälfte bereithielt, so daß sie sich hineinschmiegen konnte. Er zog sie an sich und grub sein Gesicht in ihr Haar, das sie hatte wachsen lassen, roch ihr Shampoo und lächelte: Sie konnte wieder Düfte an sich zulassen.

„Weißt du, daß Michele dich bewundert?“ fragte er unvermittelt. „Er sagte, es gebe wenige, die so nah am Abgrund standen und sich davon zurückziehen konnten. Das hast du geschafft, aus eigener Kraft.“

In diesem Moment sah Elisabeth auf und erschrak: Draußen vor dem Fenster stand Riccardo und starrte wie hypnotisiert auf das Paar.

Paolo schlief unruhig. Zum einen war da der Vollmond. Als leuchtender Mittelpunkt des Sternenfunkelns stand er am Himmel. Zum anderen waren es die Geräusche aus dem Nachbarzimmer, die seine Ruhe störten. Ein tiefes Stöhnen, ein Knistern, als würde die schwere Bettdecke zurückgestreift, ein Tappen von bloßen Füßen über den Holzboden. Diese verflixte Wand schien aus Papier zu bestehen! Warum war Riccardo nur so ruhelos? Er hörte Murmeln, dann das behutsame Öffnen der Tür des Nebenzimmers. Leise Schritte, die den Gang entlangtappten.

Paolo schob die Decke zurück, stand auf und zog lautlos die Zimmertür aus ihrem Schloß. Er schlich auf den Gang – und hätte beinahe einen Laut von sich gegeben, als ein hoher Schatten vor ihm aufragte.

„Ich bin’s“, raunte Mauro. „Haben Sie eine Vorstellung, warum Ihr Freund zu dieser Zeit durch das Haus geistert? Es ist fast drei Uhr morgens.“

„Nein, Signore.“

„Vielleicht wäre es nicht verkehrt nachzusehen, was er tut.“

Sie erreichten die Treppe, die in die Wohnküche hinunterführte, und verharrten an deren Kopf. Von unten kam sekundenlang ein eisiger Luftzug zu ihnen, dann klappte die Außentür behutsam ins Schloß. Paolo starrte Mauro an. „Ist er hinausgegangen? Er trägt bloß seinen Schlafanzug, soweit ich das sehen konnte. Er muß verrückt sein!“

Mauro trat an eines der Schrägfenster und blickte hinaus auf die nächtliche Landschaft. „Er *ist* verrückt“, wisperte er. „Sehen Sie sich das an!“

Paolos Kopf schob sich neben seinen. Langsam ging Riccardo die Stufen der Verandatreppe hinunter. Mit bloßen Füßen schritt er über den Schnee. Ungläubig beobachteten sie, daß er Pyjamajacke und -hose abstrich, zusammenballte und auf die Veranda warf. Splitternackt ließ er sich daraufhin in einen hohen Haufen harten Schnees fallen und wälzte sich darin. Schließlich erhob er sich, schüttelte den Schnee aus seinen Haaren und kam wieder auf das Haus zu.

„Könnte es sein, daß er schlafwandelt?“ murmelte Mauro.

„Keine Ahnung, Signore.“

Im Kamin glomm noch eine schwache Glut und füllte die Wohnküche mit rötlichem Schein. Gegen dieses schwache Licht zeichnete sich Riccardos Gestalt als Schatten ab, und sie erkannten, daß er seinen Pyjama wieder übergestreift hatte. Unruhig ging er auf und ab, murmelte Unverständliches vor sich hin. Schließlich trat er zu der kleinen Bar, hantierte mit Flasche und Glas, trank hastig und goß sich ein weiteres Glas ein, das er ebenso hastig austrank.

Es ging lange so. Seine Schritte waren mitunter unsicher, doch er ging vor sich hin murmelnd auf und ab und stattete immer wieder der Bar einen Besuch ab.

„Ich glaube nicht, daß Schlafwandler sich einen Rausch antrinken“, flüsterte Mauro.

„Was ..., was ...?“ lallte Riccardo und drehte schwerfällig den Kopf in ihre Richtung, machte eine stolpernde Bewegung auf die Treppe zu. Die beiden Beobachter zogen sich leise zurück, als sie ein Poltern hörten, darauf einen unterdrückten Fluch, ein Krachen, dann nichts mehr.

„Er muß gestürzt sein“, raunte Mauro.

Die Tür zu Elisabeths und Mattèos Zimmer ging auf, eine Hand tastete nach dem Lichtschalter auf dem Flur, und alle vier standen einander gegenüber.

„Was war das für ein Lärm?“ fragte Mattèo.

„Keine Ahnung“, antwortete Mauro unschuldig und stieg die Treppe hinunter. Paolo folgte ihm. Riccardo lag am Fuß der Stufen und rührte sich nicht.

Mauro tastete die liegende Gestalt ab und rief nach oben: „Riccardo ist auf der Treppe hingefallen. Offenbar betrunken. Wir bringen ihn nach oben.“ Er nickte Paolo zu und griff unter Riccardos Schultern. Paolo packte die Fußgelenke des Bewußtlosen. Sie atmeten schwer, als sie ihn in seinem Zimmer auf das Bett gelegt hatten.

„Vielleicht sollten wir einen Arzt rufen“, schlug Mattèo vor.

„Warum ist sein Haar so naß?“ fragte Elisabeth.

Mauro und Paolo wechselten einen Blick. „Das kann er uns selbst erzählen, wenn er wieder zu sich kommt“, erwiderte der Anwalt. „Ich glaube nicht, daß er schwer verletzt ist. Er ist einfach nur betrunken. Warum geht ihr nicht in euer Zimmer zurück, bevor ihr völlig durchgefroren seid?“

Er warf einen Blick zu dem weit geöffneten Fenster in Riccardos Zimmer, durch das die Kälte in Wellen einströmte. Unbegreiflich, daß jemand diese Kälte freiwillig in sein Schlafzimmer ließ. „Wir kommen schon allein zurecht, nicht, Paolo?“

„Ja, Signore.“ Paolo hatte ein paar Handtücher aus dem Bad geholt, schloß das Fenster und trocknete Riccardos Haar.

Riccardo bewegte sich unruhig hin und her. „Luft“, murmelte er benommen. „Keine Luft. Ich ersticke.“ Er gab einen Laut von sich, der Paolo einen Schauder über den Rücken laufen ließ. Eilig öffnete er wieder das Fenster.

„Du bist ein verrücktes Huhn“, murmelte er, als er sich zitternd wieder an Riccardos Bett setzte. Ihm war erbärmlich kalt.

„Luft.“ Riccardo seufzte erleichtert. „Kontrolle.“

Vergeblich versuchte Paolo, die beiden Begriffe sinnvoll zusammenzubringen.

NACHDEM der alte Dorfarzt Riccardo untersucht und außer einer leichten Gehirnerschütterung keine Verletzungen festgestellt hatte, saßen er und Mauro sich am Küchentisch gegenüber. Zwischen ihnen standen die Reste eines Frühstücks.

„Woran würden Sie denken, Dottore, wenn ein angetrunkener junger Mann mitten in der Nacht aufsteht, sich auszieht und ein Bad in einem großen Schneehaufen nimmt?“

„Ich würde denken, er ist sturzbetrunken.“

Mauro räusperte sich. „Das war er nicht, als er sich im Schnee wälzte.“ Er schilderte Riccardos Verhalten draußen und in der Wohnküche, holte die Cognacflasche aus der Hausbar und zeigte auf die verbliebene Neige. „Diese Flasche war voll. Jetzt ist nur noch genug für ein halbes Glas darin. Mir ist ein so extremes Verhalten von Rauschgiftsüchtigen bekannt, die versuchen, von ihrem Stoff loszukommen.

Schmerz – irgendein Schmerz – hilft ihnen manchmal. Oder von Geistesgestörten, die nicht mehr wissen, was sie tun."

Sie vernahmen hastige Schritte auf der Treppe. „Dottore, sind Sie noch da?" Das war Paolos Stimme. „Bitte kommen Sie zu Riccardo! Er ist völlig durchgedreht!"

Sie hörten ein Rumpeln aus Riccardos Kammer und eilten darauf zu. Als der Arzt den Raum erreichte, sah er, daß Paolo und Mauro auf Riccardo knieten: Er lag auf dem Boden vor seinem Bett und versuchte mit Armen und Beinen um sich zu stoßen. Ganz offensichtlich war er nicht wach, sondern zappelte wie das Opfer eines Alptraums. Schaum hatte sich in den Winkeln seines Mundes gebildet, seine Augen waren weit aufgerissen, doch sie waren blicklos.

„Höchst ungewöhnlich. Bei dieser Alkoholmenge sollte er schlafen wie ein müdes Baby." Der Arzt suchte in seiner Tasche nach einem Beruhigungsmittel, das er bei diesem Alkoholspiegel einsetzen konnte. Wenige Minuten nach der Injektion wurde Riccardo ruhig. Mit vereinten Kräften hoben Mauro und Paolo ihn wieder auf das Bett.

Er gab nur ein leises Seufzen von sich. „Padrone, ich brauche es. Ich komme nicht dagegen an. Der Padrone hat recht."

„Wovon redet er?" flüsterte Paolo.

Der Arzt hob die Hand. „Ruhe. Vielleicht wird er deutlicher."

Doch Riccardo drehte sich von den Stimmen weg.

13

Die Tage waren wie im Flug vergangen. Überraschend war es noch einmal wärmer geworden, und Mattèo, Elisabeth und Mauro hatten das schöne Wetter für einige Bergwanderungen genutzt. Nun befanden sie sich auf der Rückreise. Mauro hatte vorgeschlagen, daß Riccardo Elisabeth und Mattèo im Landrover begleiten sollte. Paolo sollte bei ihm mitfahren – damit er sich während der Fahrt mit ihm unterhalten konnte. Später sollte Paolo dann wieder umsteigen, und Mauro würde mit seinem Wagen zum Flughafen fahren.

„Was Riccardo da sagte – haben Sie eine Vorstellung, wen er mit ‚Padrone' meinte?" fragte Mauro.

„Nein, Signore. Ich habe keine Ahnung, wen er als ‚Herr' bezeichnen würde", erwiderte Paolo.

Mauros Fingerspitzen trommelten auf das Lenkrad.

„Haben Sie je den Eindruck gehabt, daß er süchtig ist?“

„Signore, wenn wir nicht arbeiten, geht jeder seiner Wege. Ich weiß nicht viel über Riccardo. Wenn wir uns unterhalten, geht es meistens um den letzten Film, den wir im Kino gesehen haben, oder um Fußball. Wir sind Kollegen, keine Freunde.“

„Hm. Hat er Freunde?“

„Er kommt mit allen gut aus. Ich kam kurz nach ihm zu Signor Moriso. Dies ist das erste Mal, daß ich ihn so erlebt habe. Manchmal verschwindet er für einige Zeit, für einen Nachmittag und einen Teil der Nacht. Wenn er zurückkommt, ist er immer ganz gelöst und erzählt, was für Spaß er mit einigen Kumpeln hatte.“

„Sagt er jemals, wohin er geht?“

„Nein, Signore. Ich denke, es ist seine Sache, wie und wo er seine Freizeit verbringt. Sehen Sie, wenn man Prominente überallhin begleitet, ist man ganz froh, wenn man einen Ort findet, an dem man Spaß haben kann.“

„Wie sieht's mit Frauen aus?“ fragte Mauro.

„Ich weiß nichts über Riccardos Liebesleben. Allerdings, die Mädchen, die wir kennenlernen, sind austauschbar.“

„Verstehe. Haben Sie ihn je mit einer Frau gesehen?“

„Nein, Signore. Aber ich sagte Ihnen ja schon, daß wir uns in unserer Freizeit für uns halten.“

„Hat er jemals Interesse an einem Mann gezeigt?“

„Signore! Darüber weiß ich wirklich nichts!“

ENGLAND empfing sie mit regnerischem, kühlem Novemberwetter.

Michele saß Mattèo wieder an seinem Schreibtisch gegenüber, neigte sich über die Aufnahmen und Unterlagen, die sein Team während des heutigen Tages erstellt hatte, und schüttelte immer wieder den Kopf.

Mattèo beunruhigte das lange Schweigen im Raum. „Michele“, murmelte er schließlich, „was ...?“

„Tja, dies ...“ Der Arzt seufzte, raschelte mit Papier und betätigte den Summer. Die Tür öffnete sich, und seine Sekretärin kam in den Raum.

„Bitte, Nicole, holen Sie Mrs. Liovano.“ Micheles Stimme war nichtssagend. Doch für Mattèo war gerade dieser Tonfall überaus sprechend. Er saß wie erstarrt. Es hat sie zu sehr angestrengt, dachte er. Ich hätte sie nicht aus der Klinik nehmen dürfen, fort von ärztlicher Aufsicht.

Dann geschah etwas Sonderbares: Sein Denken fror ein, sein Körper ebenso. Er konnte sich nicht bewegen, er konnte nicht sprechen. Er hörte, wie seine Lungen Luft einsogen, hörte, seltsam entfernt, sein Herz schlagen. Sein Körper, sein Geist und sein Empfinden schienen voneinander abgekoppelt zu sein.

Er fühlte nicht Micheles Hand auf seiner Schulter, hörte nicht die Stimme, die sagte: „Werde mir jetzt bloß nicht ohnmächtig!"

Als Elisabeth den Raum betrat und Mattèo in seiner Erstarrung sah, lief sie auf ihn zu, preßte ihn heftig an sich und streichelte sein Haar. „Was haben Sie mit ihm gemacht?"

„Ich war ungeschickt", stammelte Michele. „Die Erleichterung... Ich habe vergessen – er hat alles ganz falsch aufgefaßt."

Elisabeth nahm Mattèos totenbleiches Gesicht zwischen ihre Hände. Allmählich wandelte sich seine Blässe unter ihrer Berührung in Grau. „Konnten Sie es ihm nicht vorsichtiger sagen?!" fauchte sie. „Sie kennen ihn seit so vielen Jahren. Sie sollten wissen, wie Sie es formulieren müssen!"

„Elisabeth?" murmelte Mattèo. „Wir werden einen Weg finden. Wir sind noch lange nicht geschlagen."

„Nein, Lieber."

„Mattèo, Elisabeth ..." Michele räusperte sich. „Es war meine Schuld, ich war ... Diese Aufnahmen – es ist alles gut!"

Nicole in ihrer Ecke schluchzte auf und lief aus dem Raum. Michele sah Nicole nach und räusperte sich: „Es gibt keinen Anlaß zu der Befürchtung, Elisabeths endgültiger Heilung könnte Wesentliches im Wege stehen. Die Knoten in den Lymphbahnen sind zwar noch vorhanden, doch kaum mehr sichtbar. Die entarteten Zellen haben sich weiter zurückgebildet."

SIE LAGEN auf dem Bett in Mattèos Schlafzimmer. Nacht umgab sie.

„Ich habe noch niemals soviel Angst gehabt", sagte Mattèo. „Ich dachte, die langen Fahrten wären zu anstrengend für dich gewesen."

„Michele hätte mich nicht fortgelassen, wenn er Befürchtungen in dieser Richtung gehabt hätte."

„Ja, ich weiß. Jetzt kann ich wieder denken. Aber ich war so erschrokken, alles wies darauf hin, daß sich dein Zustand wieder verschlechtert hatte."

„Ich habe auch noch niemals solche Angst gehabt wie in dem Augenblick, in dem ich durch die Tür kam und dich wie erstarrt sah", bekannte Elisabeth. „In diesem Augenblick habe ich gelernt, was es heißt, wenn einem das Herz bricht. Daher möchte ich dich um etwas bitten."

„Schon erfüllt."

„Bitte, Mattèo, es ist sehr wichtig. Es geht um die Zukunft."

Beunruhigung malte sich auf seinen Zügen. „Du sagst das, als handele es sich um etwas Endgültiges." Zu ihrer Überraschung gab er sie frei, stand auf, trat zum Fenster und lehnte die Stirn gegen die Scheibe. „Sag nur, daß du gehen willst. Das Leben liegt wieder vor dir, du brauchst mich nicht mehr. Ich liebe dich genug, um dich gehen zu lassen."

Sie sprang auf und legte ihm die Hand auf den Mund. „Narr!" flüsterte sie. Sie strich zärtlich über seine Wange. „Ich will nicht von dir fort, Mattèo. Niemals. Ich liebe dich. Durch dich habe ich gelernt, das Leben zu lieben. Ich will diese Liebe, dieses Leben mit dir teilen, solange es dauert."

Er atmete tief ein und zog sie beinahe schmerzhaft an sich.

Sie nahm seine Hand und führte ihn zurück zum Bett. „Es hat mit der Krankheit zu tun. Michele sagte ja, daß sie wieder ausbrechen könnte. Ich bitte dich, mir etwas zu versprechen –"

„Ja. Alles."

„Mattèo, sollte mir etwas geschehen, versprich mir, daß du nicht zuläßt, daß so etwas wie in Micheles Bibliothek noch einmal mit dir passiert. Versprich es mir!"

„Das kann ich nicht."

„Du hast eben gesagt, du würdest mich gehen lassen, wenn ich es wollte."

„Ich habe nicht gesagt, wie ich mich fühlen würde."

„Ich weiß. Mir ginge es genauso, wenn ich dich verlieren würde. Aber erinnerst du dich, was Eileen mir gesagt hat? ‚Du bist es, die sich geschlagen gibt, wenn du deiner Schwäche nachgibst. Niemand sonst kann die Entscheidung treffen über Kampf oder Aufgabe.' Und das trifft auf jeden zu."

„Denkst du nicht, daß es einen Schmerz gibt, der zu groß ist, um bekämpft werden zu können?"

„Nein, das glaube ich nicht. Das Leben ist immer den Versuch wert. Versprichst du mir, worum ich dich gebeten habe?"

Mattèo schwieg lange. Zögernd murmelte er dann: „Ich verspreche es. Aber ich bete, daß ich das Versprechen niemals werde einhalten müssen."

„Also!" Michele war an diesem Morgen gut in Form. „Ich habe einen Stundenplan für euch aufgestellt. Als sich Elisabeth hier in Behandlung begeben hat, habe ich Dinge zugelassen, die nicht gut waren. Ich mußte es tun, weil ihr Widerstand sonst die Heilung verhindert hätte. Ich habe auch die Alpen zugelassen, weil ich wußte, daß eine andere Umgebung euch guttun würde. Doch jetzt seid ihr wieder hier, und damit wir einen Erfolg in eurer Behandlung erzielen, der auch anhält, wenn ihr in euer alltägliches Leben zurückkehrt, müssen wir eurem Tagesablauf eine bestimmte Struktur geben. Ich möchte, daß ihr um neun Uhr aufsteht und spätestens um halb elf ein reichliches Frühstück zu euch nehmt. Dann mindestens eine Stunde Ruhe. Darauf Fitneßstudio. Mittagessen gegen zwei. Der Nachmittag steht zu eurer Verfügung. Abendessen spätestens um sieben. Ihr müßt es nicht hier einnehmen", fügte er als Antwort auf Mattèos Stirnrunzeln hinzu.

„Das klingt weniger schlimm, als ich befürchtet habe", erwiderte Mattèo. „Klingt auch, als hättest du Matthew in unseren ‚Stundenplan' eingearbeitet."

„Natürlich. Ich bin ganz dafür, mit unorthodoxen Methoden für das zu kämpfen, was die Schulmedizin aufgegeben hat. Und ich habe auch an eine Hilfe gedacht –"

„Eileen?" Elisabeth und Mattèo sagten es gleichzeitig.

„Ja. Ich habe heute früh schon mit ihr gesprochen. Sie hat keine Erfahrung mit Komapatienten, aber sie ist überzeugt, daß es einen Versuch wert ist."

„Ich schulde dir einen freien Nachmittag", sagte Riccardo. „Du bist für mich aufgeblieben, hast auf mich aufgepaßt."

Paolo räusperte sich. „Woher weißt du, daß ich da war?"

„Du hast das Fenster aufgemacht."

„Ich dachte, du warst völlig weggetreten."

„Nicht völlig. Ich wünschte, ich könnte es jemals sein."

Paolo verwahrte diese Worte in seinem Gedächtnis, erwiderte aber nur: „Es ist sowieso egal, ob wir hier sind oder nicht. Auf dem Klinikgelände kann Signor Novell nichts passieren, und der Chef der Klinik besteht darauf, daß Signore von zwei Krankenpflegern begleitet wird. Es gibt freie Vor- und Nachmittage zuhauf; worüber also streiten?"

„Dann ist's okay, wenn ich weg bin?" fragte Riccardo. „Nur für kurze Zeit."

„Viel Spaß."

„Ich wusste gar nicht, daß du in letzter Zeit ein Interview gegeben hast."

„Das habe ich nicht. Warum sagst du das?"

Elisabeth und Mattèo schlenderten zu den Wagen zurück.

„Da ist ein Kiosk. Und in der Auslage ist ein Magazin mit deinem Gesicht. Ich kenne diese Fotografie.“ Sie war bei dem Pressematerial gewesen, das Dietmar ihr gegeben hatte; das Bild war demnach beinahe ein Jahr alt. „Wollt ihr hier auf mich warten? Ich möchte mir das ansehen.“

Sie löste sich von Mattèo, Eileen und den Begleitern, drängte sich durch eine Gruppe von Passanten und bat die junge Frau in dem Kiosk um ein Exemplar des Magazins. Die Zeitschrift unter den Arm geklemmt, schloß sie sich wieder den anderen an.

„Können wir uns nicht ein Plätzchen suchen, wo wir in Ruhe sprechen können?“ fragte Eileen.

„Dann gehen wir am besten zu Alfredo“, schlug Mattèo vor. „Die beste Pasta in ganz London. Es ist sowieso Zeit zum Abendessen.“

Alfredo eilte ihnen mit ausgestreckten Händen entgegen, sobald ihm einer der Kellner mitgeteilt hatte, wer da kam. Er war ein mittelgroßer Mann, der aufgrund seiner Korpulenz klein wirkte. Er wandte sich Mattèo zu und faßte dessen Hände. „Was für eine Ehre, *cavaliere,* Sie wieder einmal bei mir zu sehen!“

„Haben Sie einen ruhigen Platz für uns, Alfredo?“

„Ah, wie für Sie gemacht! Seit neuestem haben wir ein Séparée! Gestatten Sie, daß ich vorausgehe.“

Sie traten durch einen dunklen Gang in einen spärlich erleuchteten Raum. Alfredo entzündete Kerzen, die an den Wänden entlang verteilt waren, und zog Stühle unter dem Tisch hervor. „Ich werde Ihnen ein Menü zusammenstellen und die besten Weine aus dem Keller holen lassen.“

„Ein bemerkenswerter Mensch. Dieses übersprudelnde Leben! Diese Wärme“, sagte Eileen, nachdem Alfredo sie verlassen hatte. Sie wurde plötzlich ernst. „In Matthew ist noch ein schwacher Schimmer von Lebenskraft, sonst wäre er inzwischen gestorben. Und als ich heute Reiki fließen ließ, konnte ich fühlen, daß es aufgenommen wurde. Nach allem, was ihr mir von ihm erzählt habt – daß es für ihn keinen Grund gibt zurückzukommen –, ich denke, da könnte ich ansetzen. Ich werde in Ruhe darüber nachdenken.“ Sie klopfte auf ihre Tasche, die auf dem Stuhl neben ihr lag. „Robin Pendergrast hat eine ganze Menge Material über Matthew zusammengetragen. Lektüre für heute nacht.“

Mattèo reagierte wie ein Schauspieler auf sein Stichwort. „Elisabeth, hast du deine Medikamente bei dir?“

„Ja, einen kleinen Vorrat.“

Er nickte. „Heute abend sollten wir nicht mehr zurückfahren. Ich werde im Hotel anrufen und fragen, ob sie noch eine Suite für unsere Begleiter frei haben. Eileen könnte vielleicht in deine Wohnung gehen, Elisabeth. Dort hat sie mehr Ruhe als im Hotel."

„Mattèo, Michele wird dir den Kopf abreißen. Gerade heute morgen erst hat er unseren Stundenplan ausgeheckt, und schon willst du ihn umwerfen." Aber bei der bloßen Vorstellung seiner Idee entspannte Elisabeth sich merklich.

„Manchmal müssen Pläne eben geändert werden. Es ist sicher anstrengender, ständig zwischen der Klinik und London hin- und herzufahren, als eine Unterkunft in der Stadt zu haben."

„Mich mußt du nicht überzeugen."

SIE HATTEN um ein Gespräch mit Inspektor Carlisle, der Emersons Nachfolge angetreten hatte, gebeten. An dieses Gespräch mußte Elisabeth während der Fahrt zum Hotel denken. Die Nachforschungen, die von Emerson abgeschlossen worden waren, nachdem er Matthew als einzigen Verdächtigen festgesetzt hatte, waren nicht wiederaufgenommen worden.

„Die Tatsache, daß es, seit Mr. Robinson aus dem Verkehr gezogen ist, keine neuen Attentate mehr auf Mr. Novell gegeben hat, spricht eine sehr deutliche Sprache", hatte Carlisle gesagt.

„Sie scheinen zu vergessen, daß Signor Novell jetzt Leibwächter hat."

„Die das zweite Attentat nicht zu verhindern wußten."

„Wir wissen, daß es nicht Matthew war!" hatte Elisabeth trotzig erwidert.

„Aber alles deutet nach wie vor darauf hin. Nur weil sich Emerson eines schweren Vergehens schuldig gemacht hat, indem er Mr. Robinson sein Medikament verweigerte, bedeutet das nicht, daß sein Verdacht falsch war."

„Kein Gericht der Welt wird Matthew bei einer dermaßen löchrigen Indizienkette schuldig sprechen. Ich bin nach wie vor davon überzeugt, daß der wahre Attentäter sich noch immer auf freiem Fuß befindet", hatte Mattèo eingewandt.

„Haben Sie einen Verdacht, Mr. Novell?"

„Nichts, was Sie – und ich als Jurist – als Verdacht akzeptieren würden."

„Auch Enrique, mein Exmann, kann es nicht gewesen sein. Die Ausländerbehörde in Berlin hat mir definitiv bestätigt, daß er Deutschland in den letzten Monaten nicht verlassen hat." Elisabeth hatte in den letzten Wochen mehrfach mit dem Sachbearbeiter telefoniert.

„Ich bleibe dabei", fuhr Mattèo fort, „es ist Ihre Aufgabe, den wahren Schuldigen zu finden, statt auf vage Verdachtsmomente hin zu ermitteln."

„Mr. Novell, aus dem Kreis derer, die wir nach dem Attentat untersuchten und befragten, hatte Mr. Robinson als einziger ein Motiv und die Gelegenheit."

Es war ein unbefriedigendes Gespräch gewesen.

Als sie in ihrer Suite ankamen, warf Elisabeth ihr Täschchen zusammen mit dem Musikmagazin auf ein Schränkchen in Mattèos Schlafzimmer. Die Zeitschrift fiel zu Boden und schlug auf. Neugierig griff Elisabeth danach, streckte sich bäuchlings auf der Tagesdecke des Bettes aus und wandte die Hochglanzseiten um. „Das ist ein ziemlich umfangreicher Artikel. Von einem Werner Sperling."

Mattèo schüttelte den Kopf. „Kenne ich nicht."

„Es gibt eine Menge Fotos von dir. Aber es sind alles etwas ältere, ich kenne sie aus Dietmars Pressemappe."

„Woher sollte er auch neue haben? Es hat ja keine Fototermine gegeben."

„Findest du es nicht ungeheuerlich, daß jemand einen Artikel über dich schreibt, obwohl du nicht mit ihm gesprochen hast? Und einen ausgesprochen negativen Artikel." Sie hatte ein paar Sätze gelesen und fühlte Wut.

Er setzte sich neben sie. „Es ist mir ziemlich egal, mein Herz."

„Du könntest gegen ihn vorgehen. Ich finde, das solltest du auch tun."

„Ich werde ebensowenig gegen ihn vorgehen wie gegen die Paparazzi vor dem Krankenhaus. Aber ich will nicht darüber nachdenken. Ich bin müde."

„Wir könnten ein wenig Musik hören. Zu dem Magazin gehört eine CD. Hörtips von Stücken, die darin vorgestellt werden." Sie schlug die erste Seite auf und las ihm die Titel aus dem Inhaltsverzeichnis der CD vor. Bei Nummer 10 stutzte sie. „Puccini. ‚Che gelida manina'." Sie nahm die CD und ging zur Anlage im Wohnzimmer.

Die Musik klang hohl. Elisabeth hatte die ihr bekannte Instrumentation des Philharmonischen Orchesters erwartet und Mattèos klare Stimme. Sie drehte sich zu ihm um. „Das bist du nicht. So würdest du nicht einmal klingen, wenn du in einem fensterlosen Badezimmer vor dich hin trällern würdest."

„Das ist Richard Tucker", erwiderte Mattèo. „Eine Aufnahme aus den späten Vierzigern, digital neu aufgelegt."

„Aber dieser Sperling führt in seinem Artikel ein paar der Titel auf, die auf deinem neuen Album erscheinen werden, und ‚Che gelida manina' nennt er auch. Jeder, der die Zeitschrift nicht aufmerksam liest, wird denken, du seist es, der das da singt."

„Reg dich nicht auf, Elisabeth. Du weißt ja jetzt, daß ich es nicht bin."

„*Ich* weiß es!" erwiderte sie hitzig. „Andere, die die Zeitschrift kaufen und sich die CD anhören, werden es aber nicht wissen. Sie werden glauben, daß deine Stimme auf deinem neuen Album dünn klingt, das Orchester blutleer!"

„Ich verstehe, was dich ärgert. Doch selbst wenn ich gegen ihn vorginge, würde das nicht an die Öffentlichkeit dringen. Und wenn doch, würde es nur böses Blut geben. Du weißt doch, wie das läuft."

„Ja", erwiderte sie bitter. „Er müßte nur behaupten, daß du ihm ein Interview gegeben hast. Und tatsächlich", sie blätterte in den Seiten, „steht nirgends, daß du der Interpret bist. Ein ziemlich billiger Trick."

„Kein Mensch kann es jedem recht machen. *Ich* muß mit meiner Arbeit zufrieden sein, darauf kommt es an."

Sie atmete tief. Dann sagte sie ruhiger: „Manche Männer haben Probleme mit dir. Jede negative Aussage, die ich je über dich gelesen habe, stammte von einem Mann. Ich frage mich, warum."

„Wahrscheinlich, weil ich mir die gleichen Rechte nehme", erwiderte er lächelnd.

14

Eileen wirkte frisch, als sie am Morgen zum gemeinsamen Frühstück im Hotel erschien. „Ich habe jetzt eine Strategie." Ihre Augen blitzten. „Während der vergangenen Nacht habe ich die Akte studiert, die Pendergrast zusammengestellt hat. Wußtet ihr, daß Matthew für ihn zu einer Art Studienobjekt geworden ist?"

„Er hat sich sehr intensiv mit dem Phänomen der ‚erlernten Hilflosigkeit' beschäftigt", antwortete Mattèo.

„Pendergrast ist auch als Dozent tätig. Für ihn war Matthews Fall so interessant, daß er seine Vergangenheit aufrollte, um seinen Studenten eine Vorstellung davon zu geben, warum es in bestimmten Situationen zu einer so extremen Verhaltensweise kommen kann, wie sie Matthew gezeigt hat. Der kleine Matthew war offenbar ein sehr zurückhaltender Junge, der sich mit seinen Büchern beschäftigte, keine Freunde hatte und in der Schule durch einseitige Leistungen auffiel, weil er in einigen Fächern brillierte und in anderen nicht die einfachsten Grundsätze lernen konnte oder wollte. Die Schauspielerei scheint das einzige Ventil für ihn gewesen zu sein. Das Theater wurde zum einzigen Ort, an dem er lebte."

Sie wurde durch den Kellner unterbrochen, der mit dem Frühstück kam. Als er reihum Kaffee eingeschenkt hatte und wieder gegangen war, sagte Mattèo: „Ich habe immer empfunden, daß sich unter seiner Höflichkeit vieles verbarg. Es war nicht nur die Höflichkeit, die zum Drill des Hotels gehört. Bei ihm war sie wie ein Schutzwall."

„Du bist aber nah an ihn herangekommen", warf Elisabeth ein. „Er mag dich."

„Mattèo ist für Matthew sicher eine neue Erfahrung gewesen", sagte Eileen. „Er war es nicht gewohnt, von Nichtschauspielern akzeptiert zu werden, einfach als die Person Matthew Robinson. Ich glaube auch, daß er Sie mag."

„Wie, denken Sie, Eileen, steht er zu Elisabeth?"

„Pendergrasts Aufzeichnungen sind in dieser Hinsicht keine große Hilfe. Es scheint noch nie eine Liebesbeziehung in Matthews Leben gegeben zu haben."

„Vielleicht ist gerade das aufschlußreich", überlegte Mattèo. „Er ist noch sehr jung, dazu schüchtern, empfindet sich selbst als ungenügend – und steht dann plötzlich vor einer Frau, deren Anblick ihn wie ein Blitzschlag trifft. Ich denke, im ersten Augenblick sah er in Elisabeth eine Frau, wie er sie sich erträumt."

Eileen wandte sich Elisabeth zu. „Ich habe mir die ganze Nacht den Kopf zerbrochen, ob es gut wäre, wenn du bei Matthews Behandlung anwesend bist. Ich weiß, daß du ihm helfen willst, daß du froh bist, dein schlechtes Gewissen überwunden zu haben. Aber für ihn könnte es ein Schock sein, wenn er tatsächlich zurückkommt und dich sieht. Ich werde versuchen, ihn über seine jungen Schauspielerkollegen zu erreichen, über die Musik, die er liebt, und vor allem über die Stücke. Dazu brauche ich seine Freunde. Vielleicht gelingt es dadurch, den Funken Lebensfreude anzuzünden." Sie sah Elisabeth an. „Ich halte es für besser, wenn du nicht dabei bist."

„Das klingt nach Ferien", sagte Mattèo. Diese scheinbar leicht gesprochenen Worte waren wie eine Last für ihn. „Wir sind davon ausgegangen, Matthew in irgendeiner Weise helfen zu können, wenn wir hier sind."

„Ich denke aber, daß es keinen Sinn hat, wenn ihr beide hierbleibt. Ich kenne Micheles Klinik. Ihr könntet euch da gut erholen. Hier könnt ihr nichts tun."

„Du bist in letzter Zeit ziemlich oft weg, Riccardo."

„Hast du ein Problem damit? Du hast ja selbst gesagt, daß es hier für uns nichts zu tun gibt. Ich langweile mich."

„Schon gut, es fiel mir bloß auf", erwiderte Paolo eilig. „Was machst du? Wenn du einen netten Pub aufgetan hast, könnten wir doch mal zusammen hingehen."

„Ich gehe in eine Bibliothek, wenn du's genau wissen willst."

„Warum benutzt du nicht die Patientenbibliothek?"

„Sie haben nichts über das Thema, das mich interessiert."

„Welches denn?"

Riccardo blickte von seiner Höhe auf ihn herab. „Archäologie."

Solcherart durch seine Überraschung zum Schweigen gebracht, blieb Paolo nur noch ein Nicken. Doch nachdem Riccardo den Raum verlassen hatte, schlenderte er zum Fenster. „Archäologie?" murmelte er. „Ich bezweifle, daß die Archäologiebücher auf italienisch haben!"

Eileen stand am Fenster. Sie hatte dem tristen Krankenzimmer den Rücken gekehrt und beobachtete den Himmel. Im Westen ging die Sonne in prachtvollem Glühen unter, und auf der anderen Seite des Himmels waren tiefdunkle Wolkenmassen übereinandergetürmt. Blitze durchzuckten die finsteren Wolkengebirge, gefolgt von Donnern.

Sie hörte Traceys Stimme, die leise zu Matthew sprach. Tracey gehörte zu dem Kern der Schauspielertruppe. Die jungen Leute waren Eileens Aufforderung, sich konzentriert um Matthew zu kümmern, begeistert nachgekommen. Eine straffe Organisation war auf die Beine gestellt worden: Der Tag wurde in Schichten von etwas mehr als drei Stunden für jeden seiner Freunde eingeteilt, so daß Matthew niemals allein war. Sie lasen ihm seine Lieblingspassagen aus Theaterstücken vor oder spielten immer wieder Musik, die er besonders mochte. Und sie berührten ihn, ließen eine Hand auf seinem Arm ruhen.

Doch bei aller Zuversicht überfielen Eileen auch immer wieder Zweifel. Seit drei Wochen war sie nun hier in London, und jeden Abend, wenn sie mit Elisabeth und Mattèo telefonierte, hatte sie keine positiven Resultate vorzuweisen.

Ein gewaltiger Blitz zerschnitt die Wolkenwände. Er schien mehrere

Herzschläge lang zu sein. Der Donner, der unmittelbar mit dem grellen Aufleuchten erklang, ließ die Fensterscheiben klirren. Durch den niederrauschenden Regen hörte Eileen plötzlich Traceys Stimme.

„Ich glaube, seine Lider haben eben gezuckt! Sehen Sie doch, seine Hand zittert!“

Eileen trat näher und beugte sich dicht über Matthew. „Tatsächlich.“

„Hat das etwas zu bedeuten?“

„Ich weiß es nicht, Tracey. Vielleicht hat es etwas mit dem Gewitter zu tun.“ Dieses Übermaß an Energie – konnte es sein, daß Matthew davon erreicht worden war? Das Zittern unter Eileens Hand verstärkte sich. „Tracey“, flüsterte sie in die Dunkelheit, die nach dem Sonnenuntergang im Raum herrschte, „könnten Sie die Nachtleuchte anstellen? Und den Schirm abdrehen?“

„Denken Sie, daß Licht nicht gut für ihn ist?“

„Ich weiß nicht“, murmelte Eileen. „Ich habe das Gefühl, daß es nicht gut ist, in dieser Dunkelheit aufzuwachen. Aber starkes Licht erscheint mir auch nicht gut. Tracey, legen Sie Ihre Arme um ihn! Mein Gott, ich glaube, er kommt wirklich zu uns zurück!“ Angespannt starrte sie in Matthews Gesicht. Unleugbar flatterten die Lider, als versuchten sie, sich zu heben.

„Matthew“, Traceys Arme umschlossen ihn, „erkennst du mich?“ Sie mochte das tiefe Blau seiner Augen. Es hatte ihr immer gefallen, vom ersten Moment an.

„Tracey? Oh. Es ..., es gab einen Sturm. Und ... Glas hat geklirrt.“

„Ja, Matthew.“ Eileen stand am Fußende seines Bettes.

„Wer ..., wer sind denn Sie, Madam?“

„Das ist Eileen“, murmelte Tracey. „Sie hat dich zurückgebracht.“

„Ich weiß nicht, was ihn letzten Endes zurückgebracht hat, Tracey. Es mag eine Kombination vieler Faktoren gewesen sein – von universeller Lebensenergie, eurer Liebe, der Energie des Gewitters. Aber ich war es nicht. Ich bin zu klein, um so etwas allein zu schaffen.“

„Ich fürchte, ich verstehe das alles nicht“, flüsterte Matthew. „Ich bin furchtbar müde.“

Tracey streichelte seine Wange. „Schlaf, Matthew“, sagte sie sanft.

MATTÈOS Verletzung war zufriedenstellend ausgeheilt. Michele hatte natürlich nicht versäumt, darauf hinzuweisen, daß er nicht übertreiben durfte, aber nach einem anstrengenden Vormittag mit verschiedenen

Untersuchungen war der Arzt zu der Überzeugung gelangt, daß Mattèo seiner Arbeit wieder gewachsen war.

Und auch Elisabeths Zustand hatte sich weiter gebessert. Dazu trug wesentlich bei, daß Matthew, vor allem wegen seines angeschlagenen Gesundheitszustandes und Mattèos Fürsprache, gegen Kaution auf freien Fuß gesetzt worden war. Mattèos Wort als Hauptgeschädigter hatte schwer gewogen, auch, daß er bereit gewesen war, die Kaution zu stellen.

Matthew brauchte noch viel Pflege, die ihm seine Freunde, vor allem Tracey, angedeihen ließen. Sie gingen für ihn einkaufen und erledigten den Haushalt in Elisabeths Wohnung, die sie ihm zur Verfügung gestellt hatte. Doch für die Polizei galt er noch immer als der mutmaßliche Täter.

VIELLEICHT lag es daran, daß er lange Zeit keiner sinnvollen Beschäftigung mehr nachgegangen war; Paolo konnte sich jedenfalls nicht gegen die Neugier wehren, die ihn bei Riccardos Verhalten erfaßt hatte.

Nach dem Mittagessen schlenderte er daher so unauffällig wie möglich zum Wagenpark, wo die große dunkle Limousine stand. Beiläufig entriegelte er die Fahrertür und hörte das Aufschnappen der Zentralverriegelung. Er glitt hinter die große Karosse und öffnete die hintere Tür so weit, daß er eben hindurchschlüpfen konnte. Dann streckte er sich, bis er die Fahrertür erreicht hatte, und drückte den Knopf: Die Zentralverriegelung rastete wieder ein. Auf dem Boden rollte er sich hinter dem Beifahrersitz zusammen und warf einen Blick auf seine Armbanduhr. Riccardo war immer zur selben Zeit fortgefahren, im Grunde ein unverzeihlicher Fehler bei einem Bodyguard: Jede Regelmäßigkeit, die einem Attentäter bei der Planung seines Anschlags helfen konnte, war zu vermeiden. Daß Riccardo sich nicht an diese Maxime hielt, zeigte, daß er entweder vollkommen sorglos war, oder …?

Paolo mußte nicht lange in seiner unbequemen Haltung verharren, bis er Schritte hörte, die sich dem Wagen näherten.

„WENN Matthew so weit wiederhergestellt ist, daß man ihm eine längere Autofahrt zumuten kann, würde ich ihn gern hier einmal gründlich auf Herz und Nieren prüfen“, sagte Michele. Sie saßen nach dem Essen zu dritt in seiner Bibliothek und nippten an Kaffee und Cognac. „Vielleicht sind seine Nieren gar nicht so angeschlagen, wie der Kollege diagnostiziert hat. Für einen jungen Mann ist es eine verdammt lästige Sache, einmal in der Woche zur Dialyse zu müssen. Ich würde ihm das gern ersparen."

„Eileen schlug eine Therapie für ihn vor", berichtete Elisabeth. „Und regelmäßige Reiki-Behandlungen. Was halten Sie davon?"

„Viel. Der Junge scheint eine ganze Menge aufarbeiten zu müssen. Für eine Therapie wird er Kraft brauchen, auch mentale Kraft."

„Er macht sich große Sorgen wegen eines Jobs. Das Hotel nimmt ihn natürlich nicht wieder, und augenblicklich fehlt ihm die Kraft für seine Schauspielerei. Und ich kann nachvollziehen, daß er nicht ständig auf die Mildtätigkeit anderer angewiesen sein will. Er braucht einen Job. Irgendeinen."

Michele neigte den Kopf. „Tja, sollte sich die Diagnose des Kollegen bestätigen, steht ihm Unterstützung aus den staatlichen Sozialkassen zu. Hilfe anonymer Art ist für manche Menschen leichter zu akzeptieren. Aber ich verstehe, daß ein Job auch aus anderen Gründen wichtig für ihn ist. Mattèo, könntest du nicht ein paar Fäden ziehen und dem Jungen einen kleinen Job verschaffen, der ihn nicht anstrengt, ihn aber aus der Wohnung herausholt, ihm das Gefühl gibt, zu etwas nütze zu sein?"

„Ich dachte auch gerade darüber nach."

Elisabeth hatte eine Eingebung. „Wie ist's denn mit der Maske? Die brauchen doch sicherlich jemanden, der ihnen ein wenig zur Hand geht. Und Matthew ist sicher geschickt darin."

„Die Maske ..., ja, das könnte gehen. Ich werde gleich mal anrufen."

DIE FAHRERTÜR wurde geöffnet. Paolo zog den Kopf zwischen die Knie. Die große Maschine erwachte zu surrendem Leben, und dann fühlte er, wie sich der Rolls-Royce in Bewegung setzte und an Geschwindigkeit gewann. Nach einer längeren Fahrt wurde die Limousine wieder langsamer, ein Vorderreifen schrammte an den Bordstein, der Wagen hielt. Paolo ließ einen Seufzer entschlüpfen, als Riccardo ausgestiegen war, und streckte sich vorsichtig.

Mühselig krabbelte er auf den Fahrersitz und beobachtete durch die verdunkelte Scheibe, wie Riccardo auf ein Taxi zuging, das offensichtlich auf ihn gewartet hatte, denn die Beifahrertür wurde von innen aufgestoßen. Paolo fluchte. Riccardo hatte das Taxi hierherbestellt. Wie sollte er ihm jetzt folgen? Der Rolls-Royce fiel natürlich auf.

Er blickte in den Rückspiegel und frohlockte. Ein weiteres Taxi parkte hinter dem Rolls-Royce ein und entließ einen Fahrgast. Gut, daß es ein unlizenziertes war, denn nur diese Taxis konnte man auf der Straße anhalten. Paolo ließ sich auf den Rücksitz gleiten.

Der Fahrer drehte sich zu ihm um. „Wo soll's hingehen, Meister?"

„Folgen Sie dem Taxi da vorne."

„Es GIBT mehrere Möglichkeiten für Matthew", berichtete Mattèo, als er von dem Gespräch mit London zurückkam. „Nachdem das Hotel ihm gekündigt hat, scheint mir die Cafeteria in dem Theater, das wir für die Aufnahmen gemietet haben, am geeignetsten zu sein. Dort wird immer jemand gebraucht. Ich habe mit dem Pächter vereinbart, daß wir ihn morgen mitbringen werden."

„Das wird ihn freuen! Danke, Mattèo!" Elisabeth setzte sich auf seine Sessellehne und drückte ihm einen Kuß auf die Stirn.

„Dann ist das also erst mal erledigt." Michele klang sehr zufrieden. „Ihr entschuldigt mich? Es wird Zeit für die Visite." Er schlüpfte in einen weißen Kittel, der an der Garderobe hinter der Tür hing, und entschwand.

„Möchtest du noch Kaffee, mein Herz?"

„Nein, danke. Weißt du, ein bißchen wehmütig fühle ich mich schon – das alles hier zu verlassen. Besonders das Meer wird mir fehlen und die Ruhe hier."

„Mir geht's auch so. Aber wenn das Album fertig ist, werden wir uns einen langen Urlaub gönnen. Und sollten wir nichts Entsprechendes finden, wird Michele froh sein, wenn wir ihn um seine Gastfreundschaft bitten."

Vielleicht wäre das am besten, dachte Elisabeth. Wenn der Attentäter bis dahin noch nicht gefaßt ist. Zorn wallte in ihr auf: Sollten sie denn ihr ganzes künftiges Leben Angst haben müssen, wie sie in Berlin Angst vor Enrique gehabt hatte?

Es WAR ein schäbiges Hotel, vor dem Riccardos Taxi schließlich anhielt. „Ich steige hier aus." Paolo ließ sich Zeit mit dem Bezahlen, bis Riccardo in dem Hotel verschwunden war.

„Sind Sie sicher, daß Sie hier rauswollen? Miese Gegend."

„Komm schon zurecht." Paolo drückte dem Chauffeur einen Geldschein in die Hand, stieg aus und sah sich um. In einer Gegend wie dieser mußte man vorsichtig sein, wenn man sich einer dunklen Ecke näherte. Er tastete nach dem Messer, das, verborgen von der Jacke, an seinem Gürtel hing, wo es dem Revolver Gesellschaft leistete. Er betrat ein

Pub, das dem Hoteleingang gegenüberlag, suchte sich einen Platz am Fenster und bestellte ein Guinness.

Nach vier weiteren Gläsern und zwei Stunden regte sich endlich etwas unter dem schwach erleuchteten Eingang des Hotels. Bisher war alles ruhig gewesen; niemand war gekommen, niemand war gegangen. Paolo kniff die Augen zusammen, um die Gestalt, die das Gebäude verließ, besser sehen zu können. Er sprang auf, warf eine Zwanzigpfundnote auf den Tisch und hastete aus dem Pub. Der Junge – er mußte ihn erwischen. Als die kindliche Gestalt mit dem hellen Haar unter dem Eingang des schmierigen Hotels aufgetaucht war, hatten sich mit einemmal Paolos düsterste Ahnungen bestätigt, mit der blitzartigen Gewißheit, wie sie nur die Intuition kennt.

Er stürzte über die Straße. „He, du!" Das Kind, vielleicht hundert Meter vor ihm, wandte den Kopf, blieb kurz stehen und starrte ihn an. Selbst auf diese Entfernung glaubte Paolo, Entsetzen in seinem Blick zu lesen. Dann wandte sich der Junge um und rannte die Straße hinunter. Für kurze Zeit gelang es Paolo, dem hellen Haarschopf zu folgen, doch er hatte zuviel Guinness getrunken, um mitzuhalten. Schwer atmend lehnte er sich an eine Hausmauer und fuhr sich mit dem Handrücken über die nasse Stirn. „Ein Kind", knurrte er. „Er treibt es mit Kindern."

DAS TELEFON klingelte. Mattèo gab einen unwilligen Laut von sich und verließ die Küche, wo Elisabeth einen Abendimbiß zubereitete. Seine Stimme klang ungehalten, als er sich meldete, doch gleich darauf hellte sich sein Gesicht auf. „Mauro!"

Elisabeth war ihm gefolgt. Mattèo wandte sich zu ihr. „Mauro hat Karten für die ‚Aida'-Premiere und fragt, ob wir mitgehen möchten." Er wußte, daß sie an die Menschenmenge dachte. „Wir werden eine Loge haben, ganz für uns. Kommst du mit? Bitte, sag ja."

Sie lachte. „Du weißt genau, daß ich dir nichts abschlagen kann, wenn du so darum bittest!"

„Sie sagt ja. Danke, Mauro." Er gab Elisabeths Grüße weiter, legte auf und zog sie an sich. „Es wird dir bestimmt gefallen. Im übrigen bin ich sicher, daß Donatello dahintersteckt, denn sonst wäre dieses Angebot etwas zuviel Zufall; Mauro ist nicht unbedingt ein musischer Mensch. Nun, die Aufführung findet morgen abend statt, und Mauro – wohl eher Donatello – hält es für gut, mich auf diese Weise wieder in die Londoner Szene einzuführen. Er meinte, ein solcher offizieller Anlaß, der nichts mit mir direkt zu tun hat, würde es leichter machen. Es bedeutet natürlich, daß sich eine ganze Meute auf mich stürzen wird, aber es spart auch eine Menge Pressetermine und damit Zeit und Nerven. Ich will endlich mit diesem Album zu Ende kommen."

„Mit anderen Worten: Ich werde nicht viel von dir haben."

„Oh, sie werden dich mit Wonne verschlingen!" neckte er.

„Untersteh dich, ihnen auch nur ein Wort zu sagen, das ihre Aufmerksamkeit auf mich lenken könnte."

„Früher oder später wirst du als die Frau an meiner Seite –"

„Ich ziehe ‚später' vor."

IN SEINEM Zimmer in Micheles Klinik ging Paolo ruhelos auf und ab. Seine Gedanken drehten sich immerzu um dasselbe: Durfte er es wagen, sie am letzten Abend ihrer Ferien zu stören? Durfte er sich das Recht anmaßen, an die Tür zu klopfen und zu sagen: „Verzeihen Sie bitte, aber ..." Doch er wußte auch, daß er auf Verständnis stoßen würde. Sie würden ihm das Gefühl vermitteln, daß er nicht allein war mit dem, was ihn bedrückte.

Gerade als er sich der Tür zuwenden wollte, um sich auf den Weg zu machen, hörte er, daß Riccardo zurück war. Eine neue Welle der Wut überschwemmte ihn. Er stürmte aus dem Raum und in Riccardos Zimmer.

Sein Kollege wirbelte herum. „Was ist denn in dich gefahren?"

Paolo trat dicht an ihn heran. „Tu nur nicht so unschuldig! Ich hab dich in das Hotel gehen sehen. Ich hab den Kleinen gesehen, als er rauskam!"

Riccardo blinzelte. „Wovon redest du überhaupt?"

Paolo versetzte ihm einen Schlag. Überrascht taumelte der Größere zurück, dann duckte er sich und stieß Paolo den Kopf gegen den Leib. In einem Knäuel gingen sie zu Boden. Minutenlang rangen sie miteinander, bis Riccardo die Oberhand hatte. Er hielt Paolos Arme in einem schmerzhaften Griff fest und zischte: „Was, zum Teufel, ist in dich gefahren?"

„Du verdammter Kinderschänder!"

Riccardo ließ ihn los, stand auf, zog sein Hemd zurecht. Er wirkte jetzt völlig ruhig. „Spinner." Er streckte die Hand aus, wollte Paolo aufhelfen. Doch der rollte beiseite und rappelte sich auf. „In meinem Dorf würden sie dich dafür pfählen."

„Paolo." Riccardo beobachtete sorgsam jede seiner Bewegungen, um gegen einen neuen Angriff gewappnet zu sein. „Erklär mir doch, wovon du sprichst."

„Erklär du mir, was du in dem Hotel gemacht hast! Über zwei Stunden lang! Ich habe dich reingehen sehen!"

„Ich verstehe überhaupt nicht, warum du mir nachgeschlichen bist. Ich finde das ziemlich komisch." Riccardo strich sich das Haar zurück. „Ich bin dir zwar keine Rechenschaft schuldig, aber ich war nicht im Hotel. Ich war in der Küche. Ein Kumpel von mir arbeitet da."

„Sehr überzeugend! Du besuchst ihn während seiner Arbeitszeit? Ich kenne keinen Chef, der das durchgehen lassen würde. Wieso hast du dich mit ihm nicht nach seinem Feierabend getroffen?"

„Er ist völlig fertig nach der Arbeit. Und er geht nicht gerne aus. Er sitzt im Rollstuhl. Sein Chef erlaubt es guten Freunden, ihn zu besuchen. Er kann das Gemüse auch putzen, wenn er sich unterhält. Ich schulde Pietro ziemlich viel. Er hat mir das Leben gerettet. Es passierte, als ich noch neu im Job war. Die Kugel hat ihm den Rücken zertrümmert. Seitdem sitzt er im Rollstuhl."

„Wenn's nicht schon so spät wäre und wir morgen nicht nach London müßten, würde ich auf der Stelle zurückfahren, um deine Geschichte zu überprüfen."

Riccardo lächelte. „Du brauchst nur anzurufen", erwiderte er sanft.

„Hm. Ja. Das werde ich tun. Später. Warum hast du mir das Märchen von der Bibliothek aufgetischt?"

„Ich wollte nicht, daß du mich für sentimental hältst."

Es war eine Äußerung, die zu Riccardos Einstellung gegenüber Emotionen paßte. Er gab nie zu, wenn er Hilfe brauchen konnte, und Gefühle sanfterer Natur leugnete er grundsätzlich. „Sonst wäre ich in dem Job nicht so weit gekommen", pflegte er zu sagen. Daran war nicht zu rütteln.

„Wieso hast du den Wagen stehenlassen und ein Taxi genommen?"

„Ich kann ihn doch nicht in einer solchen Gegend abstellen! Beim Zurückkommen hätte ich nicht mal mehr eine Radkappe gefunden!"

„Schön. Bleibt noch das Schwerwiegendste: der kleine Junge."

„Ich habe keinen gesehen."

„Was macht denn ein kleiner Junge wohl in einem Hotel?"

„Vermutlich hat er etwas abgegeben."

„Und warum ist er dann vor mir weggelaufen, als ich ihn rief?"

In Riccardos Lächeln blitzte eine Spur von Spott auf. „Vielleicht dachte er dasselbe von dir wie du von mir."

Das war nun wirklich der Gipfel! Aber wie jede Antwort Riccardos war sie nicht ohne weiteres von der Hand zu weisen. Paolo drehte sich um und marschierte auf das Telefon zu. „Gib mir die Nummer vom Hotel!“ raunzte er.

Riccardo nahm sein Adreßbuch von einem Beistelltisch und schlug die Seite mit P auf. Er tippte auf eine Zeile. *Pietro* stand da, rot angekreuzt.

Paolo kniff die Lippen zusammen und wählte die Nummer. Der Portier meldete sich. „Es geht um Ihre Küchenhilfe“, sagte Paolo und ließ Riccardo nicht aus den Augen. „Ich hätte ihn gern gesprochen.“

„Es tut mir leid, Sir, unsere Küche ist geschlossen. Roger und Pietro sind schon vor einiger Zeit nach Hause gegangen.“

„Gegangen? Ich dachte, Pietro sitzt im Rollstuhl?“

„Sie dachten, Sir? Verzeihung, aber dann kann ich Ihnen nichts weiter sagen. Ich hielt Sie für ... Guten Abend, Sir.“

„Geben Sie mir bitte seine Privatnummer“, bat Paolo hastig.

„Tut mir leid, Sir.“ Der Portier legte auf.

Paolo hieb den Hörer auf die Gabel und wandte sich mit verfinsterter Miene zu Riccardo, der ihn freundlich anlächelte. „Nun weißt du wenigstens, daß ich dir die Wahrheit gesagt habe. Vielleicht läßt du dir das eine Lehre sein, bevor du aufgrund von falschen Vermutungen jemanden gleich niederschlägst.“

Paolo drehte sich um und ging langsam durch das Zimmer. An der Tür wandte er sich um. „Tut mir leid.“

Riccardo nickte. „Schon vergessen.“

Paolo schloß die Tür hinter sich. Er wußte nicht, was ihm mehr zu schaffen machte: daß er sich offensichtlich geirrt hatte – oder der leise Zweifel, der trotzdem noch an ihm nagte.

Der Abend in der Oper war ein voller Erfolg gewesen. Elisabeth und Mattèo hatten sich glänzend unterhalten, auch wenn sie unmittelbar nach der Aufführung von einem Pulk elegant gekleideter Damen und Herren eingeschlossen wurden, die Mattèo mit Fragen bestürmten. Mauro hatte Elisabeth auf dessen Bitten hin zunächst aus dem Gedränge hinaus auf den Balkon geführt, doch nach einer Zigarette war sie wieder in den Saal zurückgekehrt, dessen Überfüllung sie fürchtete, in dem jedoch der eine war, den sie liebte.

Am nächsten Tag wurden die Aufnahmen für Mattèos neue Platte fortgesetzt. Die Produktionsgesellschaft hatte dafür ein altes Theater gemietet, das von der gesamten Branche wegen seiner hervorragenden Akustik häufig für Operneinspielungen genutzt wurde. Elisabeth, die für gewöhnlich am Abend kam, um Mattèo abzuholen, ging an diesem Tag zuvor noch einmal in die Cafeteria.

Als sie den Raum betrat, war Matthew gerade damit beschäftigt, die Tische für die Musiker zu decken, deren Arbeit jeden Moment beendet sein mußte.

„Hallo, Matthew."

Beim Klang der Stimme drehte er sich hastig um, errötete, wurde darauf bleich: Es war das erste Mal seit seinem Erwachen aus dem Koma, daß er mit Elisabeth allein war. Seit zwei Wochen war er jetzt hier beschäftigt, doch nie war er mit ihr allein gewesen. Signor Novell würde seine Arbeit in London bald abgeschlossen haben. Es sollte noch ein Konzert geben, mit dem er sich von der Stadt verabschieden wollte, und dann würde sie mit ihm gehen. Matthews Kehle wurde eng bei diesem Gedanken, während er ihr entgegensah. Sie trug Jeans, ein schwarzweiß kariertes Hemd, darunter ein weißes T-Shirt und wirkte trotz des länger gewordenen Haares noch immer wie ein Junge. Jedenfalls wenn man flüchtig hinsah. Wenn man genauer hinsah ... Er wandte den Blick ab.

„Hallo, Madam." Seine Stimme klang beinahe abweisend.

„Ich will Sie nicht aufhalten, Matthew." Elisabeth dachte daran, welch widersprüchliche Gefühle sie in ihm ausgelöst hatte. Offensichtlich hatte sich daran nichts geändert. Der Wechsel seiner Gesichtsfarbe sprach Bände. „Ich wollte nur wissen, ob es Ihnen hier ein bißchen gefällt."

„Aber ja." Er klang wenig begeistert. „Wenn ich nur selbst wieder spielen könnte."

„Das werden Sie. Wenn Sie ganz wiederhergestellt sind." Nach Micheles Diagnose mußte Matthew voraussichtlich für das nächste halbe Jahr einmal im Monat zur Dialyse. „Wie geht es Tracey?" fügte sie unvermittelt hinzu. Mit Befriedigung sah sie, daß er errötete. Es war ein anderes Erröten als bei ihrem Eintritt.

„Gut." Er verstand sehr wohl, was sie ihm sagen wollte: daß Tracey zu seinem realen Leben gehörte und sie, Elisabeth, wohl als traumhafte Gestalt seine Phantasie beflügeln durfte – doch nicht mehr. Er räusperte sich. „Es sind günstigere Umstände als beim letzten Mal, nicht wahr?"

„Ich bin sicher, die ganze Sache wird bald vergessen sein, und Sie werden Ihren Weg machen." Ihr aufmunternder Blick wanderte über seine Schulter zur Wanduhr. „Oh, schon so spät! Mattèo hat in fünf Minuten Schluß, wir sind heute abend mit Freunden von ihm verabredet! Entschuldigung, Matthew!"

„Das schaffen Sie noch leicht, Madam."

Sie war schon halb bei der Tür. „Aber ich muß durch das ganze Gebäude sausen!"

„Warum nehmen Sie nicht die Abkürzung?"

Elisabeth blieb stehen. „Welche Abkürzung?"

„Die unterirdische. Ich werde Sie zur Bühne bringen. In zwei Minuten sind wir da."

Er ging voraus und öffnete nach wenigen Schritten eine Tür. Tiefe Dunkelheit gähnte ihnen entgegen. Elisabeth scheute zurück. „Mein Gott! Müssen wir da durch?"

Kühn nahm Matthew ihre Hand. „Ich führe Sie. Sie werden sich bald an die Dunkelheit gewöhnen. Es gibt vereinzelte Lampen. Dies ist das Reich der unterirdischen Kulisse."

Elisabeth schüttelte ihr Unbehagen ab. „Also gut." Sie folgte ihm. Nicht einen Herzschlag lang hätte sie ihm mißtraut.

In weniger als zwei Minuten sah sie über sich Licht, das durch zahlreiche Ritzen in einem Holzfußboden floß: Sie befanden sich unter der Bühne. Die Musik, die zuvor gedämpft gewesen war, klang klar zu ihnen hinunter: Mattèo und das Orchester waren noch bei der Arbeit. In dem in strenger Geometrie gefilterten Licht sah sie zahlreiche große Zahnräder, Hebel, Kabel, ein Schaltpult.

„Hier ist die Leiter zur Bühne." Sanft schob Matthew sie in Richtung der Sprossen. „Sie sind vor der verabredeten Zeit da, Madam."

Sie zog sich einige Stufen hoch, drehte dann den Kopf. „Danke, Matthew." Aber er war verschwunden.

„BIST du vom Himmel gefallen?" Mattèo zog sie an sich. Seine Brust hob und senkte sich schwer: Die Arbeit strengte ihn an. Doch das entspannte Lächeln, das auf seinem Gesicht erschienen war, als er ihre sich nähernden Bewegungen erkannt hatte, vertiefte sich.

„Ganz im Gegenteil. Ich bin durch die Katakomben gekommen." Während sie zu seiner Garderobe gingen, erzählte sie ihm von dem Weg durch die Unterwelt des Gebäudes. Die Schritte der Schatten begleiteten sie.

15

Die Arbeit am Album war fast abgeschlossen. In der Zwischenzeit hatte Elisabeth endlich das Porträt nach Berlin geschickt. Dietmar hatte sich sofort gemeldet und begeistert darüber geäußert. Ihr war es unangemessen schmeichelhaft erschienen: Ihrer Ansicht nach hatte sie Mattèos Werdegang zwar akribisch nachvollzogen, seine Persönlichkeit jedoch bestenfalls annähernd skizziert.

„Laß uns gehen", sagte sie jetzt. „Du mußt furchtbar müde sein." Sie betrat die Bühne und stellte fest, daß Mattèo sie sicherlich nicht hatte hören können, denn er trug Kopfhörer, aus denen die Klänge des „Che gelida manina" nach außen drangen. Nachdem am Nachmittag die Orchesterspur aufgenommen worden war, befanden sich Donatello und Giglio, der Toningenieur, nun im Studio, das im oberen Stockwerk ohne Sichtkontakt zur Bühne lag.

Mattèos Miene war gesammelt und konzentriert. Dann wurde die Musik unterbrochen. Donatello und Giglio waren offenbar zufrieden. Mattèo streifte den Kopfhörer von den Ohren und ließ ihn um seinen Hals liegen. Leise sagte er in der Stille des Saals in das Mikrofon: „Vielleicht sollten wir es noch ein wenig variieren."

Elisabeth wußte, warum er gerade mit dem „Che gelida manina" kein Risiko eingehen wollte: Der Artikel in der Hochglanzzeitschrift hatte ihm mehr zugesetzt, als er zugeben wollte.

„Es war perfekt", lobte sie. „Ihr braucht keine Variationen."

Aufmerksam drehte Mattèo den Kopf nach ihrer Stimme. „Du bist da, mein Herz?"

„Ja, Lieber. Wo sind denn die Schatten?"

Er fuhr sich müde über die Stirn. „Riccardo habe ich freigegeben. Er sagte, er wolle sich aufs Ohr legen. Und Paolo habe ich gebeten, mir etwas zu trinken zu besorgen."

Donatello und Giglio, die ihn in dem abgeschotteten Studio nicht sehen konnten, ließen das „Che gelida manina" wieder anlaufen. Die Klänge aus dem Kopfhörer schwollen an. Darüber hörte Mattèo ein Geräusch, als würden Scheinwerfer über ihm bewegt. Aber am Bühnenüberbau hatte heute abend niemand mehr etwas zu tun. Er schüttelte leicht den Kopf: Einbildung. Es war ein langer und anstrengender Tag gewesen. Zaudernd wandte er sich zum Mikrofon, um Donatello und

Giglio zum Feierabend aufzufordern, streifte dann jedoch den Kopfhörer ab und ging in die Richtung, aus der Elisabeths Stimme zu ihm gekommen war.

„Mattèo!"

Unvermutet trafen ihn zwei unmittelbar aufeinanderfolgende Schläge gegen die Brust, brachten ihn aus dem Gleichgewicht, ließen ihn zurücktaumeln und fallen. Etwas Schweres schlug vor ihm auf den Boden. In dem Niederkrachen hörte er einen kurzen Schrei. Umherfliegende Splitter streiften seine Hände und sein Gesicht.

„Elisabeth?"

Keine Antwort. Er richtete sich auf die Knie auf und tastete umher. Über den Boden verstreut fühlte er Splitter, bis er an etwas Festes stieß: Metall. Wieder rief er ihren Namen.

Plötzlich brach die Musik ab, er hörte eilige Schritte, dann einen zweistimmigen Ausruf des Schreckens. Er erkannte Donatellos und Giglios Stimmen. Donatello faßte sich als erster. „Rühr dich nicht von der Stelle, Mattèo! Ich komme zu dir." Seine Schritte beschrieben einen Bogen, bis er neben ihm stand, ihm aufhalf und ihn an den Bühnenrand führte.

„Was ist denn?" drängte Mattèo. „Was ist mit Elisabeth?"

„Eine ganze Batterie Scheinwerfer ist runtergekommen. Elisa–, o mein Gott!"

„Ruf sofort einen Krankenwagen!" schrie Giglio.

Donatello stürzte davon. Mattèo ging vorsichtig über die Bühnenbretter. Überall lagen zerborstene Scheinwerfer, und er stolperte über Metallstreben. „Giglio?"

Von der Hinterbühne klangen Schritte und Paolos Stimme. „Signore?"

„Hier", antwortete Giglio, da Mattèo nichts gehört zu haben schien, sondern drängend fragte: „Ist es schlimm? Ist sie bei Bewußtsein?"

„Ich glaube nicht, Mattèo. Sie hat die Augen geschlossen und atmet nur ganz flach. Ich habe mich kaum getraut, sie da rauszuziehen; sie blutet am Kopf." Er ging Mattèo entgegen und stützte ihn. „Bleib ganz ruhig. Hier ist sie, du kannst ihre Hand nehmen. Bestimmt ist der Krankenwagen gleich hier." Der Toningenieur kniete neben Mattèo auf dem staubigen Boden und wünschte, er müßte nicht auf den zerschlagenen Körper einer Frau blicken, der Blut übers Gesicht lief, und das heftige Atmen des Mannes neben sich hören, das ein Echo seiner Angst war.

Dann untersuchte er das Gewirr aus Metall und Glas. „Die Halteseile sind gerissen!" Ihm wurde übel, als er zu begreifen begann. Er drehte sich zu Paolo um. „Ruf die Polizei!"

Mattèo, der Elisabeths Hand festhielt, wollte eine Erklärung fordern, doch da kam das von Donatello angeführte Notarztteam, und er wurde von ihrer Seite weggeführt.

„Ich lasse sie auf gar keinen Fall allein!"

Donatello drückte sacht seinen Arm. „Niemand verlangt das von dir. Aber sie müssen sie untersuchen und auf eine Trage legen."

Die Sirene heulte auf, als sich der Ambulanzwagen in Bewegung setzte. Der Notarzt wandte sich Mattèo zu, der neben Giglio saß und wieder Elisabeths Hand hielt. „Einer der schweren Strahler hat sie unglücklich getroffen, Sir. Sie hat ein Schädel-Hirn-Trauma erlitten, und aufgrund des Traumas liegt eine sogenannte Schocklunge vor. Wir müssen sie maschinell beatmen."

Sie warteten vor der Intensivstation. Die Krankenhausluft verursachte Mattèo Übelkeit. Auf einmal fühlte er Donatellos Gegenwart an seiner Seite, begriff, daß dieser schon seit einiger Zeit auf ihn einredete. „Setz dich hin. Du machst es nicht besser, wenn du auf und ab gehst. Michele wird bald dasein. Ich habe auch Mauro angerufen."

Mattèo ließ sich zu einem Stuhl führen. „Wenn ich nur bei ihr sein könnte", murmelte er. „Diese Hilflosigkeit ist furchtbar." Dann hörte er feste Schritte, die auf ihr kleines Grüppchen zueilten, und hob den Kopf. „Michele?"

Kraftvolle Hände zogen ihn von seinem Sitz, kraftvolle Arme drückten ihn an eine breite Brust. Niemals hatte ihm Micheles väterliche Gegenwart so wohlgetan wie in diesem Augenblick.

„Sie sind schon so lange bei ihr, Michele", flüsterte er. „Niemand kommt heraus, um zu sagen, wie es steht."

„Seit über einer Stunde", bestätigte Donatello.

Michele zauderte. Donatello hatte ihm nicht mehr sagen können, als daß Elisabeth einen Unfall gehabt habe und er über die näheren Umstände nur wisse, daß sie sich offenbar in Gefahr begeben habe, um Mattèo davor zu bewahren.

„Ich bin nicht wie der Teufel die ganze Strecke gerast, um hier draußen zu warten", erklärte er, drückte Mattèo wieder auf seinen Stuhl und ging zielstrebig davon. Als der Chefarzt den Operationsraum verließ, fing er ihn ab. Mit wenigen Worten erklärte er den Grund für seine Anwesenheit und bat um eine Diagnose.

„Nun", war die Antwort, „neben einigen Knochenbrüchen ist es vor allem das offene Schädel-Hirn-Trauma, das mir Sorgen bereitet. Es gibt auch zahlreiche stumpfe Hirntraumen. Deren Entwicklung muß abgewartet werden. Wenn es sich nur um eine *Commotio* handelt, brauchen wir uns nicht zu sorgen. Aber das wissen wir erst in drei bis vier Tagen."

Niemand konnte vorhersagen, ob sich Elisabeth je wieder erholen würde. Michele versuchte, nicht an die vielen möglichen Komplikationen zu denken, die es zusätzlich geben konnte.

„Ich danke Ihnen, Herr Kollege", sagte er.

AUCH Mauro war inzwischen eingetroffen. Sein Blick glitt über die Gesichter derer, die gemeinsam mit Mattèo warteten: Donatello, der sich fröstelnd vor Übermüdung in die Fülle seines Pullovers hüllte; Giglio, der mit einem leeren Kaffeebecher spielte; Paolo, dessen dunkle Augen die Türen zur Intensivstation nicht losließen, und Riccardo, der noch unruhiger war als Giglio: Immer wieder fuhr er sich mit den Fingern um den Kragen, als sei ihm sein Hemd unbequem. Sein Gesicht hatte die ungesunde Hautfarbe eines Menschen, der kurz davor ist, sich zu übergeben.

Mauro setzte sich neben Mattèo, legte ihm den Arm um die Schultern, fühlte das beständige leise Zittern. „Sie ist in guten Händen", versuchte er ihn zu beruhigen. Doch es gelang ihm nicht einmal, sich selbst zu überzeugen. Hoffnungsvoll blickte er Michele entgegen, der auf sie zukam und die Wartenden gleich darauf behutsam in Kenntnis über Elisabeths Zustand setzte.

„Kann ich zu ihr?" Mattèo stand auf.

„Im Moment noch nicht."

Plötzlich erhob sich Riccardo mit einem erstickten Laut und taumelte den Gang hinunter.

„Der arme Junge", sagte Donatello. „Er tut immer so abgebrüht, aber in Wirklichkeit hängt er sehr an Elisabeth und Mattèo."

Mauro stand auf. „Ich werde mal nach ihm sehen." Leise öffnete er die Tür zur Herrentoilette. Riccardo befand sich in einer der Kabinen. Mauro vernahm würgende Laute und ein ungezügeltes Schluchzen. Es klang mitleiderregend. Er machte sich nicht bemerkbar, bis Riccardo die Tür öffnete und mit tränenden Augen zum Waschbecken taumeln wollte. Da sah er Mauro, und augenblicklich fiel eine Maske über seine blassen, verzerrten Züge. Er beugte sich zum Waschbecken und ließ kaltes Wasser über Hände und Gesicht laufen. Es schien ihm Unbehagen zu bereiten, daß Mauro ihn unverwandt beobachtete. Mit unterdrückter Aggressivität sagte er: „Sie halten mich jetzt wohl für einen Schwächling."

Mauro schob die Hände in die Hosentaschen und lehnte sich gegen die Tür. „Nein. Das ist für uns alle ein furchtbarer Schock. Geht es Ihnen jetzt besser?"

Riccardo trocknete sich Hände und Gesicht mit Papiertüchern ab. „Ja", murmelte er.

„Würden Sie sich eigentlich als guten Leibwächter bezeichnen?" fragte Mauro beiläufig.

„Ja, Signore." Ihre Blicke begegneten einander im Spiegel.

„Sie haben aber nicht verhindern können, daß in den vergangenen Monaten mehrere Anschläge auf Signor Novell verübt wurden." Mauros Stimme war schärfer geworden.

Riccardo bewegte unruhig die Schultern. „Das war nicht unsere Schuld! Bei dem schweren Attentat wurde ich abgedrängt, und Paolo wurde durch einen Schlag auf die Brust betäubt!"

„Machen Sie es sich da nicht etwas zu einfach? Die Aufgabe eines Leibwächters besteht darin, seinen Schutzbefohlenen unter allen Umständen vor Gefahren zu bewahren. Es wäre Ihre Aufgabe gewesen, immer in Signor Novells unmittelbarer Nähe zu sein. Dieses Attentat hätte ihn das Leben kosten können – oder seine Stimme. Sie kamen durch Signor Morisos Vermittlung zu ihm. Glauben Sie, er hätte Sie engagiert, wenn er gewußt hätte, daß er einen Mann bekommt, der im kritischen Augenblick nicht zur Stelle ist?"

Riccardo schwieg und spähte nach der Tür.

Mauro fuhr mit seiner Verunsicherungstaktik fort. Er fragte Riccardo nach der auffallenden Veränderung seines Wesens während des Aufenthaltes in den Alpen und faßte alles in einer Frage zusammen: „Weshalb waren Sie so gereizt?"

„Ich kann Berge nicht leiden", erwiderte Riccardo heiser. „Und jetzt lassen Sie mich raus hier."

Mauro trat zur Seite. Nebeneinander gingen sie den Flur entlang. Als sie an einem Kaffeeautomaten vorbeikamen, blieb Mauro stehen. „Wollen Sie auch einen?"

Riccardo sah ihn erstaunt an.

Mauro lächelte entwaffnend. „Tut mir leid, daß ich Ihnen so zugesetzt habe. Gehen Sie nur schon vor, Sie sehen ziemlich mitgenommen aus." Er warf Münzen ein und zog zwei Becher Kaffee.

Riccardo hatte wieder bei den anderen in der Wartezone Platz genommen. Er dankte Mauro, als der ihm seinen Becher reichte.

„Keine Ursache. Wer ist der Padrone?"

„Signor Moriso", antwortete Riccardo, ohne nachzudenken. Doch schon im nächsten Augenblick begriff er, daß er einer Kriegslist aufgesessen war, und wurde kreidebleich.

„Francesco Moriso, den Startenor, meinen Sie." Aus Mauros Stimme war alles Beiläufige verschwunden.

„Ja, den meine ich."

„Padrone – im Zusammenhang mit dieser Bezeichnung ist mir eine Ihrer Äußerungen besonders im Gedächtnis geblieben, Riccardo. Sie waren volltrunken, aber ein herbeigerufener Arzt mußte Ihnen eine Betäubungsspritze geben, weil Sie trotz des Alkohols noch immer nicht zur Ruhe kamen. Und Sie murmelten: ‚Ich brauche es. Der Padrone hat recht.'"

Riccardo starrte ihn entsetzt an. „Das erfinden Sie. Sie wissen, daß ich nicht Herr meiner Sinne war."

„Ich habe das durchaus nicht erfunden. Paolo wird das bestätigen."

Dieser stand auf und stellte sich zwischen Riccardo und den Ausgang.

„Der Padrone gibt Ihnen also, was Sie brauchen", fuhr Mauro fort, „etwas, was Sie nicht brauchen dürften, von dem Sie aber nicht loskommen, genau wie ein Drogenabhängiger. Etwas, was Sie nicht kontrollieren können. In den Bergen hatten Sie keine Gelegenheit, es zu bekommen – daraus resultierte Ihre Gereiztheit, die Sie in den Schneehaufen trieb und schließlich in den Alkohol flüchten ließ. Es sind die Minderjährigen, nicht wahr?"

Riccardo sprang auf, tauchte an Mauro vorbei und wollte Paolo beiseite drängen. Ein geschickter Griff bog ihm den Arm auf den Rücken, ein weiterer zwang ihn auf die Knie. Er versuchte Paolo abzuschütteln, doch Giglio und Michele halfen, ihn niederzuhalten.

„Du hättest mir die Geschichte mit deinem angeblichen Kumpel im Hotel nicht auftischen dürfen", knurrte Paolo. „Mit etwas Nachdruck bekam ich aus dem Portier heraus, daß du ihn geschmiert hast, damit er deinen ‚Pietro' bestätigt, falls sich jemand nach dir erkundigt."

„Ich fand Paolos Beobachtungen sehr interessant", sagte Mauro provozierend freundlich. Ernst fügte er hinzu: „Sie können nicht ewig vor sich selbst weglaufen, Riccardo. Sie sind krank. Sie brauchen Hilfe."

Riccardo sank in sich zusammen. Mauro gab ein Zeichen, daß die Männer ihn loslassen sollten. Der Bodyguard schlug die Hände vor das Gesicht.

„Geben Sie zu, daß Sie sich mit Kindern treffen, in einem Hotel?"

„Ja! Aber ich habe ihnen nie was getan! Ich will doch bloß –" Er brach ab, und man hörte nur noch sein Schluchzen.

„Riccardo“, sagte Mauro behutsam, „vor dem heutigen Tag gab es bereits einen Menschen, der Ihr Geheimnis kannte, nicht wahr? Nennen Sie uns den Namen.“

Schluchzen.

„Es war der Padrone, stimmt's? Er fand heraus, was mit Ihnen ist, und er gab Ihnen, was Sie brauchten.“

Riccardo zuckte zusammen. „Ich schäme mich! Der Padrone hat mich beobachtet, kurz nachdem ich bei ihm angefangen hatte, als ich aus einem Haus kam ..., wo sie Kinder haben, die man durch kleine Luken in den Wänden beim Spielen beobachten kann, und die Kinder haben nichts an. Ich fühlte mich krank vor Sehnsucht, ich wollte sie nicht nur ansehen, sondern sie berühren. Wenig später kam der Padrone mit einem kleinen Jungen an seiner Hand zu mir. Er sagte, der Kleine habe eine Familie, die sich nicht um ihn kümmere, und er suche einen Spielkameraden. So war es danach immer. Ich weiß nicht, wo er sie fand, aber es gab immer –“ Er verstummte.

„Forderte der Padrone niemals etwas als Gegenleistung?“

„Zuerst nicht. Erst in diesem Frühling. Er forderte mich auf, nach London zu fliegen und einen seiner jungen Kollegen zu beobachten – Signor Novell.“

„Nannte er Ihnen einen Grund?“

„Nein.“ Riccardo schniefte. „Ich bemerkte, daß Signor Novell sich mit einem der Kellner seines Hotels anfreundete. Das sagte ich dem Padrone. Er schien nicht recht zufrieden. Wenig später tauchte dann Signora Elisabeth auf. Als der Padrone von ihr hörte, war er zufrieden. Und dann wies er mich an, Signor Novells Konzert zu besuchen, mich im Schutz der Menge an ihn zu schleichen und ihn mit meinem Messer zu verletzen. Er dachte, wenn er Signor Novell einschüchtert, würde der Bodyguards nicht mehr ablehnen. Einer davon sollte ich sein, und wenn ich immer um ihn war, könnte ich es wie einen Unfall aussehen lassen.“

„Der Padrone hatte Sie fest in der Hand. Er konnte Ihnen weitere Kinder verschaffen – oder sie Ihnen vorenthalten. Oder Sie mit seinem Wissen erpressen.“

„Er setzte mich unter Druck. Ich glaube, er haßt Signor Novell sehr. Einmal, als er zuviel getrunken hatte, sagte er: ‚Dieser verdammte Bengel, dem ich so viel beigebracht habe – alle Welt liebt ihn. Er hat mich schon jetzt überflügelt – ich kann das nicht dulden.‘“

„Sie waren es, der Paolo mit einem gezielten Stoß aus dem Verkehr zog, um Signor Novell das Messer in die Brust stoßen zu können, und Sie waren es, der die Halterung der Scheinwerfer löste!"

Riccardo schien auf einmal nicht mehr aufhören können zu reden. „Ich wagte nicht, Signor Novell noch einmal direkt anzugreifen, und als die Signora von dem unterirdischen Schaltpult erzählte, kam mir die Idee, es mit den Scheinwerfern zu versuchen. Der Padrone drängte, ich sollte doch endlich handeln, er drohte mir."

Als Riccardos Stammeln geendet hatte, war die Stille im Raum mit Händen zu greifen. Nach Minuten erst wurde sie von Mattèo gebrochen, der aufstand und die Lehne seines Stuhls fest umgriff. Seine Knöchel waren so weiß wie sein Gesicht. Er nahm den Stuhl, ging mit ihm in Riccardos Richtung und hob ihn über den Kopf.

„Tun Sie's, Signore. Wie müssen Sie mich hassen!" Riccardo sah wie jemand aus, der das über ihn gesprochene Urteil akzeptiert hatte.

Mattèo schüttelte den Kopf und ließ den Stuhl auf den Boden nieder. „Den Gefallen werde ich Ihnen nicht tun. Ich werde nicht derjenige sein, der Sie aus Ihrer Hölle befreit. Moriso hat mich ebenso manipuliert wie Sie. Er wußte, wie sehr ich ihn bewunderte, wie dankbar ich ihm war, daß es leicht sein würde, mir einen seiner Männer als vertrauenswürdig zu verkaufen. Daß er so weit gehen –" Seine Stimme versagte.

ELISABETHS Bewußtsein erklomm die Ebene der Erinnerung. Bilder begannen immer deutlicher vor ihrem inneren Auge zu entstehen: Mattèo, der im goldenen Spätnachmittagslicht über die Veranda in das Haus in den Bergen kam ..., zu ihr kam, den Kopf geneigt, die Augen halb geschlossen, ein versonnenes Lächeln um die Lippen ... Mattèo, wie sie ihn das erste Mal auf der Terrasse des Hotels gesehen hatte ...

Sie hatte es gewußt. Ihr Leben lang hatte sie gewußt, daß dieser Augenblick kommen würde, der ein endlos scheinendes Fallen nach sich zog: dieser Augenblick, als sie nach oben blickte und wie in Zeitlupe das Niederstürzen der Scheinwerfer sah. Vielleicht hatte sie darum immer schon Angst vor dem Fallen gehabt, vielleicht sogar deswegen versucht, sich das Leben zu nehmen – um das nicht ertragen zu müssen.

Doch als der Augenblick gekommen war, hatte es nicht das geringste Zaudern gegeben. Entweder würden die Strahler auf Mattèo stürzen, oder sie schaffte es, ihn zurückzustoßen, auch wenn sie damit riskierte, selbst getroffen zu werden. Für ihr Empfinden war es richtig, gegen den eigenen Überlebensinstinkt gehandelt zu haben. Aber die Ungewißheit, ob es ihr gelungen war, blieb.

Mühsam zog sich ihr Bewußtsein noch höher. Sie hob die Lider und sah, daß Mattèo sich dicht über sie neigte, erkannte mit einem dankbaren Herzschlag seine weit offenen Augen. Dieses unwahrscheinliche Grüngold ... Ihr Blick wanderte über sein Gesicht.

„Elisabeth! Kannst du mich hören, mein Herz? Drück meine Hand, wenn du es kannst. Sie sagen, daß du nicht sprechen darfst."

„Geht es dir gut, mein Liebling?"

„Ja, es geht mir gut. Aber bitte sprich nicht mehr, ja?"

Sie drückte seine Hand. Sie hätte ihm so gern geantwortet, aber das Sprechen hatte sie angestrengt. Ein Gefühl ähnlich dem Beginn einer Ohnmacht breitete sich in ihr aus, und die Angst vor dem Fallen war wieder da. Sie rief nach Mattèo.

An seine Ohren kam nicht mehr als ein Flüstern. Er neigte sich noch tiefer über sie. „Ich bin da, mein Herz. Ich bin bei dir." Sehr behutsam legte er seine Wange an ihre, wagte es, ihre Hände ein wenig fester zu umschließen.

Seine Stimme klang weit entfernt, aber sie konnte seine Berührung wieder fühlen. Erleichtert atmete sie auf. Sie würde nicht fallen, denn Mattèo hielt ihre Hand, und er ließ sie nicht los.

Die Beisetzung fand im kleinsten Kreis statt. Es war ein Tag, wie Elisabeth ihn geliebt hätte: Ein leichter Wind strich durch die entlaubten Kronen der Bäume, und der dunstige Sonnenschein vermochte trotz der fortgeschrittenen Jahreszeit ein wenig zu wärmen. Es war, als wäre der Spätherbst noch einmal zurückgekehrt, um diesem Tag einen besonderen Glanz zu verleihen; als neigte sich die Natur vor dem Leben, das in dieser parkähnlichen Umgebung seine letzte Ruhe fand.

Gefaßt stand Mattèo mit über einem Blumenstrauß gefalteten Händen vor der ausgehobenen Grube. Er war erfüllt von Dankbarkeit gegenüber Elisabeths Familie, die diesem Ort zugestimmt hatte, statt darauf zu dringen, sie nach Deutschland zu überführen. Der Abschied von ihr fiel ihm etwas leichter, wenn er sich sagen konnte, daß ihre Hülle nun für immer in der Erde ruhte, die sie als ihre eigentliche Heimat geliebt hatte.

Er war auch dankbar für Eileens Nähe. Sie hielt sich an seiner rechten Seite, ihre Hand ruhte auf seinem Arm. Die Gespräche mit ihr hatten ihm geholfen, das Elisabeth gegebene Versprechen zu leben.

Flüchtig streiften seine Gedanken Morisos und Riccardos Schicksal. Der Justizapparat war angelaufen, und die Boulevardblätter füllten seit Tagen ihre Titelseiten mit dem ungeheuerlichen Skandal.

Als er, flankiert von Mauro und Michele, an das Grab trat, ließ Mattèo eine kleine Schaufel Erde auf das Holz fallen, neigte sich vor und gab die Maiglöckchen aus seinen Händen: Er hatte Anweisung gegeben, daß die ganze Ruhestätte mit diesen Blumen bepflanzt werden sollte. Im Frühling würde er zurückkehren und sich davon überzeugen, daß sein Wunsch befolgt worden war. In diesem Augenblick erinnerte er sich an den Moment, in dem er sie hatte gehen lassen müssen. Vielleicht ist dies der Inhalt unserer Trauer. Daß wir verlassen werden.

Still saß Mattèo in seiner Garderobe. Er hatte die Ellbogen auf die Tischplatte gestützt, die Hände ineinander verschlungen und das Kinn auf die Handrücken gelegt. Er saß, ohne sich zu rühren. Hätte ihn jemand beobachtet, wäre er wohl zu der Auffassung gelangt, daß er schliefe. Doch davon war Mattèo weit entfernt. Das Abschiedskonzert für London lag als große Herausforderung vor ihm. Es war nicht nur eine Herausforderung an seine Stimme und seine Nervenkraft, sondern auch an seine Fähigkeit, das, was ihm widerfahren war, in seine Kunst aufzunehmen. Jeden Schritt, den er tun würde, jede Note, die gespielt oder die er singen würde, nahm er vorweg.

Er hob den Kopf, in der Bewegung war Entschlossenheit, und sagte leise: „Solange die Musik lebt, wirst auch du leben."

Es klopfte an die Tür. Er drehte den Kopf nach dem Laut.

„Mattèo?"

Er erkannte Donatellos Stimme. „Es ist offen", sagte er freundlich und wandte sich lächelnd auf seinem drehbaren Stuhl zu ihm um.

EVITA WOLFF

Foto: Hartmuth Schröder

Vom Glück, auf offene Ohren zu stoßen

Den Durchbruch, wie er Evita Wolff vergönnt war, kennt jeder hoffnungsvolle Nachwuchsautor aus sehnsüchtigen Tagträumen: Ein Lektor zieht das Manuskript aus einem riesigen Stapel unaufgefordert eingesandter Arbeiten – und ist nach wenigen Seiten begeistert. So geschehen bei Evita Wolffs Debüt *Im Schatten des Pferdemondes*, mit dem sich die 1963 bei Celle geborene Schriftstellerin einen Namen machte. Über ein halbes Jahr hielt sich ihr Erstling in den Bestsellerlisten. „Ein solcher Erfolg ist die Bestätigung dessen, was ich schon immer am liebsten getan habe: schreiben", zieht die glückliche Autorin Bilanz. „Ich war immer besessen von der Welt der Phantasie, weil ich weiß, daß empfindsame Geschichten die treuesten Begleiter des Menschen sind. Die positiven Reaktionen zeigen, daß ich anderen Freude mit dem bereiten kann, was ich tue. Und das ist *mir* eine große Freude."

Sich sensibel in Menschen einfühlen zu können – diese auch ihre Romane prägende Gabe führte die studierte Medizinerin und Erziehungswissenschaftlerin nach mehrjährigem Auslandsaufenthalt an eine Berliner Kinderklinik. Doch der Erfolg ihres ersten Romans motivierte sie, das Steckenpferd zum Beruf zu machen – und sich von der Metropole zu verabschieden: „Ich bin kein Großstadtmensch." Mittlerweile wieder in der niedersächsischen Heimat angesiedelt, sieht sich Evita Wolff in ihrer Entscheidung für eine neue Zukunft bestätigt. „Ich habe schon eine Menge Ideen für ein drittes Buch. Und vor kurzem flog auch die Idee für ein weiteres in meinen Kopf." Es muß ihr – und den erwartungsfrohen Lesern – also nicht bange sein.

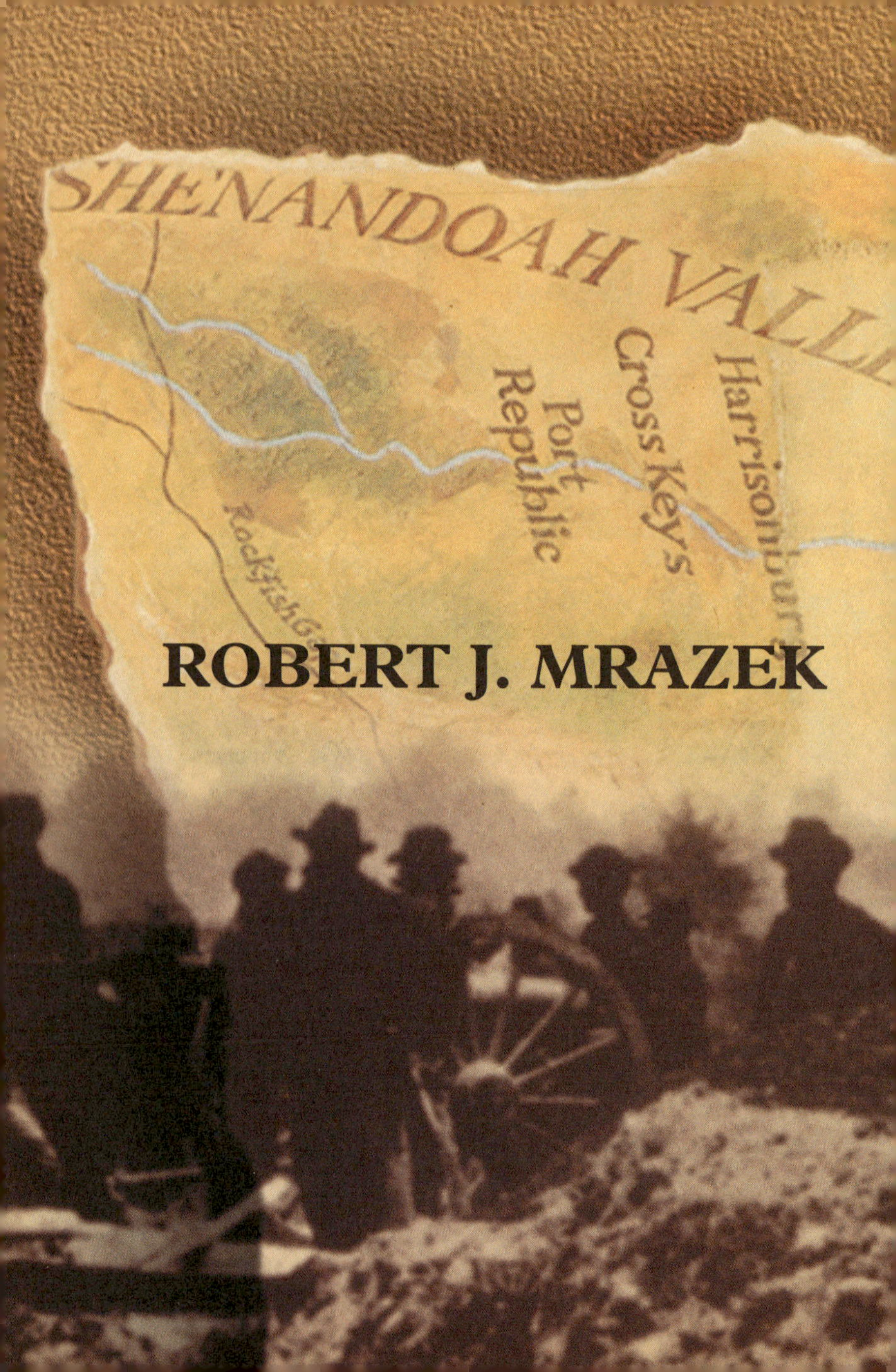
SHENANDOAH VALL
Port Republic
Cross Keys
ROBERT J. MRAZEK

DAS GOLD DES GENERALS

Ein junger Mann hat einen verzweifelten Plan, um der geschwächten Armee der Konföderierten unter General Lee zu einer letzten Chance auf den Sieg zu verhelfen.
Wird ihm sein waghalsiges Vorhaben gelingen – in einem wilden Land, wo Gesetz und Ordnung nicht mehr gelten und der Tod hinter jedem Strauch lauert?

EINS

Konstabler Kilduff hat mir geraten, die ganze Sache aufzuschreiben. Und genau das habe ich jetzt vor. Er meinte, wenn ich genügend Beweismaterial dafür hätte, daß alles wirklich so passiert ist, wie ich sage, dann würde es bestimmt ein gutes Ende nehmen. Er meinte, Richter Burwell würde mit einem fünfzehnjährigen Jungen nicht allzu hart umspringen, auch nicht wegen des Mordes.

Wenn ich mit dem Aufschreiben fertig bin, will er das Manuskript zum Gericht in Harrisonburg bringen und es dem Richter übergeben. Danach, meinte Konstabler Kilduff, würde ich bestimmt ein neues Leben anfangen können – mit einer weißen Weste.

Fragt mich nicht, warum mir das passiert ist. Meine Mutter sagt, es war alles von Gott geplant. Wenn das stimmt, dann muß er noch eine Menge üben, würde ich sagen. Angefangen hat alles jedenfalls in den letzten paar Monaten, bevor General Lee bei Appomattox kapitulierte.

Jubal Early und seine Armee waren dort im Tal ein für allemal aufgerieben worden. Eine Woche nachdem die Yankees ihnen den letzten Schlag zugefügt hatten, erschien ein langer Zug voller Verwundeter bei uns in Port Republic, Virginia. Man legte die Verwundeten rund um Fairfield Hall auf den Rasen. Viele von ihnen wurden auch dort begraben. Die meisten der Überlebenden waren über das Blue-Ridge-Gebirge gekommen, um für einen letzten Kampf bei Richmond und Petersburg zu General Lee zu stoßen.

Ende Oktober waren die Yankees überall, brannten alles nieder und hinterließen eine Spur der Zerstörung. An meinem fünfzehnten Geburtstag kamen sie auch zu uns. Die Soldaten häuften Stroh rund um die Scheune an, trieben unsere beiden Milchkühe hinein, verrammelten die Türen und legten Feuer. Dann schlachteten sie unsere Hühner und stahlen unsere Fleischvorräte. Das Ganze dauerte noch nicht einmal zehn Minuten.

Ein paar Tage später kam der erste Frost. Ende November sagten die Leute, es sei der kälteste Winter, an den sie sich erinnern könnten. Ab

Mitte Dezember hatten wir fast jeden Tag heftige Stürme mit Schneemassen und Eisregen.

Kurz nach vier Uhr nachmittags tauchte der Fremde auf. Die Dämmerung brach bereits ein. Es stand wieder eine bitterkalte Nacht bevor, und ich versorgte gerade unser letztes Pferd, Jupiter, im Stall hinter unserem Haus.

Der Fremde ritt langsam quer über den Hof zum Pfosten bei der unteren Veranda. Dort stieg er ab und band sein struppiges, schmalbrüstiges Pferd fest.

Er trug eine Mütze aus Biberfell und einen langen Militärmantel. Die Rangabzeichen waren abgerissen, aber ich wußte, es war ein Offiziersmantel. Mein Vater hatte einen ähnlichen getragen, als sie ihn nach Hause brachten, nachdem er bei Chancellorsville verwundet worden war.

Auf dem Rücken des Fremden hing ein kurzläufiger Karabiner. Bei jedem Schritt klirrten seine Sporen. Er klopfte zweimal laut an die Küchentür, die kurz darauf von meiner Mutter geöffnet wurde.

„Im Ort hat man mir gesagt, Sie hätten ein Zimmer frei, Mrs. Lockhart.“ Er sprach laut genug, um den Wind zu übertönen. Seine Stimme war tief und rauh.

Dann trat er unaufgefordert in die Küche.

Meine Mutter hätte nie Zimmer vermietet, wenn wir nicht so knapp mit Geld gewesen wären. Ein Palast war unser Haus sowieso nicht. Mein Großvater hatte seinerzeit einen Vorratskeller in den Hügel hinter dem Haus gegraben und darüber einen großen Raum als Geräteschuppen gebaut. Später machte mein Vater einen Arbeitsraum daraus, als er seine Lehrtätigkeit an der Mossey-Creel-Akademie aufnahm. Als die Yankees Winchester zum ersten Mal eroberten und das Leben sehr viel teurer wurde, begann meine Mutter mit dem Vermieten. Jetzt brauchten wir keine Untermieter mehr, und darum stand das Zimmer leer. Der Krieg konnte nicht mehr lange dauern, und mein Vater mußte bald nach Hause kommen. Ich konnte es kaum erwarten, daß wieder normale Verhältnisse einkehrten.

Kaum war ich mit dem Striegeln Jupiters fertig, lief ich ins Haus und in die Küche. Der Fremde saß mit ausgestreckten Beinen im Sessel meines Vaters vor dem Feuer. In einer seiner Schuhsohlen klaffte ein weiter Riß. Das war nichts Ungewöhnliches; Dr. Cassidy hatte mir erzählt, viele von den Soldaten der Konföderation hätten überhaupt keine Schuhe und liefen barfuß.

Ich hatte noch nie einen Menschen mit so vielen Haaren gesehen. Sie wuchsen direkt über den Brauen seiner stechenden schwarzen Augen aus der Stirn heraus. Wie eine Art Pelz bedeckten sie den Kopf und fielen hinten auf seine Schultern herunter.

Meine Mutter sagte gerade, was sie immer sagte, wenn ihr jemand zu unsympathisch war, um ihn aufzunehmen.

„Mein Mann ist im Augenblick nicht da, aber er kommt bald zurück. Leider bringt er meistens einen anderen Offizier mit, für den wir das Zimmer freihalten müssen."

Der Fremde verzog den Mund zu einem Lächeln, das das Eis aus seinem langen schwarzen Bart rieseln ließ.

„Das verstehe ich, klar", erwiderte er. „Will doch keinem Heimkehrer im Weg sein. War doch selber bei der Artillerie. Damals, 62, hab ich hier unter Thomas Jonathan Jackson, dem alten Stonewall*, gekämpft, direkt da drüben." Er deutete in Richtung des Schlachtfeldes.

„Also, es tut mir wirklich leid, aber –"

„Ich zahle dreihundert Dollar die Woche, wenn Sie mich aufnehmen." Dreihundert Dollar reichten kaum, um mir eine neue Hose zu kaufen, aber es war fünfmal soviel, als wir normalerweise verlangt hätten."

„Ich brauch das Zimmer höchstens 'ne Woche", fügte er hinzu.

Ich wollte ihn schon fragen, warum er unbedingt in einem uralten Bett in Port Republic übernachten wollte, als meine Mutter sagte: „Für den Fall, daß wir Sie bitten müssen, das Zimmer zu räumen, bekommen Sie natürlich einen Teil der Miete zurück. Sie sind herzlich zum Essen eingeladen."

„Verdammt nett von Ihnen, gnä' Frau. Mein Name ist Blewitt. Korporal Blewitt." Der Blick seiner schwarzen Augen fiel auf mich. „Und wie alt bist du, Junge?" fragte er.

„Fünfzehn."

„Fünfzehn!" wiederholte er. „Ziemlich winzig, was?"

Ich antwortete nicht. Es war leider wahr.

„Soll ich dir mal was sagen", fuhr er fort. „Du bist hübsch wie 'n Mädchen." Ich wurde rot.

---

* Thomas Jonathan Jackson (1824–63), genannt „Stonewall", gewann 1862 die Schlacht bei Manassas; einer der bedeutendsten Generale der Südstaaten im amerikanischen Bürgerkrieg (1861–65)

„Jamie, kümmere dich um Korporal Blewitts Pferd, bis ich das Essen fertig habe“, schaltete sich meine Mutter rasch ein.

Während ich draußen in meinen Mantel schlüpfte, hörte ich ihn sagen: „Ich höre, Sie sind 'ne Yankee-Lady.“

Meine Mutter antwortete nicht gleich. „Ich stamme aus New York“, sagte sie dann so leise, daß ich es kaum hören konnte. „Ich lebe aber schon sechzehn Jahre hier.“

Ich ging nach draußen und führte seine Stute in den Stall. Sie schnaubte dankbar, als ich ihr den Sattel abnahm. Im Licht der flackernden Kerze sah ich auch, warum. Der Sattel war Eigentum der US-Army, aber in sehr schlechtem Zustand. Jemand hatte die Gürtelschnalle offenbar hastig repariert; am Bauch des Pferdes befand sich eine große Schürfstelle. Ich entdeckte auch eine Reihe schlecht verheilter Wunden, da, wo der Reiter ihm die Sporen gegeben hatte.

Von da an haßte ich Korporal Blewitt. Ich hätte jeden gehaßt, der so gefühllos mit einem Tier umging, das ihm klaglos diente, ihn überall hintrug und nichts weiter dafür erwartete als etwas Freundlichkeit. Ich behandelte die wunden Stellen, reinigte die verdreckte Satteldecke und gab der Stute eine Handvoll Mais.

Es regnete wieder stark, als ich im Dunkeln zum Haus zurücklief. Der Fremde holte sich gerade einen Armvoll Holz vom Stapel, um sein Zimmer warm zu halten. Wir nahmen keine Notiz voneinander. In der Küche fand ich meine Mutter zusammengesunken am Tisch. Sie hatte das Gesicht in den Händen vergraben und schluchzte. Ich nahm sie in die Arme.

„Mach dir keine Sorgen“, tröstete ich sie. „Der Krieg ist bald aus, und dann kommt Pa nach Hause. Du wirst schon sehen.“

AM NÄCHSTEN Morgen stand ich schon früh auf, um nach den Pferden zu sehen. Es regnete wieder, und ein scharfer Wind blies durch das Tal, das eingebettet lag zwischen den Massanuttenbergen und dem Blue-Ridge-Gebirgszug. Ich beschloß, Jupiter im Stall zu lassen. Immerhin war er schon achtundzwanzig, und die Kälte setzte ihm zu. Er war mein bester Freund.

In jüngeren Jahren war Jupiter eines der schnellsten Pferde im Tal gewesen. 1849, als ich geboren wurde, hatte er bereits zum vierten Mal hintereinander das jährliche Rennen beim Sommerfest in Rockingham gewonnen – und das mit den zwei Zentnern meines Vaters auf dem Rücken. Doch als der Krieg ausbrach, war Jupiter schon zu alt dafür. Er besaß immer noch viel Energie, wurde aber schnell müde. Trotzdem hatten wir noch eine tolle Zeit miteinander, streiften durch die dunklen Wälder der Massanutten, reisten nordostwärts, um auf dem Gipfel des Blue-Ridge-Gebirges zu kampieren. Immer wenn die Yankees unterwegs waren, lenkte ich ihn hoch hinauf auf den Loft Mountain, wo sie ihn nie hätten finden können.

Jetzt, da die ganze Ernte vernichtet war, hatte man alle Hände voll zu tun, um genügend Futter für ihn zu finden. Aber selbst wenn es einmal nicht klappte – er beklagte sich nie. Er starrte mich nur an, und seine großen, freundlichen Augen sahen aus wie zwei Monde in seinem zunehmend zerfurchten Gesicht.

Ich verließ den Stall, wickelte mir den Schal eng um den Hals und ging zu Fuß ins Dorf. Eine Stunde später saß ich gemütlich auf der breiten Fensterbank in Dr. Cassidys Wohnzimmer und las im fahlen Licht des Regentages „Robinson Crusoe“.

„Zum Teufel mit ihm“, donnerte Dr. Cassidy, der mir gegenüber vor dem Feuer saß. Er schmiß die Zeitung auf den Boden, schnappte sich seinen Stock, hinkte zur Anrichte und goß sich einen neuen Drink ein. „Jeff Davis, dieser Vollidiot!“ Er humpelte zu seinem Sessel zurück und ließ sich schwer hineinfallen. „Weißt du noch, was der große Augustus gesagt hat, Jamie? ‚Varus! Varus! Wo sind meine Legionen?‘ Dank dieser Idioten in Richmond liegen sie hingemetzelt auf ein paar hundert Schlachtfeldern. Und die paar, die wir noch haben, denen geht es wie Leonidas und den Spartanern. Die armen Kerle.“ Er leerte sein Glas mit zwei langen Zügen. „‚Unter den Blinden ist der Einarmige König‘“, murmelte er.

„…äugige“, verbesserte ich ihn.

„Was?“ fragte er irritiert.

„Der Einäugige.“

„Du faselst Unsinn, Jamie“, meinte er und schüttelte traurig den Kopf. Er versank in Erinnerungen, und ich wandte mich wieder Robinson Crusoe zu.

Dr. Cassidy gab mir Unterricht in klassischer Literatur. Er tat es meinem Vater zuliebe, denn als die älteren Jungen alle eingezogen und in den Krieg geschickt wurden, hatte man die Schule geschlossen. In Dr. Cassidys Regalen gab es kaum ein Buch, das ich nicht gelesen hatte. Meine Lieblingsautoren waren Shakespeare und Cervantes. Meine Mutter begrüßte diesen Unterricht aus einem anderen Grund. Während Dr. Cassidy mit mir beschäftigt war, trank er nicht ganz soviel wie sonst.

Er war nicht mehr der alte. Ich weiß noch, daß mein Vater einmal sagte, er sei der beste Arzt zwischen Lexington und Winchester. Als der Krieg anfing, wurde er Militärarzt unter seinem Freund General Longstreet. Nach der Schlacht bei Chickamauga kam er wieder – er hatte eine Kugel in der Kniescheibe, und sein Haar war vollständig weiß geworden. Seine Söhne Harry und Peyton lagen damals schon in Soldatengräbern. Mrs. Cassidy schien danach einfach auszutrocknen und war total verrunzelt, als sie starb.

Abgesehen von Dr. Cassidy und ein paar anderen Leuten hatten meine Eltern in Port Republic keine Freunde. Der Grund lag bei meiner Mutter. Sie war die hübscheste Frau im Tal, aber sie hatte das Pech, ein Yankee zu sein – aus Corning, New York. Mein Vater hatte sie dort bei einem Lehrerfortbildungskurs im Elmira College kennengelernt.

Nicht nur ihr Yankee-Akzent machte meine Mutter bei den Leuten unbeliebt. Es waren auch ihre Ansichten. Besonders über die Sklaverei konnte sie sich stundenlang aufregen. Das sorgte auch gelegentlich für Zündstoff zwischen ihr und meinem Vater. Er war ebenfalls gegen die Sklaverei und bezeichnete sie als den Fluch des Südens. Aber den Yankees warf er Doppelmoral vor, denn sie hatten ihre Sklaven erst mal für gutes Geld verkauft, bevor sie beschlossen, die Sklaverei zu ächten. Mein Vater war kein Kriegstreiber, doch als die Kämpfe ausbrachen, da schlug er sich, wie General Lee, sofort auf die Seite Virginias.

Solange mein Vater da war, arrangierten sich die Leute mit meiner Mutter. Als er zum Offizier in der Zehnten Virginia-Armee befördert wurde, schienen wir eine der populärsten Familien in Port Republic zu sein. Kaum war er jedoch abgezogen, änderte sich alles über Nacht.

DER FREMDE wohnte bereits ein paar Tage bei uns, als das ganze Theater begann. Als ich unsere Post abholen wollte, schien sich der halbe Ort im Laden versammelt zu haben, und einer überschrie den anderen.

„Grabräuber, das ist's, was ich glaube!“ schrie Mr. Hannum, und seine Stimme war bereits ganz heiser.

„Unmöglich“, erwiderte Jack Rainey. „Da liegen nur Konföderierte. Bei denen gibt's nichts zu stehlen.“

„Auf jeden Fall hat sich jemand an den Gräbern von 62 zu schaffen gemacht.“

„Der Boden ist ganz komisch umgewühlt“, kreischte die alte Mrs. Miller. „So, als hätte es jemand von unten getan.“

„Glaubst du, Hannah, die Jungen kriechen aus ihren Gräbern, damit sie noch mehr Yankees umbringen können?“ meinte Monk Shiflett spöttisch.

„Ich glaube nicht an Geister oder Leichen, die aus den Gräbern kommen“, sagte Mr. Sherrard, dem die Bank gehörte. „Ich habe heute in aller Frühe jemanden auf der Straße gesehen. Als ich auf ihn zugehen wollte, ist er zum Fluß hinuntergelaufen.“

„Wir müssen was unternehmen!“ rief Mr. Hannum aufgeregt. „Wir müssen heute abend hingehen und den Kerl erwischen.“

Es wurde plötzlich ganz still, und in diesem Augenblick wurde mir klar, daß Korporal Blewitt der Grabschänder war. Ich wußte es einfach.

Ich verließ den Laden und ging zu Fairfield Hall hinüber. Die Gräber der Toten von 1862 lagen in einer langen Reihe hinter einer niedrigen Mauer.

Es waren vierzehn im ganzen. Die meisten schmückten noch kleine Holzkreuze. Wenn je Namen darauf gestanden hatten, so waren sie mit den Jahren verblichen. Mindestens fünf oder sechs Gräber waren geschändet.

Ich sah mich nach einem Versteck um. Die andere Seite der Mauer schien am besten geeignet. Nachdem ich alles genau inspiziert hatte, ging ich nach Hause.

AN DIESEM Abend zog sich meine Mutter kurz nach neun in ihr Zimmer zurück. Um zehn schlüpfte ich in meinen Wintermantel, schlich aus dem Haus und versteckte mich auf der Terrasse. Etwa zwei Stunden vergingen, bis sich die Tür zum Zimmer des Korporals knarrend öffnete. Ich hatte keine Zeit, meinen Triumph zu genießen, denn er bewegte sich sehr schnell. Er hatte einen Spaten und eine Spitzhacke dabei und lief schnell an meinem Versteck vorbei. Dann war er verschwunden.

Ich hatte keine Chance, ihn im Stockfinstern zu verfolgen, doch ich wußte genau, wohin er wollte. Ich überquerte den Fluß, mied die Straße und stieß hinter der Gießerei auf die Grünflächen von Fairfield Hall.

Als die niedrige Mauer in mein Blickfeld kam, duckte ich mich und kroch auf Händen und Knien langsam weiter. Plötzlich hörte ich seine Stimme und ließ mich flach auf den Boden fallen. Es klang, als sei er verrückt geworden.

„Ich komme, ich komme schon, Leutnant Shawnessy!“ Er schien geradezu zu singen. Lange lauschte ich dem gleichmäßigen Geräusch, mit dem der Spaten auf die Erde traf. Endlich stoppte es.

„Woll'n doch mal sehn, wer sich da unten versteckt", sagte der Korporal.

Es folgte eine Reihe wütender Flüche. Dann begann er wie besessen weiterzugraben. Immer wieder krallte sich die Spitzhacke in den gefrorenen Boden. Ich merkte, daß er seinem Ziel näher kam, denn Klumpen steinharter Erde flogen bis zu mir herüber.

„Na, wie isses in der Hölle, Leutnant Shawnessy?" rief er. „Versuch nicht, dich vor mir zu verstecken – nicht vor Blewitt."

Seine Stimme schien jetzt von unten heraufzudringen, und ich wagte einen Blick über die Mauer. Zu meiner Enttäuschung konnte ich in der Finsternis einfach nichts erkennen. Der Erdklumpenregen hatte aufgehört. Dann hörte ich etwas, das klang, als würde Stoff zerfetzt, und dann das Geräusch eines Feuerzeugs.

„Na, was haben wir denn da?" hörte ich ihn sagen. Ein flackernder Lichtschein wie von einer Kerze wurde sichtbar. „Gib's auf. Gib's her", sagte er, als ränge er mit einem Lebendigen.

Röchelnd kletterte er aus dem Erdloch, und ich hörte, wie er seine Geräte aufsammelte. Ich merkte, daß er näher kam, denn meine Nase war plötzlich erfüllt von dumpfem Grabgeruch. Er schwang sich über die Mauer und stand plötzlich neben mir, keinen halben Meter entfernt. Nur eine gütige Vorsehung verhinderte, daß er über mich stolperte. Einen Augenblick später war er in der Dunkelheit verschwunden.

Ich ließ ihm einen guten Vorsprung. Als ich ihm zu folgen wagte, war es vier Uhr morgens. Rauch stieg aus seinem Schornstein, also war er wieder zu Hause. Durch meinen Kopf wirbelten die Fragen, doch ich war total erledigt. Ich plumpste in mein Bett und fiel sofort in tiefen Schlaf.

ALS ICH erwachte, schneite es wieder. Auf meinem Fenstersims lag der Schnee schon etliche Zentimeter hoch. Im Bett war es warm und behaglich, und ich fiel wieder in Schlaf. Eine heisere Stimme weckte mich. Das war der Anfang der Ereignisse, die unser Leben für immer ändern sollten.

Es war eine Männerstimme, doch sie war zu leise, als daß ich die Worte hätte verstehen können. Dann hörte ich meine Mutter, ihre Stimme klang laut und nervös.

„Das reicht, Sir. Ich muß Sie bitten zu gehen."

Im Nu war ich aus dem Bett und an der Tür. Ich zog sie einen Spalt auf und lauschte. „Sie müssen verdammt einsam sein, wenn Ihr Alter so lange wegbleibt", hörte ich den Korporal sagen.

„Verlassen Sie mein Haus", sagte sie.

Langsam drängte er sie in die Ecke neben dem Kamin. „Wenn Sie 'n bißchen nett sind, werden Sie's nicht bereuen", sagte er gerade, als ich in die Küche trat.

„Lassen Sie sie in Ruhe!" Das wollte ich eigentlich brüllen, aber es wurde mehr ein Kreischen.

Er fuhr herum und war offensichtlich von meiner Anwesenheit überrumpelt.

„Ich dachte, du bist in der Schule, Kleiner", sagte er. Dann änderte sich sein Benehmen schlagartig, als sei er gerade in Mr. Sherrards Bank getreten, um einen Kredit zu beantragen. „Mrs. Lockhart, ich hab's nicht so gemeint."

„Korporal Blewitt, Sie packen jetzt Ihre Sachen und verlassen mein Haus", wiederholte meine Mutter.

„Ist doch nur, weil ich so lange meine –"

„Jetzt! Sofort!" unterbrach sie ihn.

„Morgen kommt mein Pa nach Hause", warf ich ein.

Sein stechender Blick heftete sich auf meine Mutter und dann auf mich. „Also, wenn da kein Platz mehr für mich ist, dann muß ich wohl abhauen."

Er ging hinaus ins Schneetreiben. Ich verriegelte die Tür hinter ihm. Dann umarmte mich meine Mutter und klammerte sich an mich, als wollte sie mich nie mehr loslassen.

Eine Stunde später war von der Abreise des Korporals immer noch nichts zu merken. Widerstrebend ließ meine Mutter mich gehen, damit ich herausfinden könnte, worauf er noch wartete.

Die Tür zu seinem Zimmer stand einen Spalt offen, und ich stieß sie auf. Er lag einfach auf dem Bett.

„Das habe ich im Vorratskeller gefunden – verdammt gut", sagte er mit einem Lachen. Er hielt einen Schöpflöffel in der Hand und deutete damit auf einen halbleeren Krug mit Apfelwein, der auf dem Boden stand.

„Wir brauchen das Zimmer. Ich muß es jetzt saubermachen", erwiderte ich.

„Also dein Pa kommt nach Haus", sagte er schmunzelnd. „Er ist Offizier, was?"

„Lieutenant Colonel", antwortete ich stolz.

„Na ja, die großen Tiere", sagte er, schöpfte einen neuen Löffel voll Apfelwein aus dem Krug und schüttete ihn in einem Zug hinunter. Dann schmunzelte er wieder und begann zu lachen. „Dein Pa kommt überhaupt nie mehr nach Hause, du Zwerg. Er ist tot. Hat deine Mama dir das nicht erzählt?“

„Er ist nicht tot!“ schrie ich.

„Sicher ist er's“, fuhr er fort. „Sie hat mir's selbst gesagt.“

Ich mußte mich zusammennehmen, um nicht auf ihn einzuschlagen.

„Du brauchst einen neuen Vati“, sagte er dann. „Meine Bewerbung steht.“

Jetzt raste ich vor Wut. „Vorher landen Sie im Gefängnis!“ schrie ich. „Lassen Sie uns in Ruhe, sonst erzähle ich der ganzen Stadt, was Sie bei Fairfield Hall gemacht haben.“

Er ließ die Füße auf den Boden gleiten und setzte sich auf. Seine Hand war schneller als eine Schlange. Plötzlich fühlte ich sie an meinem Hals. Wie im Nebel hörte ich ihn brüllen: „Was weißt du, du kleiner Satan?“ Dann wurde es dunkel um mich.

Ich weiß nicht, wie lange ich bewußtlos gelegen hatte, aber als ich wieder zu mir kam, fühlte ich noch den Druck seiner Hand an meinem Hals. Ich lag auf dem kalten Fußboden, und die Tür stand weit offen. Sofort dachte ich an meine Mutter. Ich raffte mich auf, torkelte durch die Tür und lief auf den schneebedeckten Hof hinaus.

In der Küche war es warm und friedlich. Ein Wasserkessel brodelte auf dem Herd. Ich sah mich nach einer Waffe um und ergriff das Bügeleisen meiner Mutter, das auf dem Herd stand.

Ich lief durch die Diele in den vorderen Teil des Hauses. Auf dem Boden lag einer ihrer Schuhe. Ihre Schlafzimmertür am Ende des Flurs stand einen Spalt offen.

Ich schlich weiter und steckte den Kopf durch den Spalt. Korporal Blewitt kniete auf dem Bett über ihr.

Ich ließ ihm keine Zeit. Er sah mich nicht kommen, denn sein dichtes Haar hing ihm über die Augen wie ein schwarzer Vorhang. Ich holte mit dem Bügeleisen aus und ließ es, so fest ich konnte, auf ihn niedersausen. Die Spitze landete mit einem gräßlichen Knirschen an seiner Schläfe. Er gab keinen Laut von sich, brach einfach zusammen. Ich ließ das Bügeleisen fallen und zerrte ihn vom Bett. Mit einem dumpfen Geräusch landete er auf dem Boden.

Von seinem Gewicht befreit, rollte sich meine Mutter auf die andere Seite des Bettes und setzte sich auf. Ihr Haar war offen, und ihr Kleid war im Rücken bis zur Taille aufgerissen.

„Ist er tot?“ fragte sie mit ruhiger Stimme.

Ich kniete mich neben ihn und legte mein Ohr auf seine Brust. „Er ist tot, ganz klar", sagte ich und stand wieder auf.

„Gut", antwortete sie. Sie zog sich die Bettdecke um die Schultern, nahm ein paar Sachen von ihrem Nachttisch und verließ das Zimmer. Gleich darauf hörte ich, wie sie Wasser aus dem Kessel in eine Schüssel goß.

Ich konnte den Blick nicht von der Leiche wenden. Als mir der süßliche Blutgeruch in die Nase drang, begannen meine Knie zu zittern – ich mußte mich aufs Bett setzen. Ich war ein Mörder. Trotzdem fühlte ich keine Schuld. Ich wollte um Vergebung beten, aber ich brachte es nicht zustande.

Meine Mutter rief in der Küche nach mir. Ich fand sie am Tisch vor dem Feuer. Sie hatte das Kleid gewechselt und ein altes Flanellhemd von meinem Vater übergezogen. Sie war totenbleich. Sie streckte den Arm aus und ergriff meine Hand.

„Er hat gesagt, Pa ist tot", sagte ich.

„Er hat gelogen, Jamie. Er hat nur gelogen."

„Ich habe ihn umgebracht."

„Du hast unser Leben gerettet", antwortete sie und schloß mich in die Arme.

„Jamie", sagte sie nach einer Weile. „Du weißt, wie die Leute im Ort über mich denken. Ich bin nicht sicher, ob sie uns das alles glauben werden. Verstehst du? Wir werden nie jemandem was davon erzählen – nicht einmal deinem Vater."

„Verstehe", sagte ich.

Etwa einen halben Kilometer von unserem Haus entfernt lag ein Sumpfgebiet. Ich beschloß, Blewitt dort zu begraben, zusammen mit seinem Hut, dem Karabiner und ein paar anderen Habseligkeiten. Plötzlich durchzuckte mich ein Gedanke: Was immer er aus dem Grab des Leutnants gestohlen hatte, es mußte noch in seinen Taschen stecken. Ich durchsuchte sie und fand ein Taschentuch, ein Messer und einen Tabaksbeutel. Ich stopfte alles in meine Tasche und beendete meine Arbeit. Der Schnee hatte begonnen, in Regen überzugehen, und als ich die Grube mit der Leiche darin zugeschaufelt hatte, war der ganze Platz ein einziges Schlammloch.

Im Haus hatte meine Mutter indessen alle Blutspuren vom Fußboden gewischt und auch sein Zimmer geputzt. Eines blieb mir noch zu tun. Ich legte dem dürren Pferd des Korporals Sattel und Zaumzeug an und ritt mit ihm einige Meilen Richtung Norden. Als ich die Straße erreichte, die zu Conrads Laden führte, stieg ich ab und band das Pferd an einen Ast. Es gab so viele Leute, die wild auf ein Pferd waren – hier würde die Stute bestimmt nicht lange stehenbleiben.

Als ich nach Hause kam, machte mir meine Mutter ein heißes Bad, so heiß, daß ich es kaum aushalten konnte. Danach erzählte ich ihr von meinem Erlebnis mit dem Grabräuber. Gemeinsam inspizierten wir die paar Sachen, die ich an mich genommen hatte. Das einzig Ungewöhnliche war der Tabaksbeutel, denn keiner von uns hatte ihn je rauchen sehen. Ich schüttete den Tabak auf den Küchentisch und durchsuchte ihn sorgfältig, doch da war nichts zu finden. Dann krempelte meine Mutter den Beutel um und fand die Karte. Es war nichts weiter als ein kleines Stück weißes Tuch, das jemand sorgfältig in den Boden des Beutels eingenäht hatte. Das Tuch war bedeckt mit einer Art Zeichnung – ein paar plumpe Markierungen und sich kreuzende Linien. Wir waren beide todmüde, und keiner von uns konnte sich einen Reim darauf machen. Schließlich gaben wir auf. Zum ersten Mal seit meiner Kinderzeit schliefen wir diese Nacht in einem Bett.

ZWEI

Ein paar Tage später tauchten zwei Männer aus Richmond auf und suchten Korporal Blewitt. Jedenfalls behaupteten sie, sie kämen aus Richmond. Ich war gerade bei Dr. Cassidy, als sie in unser Haus kamen. Der Ältere behauptete, erzählte mir meine Mutter später, Blewitt sei von seiner Artillerieeinheit desertiert. Ich hielt das durchaus für möglich. Trotzdem kam es mir komisch vor, daß die Armee zwei Männer auf den weiten Weg von Richmond bis hierher geschickt haben sollte, nur um einem Deserteur nachzujagen.

Meine Mutter erzählte ihnen, er sei vor drei Tagen weggeritten. Die Männer wollten wissen, wohin. Meine Mutter sagte, sie wisse es nicht. Die beiden durchsuchten eine Stunde lang sein Zimmer und den Stall, bevor sie endlich wieder abzogen.

Das war auch der Tag, an dem ich Dr. Cassidy die Karte zeigte.

Ich verriet ihm nicht, wie ich in ihren Besitz gelangt war, denn das hatte ich meiner Mutter versprochen. Alles wäre vielleicht ganz anders gekommen, wenn ich ihm von Anfang an die Wahrheit gesagt hätte. Wir werden es nie erfahren. Ich erzählte ihm nur, daß die Karte aus einem

Tabaksbeutel stamme, den ich auf dem Schlachtfeld gefunden hätte. Ich entfaltete das Stück Stoff und legte es vor ihn auf den Schreibtisch.

„Dann wollen wir doch mal sehen", sagte er. Er beugte sich darüber und betrachtete die Zeichen durch ein Vergrößerungsglas. Es dauerte zehn Minuten, bis er sein Urteil abgab.

„Angenommen, dies hier ist authentisch, was ich nicht unbedingt glaube, dann mag es für den, der es entziffern kann, der Schlüssel zum Aufspüren irgendeiner Sache von hohem Wert sein."

„Warum glauben Sie das?" fragte ich.

„Warum sollte sich jemand die Mühe machen, eine verschlüsselte Karte anzufertigen, wenn es nicht um etwas sehr Wichtiges ginge. Nur der kann diese Zeichnung entschlüsseln, der im Besitz bestimmter Informationen ist."

Wieder beugte er sich über die Karte. „Vermutlich handelt es sich um ein Versteck, und zwar in der Nähe von Sudley Springs, nicht weit von Manassas."

„Woher wollen Sie das wissen?"

„Schau her", sagte er und deutete auf die obere linke Ecke. „Das hier sind offenbar die vier Richtungen der Windrose. Hier ist ein Datum, der zweiundzwanzigste Juli 1861. Das war der Tag nach der ersten Schlacht bei Manassas. Also ich glaube, diese Linien hier sollen Warrenton Pike und nördlich davon den Fluß bei Bull Run darstellen. Das Gekritzel im Westen deutet offensichtlich auf eine dichtbewaldete Gegend hin, und das Kreuz in dem Viereck ist eine Kirche. Sudley Church, wenn ich mich recht erinnere. Der Rest ist irgendeine chiffrierte Information. Diese Zeichen hier."

Rund um die Zeichnung waren am Rand des Tuches Zahlen und Wörter mit Tinte gekritzelt. Etwa *200SO* und *73W*. Dann stand da *Der Teufelsschlund*. Darunter war ein schwarzer Halbkreis, der an den Eingang eines Tunnels erinnerte. Am unteren Rand des Tuches stand *RBA* und daneben *Shawnessy*. Ich erinnerte mich; das war der Name, den Blewitt beim Grab erwähnt hatte.

„Was könnte diese Abkürzung bedeuten?" wollte ich wissen.

„Rockbridge Artillery, wenn ich mich nicht irre."

Richtig, Blewitt hatte behauptet, bei der Artillerie zu sein. „Das war eine Einheit der ursprünglichen Valley-Brigade. Ike Trumbo diente in dieser Batterie, bis er als Invalide entlassen wurde."

„Mr. Trumbo, der an der Akademie für meinen Vater gearbeitet hat?"

„Ebender. Jetzt führt er, glaube ich, irgendeine Kneipe in der Nähe von Harrisonburg. Wenn ich mit Sudley Springs recht habe, Jamie, dann brauchst du gar nicht nach dem Versteck zu suchen. Die ganze Gegend liegt sechzig Kilometer hinter den Linien der Yankees."

Meine Neugier wurde immer größer. Am nächsten Morgen konnte ich es nicht mehr aushalten. Ich bekniete meine Mutter, bis sie mich schließlich nach Harrisonburg zu Ike Trumbo reiten ließ. Sie packte mir ein Essenspaket, Brot mit Maissirup, dazu einen Beutel saurer Erbsen für Jupiter ein. Uns stand ein weiterer Dezembersturm bevor, deshalb packte sie mir ein zweites Hemd und ein zweites Paar Socken ein für den Fall, daß ich durchnäßt würde. Ich nahm auch noch ein großes Stück Gummituch mit, das ich über den Wintermantel ziehen konnte, wenn es zum Schlimmsten kam.

Jupiter war ob der Aussicht auf einen Ausritt bester Laune. Auch ich war zunächst guter Dinge, doch was ich an der Straße sah, als ich aus Port Republic nach Westen ritt, verdarb mir rasch die Freude.

Das war nicht mehr das Tal, in dem ich aufgewachsen war. Zuerst fiel mir das Fehlen der Zäune auf. Sie waren vermutlich von den feindlichen Armeen abgerissen und als Feuerholz verwendet worden. Die Straße sah nackt und fremd aus ohne sie.

Die gesamte Ernte war vernichtet, und die meisten Häuser, an denen ich vorbeikam, schienen verlassen, wirkten grau und unwirtlich. Auf einem Hof allerdings pflügte ein Mann mit einem Maulesel ein steiniges Feld. Das kam mir ziemlich idiotisch vor mitten im Dezember, aber der Krieg hatte die Menschen verändert, und manche waren wunderlich geworden. Ich fragte mich, ob die Welt je wieder so sein würde wie zuvor.

AM NORDRAND von Harrisonburg lag Ike Trumbos Wirtshaus, ein niedriger Holzbau mit einem Flachdach. Mehrere Pferde standen angebunden davor. Ich gab einem alten Mann, der auf der Terrasse saß, einen Dollar, damit er auf Jupiter achtgab.

Drinnen war es warm und verraucht. Im offenen Kamin brannte ein mächtiges Feuer. Mehrere Männer standen an einer roh behauenen Holzplatte, die eine Seite des Raums beherrschte. Dahinter stand Ike Trumbo und bediente. Ein einzelner Mann hockte mit einer Flasche an einem Tischchen neben dem Kamin. Ich stellte mich ans eine Ende des Schanktisches, und Mr. Trumbo kam zu mir.

„Bist du das, Jamie?" fragte er und legte besorgt sein liebes, quadratisches Gesicht in Falten.

Ich nickte.

Er trug eine Mütze mit langen Ohrenklappen, die das Loch in der Seite seines Schädels verdecken sollten. Den größten Teil davon sah man aber trotzdem.

„Was machst du denn hier bei uns?“ wollte er wissen. „Wie geht’s deinem Vater?“

Ich sagte, gut, soviel wir wüßten. Dann kam ich zum Thema.

„Ich habe eine Landkarte gefunden, und Dr. Cassidy meinte, Sie könnten mir helfen, sie zu lesen. Sie könnte was mit der Rockbridge-Artillerie zu tun haben.“

„Laß mal sehen“, sagte er.

„Ist aber eine Art Geheimnis.“

„Schon gut, Jamie.“

Ich breitete das Stück Stoff vor ihm aus. Er studierte es ein paar Minuten, drehte es, um die Worte am Rand zu lesen. Die anderen Gäste achteten nicht auf uns.

„Dies könnte Leutnant Shawnessy gezeichnet haben, ich weiß bloß nicht, warum“, begann er flüsternd. Seine Miene verdüsterte sich. „Er ist bei Port Republic umgekommen, weißt du.“

Ich nickte. „Können Sie mir sagen, was diese Zeichen bedeuten?“

„‚Der Teufelsschlund‘“, las er langsam vor. Dann schüttelte er den Kopf.

Die Tür zur Straße quietschte laut in ihren ledernen Angeln. Alle drehten sich um. Der Mann, der eintrat, erschien mir riesengroß. Er mußte sich bücken, um durch die Tür zu kommen, und als er sich wieder aufrichtete, stieß sein Schlapphut an die Deckenbalken. Er ging zur Bar, und Ike verließ mich, um ihn zu bedienen.

Die Männer, die neben dem Neuankömmling standen, kehrten nach kurzer Pause wieder zu ihrem Thema zurück, dem Krieg.

„Was ist aus Jube geworden?“ fragte einer.

„Der ist lange tot. Hat sich unten im Süden in die Hölle verabschiedet.“

„Pat Cleburne soll hier vorbeikommen. Er hat irgend’ne Rechnung zu begleichen.“

„Cleburne ist tot“, meinte Ike Trumbo.

„Wer sagt das?“

Ike deutete auf den Mann, der am Tisch beim Kamin saß. „Der Offizier da sagt, Cleburne ist zusammen mit einem ganzen Haufen von unseren Generälen in Tennessee ums Leben gekommen. Stimmt’s, Major?“

Der Offizier war glattrasiert und hatte einen dunklen bronzefarbenen Teint. Sein schwarzes Haar war dicht und stand um den Kopf, als sei es mit einer stumpfen Sichel gemäht worden. Ich hatte noch nie einen Schwarzen in einer Uniform der Konföderierten gesehen – noch dazu mit einem Stern auf dem Kragen.

„Leider wahr, jawohl", sagte er mit einem Akzent, den ich nicht kannte. Seine tiefliegenden schwarzen Augen sahen todmüde aus.

Ich merkte plötzlich, daß der Lange das Stück Stoff anstarrte, das immer noch ausgebreitet vor mir lag. Ich faltete es sorgfältig zusammen und steckte es in die Tasche. Dann kam Ike Trumbo wieder zu mir und verdeckte für einen Augenblick das Gesicht des Langen.

„Worüber sprachen wir noch gleich?" sagte er mit einem Lächeln.

„Komm mal her, Junge", dröhnte plötzlich eine tiefe Stimme.

Ike drehte sich zu dem Langen um. „Er hat nichts verbrochen, Mister", meinte er beschwichtigend.

„Wenn du nicht noch ein Loch im Kopf willst, halt dich da raus", antwortete der Lange und ließ mich nicht aus den Augen. „Komm her, Junge. Was du da hast, gehört mir. Bring's her!" Ike griff in das Regal hinter sich, doch der Lange schlug seinen Mantel auf – in seinem Gürtel steckte ein riesiger Colt. „Geh da weg!" sagte er, und Ike gehorchte.

Der Lange kam auf mich zu. Er wollte gerade in meine Manteltasche greifen, als die Stimme mit dem fremden Akzent sagte: „Laß den Jungen in Ruhe."

Der Lange stoppte und sah sich um. Aus den Augenwinkeln sah ich, wie der Offizier neben seinem Tischchen aufstand. Das Herz fiel mir in die Hose, als ich bemerkte, daß sein rechter Ärmel leer und an der Seite seiner Uniformjacke festgesteckt war. Als der Lange das sah, grinste er.

„Hab nicht gewußt, daß die Armee Nigger unter ihren Offizieren hat", sagte er.

„Je suis de Bayou La Frenière, mon grand cochon."

„Was?"

„Meine Vorfahren, Sir, stammten aus Kanada, Akadien, genauer gesagt, und ließen sich in Attakapas, Louisiana, nieder."

„Von mir aus. Halt dich raus, oder ich mach dich kalt."

„Ich glaube nicht, daß Sie dazu in der Lage sind, mein unwissender Freund", erwiderte der Offizier, und aus seinen dunklen Augen schossen Blitze. „Wenn Sie jetzt gehen, will ich Ihnen gestatten weiterzuleben. Andernfalls müssen Sie für Ihre schlechten Manieren bezahlen – mit Ihrem Leben, ein Spottpreis."

„Dein Gelaber geht mir auf die Nerven, du einarmiger Nigger", sagte der Lange und hatte plötzlich den Revolver in der Hand.

Blitzschnell schoß die linke Hand des Offiziers hinter seinen Kopf zum Mantelkragen und kam mit einer Art Dolch wieder zum Vorschein. Mein Ehrenwort, ich hörte ihn durch die Luft zischen, bevor er in der Brust des Langen steckenblieb.

„Ein Louisiana-Zahnstocher", sagte Ike Trumbo ehrfürchtig.

Der Lange starrte mit blödem Grinsen auf seine Brust. Dann begann er zu schwanken, kippte langsam nach hinten über und krachte wie ein gefällter Baum auf den Lehmboden.

Ike Trumbo näherte sich dem Einarmigen vorsichtig. „Haben Sie bei den Louisiana Tigers gekämpft?" fragte er und hielt ihm die linke Hand hin.

„Ja, habe ich", antwortete der Offizier und schüttelte sie kräftig. „Ich bin Major Alain de Monfort."

Ich hielt ihm ebenfalls die linke Hand hin. „Ich heiße Jamie Lockhart", sagte ich, als er sie ergriff. „Danke."

Er blickte zu mir herunter und lächelte. Dann trat er zu dem Sterbenden und zog ihm mit theatralischer Geste die Waffe aus der Brust. „Ich hoffe, der Preis war Ihnen nicht zu hoch, mein großer Freund", sagte er.

Der Lange gab keinen Laut von sich. Ich merkte aber, daß er noch am Leben war, denn Tränen rannen ihm über die Wangen. Dann bewegten sich seine Lippen.

Ich beugte mich dicht zu ihm hinunter. „Stonewall Jacksons Gold", murmelte er.

„Was hat er gesagt?" wollte einer der Gäste wissen.

„Er hat gesagt, er hat das nicht gewollt", erwiderte Major de Monfort, der als einziger nahe genug war, um ihn gehört zu haben. Der Lange verdrehte die Augen, zitterte kurz und lag still.

In dem Augenblick flog die Tür auf, und der alte Mann, der sich um die Pferde gekümmert hatte, hinkte in den Raum.

„Reiter kommen schnell auf uns zu, Ike!" rief er.

Wir liefen alle auf die Veranda. Ich konnte das Pferdegetrappel deutlich hören.

„Ich wäre nicht überrascht, wenn das Freunde des Herrn wären, der drinnen auf dem Fußboden liegt", flüsterte Major de Monfort mir zu. „Ich schätze, du besitzt etwas, was sie gerne haben wollen."

Ich antwortete nicht.

„Du kannst mit mir mitreiten“, meinte er, während er sich in den Sattel seiner kastanienbraunen Stute schwang.

Jupiter war noch angebunden. Er zerrte an seinem Zügel, als wüßte er, daß es höchste Zeit war zu verschwinden. Ich band ihn los und kletterte ebenfalls in den Sattel. Ich drehte mich um und sah in einiger Entfernung sechs Reiter die Dayton Road entlanggaloppieren.

„Kennst du einen anderen Weg durchs Pike Valley nach Winchester? Einen, den die vielleicht nicht kennen?“ fragte der Major.

„Folgen Sie mir!“ rief ich. Es bedurfte nur eines winzigen Kicks in Jupiters Flanken. Er galoppierte los, und weg waren wir. Wir ritten etwa eine Meile nach Osten, dann bogen wir in die Keezletown Road nach Norden ab. Ein Stück weiter nahmen wir eine Abkürzung über mehrere offene Felder, bis wir den alten Waldweg erreichten, der am Westrand der Massanutten entlangführt. Am späten Nachmittag waren wir aus dem Wald heraus und hielten auf einer schmalen Wiese unterhalb des Grates, um den Pferden eine Pause zu gönnen. Von hier aus konnte man fast eine Meile in die Richtung zurückblicken, aus der wir gekommen waren.

Ich breitete meinen Gummiumhang aus und legte mich auf den Rücken ins Gras. Der Himmel war eine einzige riesige stahlblaue Wolke. Ich schloß die Augen und fiel sofort in Schlaf. Ich erwachte davon, daß mich jemand an der Schulter rüttelte. „Wach auf, Jamie. Sie kommen“, sagte der Major, der Wache gesessen hatte.

Ich setzte mich auf und spähte in die Richtung, aus der wir gekommen waren. Tatsächlich – höchstens eine halbe Meile entfernt kamen sechs Reiter auf uns zu.

„Wie haben sie uns –“, fing ich an, aber der Major unterbrach mich.

„Einer davon ist ein Fährtensucher“, erklärte er kurz, bestieg sein Pferd und ergriff die Zügel mit der Linken. „Wir müssen fliehen.“

Wir flohen um unser Leben, um es kurz zu sagen. Jupiter liebte solche Rennen. Er schnaubte vor freudiger Erwartung. Doch wie lange konnte er durchhalten – bei seinem Alter?

Ich mußte ständig daran denken, was in dem Wirtshaus passiert war. Immer wieder sah ich den langen Mann zu Boden fallen, und immer wieder hörte ich die Worte, die er flüsterte, bevor er starb: „Stonewall Jacksons Gold.“

Heute klingt es vielleicht verrückt, aber damals, auf unserer Flucht vor den Reitern, beschloß ich, das Gold zu suchen und es General Lee zu übergeben. Ich rechnete mir aus, wie viele Wintermäntel und wie viele

Paar Stiefel man damit für meinen Vater und seine Kameraden kaufen konnte. Und noch etwas kam mir in den Sinn. Ich konnte nicht nach Hause – Korporal Blewitts Freunde würden mich verfolgen, um mir meinen Fund abzunehmen. Ich durfte meine Mutter nicht in Gefahr bringen.

„Haben Sie gehört, was der Mann in Trumbos Wirtshaus gesagt hat, bevor er starb?“ fragte ich den Major, während wir weiter einen Hang entlangritten.

„Er sagte ‚Stonewall Jacksons Gold‘.“

„Stimmt genau. Haben Sie eine Idee, was er damit gemeint hat?“

„Nein, aber ich nehme an, du wirst es mir sagen“, antwortete er.

„Irgendwo bei Sudley Springs liegt Gold vergraben“, begann ich. Ich blieb nicht ganz bei der Wahrheit, behauptete, ich hätte die Karte auf einem ehemaligen Schlachtfeld gefunden. Schließlich fragte ich ihn, ob er mir helfen würde, das Gold zu finden und es durch die Linien der Yankees zu General Lee zu bringen.

„Sag mir nur eins, Jamie“, meinte er. „Was wissen unsere Verfolger?“

Erst war ich in Versuchung, ihm alles zu erzählen. Dann fiel mir ein, was ich meiner Mutter versprochen hatte. „Ich weiß es nicht“, log ich.

Er warf mir einen kurzen, scharfen Blick zu. „Ich werde darüber nachdenken.“ Es war bereits Nacht, als ein starkes Unwetter losbrach. Major de Monfort spornte sein Pferd zu schnellerer Gangart, und Jupiter nahm die Herausforderung an. Wir legten einige Meilen in scharfem Galopp zurück, doch dann spürte ich plötzlich ein Zittern unter mir, und Jupiter fiel schnell zurück.

Der Major wartete, bis ich wieder aufgeholt hatte. „Halte dein Pferd in Trab!“ rief er mir zu. Wir waren kurz vor New Market.

„Er schafft es nicht bei dem Tempo!“ rief ich zurück. „Er ist achtundzwanzig.“

Seine Miene wurde weicher. „Wir lassen die Pferde ein paar Minuten ausruhen.“

„Werden Sie mit mir kommen, Sir? Nach Sudley Springs?“ fragte ich, als wir langsam nebeneinanderher ritten.

Es dauerte einen Moment, bevor er antwortete. „Jamie, es tut mir leid, aber ich kann nicht. Ich habe in Winchester etwas zu erledigen.“

„Aber in Winchester stehen die Yankees“, protestierte ich.

„So ist es“, erwiderte er ruhig. „Du kannst mit mir kommen, andernfalls muß ich dich verlassen.“

„Ich gehe auf jeden Fall nach Sudley Springs“, sagte ich.

Er senkte einen Moment den Blick. „Der New-Market-Paß ist tückisch, besonders bei Nacht“, sagte er dann. „Der Gedanke, daß ein Junge deines Alters dort allein unterwegs ist, noch dazu mit diesen Verfolgern, gefällt mir gar nicht. Wenn du aber unbedingt bei deinem Vorhaben bleiben willst, dann möchte ich dir einen Vorschlag machen. Reite durch die Schlucht, solange es geht, und bleib im Dunkeln der Hauptstraße fern.“

Ich nickte. Er dirigierte sein Pferd dicht neben Jupiter und ergriff meine Hand. „Wenn du in Schwierigkeiten kommst, denk an das, was ich dir jetzt sage. Auf der anderen Seite von Massies Glen liegt eine Siedlung, die heißt Calvary. Frag nach dem Haus eines Mannes namens Gamage. Sag ihm, du brauchst Hilfe und Montague hätte dich geschickt.“

Wer ist Montague? dachte ich. Aber ich hatte keine Zeit zum Fragen.

„Noch eins, Jamie“, fuhr der Major fort. „Wenn diese Männer dich einholen und die Karte bei dir finden, werden sie dich umbringen. Mach dir keine Illusionen. Präge dir die Karte gut ein, lerne sie auswendig, und dann vernichte sie. Sie ist dann nur noch in deinem Kopf, und das kann dir das Leben retten.“

Er gab Jupiter einen Klaps auf den Rumpf, und wir schossen ohne ihn davon.

„Ich verspreche dir einen guten Vorsprung!“ rief er hinter mir her. Ich drehte mich im Sattel um und sah noch, wie er ein Gewehr aus seiner zusammengerollten Decke zog. Dann verschluckte ihn der Regen.

In New Market kam ich an die Kreuzung, wo es ostwärts zum Bergpaß ging. Ich lenkte Jupiter unter das Vordach eines Geschäftes. Ohne abzusitzen, entzündete ich einen Kerzenstummel, zog den kostbaren Fetzen aus der Tasche und versuchte, mir die Karte einzuprägen. Nach einer Minute ließ ich sie sinken, schloß die Augen und versuchte, mich zu erinnern. Es funktionierte, ich sah die Karte vor mir, in allen Einzelheiten. Ich hielt den Stoffetzen in die Kerzenflamme.

Jäh verschwand das Bild der Karte aus meinem Kopf. Sosehr ich es auch versuchte, es kam nicht wieder. Ich blies die Kerze aus, bevor der Stoff noch richtig Feuer gefangen hatte. Du kannst dir die Karte später einprägen, beschloß ich, faltete sie zusammen und schob sie unter Jupiters Satteldecke. Dann ritten wir wieder in den Regen hinaus und nahmen Kurs auf den schwarzen Berg.

Von der Stadtmitte zum Saum des Berges waren es etwa drei Meilen.

Daß wir ihn erreicht hatten, merkte ich daran, daß Jupiter zu klettern begann.

Es wurde immer kälter, aus dem Regen wurde nasser Schnee, der mir ins Gesicht peitschte und in den Kragen meines Mantels lief. Jeder Atemzug tat weh, und mein ganzer Körper verkrampfte sich vor Schmerzen und Kälte.

Der Wind wurde immer wütender, je höher wir in die schwarze Nacht hinaufritten. Ein Dreißigmeilenritt, dazu die Flucht vor den Verfolgern, das war wohl zuviel gewesen – jedenfalls fiel ich in Schlaf, während sich Jupiter brav dem Gipfel entgegenarbeitete.

Als ich aufwachte, bewegten wir uns nicht mehr. Jupiter ließ den Kopf tief hängen und stand reglos da – wie paralysiert. Ich stieg ab und versuchte, seinen Kopf zu heben, aber er war zentnerschwer. Die Augen waren halb offen und blicklos. Ich untersuchte seine Beine. Aus einem Fesselgelenk rann das Blut. Als ich das Ohr an seine Brust legte, wurde mir schlecht vor Angst. In seiner Lunge gurgelte es, und er rang nach Atem. Schlimmer noch – sein Herz schlug rasend schnell und unregelmäßig.

Ich begann vor Angst am ganzen Leib zu zittern. Es war nicht die Angst vor meinen Verfolgern. Es war der Horror, der mich ergriff, als ich daran dachte, was ich würde tun müssen, wenn Jupiter hier an diesem gottverlassenen Ort zusammenbrach.

Es gab nur eines – ich mußte Jupiter so schnell wie möglich von diesem Berg herunterbringen und einen Ruheplatz für uns beide finden. Ich ergriff die Zügel und führte ihn sanft zu Fuß weiter, bis wir schließlich den Gipfel erreichten. Obgleich Wind und Schneeregen nicht nachließen, ging es abwärts etwas besser. Ich kletterte wieder in den Sattel, beugte mich vor und begrub das Gesicht in Jupiters Mähne. So blieb ich während unseres Abstiegs ins Luraytal. Bald war ich wieder eingeschlafen.

Ich erwachte davon, daß Jupiter mich mit der Nase ans rechte Knie stupste. Wir hielten jetzt wieder auf der Straße, aber diesmal hatte ich das deutliche Gefühl, daß die Gefahr vorbei war. Um mich herum war dichter Nebel. Bald mußte der Tag anbrechen.

Um uns herum erstreckten sich dichte Wälder. Hier konnte man sich gut verstecken. Ich führte Jupiter von der Straße weg und in einen munter plätschernden Bach, um unsere Spuren zu verwischen. Ein Stück weiter drangen wir durch dichtes Unterholz tiefer in den Wald hinein. Schließlich kamen wir zu einer kleinen Lichtung nahe einem zweiten

Flüßchen. Ich nahm Jupiter Zaumzeug und Sattel ab und ließ ihn erst einmal trinken. Dann fütterte ich ihn mit den sauren Erbsen aus meiner Satteltasche und aß selbst die letzten Kekse meiner Mutter. Ich behandelte seine Beinverletzung mit einer von Dr. Cassidys Salben, dann ließ ich ihn grasen und ruhen. Ich rollte mich in meinen Gummiumhang und legte mich ins weiche Moos zwischen umgestürzte Bäume. Der Nebel fiel aus den Wipfeln auf mich herunter wie ein Schleier. Es war das perfekte Versteck. In dieser Suppe konnte uns keiner aufspüren. Ich dachte an meine Mutter und hoffte, daß sie sich nicht allzusehr um mich sorgte. Ein paar Sekunden später war ich weg.

DREI

Das Leben läuft nicht immer so, wie man gerne möchte. Das nächste, was ich fühlte, war ein harter Rippenstoß. „Steh auf, Junge", hörte ich eine heisere Stimme sagen.

Ich schob meinen Kopf ins Freie. Immer noch dichter Nebel um mich herum. „Wo hast du's versteckt?" ließ sich die Stimme wieder vernehmen.

Ein neuer Tritt in die Rippen brachte mich auf die Füße. Wie hatten die Kerle mich gefunden? Mehrere Männer tauchten wie Gespenster aus dem Nebel auf. Einer durchsuchte bereits meine Satteltasche. Ein untersetzter Mann mit offensichtlich sehr muskulösen Armen.

„Diese Kälte bringt mich noch um", sagte ein dritter, alt genug, um mein Großvater zu sein. Er hatte eine weiße Mähne und einen fettigen Bart. „Soll ich uns ein Feuer machen, Cole?"

Der Mann, den er angesprochen hatte, steckte noch im Nebel, aber ich hörte ihn antworten: „Warum nicht? Kann sein, daß wir eine Weile hierbleiben."

Der Kerl, der meine Satteltasche durchsucht hatte, schmiß sie auf den Boden.

„Nix da", fluchte er. Dann nahm er meinen Sattel hoch und begann die Säume zu untersuchen. Erst jetzt stieg die Angst in mir auf. Ich dachte an Major de Monforts Warnung und an seinen Rat, die Karte zu vernichten. Wenn sie sie fanden, brauchten sie mich nicht mehr.

Ich riskierte einen Blick auf Jupiters nasse Satteldecke, die nur ein paar Meter von mir entfernt lag. Der zusammengefaltete Stoffetzen lag daneben; er sah mehr wie ein Taschentuch aus und war zum Teil bedeckt von einer Socke, die während der Durchsuchung zu Boden gefallen war.

Der Mann namens Cole tauchte aus dem Nebel auf. Er war ungefähr einen Meter achtzig groß und etwa so alt wie mein Vater zu Beginn des Krieges. Sein Gesicht wirkte männlich, sogar gepflegt, er hatte volles, glänzendes braunes Haar und weit auseinanderstehende schwarze Augen.

„Du hast wohl gedacht, dich findet hier so leicht niemand", sagte er, und es klang eher freundlich. Er deutete auf den Alten, der es irgendwie fertiggebracht hatte, mit nassem Holz ein Feuer zu entfachen. „Das ist keine Schande. Claude Moomaw hat dich aufgespürt. Claude hat während der Indianerkriege für Jim Bridger den Fährtensucher gemacht. Der hätte dich gefunden, auch wenn du dich in der Hölle versteckt hättest."

Claude Moomaw sah eher so aus, als könne er nicht bis drei zählen. Unter seinem Ledermantel wölbte sich ein fetter Bauch, als er sich vorbeugte, um im Feuer zu stochern.

Zwei weitere Männer stießen dazu. Beide waren rothaarig und sahen aus wie Brüder. Den älteren nannten sie Thurman; er war etwa fünfundzwanzig.

„Laddy und ich haben gewartet, wie du's gesagt hast, Captain", berichtete er Cole. „Keine Truppen auf der Straße nach Osten."

Das Feuer des Alten brannte jetzt sehr gut. Der Untersetzte mit den kräftigen Armen stellte sich daneben.

„Er muß es an sich selber haben", sagte er. „In seinen Sachen ist nix."

Der Captain starrte mich an und grinste.

„Ich bin Captain Cole McQuade", stellte er sich vor. „Deinen Namen weiß ich schon."

Ich erwiderte seinen Blick ein paar Sekunden und blickte dann zu Boden.

„Wie hast du Blewitt umgelegt?" fragte er leichthin, als ginge es um ein verunglücktes Schaf. Ich zog es vor zu schweigen.

„Deine Mutter ist eine tapfere Frau, Jamie. Sie wollte uns nichts sagen. Aber wir haben Shawnessys Tabaksbeutel bei deinem Freund, dem Doktor, gefunden. Du mußt die Karte dabeigehabt haben, als du Port Republic verlassen hast. Sie steckt vielleicht irgendwo in deiner Kleidung. Ich muß dich bitten, sie abzulegen."

„Wenn Sie meiner Mutter was getan haben –" Hinter mir packte jemand mein Ohr und begann, es zu drehen. Das war wieder der Untersetzte.

„Hör auf damit, Dex!" befahl der Captain.

Dex ließ mich los, und ich zog meine Jacke aus und gab sie ihm.

„Will nur hoffen, der Kleine war nicht so blöd, das Papier naß werden zu lassen“, sagte Dex, und seine Worte ließen mein Herz schneller schlagen. Sie bedeuteten, daß keiner von ihnen die Karte je gesehen und daß weder meine Mutter noch Dr. Cassidy sie ihnen beschrieben hatte.

„Sie können sie nicht finden“, log ich. „Ich habe sie letzte Nacht verbrannt.“

„Wenn du das gemacht hast, dann schneid ich dir das Herz aus’m Leib“, drohte Dex.

Ich hatte jetzt nur noch meine Unterwäsche an. Die Männer durchwühlten meine Sachen, als suchten sie nach Läusen. Schließlich war ich nackt. Als sie merkten, daß die Karte nicht in meinen Kleidern war, schäumten sie vor Wut.

„Irgendwo muß das Ding doch sein!“ brüllte Thurman.

„Ich krieg das aus ihm raus, klar“, schwor Dex.

„Zieh dich wieder an!“ befahl mir Captain McQuade. Dann wandte er sich an die andern. „Ich unterhalte mich später mit ihm“, beschwichtigte er sie.

Ein sechster, der offenbar nach den Pferden gesehen hatte, kam jetzt dazu. Als ich ihn erkannte, war es wie ein Schock. Er hieß Royal Bevinger und hatte vor dem Krieg zu den Freunden meines Vaters gehört. Zuletzt hatte er in einem der Regimenter unseres Tals gedient. Jetzt lagen dunkle Ringe unter seinen Augen, er hustete und war offensichtlich krank.

„Bist du in Ordnung?“ fragte der Captain, und Bevinger nickte.

Bevinger trat zu den andern, vermied es aber, mir in die Augen zu sehen. Thurman und Laddy schleppten dicke Bündel Äste herbei und legten sie um das Feuer. Alle setzten sich hin. Ich setzte mich dazu und hielt meine eiskalten Hände gegen die Flammen.

In diesem Moment hörten wir oben auf dem Berg einen Gewehrschuß, dem sofort ein zweiter folgte. Der Captain war schnell auf den Beinen und lief zu den Pferden. „Thurman, du kommst mit!“ rief er. Eine Minute später waren sie im Wald verschwunden.

Ich dachte sofort, Major de Monfort sei nun doch nicht nach Winchester geritten und habe die Bande verfolgt. Ich beugte mich zu Laddy vor. „Wissen Sie, was mit dem Mann passiert ist, mit dem ich gestern unterwegs war?“ fragte ich ihn flüsternd.

„Was glaubst denn du?“ antwortete er laut. „Wir haben ihn eingekreist und abgeknallt.“ Ich sah die andern an, aber keiner widersprach. Wenn er die Wahrheit gesagt hatte, war ich jetzt allein auf mich gestellt.

Dex kam ums Feuer herum und setzte sich neben mich. „Sag uns, was du mit der Karte gemacht hast“, sagte er.

„Habe ich doch schon. Ich habe sie letzte Nacht verbrannt.“

„Verbrannt, soso“, wiederholte er und legte mir freundlich den Arm um die Schultern. „Soso, dann wolln wir doch mal sehn.“ Er packte mit seiner mächtigen Faust meinen linken Ellbogen und schob meinen Arm direkt ins Feuer hinein.

„Wo ist die Karte?“ wiederholte er.

„Verbrannt, hab ich doch gesagt.“ Ich versuchte meine Stimme ruhigzuhalten, obwohl er meine Hand tiefer in die Flammen drückte.

Ich konnte nicht glauben, daß er mir wirklich weh tun wollte. Doch dann schoß mir ein rasender Schmerz in die Finger. Gleichzeitig stand Laddy auf und sagte: „Muß mal. Hat jemand eine Zeitung?“

Keiner kümmerte sich um ihn. Er ging an Jupiters Satteldecke vorbei, und ich sah, wie er plötzlich stehenblieb, sich bückte und den weißen Stoffetzen aufhob. Wenn er sieht, was draufsteht, bist du tot, dachte ich.

„Agghhh“, gurgelte ich hilflos, während die anderen Männer mich anstarrten. Der Schmerz war grauenhaft. Ich versuchte, meinen Arm freizubekommen, aber er saß fest wie in einem Schraubstock. „Laß das, Dex“, sagte Royal Bevinger schließlich.

„Halt's Maul, Farmer“, antwortete Dex. Er wandte sich wieder mir zu und wiederholte: „Also, wo ist die Karte?“ Ich starrte ihm in die Augen, hoffte, so etwas wie Mitleid darin zu finden, aber sie waren ausdruckslos wie braunes Glas.

„Hab sie ... verbrannt.“

Am anderen Ende der Lichtung benutzte Laddy meinen kostbaren Stoffetzen als Toilettenpapier. Ich wußte, das rettete mich, aber in dem Moment war mir alles egal. Ich konnte mich nicht mehr beherrschen und schrie mit der ganzen Kraft meiner Lungen „Aaaaagggghhh!“

Als wollte er mir antworten, stieg Jupiter neben den anderen Pferden hoch in die Luft. Mr. Bevingers Augen waren fest geschlossen. Ich traute mich nicht, auf meine Hand zu blicken.

Ich schrie wieder, so laut und so lang ich konnte. Und wieder.

„Mach 'n Punkt, Junge“, grunzte Claude. „Ich hab Komantschensquaws braten sehen, schlimmer als du, und da kam kein Pieps.“

Ich war vor Schmerz nicht mehr bei Verstand und schrie: „Ich weiß, wo es ist! Ich weiß, wo das Gold ist!“

Dex schien keine Notiz davon zu nehmen. „Sudley Springs!“ brüllte ich. „Es ist in Sudley Springs.“

„Laß ihn los, Dex“, hörte ich in diesem Moment Captain McQuade rufen.

Ich fiel rückwärts von meinem Ast. Dex lag neben mir auf dem Boden, und Captain McQuade stand über uns mit einem Revolver in der Rechten. Dann verlor ich das Bewußtsein.

ALS ICH wieder zu mir kam, war Claude gerade dabei, meine Finger mit einer Substanz zu beschmieren, die nach Kräutern und ranziger Butter roch. Darauf kamen feuchte Blätter und zum Schluß eine Socke.

„Hab schon Schlimmeres gesehen, Captain,“ sagte er. „An drei Fingern geht die Haut ab, weiter nix.“

Captain McQuade kniete neben mir. „Wir bleiben heute hier“, erklärte er. „Ich will, daß du dich ausruhst und etwas ißt. Dann reden wir.“

Er gab mir aus einem Steinkrug zu trinken und breitete eine Wolldecke über mich. Ich barg meine verbrannte Hand in der gesunden, rollte mich auf die Seite und fiel in einen unruhigen Schlaf.

Als ich erwachte, war es Nachmittag. Ich stand auf, um nachzusehen, ob Jupiter gefüttert worden war. Dex stand Wache, der Captain saß am Feuer und rauchte eine Maiskolbenpfeife – die andern schliefen.

„Geht's dir besser?“ fragte der Captain.

„Ich möchte nach meinem Pferd sehen.“

Er schüttelte den Kopf, dann grinste er. „Du bist ein Schlaumeier“, sagte er.

Auf dem Weg zu den Pferden kamen wir an Dex vorbei. Eine Seite seines Schädels zierte eine Beule, so groß wie ein Gänseei. Jupiter wirkte zufrieden; er stand bei den andern Pferden und fraß mit ihnen trockenes Gras.

„Wäre ich dabeigewesen, ich hätte nicht erlaubt, daß Dex dich so verbrennt – ich hoffe, du glaubst mir das“, sagte der Captain, während ich mein Pferd kontrollierte.

Ich schwieg.

„Du sollst auch wissen, daß deine Mutter in Sicherheit ist. Auch dein Freund, der Doktor. Glaubst du mir?“

„Ich muß ja wohl.“

„Du hast mein Wort“, sagte er.

„Was ist mit Major de Monfort?“ fragte ich.

„Wer ist das?“

„Der einarmige Offizier, mit dem ich unterwegs war.“

„Der Mann, der Joe Braddock umgelegt hat. Ein ziemlich gerissener

Bursche, wie du ja sicher weißt. Er ist uns im Gewitter entkommen."

Nur zu gern hätte ich ihm alles geglaubt, aber es gab keine Beweise. Ich beschloß abzuwarten.

„Wer hat vorhin geschossen?"

„Keine Ahnung. Wahrscheinlich ein Jäger. Wir haben niemanden gesehen und sind gleich wieder umgekehrt." Der Captain hatte einen traurigen Hundeblick, der ihn glaubwürdig machte. „Sag mir die Wahrheit, Jamie. Du hast dir die Karte eingeprägt, nicht wahr?"

Ich zögerte einen Augenblick, dann nickte ich. Er schien erleichtert.

„Du bist der einzige, der noch am Leben ist und über diese Information verfügt", sagte er dann. „Darum will ich dir erzählen, wie diese Karte entstanden ist. Angefangen hat alles in der Nacht nach unserem ersten großen Sieg bei Manassas. Ich war damals ein junger Leutnant beim dreiunddreißigsten Virginia-Infanterieregiment und diente unter General Jackson."

Er hielt inne, als wollte er meine Glückwünsche entgegennehmen. Als nichts kam, fuhr er mit seinem Bericht fort. „An dem Abend feierten wir das Ende des Krieges oder was wir dafür hielten. Da kam Donegal Shawnessy vorbeigeritten. Er meinte, das sei vielleicht die letzte Schlacht gewesen, aber er wolle noch ein paar Yankees einzeln vor die Flinte kriegen. Wir waren beide ziemlich angetrunken, und ich wollte unbedingt mitreiten. Er hatte bereits Blewitt dabei, und als wir das Lager verließen, kam auch noch Joe Braddock und wollte mit. Kannst du mir folgen?"

Ich war niedergekniet, um Jupiters Füße zu untersuchen. Ich nickte.

„Es war schon nach Sonnenuntergang, als wir zum Warrenton Pike hinaufritten, um die letzten verstreuten Yankees aufzuspüren. Aber dann ging alles durcheinander. Einige Meilen hinter Centreville kamen wir an einem Militärwagen vorbei, der an der Straße stand. Wir wären einfach weitergeritten, aber auf einmal pfiffen uns Kugeln um die Ohren. Ich war ganz schnell wieder nüchtern. Wir erwiderten das Feuer. Das Ganze dauerte keine Minute. Sie waren zu dritt, und zwei waren sofort tot. Im Wagen fanden wir das Gold. Es lag in drei großen Kisten." Er unterbrach sich, um seine Pfeife neu zu stopfen.

„Wieso hatten die in einer Schlacht Gold dabei?" wollte ich wissen.

„Das waren Quartiermeister. Das Gold stammte aus zwei Banken, die die Yankees in Virginia überfallen hatten. Die Quartiermeister versuchten den Rückzug nach Norden, als die Schlacht begann und ihnen den Weg abschnitt."

Ich konnte mir alles gut vorstellen. Der liegengebliebene Wagen, die vor Angst schlotternden Schreibstubensoldaten, die versuchten, ihr gestohlenes Gold in Sicherheit zu bringen.

„Was ist mit dem dritten passiert?“ fragte ich.

Er zögerte etwas. „Er war bereits schwer verwundet.“

„Ihr habt ihn ermordet, nicht wahr?“

„Wir haben niemanden ermordet. Es war Krieg. Sie waren unsere Feinde.“

„Sie haben doch gedacht, der Krieg sei vorbei.“

Er schwieg wieder eine Weile. „Das ist wahr“, gab er schließlich zu, und seine traurigen Augen blickten direkt in meine. „Ich bin nicht stolz darauf.“ Er muß meinen Zorn gespürt haben, denn er fügte hinzu: „Hat nicht Montaigne das gesagt? ‚Die Menschen haben die Teufel nicht erfunden. Sie haben sie in sich selbst entdeckt.‘“

Da mochte er recht haben.

„Also, was haben Sie dann gemacht?“

„Eine Meile weiter stießen wir auf eine Abteilung unserer eigenen Kavallerie. Die hielten uns im Dunkeln für Yankees, und sofort war der Teufel los. Donegal floh mit dem Wagen, während Braddock, Blewitt und ich sie in die andere Richtung lockten.“

„Und darum wissen Sie nicht, wo das Gold jetzt ist?“

„Nachdem wir die Kavallerie abgehängt hatten, versuchten wir, Donegal aufzuspüren, aber er war samt dem Wagen verschwunden. Wir konnten ihn im Dunkeln nicht finden, deswegen ritten wir schließlich zum Lager zurück. Und was glaubst du, wen wir dort vorfanden – Donegal. Er hatte das Gold bereits versteckt. Wir versammelten uns in meinem Zelt, und er sagte, er hätte eine Karte gezeichnet, damit wir es wiederfinden könnten.“

„Warum hat Shawnessy Ihnen die Karte nicht gleich gezeigt?“

„Er hielt seinen Tabaksbeutel hoch und sagte: ‚Jungs, da ist sie drin, und da bleibt sie auch, bis wir uns auf den Weg zu unseren prächtigen Kisten machen.‘ Ich vertraute ihm; die andern zwei kannte ich allerdings kaum. Außerdem dachten wir alle vier, in ein paar Wochen sind wir wieder da und holen uns unseren Schatz. Na ja, es kam ein bißchen anders. Der Krieg nahm kein Ende, und Donegal fiel bei Port Republic. Er lag im Grab, bevor wir ihm die letzte Ehre erweisen konnten.“

Meine Hand begann, heftig zu schmerzen, das machte mich unvorsichtig. „Die Karte war sehr wichtig für Sie, klar. Ich habe Korporal Blewitt beobachtet, wie er Leutnant Shawnessy die letzte Ehre erwies. Er hat seine Leiche ausgegraben.“

Er schüttelte langsam den Kopf. „So was Ähnliches hab ich mir schon gedacht. Hast du ihn dabei umgebracht?"

„Ich habe ihn umgebracht, als er versuchte, meine Mutter zu vergewaltigen."

„Das tut mir leid, Jamie. Ich hätte ihn nie nach Port Republic schikken dürfen. Alkohol und der verlorene Krieg haben ihn ruiniert."

Jetzt kannte ich des Captains Version der Story. Manches davon war sicher wahr. Aber was? Und was hatte er mir unterschlagen?

„Wo kommen die anderen her?" fragte ich.

„Das sind Überlebende meines letzten Kommandos. Royal Bevinger war mein Feldwebel. Die anderen waren zufällig mit Joe Braddock zusammen, als er sich vor einem Monat vollaufen ließ und herumposaunte, er würde nach dem Krieg stinkreich sein. Wir mußten sie dazunehmen, sonst hätten sie unser Geheimnis verraten."

Wieder fixierte er mich mit seinen traurigen Augen. „Jamie, ich bitte dich nicht, mir diese Karte nachzuzeichnen. Aber du wirst mir versprechen, daß du nicht versuchst auszureißen, sondern daß du mit uns nach Sudley Springs gehst und uns hilfst, das Gold zu finden. Dafür sollst du deinen Anteil bekommen, das verspreche ich dir."

Mir war klar, wenn Captain McQuade etwas passierte, hatte ich von Dex und Claude nicht mehr zu erwarten als einen gespaltenen Schädel. Meine Überlebenschancen hingen allein von meinem vermeintlichen Wissen und davon ab, wie lange ich ihnen etwas vorspielen konnte.

„Ich verspreche Ihnen, ich werde nicht ausreißen", sagte ich.

Als ich mich zum Schlafen neben das Feuer legte, machte ich den ersten von zahllosen Versuchen, mich an die Karte zu erinnern. Aber ich bekam kein klares Bild. Nur ein Durcheinander unverbundener Bruchstücke. Ich erwog kurz, den Stoffetzen aus Laddys Exkrementen herauszuholen, verwarf den Gedanken dann aber wieder.

DEN REST des Tages diskutierten die Männer darüber, wie man Sudley Springs erreichen könne, ohne den Regierungstruppen in die Arme zu laufen. In ihren Augen flackerte die Gier nach dem Gold und all den Vergnügungen, die man damit würde kaufen können.

Am späten Nachmittag schickte der Captain Thurman und Laddy fort, die Straße nach Luray zu erkunden. Eine Stunde später waren sie wieder da und meldeten, die Luft sei rein.

„Dann los!" befahl der Captain. Da ich meine Hand nicht gebrauchen konnte, sattelte Laddy Jupiter für mich. Danach nahm ich mir die Zeit, noch einmal Herz und Lunge des Pferdes abzuhören. Jupiter schien sich von seinem Martyrium in den Bergen erholt zu haben. Als ich mich anschickte, ihn zu besteigen, wandte er den Kopf nach hinten und sah mich an. In seinem Blick lag totales Vertrauen, als fühle er, daß wir dies gemeinsam durchstehen würden, komme, was da wolle.

Als wir losritten, dämmerte es bereits. Trotz meines Versprechens wurde ich den Gedanken ans Ausreißen nicht los. Dex schien das zu spüren; er hielt sich ständig neben mir.

Wir ritten Meile um Meile und hielten nur zweimal an, um die Pferde zu tränken. Die Nacht neigte sich ihrem Ende zu, und ich hing schon ziemlich erschöpft im Sattel, als der Schatten von Claude Moomaw vor uns auf der Straße auftauchte. „Guter Rastplatz", berichtete er. „In einer halben Stunde wird es schon wieder hell."

Wir verließen die Straße. Claude führte uns an einer ausgebrannten Scheune vorbei, über einen Acker und schließlich in ein dichtes Platanengehölz, das sich an einem Bach entlangzog.

„Kein Feuer", sagte McQuade, als wir abstiegen.

Ich striegelte Jupiter mit meiner heilen Hand. Sein vertrauter, leicht scharfer Duft ließ mich an zu Hause denken. Meine Mutter mußte vor Sorge halb wahnsinnig sein. Dex beobachtete mich immer noch, auch als ich meinen Gummiumhang ausrollte und mich in der Nähe des Captains niederlegte.

Als ich später erwachte, fühlte ich mich wohlig warm und spürte ein Gewicht, als läge ich unter einer dicken Daunendecke. Ich schielte unter meinem Tuch hervor. Mehrere Zentimeter Schnee bedeckten mich, und jede Sekunde wurde es mehr.

Die Männer wachten ebenfalls auf, fluchten und bedrängten McQuade, Feuer zu machen. Royal Bevinger war offenbar ernsthaft krank; er wischte sich den Fieberschweiß von der fahlen Stirn.

„Wir können das nicht riskieren – erst wenn wir Luray und die ganze Yankee-Kavallerie hinter uns haben", sagte der Captain. Er erntete böse Blicke.

„Also gut", sagte er. „Wir reiten weiter und suchen uns einen warmen Platz auf der andern Seite der Berge."

Dreißig Minuten später waren wir wieder unterwegs. Claude machte wieder den Anfang und hielt sich weit vor uns. Captain McQuade gab uns Rückendeckung.

Wir hatten Pech. Eine Kavalleriepatrouille entdeckte uns, bevor wir noch eine Meile zurückgelegt hatten. Ich merkte sofort, daß etwas nicht stimmte, denn Claude wendete sein Pferd und bedeutete uns mit dem rechten Arm umzukehren. Wir wendeten ebenfalls und galoppierten in die entgegengesetzte Richtung.

Claude hatte uns schnell eingeholt und wieder die Führung übernommen. Er dirigierte sein Pferd über eine niedrige Hecke und zu einem entfernten Gehölz. Ich hörte Schüsse und blickte zurück. Erst konnte ich im dichten Schneetreiben nichts erkennen, doch dann tauchte McQuade auf und kam schnell näher.

Und dann geschah es. Auch jetzt noch, während ich es niederschreibe, packt mich ein Schauder. Wir galoppierten wie der Wind, und Jupiters Hufe donnerten auf dem Grund. Plötzlich fühlte ich, wie er stolperte. Sein Kopf sackte nach unten. Ich zog mit meiner heilen Hand kräftig am Zügel und brachte ihn wieder hoch. Bevor ich absteigen konnte, war McQuade an meiner Seite, riß mir die Zügel aus der Hand und zog sie über Jupiters Kopf. Er gab seinem Pferd wie wild die Sporen.

„Nein! Sie bringen Jupiter um!“ schrie ich aus Leibeskräften.

Er sah sich noch nicht einmal um. Hinter uns war wieder Gewehrfeuer zu vernehmen. Als ich zurückblickte, sah ich einen Haufen blauer Reiter, mindestens zwanzig oder mehr, die in breiter Front über den Acker kamen. Wieder hörte ich Schüsse und hoffte, einer von ihnen würde McQuade treffen. Aber es sollte nicht sein.

Wir rasten weiter, eine Meile nach der andern, bis wir schließlich Abstand gewannen und die Yankees hinter uns ließen.

Und dann war alles zu Ende.

Mit einem heftigen Zucken gab Jupiters großes Herz auf. Wir waren immer noch in vollem Galopp, als seine Vorderbeine plötzlich wegknickten. Mit ausgebreiteten Armen flog ich über seinen Nacken, überschlug mich in der Luft und landete auf dem Rücken.

Sofort war ich wieder auf den Beinen und rannte zu ihm zurück. Er lag auf der Seite, seine kraftvollen Beine peitschten die Luft. Ich schlang die Arme um seinen Hals, um ihn zu beruhigen. Sein massiger Brustkorb hob und senkte sich, während er verzweifelt nach Luft rang.

Dann wurde ich hochgerissen und über den Sattel von McQuades Pferd geworfen. Als ich zurückblickte, versuchte Jupiter immer noch, den Kopf aus dem Schnee zu heben, seine verzweifelten Augen schienen mich um Hilfe anzuflehen. Dann gellte ein Schuß aus dem Repetiergewehr des Captains, und Jupiter war für immer von mir gegangen.

VIER

Ich hatte bis dahin noch nicht richtig gewußt, was Haß ist, doch jetzt haßte ich Captain McQuade, weil er Jupiter getötet hatte. Ich haßte Dex, weil er meine Hand verbrannt hatte, und ich haßte die andern, weil sie dabeigestanden und nichts dagegen unternommen hatten. Um mich herum waren Schnee und Eis, und so sah es auch in meinem Herzen aus.

Mit seinem sechsten Sinn für Fährten und Spuren führte Claude Moomaw uns in großem Bogen durch die weiße Landschaft, bis wir die Kavalleriepatrouille umgangen hatten. Von diesem Ritt ist mir nur noch in Erinnerung, daß McQuade versuchte, sich zu entschuldigen.

Ich warf ihm vor, mein Pferd absichtlich in den Tod getrieben zu haben. „Mein Versprechen, nicht auszureißen, gilt nicht mehr“, sagte ich feindselig, doch es schien ihn nicht zu beeindrucken.

Zwei Stunden später kamen wir ein paar Meilen hinter Luray wieder auf die Hauptstraße. Captain McQuade hob mich vom Pferd und befahl Laddy, mich hinter ihm aufsitzen zu lassen. Mir war inzwischen egal, was aus mir werden würde. Ich war völlig verzweifelt und empfand für mich selbst nur noch Verachtung. Wärst du nicht hinter dem Gold hergewesen, sagte ich mir, wäre Jupiter jetzt noch am Leben.

Claude stieg ab und preßte das Ohr auf die Straße. „Hier wird es bald von Yankees nur so wimmeln, Cole. Wir müssen uns verstecken“, sagte er.

Der Mörder nickte. „Wir suchen ein verlassenes Haus.“

„Das gefällt mir“, sagte Laddy, hinter dem ich jetzt saß.

Der Schnee verwandelte sich in Regen, als wir die Hauptstraße verließen. Wir ritten ein paar Meilen nach Norden, dann kamen wir zu einem Kiesweg, gesäumt von alten Ulmen. Er endete nach ungefähr einer Meile bei zwei hohen Backsteinpfeilern.

Sie bildeten den Eingang zu einem großen Besitz. Einer trug eine Messingplatte, darauf stand in großen Buchstaben ein Name: DANDRIDGE.

„Ich übernehme das Reden, wenn jemand da ist“, sagte McQuade.

Die Auffahrt war noch einmal eine halbe Meile lang und führte sacht ansteigend zu einem dreistöckigen grauen Ziegelhaus, um das eine weiße Veranda herumlief. Als wir in den Hof einritten, sah ich Rauch aus einem der acht Schornsteine steigen.

Ein hochgewachsener Mann mit einem weißen Hund kam auf die Veranda heraus. Er hatte die gleiche Ausstrahlung von Würde und Autorität wie mein Vater. Freilich war er viel älter, hatte sorgfältig gescheiteltes, langes silbriges Haar und ein markantes Gesicht. Offenbar war er unbewaffnet.

Der Captain ergriff zuerst das Wort. „Mein Name ist McQuade", stellte er sich mit ausgesuchter Höflichkeit vor. „Wir brauchen Futter für unsere Pferde und Nahrung für uns, wenn Sie etwas zu verkaufen haben. Ich wäre Ihnen auch sehr verbunden, wenn wir vorübergehend in einer Ihrer Scheunen Quartier machen könnten – nur für heute nacht."

Der Mann lächelte. Dann musterte er gelassen den Rest der Gruppe. Man sah seinen Augen an, wie das Ergebnis der Inspektion ausfiel.

„Hier ist kein Platz für Sie", sagte er eisig. „Reiten Sie bitte weiter."

Der Hund fletschte die Zähne und knurrte leise.

„Mit einem, der keine Wahl hat, kann man nicht verhandeln", bemerkte Claude.

„Ich tue es nicht gern, aber mir bleibt nichts anderes übrig, als zu requirieren, was wir brauchen", sagte McQuade.

„Wer gibt Ihnen das Recht dazu?" fragte der Mann auf der Veranda.

„Verdammt noch mal, muß das sein bei der Kälte?" schrie Claude und zog seinen Revolver aus dem Mantel. „Hier ist unser Recht."

In der nächsten Sekunde tauchte ein Gewehrlauf in einem der großen Erdgeschoßfenster auf.

„Nicht schießen!" schrie McQuade, doch es war schon zu spät.

Claudes Revolver ging zuerst los. Das Gesicht des feinen Mannes auf der Veranda explodierte in einem Blutschwall, und er kippte übers Geländer in einen großen Busch.

Dann hörte ich den nächsten Schuß. Laddy flog vor mir aus dem Sattel und landete mit dem Kopf voran auf dem Boden. Der Hund war blitzschnell. Mit zwei Sätzen war er neben Dex, sprang an ihm hoch und grub seine Zähne in dessen rechte Hüfte. Vor Schmerz brüllend, hieb Dex dem Hund seinen Revolver über den Kopf, doch der ließ nicht los, bis ihm Dex schließlich den Lauf ins Ohr hielt und abdrückte.

Laddys Pferd bäumte sich auf. Ich rutschte von seinem Rücken und beeilte mich, aus der Reichweite seiner Hufe zu kommen.

Die Männer waren abgesprungen und liefen auf das Haus zu. Alle außer Royal und Claude. Während Royal die Pferde zusammentrieb, zerrte Claude den alten Mann aus dem Busch. Dann begann er, seine Taschen zu durchsuchen.

Ich kroch auf allen vieren zu Laddy. Er starrte in den Regen hinauf, der immer noch fiel, und aus einer klaffenden Wunde pulsierte sein Blut in den schlammigen Boden.

Claude hatte dem alten Mann die Stiefel ausgezogen und probierte sie an. Aus dem Haus drangen laute Stimmen. Ich trat auf die Veranda und ging durch die offenstehende Haustür.

Das Geschrei kam aus einem Seitenflur. Sie waren in der Bibliothek. In der Mitte des Raums stand ein riesiger Tannenbaum, reich behängt mit Schmuck aus Glas und Keramik. Er war offenbar frisch gehauen und duftete nach Wald und Harz. Jäh wurde mir bewußt, daß Weihnachten vor der Tür stand.

Die Fenster des holzgetäfelten Raums gingen auf die Veranda hinaus, und mehrere Scheiben waren zerbrochen. Neben dem ersten Fenster lag ein Gewehr auf dem Boden. Daneben ein Toter. Es war ein kleiner Schwarzer mit dichtgelocktem weißem Haar. Ein breiter Blutstrom ergoß sich über den polierten Boden.

Captain McQuade hatte Thurman bei der Gurgel gepackt und gegen die Wand gepreßt. „Der Mann hatte die Hände erhoben!" brüllte er. „Er hatte sich ergeben, hast du das nicht gesehen, verdammt noch mal?"

„Er hat Laddy erschossen", heulte Thurman. „Er hat meinen Bruder erschossen!"

Es war noch eine weitere Person im Raum – eine schlanke Frau im grünen Seidenkleid. Sie hatte langes kastanienbraunes Haar; ihr Gesicht konnte ich nicht sehen, denn sie hatte beide Hände davorgeschlagen. Jetzt ließ sie die Hände sinken; ihre Arme hingen schlaff herunter, als seien sie ihr zu schwer geworden.

Als McQuade schließlich von Thurman abließ und sich ihr zuwandte, sagte sie: „Bitte bringen Sie mich zu meinem Vater."

Als sie an mir vorbeiging, sah ich, daß sie kaum älter sein konnte als ich. Ihre grünen Augen blickten starr und leblos.

Royal Bevinger hatte ihren Vater aus dem Regen ins Haus gezogen. Er lag auf dem Rücken in der Eingangshalle. Das Mädchen ging stockenden Schritts auf den Körper zu. Er sah erbärmlich aus. Seine Taschen waren alle herausgezogen, und er war barfuß. Sein Gesicht war eine gräßliche blutige Masse.

Sie ließ sich neben der Leiche auf die Knie fallen. Captain McQuade starrte die beiden wie hypnotisiert an.

Thurman kam aus der Bibliothek. „Wo ist Laddy?" heulte er.

Mr. Bevinger deutete auf die Haustür, und Thurman lief hinaus. Eine

Minute später war er wieder da. Er schleppte den blutenden Körper herein, legte ihn gegenüber von Mr. Dandridge auf der anderen Seite der Halle nieder und brach in Tränen aus. „Ma –, Ma –", schluchzte er. „Wie soll ich ihr das nur erklären?"

Das Mädchen kniete immer noch neben seinem Vater. Langsam krümmte sie die Finger zu Krallen, während Thurman weiter heulte. Ebenso langsam entspannte sie sich wieder. Sie zog ein weißes Seidentuch aus dem Ärmel und bedeckte liebevoll das zerschmetterte Gesicht ihres Vaters. Dann stand sie auf, wandte sich um und sah mit hartem Blick jeden von uns lange an.

Ihre großen Augen waren jetzt nicht mehr leblos. Sie funkelten wie grünes Feuer. Und dann, als seien die Mörder ihres Vaters gar nicht vorhanden, ging sie langsam die geschwungene Treppe hinauf und verschwand im oberen Flur. Ich hörte, wie eine Tür ins Schloß fiel, dann war es still.

FÜR DEN Rest des Tages wurden wir von weiteren Yankee-Patrouillen verschont. Das Wetter blieb stürmisch, und im Haus war es bitter kalt. Als der Abend hereinbrach, konnte ich im Schein der Kerze meinen Atem sehen. Ich saß in der Halle und wartete, während die Mörder über ihr weiteres Vorgehen berieten.

Sie waren allesamt nicht wild darauf, drei Gräber auszuheben. Erst brachten sie die Leichen mit einem Karren in den Wagenschuppen, dann durchsuchten sie penibel das Haus. Sie entdeckten keine weiteren Bewohner, obwohl auf einem Tischchen in der Halle mehrere gerahmte Fotografien standen. Eine davon zeigte Miß Dandridge mit ihrer Mutter und zwei jungen Männern, vermutlich Brüdern. Was aus ihnen geworden war, konnte ich nur raten.

Auch die Suche nach Eßbarem brachte nur magere Resultate. Es gab kein Vieh in den Ställen und kein Pökelfleisch im Haus. Dann kam Dex aus der Speisekammer mit einem Fäßchen unterm Arm.

„Wenn ich mich nicht sehr irre", sagte er, „ist dies irischer Stoff."

Kaum war das Fäßchen angezapft, fielen sie gierig darüber her. McQuade trieb es am schlimmsten, schüttete das Zeug regelrecht in sich hinein. Als die Nacht anbrach, war er bereits vollständig betrunken. Die anderen waren ihm dicht auf den Fersen, mit Ausnahme von Royal Bevinger. Royal saß nur, eine Decke um die Schultern, zitternd in seinem Sessel. Bald hatten sie keine Lust mehr, Holz fürs Feuer zu holen. Thurman machte den Anfang. Er schimpfte über die Kälte, schnappte sich einen

Spieltisch aus Mahagoni und schmetterte ihn an der Wand in Trümmer. Dann fütterte er das Feuer damit. Von da an wurde, wenn das Feuer zu verlöschen drohte, einfach ein anderes Möbelstück herangeholt.

Bald hatten sie ihr Fäßchen mit dem „irischen Stoff" fast geleert. Thurman glotzte eines der Gemälde an der Wand an.

„Die hatten hier bestimmt tolle Feten, Bälle und so", meinte er. „Wir müssen unsere Schöne da oben runterholen, damit sie mit uns tanzt."

„Prima Idee!" brüllte Dex. Er schlurfte zum Captain, der regungslos auf dem Boden lag.

„Was meinst du, Cap? Dürfen wir eine Fete starten?" Er stieß ihm grob den Fuß in die Rippen, doch McQuade murmelte nur Unverständliches.

„Der Cap sagt, das ist eine gute Idee", verkündete Dex. „Geh rauf und bring der Dame unsere Einladung."

Thurman polterte die Treppe hinauf. Dann hörte ich ihn an ihre Tür klopfen. Das Klopfen wurde immer lauter; schließlich verlor er die Geduld und trat sie ein. Eine Minute später kam er wieder und zerrte das Mädchen an seinen kastanienbraunen Haaren hinter sich her.

An der Wand stand ein kleines schwarzes Piano, und Claude nahm davor Platz. Er hatte keine Ahnung vom Klavierspielen – entsprechend mißtönend war das Ergebnis.

„Darf ich um diesen Tanz bitten?" fragte Thurman mit einer übertrieben tiefen Verbeugung. Er schnappte sich das Mädchen, doch es versuchte, sich seinem Griff zu entwinden. „Kann mir nicht mal einer helfen?" rief er, während er versuchte, sie im Zaum zu halten. Dex eilte hinzu und drehte ihr die Arme auf den Rücken. Sie begann, leise zu wimmern.

Dann hörte ich, wie ihr Kleid zerrissen wurde, und überlegte krampfhaft, was zu tun sei. Klein zu sein hat manchmal auch seine Vorteile. Ich konnte mich dicht an Thurman heranpirschen und trat ihm mit dem Absatz kräftig gegen das Schienbein.

Er hielt inne, gerade lange genug, um mir mit dem Handrücken eins über den Kopf zu ziehen. Der Schlag schickte mich quer durchs Zimmer, aber ich war sofort wieder auf den Beinen. Ich bereitete mich vor, ihn wieder anzugehen, aber Dex ließ die Arme des Mädchens los und kam auf mich zu.

Das Mädchen nutzte die neugewonnene Freiheit, um seine Fingernägel quer über Thurmans Gesicht zu ziehen und blutige Spuren zu hinterlassen. Dann war Dex über mir.

Ein lauter Schuß ließ uns alle innehalten. Ich blickte auf und sah eine rauchende Pistole in Royal Bevingers Hand. Er saß immer noch in seinem Sessel, die Decke über den Schultern. Wahrscheinlich hatte er nicht die Kraft gehabt aufzustehen.

„Schluß!“ sagte er ruhig.

„Du hältst dich da besser raus“, fauchte Dex mit blutrotem Gesicht.

„Es wäre eine Kleinigkeit für mich, dich umzulegen, Dex“, meinte Bevinger drohend.

Dex hatte keine Waffe, auch Thurman nicht. Ich wußte, daß Claude immer seinen Revolver in einem Schulterhalfter unter seinem Ledermantel trug. Dorthin bewegte sich jetzt seine Hand.

„Aufpassen!“ rief ich Mr. Bevinger zu. Der kranke Mann richtete seinen Revolver auf Claude und bedeutete ihm, die Waffe herzugeben.

„Dafür gibt's kein Pardon, Royal“, sagte der Alte.

„Werden wir sehen“, antwortete Bevinger, und Claude warf ihm seine Waffe zu.

Bevinger wandte sich mit einem vagen Lächeln an mich. „Jamie, du und Miß Dandridge, ihr schließt euch im Keller ein. Ich halte hier die Stellung, bis der Captain wieder ansprechbar ist. Dann holen wir euch. Geht jetzt.“

Das Mädchen nahm einen Zinnleuchter vom Kaminsims, und ich folgte ihm durch die Halle. Beim Anblick der wuchtigen Kellertür wurde mir klar, daß Bevinger uns eine sichere Zuflucht zugedacht hatte. Sie war fast fünf Zentimeter dick, und auch der Rahmen wirkte äußerst stabil.

Ich ging voran. Sie folgte mit der Kerze und verriegelte die Tür hinter uns. Während ich in die Dunkelheit hinabstieg, hörte ich immer noch die wütenden Stimmen der Männer. Ich hoffte, daß Bevinger noch genügend Kraft hatte, sie im Zaum zu halten.

Schritt für Schritt drangen wir weiter in den verzweigten Keller vor. Das Mädchen führte mich zu einer aufgebockten Tischplatte mit zwei Stühlen. Sie setzte sich und stellte den Kerzenleuchter zwischen uns. „Ich heiße Katharine Dandridge. Meine Familie nennt mich Kate“, sagte sie.

„Ich heiße Jamie Lockhart“, sagte ich.

„Warum bist du bei denen?“ fragte sie als nächstes.

„Sie haben mich mitgenommen“, antwortete ich, und sie nickte, als brauche sie keine weitere Erklärung.

Nach und nach erzählte sie mir, daß sie achtzehn Jahre alt war und eines von drei Kindern. Ihre älteren Brüder waren beide beim Militär und, soweit sie wußte, beide noch am Leben. Das freute mich für sie, denn ihre Mutter, berichtete sie, war im vergangenen Frühjahr gestorben. Ohne ihre Brüder wäre sie mutterseelenallein auf der Welt.

„Wie alt bist du?“ fragte sie mich.

„Fünfzehn“, erwiderte ich und überlegte krampfhaft, wie ich meine für mein Alter zu geringe Größe erklären sollte.

„Du bist tapfer und ehrlich, Jamie Lockhart“, hörte ich sie jedoch sagen. „Danke, daß du mein Leben gerettet hast.“

Von diesem Moment an hätte ich alles für sie getan.

„Das mit deinem Vater tut mir schrecklich leid“, sagte ich, „und auch mit deinem Sklaven.“

„Du meinst Franklin. Er war nicht unser Sklave. Mein Vater hatte keine Sklaven. Franklin war ein Freigelassener. Und wenn ich für den Rest meines Lebens nach ihnen suchen muß, ich will diese Männer tot vor mir sehen – für das, was sie getan haben. Was ist übrigens mit deiner Hand passiert?“

Bevor ich antworten konnte, hörten wir lautes Rufen. Jemand durchquerte mit schweren Schritten die Halle. Dann warf er sich mit seinem ganzen Gewicht gegen die Kellertür.

Kate nahm die Kerze vom Tisch und ergriff meine gesunde Hand. Sie führte mich tiefer in den Keller hinein. „Kannst du schwimmen?“ fragte sie. Die Frage kam mir in diesem Augenblick reichlich albern vor. Sie wird schon irgendeinen Grund dafür haben, dachte ich und antwortete mit Ja.

„Komm mit“, forderte sie mich auf. Sie hob den Rock übers Knie und stieg auf einen alten Bauerntisch, der am Ende des Kellers vor einer Ziegelmauer stand. Hinter uns krachte und splitterte die Kellertür. Sie waren uns auf den Fersen.

Wir standen beide auf dem Tisch, und jetzt bemerkte ich, daß zwischen dem oberen Mauerrand und dem Deckenbalken über uns ein Spalt war.

„Klettere hinüber“, flüsterte Kate. Sie blies die Kerze aus, und es wurde stockfinster. Ich hörte, wie sie über den Rand kletterte, und folgte ihr eine Sekunde später. Meine bandagierte Hand preßte ich dabei an die Brust. Auf der anderen Seite plumpste ich kopfüber in schwarzes Wasser.

Wir befanden uns in einer unterirdischen Zisterne, die neben dem Haus lag. Kate schien sich genau auszukennen und zog mich sacht mit sich. Das Wasser war bestimmt sehr kalt, aber ich habe keine Erinnerung daran. Am anderen Ende der Zisterne schob Kate einen Riegel zurück. Ein scharfer Windstoß pfiff durch die entstandene Öffnung in den Keller.

„Was ist das?“ hörte ich Dex hinter uns schreien.

„Frische Luft!“ schrie Claude zurück. „Sie sind draußen.“

Kate kroch als erste durch die Öffnung und half mir anschließend hinaus. Dann packte sie ihren klatschnassen Rock mit beiden Händen, und wir rannten um unser Leben. Ich wußte, Claude war ein perfekter Spürhund, doch wir hatten einen guten Vorsprung, und sie konnten nicht gleich zu ihren Pferden. Wir hatten eine Chance.

Hier draußen war es viel kälter als im Wasser. Wären wir nicht so gerannt, wir wären bestimmt erfroren.

Wir liefen über einen Kiesweg und über einen Acker. Von dort ging es in ein Kiefernwäldchen. Erst als wir den Wald hinter uns gelassen hatten, blieben wir stehen. Wir waren schätzungsweise gut eine Meile gerannt.

Ich erblickte ein anderes Haus, halb verhüllt vom Regen. Es war längst nicht so groß wie das Herrenhaus, aus dem wir kamen.

„Hier hat unser Aufseher gewohnt“, sagte Kate keuchend.

Drinnen war es muffig und feucht. Das erste Zimmer hatte eine niedrige Decke und Wasserflecken an den Wänden. „Es steht seit mehr als zwei Jahren leer“, bemerkte sie traurig. Irgendwo entdeckte sie Zündhölzer und brachte eine Öllampe zum Brennen. „Komm mit. Wir brauchen trockene Sachen.“ Sie lief die Treppe hinauf.

„Wenn wir uns hier verstecken, dann finden sie uns bestimmt“, sagte ich, schon um das Klappern meiner Zähne zu verbergen. „Der Dicke ist ein gewiefter Spurenleser.“

„Wir bleiben nicht hier“, antwortete sie ruhig. „Sobald ich fertig bin, gehe ich zurück.“

Der Gedanke kam mir so verrückt vor; ich dachte, ich hätte mich verhört. Doch bevor ich etwas sagen konnte, lief sie schon wieder weiter. Ich folgte ihr in ein anderes Zimmer, das offensichtlich als Lagerraum diente. Mehrere staubbedeckte Schrankkoffer standen auf dem Boden herum.

„Die gehören meinen Brüdern“, erklärte sie. Mit meiner heilen Hand öffnete ich den ersten. Ihre Brüder waren aus diesen Sachen längst herausgewachsen – mir paßten sie wie angegossen. Sie durchwühlte rasch einen anderen Koffer, zog ein paar Sachen heraus und verschwand im

Flur. Fünf Minuten später war sie wieder da. Jetzt trug sie schwarze Reithosen, halbhohe lederne Stiefel und ein dickes Hemd. Ihr langes Haar hatte sie unter einem breitkrempigen Farmerhut verborgen.

Sie stopfte noch ein paar Sachen in eine Art Seesack, ergriff die Öllampe und war schon wieder unterwegs nach unten.

„Wir wollen mal nach deiner Hand sehen", sagte sie, als wir in der Küche angekommen waren. Vorsichtig zog sie die Socke ab, die immer noch über Claudes Salbe lag. Sie roch nicht gut, und ich war nicht sicher, was wir darunter finden würden. Die Finger sahen wesentlich schlimmer aus, als sie sich anfühlten, doch sie zuckte mit keiner Wimper.

„Kannst du sie bewegen?" fragte Kate.

„Sie sind ziemlich steif."

„Ich fürchte, so werden sie dein Leben lang bleiben", erwiderte sie. Sie durchwühlte ein paar Schubladen, dann legte sie neue Salbe auf, verband die Hand wieder mit einem leichten Baumwollstoff und zog schließlich einen großen blauen Fäustling darüber, den sie von oben mitgebracht hatte.

„Ich muß jetzt gehen, Jamie", sagte sie. „Ich weiß genau, wo ich mich verstecken muß, damit ich diese Männer abknallen kann."

Offenbar kannte sie keine Furcht.

„Ich komme mit", sagte ich, obwohl ich vor Kälte am ganzen Körper zitterte.

„Das kann ich nicht zulassen, Jamie. Außerdem bist du der einzige, der bezeugen kann, was die gemacht haben, falls ich –"

„Du kannst mich nicht abhalten, ich komme mit", wiederholte ich bestimmt.

Sie lächelte mich an und ergriff meine heile Hand. Ihre Hände waren warm. „Hast du schon mal eine Pistole abgefeuert, Jamie?" fragte sie mich ruhig.

„Aber ja", antwortete ich. „Und ich bin ein guter Schütze."

Sie führte mich in ein Büro und öffnete ohne Zögern einen großen Wandschrank. Dem entnahm sie einen kleinen sechsschüssigen Revolver und reichte ihn mir.

„Kannst du mit so was umgehen?" fragte sie.

Ich nickte.

„Zielen und abdrücken kann jeder. Einen Menschen töten ist etwas anderes", erklärte sie ernst und holte noch mehr Waffen aus dem Schrank.

Der Anblick von Korporal Blewitts Leiche kam mir in den Sinn. „Ich weiß, was unsere Aufgabe ist“, sagte ich.

Ein bißchen später brachen wir auf; der Wind peitschte uns den Regen ins Gesicht. Kate wurde von ihrer Bewaffnung regelrecht niedergezogen; sie trug einen Pistolengürtel und eine in eine Decke gewickelte doppelläufige Flinte. Ich schleppte neben meiner Pistole noch ein Gewehr und einen Sack Munition.

Sie verfügte nicht über Claudes Spürnase, aber sie kannte praktisch jeden Quadratmeter des Familienbesitzes. Nach einer Stunde waren wir noch etwa dreißig Meter von dem Schuppen entfernt, wo die Pferde der Bande standen. Zum Haus war es etwa noch einmal so weit.

Unser Versteck war eine Buchsbaumhecke, die die Auffahrt säumte. Sie war nicht nur ein idealer Hinterhalt, sondern schützte uns auch fast vollständig vor Wind und Regen.

Inzwischen war es ungefähr drei Uhr morgens. Im Haus brannte kein Licht. Im Augenblick jedenfalls waren wir sicher. Sie breitete die Decke aus, und wir legten uns nebeneinander darauf.

„Das kommt dir wahrscheinlich nicht sehr komfortabel vor“, sagte sie sanft, „aber im Kampf ist die Überraschung schon der halbe Sieg.“

Ich muß nicht sehr überzeugt gewirkt haben, denn sie fuhr fort: „Du mußt wissen, ich bin als Schütze Spitzenklasse.“

Unsere Chancen standen zwar nicht allzugut, aber ich glaubte ihr. Im Augenblick war sie vollständig erschöpft und fiel bald in tiefen Schlaf. Ich mußte für den Rest der Nacht Wache halten.

FÜNF

Als der Tag endlich anbrach, starrte ich auf das Haus, das langsam aus dem Dunkel tauchte. Es dauerte ein paar Minuten, bis ich kapierte, daß etwas nicht stimmte.

Aus keinem der Kamine stieg Rauch auf.

Ich weckte Kate und machte sie darauf aufmerksam.

„Was spielt das für eine Rolle?“ fragte sie verschlafen.

„Die Kerle sind wie Spinnen, wenn es kalt wird. Wenn sie im Haus wären, hätten sie Feuer gemacht.“

„Wo sollen sie denn sonst sein?“ Kate verließ unser Versteck und kroch zum nächsten Fenster des Schuppens, wo ihre Pferde untergebracht waren. Ich gab ihr mit dem Gewehr Deckung. Sie richtete sich vorsichtig auf und warf einen Blick hinein. „Die Pferde sind weg!“ rief sie mir dann zu.

„Sie müssen abgehauen sein, während wir im Haus des Aufsehers waren. Bestimmt sind sie weitergeritten nach Sudley Springs“, vermutete ich.

Kate bedeutete mir, ihr zum Wagenschuppen zu folgen. Dort bedeckte sie die Leichen ihres Vaters und ihres schwarzen Dieners mit weißen Tüchern. Laddy lag isoliert neben einem Pfosten. Sie kniete neben der Leiche ihres Vaters, faltete die Hände und verweilte in langem Gebet. Dann stand sie auf. „Zeit aufzubrechen“, meinte sie entschlossen.

„Nach Sudley Springs?“ fragte ich.

Sie nickte. „Zuallererst brauchen wir Pferde“, sagte sie. „Komm mit.“

MITTLERWEILE wäre ich ihr überallhin gefolgt. Ich konnte ihr getrost mein Leben anvertrauen und war jederzeit bereit, es für sie zu opfern, sollte es dazu kommen.

Unterwegs erzählte ich ihr alles, was ich erlebt hatte. Ich begann mit dem Abend, als Korporal Blewitt in Port Republic auftauchte, und berichtete, wie ich ihm auf den Friedhof nachgeschlichen war. Als ich erzählte, wie ich ihn erschlagen hatte, blieb sie wie angewurzelt stehen und wandte sich mir zu. Einen langen Augenblick starrte sie mich mit weiten Augen an, dann nickte sie einmal. Ich wußte, daß sie mir glaubte.

Eine Stunde Fußmarsch brachte uns zu einem steilen Hügel, an dessen Fuß ein malerisches altes Dorf lag.

Kate beschleunigte ihren Schritt. „Hier wohnt Helen Kerfoot“, erklärte sie mir.

Sie ging geradewegs auf ein großes weißes Haus zu, das die anderen Gebäude des Dorfes überragte. Sie stürmte die Verandastufen hinauf, riß die unversperrte Tür auf und rief: „Helen!“

Dreißig Sekunden später füllte eine kleine Armee von Frauen und Kindern die Diele. Alle sprachen gleichzeitig.

„Wer bist du?“ wollte eine wissen.

„Bist du das, Katharine?“ fragte eine andere.

„Helen!“ schrie Kate wieder und versuchte, den Tumult zu übertönen.

Plötzlich tauchte Helen Kerfoot, eine dicke Frau mit silbergrauem Haar, oben an der Treppe auf.

„Katharine Dandridge!“ rief sie mit dröhnender Stimme. „Du siehst aus, als kämst du direkt aus dem Schützengraben!“ Dann bemerkte sie die Verzweiflung in Kates Zügen, und ihr Benehmen änderte sich schlagartig. „Was denn, Kind, was ist denn los?“ rief sie und kam in atemberaubendem Tempo die Treppe herunter.

„Ich muß dich allein sprechen, Helen“, sagte Kate.

„Macht Platz, macht Platz“, dröhnte Mrs. Kerfoot und zog uns durch das Gewühl in die Diele. Sie führte uns in die Küche und schloß die Tür hinter sich.

„Helen, das ist mein Freund Jamie Lockhart“, stellte Kate mich vor. „Er braucht etwas zu essen.“ Mrs. Kerfoot warf mir einen besorgten Blick zu und wandte sich dann wieder an Kate.

„Das Loch können wir stopfen“, erwiderte sie mit einem knappen Lächeln. Ein Obstkuchen mit brauner Kruste stand auf dem Tisch neben dem Herd. Sie nahm ein Brotmesser und schnitt mir ein Stück ab. „Jetzt erzähl mal, was passiert ist, Katharine“, sagte sie dabei.

„Vater und Franklin sind ermordet worden“, erwiderte Kate leise. Die dicke Frau warf den Kopf zurück, als hätte sie jemand geohrfeigt. „O nein!“ stöhnte sie.

„Hast du immer noch diese Pferde, die bei Peak versteckt waren?“ fragte Kate.

„Ja, die sind noch dort“, antwortete Mrs. Kerfoot.

„Kannst du mir zwei davon leihen?“

„Natürlich, Katharine, aber das hat doch sicher Zeit bis –“

„Ich brauche sie sofort, Helen“, unterbrach sie Kate. „Und ich bitte dich, kümmere dich um die Beerdigungen.“

„Wo willst du hin?“

„Den Mördern hinterher“, antwortete Kate kurz.

Überraschenderweise schien sich Mrs. Kerfoot überhaupt nicht zu wundern. „Ich weiß, wie halsstarrig und dickköpfig du sein kannst, wenn du dir etwas vorgenommen hast, Katharine“, sagte sie, „aber um Gottes willen, überlaß doch die Festnahme dieser Banditen den Leuten, die –“

„Ich werde kein unnötiges Risiko eingehen, Helen“, versprach Kate.

In dem Augenblick flog die Küchentür auf, und ich befand mich umgehend in einem Tollhaus. Mrs. Kerfoot hatte Soldatenfrauen eingeladen, für die Dauer des Krieges bei ihr zu bleiben. Sie kamen teilweise aus Martinsburg und noch weiter her und waren ganz verrückt nach Neuigkeiten von der Front.

Das Gespräch zwischen Kate und Mrs. Kerfoot war damit beendet. „Sie schickt einen Angestellten nach den Pferden. Er müßte in einer Stunde wieder dasein“, flüsterte Kate mir zu.

„Wer ist Mrs. Kerfoot?“ fragte ich.

„Sie ist meine Großtante und war die beste Freundin meiner Mutter. Helen hat drei Ehemänner überlebt und neun Kinder großgezogen."

Als ich mit dem Essen fertig war, brachte mich eine der Frauen in ein Zimmer, wo es einen Eimer heißes Wasser und ein kostbares Stück Seife gab. Mit meiner heilen Hand wusch ich mich, so gut ich konnte.

Als ich zurück in die Diele kam, waren Mrs. Kerfoot und Kate wieder ins Gespräch vertieft. „Jemand muß seine Mutter benachrichtigen, daß ihm nichts passiert ist", sagte Kate gerade.

„Ich kümmere mich darum", versprach Helen Kerfoot. Kate forderte mich auf, einen kurzen Brief zu schreiben. Ich konnte meiner Mutter nichts von dem erzählen, was ich erlebt hatte; es hätte sie umgebracht. Statt dessen schrieb ich folgenden Brief:

> Liebe Mutter, mach Dir bitte keine Sorgen um mich. Mir geht's gut, und ich habe eine wunderbare Freundschaft geschlossen. Ich hoffe, daß es Dir gutgeht und daß Du inzwischen etwas von Vater gehört hast. Ich komme bald nach Hause. In Liebe, Jamie

Als ich den Brief unterschrieb, hörte ich Pferdegetrappel. Mrs. Kerfoot nahm den Brief an sich und versiegelte ihn. Draußen standen zwei Pferde am Pfosten angebunden.

„Das sind die zwei besten, die ich noch habe", erklärte Mrs. Kerfoot. „Der graue ist ein Araber, und der Schecke stammt von Moon Dancer. Sie können euch weit bringen."

„Danke, Helen", sagte Kate.

„Versprich mir, Kind, daß du zu uns zurückkommst."

„Versprochen", sagte Kate. Ihr Lächeln war so zuversichtlich, daß Mrs. Kerfoot ihr vielleicht sogar glaubte.

Der Angestellte schnallte unsere Schlafdecken und zwei prallgefüllte Proviantsäcke an die Sättel. Blitzschnell saß Kate auf dem Grauen. Ich bestieg den Schecken. Er wirkte jung und stark und lauffreudig.

„Gott segne dich, Katharine", sagte Helen Kerfoot.

„Leb wohl, Helen", erwiderte Kate und gab ihrem Hengst die Sporen. Während ich ihr folgte, sah ich mich noch einmal um. Mrs. Kerfoot hielt eine Hand vors Gesicht und klammerte sich mit der anderen an den Pferdepfosten. Der Angestellte lief auf sie zu, als müsse er sie auffangen.

WÄHREND des ersten Teils unserer Reise begegneten wir keiner Menschenseele. Kate vermied die vielbefahrene Straße, die nach Thornton Gap in die Blue-Ridge-Berge führte. Sie wollte die Berge lieber an einer

Stelle überqueren, die „The Pinnacle“ genannt wurde. Das war ein zwölfhundert Meter hoher vorgelagerter Berg im Süden von Thornton Gap. Sie kannte die Gegend von einem Campingausflug, den sie mit ihren Brüdern unternommen hatte. Kate sagte, jenseits des Gipfels gäbe es einen schmalen Pfad, der uns hinunter ins Flachland von Virginia führen würde. Dort würden wir auf die Straße stoßen, die durch Sperryville führte, und von dort nach Sudley Springs gelangen.

Zunächst folgten wir einer Reihe gewundener schmaler Landstraßen, bis wir an einen Waldpfad kamen, der steil zum windgepeitschten Gipfel hinaufführte. Kate brachte mich zu der Stelle, wo sie und ihre Brüder vor dem Krieg gecampt hatten. Sie war durch mannshohe Felsbrocken vor dem Wind geschützt, und es gab sogar eine Art Nische in den Felsen für unsere Schlafdecken. Dort waren wir vor den Elementen geschützt und hatten trotzdem eine wunderbare Aussicht auf die Landschaft.

Wir aßen die Schinkenbrote, die die Frauen für uns eingepackt hatten. Später wurde der Wind stärker und trieb die Funken unseres Feuers weit in die Luft. Ich fragte Kate, warum Helen Kerfoot sie dickköpfig genannt hatte. Sie starrte lange in die Flammen, ehe sie antwortete.

„Ich war für meine Mutter eine große Enttäuschung“, erzählte sie schließlich. „Sie wollte eine junge Dame aus mir machen. Aber ich wollte immer wie meine Brüder sein. Frei, verstehst du?“

„Also ein Wildfang?“ fragte ich.

Sie nickte. „Und als ich endlich meine Weiblichkeit entdeckte, war ihre Enttäuschung groß, daß ich mich in einen jungen Mann verliebte, der nicht in Frage kam. Unglücklicherweise hatte er sich mit Leib und Seele der Rettung der Union verschrieben.“

„Du hast dich in einen Yankee verliebt?“

„Nein, er war aus Virginia“, erwiderte sie. „Er fiel im zweiten Kriegsjahr.“

„Oh“, sagte ich. „Deiner Mutter hat es sicherlich leid getan, an ihm gezweifelt zu haben.“

„Nein, Jamie. Verstehst du, er war Captain in der Armee der Union, als er starb.“ Damit war unsere Unterhaltung für eine Weile zu Ende. Als ich wieder vom Feuer aufblickte, sah ich, daß sie weinte.

„Das ist alles so furchtbar“, flüsterte sie schließlich, und ihre Stimme versagte fast. „Natürlich ist der Krieg etwas Schreckliches, aber ich habe mir nie vorgestellt, daß er so grauenhaft ist.“

Ich wußte nichts zu sagen – sie hatte zuviel verloren.

„Und wie steht's mit dir, Jamie? Bist du je verliebt gewesen?“

Ich spürte, wie ich rot wurde, und wandte mich ab.

„Ein Mann voller Geheimnisse, ich verstehe“, sagte sie lächelnd. „Gehen wir schlafen, bevor ich den Rest unserer Familienskandale ausplaudere.“

In dieser Nacht, allein mit Kate auf dem Paß, schlief ich zum ersten Mal, seit Korporal Blewitt in mein Leben getreten war, tief und fest. Ich war von da an geneigt, Felsboden jedem Matratzenlager vorzuziehen.

NOCH vor Sonnenaufgang wachte ich auf. Wunderbarerweise war der Osthimmel klar. Im Norden allerdings brauten sich bereits wieder schwarze Wolken zusammen.

Unser Frühstück bestand aus Tee und Maisbrot. Dann sattelte Kate die Pferde, und weiter ging die Reise.

Der Abstieg verlief ohne besondere Vorkommnisse. Gegen Mittag erreichten wir den Fuß des Berges. Inzwischen war der Himmel wieder pechschwarz, und ein scharfer Wind kündigte neuen Regen an.

Kate fröstelte. „Wir müßten bald in Sperryville sein“, meinte sie.

Wir befanden uns immer noch in dichtem Wald, als ich einen weißen Kirchturm durch die Äste schimmern sah. Beim Näherkommen kam die ganze Kirche ins Blickfeld. Sie stand einsam in einer Lichtung, die man offenbar erst kürzlich aus dem Wald herausgeschlagen hatte.

Ich weiß noch, daß ich mich fragte, ob Sonntag sei, denn eine Gruppe Reiter bildete einen Halbkreis um zwei alte Eichen, die den Eingang zum Friedhof markierten.

Dann sah ich, was los war, und schauderte. Sie alle beobachteten einen Mann, der in einer Halsschlinge von einem der Bäume hing. Die Exekution mußte gerade erst passiert sein, denn als wir näher kamen, sah ich, daß der Gehängte noch nicht tot war. Hinter dem Rücken hatte man ihm zwar die Hände gefesselt, die Beine aber nicht, und er trat damit wild um sich, als gäbe es noch eine Chance wegzulaufen.

Als wir die Gruppe erreicht hatten, hatte er endlich seinen grotesken Tanz beendet und hing schlaff am Seil. Er trug die blaue Uniform eines Regierungssoldaten, und ich schätzte ihn auf etwa zwanzig Jahre.

Der Anführer der Konföderierten trug keinen Hut, er hatte langes maisblondes Haar und ein sommersprossiges Jungengesicht. Das einzig Alte an ihm waren seine Augen. Die waren grau und wirkten kalt wie Steine.

„Was hat dieser Mann verbrochen?“ fragte Kate.

„Ich schlage vor, Sie kümmern sich nicht darum und reiten weiter,

Ma'am", entgegnete der Anführer höflich. Er trug die Rangabzeichen eines Sergeanten auf den Ärmeln.

„Aber er war doch sicher ein Kriegsgefangener", erwiderte Kate. „Und er war fast noch ein Junge."

„Die Sorte ist Ihre Tränen nicht wert, Ma'am", schaltete sich jetzt ein weiterer Soldat ein. „Seine Leute haben vorige Woche drei von unseren Männern ermordet. Kein Verfahren. Haben sie einfach auf dem Marktplatz aufgehängt wie Rinderhälften. Wir revanchieren uns nur."

Kate platzte der Kragen. „Was ist denn bloß mit euch los?" schrie sie. „Hat die Armee der Konföderierten jedes Ehrgefühl verloren?"

Nur der Sergeant brachte es fertig, sie direkt anzublicken. „Schenken Sie sich Ihre Predigt von wegen Ehre", knurrte er. „Erzählen Sie das lieber Ihren Yankee-Freunden. Sie haben diesen Krieg angefangen."

„Und Sie sind auch nicht besser!" schrie sie zurück.

„Dann ist es eben so", sagte er.

Kate starrte ihn mindestens eine Minute lang an. Sie wandte den Blick nicht von seinem Gesicht, auch als einer der Konföderierten begann, dem erhängten Yankee die Stiefel abzuziehen.

„Das genügt", fuhr der Sergeant den Soldaten an.

Die Reiter formierten sich zum Abzug. Die Konföderierten hatten bereits das Pferd des Yankees als Kriegsbeute beschlagnahmt. Als die Männer davonritten, schrie Kate hinter ihnen her: „Wir sehen uns in der Hölle, Sergeant!"

Er hielt sein Pferd an und wandte sich um. „Ich hoffe wirklich, daß Sie dort nicht landen, Miß!" rief er mit seinem jungenhaften Grinsen. Dann ritt er davon.

BEVOR wir weiterritten, schnitten wir den Yankee vom Baum und versuchten, seine Leiche in einer würdevollen Haltung zurückzulassen. Viel Zweck hatte das nicht, denn wir konnten uns ausrechnen, wie die Yankees reagieren würden, wenn sie ihn hier vor der Kirche auf der Straße fanden. Ihre Vergeltung an unseren Leuten würde noch brutaler ausfallen. Wie sollte das alles enden?

Während wir nach Sperryville hineinritten, brach der Sturm los, der schon den ganzen Tag gedroht hatte. Der Regen peitschte unsere Gesichter und brachte die Pferde fast zum Stehen.

Die Stadt war zum Teil nur noch ein Ruinenfeld. Seit Kriegsbeginn hatte sie viele Gefechte und die verschiedensten Besatzungen gesehen, denn hier lag der Zugang zum Blue-Ridge-Gebirge. Eigentlich brauchten wir dringend einen Platz, wo wir das Ende des Regens abwarten konnten, aber Kate hatte andere Sorgen. Wenn man die Leiche fand, während wir noch in der Stadt waren, sah es übel für uns aus. Fremde wie wir würden eine Menge Fragen beantworten müssen.

Ich erinnerte sie an den Mann, von dem Major de Monfort mir erzählt hatte, der hinter Massies Glen in einer Siedlung namens Calvary wohnte. Sie fand auch, es sei das beste, sofort dorthin zu reiten, und sei es auch nur für die Dauer des Sturms.

Nach einer guten Stunde passierten wir Massies Glen. Anders als Sperryville schien es von den Kämpfen unberührt. Irgendwie hatte der Krieg die fröhlich gestrichenen Häuser des Ortes in Frieden gelassen. Die meisten davon waren weihnachtlich beleuchtet. Es gab mir einen Stich ins Herz, an meine Mutter zu denken, die allein zu Hause saß, ohne zu wissen, wo mein Vater oder ich diese Nacht verbrachten.

Ein Haus lag direkt an der Straßenecke. Durchs Fenster sah ich eine Familie, die ihren Weihnachtsbaum schmückte. Der Anblick wirkte unglaublich warm und einladend. Ein Mann, etwa so alt wie mein Vater, befestigte Tannenzweige über dem Kamin. Kate starrte ins selbe Fenster und sah sehr traurig aus. Als sie merkte, daß ich sie beobachtete, wandte sie sich abrupt ab. Schweigend ritten wir durch den erbarmungslosen Regen.

Eine Meile hinter Massies Glen hielten wir Ausschau nach Calvary. Kate entdeckte das Licht vor uns als erste. Als wir näher kamen, entpuppte es sich als ein Mann, der in der Mitte der Straße stand und eine Eisenbahnerlaterne schwenkte.

„Die Brücke ist hin!“ schrie er. „Sie müssen umkehren!“

„Wir müssen nach Calvary!“ schrie ich zurück.

„Gibt nur eine Möglichkeit: Sie müssen etwa hundert Meter weiter da oben den Fluß überqueren!“ rief er und deutete auf einen Pfad, der nach Norden führte. „Ist aber wahrscheinlich zu tief.“

Wir dankten ihm und wendeten unsere Pferde nach Norden.

„Wen suchen Sie dort?“ rief er uns nach.

„Einen Mann namens Gamage!“ rief ich zurück.

„Gamage, sagen Sie? Na, da sag ich lieber nichts!“ rief er, andeutend, daß er uns doch etwas sagen wollte.

„Und?“ hakte Kate nach.

„Der Mann ist ein Spinner. Total verrückt.“

Das mußten wir erst mal verdauen.

„Wissen Sie, wo er wohnt?“ fragte ich schließlich.

„Highland Manor. Das meiste davon haben die Yankees 63 niedergebrannt. Vom Schlagbaum aus können Sie's nicht sehen. Hundertfünfzig Meter nach der Brücke geht's rechts ab durch eine Lücke in den Bäumen."

„Danke!" rief Kate. Sie gab ihrem Pferd die Sporen.

Wir folgten dem Pfad bis zu der Furt, von der er gesprochen hatte. Dort hielten wir an und begutachteten die Lage. Der Fluß toste wild vorbei und machte einen gewaltigen Lärm.

Wir hatten keine Wahl, wir mußten weiter. Bestimmt hatten die Yankees inzwischen die Leiche ihres gehängten Kameraden entdeckt, suchten die Gegend ab und nahmen jeden fest, der vielleicht etwas darüber wußte.

Kate gab mir einen warmen Händedruck, und wir trieben unsere Pferde in den Strom. Der Fluß war zuerst ganz seicht, und ich sah uns schon auf der anderen Seite. Doch zehn Meter weiter wurde er tiefer, und mein Pferd sackte bis zur Brust ins tosende Wasser. Ich hielt immer noch Kates Hand, als ein entwurzelter Baum auf ihr Pferd prallte und sie aus dem Sattel flog. Unsere Hände wurden auseinandergerissen. In der nächsten Sekunde war sie verschwunden.

Ich schrie unablässig ihren Namen, bis der Schecke endlich wieder Boden unter die Hufe bekam und sich aus dem Wasser herausarbeitete. Ich drehte mich im Sattel um, und was ich sah, war eine Art Gottesbeweis.

Sie hatte es irgendwie geschafft, sich am Schwanz meines Pferdes festzuklammern, und als der Schecke mit letzter Kraft das gegenüberliegende Ufer erklomm, zog er sie aus der tobenden Flut.

Von Kates Araberhengst war nichts zu sehen. Der größte Teil unserer Vorräte, dazu beide Gewehre und die Munition waren unwiederbringlich verloren. Ich bückte mich im Sattel, um Kate hinter mir auf den Schecken zu helfen. Sie schlang die Arme fest um meine Brust. Durchnäßt und erschöpft ritten wir weiter nach Calvary.

Zehn Minuten später entdeckten wir die Lücke zwischen den Bäumen, von der der Mann gesprochen hatte. Wir verließen die Straße und bogen in einen aufgeweichten Weg ein. Bald tauchte ein großes Haus im Regen vor uns auf.

Ein greller Blitz, der die Nacht erhellte, verriet uns, daß das Haus mindestens vier Stockwerke hoch war. Der linke Flügel war durch einen Brand schwer beschädigt. Wir stiegen ab und stapften auf den Eingang zu.

Die Tür war mit schweren Eisenbändern beschlagen und sah aus, als könne sie jedem Rammbock widerstehen. Eine Minute lautes Klopfen brachte kein Ergebnis. Verzweifelt hämmerte ich mit dem Griff meines Revolvers gegen die Tür – der Lärm hätte Tote aufwecken können.

Plötzlich hielt Kate meinen Arm fest und deutete auf die Glasscheibe über der Tür. Ich sah ein flackerndes Licht, das näher kam und stärker wurde. Dann hörten wir einen Schlüssel im Schloß, und die Tür ging langsam auf.

Im Türrahmen erschien die Gestalt eines Mannes. Er hielt eine Öllampe vor sich, und der Wind ließ die Flamme im Glaszylinder wild flackern.

„‚So sprich, Phantom!'" befahl er mit rollender Stimme. Sein Blick war merkwürdig leer, und einen Augenblick lang dachte ich, er sei vielleicht blind. Dann richteten sich seine Augen blitzschnell auf mich, und er musterte mich von oben bis unten.

Er war ein drahtiger Mann und ziemlich klein, noch kleiner als ich. Ein lockiger Haarkranz umrandete seinen kahlen Schädel, und seine Nase war scharf wie ein großer Schnabel.

„Mr. Gamage?" fragte ich.

„‚Erst wenn er geht, ist mancher Gast willkommen'", erklärte er mit einem idiotischen Grinsen. Ich wußte, das war von Shakespeare, aber ich konnte mich nicht erinnern, aus welchem Stück.

Die Tür begann sich wieder zu schließen. „Montague hat uns hergeschickt!" rief ich deshalb laut.

Langsam ging die Tür wieder auf. „Wer bitte ist Montague?"

„Ein Mann mit einem Arm", antwortete ich.

„Das ist er, ja. Ihr sollt willkommen sein", sagte der Mann. Er bedeutete uns einzutreten und schloß die Tür hinter uns.

SECHS

Das erste Zimmer mit seiner hohen Decke war offensichtlich nicht mehr bewohnt. Alle Möbel waren entfernt, nur von der Decke hing ein riesiger Kronleuchter aus Messing, der mehr Arme hatte als ein Krake. Der Staub lag so dick auf dem Boden, daß wir Spuren hinterließen, als wir unserem Gastgeber durch dunkle, leere Flure in den hinteren Teil des großen Hauses folgten.

Er führte uns in eine riesige Küche, wo es dank eines eisernen schwarzen Herds wunderbar warm war. In der Mitte stand im Schein der Deckenlampe ein großer Bauerntisch mit zehn Stühlen.

„Setzen Sie sich hier an den Ofen", sagte er und hatte wieder dies törichte Lächeln. „Haben Sie Hunger?"

„Ja", erwiderte Kate.

„Gut. Wir rupfen ein Hühnchen für Sie", sagte Gamage kichernd. „Aber zuerst kümmere ich mich um Ihr Pferd."

Die Küchentür war mit einem Eichenbalken verschlossen. Er hob ihn aus den Halterungen und öffnete die Tür. Draußen tobte der Sturm.

„‚Blas, blas, du Winterwind! Du bist nicht falsch gesinnt.'" Gamage schlug die Tür zu und war verschwunden.

„Ein merkwürdiger kleiner Mann, ohne Frage", sagte Kate. „Ich habe den Verdacht, er gibt nur vor, gestört zu sein."

„Warum sollte er das tun?"

„Hält sich so wohl Fremde vom Leib", vermutete sie.

Das leuchtete ein, erklärte aber nicht, wer er war und was Major de Monfort mit ihm zu tun hatte.

Als der kleine Mann wiederkam, ging er stracks in die Vorratskammer und brachte einen Laib Brot und ein ganzes Brathähnchen mit.

„Vielen Dank, Mr. Gamage", sagte ich.

„‚Ein schlechter Koch, wer sich nicht selbst die Finger lecken kann'", sagte er.

Nach dem Essen brachte er uns in zwei benachbarte Zimmer im zweiten Stock. Sie waren wohnlich und sauber; mächtige Federbetten luden zum Schlummern ein. Die Läden waren von außen verriegelt, und vor den Fenstern hingen dicke Vorhänge, so daß der tobende Wind keine Chance hatte.

Es gab auch viele Kerzen, und bald hatte ich mein Zimmer gemütlich erhellt. Ich hörte Kate nach mir rufen und fand sie in einem dritten Zimmer, in dessen Mitte eine emaillierte Badewanne stand.

„Wir werden verwöhnt", bemerkte sie.

„Ich brauche kein Bad", sagte ich, obwohl ich es besser wußte. Der Gedanke, in Kates Nähe zu baden, war mir peinlich.

„Was denn, Jamie Lockhart, du wirst ja richtig rot", sagte sie, legte den Arm um mich und lächelte mir ins Gesicht. „Ich zuerst, dann bringst du neues heißes Wasser für dich."

Das Bild, das sie mir damals bot, habe ich nie vergessen. Die grünen Sternenaugen, die blasse Elfenbeinhaut, die Art, wie sie die Lippen schürzte – das alles machte mir tiefen Eindruck, und in diesem Augenblick wußte ich, daß ich Katharine Dandridge liebte.

Nach dem Baden machten wir uns jeder in seinem Zimmer zum Schlafen fertig und unterhielten uns dabei durch die offene Tür über den ulkigen kleinen Mann.

„Ich bin sicher, unser Gastgeber ist harmlos“, erklärte Kate, „aber wir sollten trotzdem auf der Hut sein.“ Sie schob eine ihrer beiden Pistolen unters Kopfkissen. Ich folgte ihrem Beispiel. Wir verriegelten die Türen zum Flur, ließen aber die Verbindungstür zwischen unseren Zimmern offen.

Ich blies die Kerzen aus und wartete auf den Schlaf. Nach zehn Minuten war ich immer noch hellwach. Ich wurde von Gefühlen gebeutelt, die ich bis dahin nicht gekannt hatte.

„Gute Nacht“, sagte ich.

„Gute Nacht, Jamie!“ rief Kate leise aus dem Nebenzimmer.

Ich überlegte, was ich noch sagen könnte, um meine Gefühle zu beruhigen und ihre Stimme noch einmal zu hören.

„Wir haben bestimmt beide viel Shakespeare gelesen“ war alles, was mir einfiel.

„Einiges“, antwortete sie schläfrig.

Ich nahm meinen ganzen Mut zusammen und zitierte mit soviel Inbrunst, wie ich konnte: „‚O wie sie auf die Hand die Wange lehnt! Wär ich der Handschuh doch auf dieser Hand und küßte diese Wange!‘“

Es blieb ganz still. Als ich schon dachte, sie sei bereits eingeschlafen, vernahm ich noch einmal ihre klare Stimme. „‚Hier kommt eins von jenen seltsamen Tieren, die man in allen Sprachen Narren nennt.‘“

„‚Wie es Euch gefällt‘“, sagte ich mißmutig.

„Jetzt wird geschlafen!“ befahl sie mit gespielter Strenge, und ich gehorchte.

KURZ nach Sonnenaufgang trat ich ans Fenster und zog die Vorhänge zurück. Durch die Ritzen der Fensterläden sah ich den blauen Himmel. Der Sturm hatte sich während der Nacht verzogen.

Eine Bewegung zwischen den Bäumen, die das Grundstück umstanden, weckte meine Aufmerksamkeit. Gleich darauf tauchte die Gestalt eines Mannes zwischen den Stämmen auf. Er rannte auf den ausgebrannten Teil des Hauses zu und verschwand dort aus meinem Blickfeld.

„Kate!“ rief ich hastig, als auch schon eine zweite Gestalt aus den Bäumen brach und dieselbe Richtung nahm.

Sofort war sie an meiner Seite. Ich deutete auf die Stelle, wo ich den ersten hatte auftauchen sehen, da kam noch ein dritter. Als er den halben Weg zurückgelegt hatte, klopfte Kate kräftig ans Fenster. Der Mann blieb wie angewurzelt stehen. Er konnte uns wegen der geschlossenen Fensterläden nicht sehen, wir aber sahen ihn ganz deutlich. Es war ein Schwarzer. Eine Sekunde lang stand er wie angewurzelt.

„Entflohene Sklaven", murmelte Kate, als er ebenfalls nach links rannte.

„Er sah aus, als hätte er schreckliche Angst."

„Die hättest du auch", sagte sie. „Wenn man sie erwischt, werden sie öffentlich ausgepeitscht – als abschreckendes Beispiel. Oder noch schlimmer."

Nach dem dritten Mann kam keiner mehr. Ich zog mich an und ging nach unten. Mr. Gamage kam von draußen herein, während ich gerade für Kate Tee machte.

„Bei Ihnen verstecken sich entflohene Sklaven im abgebrannten Flügel", sagte ich sachlich.

Er nickte mit dem Kopf. „‚Nicht jeden, der auf weichen Daunen liegt, beglückt der Schlaf so wie den armen Sklaven'", deklamierte er.

Ich hatte seinen Shakespeare endgültig satt. „Können Sie den Major de Monfort benachrichtigen, daß wir hier sind?" fragte ich gereizt.

„‚Wer, gib mir Kunde, ist das?'" Er schien echt verblüfft.

„Der Einarmige", stieß ich hervor.

„‚Aha, jetzt sehe ich, worauf du hinauswillst, sagte der Blinde.' Verstehe."

Er trat ans Küchenregal und kramte in den unteren Fächern. Als er sich wieder aufrichtete, hielt er einen kleinen Trommelrevolver in der Hand. Sein unsteter Vogelblick war jetzt starr auf mich gerichtet.

„Laß dir versichern, du bekommst von mir alles, was du brauchst", sagte er liebenswürdig. „Deine Pistole zum Beispiel. Sie sieht außerordentlich schwer und unhandlich aus. Laß mich diese Bürde von dir nehmen."

Damit trat er zu mir und zog mir die Waffe aus dem Gürtel. Dann ging es die Treppe hinauf. Eine rasche, aber gründliche Suche brachte Kates zwei Pistolen zutage.

„Ich weiß noch nicht genau, was ich mit euch beiden anfangen soll", sagte er dann. „Ich will euch nichts Böses. Aber vorläufig müßt ihr hier drin bleiben." Er ging und verschloß unsere beiden Türen von draußen.

Die nächsten beiden Tage blieben wir eingesperrt. Mr. Gamage brachte uns zu essen und einmal am Tag einen Eimer Wasser zum Waschen. Wir durften die Zimmer nur verlassen, um zur Toilette zu gehen. Dabei hielt er uns mit dem Revolver unter Kontrolle und wartete vor der Tür, bis wir wieder herauskamen.

Abgesehen davon, daß ich allmählich meine Hand wieder gebrauchen lernte, hatte dieser Zustand nur einen positiven Aspekt: Ich war allein mit Kate. Sie freilich dachte die meiste Zeit an die Mörder ihres Vaters und daran, daß sie sie vielleicht nie einholen würde.

Mitten in der zweiten Nacht unserer Gefangenschaft weckten mich Stimmen, die aus einer Ecke meines Zimmers zu kommen schienen. Erst war es nur ein Flüstern, dann wurde die eine immer lauter – offenbar im Zorn. Ich schlüpfte aus dem Bett und entdeckte die Quelle der Geräusche – ein eisernes Gitter im Fußboden. Ich hatte so etwas zwar noch nie gesehen, nahm aber an, daß es dazu bestimmt war, Wärme aus den unteren Räumen nach oben zu verteilen.

Die eine Stimme war die von Mr. Gamage. Die andere klang wie die Stimme des Majors, nur flach und müde, fast leblos vor Erschöpfung.

Ich konnte immer noch kein Wort verstehen. Kurz darauf verzogen sie sich außer Hörweite. Ich kroch ins Bett zurück und dachte über das Geheimnis nach. Wenn es wirklich Major de Monfort war, warum war er nicht zu uns heraufgekommen?

Am dritten Morgen standen wir kurz nach Sonnenaufgang auf. Ein Blick durch die Fensterläden verriet uns, daß es schon wieder schneite. Als eine Stunde ohne ein Lebenszeichen von Mr. Gamage verging, wurden wir langsam unruhig. Er war sonst immer sehr früh aufgetaucht, um nach uns zu sehen. Im Laufe des Morgens wurde es immer kälter. Bald konnten wir unseren Atem sehen.

Schließlich beschlossen wir zu handeln. Die Messingangeln der soliden Eichentüren waren zu tief in der Mauer verankert, um sie zu lockern. Also wandten wir uns den Fenstern zu. Die Läden waren von außen durch zwei flache Quereisen verrammelt.

Es gab nur eine Möglichkeit zu entkommen: Wir mußten ein Loch in die Läden schlagen.

Kate stieg auf einen Stuhl und nahm die dicke Vorhangstange ab, die aus hartem Mahagoni gearbeitet war. Plötzlich hielt sie inne. Sie glaubte draußen im Sturm Pferdegetrappel gehört zu haben. Vorsichtshalber packte ich die Vorhangstange und stellte mich neben die Tür.

Das Zuschlagen der Küchentür verriet uns, daß jemand im Haus war. Dann hörten wir schwere Schritte, erst auf der Treppe, dann im Flur.

Jemand kam keuchend näher. Dann drehte sich ein Schlüssel im Schloß. Ich hob die Stange, als die Tür langsam aufging.

Von meiner Position hinterm Türflügel aus konnte ich nicht sehen, wer es war. Beim Anblick der Person im Türrahmen riß Kate die Augen auf.

„Ich bin Alain … de Monfort“, hörte ich ihn sagen. Doch als ich um die Tür herumtrat, hatte er schon die Augen verdreht und kippte nach vorn in unsere Arme.

ER HATTE sich sehr verändert, seit ich ihn das letzte Mal bei New Market gesehen hatte. Damals hatte er unbesiegbar gewirkt, wie einer von König Artus' sagenhaften Rittern.

Jetzt war sein schlanker bronzefarbener Körper hager, wie geschrumpft. Die Haut seines Gesichts und seiner Hände wirkte gefroren. Als wir ihm den grauen Militärmantel abstreiften, entdeckte Kate das Einschußloch in seiner Seite.

„Er hat eine Menge Blut verloren“, sagte sie, während wir ihn zu meinem Bett zogen. „Sieh mal nach, ob du irgendwelche Schnäpse findest, Jamie. Und wenn noch kein Feuer brennt, dann mach eines im Herd und setz Wasser auf.“

Während ich in die Küche lief, hielt ich Ausschau nach Mr. Gamage, konnte ihn aber nicht entdecken. Nach wenigen Minuten flackerte ein kräftiges Feuer, und ich setzte zwei Kupferkessel mit Wasser auf.

Im Küchenregal entdeckte ich eine Flasche, deren Inhalt eindeutig alkoholischer Natur war, und rannte zurück nach oben. Der Major war immer noch bewußtlos, aber Kate gelang es, ihm ein paar Löffel von dem Schnaps einzuflößen. Danach stöhnte er leise auf und öffnete langsam die Augen.

„Muß hier weg. Nicht sicher“, murmelte er.

„In Ihrem Zustand können Sie nicht aufs Pferd, Major“, erklärte Kate.

„Muß. Jeden Augenblick kann Besuch kommen.“

„Falls Sie es nicht bemerkt haben sollten, da draußen tobt ein Blizzard“, sagte Kate sanft. „Trotzdem … Jamie, sieh nach, ob der Schecke noch in der Scheune ist. Und ob es irgendeine Art von Wagen gibt.“

Ich lief hinaus zum Schuppen, in dem Mr. Gamage bei unserer Ankunft den Schecken untergebracht hatte. Er stand ganz friedlich in einer Box und mampfte Heu. Es gab auch einen uralten Wagen. Er wirkte zwar reichlich verschlissen, aber Räder und Achsen waren in

Ordnung. Dann holte ich Major de Monforts Pferd aus dem Hof und brachte es in eine andere Box.

Als ich wieder ins Zimmer kam, hatte Kate die Wunde des Majors versorgt und verbunden, und er sprach jetzt wieder normal.

„Mein Hirn ist vielleicht noch eingefroren, Miß Dandridge, aber mein Herz haben Sie geschmolzen", sagte er und schien fast wieder der alte.

„Bei mir müssen Sie sich schon ein bißchen mehr anstrengen, Major", entgegnete Kate. „Ich bin nicht eine von Ihren affektierten Schönheiten aus New Orleans."

„Die sind meinem Gedächtnis schon lange entschwunden", erklärte er. Dann wandte er sich an mich. „Erzähl mir, was passiert ist, seit wir uns getrennt haben, Jamie."

Das dauerte eine Weile. Als ich meinen Bericht beendet hatte, meinte der Major: „Ihr seid beide mutig genug, um tollkühn zu sein. Wollt ihr immer noch weitermachen?" Wir nickten beide, und er schüttelte verwundert den Kopf.

„Wer hat auf Sie geschossen?" wollte ich von ihm wissen.

„Ich kann nur sagen, ich hab's nicht besser verdient."

„Wer ist Mr. Gamage, und was macht er hier?" fragte ich weiter.

„Fragen können wir später", unterbrach Kate. „Wir müssen aufbrechen."

„Nach Sudley Springs?" fragte ich.

„Ja. Sudley Springs. Ich begleite euch", sagte der Major.

„Jetzt haben wir gegen diese Männer eine echte Chance", stellte ich fest.

Gestärkt mit neuer Hoffnung, beluden wir den Wagen. Als ich die Vorratskammer hinter der Küche durchstöberte, fand ich zu meinem Erstaunen Körbe mit Zwiebeln, Kartoffeln und Äpfeln, dazu verschiedene Sorten Rauchfleisch.

Kate hatte inzwischen mehrere Ziegelsteine im Herd erhitzt und schleppte jetzt alle Daunendecken aus unseren Zimmern herbei. Die Ziegelsteine steckte sie zwischen die Decken; damit machte sie dem Major ein warmes Bett im Wagen. Wo noch Platz war, verstaute ich unsere Vorräte und alles, was ich an Pferdefutter noch in der Scheune fand. Als ich das Zaumzeug für die beiden Pferde zusammensuchte, entdeckte ich ein altes Planendach für den Wagen. Das versprach einigen Schutz vor dem Sturm.

Wir hoben den Major in den Wagen, und Kate stopfte überall um ihn herum die Federbetten fest.

„Sehr gemütlich, in der Tat", sagte er mit dankbarem Lächeln.

Im Dezember gibt es immer viele Stürme, aber keiner ist so heftig wie ein Blizzard. Wer einmal einen Blizzard im Freien erlebt hat, vergißt ihn nicht wieder.

Als wir nach Sudley Springs aufbrachen, lag der Schnee auf der Straße bereits zehn Zentimeter hoch. Kate ritt mit gesenktem Kopf, die Krempe ihres Cowboyhutes schützend vors Gesicht gezogen. Die Pferde hatten es auch nicht leicht; sie rutschten auf dem gefrorenen Boden immer wieder aus.

Etwa alle dreißig Minuten kletterte ich in den Wagen und stieß von innen den Schnee von der Dachplane herunter, der sich dort aufhäufte. Der Major schlief die meiste Zeit, nur einmal, als ich mich über ihn beugte, blickte er auf. Ich ergriff die Gelegenheit, um ihm eine Frage zu stellen. „Sie waren letzte Nacht im Haus von Mr. Gamage. Warum sind Sie nicht zu uns gekommen?"

„Denk nicht darüber nach", sagte er leise und wandte sich ab.

Als die Nacht hereinbrach, wurde die Straße vor uns zu einer festen grauen Masse. Kate, die neben mir ritt, stieß mich in die Seite, ihre Worte gingen im Sturm beinahe unter.

„Ich muß die Straße nach Amissville verpaßt haben!" schrie sie.

Ich sah Verzweiflung in ihren Augen, aber gleichzeitig sah ich über ihre Schulter, was uns retten konnte.

„Schau dort!" rief ich aufgeregt und deutete auf ein Feld zu unserer Linken. Am anderen Ende des Feldes stand so etwas wie ein Geräteschuppen mit einem offenen Anbau.

Kate wendete den Wagen, wir überquerten das Feld und machten, während es endgültig dunkel wurde, unter dem Vorbau halt.

GEMEINSAM halfen wir dem Major in den Schuppen. Der steckte voller alter Fässer, zerbrochener Töpfe und größtenteils ausrangierter landwirtschaftlicher Geräte. Eine Ecke vom Dach fehlte; dort lag der Schnee dreißig Zentimeter hoch.

Die wichtigste Entdeckung war ein riesiger gußeiserner Siedekessel mit drei Beinen. Der Major erkannte sofort, daß er als Herd dienen konnte, und wies mich an, ihn unter das Loch im Dach zu ziehen. Ich folgte seinen weiteren Anweisungen und hackte mit dem Kopf einer zerbrochenen Spitzhacke drei Löcher in den verrosteten Boden. Mit einer Handvoll Splitterholz fachte ich ein Feuer an und speiste es mit den Dauben eines zerbrochenen Fasses. Ich klopfte ein paar Faßreifen flach und formte daraus eine Art Rost. Den legte ich auf den Rand des Kessels, und wir hatten eine fast perfekte Kochgelegenheit.

Danach sattelten Kate und ich die Pferde ab und brachten sie in der einzigen windgeschützten Ecke des Vorbaus unter. Wir entluden den Wagen und schleppten die Federbetten und unsere Vorräte in den Schuppen.

Major de Monfort hatte inzwischen die in den Wänden klaffenden Risse mit alten Teppichen und Säcken zugestopft, und es wurde fast gemütlich. Das kleine Feuer brannte munter, und bald erglühte der Kessel in dunklem Rot. Kate wärmte ein paar Minuten ihre Hände, dann kochte sie in einer tiefen Pfanne, die wir dabeihatten, heißen Maisbrei zum Abendbrot.

Der Blizzard wütete den größten Teil des nächsten Tages mit unverminderter Stärke. Vorläufig konnten wir nicht weiterziehen. Wir pflegten unser Feuer, und jeder versuchte, sich irgendwie zu beschäftigen.

Der Major widmete sich seinen Waffen. Er schärfte die Klinge seines „Zahnstochers" und putzte sein Gewehr. Je mehr er sich erholte, desto lebhafter wurde er. Nach dem Abendessen unterhielt er uns eine Stunde lang mit Schilderungen seines Lebens in Louisiana. Seine Jahre schienen von ihm abzufallen, und man konnte sich vorstellen, wie gut er früher ausgesehen hatte.

Danach sprachen der Major und Kate französisch miteinander, eine Sprache, die ich natürlich nicht verstand. Zu meiner Enttäuschung kam keiner auf die Idee, für mich zu dolmetschen. Schließlich wurde es mir zu dumm, ich kroch unter meine Decke und versuchte zu schlafen.

Als ich am nächsten Morgen Anstalten machte aufzustehen, öffnete der Major sofort die Augen. Neben mir rappelte sich Kate aus dem Schlaf und richtete ihre schönen grünen Augen auf uns.

„*Joyeux Noël, mes amis*", sagte sie mit einem Lächeln.

„*Et à vous aussi, Katharine*", sagte der Major. „Frohe Weihnachten, Jamie."

Eine Welle der Trauer überrollte mich. Es war das erste Weihnachten, das ich fern von zu Hause verbrachte.

„Was wünschen sich meine Helden als Weihnachtsessen?" fragte Kate.

„Pochierten Lachs und Roastbeef, *très saignant*", sagte der Major und blieb ganz ernst dabei.

„*Je regrette, Alain*", antwortete sie. „Und du, mein junger Ritter?"

„Kotelett mit Bohnen“, sagte ich.

Sie mußte lachen. „Ich glaube, da hab ich was Besseres.“

Sie hatte etwas viel Besseres. In unsere tiefe Pfanne kam eine Scheibe Speck, die alsbald lieblich zu brutzeln begann. Dann schnitt sie vier Zwiebeln in das Fett, darüber kamen kleine rote Kartoffeln und eine große Steckrübe. Das Ganze wurde gekrönt von getrocknetem Wild- und Kaninchenfleisch.

Während der duftende Eintopf in der Pfanne köchelte, schlug Major de Monfort mir vor, Leutnant Shawnessys Karte aus dem Gedächtnis zu rekonstruieren. Kate gab mir einen Kohlestift und ein Notizbuch. Ich schlug eine leere Seite auf.

Ich starrte ein paar Minuten darauf, dann schüttelte ich den Kopf. „Es hat keinen Zweck“, jammerte ich. „Ich kriege es nicht mehr zusammen.“

„Schreib nur die Dinge auf, an die du dich erinnern kannst“, riet mir der Major.

Ich folgte seinem Rat und begann zu zeichnen. Zuerst fielen mir nur die sich überschneidenden Linien ein, dann das kleine Viereck mit dem Kreuz darin, das Dr. Cassidy als die Kirche von Sudley Springs identifiziert hatte. Nach und nach stellten sich weitere Einzelheiten ein, und ich zeichnete alles auf. Das letzte, was mir einfiel, war der schwarze Halbkreis mit dem Wort „Teufelsschlund“.

Der Major und Kate merkten mir meine Frustration an. „Zerbrich dir jetzt nicht den Kopf, Jamie“, munterte Kate mich auf. „Leg das Notizbuch weg. Es ist Zeit für unser Weihnachtsessen.“

Es war ein wunderbares Essen. Der Major erklärte uns, wie so etwas in seiner Heimat hieß: Ragout. Für mich war es einfach ein Eintopf mit viel Fleisch auf dampfendem Maisbrei. Jeder bekam seine Portion, danach stießen wir alle mit dem Schnaps an, mit dem wir den Major tags zuvor zum Leben erweckt hatten.

Ich fühlte mich wunderbar satt und wollte schon wieder einnicken, als Major de Monfort eine Idee hatte. „Jamie, ich möchte ein kleines Experiment machen“, sagte er. „Leg dich hin, und mach es dir so bequem, wie du kannst.“

Ich legte mich auf meine Decke und blickte ihn an.

„Gut. Jetzt schließ die Augen“, befahl er. „Versuche, dein Gehirn abzustellen. Versuche, an gar nichts zu denken.“

Ich folgte seinen Anweisungen. „Ich schlafe gleich ein“, murmelte ich.

„Sehr gut, Jamie. Jetzt versuche, in Gedanken zu dem Tag zurückzugehen, an dem du die Karte Dr. Cassidy zum ersten Mal gezeigt hast. Geh genau zu dem Augenblick zurück. Bist du da?“

„Ja, bin ich“, antwortete ich wahrheitsgemäß. Einen Moment lang glaubte ich, den Whisky in des Doktors Atem riechen zu können, während wir zusammen auf die Karte starrten.

„Siehst du sie jetzt, Jamie? Kannst du sie jetzt sehen?“ fragte der Major leise.

Ich sah sie, erstaunlicherweise. Plötzlich hatte ich alles vor mir, jede Einzelheit.

Rasch öffnete ich die Augen und begann, das Bild aufs Papier zu bringen. Zuerst die Buchstaben und die Zahlen. Dann die Proportionen. Zuletzt schloß ich wieder die Augen und rief mir das Bild ein letztes Mal ins Gedächtnis. Dann blickte ich wieder auf das Papier. Meine Zeichnung entsprach ziemlich genau meinem inneren Bild. Ich reichte sie dem Major.

„Gratuliere“, sagte er.

Kate kam zu mir und umarmte mich.

„Ich denke, der Ausgangspunkt für unsere Suche ist die Kirche von Sudley Springs“, erklärte der Major, nachdem er mit Kate die Karte eine Weile studiert hatte.

„Warum das?“ fragte ich.

„Das Kreuz ist die einzige klare Angabe, Jamie“, antwortete Kate an seiner Stelle. „Alles andere – die Flüsse, die Straßen – sind ohne nähere Bezeichnung.“

„Stimmt“, pflichtete Major de Monfort bei und drehte die Karte. „Dann haben wir hier diese anderen Angaben – 200SO, 136S, 124SW und 73W. Da sie auf die vier Ecken der Karte verteilt sind, kann man ihre richtige Reihenfolge nicht feststellen. Offensichtlich sind es Himmelsrichtungen. Die Zahlen –“

„Müssen Entfernungen sein“, fiel ihm Kate ins Wort.

„Schritte?“ sagte ich.

„Vielleicht, Jamie“, antwortete der Major. „Vielleicht ist Shawnessy sehr langsam neben den Pferden vor dem Wagen hergegangen und hat die Schritte gezählt. Das werden wir besser wissen, wenn wir das Terrain kennen.“

„Und was ist mit dem Teufelsschlund?“ gab ich zu bedenken.

„Der ist eindeutig das Versteck für das Gold“, sagte Kate.

„Und wo findet man den Teufel?“ fragte der Major.

„In der Unterwelt“, sagte Kate. „In der ‚Göttlichen Komödie‘ hat Dante die Hölle unterirdisch dargestellt.“

„Ein Brunnen!“ rief ich. „Er hat das Gold in einen Brunnen geworfen.“

„Du magst recht haben, Jamie, aber ich vermute etwas anderes“, erwiderte der Major. „Der Teufel residiert am Ort ewigen Feuers. Außerdem“, er deutete auf den schwarzen Halbkreis auf der Karte, „wenn er das Gold in einem Brunnen versteckt hat, warum dann kein ganzer Kreis?“

Damit waren wir mit unseren Spekulationen am Ende. Der Major ging hinaus, um nach den Pferden zu sehen. Ich saß da und starrte ins Feuer.

„Fröhliche Weihnachten, Jamie“, hörte ich plötzlich Kate sagen.

Ich blickte auf. Sie hielt mir ein Spitzentaschentuch entgegen. Sie hatte einen Beutel daraus gemacht, der von einem grünen Band zusammengehalten wurde.

„Ich – ich hab ganz vergessen –“, stotterte ich, doch sie legte mir sanft einen Finger auf die Lippen.

„Das ist nur ein kleiner Dank, daß du mein Leben gerettet hast“, sagte sie. „Es soll dich vor Unglück schützen.“

Ich öffnete das Taschentuch. Es enthielt ein kleines goldenes Kreuz an einem Goldkettchen.

„Das hat mir mein Vater an meinem vierzehnten Geburtstag geschenkt“, erklärte sie.

„Aber ich kann doch nicht –“, begann ich, doch sie legte es mir bereits um den Hals und hakte die Schließe ein. „Fröhliche Weihnachten“, sagte sie noch einmal und küßte mich liebevoll auf die Wange.

In diesem Moment flog die Tür auf, und Major de Monfort kam wieder herein. Wenn er mir meine Verlegenheit angesehen hatte, war er zu vornehm, eine Bemerkung darüber zu machen.

Als wir am ersten Weihnachtstag erwachten, wurden wir Zeugen eines neuen Gotteswunders. Die Sonne strahlte, und der Schnee auf den Zweigen verschwand buchstäblich vor unseren Augen. Der Major erklärte uns seine Pläne für Sudley Springs. Als erstes müßten wir, sagte er, das Gold finden. Kate schien damit nicht einverstanden.

„Wenn wir zuerst auf die Jagd nach McQuade und seiner Bande gehen, könnte es eine Schießerei geben. Danach wäre mit Sicherheit keine Zeit mehr, nach dem Gold zu suchen, egal, wer gewinnen würde“, versuchte er ihr klarzumachen. „Die Yankees würden sofort hinter uns her sein; uns bliebe dann nur noch rasche Flucht.“

Ich stimmte seinen Überlegungen zu, bemerkte aber Kates zunehmende Verärgerung. Ihr war das Gold vollständig gleichgültig.

„Ich verspreche dir, Kate, wenn wir das Gold erst einmal haben, helfe ich dir, die Mörder deines Vaters zu stellen", beteuerte der Major.

Sie starrte ihn ein paar Sekunden lang an und nickte schließlich.

Das war unser letzter Tag im Versteck. Am nächsten Morgen brachen wir in aller Frühe nach Sudley Springs auf. Der Major schien sich von seiner Verwundung fast völlig erholt zu haben, er saß auf dem Bock neben Kate, seinen Colt unter einer Decke im Schoß.

Wir mußten ein Stück zurückfahren, um die Straße nach Amissville zu erreichen. Überall am Wege kamen die Menschen aus ihren Quartieren und schaufelten Schnee. Sie benutzten auch wieder die Straßen und Wege, die sich alsbald in schlammige Flüßchen verwandelten.

Jeder Schritt unserer Pferde brachte uns weiter in Yankee-Territorium hinein, doch der Major schien die Gefahr nicht zu spüren. Ein Einarmiger, eine Frau und ein kleiner Junge stellten nun wirklich keine Bedrohung für General Grants Armee dar.

Da der Major befürchtete, McQuade könnte in Thoroughfare Gap eine Wache aufgestellt haben, um nach uns Ausschau zu halten, überquerten wir die Südflanke der Bull-Run-Berge bei New Baltimore. Von dort aus sah ich das Ende des Krieges in Gestalt eines riesigen Militärlagers, das sich wie eine Stadt auf Gainesville zu erstreckte. Es waren mindestens tausend Zelte, jedes groß genug, um ein Dutzend Soldaten der Union aufzunehmen. Plötzlich wurde mir klar, daß mein Vater und der Rest von General Lees kleiner Armee verloren waren. Wenn Mr. Lincoln es sich leisten konnte, zehntausend Mann in blitzsauberen Uniformen so weit vom Kriegsgeschehen herumsitzen zu lassen, dann gab es keine Hoffnung mehr für die Sache des Südens.

Etwa eine Meile hinter Gainesville geschah etwas Merkwürdiges. Wir kamen an einer Reihe heruntergekommener Gebäude vorbei, die offensichtlich militärischen Zwecken dienten. Plötzlich bat der Major Kate anzuhalten. Ein Stück von der Straße entfernt stand ein baufälliges Holzhaus mit einem Flachdach. Ein Schwarzer saß, in Fetzen gehüllt, auf einer Bank unter dem überhängenden Dach.

Der Major steckte seinen Colt in den Gürtel. Er schwang sich vom Kutschbock auf den Boden und versank bis zu den Knöcheln im Schlamm.

„Wir brauchen Talg für unsere Laternen", erklärte er. Als er durch die Tür ins Haus ging, stand der Schwarze auf und folgte ihm.

Zehn Minuten vergingen, und er war immer noch nicht zurück.

„Das gefällt mir nicht", sagte Kate nachdenklich und legte das Gewehr über ihren Schoß.

Eine knappe Minute später kam der Major allein wieder heraus. In der Linken trug er einen kleinen irdenen Topf, den er mir reichte. Er enthielt einen fettig glänzenden Talgklumpen.

„Warum hat es so lange gedauert?" wollte Kate wissen.

„Der Kaufmann mußte seinen Jungen danach schicken", erwiderte der Major.

Gegen Abend erreichten wir die letzte Etappe unserer Reise, den Rand des großen Schlachtfeldes bei Manassas. Ich war ganz aufgeregt – möglicherweise bewegten wir uns auf den Spuren meines Vaters, der hier gekämpft hatte.

Der Major bemerkte, jetzt sei es nur noch eine Meile nach Sudley Springs.

In einem dichten Waldstück ließ er Kate anhalten. Wir spannten die Pferde aus und gaben ihnen Futter für die Nacht. Während wir unser Lager aufschlugen und auf die Dunkelheit warteten, brachte der Major einen Kompaß aus Messing zum Vorschein, mit dem er unser Lager umkreiste.

Eine Stunde später brachen wir zu Fuß zur Kirche von Sudley Springs auf.

SIEBEN

Die Nacht war klar und windig. Große, bauchige Wolken stoben über den sternenübersäten Himmel. Der Major übernahm die Führung, ich bildete das Schlußlicht. Jeder von uns trug eine Laterne. Den Straßen blieben wir so weit wie möglich fern, bewegten uns lieber zwischen Bäumen. Auf diese Weise gelangten wir ohne Zwischenfall zur Kirche von Sudley Springs.

In der Nähe des Gebäudes kreuzten sich drei verschiedene Straßen. Der Ausgangspunkt für unsere Suche sollte das Hauptportal der Kirche sein. Dort standen wir jetzt.

Major de Monfort befragte seinen Kompaß. Die Straße vor der Kirche führte nach Südwesten. Unter den vier Richtungsangaben auf der Karte führte nur eine nach Südwesten. Ganz genau hieß es 124SW. Also begannen wir, uns in dieser Richtung von der Kirche zu entfernen. Als ich den hundertdreiundzwanzigsten Schritt zählte, flüsterte der Major: „Hier“, und Kate nickte.

Wir standen wieder an einer Kreuzung. Jetzt gab es nur noch drei Richtungsangaben, zwischen denen wir zu wählen hatten – 200SO, 136S und 73W.

Wieder befragte der Major den Kompaß. Die neue Straße führte nach Westen. Beim Licht der Laterne nahm sie sich aus wie ein Holzfällerpfad, gerade breit genug für einen Wagen. Ich war inzwischen überzeugt, daß wir das Geheimnis gelöst hatten, und dachte bereits darüber nach, wie wir das Gold fortschaffen sollten.

Wir stapften Schritte zählend weiter und landeten vor einem dichten Gehölz. Bis dahin hatte ich nur zweiundvierzig Schritte gezählt. Irgend etwas stimmte nicht. Es hätten dreiundsiebzig sein sollen.

Stumm gingen wir zurück zur Kirche und stellten uns wieder vor dem Hauptportal auf. Die erste Straße war die einzige gewesen, die nach Südwesten lief. Jetzt mußten wir prüfen, ob Shawnessy vielleicht eine der anderen beiden genommen hatte.

Eine davon lief von Norden nach Süden. Die nahmen wir uns als nächste vor. Leider gab es, als wir die angegebene Distanz von hundertsechsunddreißig Schritten erreicht hatten, keine Lücke zwischen den Bäumen, durch die ein Wagen hätte fahren können.

Die nächsten paar Stunden probierten wir nacheinander die anderen Richtungsangaben aus. Die ersten zwei erwiesen sich sehr schnell als Nieten, die dritte aber, 200SO, brachte uns zu einer Straße, die nach Süden führte. Hoffnungsvoll marschierten wir weiter, doch als wir schließlich das Ende unseres Weges erreichten, standen wir wieder vor engstehenden Bäumen.

Mittlerweile war es drei Uhr morgens. Durchgefroren und mit schmerzenden Füßen beschlossen wir, für heute Schluß zu machen und zu unserem Lager beim Schlachtfeld von Manassas zurückzukehren.

Wir waren alle drei zu müde, um zu diskutieren, was wir falsch gemacht hatten. Wie immer übernahm der Major die erste Wache. Als ich in den Wagen kletterte, begann es zu nieseln. Gleich darauf war ich fest eingeschlafen.

DEN GANZEN nächsten Tag regnete es. Die meiste Zeit verbrachten wir im Wagen und sahen zu, wie das Wasser vom Dach herunterlief und in den kleinen See klatschte, der sich um uns gebildet hatte. Dabei besprachen wir, was wir möglicherweise vergangene Nacht falsch gemacht hatten.

„Jamie, bist du sicher, daß du nichts auf der Karte vergessen hast?" fragte Kate schließlich.

Ich schloß die Augen und versuchte, mich noch einmal zu erinnern. „Ja. Die Karte ist vollständig, da bin ich ganz sicher", erwiderte ich bestimmt.

„Dann gibt es nur eine Möglichkeit", schloß Kate. „Der Leutnant hat absichtlich etwas ausgelassen, und wir müssen wissen, was."

Der Major nickte. „Vielleicht eine Vorsichtsmaßnahme", stimmte er zu.

„Also, ich glaube, es kann sich nur um die Anzahl der Schritte handeln", meinte ich nachdenklich. „Was, wenn er zum Beispiel die Zahlen einfach halbiert hat, bevor er sie niederschrieb?"

„Vielleicht hast du recht", stimmte mir der Major zu und inspizierte die nachgezeichnete Karte noch einmal. „Also, ich denke immer noch, er ist von der Straße vor der Kirche aus gestartet. Heute nacht fangen wir dort noch einmal an und verdoppeln einfach alle Zahlen auf der Karte."

Ein paar Stunden später standen wir wieder vor der Kirche, bereit, die neue Theorie zu testen. Und diesmal wurden wir fündig. Nachdem wir unser Schrittpensum absolviert hatten, stießen wir auf eine Straße, die nach Westen führte, und zwar genau an der richtigen Stelle. Hundertsechsundvierzig Schritte weiter entdeckten wir einen breiten Weg nach Süden. Wieder verdoppelten wir die Zahl der Schritte und landeten an einer Stelle, die wir hoffnungsvoll für das letzte Stück des Puzzles hielten.

Als wir kurz davor waren, konnte ich nicht mehr an mich halten und rannte voraus. Ich zog die Abdeckung von meiner Laterne und stieß einen Freudenschrei aus – genau an der richtigen Stelle zweigte eine weitere Straße ab. Und sie führte, wie der Kompaß enthüllte, genau in die Richtung, die wir erwarten durften, nämlich nach Südosten.

Die letzten vierhundert Schritte brachten uns an eine Kreuzung zweier Landstraßen. Wenn unsere Theorie stimmte, mußte der Teufelsschlund hier irgendwo in der Nähe sein. In der Dunkelheit sah man die Umrisse verlassener Gebäude an allen vier Ecken der Kreuzung.

Beim Näherkommen wurde uns klar, daß hier schwere Kämpfe stattgefunden hatten. Das erste Gebäude war bis auf die Grundmauern abgebrannt, und das andere direkt gegenüber war zusammengeschossen. Wir begannen unsere Suche in den anderen beiden Häusern, die unbeschädigt waren. In beiden Fällen handelte es sich um kleine Holzhäuser, die nur aus einem Raum bestanden. Eine rasche Durchsuchung brachte nichts zutage, was auf den Teufelsschlund schließen ließ.

Nun blieb nur noch das zusammengeschossene Haus. Wenn es dort auch nichts zu entdecken gab, steckten wir wieder in einer Sackgasse.

Das Gebäude bestand aus roten Ziegelsteinen und war wesentlich größer als die anderen. Drei Wände standen noch, doch ein Teil des Daches war heruntergefallen, und kein Fenster war mehr ganz. Kate hielt an der Tür mit ihrem Gewehr Wache, und der Major und ich kletterten durch eines der leeren Fenster.

Das Haus war voller Schutt, und man konnte sich kaum bewegen. Überall lagen zerbrochenes Mauerwerk, Gipsbrocken und Glassplitter und allerlei landwirtschaftliches Gerät.

Der Major hob seine Laterne hoch über den Kopf. „Was glaubst du, was das ist?“

Das Ding vor uns war so fremd und wirkte so monströs, daß ich unwillkürlich zurückzuckte. Halb vom Schatten verschluckt, sah es auf den ersten Blick aus wie der lederne Panzer irgendeines riesigen Ungeheuers.

Der Major trat dichter heran. „Es ist ein Blasebalg, Jamie. Wenn ich mich nicht irre, befinden wir uns in den Ruinen einer Gießerei.“

„Dann war das hier der Ofen“, sagte ich, während ich über einen Haufen Schutt stieg und dabei meine Laterne vor mich hielt. In der Mitte des Raumes standen zwei massive Ziegelwände. Ich umrundete die innere. „Und genau das ist der Teufelsschlund“, erklärte ich ruhig.

Der Major kam ebenfalls um die Ecke und blieb wie angewurzelt stehen. „Bei allen Heiligen, Jamie, du hast ihn gefunden“, flüsterte er.

Die Öffnung des Ofens war ein fast perfekter Halbkreis. Dort mußte Leutnant Shawnessy das Gold versteckt haben. Es gab nur eine Möglichkeit, das herauszufinden. Major de Monfort half mir, durch die Öffnung in die eigentliche Esse zu klettern. Dort kniete ich in völliger Dunkelheit, bis er mir seine Laterne hereinreichte. Im Lauf der Jahre hatte Regenwasser, das durch den Schlot heruntergeflossen war, die Asche zu einer steinharten Masse werden lassen, die nun den Boden unter meinen Füßen bedeckte.

„Ich brauche was zum Graben“, sagte ich.

Major de Monfort verschwand und kam mit dem Blatt eines Spatens zurück. Ich ergriff es und hackte auf die Masse ein, die so hart schien wie Zement.

Wenige Zentimeter unter der Oberfläche entdeckte ich die erste Kiste.

Ich traf sie so hart, daß das Spatenblatt direkt durch den verrotteten Holzdeckel drang und ich im wahrsten Sinn des Wortes auf Gold stieß.

Insgesamt waren es drei Kisten, jede war fast anderthalb Meter lang, einen halben Meter breit und beinahe ebenso hoch. Dicke Fichtenbretter wurden von Metallbändern zusammengehalten. Als wir versuchten, sie zu bewegen, wurde mir klar, wie stark Shawnessy gewesen sein mußte. Nicht einmal zu dritt waren wir in der Lage, auch nur eine der Kisten anzuheben.

Major de Monfort wußte Rat. Er wollte den Wagen holen. Kate und ich sollten die Goldbarren einzeln hinaustragen und neben dem Haus an einer Stelle stapeln, wo wir sie direkt in den Wagen laden konnten.

Als er gegangen war, machten wir uns an unsere mühselige Arbeit. Insgesamt waren zweiundneunzig hellgelbe Goldbarren auf die drei Kisten verteilt. Jeder einzelne war schwerer als alles, was ich bisher geschleppt hatte. Dann fanden wir außerdem noch drei große Säcke mit der Aufschrift US-ARMY, und jeder war gefüllt mit Banknoten der Regierung.

Als Major de Monfort mit dem Wagen wiederkam, beeilten wir uns, alles aufzuladen und von hier fortzukommen. Der altersschwache Wagen ächzte und quietschte bei jedem Schritt, den die Pferde taten. Der Krach vervielfachte sich in meiner Phantasie, und ich war bald davon überzeugt, nicht nur McQuade und seine Bande, sondern die ganze Yankee-Armee würden noch vor der nächsten Kurve über uns herfallen. Doch wir hatten Glück, und als es im Osten hell wurde, rollten wir quietschend und ächzend wieder in unser Lager ein.

Ein letztes Mal sattelten wir die Pferde ab und banden sie auf der kleinen Lichtung fest. Ich erbot mich sofort, die erste Wache zu übernehmen, doch als Major de Monfort sagte, er sei nicht müde, überließ ich sie ihm nur allzugern. Mein letzter Gedanke vor dem Einschlafen war, daß ich nun tatsächlich General Robert E. Lee bald persönlich treffen würde.

ALS ICH aufwachte, war es bereits später Vormittag. Eine gewaltige Überraschung wartete auf mich. Während ich dies aufschreibe, fährt mir der Schock wieder in die Glieder. Bevor ich eingeschlafen war, hatte ich Major de Monfort noch wie einen einsamen Schutzengel auf der anderen Seite der Lichtung stehen sehen.

Jetzt hatten sich zwei Männer zu ihm gesellt. Der eine war Mr. Gamage. Er und der Major standen nebeneinander und unterhielten sich gedämpft. Der andere war ein Schwarzer, und er wirkte unbeschreiblich armselig. Seine Kleidung bestand aus Fetzen, und an den Füßen trug er keine Schuhe, sondern zusammengeschnürte Fellstücke.

Er kam mir irgendwie bekannt vor, und tatsächlich – es handelte sich um den Mann vor dem Laden bei Gainesville, wo Major de Monfort den Talg für unsere Lampen gekauft hatte. Als der Major bemerkte, daß ich ihn mit offenem Mund anstarrte, kam er auf mich zu. Mr. Gamage folgte ihm.

„Ich glaube, du kennst meinen Kollegen schon", sagte er mit einem warmen Lächeln.

Ich nickte. Kate richtete sich neben mir auf.

„Ihr habt beide ein Recht darauf zu erfahren, warum dieses Gold nicht an General Lee geht", begann der Major. „Und warum es statt dessen nach Washington geht."

Ich war sprachlos.

„Was?" war alles, was ich schließlich herausbrachte.

„Wir bringen es zum Amt für freigelassene Sklaven, Jamie", erklärte er. „Mit dem Gold können Tausende ehemaliger Sklaven wieder angesiedelt werden."

„Wer sind Sie?" schaltete sich nun Kate ein.

„Ich habe in den letzten vier Jahren viele Rollen gespielt, Katharine."

„Sie sind nicht Major Alain de Monfort", sagte sie.

„Es gibt keinen Major de Monfort", antwortete er.

„Und Ihre Kindheit in Louisiana?"

„Der Teil der Geschichte ist wahr. Ich bin geboren und aufgewachsen in Bayou La Frenière", sagte er. „Aber ich bin als Sklave auf die Welt gekommen."

„Sie sind ein Neger?" fragte ich verblüfft.

„Meine Mutter war aus Jamaica. Mein Vater besaß das Schloß La Frenière und fünf Hektar Baumwollplantagen in Louisiana."

„Und Sie sind als Sklave aufgewachsen?" fragte Kate ungläubig.

„Ja, meine Mutter gehörte ihm, also auch ich. Aber ich hatte Glück, ich wuchs zusammen mit meinen Halbbrüdern auf. Als der Chevalier mir drei Jahre vor Kriegsbeginn auf dem Totenbett die Freiheit gab, ging ich nach Norden. In Boston lernte ich einen Mann namens Frederick Douglass kennen. Der brachte mich auf den Gedanken, bei der Entführung von Sklaven mitzuwirken, die wir nach Norden in die Freiheit brachten."

„Und wie haben Sie Ihren Arm verloren?" wollte ich wissen.

Ich brachte meine Gefühle für den Helden der Konföderierten, für den ich ihn gehalten hatte, mit seiner neuen Existenz nur schwer in Einklang.

„Das war eine ehrenvolle Verwundung, Jamie", erwiderte er. „Ich war dabei, eine Gruppe von Männern über den Mississippi nach Norden zu bringen und wurde von einem Kopfjäger angeschossen. Dieser Teil von mir liegt in Benton, Missouri, begraben."

„Und das Haus mit den Entlaufenen?" fragte Kate.

„Eine Station auf dem Fluchtweg der Sklaven nach Norden, Katharine. Mr. Gamage ist einer unserer wichtigsten Mitarbeiter. Meinen anderen Kollegen kennt ihr noch nicht." Der Major zog den Schwarzen zu sich heran. „Unter diesem Kostüm verbirgt sich Pater James Donaldson, ehemals Mitglied der Mathematischen Fakultät der Universität von Georgetown."

Er muß den Zweifel in meinen Augen gelesen haben, denn er fuhr fort: „Georgetown ist eine Jesuiten-Universität, Jamie. Die Jesuiten sind der Meinung, daß die Hautfarbe eines Menschen seine Fähigkeit, das Werk des Herrn zu tun, nicht beeinträchtigt."

„Außerdem braucht man für die Erlernung der höheren Mathematik göttlichen Zuspruch", ergänzte der Schwarze mit einem Grinsen. Er hielt mir seine Hand hin. Aus seinem Gesicht leuchteten klare und intelligente Augen.

Den Rest des Tages verbrachten die drei Männer damit, ihre kostbare Fracht gut zu kaschieren. James Donaldson entfernte sich mit einem Beil, und der Major und Mr. Gamage leerten den Wagen und nahmen die Dachplane ab. Dann verteilten sie die Goldbarren auf dem Holzboden. Die Geldsäcke kamen unter den Kutschbock. Schließlich bedeckten sie alles mit der Plane.

Inzwischen war auch James Donaldson wiederaufgetaucht – mit einem riesigen Bündel Feuerholz. Mr. Gamage legte das Holz auf der Plane aus, während der Major eine Decke auf dem Boden ausbreitete und überprüfte, ob alle Waffen geladen waren. Er bat mich nicht um meine Hilfe, und ich bot sie ihm auch nicht an. Ich war noch zu tief gekränkt. Kate hockte sich neben ihn.

„Wie heißen Sie wirklich?" fragte sie.

„François Guillaume Mouton La Frenière", sagte er lachend. „Man nannte mich William."

„William", wiederholte sie fast zärtlich. Ich konnte nicht mehr, ich mußte mich zurückziehen.

Als sie endlich ihre Vorbereitungen beendet hatten, wurde es bereits dunkel. Der Wagen sah jetzt vollständig harmlos aus – eine Ladung Feuerholz für die darbenden Bürger von Washington.

Mr. Gamage hatte insgesamt drei Maulesel mitgebracht, zwei davon wurden jetzt vor den Wagen gespannt. Dann wurden die Pferde gesattelt, und der Major erklärte uns, was er vorhatte.

Er, Kate und ich sollten dem Wagen vorausreiten. Mr. Gamage sollte den Wagen lenken und James Donaldson auf dem dritten Maulesel die Nachhut bilden. Wir würden die Kollegen des Majors bis zur Bahnlinie nach Alexandria begleiten, dann umkehren und McQuade und seiner Bande eine Falle stellen.

Da wir uns jetzt von Sudley Springs entfernten, hielt es der Major für unwahrscheinlich, daß wir einem von McQuades Leuten begegnen würden. Trotzdem schärfte er Gamage und Donaldson ein, auf der Hut zu sein.

Donaldson wirkte etwas nervös, und der Major legte ihm beruhigend den Arm um die Schultern. „Sie würden jetzt sicher lieber in Georgetown über mathematischen Lehrsätzen brüten", sagte er.

„Ich habe noch mein halbes Leben als Professor vor mir", erwiderte James Donaldson mit tapferem Lächeln. „Wie oft hat man die Chance, sich als Menschenfreund zu betätigen?"

ALS WIR aufbrachen, war es noch nicht ganz dunkel. Der Major ritt in langsamer, gleichmäßiger Gangart. Mr. Gamage folgte im gleichen Tempo und hielt den Wagen immer fünfzehn Meter hinter uns. James Donaldson folgte noch einmal fünfzehn Meter dahinter.

Auf der ersten Straße, auf die wir stießen, führte uns der Major nach Osten. Etwa eine Meile weiter bogen wir nach Süden in eine breitere Straße ab. „Die führt uns direkt zur Eisenbahnlinie", sagte er.

Doch wir sollten niemals dort ankommen.

Der Major bemerkte als erster, daß der Wagen hinter uns stehengeblieben war. Wir wendeten die Pferde und blickten zurück. Mr. Gamage winkte uns mit dem rechten Arm zu sich.

Der Major zog seinen Revolver und begann, langsam zurückzureiten. Wir folgten ihm in ein paar Meter Abstand.

Als wir näher kamen, hatte ich den Eindruck, daß Mr. Gamage uns lautlos auslachte. Ich wußte noch nicht, daß man ihm die Kehle vom einen Ohr zum andern durchgeschnitten hatte. Auch merkte ich nicht, daß der Arm, der uns winkte, nicht der seine war.

Alles, was dann geschah, ging schneller, als ich es niederschreiben kann. Der Major riß die Pistole hoch und feuerte auf Mr. Gamage. Zwei Schüsse antworteten, und der Major flog rückwärts aus dem Sattel.

Der Mann, der Mr. Gamage auf dem Kutschbock aufrecht gehalten hatte, schob die Leiche zur Seite und stand auf. Es war Claude Moomaw. Sein lederner Umhang war blutgetränkt.

Obwohl er seinen Colt beim Sturz verloren hatte, war der Major sofort wieder auf den Beinen und rannte auf den Wagen zu. Rechts tauchten zwei Gestalten aus dem Dunkel der Bäume auf und feuerten beim Näherkommen. Der Major stolperte und ging ein zweites Mal zu Boden. Er rollte sich auf die Seite und schaffte es, wieder aufzustehen. Obwohl er von mindestens zwei Kugeln getroffen war, bewegte er sich immer noch unglaublich schnell.

Kate war vom Pferd gesprungen und krabbelte nun auf Händen und Füßen im Dreck. Weiter hinten auf der Straße tauchte eine andere geisterhafte Gestalt auf und kam auf den Wagen zu. Sie entpuppte sich als James Donaldson. Er schrie dem Major irgend etwas zu, bevor er von einer Kugel in den Rücken getroffen wurde und stürzte. Hinter ihm erschien Thurman mit dem Gewehr im Anschlag. Der Major hatte jetzt die Maulesel erreicht.

Er griff sich in den Nacken, gerade als Thurman das Gewehr aus weniger als zwei Meter Abstand auf ihn anlegte. Dann fiel wieder ein Schuß, und Thurman brach in die Knie. Ich drehte mich um und sah Kate. Sie stand mit gespreizten Beinen neben dem Wagen und hielt den Revolver des Majors in der ausgestreckten Hand.

Der Major sprang in den Wagen, seinen „Louisiana-Zahnstocher“ in der Hand. Claude hob seine Pistole und feuerte. Als er zum zweiten Mal schießen wollte, bohrte sich ihm der Dolch des Majors direkt in die Brust.

Die Männer, die rechts zwischen den Bäumen hervorgekommen waren, hatten sich auf Kates Schuß blitzschnell umgedreht. Einer davon war Dex. Er hob das Gewehr an die Schulter und zielte auf sie.

Ich gab meinem Pferd die Sporen, um dazwischenzugehen, doch bevor das Tier reagieren konnte, gab es erneut einen Knall, und das Gewehr flog Dex aus den Armen. Er stürzte auf den Boden. Hinter ihm stand Captain McQuade, den Revolver noch im Anschlag.

„Es reicht“, sagte er in die plötzliche Stille. „Es reicht jetzt.“

Das Ganze hatte weniger als dreißig Sekunden gedauert, und in dieser Zeit endete das Leben von fünf Männern, nicht gerechnet

Mr. Gamage, der schon vorher tot war. Royal Bevinger hatte zweifellos schon vorher das Leben verloren, weil er uns gerettet hatte.

Der Major war noch nicht tot. Er lag rücklings auf der Straße. Als ich an seine Seite trat, hatte Kate schon den rechten Arm unter seinen Kopf gelegt und strich ihm sanft über das Haar.

„Wenn alles vorbei ist", flüsterte er mit seinem französischen Akzent, „schreibt bitte an Frederick Douglass ... Sagt ihm ..., mich gibt es nicht mehr."

Sein Blick richtete sich auf Katharine. Er hob die Hand, sie zitterte einen Moment an ihrer Wange und fiel dann herunter.

„Adieu", sagte er mit letzter Kraft. Sein Blick war immer noch auf Katharine gerichtet, als das Leben aus ihm strömte.

Als Kate ihm die Augen schloß, begann ich zu weinen. Ich weiß eigentlich nicht genau, warum. Immerhin hatte er mich belogen und versucht, das Gold zu stehlen.

Aber darauf kam es jetzt nicht an. Mir war klar, ich hatte etwas verloren – viel wichtiger als das Gold.

ACHT

Wir ließen die Leichen einfach liegen. Die Schießerei hatte bestimmt die Yankees alarmiert, und die würden hier sehr schnell auftauchen. Also nahm ich die Sache in die Hand.

Es mag idiotisch klingen, aber ich ging zum Pferd des Majors und zog das Gewehr aus dem Sattelhalfter. Dann wandte ich mich Captain McQuade zu und zielte auf seine Brust.

„Ich bringe dieses Gold durch die Linien der Konföderierten zu General Lee", erklärte ich. „Wenn Sie versuchen, mich daran zu hindern, schieße ich Sie nieder."

Vielleicht war er durch all die Gewalt, die er verschuldet hatte, verstört – Captain McQuade schien nichts mehr zu hören. Seinen Revolver hatte er bereits fallen lassen, und jetzt stand er mitten auf der Straße und schüttelte nur müde den Kopf.

„Das ist vielleicht wirklich das beste, Jamie", sagte er.

Ich hob seinen Revolver auf und schob ihn mir in den Gürtel. Kate kniete immer noch neben dem Major. Ich zerrte Claude Moomaws Leiche aus dem Wagen. Alles war voll Blut, und ich wischte es auf, so gut ich konnte, und breitete dann zwei Decken über den Sitz.

Kate leistete keinen Widerstand, als ich sie sanft an den Schultern faßte und ihr auf den Wagen zurückhalf. Captain McQuade hatte bereits eins der Pferde bestiegen.

„Wenn's euch recht ist, reite ich ein Stückchen mit", sagte er.

Er hatte nicht versucht, sich wieder zu bewaffnen. Ich zuckte nur die Schultern und ergriff die Zügel.

Während der nun folgenden langen Reise blieb Kate stumm. Mit Captain McQuade wechselte ich nur ein paar Worte, als ich ihn fragte, wie sie uns gefunden hatten. Ich erfuhr, daß Thurman eine der Straßen überwacht hatte, die wir auf dem Rückweg vom Fundort des Goldes zu unserem Lager genommen hatten. Danach hatten sie ihren Überfall geplant.

In den nächsten vierzehn Stunden kreuzten wir die Bahnlinie und überquerten einen Fluß in der Nähe von Bristoe. Mein Plan war, am Rand von Fredericksburg einen Rastplatz zu finden, wo die Maultiere sich ausruhen konnten, bevor der Endspurt auf die Front der Konföderierten bei Richmond begann.

Ein paar Meilen vor Fredericksburg hörten wir hinter uns Hufgeklapper. Es war eine berittene Patrouille der Yankees. Einer der Reiter gab einen Schuß in die Luft ab.

„Treib die Maultiere an, Jamie!" brüllte Captain McQuade. „Die wollen uns durchsuchen."

Sofort klatschte ich den erschöpften Tieren die Zügel auf den Rücken. Sie wurden zwar schneller, aber ich mußte einsehen, daß wir unseren Verfolgern nicht entkommen konnten.

„Wirf mir das Gewehr zu!" schrie der Captain und dirigierte sein Pferd dicht neben uns. Ich warf ihm die Waffe mit der Rechten in die ausgestreckte Hand.

Er fing mein Gewehr auf, schwang sich im Sattel herum, zielte und feuerte. Einer der Kavalleristen fiel vom Pferd, doch das schien seinen Kameraden keinen Eindruck zu machen. Sie waren mindestens zwanzig Mann, und alle erwiderten das Feuer.

Ich wollte die Maultiere schon anhalten, als vor uns das Knattern von Musketen zu hören war und vier Rauchwölkchen aufstiegen. Die Schüsse kamen aus einer Reihe alter Schützengräben. Ich blickte zurück und sah, daß unsere Verfolger jäh stoppten. Ich bog von der Straße aufs Feld ab und lenkte den Wagen in die Richtung, aus der das Feuer unserer Verbündeten kam. Die Schützengräben wirkten verlassen und ausgestorben, doch in einem lagen vier einsame Gestalten.

„Hallo!" rief einer von ihnen. „Hier rüber."

Als wir ausstiegen, versuchte Captain McQuade hilfreich Kates Arm zu nehmen, doch sie fegte seine Hand weg, als sei sie aussätzig. Wir warfen uns in den Graben und kauerten uns hinter die lange Brustwehr, hinter der die vier lagen.

Der Mann neben mir sah aus wie der leibhaftige Robinson Crusoe – langes strähniges Haar und ein struppiger Bart. Er hielt mir eine lehmverschmierte Hand hin. „Sergeant Buck Wampler“, stellte er sich vor. „Sind die Yankees da drüben hinter eurem Feuerholz her?“

„Wir haben etwas, was sie sicherlich gerne hätten, wenn sie's wüßten“, antwortete ich und schüttelte ihm die Hand. Er war offensichtlich nicht neugierig, denn er wollte weiter nichts wissen.

Mein Vater hatte in seinen Briefen seine Leute oft als Vogelscheuchen bezeichnet. Auch diese Soldaten waren lebende Vogelscheuchen. Das Gesicht des Mannes neben Sergeant Wampler sah aus wie ein junger Kürbis. Es dauerte ein paar Sekunden, bis ich begriff, daß er Gelbsucht hatte.

„Runter in den Graben!“ rief er. „Sind wir dafür von Petersburg abgehauen? Es geht alles wieder von vorn los.“

„Sie kommen aus Petersburg?“ fragte ich, und er nickte.

Der dritte Soldat in der Reihe hob nicht den Blick. Vielleicht schämte er sich, seine Kameraden im Stich gelassen zu haben. „Ich hab mein Soll erfüllt, jetzt ist Schluß mit dem Töten“, erklärte er dumpf.

„Und Schluß mit dem Graben“, sagte der letzte, der eine randlose Brille trug.

„Die haben Maulwürfe aus uns gemacht“, meinte Sergeant Wampler. „Verdammt noch mal, wir waren keine Soldaten mehr. Immerzu nur Unterstände graben, Schützengräben ausheben und solchen Mist.“

„Mich hat es krank gemacht“, sagte der Gelbhäutige.

„Es war das Fieber, Jesse“, beschwichtigte ihn Sergeant Wampler. „Das Fieber.“

„Kommt auf dasselbe raus, Buck“, antwortete der Gelbe.

Ein Geschoß zischte durch die Luft und schlug in den Erdwall hinter mir ein. Als ich es ausgrub, war es noch brandheiß. Es war über zwei Zentimeter lang.

„Die benutzen immer noch die alte Munition“, sagte der gelbe Soldat. „Kaliber achtundfünfzig. Reißt dir glatt das Bein ab.“

Ein paar von den Yankees begannen, ins Feld vor uns auszuschwärmen. Plötzlich blieben sie stehen, als hätten sie einen anderen Befehl bekommen. Sie gingen zurück zur Straße. Dort standen sie herum, als warteten sie auf neue Order.

„Die Jungs sind noch grün hinter den Ohren – so grün wie ein Yankeedollar", sagte der mit der Brille. Er zog ein Stück Holz aus der Tasche und begann, daran herumzuschnitzen.

„Sie sehen aus, als wären Sie Offizier gewesen", sagte Sergeant Wampler zu Captain McQuade.

„Gewesen ist korrekt", antwortete der. „Virginia, Dreiunddreißigstes."

„Das waren Stonewalls Jungs", sagte der Gelbe. „Hab ihn einmal getroffen. Ein mutiger Mann."

Drüben schrie ein Offizier den Yankees auf der Straße aus vollem Hals etwas zu. Mehr als ein Dutzend von ihnen gingen wieder auf das Feld und bildeten eine Schützenlinie. Langsam kamen sie auf uns zu. Gleichzeitig verschwand eine andere Gruppe von Soldaten zwischen den Bäumen auf der anderen Seite der Straße.

„Die wollen uns umzingeln", sagte Sergeant Wampler.

„Dürfte nicht schwer sein", sagte der Gelbe.

„Besser, ihr haut ab", sagte Sergeant Wampler. „In den Wäldern da gibt's massenhaft Wege, wo ihr sie abhängen könnt. Danach ist der Weg nach Richmond frei."

Ich ergriff Kates Hand. „Warum brecht ihr nicht mit uns auf?" fragte ich.

„Wir sind noch nie davongelaufen", antwortete der Sergeant und stand auf. „Und besser hier kämpfen als irgendwo da draußen ohne Deckung."

Einer von den Yankees feuerte auf ihn, und die Kugel schlug lautstark hinter ihm ein.

„Es wäre mir eine Ehre, euch anzuführen, Sergeant", sagte Captain McQuade. Kate sah ihm nach, wie er langsam zu seinem Pferd ging.

„Jungs, wir haben wieder einen Anführer, der uns voranreitet!" rief der gelbe Soldat.

Der mit der Brille stand auf und schnappte sich sein Gewehr. „Hier", sagte er und warf mir das Stück Holz zu, an dem er herumgeschnitzt hatte. Es war die perfekte Nachbildung einer Schleiereule. Während ich dies niederschreibe, liegt sie vor mir auf dem Tisch.

Ich lief hinter Captain McQuade her. Als er sich in den Sattel schwang, vernahm ich ein tiefes unkontrolliertes Stöhnen. Er blickte zu den Verfolgern hinüber und dann auf mich. Ich hielt ihm seinen Revolver hin, aber er schüttelte den Kopf. „Behalt ihn, Jamie", sagte er. „Kannst ihn vielleicht noch brauchen."

Ich wußte nicht, was ich sagen sollte, und er schien das zu verstehen.

„Tut mir leid, daß alles so gekommen ist“, sagte er und tippte mit dem Finger an den Hut. Dann gab er seinem Pferd die Sporen.

Ich half Kate wieder in den Wagen, während Captain McQuade mit den anderen den Yankees entgegenritt. Irgendwie kamen mir die vier Konföderierten jetzt nicht mehr wie Landstreicher vor. Tief gebückt jagten sie übers Feld.

McQuade drehte sich noch einmal zu mir um, bevor er sich endgültig dem feindlichen Feuer stellte. Die anderen vier stießen ein lautes Geheul aus – den Rebellenruf. Es war das letzte Mal, daß ich ihn hörte.

Die Yankees luden durch und feuerten eine Salve ab – ohne sichtbaren Effekt. Captain McQuade setzte mit seinem Pferd über einen Bach und galoppierte direkt auf sie zu. Das Gewehr hielt er ans Knie gepreßt.

Hinter ihm kamen die vier Konföderierten mit angelegten Bajonetten und schrien immer noch aus vollem Hals. Als sie noch ungefähr zehn Meter entfernt waren, wendeten die fünfzehn Yankees die Pferde und ergriffen die Flucht.

Ich riß an den Zügeln, und die Maultiere setzten sich in Bewegung. Kate und ich waren am Waldrand, als ich mich ein letztes Mal umblickte. Nach ihrem erfolgreichen Angriff waren die Konföderierten nach rechts abgeschwenkt. McQuade war jetzt ganz allein und ritt unaufhaltsam auf die Yankees zu, das Gewehr im Anschlag. Er schoß nicht. Vielleicht hielten ihn die Yankees einfach für tollkühn. Jedenfalls gab es eine neue Salve.

Ich habe das Ergebnis nie erfahren. Im gleichen Augenblick spürte ich nämlich einen heftigen Schlag am rechten Arm. Er riß mich herum gegen Kate und warf mich fast aus dem Wagen. Es war klar, ich hatte einen Schuß abbekommen.

Kate bewahrte mich vor dem Herunterfallen, während sie gleichzeitig die Zügel ergriff. „O Gott, Jamie, sag, daß alles in Ordnung ist!“ schrie sie.

Ich blickte an mir hinunter. Die Kugel hatte ein großes Stück von meinem Mantel weggerissen und war direkt durch meine Schulter gegangen. Ich blutete zwar heftig, verspürte zunächst aber nicht den geringsten Schmerz.

„Ich bin okay!“ rief ich deshalb, und sie beruhigte sich wieder. Inzwischen waren wir schon fast im Schutz der Fichten angelangt, wo es ein Gewirr von Pfaden gab. Kate fuhr in scharfem Tempo weiter, bis sie sicher war, daß uns niemand folgte.

Endlich hielt sie den Wagen an und kümmerte sich um meine Schulter, die noch immer heftig blutete. Kate riß einen Streifen aus ihrem Mantelfutter heraus und verband die Wunde.

Die Nacht verbrachten wir im Schutz der Bäume. Am nächsten Morgen ging es weiter in Richtung Richmond.

WAS SOLL ich sagen – das ist schon fast die ganze Geschichte. Nur was mit dem Gold schließlich passierte, muß ich noch erzählen.

Am Nachmittag des dritten Reisetages erreichten wir die vordersten befestigten Linien der Konföderierten nördlich von Richmond. Es hatte wieder zu schneien begonnen, und als wir ankamen, war die Landschaft wieder einmal ganz weiß. Ich fühlte mich mittlerweile ziemlich elend. Meine Verwundung war ernster, als ich zuerst gedacht hatte.

Wir hatten gerade die innerste Linie der Befestigungen hinter uns gebracht, als mit lautem Knacken das rechte Hinterrad vom Wagen losbrach. Wir kamen sofort zum Stehen, und der Wagen legte sich so stark auf die Seite, daß ich schon fürchtete, die Goldbarren würden einfach auf die Straße rutschen. Ich stieg aus und stellte fest, daß die Hinterachse gebrochen war. Verzweiflung ergriff mich – wo sollten wir einen neuen Wagen herbekommen?

Wir riskierten es, den Wagen unbewacht auf der Straße zu lassen. Ein Junge kam vorbei, und ich fragte ihn, wo wir den Kommandeur der örtlichen Einheit finden könnten. Er führte uns zu einem Unterstand, der von außen wie eine Biberhöhle aussah. Er war direkt in die Seite eines hohen Erdwalls gegraben, der einen Teil der inneren Befestigungslinie bildete. Am Fuß des Walls war eine Holztür, die mit Stricken in den Angeln hing. Unser Begleiter klopfte.

„Was ist denn jetzt los?“ rief von innen eine wütende Stimme.

„Zwei Leute, die Sie sprechen wollen, Colonel Twombly. Sie sind durch die Linien gekommen, und ihr Wagen ist zusammengebrochen.“

„Leutnant Cooksey soll sich darum kümmern!“ rief die Stimme.

Ich drängte mich an dem Jungen vorbei und riß die Tür auf. Im Unterstand brannte ein wärmendes Feuer.

„Was soll das alles bedeuten?“ fragte der Colonel. Sein Schädel war kahl wie ein Ei, aber sein Gesicht trug ausgeprägte Züge.

„Wir haben eine Ladung, die für General Lee sehr wichtig ist“, sagte ich.

Er musterte Kate und mich von oben bis unten und runzelte die Stirn. „Ein paar Ballen Heu vermutlich – und für die Armee zu einem besonders günstigen Preis“, sagte er sarkastisch.

Hätte mein Arm nicht so höllisch weh getan, wäre ich sicherlich besonnener gewesen. „Draußen im Wagen sind zweiundneunzig Goldbarren“, brauste ich auf, „und die bringe ich meinem Vater, der das Zehnte Virginia-Regiment unter General Lee befehligt.“

Er grinste nur; es war klar, daß er mir nicht glaubte. Erst als Kate den Schal vom Kopf nahm und auf ihn zutrat, änderte sich sein Benehmen schlagartig.

„Er sagt die Wahrheit“, sagte sie, und in ihren Augen blitzte das alte Feuer, das ich inzwischen so gut kannte.

Ich erzählte ihm nur das Notwendigste. Als ich fertig war, verließ er den Unterstand, um sich selbst zu überzeugen. Sofort teilte er mehrere Männer als Wachen für den Wagen ein, bevor wir wieder hineingingen.

„Ich bin Colonel Hubert Twombly“, stellte er sich vor und lächelte uns breit an. Versöhnlich hielt er uns die Hand entgegen. Als ich nicht reagierte, warf er einen Blick auf meinen Arm. „Du bist verwundet“, stellte er fest. „Das muß sofort behandelt werden. Ich kommandiere zwei Männer ab, die bringen dich nach –“

„Das hat Zeit“, unterbrach ich ihn. „Jetzt, Colonel, brauchen wir Ihre Hilfe, um das Gold auf einen anderen Wagen zu laden, so daß wir es zu meinem Vater und zu General Lee bringen können.“

„Gewiß, gewiß“, beruhigte er mich. „Ihr seid hier genau an der richtigen Adresse.“ Er ging zum Tisch, nahm auf einer Kiste Platz und kritzelte etwas auf ein Stück Papier. Dann faltete er es sorgfältig und versiegelte es mit Kerzenwachs. Nun erhob er sich wieder und riß die Tür auf. „Leutnant Cooksey!“ rief er.

In der Tür erschien ein Junge, der bestimmt nicht älter war als ich.

„Nimm unser schnellstes Pferd, und bring das hier zu Colonel Wilson!“ befahl er. „Kein anderer darf es lesen, ist das klar?“

„Jawohl, Sir“, antwortete der Junge und eilte davon.

Dann ließ Colonel Twombly einen Arzt rufen und schloß die Tür wieder. „Kommt, setzt euch ans Feuer“, sagte er fröhlich.

Eine Stunde später klopfte ein Offizier und meldete, er sei gekommen, die Ladung zu holen. Er und seine Leute kämen direkt vom Büro des Generals Mayberry.

Ich sagte, ich hätte noch nie etwas von General Mayberry gehört und das Gold solle direkt zu General Lee gebracht werden. Er entgegnete, ich hätte keine Ahnung vom Dienstweg in der Armee und sollte die Leute nicht schikanieren, die für diese verantwortungsvolle Aufgabe ausgewählt worden seien.

Kate fragte zum dritten oder vierten Mal, wo denn der Arzt bliebe. Colonel Twombly zuckte nur die Achseln und bat sie um Geduld.

Ich merkte, daß Kate von dem ganzen Hin und Her genug hatte. Sie machte sich Sorgen um meinen Arm, der alarmierend angeschwollen war. Sie drängte mich, mit ihr zum Haus ihrer Tante zu gehen, die in der Franklin Street wohnte; dort könnte ich sofort behandelt werden. Colonel Twombly fand das sehr vernünftig und bot uns Begleitung dorthin an. Ich lehnte ab. „Das Gold geht zu General Lee", sagte ich statt dessen wütend, „und wer versucht, mich daran zu hindern, muß sich vor ihm verantworten."

„Laß es ihnen, Jamie. Sie nehmen es sowieso", versuchte Kate mich zu beruhigen.

Bevor ich antworten konnte, kam Leutnant Cooksey um den Tisch herum. Grob packte er meinen verwundeten Arm. Der Schmerz war so heftig, daß ich in die Knie ging und fast ohnmächtig geworden wäre. Gleich darauf hielt Kate mich in den Armen und bat Colonel Twombly um einen Wagen, den er uns bereitwillig zur Verfügung stellte.

Auf dem Weg zum Haus ihrer Tante mußte ich mich mehrere Male übergeben. Ich versuchte, es zu unterdrücken, aber mein Magen wollte meinem Gehirn nicht gehorchen. Ich weiß noch, als sie mich die Stufen zur Haustür hinauftrugen, schoß es mir durch den Kopf, ihre Tante müsse sehr reich sein, wenn sie ein so großes Haus besaß. Doch noch bevor wir im Haus waren, verlor ich das Bewußtsein.

Als ich aufwachte, war es dunkel. Kate saß neben mir auf der Bettkante. Sie betupfte mein Gesicht mit einem kühlen, feuchten Handtuch, und ich fühlte mich großartig. Doch im Licht der Öllampe sah ich die Sorge in ihren grünen Augen.

„Jamie, ich möchte dir etwas sagen, für den Fall, daß wir uns eine Zeitlang trennen müssen", begann sie.

Ich sah ihr ins Gesicht und nickte.

„Du bist der tapferste junge Mann, den ich kenne", sagte Kate. Dann beugte sie sich über mich und küßte mich auf den Mund.

Wenigstens glaube ich heute, daß sie das tat. In den Wochen, die seitdem vergangen sind, habe ich mir diesen Augenblick immer wieder ins Gedächtnis gerufen. Ich hatte bestimmt hohes Fieber damals und habe das Ganze vielleicht doch nur geträumt.

Als ich das nächste Mal aufwachte, saß Dr. Cassidy an meinem Bett. Er war den weiten Weg von Port Republic herübergekommen, um mich nach Hause zu bringen.

Er untersuchte meine Wunde. Die Kugel der Yankees hatte ein großes Stück von meinem Mantel in den Arm getrieben. Dr. Cassidy betäubte mich mit Laudanum, einem starken Beruhigungsmittel, und entfernte den Fremdkörper. Dann ließ er die Wunde noch einen Moment ausbluten, bevor er sie bandagierte. Ich hatte immer noch über 40 Grad Fieber und verlor wieder das Bewußtsein.

Laut Dr. Cassidy war die Rückreise nach Port Republic die schlimmste Tour, die er je unternommen hatte. Gott sei Dank habe ich keinerlei Erinnerungen daran. Ich wurde auf eine Trage gebunden und zum Bahnhof gefahren, wo wir den ganzen Tag auf einen Zug warteten. Es gab längst keinen geregelten Zugverkehr mehr, und wir hatten Glück, daß irgendwann überhaupt einer kam.

Inzwischen war mein Fieber noch weiter gestiegen. Dr. Cassidy erzählte mir später, er sei keineswegs sicher gewesen, ob ich es lebend bis nach Hause schaffen würde.

Ein Wagen wartete auf uns, um uns die letzten zwanzig Meilen in mein Elternhaus zu bringen. Was jetzt kommt, klingt unglaublich, aber Dr. Cassidy schwört, es sei die Wahrheit. Als wir nach Hause kamen und meine Mutter auf uns zulief, um mich zu umarmen, warf sie einen Blick auf meine bewußtlose Gestalt und sagte: „Aber wo ist Jamie? Wo ist mein Sohn?"

ZWEI Tage später erwachte ich in meinem alten Bett in Port Republic. Ich hatte zwar noch Fieber, aber es war längst nicht mehr so hoch, und Dr. Cassidy hatte meiner Mutter versichert, die Krise sei überwunden.

Bevor er uns verließ, blickte er mit einem freundlichen Lächeln auf mich herunter. „Nach allem, was du durchgestanden und überlebt hast, Jamie, ist wohl klar, daß du nur am Galgen sterben kannst", meinte er und klopfte mir auf die gesunde Schulter.

Ich erwiderte sein Lächeln von ganzem Herzen, denn er hatte mir das Leben gerettet. Dann brachte mir meine Mutter einen Handspiegel.

Ich erkannte mich selbst nicht wieder. Das Gesicht, das mir daraus entgegenblickte, hatte traurige, müde Augen mit Falten in den Winkeln. Diese Augen starrten mich mit einer Intensität an, die mir vollkommen fremd war. Es dauerte eine Weile, bis ich es begriff: Ich sah aus wie ein Mann.

Diesen Bericht habe ich während der letzten Wochen für Richter Burwell in Harrisonburg geschrieben. Meine Mutter war außer sich vor Sorge über mein Verschwinden gewesen und hatte Dr. Cassidy erzählt, daß ich mit der Karte zu Ike Trumbo gegangen war. Dr. Cassidy zog Konstabler Kilduff hinzu, der mit seinen beiden Hunden Korporal Blewitts Grab aufspürte. Hätte sich Dr. Cassidy nicht sofort für meine Mutter stark gemacht, hätte man sie unter Mordanklage gestellt und mich dazu. Sollte Richter Burwell irgendwelche Zweifel an meinem Bericht haben, werde ich ihn bitten, mit Kate Kontakt aufzunehmen. Sie kann immerhin alles bezeugen, was passiert ist, nachdem wir zum Haus ihres Vaters kamen.

Seit es mir wieder bessergeht, habe ich jeden Tag einen Brief an sie geschrieben, doch bis jetzt kam noch keine Antwort. Dr. Cassidy sagt, seit Wochen habe kein Mensch einen Brief aus Richmond bekommen. Ich kann nur beten, daß es ihr gutgeht und daß ich sie noch einmal wiedersehen werde.

Was mit dem Gold zu guter Letzt passierte, weiß ich nicht. Alles, was ich weiß, ist, daß mindestens vierzehn Männer bei dem Versuch, es sich anzueignen, ums Leben gekommen sind. Ich nehme an, daß es schließlich im Büro des Quartiermeisters in Richmond gelandet ist.

Im Augenblick ist meine Mutter in der Küche beschäftigt. Sie wartet auf Nachricht von meinem Vater. Damit ist sie nicht alleine. Vielleicht hören wir schon morgen, daß er in Sicherheit ist und bald nach Hause kommt.

NACHSCHRIFT DES HERAUSGEBERS

Die vorliegenden Aufzeichnungen wurden in den Archiven des Gerichtsgebäudes von Rockingham County in Harrisonburg, Virginia, entdeckt. Sie sind Teil eines Urteilsregisters, das der Richter Francis Channing Burwell 1865 angelegt hat.

Aus dem Nationalarchiv in Washington geht hervor, daß Leutnant Colonel Thomas Lyon Lockhart, der Vater von James Christopher „Jamie“ Lockhart, ums Leben kam, als er versuchte, den Rückzug der Konföderierten nach der katastrophalen Niederlage bei Saylors Creek am 6. April 1865 aufzuhalten. Dabei gerieten über achttausend Soldaten der Konföderierten in Gefangenschaft. Drei Tage später, am Sonntag, dem 9. April 1865, ergab sich General Lee mit seinen verbliebenen Truppen. Colonel Lockharts Leiche wurde nie gefunden.

Vielleicht interessiert es den Leser zu erfahren, daß Jane Spenser Lockhart, die Witwe des Colonels, schließlich wieder heiratete. Aus der

Einwohnerliste von Rockingham County geht hervor, daß Mrs. Lockhart Dr. Patrick Francis Cassidy aus Port Republic heiratete.

Von der Historischen Gesellschaft von Port Republic gesammelte Briefe aus dieser Zeit belegen, daß es Dr. Cassidy gelungen ist, seine medizinische Praxis wiederaufzubauen. Ein Brief bezieht sich auf das hundertste Baby, das er seit dem Ende des Krieges entbunden hat.

Eine beiläufige Bemerkung über einen „Sohn" Dr. Cassidys in einem anderen Brief lenkte unsere Untersuchungen zum Washington College in Lexington, Virginia. Laut dem Zulassungsregister dieser Universität schrieb sich James Christopher Lockhart dort im Herbst 1865 als Erstsemester ein. Mr. Lockhart war damals gerade sechzehn Jahre alt.

Während seines ersten Studienjahres erfüllten Mr. Lockhart und Katharine Dandridge offensichtlich das Versprechen, das sie dem sterbenden „William" La Frenière gegeben hatten. In den Papieren von Frederick Douglass, der für die Abschaffung der Sklaverei kämpfte und dessen Nachlaß noch immer in seinem letzten Heim in Washington aufbewahrt wird, stieß ich auf eine wichtige Information.

Am 8. Mai 1866 schrieb er: „Habe heute endlich etwas über unsere zwei Mitarbeiter gehört, Pater James Donaldson aus Georgetown und den legendären Sklavendieb William, der in den letzten Tagen des Krieges spurlos verschwunden ist. Diese beiden jungen Leute erzählen eine erstaunliche Geschichte. Ich bin geneigt, ihnen zu glauben, sei es auch nur wegen ihrer ernsthaften Bemühungen, ein Versprechen zu halten, das sie einem Sterbenden gegeben haben. Mehr darüber in meinem Journal." Neben dieser Eintragung steht der Name Dandridge. Leider gibt es keinen weiteren Beleg, denn Mr. Douglass' Tagebücher von 1866 bis 1871 wurden in dem Feuer zerstört, dem der hintere Teil seines Hauses zum Opfer fiel.

Weitere Informationen über Katharine Dandridge nach den Ereignissen dieser Erzählung finden sich in den Papieren von Helen Drummond Kerfoot. Sie gehören jetzt der Historischen Gesellschaft von Virginia.

Während der Fieberepidemie, die in den letzten Wochen des Krieges Hunderte von Bürgern Richmonds dahingerafft hat, arbeitete Miß Dandridge als freiwillige Krankenschwester in dem improvisierten Krankenhaus, das das Baptistische Theologieseminar in der Duke Street eingerichtet hatte. Laut einem Brief von Mrs. Vaughn Starling an Helen Kerfoot vom 2. März 1865 wurde sie Ende Januar mit diesem Fieber angesteckt und befand sich bis zum 5. Juni 1865 zur Erholung im Haus ihrer Tante in der Franklin Street.

Nach ihrer Genesung kehrte Kate offenbar ins Haus ihrer Vorfahren in der Nähe von Luray, Virginia, zurück. Dort lebte sie fast zwei Jahre, bis der Besitz der Familie Dandridge am 9. April 1867 bei einer öffentlichen Auktion versteigert wurde.

Aus zahllosen Hinweisen im Kerfoot-Briefwechsel wissen wir, daß Miß Dandridge und ihr überlebender Bruder Robert Richmond noch in diesem Jahr verließen und sich nach San Francisco, Kalifornien, einschifften. Das war die erste Station einer jahrelangen Reise, die das Paar um den ganzen Globus führen sollte. In einem Brief, den sie damals geschrieben hat, spricht Mrs. Kerfoot davon, daß Miß Dandridge entschlossen war, einen „neuen Weg in ein neues Leben" zu finden.

Am 16. Juni 1869 verabschiedete sich James Christopher „Jamie" Lockhart mit einem glänzenden Examen vom Washington College. Der Präsident, Robert E. Lee, übertrug ihm die Abschiedsworte seines Semesters, und Mr. Lockhart hielt eine Rede, die man als „sehr berührend und glänzend formuliert" bezeichnete; so jedenfalls steht es in den Jahrbüchern der Universität. Es gibt dort auch ein Foto, auf dem Mr. Lockhart neben dem Präsidenten Lee steht. Geht man von der bekannten Größe Robert E. Lees aus, muß Mr. Lockhart damals mindestens einen Meter achtzig groß gewesen sein. In einem Artikel neben diesem Foto steht, daß Mr. Lockhart vorhatte, dem Washington College als jüngster akademischer Lehrer beizutreten.

Im selben Sommer 1869 kamen Miß Dandridge und ihr Bruder Robert in London an. Sir Hugh Mercer, ein Blutsverwandter der Mutter von Miß Dandridge und ein bekannter Rechtsanwalt, nahm sie beide in sein Haus in Devonshire auf.

Das gesellschaftliche Leben in London bot die Gelegenheit, Miß Dandridge formell im Buckingham Palace vorzustellen. Dies Ereignis schien offenbar wichtig genug, um mehrere Absätze in Lord Blakenthorpes Buch „Zeit und Leben am Hof der Königin Victoria" einzunehmen. Er schreibt dort: „Ihre wunderbaren grünen Augen, ihr kastanienfarbenes Haar und ihre blendende Figur machten auf die Königin unmittelbar Eindruck. Vollends bezaubert aber war Ihre Königliche Hoheit von den mutigen Ansichten der jungen Frau aus Virginia und der Freiheit, mit der sie diese äußerte."

Wenn es eine Korrespondenz zwischen Miß Dandridge und Mr. Lockhart während dieser Zeit gegeben hat, dann kommt sie in ihren Briefen an Mrs. Kerfoot nicht vor. Immerhin, im Mai 1870 geschah etwas in

London, was den Schluß zuläßt, daß beide tatsächlich in Kontakt geblieben waren.

Die Zeitung *Tatler* berichtet in ihrer Ausgabe vom 7. Mai von einem Vorfall, in den zwei besonders glühende Verehrer von Katharine Dandridge verwickelt waren. Sie lieferten sich auf Hampstead Heath ein Pistolenduell. Einer der beiden starb sofort an einem Kopfschuß. Der andere erlag drei Tage später einer Bauchwunde.

Eine Zeitung bezeichnete Miß Dandridge daraufhin als „hinterhältige Verführerin" und beschuldigte sie, „den Mord von zwei der besten jungen Männer Englands" angestiftet zu haben. Offenbar hat sich kein Mitglied der königlichen Familie bereit gefunden, sie zu verteidigen. Auf diese Weise von der britischen Gesellschaft verstoßen, soll sie mit ihrem Bruder Robert das Land verlassen und sich im Juni 1870 nach Frankreich eingeschifft haben.

Auffallenderweise gab James Lockhart am 10. Juni 1870 seine Stelle am Washington College plötzlich auf, gerade eine Woche vor dem Ende des Frühjahrssemesters. In den Unterlagen der Universität findet sich keine offizielle Erklärung für seinen Rücktritt. Man kann darüber spekulieren, ob er etwas mit der Flucht von Katharine Dandridge aus England zu tun hatte. Leider gibt es keinen Beweis dafür.

Im Gegenteil, hier brechen die Spuren der beiden plötzlich ab und lassen sich nicht weiter verfolgen. Es gibt keinen Beleg dafür, daß einer von beiden je wieder nach Virginia zurückgekehrt ist. In den Listen der Volkszählungen von 1880 und 1890 tauchen ihre Namen nicht auf. Damit teilen sie das Schicksal vieler anderer unbekannter Amerikaner; sie verschwanden einfach von der Bildfläche. Vielleicht tauchen eines Tages neue Informationen in Form von Briefen oder Tagebucheintragungen auf, die ein Licht auf das spätere Leben dieser beiden bemerkenswerten jungen Leute werfen können. Jeden, der in den Besitz solcher Informationen gelangt, lade ich herzlich ein, mit mir Kontakt aufzunehmen.

ROBERT J. MRAZEK

Foto: George Miller

„Mir geht es um die wirklich harten Entscheidungen im Leben."

Noch während seiner Zeit als Kongreßabgeordneter hatte der Hobbyhistoriker Robert J. Mrazek die seltene Gelegenheit, ein Stück amerikanische Geschichte für zukünftige Generationen zu retten: durch eine Gesetzesänderung konnte er verhindern, daß auf dem historischen Schlachtfeld Manassas bei Washington ein gigantisches Einkaufsgelände entstand.

Als er 1992 nach zehn Jahren den Kongreß verließ, wandte er sich endgültig ganz dem Thema zu, für das er sich seit mehr als 35 Jahren interessierte: der Zeit des amerikanischen Bürgerkrieges. Auf die Frage, warum er sich gerade diese Ära der amerikanischen Geschichte als Hintergrund für seinen ersten Roman, *Das Gold des Generals,* ausgesucht habe, erwidert Mrazek: „Wie Arthur Conan Doyle, der sich ebenfalls intensiv mit Geschichte auseinandersetzte, bin ich der Meinung, daß keine andere Epoche die dramatischen Elemente Abenteuer, Romantik und Tragik so konzentriert in sich birgt." Neben einer spannenden, mitreißenden Story steht für Mrazek beim Schreiben allerdings auch noch ein anderer Punkt im Vordergrund. „Mir geht es um die wirklich harten Entscheidungen und Gewissenskonflikte im Leben", meint der ehemalige Politiker. „Romane wie *Das Gold des Generals* sollen den Leser daran erinnern, was Mut und Ehre, Opfer und Liebe für den einzelnen bedeuten und wie wichtig sie gerade auch in unserer modernen Zeit sind." Ziel sei es, den Leser in eine vergangene Welt zu entführen und ihn „vor Ort mit den Problemen und Konflikten der Romanfiguren zu konfrontieren und an deren Entscheidungsprozessen direkt teilhaben zu lassen".

Übersetzer:
Nimm dich in acht: Brigitta Merschmann
Der Marktmacher: Hainer Kober
Das Gold des Generals: Peter von Wiese

Illustrationen und Fotos:
Nimm dich in acht: S. 4 (links), 6: Hubertus Mall (Frau);
7/8 (Ring), Kapitelvignetten: Howard Bartrop
Der Marktmacher: S. 4 (rechts), 148/149, 150: Superstock
Lebe ewig: S. 5 (links), 338/339, 340: Pictor International (Paar), Japack/Bavaria (Bäume)
Das Gold des Generals: S. 5 (rechts), 488/489, 490: Metropolitan Museum of Art (Bürgerkrieg),
Dan Gonzalez (Karte)

Die ungekürzten Ausgaben von *Nimm dich in acht, Der Marktmacher*
und *Lebe ewig* sind im Buchhandel erhältlich.